# 옛 그림과 시문

# 옛 그림과 시문

**초판 1쇄 인쇄** 2020년 7월 3일
**초판 1쇄 발행** 2020년 7월 10일

–

**지은이** 심경호
**펴낸이** 이방원
**편 집** 정우경 · 김명희 · 안효희 · 윤원진 · 송원빈 · 최선희
**디자인** 손경화 · 박혜옥 · 양혜진
**영 업** 최성수 **기획 · 마케팅** 정조연

–

**펴낸곳** 세창출판사
**출판신고** 1990년 10월 8일 제300-1990-63호
**주소** 03735 서울시 서대문구 경기대로 88 냉천빌딩 4층
**전화** 02-723-8660 **팩스** 02-720-4579
**이메일** edit@sechangpub.co.kr **홈페이지** http://www.sechangpub.co.kr
**블로그** blog.naver.com/scpc1992 **페이스북** fb.me/scp1008 **인스타그램** @pc_sechang

–

**ISBN** 978-89-8411-949-9 03810



_ 이 책은 고려대학교 문과대학 박준구기금 인문교양총서 지원으로 출간되었습니다.

이 도서의 국립중앙도서관 출판예정도서목록(CIP)은 서지정보유통지원시스템 홈페이지(http://seoji.nl.go.kr)와 국가자료종합목록 구축시스템(http://kolis-net.nl.go.kr)에서 이용하실 수 있습니다.(CIP제어번호: CIP2020025092)

# 옛 그림과 시문

심경호 지음

세창출판사

# 책을 엮으며

## 1.

옛 그림의 화폭에는 화가가 그림의 주제나 그림 그릴 때의 심경을 화폭 한구석에 시문으로 써서 밝히기도 하고 제3자가 소감을 화면의 빈 공간에 적기도 했다. 또 그림을 감상한 문인이 그림의 창작 경위를 밝히거나 스스로의 감상 평어를 별도의 종이나 비단에 적는 경우도 있었다. 이것들을 통틀어 제화題畫 혹은 화찬畫贊이라고 한다. 이 가운데 화폭에 직접 써 넣은 시문을 한정하여 협의의 화찬이라고 한다. 이것은 그림의 제목인 화제畫題를 간단히 적어 두는 것과 달리, 그림의 주제를 선명하게 밝히고 회화 이해의 방향을 지시한다.

근대 이전의 어떤 그림들은 이미 널리 알려진 시문에서 의미를 취하여 그것을 회화의 이미지로 나타내어, 화가나 감상자가 본래 시문의 어구를 화폭에 적어 두기도 했다. 그러한 어구는 그림의 제목이란 점에서 화제와 같으나 유명한 시문의 어구를 따서 제시했다는 점에서는 명구 화제名句畫題라고 한정할 수 있다. 명구 화제가 시구일 때 그 그림을 시의도詩意圖라 하고 명구 화제가 시구가 아닐 때 그 그림을 문의도文意圖라고 한다.

이뿐만이 아니다. 그림을 화축이나 화권으로 제작할 때, 혹은 그림과 함께 화찬을 화첩이나 화권으로 제작할 때, 화가나 별도의 문인이 시문을 첨부하여 그림의 미학적 구도와 창작 동기, 배경뿐 아니라 화첩이나 화권을 제작하는 의의를 밝히기도 했다. 또한 그림이 이루어진 후 별도의 문인이 그것을 감상하고 그림의 제작 과정, 그림의 입수 경위, 그림에 얽힌 여러 사항들을 시나 산문으로 서술하기도 했다. 이것들을 독화시문讀畫詩文이라고 총괄할 수 있을 듯하다. 그 가운데 단형의 경발警拔한 산문을 화기畫記라고 한다.

그림과 일체가 되어 감상되는 화찬, 명구 화제, 독화시문, 화기 등은 동양의 인문정신이 예술분야에 발현된 독특한 방식이다.

오늘날에도 각 예술 장르는 서로 넘나들며 함께 예술세계를 형성하지만, 근대 이전에는 예술의 각 장르가 더욱 긴밀하게 연결되어 미학적 의미를 서로 보완했다.

본래 예술적 아름다움은 시간과 공간 속에서 다양한 스펙트럼을 지닌다. 예술가의 사고나 시대 관념을 드러내는 것도 예술이고, 황금 비율이나 구성도 예술이며, 장난스러운 행위도 예술이다. 동양화에서는 재래의 구도를 훌륭하게 지키는 것도 예술적 아름다움으로 간주했다. 이때 화폭 한구석에 적혀 있는 시문인 화찬은 그림의 주제와 기법을 감상할 때 요구되는 미학적 전통 혹은 관습을 소환해 준다. 그림이 그려진 이후에는 감상자들이 시문을 지어 그림의 주제와 기법을 생성시킨 미학적 전통과 관습을 확인하고 부연했다. 사실, 근대 이전의 회화는 그림의 기법과 구도만으로는 그 의미와 미학적 가치를 온전하게 파악하기 어렵다. 화폭을 그림과 함께 구성하는 화찬, 그리고 화폭의 제작 이후 회화가 생성하는 역동적 미학세계를 해석하는 독화시문과 함께 회화를 감상할 필요가 있다.

## 2.

그림의 구석에 적힌 시문이 회화의 의미 세계를 확장시켜 주는 대표적인 예로는 혜원蕙園 신윤복申潤福의 〈월하정인도月下情人圖〉(간송미술관 소장)를 들 수 있다. 새벽의 그믐달 아래 사랑하는 두 사람이 헤어지기 아쉬워하는 마음은, 갓 쓴 남자와 쓰개 덮은 여인의 가는 눈과 흰 버선발에서 느낄 수 있고, 남자가 들고 있는 붉은 등에서도 상상할 수 있다. 그리고 그 교환交驩의 미묘한 감정은 화폭의 아래 왼쪽에 적혀 있는 "야삼경夜三更, 월침침月沈沈, 양인지사양인지兩人之事兩人知"란 화찬에 의해 증폭된다.

신윤복의 그림은 알바alba의 장면과 유사하다. 알바란 옛 프로방스 언어로, 새벽을 의미하는 말에서 유래했으니, 라틴어의 흰빛을 의미하는 알부스albus를 어원으로 한다. 조너선 사비에르Jonathan Saville는 『중세의 에로틱 알바—의미로서의 구조*The Medieval Erotic Alba—structure as meaning*』의 첫머리에서, 12세기 중엽 남부 프랑스에 나타난 이후 유럽에 널리 퍼졌던 알바의 구조를 이렇게 제시했다. 기사와 그의 아내가 아닌 고귀한 여성이 사랑에 탐닉하다가 작은 새들의 노래와 성벽에서 울리는 보초의 소리를 듣는다. 두 사람은 한동안 새벽을 인정하지 않지만 결국 재회를 약속하고 헤어지며 아쉬워한다. 아서 티 하토Arthur T. Hatto는 『에오스, 시에 나타난 연인의 만남과 아침이별 주제에 관한 탐구*Eos, An Enquiry into the Theme of Lover's Meetings and Partings at Dawn in Poetry*』라는 책을 엮었는데, 중국의 부분을 담당한 아서 웨일리Arthur Waley는 『시경』에서부터 20세기 민요에 이르기까지 9수의 시를 예시했다. 이후 일본 교토대학의 가와이 고조川合康三가 『중국시의 계보』(심경호 역, 소명출판)에서 중국시의 알바에 대해 더욱 상세하게 다루었다.

그런데 〈월하정인도〉의 화찬은 알바에 초점을 두지 않고, 정인 두 사람의 곰실곰실한 마음을 들여다보도록 지시하여 알바의 에로틱한 속성과 달리 아름다운 사랑을 연상하게 한다. 그렇기에 이 화찬은 근대 이전 풍류장風流場에서의 용례와 같다고는 할 수 없다. 그러나 이 화찬이 풍류장과 연결되어 있는 것도 사실이다. 즉 후대의 소화 모음집인 『고금소총古今笑叢』 제204화 「기평시율妓評詩律」에 보면, 이 화찬과 유사한 시구가 나온다. 「기평시율」은 부안 기생 계월桂月의 이야기를 다룬 것인데, 계월은 곧 광해군 연간에 허균을 흠모했던 매창梅窓을 말한다. 소화에서 계월은 서울에 올라와 귀공자들과 시를 논했다. 하루는 유柳 아무개가 찾아왔는데, 그 자리에는 협기가 있는 김 아무개와 최 아무개가 먼저 와 있어서, 세 사람이 시주 모임을 갖게 되었다. 계월은 이제까지 알려지지 않은 풍류장시를 읊는 사람과 환락을 함께하겠노라고 시령詩令을 제시했다. 이에 따라 김과 최가 칠언 절구를 읊었는데, 계월은 김의 시는 매우 졸렬하다고 평하고 최의 시는 조금 묘하나 솜씨가 저급하다고 평했다. 그리고 칠언시라면 율시가 더 음률에 가깝고 짓기도 어렵지 않느냐고 도발했다. 이에 김과 최가 다시 칠언 율시를 한 수씩 지었으나, 계월은 탐탁지 않게 여겼고, 마지막에 유 아무개가 호운呼韻에 따라 지은 시가 훌륭하였으므로 그와 함께 잠자리를 가졌다고 한다. 이 소화에 나오는 유 아무개란 인조 반정 때 처형당한 유몽인柳夢寅을 가리킬 것이다.

소화의 소개가 길어졌다. 처음에 김 아무개가 지은 시는 이러하다.

| | |
|---|---|
| 삼경의 창 밖에 가랑비 내릴 때, | 窓外三更細雨時 |
| 두 사람 마음은 두 사람만이 알리라. | 兩人心事兩人知 |
| 새로 어우러진 정이 미흡한데 날이 새려 하기에 | 新情未洽天將曉 |
| 다시 비단 적삼 잡고 다음 기약을 묻노라. | 更把羅衫問後期 |

이 시의 제2구는 신윤복의 〈월하정인도〉 화찬에 사용된 구절과 흡사하다. 그런데 김 아무개의 시는, 정인들의 애틋한 마음을, 가랑비 내리는 한밤에 방중에서 사랑을 나누고 새벽에 헤어지기 아쉬워 훗날을 기약하는 알바의 장면에서 포착했다. 하지만 신윤복의 그림은 사랑의 심리 자체를 환기시켰다. 화찬은 알바의 사실을 언급하지 않고 애매하게 처리하여, 화폭의 의미를 더욱 확대시킨 것이다.

## 3.

근대 이전에는 시·서·화에 뛰어난 삼절三絶의 인물들이 많았다. 삼절로 평가되지는 않더라도 문인들은 그림을 익히고 분본粉本을 시험하였다. 1795년(정조 19) 6월 초순, 서울 정릉의 대릉에 거처하는 윤필병尹弼秉, 채홍리蔡弘履, 이정운李鼎運 등 남인의 유력자들이 그림을 배우기 시작한 것도 그 무렵 문인들이 회화 장르를 매우 높이 평가했다는 사실을 잘 말해준다. 이에 대해서는 정약용丁若鏞이 「대릉 세 노인이 그림 배우는 것에 대한 노래[大陵三老學畫歌]」를 지어, 그 사실을 알렸다.

정약용은 1801년 신유옥사로 경상도 장기에 유배되어 있을 때 고향 소내 부근의 풍광을 그림으로 그려 벽에 붙여 두고 향수를 달랬다. 「장난삼아 초계도를 그리다[戲作苕溪圖]」 시에서 그는, "시험 삼아 수묵으로 분본을 만들자, 먹 자국 낭자하여 떡칠과 같네. 분본을 여러 차례 갈자 손이 차츰 익숙해졌어도, 산 모양과 물빛이 그래도 모호하지만, 당돌하게 비단 화면에 옮겨 그려서, 유배되어 사는 집 서북 귀퉁이에 걸어 두었네[試點水墨作粉本, 墨痕狼藉如鴉塗. 粉本屢更手漸熟, 山形水色猶模糊, 唐突移描上綃面, 掛之客堂西北隅]"라고 밝혔다.

정약용은 젊어서부터 회화를 즐겨 감상하고, 회화를 볼 때마다 독화시문을 작성했다. 과거 공부를 하던 때인 27세 되던 1788년(정조 12) 7월에는 김응하金應河가 심하 싸움에서 장렬하게 전사한 광경을 그린 〈김 영장 심하사적도金營將深河射敵圖〉를 보고 3수의 칠언 절구로 김응하의 사적을 찬미하고 강홍립 등 항복한 장수들을 비판했다. 아쉽게도 화가의 이름은 밝히지 않았다. 또 그해 12월에는 권순백權純百의 마포 백수정白水亭에서 다른 사람들과 모여 사륙문을 연마하면서, 연객烟客 허필許佖의 그림과 표암豹菴 강세황姜世晃의 글씨를 감상하고 오언 율시를 지었다. 1795년 3월 중순에는 의궤청 찬집문신에 임명되어 규장각에서 『화성정리통고』 편찬의 일에 종사하면서, 나비 그림을 보고 연작의 화찬을 남겨, 나비의 생태를 통해 자신의 세상살이가 졸렬함을 자책했다. 이후 70세가 될 때까지, 정약용은 산수도, 조충도, 협접도, 화훼도, 기려도, 서옥도, 누각도, 고송도, 고찰도, 건축도, 기려도, 풍속도, 시의도, 역사인물도 등등 수많은 그림에 대해 각각 독화시문을 남겼다. 또한 최칠칠崔七七, 즉 최북崔北이 그린 〈조룡대도釣龍臺圖〉에 대해 언급한 「조룡대」 시도 있다. 1795년 5월 중국인 신부 주문모의 잠입이 발각된 이후 남인들에 대한 노론 벽파와 남인 벽파의 공격이 거세지는 속에, 정약용은 7월 금정도 찰방에 보임되었다. 부소산 일대의 백제 유적지를 구경하고 조룡대를 지나며 이 「조룡대」 시를 지었다.

| | |
|---|---|
| 조룡대에서 용을 낚았다니 참으로 황당한데 | 龍臺釣龍事荒怪 |
| 최북의 그림에서 그 일을 처음 보았네. | 我初見之崔北畫 |
| 한 용맹한 장수 험상궂은 용모로 | 有一猛將貌猙獰 |
| 창끝같이 성난 수염 찢어진 눈초리. | 怒髥如戟目裂眥 |
| 쇠줄을 칭칭 오른팔에 감았다 내던지자 | 鐵索蜿蜒繞右肘 |

피 흘리는 백마가 용의 입에 걸리자 白馬流血龍口罣
용이 입을 크게 벌리며 목을 움츠리고는 龍口呿張龍頸蹙
갈기로 강물 치자 물결이 사방에 부서지는데, 鬐鬣擊水波四洒
갑옷의 번쩍이는 빛이 황금 비늘에 비추고 甲光炫燿照金鱗
하늘에 검은 구름 가득하여 우주가 비좁았으니, 黑雲滿天天宇隘
말하길, 이가 바로 당나라 소정방이며 道是大唐蘇定方
용을 잡고 군사를 부소산성에 이르게 한 광경이라나. 屠龍渡師扶山砦
부소산 아래 흐르는 강물 속에 扶山之下江水流
주먹만 한 바위가 물거품처럼 떠 있다만, 蓋有拳石如浮漚
당시 천 척 전함이 남쪽 기슭에 정박하였거늘 當時千艘泊南岸
어이하여 서북쪽 모퉁이로 길 잡아 나왔으랴. 如何路由西北陬
용은 구름을 뿜어 신령함을 드러내거늘 龍旣噓雲顯靈詭
어찌 또 미련하게 낚싯바늘 삼켰으랴. 詎又冥頑仰呑鉤
바위 표면 움푹한 것은 발꿈치 빠진 곳이라며 石面谽谺深沒趾
소정방의 신발 자국 지금도 남아 있다는군. 好說靴痕至今留
오천 년 전 문헌이라 황당하고 허술하여 載籍荒疏五千歲
단지에서 아이 나오고 말이 알 지킨 이야기 같을 뿐. 壺孩馬卵都謬悠
좋은 일 해도 향기 없고 나쁜 짓 해도 악취 없으니 爲善無芳惡無臭
소인배는 방자하고 군자는 근심하누나. 小人恣睢君子愁

정약용은 소정방이 백마로 용을 낚아 군사를 부소산 성채로 건너갈 수 있게 하였다는 말은 허무맹랑하다고 비판했다. 별도로 「조룡대기釣龍臺記」를 『여유당전서』 제1집 제14권에 남겼는데, 거기서는 조룡대 고사를 그림으로 그린 사람을 최북이라 밝히지 않았다. 그 글에서도 정약용은 조룡대 고사의 불합리함을 지적하고, 우리나라 역사기록의 황당함을 문제 삼았다.

> 아, 우리나라 사람들이 황당한 것을 좋아함이 어찌 이다지도 심한가! 조룡대는 백마강 남쪽에 있으므로, 참으로 소정방이 이 대를 올라왔다면 군사는 이미 강을 건넌 것이니, 어찌 눈을 부릅뜨고 안간힘을 써 가면서 용을 낚을 필요가 있었겠는가? 또 이 대는 백제성 북쪽에 있으니, 참으로 소정방이 이 조룡대를 올라왔다면, 부소산성은 이미 함락된 이후가 된다. 배를 탄 군사들이 바다 어귀로 들어와서 부소성 남쪽에 이르렀으면 상륙하였을 것인데, 어찌하여 물의 근원까지 수십 리를 거슬러 올라와 이 조룡대 아래에 이르렀겠는가?

정약용이라는 한 지식인의 미학적 감각과 논리적 사유세계를 이해하기 위해서는, 그가 남긴 독화시문들을 정밀하게 분석하지 않으면 안 된다. 이에 대한 분석은 별도의 과제로 삼는다. 여기서는 근대 이전 문인-지식인들에게 회화와 문학, 역사학과 철학 등의 영역은 서로 분립되어 있지 않았다는 점을 확인해 두는 데 그치기로 한다.

## 4.

그동안에 나는 옛 그림의 화찬, 독화시문, 명구 화제, 화기 등을 틈나는 대로 되읽으면서, '이미지'와 '텍스트'의 상호 관계를 파악하려고 노력해 왔다. 곧, 오래전에 김홍도의 〈타작〉 그림에 강세황이 써넣은 찬을 분석하여 그림의 의미를 재해석한 논문을 발표했으며, 2011년부터 2013년까지 『문학청춘』에 제화론을 12회에 걸쳐 연재했다. 그 후 한국의 화상찬에 관한 논문 1편과, 일본 오산 승려의 서재도에 관한 논문 1편을 학술지에 게재했다.

이제 기왕의 글들을 다듬고 일부 글을 새로 집필하여, 근대 이전 회화에서 '이미지'와 '텍스트'가 상호 보완해 온 역사에 관한 우견愚見을 정리하고자 한다. 널리 알려진 그림도 제화가 오독되어 온 경우는 논증을 통해서 나름대로의 독법을 밝혔다. 고전문화를 사랑하는 분들이 옛 그림과 시문의 관계에 대하여 사색할 자료가 될 수 있으면 좋겠다.

이 책을 엮게 된 것은 2017년에 고려대학교 문과대학 박준구기금 인문교양총서 지원을 받은 것이 계기가 되었다. 평소 격려를 아끼지 않으셨던 박준구 님께 감사드린다. 2019년 초 초서와 인과문을 재차 판독할 때는 나의 연구실 제자 노요한 군과 김기엽 군의 도움을 받기도 했다. 정우경 님 등 세창출판사 편집진과 디자인 팀은 복잡한 교정 사항을 일일이 확인해서 최종 출판에 이를 수 있도록 해 주셨다. 여기에 감사의 뜻을 표한다.

화찬 등을 독해하는 일은 만만치 않다. 표현이 함축적인 데다가, 흘림체가 많으며, 원 자료에 접근하지 못하고 도판이나 사진에 의존해야 하는 경우도 적지 않기 때문이다. 나의 해독은 완전하지 못하다. 미진한 점은 앞으로 보완할 기회가 있으면 좋겠지만, 그 일이 내게 허여될지!

2020년 6월

회기동 작은 마당 집에서

# 차 례

책을 엮으며 · 5

제1부 제화題畫의 미학

〈미인도〉는 미인 그림이 아니다 · 19 | 〈타작〉과 전준지회 · 27 | 〈매화서옥도〉의 사의寫意 · 33 | 회화와 증언贈言 · 49 | 목동의 시를 그림으로 · 59 | 제화의 미학 · 69 | 글자의 반란 · 100 | 서화의 운명 · 112

제2부 초상화와 시문

국보 송시열 반신초상화의 불편한 사실 · 129 | 고려 말 조선 초의 초상과 찬贊 · 137 | 초상화와 자찬 · 154 | 초상화 제작과 국왕의 개입 · 162 | 동갑내기들의 초상화첩 · 172 | 초상화를 대신한 송계도 · 182

제3부 시의도와 문의도

붉은 도포의 노인 · 197 | 김홍도의 시의도 · 205 | 주희와 육유 그리고 김홍도 · 232 | 강세황의 김홍도 그림 평어 · 249 | 화폭에 담은 우정 · 266 | 가을 소리의 그림 · 277 | '벽오청서' 시비 · 290 | 명대 화인과 문인 시문의 차용 · 301

제4부 그림과 글씨의 변주

조선 유일의 역사기록화 · 311 | 대작에는 대체 무슨 글이 · 339 | 역사인물화의 풍간 · 358 | 부채의 그림과 글씨 · 369 | 호랑이의 이중성 · 378 | 조개와 새우 · 390 | 〈곡운구곡도〉와 김수증 그리고 정약용 · 404

제5부 기묘한 그림 이야기

일본 오산 산수도에 남은 조선 사신의 시 · 425 | 나는 나의 집을 사랑한다 · 440 | 신화의 상상 · 451 | 눈 속에 피어난 파초 · 465 | 박지원의 기묘한 그림 이야기 · 477

참고문헌 · 496

그림목록 · 509

찾아보기 · 513

■ 일러두기

중국 인명, 지명의 경우 우리 한자 발음으로 읽되 필요한 경우 원어 발음을 병기하였다.

제1부

# 제화題畫의 미학

# 〈미인도〉는 미인 그림이 아니다

1.

신윤복의 〈미인도〉는 선묘가 정교하고 채색이 담박하다.

솟아오른 트레머리, 다소곳한 눈길, 품이 꼭 맞는 저고리, 자줏빛 옷고름, 손에 든 노리개, 연푸른색의 풍성한 치마, 치마 밑에 드러난 하얀 버선 등 이 모든 것이 '여성스러움'을 잘 부각시켰다고 평가된다. 어깨는 조금 각진 모습인데, 그것이 앳된 얼굴과 조화를 이루어, 미처 절정에 이르지 않은, 풍만함으로 '향하는' 순간을 눈앞에 펼쳐 보인다.

하지만 전체 묘사는 상체에 치중하고, 아래는 부풀어 오른 치마를 좌우로 꽉 차도록 그렸다. 미인을 그릴 때 흔히 쓰는 수법이 아니다. 어째서인가?

**그림 1** 신윤복, 〈미인도〉, 비단에 수묵담채, 114×45.5cm, 간송미술관 소장(보물 제1973호).

그 비밀은 신윤복 자신이 화폭 위 왼쪽에 써넣은 제화를 통해 짐작할 수 있다.

盤礴胸中萬化春 筆端能與物傳神

이 짧은 제화는 그동안 잘못 풀이되어 왔다. 첫 구절의 '반박盤礴'은 『장자』「전자방田子方」의 '해의반박解衣盤礴'에서 따온 말이며, '흉중胸中'은 북송 때 화가 문동文同의 '흉중성죽胸中成竹'에서 가져온 말로 오해되었다. 일반적으로 '해의반박'은 '옷을 풀어 헤치고 다리를 죽 뻗고 앉은 자세'를 뜻하고, '흉중성죽'은 마음속에 이미 대나무가 있어 그것이 자연스레 대나무 그림으로 표현되는 예술창작의 경지를 뜻한다.

이런 해석에 따르면, 신윤복이 제화에서 말한 '자유로운 가슴속에 담겨 있는 만화춘'이란 화가가 대자연의 힘을 내면화하여 그것과 일체가 되어서 예술적 창조를 이루어 내는 힘을 가리키는 것이 된다. 그리고 아래 구절과 합하여, 이 제화는 신윤복이 자유롭고 활동적인 정신 상태에서 여인의 진면목을 파악하여 초상화로 혹사하게 그려 냈다는 뜻으로 풀이되었다.

신윤복이 과연 이런 식으로 자부했을까? 그렇지 않다. 둘째 구절을 "능히 전신할 수 있도다"라고 긍정문으로 풀이한 것은 오독이다. '능能'은 '어찌 능히'의 뜻이니, 이 구절은 "붓끝으로 어찌 품물의 본질을 제대로 그려 낼 수 있으랴?"라고 스스로 의문시한 말이다. 종래의 해석은 잘못이다.

'반박'이 '두 다리를 뻗고 편히 앉은 모습'을 가리킨다고 본 것도 잘못이다. '흉중'을 '화가의 흉중'이라고 본 것도 오해이다.

'반박'은 '두 다리를 쭉 뻗고 편하게 앉은 자세'를 가리키기도 하지만,

'화창한 기운의 광대무변함'을 뜻하는 말로도 써 왔다. 북송 때 진관秦觀의 「전거田居」 4수 가운데 제2수에, "바싹 마른 늙은이가 기승부리는 더위를 싫어하여, 옷고름 풀고는 자주 두 다리를 쭉 뻗는다[羸老厭煩歊, 解衣屢盤礴]"라고 했을 때의 '반박'은 두 다리를 쭉 뻗는다는 말이다. 표기는 '般礴'이어도 좋고, '槃礴'이어도 좋다. 하지만 같은 북송 때 왕안석王安石의 「영곡시서靈谷詩序」에서, "깨끗하고 신령하며 온화하고 맑은 기운으로 말하면 천지 사이에 끝없이 드넓게 쌓여 있다[至其淑靈和清之氣, 盤礴委積於天地之間]"라고 했을 때의 '반박'은 광대무변하다는 말이다. '방박旁薄'이라고도 적는다. 신윤복의 제화에서 말한 '반박'은 두 번째 뜻이다.

'반박'의 다음에 이어지는 '흉중'은 '흉중성죽'과는 관련이 없다. 여인의 마음, 만물을 생기시키는 기운으로 가득한 마음, 그것을 가리킨다.

'만화萬化'는 사물이 극도로 변화하는 상태, 만물의 변화를 추동하는 봄의 힘을 가리킨다. 『장자』 「대종사大宗師」에 "사람의 형체라는 것은 만화하여 애당초 극이 없다[人之形者, 萬化而未始有極也]"라고 했다. 극도로 추이하고 변화하면서 스스로의 법칙을 벗어나지 않는 것이 대자연이므로, 만화는 또한 대자연을 가리킨 것이다.

신윤복의 〈미인도〉는 '미인'을 그린 것이 아니다. 이 그림에 〈미인도〉라는 화제를 붙인 것이 애당초 잘못이다. 이 그림은 '여성'을 그렸다. 왜 여성을 그렸는가? 풍요로운 힘을 상징적으로 보여 주려고 했기 때문이다. 다시 제화를 읽어 보자.

호탕한 가슴속에 봄기운 같은 생명력.

붓끝으로 어찌 물상을 전신할 수 있으랴?

첫 구의 춘春과 둘째 구의 신神은 운자를 맞추었다.

이 그림은 여백의 미를 강조한 것이 아니라, '반박흉중'의 상태를 구상화했다. 좌우 화면을 가득 채울 듯이 부풀어 오른 치마의 풍성함은 바로 여인의 가슴속에 들어 있는 생명력을 외현시켜 이미지로 드러낸 것이다. 품이 잘 맞는 저고리, 위로 솟은 트레머리, 약간 뒤튼 자세는 확산하는 힘과 응축시키는 힘의 긴장을 담고 있다.

## 2.

본래 미인도는 중국 회화에서 큰 줄기를 이루어 왔다. 10세기 북송 때에는 귀족의 여성을 소재로 하는 사녀도仕女圖가 회화의 한 분야로 자리 잡았다. 미인의 복식, 웃음, 교태를 요염하게 그려 내었으며, 그림에 쓴 제화는 미인의 향내까지 느낄 수 있도록 교묘함을 다했다. 신윤복의 〈미인도〉는 이 전통에서 벗어나 있다. 신윤복의 제화는 사녀도 제화의 관습과 다르다.

원나라 말, 명나라 초 고계高啓(1336~1374)는 여성미의 절정을 노래하는 시를 많이 남겼는데, 행해서로 쓴 「제사녀도시題仕女圖詩」가 현재 중국 고궁박물관에 소장되어 있다. 고계는 원나라 말 소주蘇州에 할거한 장사성張士誠(1321~1367)의 막하에 있다가, 장사성이 명나라에 패하자 소주 오송강吳松江/吳淞江의 청구靑丘/靑邱에 은거했다. 명나라 초 1369년에 한림원 편수翰林院編修가 되어 『원사元史』 편찬에 참여하고, 1370년 호부 우시랑戶部右侍郞에 발탁되었지만 청구로 돌아갔다. 위관魏觀이 소주 태수로 있을 때 관청의 상량문을 지어 준 일이 있었으므로, 위관이 역적죄로 죽을 때 그도 허리가 잘리는 벌을 받았다. 39세에 불과했다.

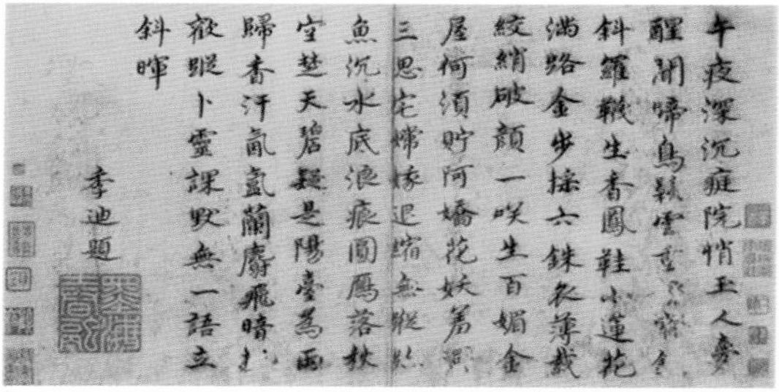

그림 2 고계, 「제사녀도시」, 행해서, 13행 115자, 25.9×43.4cm, 북경 고궁박물원 소장.

「제사녀도시」는 칠언시인데, 복잡한 환운換韻 방식을 취하여, 한밤에서 시작하여 다음 날 석양 무렵까지의 시간을 시에 담아내었다.[1]

午夜深沉庭院悄　玉人夢醒聞啼鳥
鬆雲重□寶釵斜　羅韈生香鳳鞋小
蓮花滿路金步搖　六銖衣薄裁絞綃
破顏一唉生百媚　金屋何須貯阿嬌
花妖羞□三思宅　嫦娥退縮無蹤跡
雁落秋空楚天碧　疑是陽臺爲雨歸
魚沉水底浪痕圓　香汗氤氳蘭麝飛
暗□歡蹤卜靈課　默無一語立斜暉
季迪題

끝의 계적季迪은 고계의 자字이다.

압운 방식을 고려하여 「제사녀도시」를 번역하면 다음과 같다.

1　심경호(2014), 『한시의 성좌』, 돌베개, 261~265쪽.

자정 지나 밤이 깊어 정원이 고요하더니
옥인이 꿈을 깨어 새 울음소릴 듣고는
구름같이 틀어 올린 머리에 보옥의 비녀를 비스듬히 꽂고
비단 버선에선 향이 나고 봉황 새긴 신발은 아담하여라.
연꽃 가득한 길을 금보요(머리 뒤 장식) 꽂고 가니
육수의(가벼운 옷)는 얇아서 인어가 짠 비단을 마름한 듯하다.
얼굴 펴서 한 번 웃자 온갖 매혹이 생겨나니
금옥에 진아교陳阿嬌를 가둬 두려 할 필요 없구나.
화요도 무삼사武三思 댁에서 부끄러워 숨고
항아도 웅크려 물러나 자취를 감출 정도.
기러기 지는 가을 하늘은 초나라 하늘처럼 푸르니
비가 되어 양대로 돌아간 것이 아니겠는가.
고기는 물속 깊이 사라져 둥근 원의 흔적을 남기고
향내 땀이 물씬 일어 난초와 사향의 향이 나는 듯하다.
환희가 『관세음보살감응영과觀世音菩薩感應靈課』 점 그대로라 여기며
말없이 석양 아래 서 있네.
계적(고계) 쓰다.

이 시는 그림 속의 사녀를 역대의 여러 미인들과 비교하여, 미색이 출중해서 다른 미인들은 모두 무색하게 되리라고 했다.

우선, 아교는 진아교로, 한나라 무제의 고종 누이였다. 무제는 어릴 적에 진아교를 매우 좋아했으므로 고모가 "아교를 배필로 삼으면 어떻겠는가" 했다. 무제는 "아교를 아내로 맞는다면 황금 집에 거처하게 하겠습니다"라고 했다. 진아교는 후일 진황후陳皇后가 되었다.

화요는 화월花月의 요귀이다. 측천무후의 조카 무삼사武三思가 절색의 첩을 두었는데 사대부들이 그녀를 보려고 다투어 방문했다. 적양공狄梁公이 보러 가자, 그 첩은 벽 틈에 숨고는 "나는 화월의 요귀입니다. 적양공은 정대한 분이라서 만나 볼 수가 없었습니다"라고 했다.

항아는 예羿의 처로, 남편이 서왕모에게서 얻어 온 불사약을 훔쳐 먹고는 달로 도망하여 선녀가 되었다고 한다. 양대 운운한 것은 초나라 무산 신녀의 고사로, 송옥宋玉의 「고당부高唐賦」에 나온다. 초나라 회왕懷王이 무산巫山의 신녀와 하룻밤 인연을 맺고 헤어질 때, 그 신녀가 "아침에는 양대陽臺의 구름이 되고 저녁에는 양대의 비가 되겠다"라고 말했다고 한다.

고계의 「제사녀도시」와 비교할 때 신윤복의 〈미인도〉 제화는 취향이 전혀 다르다. 그 제화에 따르면 신윤복의 〈미인도〉 그림은 애당초 염풍을 추구한 것이 아니었다. 만화춘의 생명력을 그려 낸 것이었다.

# 〈타작〉과 전준지희

## 1.

수년 전 한국의 미술을 해설한 책에서 풍속화 해설을 읽다가 석연치 않은 느낌을 받았다. 문제의 그림은 김홍도金弘道가 34세인 1778년에 제작한 행려풍속병풍行旅風俗圖屛의 〈타작〉이다. 타작은 중국의 경직도耕織圖에서는 찾아볼 수 없지만, 조선 후기 조선풍의 경직도에는 자주 포함되는 소재였던 듯하다.

김홍도의 이 그림에는 그의 스승이었던 문인 강세황姜世晃(1713~1791)의 화제가 위쪽에 휘호되어 있다.

打稻聲中 濁酒盈缸

彼監穫者 饒有樂趣

종래의 해설은 이 제화를 "타작 소리 한창인데, 막걸리가 항아리에 그득하다. 저 추수를 감독하는 자, 실컷 마셔 홍취에 젖었구나"로 번역했다. 그 해설에 따르면, 감독자는 의관을 정제하고 꼿꼿이 앉아 있고 일꾼들은 자유로운 옷차림에 활동적으로 움직이고 있어 대조적이며, 감독자는 실컷 술을 마셔 홍취에 젖어 있고 일꾼들은 힘들게 노역하고 있는 불공평한 관계를 드러내었다고 한다.

하지만 감독자가 의관을 정제하고 앉아 있다는 것과 실컷 마셔 홍취에 젖어 있다는 것은 부합하지 않는다. 그러한 모순이 발생한 것은 제화의 '요유낙취饒有樂趣'를 '술에 취했다'라고 성급하게 해석하고, 그림의 해석에 계급갈등의 관념을 투사했기 때문이다. 그러나 강세황의 제화는 감독자와 일꾼의 불공평한 관계를 말한 것이 아니라 그들의 어우러짐을 말하려고 한 것이다.

강세황의 제화는 4언 4구이다. 번역을 다시 하면 이러하다.

| | |
|---|---|
| 벼 타작 소리 속에 | 打稻聲中 |
| 막걸리가 항아리에 가득하니, | 濁酒盈缸 |
| 수확을 감독하는 저 사람 | 彼監穫者 |
| 홍취가 넉넉하다. | 饒有樂趣 |

주의할 것은 넷째 구의 '요유饒有'라는 표현이다. 이것은 '술에 취했다'는 뜻이 아니다. '~이 넉넉하다'라는 뜻이다.

김홍도의 〈타작〉에서 '수확을 감독하는 자'는 농민과 대립하는 계급의 전형이 아니다. 이 그림에서 농민들과 감독자를 함께 그려 둔 것은 어째서인가? 『시경』 빈풍豳風 「칠월七月」편의 뜻을 현실에 맞게 변형시킨 때문이다. 전통 예술은 추상의 아이콘과 작가의 화의畫意를 중시했으며, 그것은 풍속화나 진경산수화의 경우도 마찬가지였다. 18세기에 들어 사실적 화풍이 대두되었지만, 그림 속의 사실이 반드시 실제의 모사는 아니었다.

## 2.

김홍도의 〈타작〉은 농사의 즐거움을 노래한 〈빈풍칠월도豳風七月圖〉나 〈전가낙사도田家樂事圖〉의 계보를 이었다.

〈빈풍칠월도〉는 농가월령가인 『시경』 빈풍 「칠월」편의 뜻을 화폭에 옮긴 것을 말한다. 중국 남송 때 처음 나왔다고 한다. 우리나라에서도 고려 때 그런 그림이 있었다고 전한다. 한편 〈전가낙사도〉는 농사의 즐거움을 화폭에 담은 그림인데, 이 그림에는 전준田畯이 등장한다. 전준은 흔히 전대부라고 말하는 권농관이다. 주나라 때 농업을 장려하는 일을 맡도록 설정되었다고 전하는 벼슬아치로, 「칠월」편에 그 존재가 부각되어 있다. "정월에 쟁기 손질하고, 2월에 밭갈이. 처자식 거느리고, 남쪽 이랑에서 들밥 먹나니, 전대부도 와서 기뻐하네[三之日于耜, 四之日擧趾. 同我婦子, 饁彼南畝, 田畯至喜]"라고 했다.

「칠월」편의 '남쪽 이랑에서 들밥 먹으면, 전대부(권농관)도 와서 기뻐한다'는 뜻의 '엽피남묘饁彼南畝, 전준지희田畯至喜'는 농경의 풍요로움과 즐거움을 상징하는 모티프였다. 신재효판 판소리 〈홍보전〉에서도 홍보의 박타령 가운데 "강구노인康衢老人 함포고복含哺鼓腹 나만치나 먹었던가, 엽피남묘 전준지희 나만치나 즐기던가"라고 했다.

'전준지희'는 또 『시경』 소아小雅 「보전甫田」편과 「대전大田」편에도 나온다. 곧, "증손(문왕과 무왕의 자손인 천자, 성왕)이 순시하러 오시니, 백성의 부로들은 아녀자들을 데리고, 남쪽 밭에서 농부들에게 들밥 먹이고, 권농관도 와서 기뻐하네[曾孫來止, 以其婦子, 饁彼南畝, 田畯至喜]"라고 했다. 「보전」편은 경작의 때를 노래했고, 「대전」편은 수확의 때를 노래했다. 전대부는 경작의 때도 수확의 때도 농사를 감독하러 와서 농민들과 함께 즐겼다는 것이 『시경』의 기본 주제이다. 조선 후기의 과장科場에서 부과된 고풍 장편의 과시科詩에서도 '전준지희'가 시제로 내걸린 적이 있다.

김홍도는 우리의 풍속을 화폭에 사실적으로 그려 넣으려고 했기에, 〈타작〉에서는 수확의 감독자로 재지양반이나 그 마름을 그려 넣었다. 그리고 감독자와 농민의 사이를 대립과 갈등으로 묘사하지 않고, 감독자의 '즐거움이 넘쳐 나는' 모습을 그려 내었다.

이 1778년의 〈타작〉에서 수확 감독자는 꼿꼿이 앉아 있는 모습이다. 그래서 그의 '넘쳐 나는 즐거움'을 잘 파악할 수 없다. 뒷날 김홍도는 같은 화제로 그림을 그리면서, 감독자가 비스듬히 누워 갓을 젖혀 쓰고 담뱃대를 문 모습을 그렸다. 1778년 그림에서의 감독자가 술에 취한 모습이 아니었듯이, 뒷날 〈타작〉에서의 이 모습도 '거드름 피우는 자세'가 아니다. 즐거움이 넘쳐 나는 모습이다.

물론 당시 현실에서는 감독자와 농부들 사이에 대립과 갈등이 있었다. 그러나 그 사실은 민요에서 은미하게 언급되었을 따름이다. 고종 24년(1887) 3월부터 동 25년(1888) 8월까지 정선군수를 지냈던 오횡묵吳宖默이 일기 형식으로 쓴 『정선총쇄록旌善叢瑣錄』에 정선 민요 〈격양가〉가 실려 있는데, 여기에 '엽피남묘, 전준지희'의 구절이 나온다. 일반적인 용례와는 의미가 다르다.

우리 성주城主 하거초下車初의 첫 공사公事가 권농勸農이라.

무릉도원武陵桃源 봄이 드니 조출모경朝出暮耕 ᄒᆞ여 보세.

별을 보고 밥을 먹고 달을 씌고 도라온다.

한적 전중汗滴田中 더운 날애 망로忘勞ᄒᆞ고 지심 믯세.

느져간다 느져간다 점심點心 참이 느져간다.

**엽피남묘** 점심ᄒᆞ니 **전준지희** 더욱 조타.

석양은 ᄌᆡ을 넘고 장찬 밧치 머러ᄰᅮ나.

상평하평上坪下坪 너른 들애 일심一心 바다 권농가라.

호미 차고 풀 베지고 홍청거려 소을 몬다.

오경五更 밤중中 곤이 든 잠 권농감관勸農監官 ᄉᆡ여 쥬니.

니 농사 지여 ᄂᆡ면 권농감관 가져가나.

나라 봉공奉公ᄒᆞ연 후後애 부모父母 봉양奉養ᄒᆞ여 보세.

이 민요는 수확을 권농감관이 가져가지만 그래도 "나라에 세금을 바친 뒤에 부모 봉양을 하리라"라고 일말의 희망을 말했다. 과도한 세납에 고통을 겪는 농부의 사정을 은근하게 나타낸 것이다.

1778년 김홍도의 〈타작〉에서는 감독자와 농민 사이의 갈등을 읽어 낼 수 없다. 하지만 농민과 감독자의 즐거움을 화폭에 그렸다고 해서 사실적이 아니라고 단정해서는 안 된다. 낭만적인 광경을 묘사하고 제시하는 것만으로도 현실의 부조리를 비판할 수 있기 때문이다.

## 3.

김홍도는 행려의 나그네로서 농촌의 즐거운 일에 함께하지 못하는 국외자의 처지를 자조한 듯도 하다. 화폭의 중앙에 놓인 수확의 흥겨운 정경과 대비된다.

그런데 강세황이 김홍도의 〈타작〉에 쓴 제화는 글 형식이 참 교묘하다. 아무렇지도 않게 적은 것 같지만 고풍의 뜻을 담기 위해 매우 공을 들였다. 이 제화는 압운의 효과를 넣어, 사언 고시의 형식을 활용했다. 곧, 첫 구의 중中은 평성 동東운의 글자, 둘째 구의 항缸은 평성 강江운의 글자로, 고시에서 통운하는 글자이다. 또 셋째 구의 자者는 상성 마馬운의 글자, 넷째 구의 취趣는 거성 우遇운의 글자로, 고시에서 종종 통운한다.

강세황의 제화는 완전한 산문도 아니고 완전한 시도 아니다. 양쪽에 다 속하면서 넉넉한 뜻을 담아내었다. 넷째 구의 '흥취가 넉넉하다'는 말과 어울린다.

# 〈매화서옥도〉의 사의寫意

## 1.

여항문인 조희룡趙熙龍(1789~1866)이 매화에 둘러싸인 서옥과 그 안의 인물을 그린 그림이 둘 있다. 국립박물관 소장의 〈매감도梅龕圖〉와 간송미술관 소장의 〈매화서옥도梅花書屋圖〉가 그것으로, 후자의 완성도가 높다. 필치가 활달하고 먹빛과 담채가 어우러져 있으며, 화찬은 추사체를 방불케 하는 글씨로 쓰여 있다.

조희룡은 김정희金正喜(1786~1856)에게서 글씨와 그림을 품평받으면서 자신의 예술세계를 이루었다. 김정희가 난을 좋아한 것과 달리 조희룡은 매화를 좋아했다. 매화벽梅花癖이 깊어, 호를 매수梅叟라 했다. 그의 『석우망년록石友忘年錄』을 보면, 매화 병풍을 침실 벽에 두르고 거처의 편액을

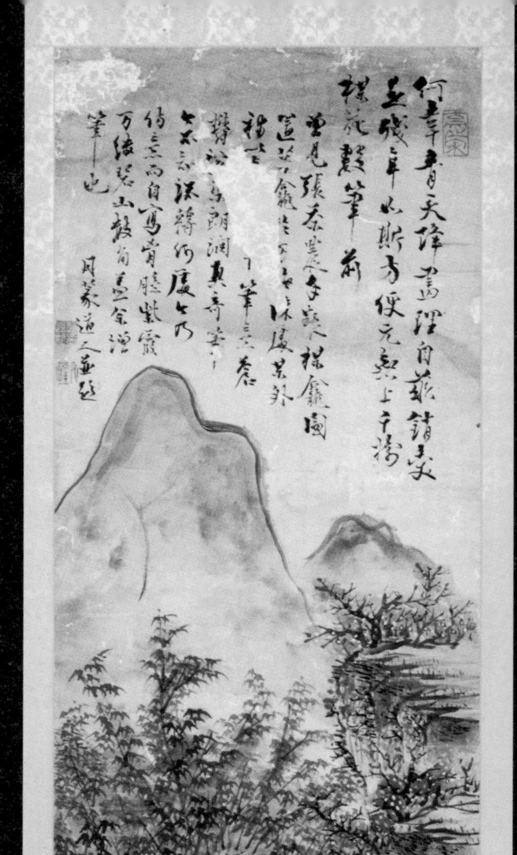

**그림 3** 조희룡, 〈매감도〉, 종이에 수묵담채, 130×32cm, 국립중앙박물관 소장.

'매화백영루梅花百詠樓'라 했다. 또 그의 『해외난묵海外蘭墨』에 따르면 귀양 기간에도 날마다 매화 그림을 그리며 울적함을 달랬다고 했다. 송나라 때 서호西湖의 고산孤山에 은거하면서 매화를 형으로 삼고 학을 아들로 여겼던 임포林逋에 못지않다. 고매古梅를 8폭 병풍에 그린 〈홍매도紅梅圖〉는 붉게 만발한 매화를 통해 '부귀익수富貴益壽'의 뜻을 표현해 내었다. 그림 오른쪽에 "종 모양의 옛 벼루를 시험하다[試古鐘研]"라고 쓰여 있다.

조희룡은 그림이란 사생寫生이 아니라 사의寫意이어야 한다고 보았다. 즉 『해외난묵』에서 그는 "화공의 사생은 우리 무리가 할 바 아니다. 매·난·석·죽과 같은 그림은 오로지 그 뜻을 옮기는 데 있고, 유희로써 이루어진다"라고 했다. 회화의 가치는 정신적인 유희에 있다고 밝힌 것이다. 본래 사의는 사대부의 문인화가 추구하는 이상이었다. 조희룡은 중인이었다. 그도 사의를 강조했다.

〈매감도〉와 〈매화서옥도〉는 사의 유희의 극치이다.

## 2.

국립중앙박물관 소장 〈매감도〉는 세로 130cm, 가로 32cm의 꽤 길고 폭이 좁은 그림이다. 매화는 총생하여 흰 종이를 틔웠다. 집은 감실 형태이다. 매화의 등걸을 기괴하게 만들려고 살구나무나 복숭아나무와 접붙인 후 이런 감실에서 보호했다. 매각梅閣, 매합梅閤, 매옥梅屋이라고도 한다. 본래 중국에서 유행하던 풍속이다. 일본에서도 근세에 유행하여, 메이지시대에 매감에 대한 전문서도 나왔다.[2]

2 水野安太郎(1891), 『梅龕小稿』, 品川太右衛門.

조희룡의 스승 김정희는 청나라 오숭량吳崇梁의 〈매감도〉와 시를 받아 보고 아우 김명희金命喜(1788~1857)와 시를 주고받은 일이 있는데, 이러한 취향이 조희룡에게 영향을 미쳤을 것이다.[3]

감실 뒤의 산 위 하늘에 글씨가 빼곡하다. 글 뒤에는 단전도인丹篆道人이 썼다고 했으니, 단전도인은 곧 조희룡의 호이다. 글 뒤에 주인(붉은 도장) 둘이 눌려져 있어, 위는 '조희룡인趙熙龍印', 그 아래는 '우봉又峰'이다. 우봉은 조희룡의 또 다른 호이다.

이 글에서 조희룡은 장심張深의 〈매감도〉를 방의仿意하되, 자신의 흉억을 베껴 낸다고 했다. 장심은 김정희나 신위申緯(1769~1845)와 교분이 있던 청나라 화가이다. 조희룡은 '붉은 노을이 일만 비단 주름 같고, 푸른 산이 머리뿔을 드러낸 것'은 자신이 새로 창안해 더 첨가한 필치라고 밝혔다.

| | |
|---|---|
| 얼마나 다행이냐, 푸른 하늘이 그림 이치 내려 주니 | 何幸青天降畫理 |
| 이로부터 머리카락 쇠하는 것이 남은 생애. | 自玆銷髮是殘年 |
| 이러한 방편은 원래 이보다 더할 것이 없어라 | 如斯方便元無上 |
| 일천 그루 매화를 서너 자루 붓 앞에 그려 내다니. | 千樹楳花數筆前 |

일찍이 장다농(장심)이 손수 만든 매감도를 보았는데, 띠풀로 얽은 감실을 일만 그루 매화가 벌려져 있는 곳에 두었다. 나는 보외되어 남쪽으로 와서 □□ 중, 필의가 창울하고 경개가 낭윤하니, 정말로 기이한 필치이다. 지금은 어느 곳으로 전전하는지 알 수 없다. 지금 그 필의를 모방하여 스스로 흉억을 베껴 낸다. 붉은 노을이 일만 겹으로 얽히고, 푸른 산이 비

3 이선욱(2017), 『우봉 조희룡—19세기 묵장의 영수』, 돌베개.

스듬히 기울어져 머리뿔을 드러낸 것은 대개 내가 더한 필치이다. 단전 도인이 아울러 적는다.

曾見張茶農手製楳龕圖, 置茅龕於万梅陳處. 某外補以南, □□中, 筆意蒼鬱, □(景)槩朗潤, 眞奇筆. 今不知流轉何處. 今乃仿意而自寫胸臆. 紫霞万結, 碧山敲角, 盖余增筆也. 丹篆道人並題. [朱印: '趙熙龍印', '又峰']

감매의 취미는 김정희파에서 시작된 것은 아니다. 이미 18세기에 경화 사족들은 분매盆梅를 취미로 삼았다. 이 사실은 이인상李麟祥(1710~1760)이 죽기 3년 전 1757년 12월에 지은 「관매기觀梅記」를 통해 살필 수 있다.[4]

이인상은 나무의 본성을 억지로 바꾸어 사람의 힘을 써서 꽃을 재촉하는 분매를 좋아하지 않았다. 하지만 1741년 순장巡將 성成 아무개에게서 매화를 얻어 기르다가 1742년 남산 능호관 집의 분에 옮겨 심었다. 1749년 사근역沙斤驛 찰방을 하면서 남계濫溪 가에 수수정數樹亭을 짓고 홍매를 사서 정자 아래에 심었다. 수수정은 왕유王維의 「칠원漆園」 시에서 따온 이름이다. 1750년 음죽 현감으로 부임하면서 이인상은 벗 오찬吳瓚에게 매화를 맡겼다. 오찬은 그 매화를 분에서 기르다가 1751년 7월 함경도 삼수三水로 귀양 가면서 훈련대장 김성응金聖應 집에 맡기고, 그해 11월 유배지에서 35세를 일기로 타계했다. 이인상은 음죽 현감을 그만둔 후 1754년에 분매를 찾아왔으나, 1757년 정월 아내 덕수 장씨가 죽고 그 후 매화도 죽고 말았으므로, 12월에 고우관古友館에서 「관매기」를 지었다.

4 李麟祥, 「觀梅記」, 『雷象觀藁』. "念余自始觀梅二十七年, 而梅樹不及年數, 看花舊友, 多作故人, 又減梅花之數, 觀物之盛衰莫甚於梅花, 得不愴然? 余無心復種盆梅, 而不忍泯故事, 作觀梅記. 丁丑季冬, 書于古友館."; 박혜숙(2016), 「이인상의 「관매기(觀梅記)」 연구」, 『한국학연구』 42, 인하대학교 한국학연구소, 59~87쪽.

「관매기」에서 이인상은 자신을 포함해서 친우, 친척, 존장, 가족 등 모두 19인이 21회에 걸쳐 매화를 감상한 이력을 차례로 기록했다. 1744년 11~12월 이인상은 북촌 계산동의 오찬 집에서 이윤영·김순택·윤면동 등과 한 달 동안 강회를 가진 일이 있다. 이때 매감梅龕과 죽석竹石을 자리 구석에 놓아 두어 분초盆蕉의 짝이 되게 했다.[5] 1754년 겨울에는 진사 김상묵金尙默(자 백우伯愚)의 집에서 감매를 감상하고 「매화송梅花頌」을 지었다. 다음 해 1755년 겨울에는 집이 추워 매화가 꽃을 피우지 않자 「박매화문駁梅花文」을 지어, 매화가 열성熱性이라 추위를 견디지 못한다고 비난했다.

이인상은 노론 청류에 속하여 대명의리對明義理를 견지하고 신임의리辛壬義理를 고수했다. 탕평 정국에 타협하지도 않았다. 그러한 신념을 매화 감상에 투영했다.

조희룡의 〈매감도〉도 청나라 그림을 모방하는 데 그친 것이 아니다. 고결한 의식을 가탁했다.

## 3.

간송미술관 소장 조희룡의 〈매화서옥도〉는 세로 106.1cm, 가로 45.6cm

5 李麟祥, 「甲子冬, 吳子敬父, 攜其二姪, 讀書于桂山洞, 李胤之·金孺文·尹子穆與麟祥皆往會. 童子執書來問者, 三人. 子穆讀論語, 孺文讀孟子, 餘人讀書傳, 朝飯後, 共讀朱書數篇, 凡逾月而罷. 谷深日靜, 人客少至. 惟宋士行·金元博一至卜夜, 權亨叔移日而去, 吳聖任以病不能會, 間日來往. 又移梅龕·竹石, 擁置座隅, 配以盆蕉. 屋甚煖, 蕉葉猶瑩碧不, 缸中養文鯽五六頭, 潑潑可翫. 香鼎·星劍·文房雅具皆備, 有時評翫移晷, 書課或斷, 聞者笑之. 然講磨之樂, 莫尙於此會. 每於暇日, 講當世之事·朋友出處之義, 痛切深微, 畢肝腑, 而朋友之靜躁堅脆, 言論之分合異同者, 皆爛漫剖析, 得於此會者, 爲多. 盖與同志, 講業一室, 而久與之處, 起居語默之間, 尤見其天眞耳. 後二年丙寅, 麟祥錄其所得詩數篇, 而識其會」, 『凌壺集』 卷1 詩.

로 종축이 길다. 종이 바탕에 수묵담채로, 백매가 흐드러지게 피어난 밤, 초옥에서 선비가 병 속의 매화를 바라보는 광경을 그렸다. 처음 그림을 그릴 때는 화찬을 써넣지 않았다. 20년 뒤에 비로소 지난날을 회고하며 화폭의 오른쪽, 조금 비어 있는 공간에 화찬을 써넣었다.

> 책방에서 오래된 종이를 얻었는데, 바로 스무 해 전에 제작한 〈매화서옥도〉였다. 대개 유희의 붓놀림이었거늘, 상당히 기발한 기세가 있으나, 연기에 그을려 거의 백 년 오래된 고물과 같이 되었다. 매화 그린 것도 이렇거늘 하물며 사람의 경우에야 더 말해 무엇 하겠는가! 먼지를 털고 펼쳐 보다가, 나도 모르게 삼생석 위에 있는 듯한 느낌이 들었다. 단로.
>
> 蠹窠中得一故紙, 乃二十載前所作梅花書屋圖也. 蓋遊戲之筆, 而頗有奇氣, 爲烟煤所昏, 殆若百年物. 畫梅如此, 況人乎? 披拂之餘, 不覺三生石上之感. 丹老.

마지막에 서명한 '단로丹老'는 조희룡의 호로, 앞서의 '단전도인'과 같은 뜻이다. 화찬의 처음에 나오는 '두과蠹窠'는 '두어과리蠹魚窠裏'라는 말로, 책좀이 우글거리는 소굴, 즉 책방을 말한다.

삼생석은 전생·금생·내생 등 삼생의 인연을 뜻한다. 당나라 간의대부 이원李源이 낙양 혜림사惠林寺 승려 원관圓觀과 우정을 나누다가, 원관이 죽은 뒤 목동으로 환생한 그를 만나 알아보았다는 전설이 당나라 원교袁郊의 전기傳奇소설집 『감택요甘澤謠』에 전한다. 중국 항주杭州 천축사天竺寺 뒷산의 바위가 그들이 해후한 삼생석이라 한다.

조희룡의 앞의 그림이 〈매감도〉인데 비하여 이 그림은 〈매화서옥도〉이다.

그림 4 조희룡, 〈매화서옥도〉, 종이에 수묵담채, 106.1×45.6cm, 간송미술관 소장.

조선 후기에는 서옥도書屋圖가 유행했다. 매화에 둘러싸인 서옥만이 아니라 녹괴綠槐, 행화杏花, 고등古藤에 둘러싸인 서옥을 그린 그림도 있다. 중국에서 명나라 심주沈周(1427~1509)의 〈도화서옥도桃花書屋圖〉, 문백인文伯仁(1502~1575)의 〈원교서옥도圓嶠書屋圖〉, 동기창董其昌(1555~1636)의 〈추림서옥도秋林書屋圖〉 등이 차례로 나온 것과도 관련이 깊을 듯하다. 서옥도는 선면도, 즉 부채그림으로도 발달했다. 명나라 중엽 두원杜垣의 〈매화서옥도선면梅花書屋圖扇面〉이 일본에 전한다.

조선에서 매화서옥도는 김정희파가 특히 존중했다. 김정희의 제자 전기田琦(1825~1854)는 30세로 요절했는데, 매화서옥도류의 그림을 여러 점 남겼다. 〈매화초옥도〉 화폭의 오른쪽 아래에는 "역매 인형이 초옥에서 피리를 불고 있는 중이다. 고람(전기)이 베끼다[亦梅仁兄草屋笛中. 古藍寫]"라고 적었다. 역매亦梅 오경석吳慶錫(1831~1879)이 초옥에서 젓대를 불고 있는 모습을 그림으로 베껴 냈음을 밝힌 것이다. 눈 덮인 산, 잿빛 하늘, 눈송이 같은 매화, 조촐한 초옥, 피리를 불고 있는 초록빛 옷의 오경석, 거문고를 메고 찾아가는 붉은 옷의 전기 자신. 짜임새가 있고 색채도 어우러져 있다.

전기도 조희룡처럼 사의의 미학을 중시했다. 25세 되던 1849년에 그린 〈매화서옥도〉에는 다음 칠언 절구를 스스로 써 두었다.

| | |
|---|---|
| 눈 올 듯한 숲에 매화 이미 피어나 | 雪意園林梅已花 |
| 서풍 불자 기러기 떼처럼 빗겨 날아가네. | 西風吹起鴈行斜 |
| 계산이 적적하게 사람 자취 없기에 | 溪山寂寂無人跡 |
| 임포 처사의 집을 묻기에 좋아라. | 好問林逋處士家 |
| 기유년(1849) 여름. | 己酉夏日 |

여름에 매화를 그리면서, 눈이 올 듯한 겨울날 매화가 서풍에 기러기 떼처럼 빗겨 난다고 했다. 실경이 아니다. 마음속 형상을 그려 낸 것이다.

전기가 소천小泉 유재소劉在韶(1829~1911)를 위해 1849년경 그린 또 다른 〈매화서옥도〉에는 화폭 오른쪽 위에 하원夏園 정지윤鄭芝潤(1808~1858)이 칠언 절구를 썼다.

| | |
|---|---|
| 귀로의 작은 다리는 가려져 분간 안 되고 | 回徑小橋遮不分 |
| 일천 향기 일만 그림자 마침내 어지러워라. | 千香万影竟披紛 |
| 매화 심는 법 전하지 않는 것은 대개 이러하여 | 種梅不傳多如許 |
| 온 산이 흰 구름이라 말할 뿐. | 只道滿山是白雲 |

그림 5 전기, 〈매화서옥도〉, 삼베에 수묵담채, 88×35.5cm, 국립중앙박물관 소장.

그림 6 전기, 〈매화서옥도〉, 종이에 수묵담채, 60.5×124cm, 간송미술관 소장.

오른쪽(즉 위를 가리킴) 고람(전기)이 만든 매화서옥도를 삼가 빌려서 나의 시 쓴 먹글씨를 높인다. 하원.

右仰倩古藍作梅花書屋圖崇余題墨. 夏園

화폭의 왼쪽 위에는 현기玄錡(1809~1860)가 1849년 여름에 칠언 절구를 써 두었다.

| | |
|---|---|
| 안개 비끼고 눈이 내려 누웠구나, 한 가지 또 한 가지. | 橫煙臥雪一枝枝 |
| 동풍이 낮은 울타리를 때리는 것도 두려워 않아라. | 不怕東風打短籬 |
| 대유령 머리의 백 그루, 천 그루 매화나무 | 大庾領頭千百樹 |
| 잎들이 떨어져선 피리 소리 속에 날리누나. | 飄零只向笛中吹 |
| 기유년(1849) 포절(단오날)에 희암(현기)이 적는다. | 己酉蒲節希庵題 |

대유령은 현재 강서성江西省과 광동성廣東省의 접경 지역에 위치한다. 한나라 무제 때 유씨 성의 장수가 성을 쌓았으므로 대유령이라 한다고 전한다. 당나라 장구령張九齡이 대유령에 길을 뚫을 때 매화를 많이 심었으므로, 이후 이 산을 매령이라고도 한다. 낙매를 피리 곡조와 연계시킨 것은, 진晉나라 환이桓伊가 〈낙매화곡落梅花曲〉을 지어 널리 전했기 때문에, 대유령의 수많은 매화 꽃잎이 떨어지는 것을 보고 이 곡조가 이루어진 것이 아니겠느냐고 한 것이다.

김정희의 애제자 허련許鍊(1808~1893)도 〈매화서옥도〉를 남겼다. 탐매의 나그네가 매화서옥을 방문하는 정경을 묘사했다. 제화는 다음과 같은 오언 율시이다.

| | |
|---|---|
| 찬 구름이 잔뜩 음기를 뭉치더니 | 寒雲結重陰 |
| 짙은 눈이 한 자나 내려, | 密雪下盈尺 |
| 뭇 봉우리는 푸른빛을 잃었어도 | 群峯失蒼翠 |
| 일만 나무는 꽃이 모두 희어라. | 萬樹花俱白 |
| 그윽한 거처는 골짝 물가에 깊고 | 幽居深磵濱 |
| 문 앞 오솔길에는 발자취 끊겼거늘, | 門徑斷行跡 |
| 그대 누구이기에 멀리 찾아왔나 | 伊誰能遠尋 |
| 응당 매화 탐방하는 길손이리. | 應是探梅客 |
| 소치. | 小癡 |

제3연의 '유거심간빈幽居深磵濱'에서 '빈濱'은 먼저 '곡曲' 자를 썼다가 글자 오른쪽에 'ㄲ' 표시를 하여 삭제하라고 지시하고 '빈濱' 자를 썼다. 입성운의 오언 율시라서 이 홀수 구의 마지막 글자는 평성자라야 한다. 따라서

그림 7 허련, 〈매화서옥도〉, 종이에 수묵담채, 21×28cm, 소치연구회 소장.

'곡曲'은 맞지 않고 '빈濱'이 옳다.

종래 이 그림에 대해 친구가 매화서옥을 찾아가는 정경이라고 풀이해 왔다. 탐매의 길손이 '우연히' 들르는 광경으로 보아야 운치가 있다.

이한철李漢喆(1808~1880) 역시 김정희 화풍을 배웠는데, 헌종 어진 도사御眞圖寫, 철종 어진 도사, 철종 어진 원유관본 도사, 고종 어진 도사에 참여했다. 이하응 초상 다섯 점도 그렸다. 그의 〈매화서옥도〉는 규모가 아주 크다.

19세기 활동한 김수철金秀哲의 〈동경산수도冬景山水圖〉도 '매화서옥'을 주제로 삼은 듯하다. 같은 시기 박기준朴基駿도 〈매화서옥도〉를 남겼다.

## 4.

〈매감도〉나 〈매화서옥도〉는 매화벽의 산물들이다. 그림의 구도는 중국에서 차용했지만, 조선의 화가들은 각자의 심상을 개성적으로 표현해

그림 8 이한철, 〈매화서옥도〉, 종이에 수묵담채, 138.3×198.3cm, 국립중앙박물관 소장.

냈다. 이 계열의 그림은 특히 사생보다 사의를 중시했다.

그렇다고 〈매감도〉나 〈매화서옥도〉가 먼 산 한 모퉁이와 늙은 나무 몇 그루와 초가집 반쪽을 그려 놓고, 그림의 법식이란 이와 같아야만 성정性情을 도야할 수 있다고 말하는 태도에서 나온 것은 아니다. 오히려 화풍이 화려하다. 사의를 중시하지만 성정의 도야와는 관계없이 치밀하고 복잡한 구도를 설정한 이러한 그림들을 어떻게 평가해야 할 것인가?

청나라 초기 고염무顧炎武(1613~1682)는 학술논문집 『일지록日知錄』에서 옛 그림은 지사指事를 했으므로 본받을 수 있고 경계할 수 있거늘 후대에는 그렇지 못하게 되었다고 비판했다.[6] 고염무는 본래 이름이 강絳인데,

명나라가 망한 이후에 염무로 바꾸고 자는 영인寧人으로 고쳤다. 호는 정림亭林이다. 항청 의식으로 학문에 힘을 쏟았으므로, 그 의식이 회화의 비평에도 강력하게 작용했다.

박규수朴珪壽(1807~1877)는 1855년 하지에 고염무의 글을 읽고 그 견해에 동조하여 발문을 작성했다.[7] 석초石蕉 정안복鄭顔復의 아들 정내봉鄭來鳳이 그림에 벽癖이 있음을 알고서 그에게 참된 그림의 세계를 알려 준다면서 글을 지은 것이다. 박규수에 따르면, 회화는 문인의 여기餘技가 아니다. 〈직공도職工圖〉나 〈청명상하도淸明上河圖〉에서 보듯, 문화를 대변하고, 문헌고증의 자료가 되며, 시대의 풍경을 모사하는 기능을 지녔다. 따라서 '화학畫學'은 진경眞境과 실사實事를 그려 실용實用으로 귀결되어야 한다. 그렇거늘 사의의 법이 흥하고 지사와 상물象物의 법이 없어져서 그림이 학문과 동떨어지고 실용의 기능을 잃고 말았다. 박규수는 이렇게 탄식하고, 지식인들이 '먼 산 한 모퉁이와 늙은 나무 몇 그루와 초가집 반쪽을 그려 놓는' 산수화를 비판했다.

> 후대 사람들은 정밀한 공부가 고인에 미치지 못하고, 또 번거로움을 견디려고 하지 않아, 화폭에 강 한 줄기와 바위 하나를 그리면서 절지折枝와 몰골沒骨의 필법을 써서 대충 선염渲染하고는 스스로 간고簡古하다 자부하여 더 마음을 기울이지 않는다. 고인일사高人逸士들의 한묵翰墨 취미라는 관점에서 좋아하고 보배롭게 여기지 않은 적이 없었다. 그러나 만약 모든 사람들이 이와 같고, 심지어 화원畫院에서 근무하는 무리들이 마땅히

6 顧炎武, 黃汝成 集釋, 秦克誠 點校(1994), 『日知錄集釋』, 岳麓書社, 764~766面, '畫'.

7 朴珪壽, 「錄顧亭林先生日知錄論畫跋」, 『瓛齋集』 卷4 雜著.

힘써야 하고 잘할 수 있는 것까지 여기에서 그친다면 화학은 망하게 될 것이다.

박규수는 영모·초충·화훼의 종류도 마음을 기울일 가치가 있다고 보되, 역시 그 가치를 실용의 관점에서 파악했다. 이를테면 이시진李時珍(1518~1593, 자 동벽東壁)의 『본초강목』에서 고증이 미흡했던 것은 훌륭한 화사가 초목의 형태와 색깔을 그림으로 밝히지 않았기 때문이라고 지적했다. 산수, 인물, 누대, 성시, 충어를 막론하고 오직 진경과 실사라야 결국 실용으로 귀결되며, 그래야 비로소 화학이라고 말할 수 있다고 했다.

〈매감도〉나 〈매화서옥도〉는 먼 산 한 모퉁이와 늙은 나무 몇 그루와 초가집 반 쪽을 그려 놓는 한갓 반 폭의 산수화는 아니다. 다만, 박규수의 관점에서 보면 이 그림들은 사의의 극한으로 나아갔다. 현대인의 취향에 부합하는 면이 있기까지 하다. 그 사의의 방식과 주제를 알려면 그림을 하나하나 감상하면서 제화 시문을 면밀하게 살펴볼 필요가 있다.

# 회화와 증언贈言

## 1.

조영석趙榮祏(1686~1761)은 노년에 문집 『관아재고觀我齋稿』를 엮어, 18세기 예술계의 동향을 매우 세밀하게 전했다.

조영석의 본관은 함안, 자는 종보宗甫, 호는 관아재 또는 석계산인石溪山人이다. '관아'는 『주역』 관괘觀卦 육삼六三 효사의 "나의 행위를 보아서 나아가고 물러간다[觀我生, 進退]"에서 가져온 말이다. 사물을 보는 '관물觀物'도 '관아'에서 비롯되어야 한다는 것이 소옹邵雍의 사상이요, 이황李滉의 해석이었다. 조영석의 아버지는 군수를 지낸 조해趙楷, 형은 한성부 우윤을 지낸 조영복趙榮福이다. 1713년 진사시에 합격했을 뿐, 대과에는 오르지 못했다. 의령 현감으로 있을 때인 1735년(영조 11) 광해군과 세조의 어진을 중모重摹하는 일에 참여하라는 명이 내렸지만 불응하여 투옥되고, 1748년 숙종 어진을 중모하는 일에 감동관으로 참여하라는 명을 받았지만 역시 사양했다. 다른 화사들과 함께 기술로 임금을 섬기는 것은 선비의 도리가 아니라는 이유에서였다. 서울 인왕산 아래 순화방順化坊에서 화가 정선鄭敾(1676~1759), 시인 이병연李秉淵과 이웃이 되어 살면서 함께 시와 그림을 논했다. 풍물을 소묘한 『사제첩麝臍帖』, 문인화의 〈유음납량도柳陰納凉圖〉, 〈강상조어도江上釣魚圖〉, 〈방당인필어선도倣唐人筆漁船圖〉 등이 유명하다.

그런데 조영석은 〈행선도行船圖〉에서, 이별에 임하여 덕담을 들려주는 증언贈言의 전통을 회화에 접목시켰다. 이는 새로운 문화관습을 반영한다. 계묘 중추, 즉 1723년(경종 3) 음력 8월에 그렸으니, 조영석 38세 때의 작품이다. 친구 김상리金相履(1671~1748)가 원주 섬강蟾江으로 낙향하게 되자 그의 청을 받아 귀거래의 뜻을 격려하는 마음을 담았다. 당시 소론이 득세하고 있는 데다가, 김상리는 출신이 한미하기까지 해서 실의에 젖어 서울을 버린 듯하다. 김상리의 자는 신로莘老이며, 섬강으로 낙향하여 별호를 섬옹이라 했다.

조영석이 김상리에게 준 화폭은 본래 두 폭이다. 왼쪽은 버드나무 아래 사람들을 태운 배가 흘러가는 장면을 그린 〈행선도〉이고, 오른쪽은 담묵으로 강 건너편 산을 그린 〈산수도〉이다. 그림의 아랫부분에는 서문과 칠언 율시를 적은 종이를 덧대었다. 오른쪽 〈산수도〉 아래에 첩련되어 있는 서문은 대개 다음과 같은 내용이라고 한다.[8]

8 이택용(2012), 「조영석(趙榮祏)의 원주행선도(原州行船圖)에 제시(題詩)를 쓰다」, 이택용의 e야기, http://blog.daum.net/lee7997/1100.

그림 9 조영석, 〈원주행선도〉, 종이에 수묵담채, 62.5×43.5cm, 개인 소장.

주부 김신로 씨가 장차 집안 식구들을 이끌고 강원도 원주의 섬강으로 아주 돌아가려 하면서 나에게 시와 그림으로 떠나는 길을 전별해 달라고 부탁했다. 나는 그림에 손을 끊은 지 여러 해 되었지만 지금 벗들이 모두 동서로 흩어져 다시 만날 일을 기약하기 쉽지 않게 되었다. 또한 김신로 씨가 부탁하는 뜻도 우연이 아니다. 오랫동안 버려둔 채 그냥 두고 볼 수 있는 것이 아니므로 마침내 김신로 씨를 위하여 이 그림을 그리고 아울러 율시 한 수를 적어 작별의 뜻을 푼다.

한편 〈행선도〉에서 배 위의 사람들은 모두 셋으로, 옷 색깔이 각기 초록색, 주황색, 노란색이다. 그 아래에 칠언 율시의 증시를 적었다.

거문고와 책을 챙겨 한 척 배에 싣고 收拾琴書載一舟
가족을 이끌고 원주로 올라간다네. 携將家室上原州
지금 서울에는 청안으로 반기는 이 없으나 卽今京洛無靑眼
돌아가는 길 강호에선 가을을 맞으리. 歸路江湖接素秋
우리 도는 봉황의 쇠미함을 어이 이루 탄식하랴? 吾道可堪衰鳳歎
그대 가는 길은 농어회 그리워 떠난 장한張瀚과도 같구려. 客行眞似憶鱸遊
이제 나 또한 타향으로 떠나니 從玆我亦他鄕去
부평초 나무인형처럼 뿔뿔이 각자 흘러가리. 萍梗東西各逐流

## 2.

김상리는 인왕산 아래 죽곡竹谷, 곧 죽서竹西에 살면서 이병연李秉淵(자 일원一源), 홍중성洪重聖(자 군칙君則), 박태관朴泰觀(자 사빈士賓), 홍세태洪世泰(자 도장道長), 정내교鄭來僑(자 윤경潤卿), 정후교鄭后僑(자 혜경惠卿), 안중관安重觀과 시회를 자주 가졌다. 안중관은 인척의 아우였다.

김상리가 원주로 이사갈 때 홍세태가 시 2수를 주었다.[9]

【첫째 수】

내가 여기 와 살게 된 이후 自我來此住
실로 두세 분들과 實爲二三子
골목 남쪽 북쪽에서 교류했으니 周旋巷南北
친족이 모여 사는 것과 무어 달랐나? 何異聚族氏

9 洪世泰, 「贈別金華老歸原峽」, 『柳下集』 卷8 詩.

| | |
|---|---|
| 하물며 내가 늙어 병이 심해지자 | 況余老病甚 |
| 맹세하길 보호해 주겠다고 말하더니, | 永言相護視 |
| 어느덧 흩어지게 되었으니 | 居然坐分散 |
| 세상사가 이 지경에 이르렀구려. | 世事今到此 |
| 윤경(정내교)은 남쪽으로 가려 하고 | 潤卿欲南爲 |
| 그대도 수레 몰아 떠나서, | 君亦命駕起 |
| 조각배에 식구들 싣고 | 扁舟載十口 |
| 동쪽 향해 아득한 가을 물에 뜬다니. | 東路杳秋水 |
| 쓸쓸한 서너 이랑의 밭 | 蕭條數畝田 |
| 멀고 멀어라 궁벽한 협곡 속. | 邈矣窮峽裏 |
| 어이 새 짐승과 무리 이루겠나 | 且可羣鳥獸 |
| 향리를 떠난다니 종내 슬프구나. | 終悲去鄕里 |
| 붉은 문의 훈척들은 하늘 태울 기세 | 朱門勢熏天 |
| 편안히 앉아 있을 이 누구랴? | 安坐竟誰是 |
| 밭 가는 일이 어찌 고달프지 않으랴만 | 躬耕豈不苦 |
| 멀리 떠도는 것보다야 낫고말고. | 猶勝遠流徙 |
| 그윽한 정회를 임천에 부치고 | 幽懷寄林泉 |
| 남은 힘은 경전과 역사서에 쏟구려. | 餘力在經史 |
| 평소 산수 간에 터 잡을 뜻이더니 | 平生卜居志 |
| 함께 떠나지 못해 한스러워라. | 恨不同逝止 |
| 하늘과 땅 드넓은 공간 속에 | 乾坤莽寥闊 |
| 만고토록 유일한 지기였더니, | 萬古一知己 |
| 도리어 이렇게 기약 없이 이별하고 | 顧此無期別 |
| 석양은 서강에 임박했구나. | 頹景迫西汜 |

| | |
|---|---|
| 이제부턴 골목에 친구 없으니 | 從今巷無人 |
| 생사를 누구에게 물어보지? | 誰復問生死 |

【둘째 수】

| | |
|---|---|
| 그대 지금 떠나가면 죽서가 텅 비어 | 君今去矣竹西空 |
| 문 닫고 시 읊는 것은 이 노인뿐이리. | 閉戶幽吟獨此翁 |
| 어느 때인들 이별 눈물 흘리지 않으랴 | 吾輩幾時無別淚 |
| 세간 어디인들 가을 바람 불지 않으랴. | 世間何處不秋風 |
| 흰 배로 강호에 뜨는 온 가족을 전송하나니 | 全家白舫江湖送 |
| 협곡 마을에서 호랑이 표범과 결하겠지. | 絶峽荒村虎豹同 |
| 낙목한천 외론 등불 아래 상념에 젖어 | 落木寒燈他夜意 |
| 날 그리워하며 기러기 부러워하리. | 相思兩地一歸鴻 |

이병연 등은 김상리를 위해 전별연을 베풀고 시를 써 주었다. 김시민金時敏(1681~1747)은 이병연의 증시를 보고 차운하여 한 수(「차천소별신로귀협차운槎川所別莘老歸峽次韻」)를 주었다.[10]

| | |
|---|---|
| '야윈 말로 시내 서리를 밟는다' | 羸馬朝騎溪踏霜 |
| 시구 읊으니 입에서 향기가 나네. | 新詩一讀口生香 |
| 베개 가에 가을빛은 노란 국화 또렷하고 | 秋光枕側黃花在 |
| 술병 앞두고 이별하자니 백발이 더부룩. | 別意樽前白髮長 |
| 옛 그림 처마에 걸린 듯 가랑비 뿌리고 | 古畫揭簷吹細雨 |

10 金時敏, 「槎川所別莘老歸峽次韻」, 『東圃集』 卷4 詩.

외론 돛배 협곡에 들어가는 날 중양절 가깝구나. 孤帆入峽近重陽
어려운 시절 저물녘에 친척도 벗도 흩어지니 時危歲暮親朋散
나 또한 쓸쓸히 어느 곳으로 향하랴. 我亦飄零何處鄉

김시민 등은 김상리를 위한 전별연에서 분운分韻을 하여 시를 짓기도 했다. 분운은 어떤 시구나 문구의 글자를 임의로 뽑아서 운자로 사용해서 시를 짓는 것을 말한다. 김시민에게 「우추두운又抽杜韻, 증신로贈莘老」라는 제목의 오언 율시 1수가 있다. 제목은 '두보 시를 가지고 여럿이서 분운을 하여 신로(즉 김시민)에게 주었다'라는 뜻이다.[11]

배 마련하여 강협으로 향하려고 理楫將江峽
한성에선 말달리길 멈추었네. 停鞍且漢城
시절 우려하여 장가 단가 읊으며 憂時長短語
가는 사람 보내자니 늙은이 마음 아프다. 垂老去留情
책상 앞 국화는 깊은 가을빛 案菊深秋色
담 아래 파초에는 비 듣는 소리. 墻蕉落雨聲
섬곡이 좋다고 들은 지 오래건만 久聞蟾曲好
박처럼 매달린 내 신세가 부끄럽구려. 匏繫愧吾生

김상리는 영조 즉위 후 부름을 받고 다시 벼슬길에 올랐다. 곧 1725년(영조 원년) 1월 29일 내섬시 주부에 제수되었다가 4월 28일 한성부 주부로 체직되었으나, 5월 19일에는 영유 현령永柔縣令으로 나갔다. 1728년

11 金時敏, 「又抽杜韻, 贈莘老」, 『東圃集』 卷4 詩.

8월 19일 익찬에 제수되었다.

김상리가 1748년 타계하자, 남한기南漢紀(1675~1748)는 만시로 율시 2수(「김신로만金莘老輓」)를 지었다.[12]

【첫째 수】

| | |
|---|---|
| 헌걸찬 모습에 천진을 온축하여 | 頎然古貌蘊天眞 |
| 악착스런 사람 되길 수치로 알았지. | 齷齪羞爲末俗人 |
| 도필 쥔 관리로 장부 정리나 하겠나 | 刀筆寧堪掾吏役 |
| 서적만 가득할 뿐 가난한 살림. | 圖書不潤室家貧 |
| 의관에 속박당함 부질없는 일 | 衣冠束縛皆虛擈 |
| 산택의 야윈 모습이 본래 몸인걸. | 山澤淸臞是本身 |
| 오래 살아 벼슬 높아도 한바탕 꿈 | 遐壽達官都夢幻 |
| 교외에 기린마 석상은 덤불에 묻혀 있네. | 郊原草沒石麒麟 |

【둘째 수】

| | |
|---|---|
| 사립문 닫아걸고 방 안은 썰렁해도 | 衡門深閉壁徒虛 |
| 손님 와도 편하게 누워 맞았지. | 客至披帷臥自如 |
| 궁핍한 살림에도 부인은 찌푸리지 않고 | 入室不嚬眉睫色 |
| 그대는 이가 닳도록 인물 논했지. | 論人終惜齒牙餘 |
| 흉중에는 티끌이란 없었고 | 胸藏傑氣無塵物 |
| 문장은 진부한 말 하나 없었다. | 文棄陳言獨古書 |
| 줄 끊어지고 거문고도 부서지고 말았으니, | 其奈破琴絃亦斷 |

12 南漢紀, 「金莘老輓」, 『寄翁集』 卷3 律詩.

| | |
|---|---|
| 한가롭게 동무하여 타던 그것을. | 手彈曾是伴閑居 |

김상리의 척제 안중관은 장편의 제문을 남겼으나 생략한다.[13]

## 3.

김상리는 원주로 떠날 때 정선에게도 그림과 시를 요청했다. 이에 대해 남한기가 시를 남겼다. 「김신로가 섬곡(섬강 구비)의 별장으로 귀거래하면서 정원백(정선)에게 그 뱃길 여행의 그림을 그려 달라고 하고 여러 친우들에게 시를 요청하여 장식하려고 하기에 홍도진(홍중주)의 시에 화운하여 준다[金莘老大歸蟾曲別業, 倩鄭元伯畫寫其舟行, 要諸友作詩以侈之. 聊和洪道陳韻, 贈之]」라는 제목이다.[14]

| | |
|---|---|
| 성 서쪽 갠 하늘에 기러기 소식 들으려니 했건만 | 西郭天晴候鴈聞 |
| 친구가 내일 아침 새벽 별 나뉘듯 떠난다네. | 故人明發曙星分 |
| 안개 낀 골짝을 누가 그대와 다투랴 | 霧林一壑誰爭子 |
| 무리진 달 외론 배를 그림으로 그렸구나. | 烟月孤舟更畫君 |
| 산 가까이 선경은 약초 창출 많이 나서 | 仙路近山多藥朮 |
| 거문고 넣어 두고 시문도 치워 두리. | 琴身藏橐並詩文 |
| 이 일이 무심하게 가는 행차 아니니 | 今行不是無心往 |
| 뒷부리에서 구름 나오듯 하지는 마오. | 莫作他時出峀雲 |

13 安重觀, 「祭戚兄金翊衛莘老文」, 『悔窩集』 卷8 祭文.

14 南漢紀, 「金莘老大歸蟾曲別業, 倩鄭元伯畫寫其舟行, 要諸友作詩以侈之. 聊和洪道陳韻, 贈之」, 『寄翁集』 卷2 律詩.

남한기는 정선이 김상리를 위해 그려 준 그림을 보고 다시 별도로 칠언 절구 1수를 지어 해학의 뜻을 부쳤다. 「신로의 〈섬강귀주도〉에 장난삼아 쓰다[戱題莘老蟾江歸舟圖]」라는 제목이다.[15]

| | |
|---|---|
| 원백(정선)의 그림은 붓놀림 호쾌해라 | 元伯新圖放筆豪 |
| 파도 뚫고 귀거래 배 떠가는 그림. | 畫君歸舶泛江濤 |
| 몸 숨기는 일을 번거롭게 그릴 것 없으리 | 藏身不必煩模寫 |
| 예로부터 고명한 이들은 자취를 숨겼거니. | 從古高人諱跡高 |

오늘날 정선이 김상리를 위해 그린 그림은 어디에 있는지 알 수 없다. 만일 정선의 그림이 발견된다면 조영석의 그림과 비교할 수 있을텐데, 아쉽다.

15 南漢紀, 「戱題莘老蟾江歸舟圖」, 『寄翁集』 卷3 絶句.

# 목동의 시를 그림으로

## 1.

단원 김홍도가 그린 〈도강도渡江圖〉가, 통신사를 따라 일본에 갔다 온 송수관松水館 김달황金達晃의 『송수관화첩』에 들어 있다. 이 화첩은 산수인물, 풍속, 독수리, 잉어, 호렵(매사냥) 등 19점으로 이루어져 있는데, 앞 세 폭은 김홍도의 작품으로 간주된다. 국립중앙박물관에 있다.

〈도강도〉는 화면이 변각 구도를 취하여, 생동감이 뛰어나고 여운이 있다. 화폭 왼쪽 구석에 제화 시구를 써 두었고, 호수(또는 강)의 위에 다음과 같이 화제를 밝혀 두었다.

동호의 봄 물빛은 쪽빛보다 푸르고　　東湖春水碧於籃

| | |
|---|---|
| 두세 마리 흰 새를 분명히 보았더니, | 白鳥分明見兩三 |
| 한 번 노 젓는 소리에 모두 날아가고 | 柔櫓一聲飛去盡 |
| 황혼 녘 산 그림자만 빈 호수에 가득하군. | 夕陽山色滿空潭 |

이 화제는 그림이 나타낼 수 없는 시간 변화(두세 마리 흰 새가 있다가 사라짐)와 소리(한 번 노 젓는 소리)를 관람자에게 각인시키기 위하여 노력했다.

이 화제에 대해 이덕무李德懋(1741~1793)는 『청비록淸脾錄』에서 그것이 운포雲浦 상국의 노비 정 초부鄭樵夫의 시라고 했다. 운포는 숙종 때 영의정을 지낸 여성제呂聖齊(1625~1691)이다. 다만, 여성제의 자손은 정 초부가 집안의 종이 아니었다고 했다. 시조시인 노산 이은상(1903~1982)이 『신취미新趣味』 창간호(1930. 5.)에 게재한 「정 초부의 시가」에 나와 있다. 활동 시기는 확실히 여성제의 시기와 달리 정조, 순조 연간이었을 것이다.

정 초부는 나뭇짐을 지고 동문 안으로 들어가서 노상에서 나무를 판 뒤에 쌀을 사서 등에 지고 집으로 돌아가고는 했다고 한다. 오가는 길 위에서 시를 읊었다는데, 그의 시에 이런 구절이 있다.

| | |
|---|---|
| 글하는 이 몸이 나무하며 늙다 보니 | 翰墨聲名老採樵 |
| 두 어깨에 가을빛이 문득 쓸쓸하다. | 兩肩秋色動蕭蕭 |
| 장안 큰길로 산바람 불어 들 때 | 山風吹入長安路 |
| 동문 두 다릿목에 동이 트누나. | 曉到東門第二橋 |

문장이 뛰어났던 여춘영呂春永(1734~1812)도 정 초부의 시를 즐겨 외웠다고 한다. 여춘영이라 하면 정수영鄭遂榮(1743~1831)이 1797년 가을에 함께

금강산을 유람한 인물이다. 정수영은 2년 후 23점의 그림과 3점의 글을 모아 『해산첩海山帖』을 엮었다. 국립중앙박물관 동원컬렉션의 하나이다.

남공철南公轍(1760~1840) 등의 시사詩社 모임을 그린 〈화속서원아집도畫續西園雅集圖〉를 보면, 나무꾼 차림에 벌건 두 다리를 내놓고 짚신을 신은 인물이 손에 시지詩紙를 든 모습이 나온다. 그가 곧 정 초부라고 한다.

김홍도의 〈도강도〉 화폭 위쪽에 있는 시가 곧 정 초부의 시이다. 노산 이은상은 이 시에 대해 이렇게 덧붙였다.

> 아정 이덕무가 그의 저 『청비록』에 초부는 운포 상국의 종이라고 했으나, 그것이 큰 실필失筆임은 운포 상국의 자손이 그렇지 않음을 명확히 증좌하는 바니, 아무리 하여도 그 초부는 이름과 사적을 알 길이 없는 그리운 시인이다. 그의 시를 송誦하고 역譯하니 다만 나무 진 그 모양이 더욱 눈 앞에 나타나 마음의 쓸쓸함을 참을 길 없다. 경오 4월 초草.

## 2.

18세기 말, 19세기 중엽에는 방랑시인으로서 이름 높은 이들이 여럿 있었다. 그 풍조 속에서 급기야 김삿갓이 부각되기에 이른다.

김홍도의 〈석양귀소도夕陽歸巢圖〉는 방랑시인 이평량李平凉, 즉 이 패랭이의 시를 화폭에 배치했다. 학이 날아가는 광경을 학을 연상시키는 어휘 없이 묘사한 시이다.

| | |
|---|---|
| 호기롭게 해질녘 홀로 서서 | 軒軒獨立夕陽時 |
| 녹음방초 십리명사도 권태로운 듯, | 芳草明沙倦垂宜 |

그림 10 김홍도, 〈석양귀소도〉, 종이에 수묵담채, 29.3×34.5cm, 간송미술관 소장.

| | |
|---|---|
| 홀연히 흰 물결 일으키며 떠나가니 | 意到忽然飜雪去 |
| 청산 그림자 속을 누구 약속에 대어 가나. | 青山影裏赴誰期 |

평량자平凉子는 패랭이, 평량립平凉笠이라고도 한다. 상주가 쓰던 갓의 한 종류로, 대나무 껍질을 이용해 가늘게 쪼개서 위를 둥그렇게 만들었다. 이유원李裕元의 『임하필기林下筆記』는 조극선趙克善(1595~1658)의 『야곡삼관기冶谷三官記』를 인용해,[16] 백성들이 예전에는 모두 흰 패랭이를 썼고, 역졸들만 검은 패랭이를 썼다고 했다. 임진왜란 때는 양반도 검은 패랭이를 썼으므로, 양반을 흑립자黑笠者라고 했다. 한편, 평안도와 함경도 사람들은 북방 민족처럼 모전립毛氈笠을 썼다. 1618년 명나라의 요청으로 요동으로 출병하는 일이 있은 뒤로는 모전립을 쓰는 사람이 더 많아졌다. 정

16 李裕元, 『林下筆記』 卷17 文獻指掌編 '平凉子'.

묘호란 이후로는 사대부 가운데도 이를 쓰는 사람이 있었고, 무인 고관도 모두 이 모자를 썼다. 모전립은 혹은 전립戰笠이라고도 한다.

김홍도의 〈석양귀소도〉에 화제를 제공한 이평량은 곧 이단전李亶佃(1755~1790)을 말한다.

이단전은 유언호兪彦鎬(1730~1796)의 종이었다. 본관은 연안延安이지만, 어머니가 종이어서 그 신분을 물려받았다. 자는 운기耘岐, 경부耕傅, 호는 필재疋齋·필한疋漢·인재因齋. 패랭이를 쓰고 다녔으므로 이 패랭이라고 불렸다. 이름 단전은 '진실로 밭 가는 놈(소작인, 종놈)'이란 뜻이다. 또 필재라는 호는 필疋을 파자하면 하인下人이 된다.[17] 운기와 경부는 김매고 밭갈이하는 사람이란 뜻이다.

그는 1781년 봄 남인 명사 이용휴李用休(1708~1782)를 찾아가 자신의 시집 『하사고霞思稿』를 보여 주었다. 이용휴는 벽도화碧桃花 가지를 꺾어 건네고, 다음과 같은 서문을 주었다.[18]

> 노인이 할 일이 없어 곁에 있는 손님에게 평소에 본 기이한 구경거리나 특이한 소문을 말해 달라고 했다. 한 분이 이렇게 말했다. "아무 해 겨울 날씨가 봄처럼 따뜻했는데 홀연 바람이 일더니 눈이 내렸습니다. 밤이 되어 눈이 그치자 무지개가 우물물을 마셨습니다. 마을 사람들이 깜짝 놀라 소란을 피운 일이 있답니다." 또 다른 손님은 이런 이야기를 들려주

17 남공철의 「이군시서」, 『금릉집』 권11 및 심노숭의 『자저실기』, 『이향견문록』, 『호산외사』, 『근역서화징』 등에 관련 자료가 있다. 영조 때 여항 시인의 시 700여 수를 모은 『풍요속선』에서는 그의 호를 인헌이라 하고 연안 이씨라고 밝혔으나 근거는 알 수 없다. 이상각(2014), 『조선노비열전』, 유리창.

18 심경호(2012), 『한문산문미학』, 고려대학교출판부.

었다. "지난번 만난 행각승이 이런 이야기를 했습니다. 언젠가 깊은 산골짜기로 들어갔을 때 한 짐승과 맞닥뜨렸는데 범의 몸뚱아리에 푸른 털을 하고 뿔이 난 데다가 날개가 돋쳐 있고 소리는 어린아이와 같았다고 합니다." 이야기를 듣고 나서 나는 황당한 거짓말 같아 도저히 믿을 수가 없다고 생각했다. 다음 날 아침 한 소년이 찾아와서 시를 평해 달라고 했다. 이름을 물었더니 이단전이라고 했다. 이름부터 남들과 달라서 놀랐는데 시고를 펼치자마자 괴상하고 번쩍번쩍한 빛이 솟구쳐 무어라 형용하기가 어려워, 범상한 사고를 넘어서 있었다. 그제야 비로소 앞의 두 손님 이야기가 거짓말이 아님을 믿게 되었다.

이단전은 처음에 남유두南有斗(1725~1798)에게 시를 배우고 나중에 이덕무에게서 시를 배웠다고 한다. 남유두는 남공철의 족숙으로, 물정에 어두웠지만 시에 뛰어났다. 남공철이 그를 위해 사시私諡를 진락眞樂이라 지어 주고, 「진락선생묘지명眞樂先生墓誌銘」을 지었다. 남유두는 한 달 내내 머리를 빗지 않고 한 해 내내 발을 씻지 않아서 딸이 그의 등을 긁고 나면 먼지와 때가 손톱 밑에 가득했다고 한다.

조수삼趙秀三이 「이단전전李亶佃傳」을 지었는데, 이단전은 남에게 글씨를 써 주고 대가를 받아 먹고살았다고 한다. 하루에 30장에서 50장을 베끼고서 돈을 얻으면 술을 사서 마시고, 취하면 초서를 휘갈겼다. 한두 줄에 10여 자를 쓰면서, 오른쪽부터 쓰기 시작하여 왼쪽으로 쓰기도 하고, 아래쪽부터 쓰기 시작해서 위쪽으로 쓰기도 했다. 주문籀文은 종횡하고 기운이 드세서 자획이 틀에 박힌 위치가 없는 듯했다.

남공철은 이단전의 시집에 쓴 서문(「이군시서李君詩序」)에서 그의 기행에 대해 이렇게 전했다.

군은 역사서를 읽다가 충신과 열사가 절개를 지켜 항거하고 의를 좇아 목숨을 버리며, 창과 칼날을 밟고 쏟아지는 화살과 바위를 무릅쓰고 나아가는 장면을 보면, 책 위에서 데굴데굴 구르고 펄쩍펄쩍 뛰다가 어떤 때에는 하염없이 목 놓아 통곡하기도 했다. 그러다가 천하가 잘 다스려져 유술儒術을 높이고 예악을 일으키는 장면에 이르러서는 멍하니 걱정이 사라져서 대낮에 꾸벅꾸벅 조는 사람인 듯이 했다. … 군은 술을 즐겨 마셨는데, 술을 마신 뒤에 사대부를 만나면 그들의 잘못을 직설적으로 지적했으며, 때로는 모욕을 주고도 그 사실을 깨닫지 못했다. 이로 말미암아 비방하는 사람이 매우 많아서, 군을 광생狂生이나 망자妄子라고 지목했다. 그러나 우리 모두 그의 재주를 아꼈다.

이단전은 밤마다 기름 등불을 밝히고 꼿꼿이 앉아서 시를 썼다. 시를 짓고 나서는, 중국을 배우는 학자에게 보여 줄 때는 분전태사지粉牋太史紙에 쓰고, 중국을 배척하는 학자에게 보여 줄 때는 보통 종이에 썼다. 날이 밝으면 문밖으로 나가 여러 문인과 명사를 두루 찾아가서 비평을 받았다. 이덕무에게 시를 배운 뒤로는 예전 시고를 모두 불태우고 명나라 서위徐渭(1521~1593), 원굉도袁宏道(1568~1610), 종성鍾惺, 담원춘譚元春을 따르려고 했다.

그의 시 가운데 「청금시聽琴詩」의 '오동잎은 쓸쓸히 떨어지고, 시내 안개는 적적하게 일어나네[桐葉簫簫下, 溪雲寂寂生]'라든가 「수성동시水聲洞詩」의 '지는 해는 흐물흐물하고, 뜬 구름은 절로 아름답구나[落日無餘力, 浮雲自幻容]'라는 구절은 특히 유명하다. 「수성동시」는 그 자신의 죽음을 암시했다고 해서, 참시讖詩라고 알려졌다.

「거미[蜘蛛]」는 경륜을 지닌 것처럼 보이는 거미를 탐학한 권력자에, 바람 타고 날아다니는 나비를 경박자에 비유하고, 두 행태를 모두 비판했다.

| | |
|---|---|
| 불룩한 뱃속에 경륜이 있어 | 滿腹經綸在 |
| 제 몸 도모하려 그물을 쳐 놓고, | 謀身網羅爲 |
| 이슬방울 점철해 두어 | 露珠能點綴 |
| 바람결 나비를 걸려들게 만드네. | 風蝶使橫罹 |

이단전은 화가 최북崔北(1712~1786)과 친해서 그를 남공철에게 소개했다. 어떤 이가 이단전을 집안 처녀와 결혼시키고 살림을 차려 주려고 사대부들에게 도움을 청한 적도 있으나, 그를 미워하는 사람이 방해하여 성사되지 못했다. 이후 이단전은 머리를 풀어 헤치고 미친 듯 노래를 부르다가 길에서 쓰러져 죽었다. 36세였다. 그를 알던 사람들이 돈을 모아 서산 자락에 묻었다고 한다.

언젠가 이단전이 심노숭沈魯崇(1762~1837)을 찾아가 함께 술을 마시고 시를 지은 일이 있었다. 심노숭은 『자저실기自著實記』에서 이단전의 죽음을 너무도 안타까워했다.

을사년(1785, 정조 9) 겨울에 내가 원정園亭에 머물 때 마침 큰 눈이 내리고 방 안의 매화가 몇 송이 꽃을 피우고 있었다. 아무것도 생각하지 않고 쓸쓸하게 있었는데, 홀연 단전이 왔다. 서둘러 술을 내어 함께 마셨다. 날도 저물었기에 머물게 하고 대화나 나누자고 했더니, 단전이 사양하며 "밤에 다른 사람과 놀기로 약속했는데 식언할 수가 없습니다" 했다. 할 수 없이 그러라고 했는데 그러고 나니 몰취미하기 짝이 없었다. 다음 날 아침 들으니 단전이 이웃에 사는 선비 임하상任夏常의 집에서 죽었다는 것이 아닌가! 대개 임하상과 술을 마시기로 약속한 것인데 술이 과하여 갑자기 죽은 것이었다. 그를 그냥 보내지 않았던들 죽지 않았을 것을! 지금 생각해도 너무 놀라서 실색하지 않을 수가 없다.

이단전 말고 이 패랭이란 호로 알려진 사람이 또 있다. 신선의 부류라는 이정해李廷楷가 그이다. 성해응成海應(1760~1839)의 글에 따르면 이 인물은 성욕과 식욕이 절륜했다.[19] 시를 잘했다는 말은 없다.

이정해는 완산 사람이다. 젊어서 광주廣州에 거처했다. 아내를 맞아 어여삐 여기고 흠뻑 사랑에 빠지자, 아내는 "나 때문에 당신이 고달프군요. 다시 와서 나를 가까이하면 나는 죽을 겁니다" 했다. 이정해는 "알겠소" 하고는 얼마 있다가 다시 가까이했다. 아내는 "그대에게 죽을 거라고 약조했거늘 당신이 약조를 돌아보지 않았으니 난 죽으렵니다" 하고는, 목을 매었다. 이정해는 자기 때문에 아내가 죽게 된 것을 한스럽게 여겨 자신을 추스를 줄을 몰랐다. 마침내 밭과 집, 종복을 모두 버리고 사방으로 떠돌며, 남이 자신을 알아볼까 봐 자칭 이 패랭이라고 했으니, 머리에 쓰고 있는 것을 가지고 이름을 삼은 것이다. 언젠가 말하길, "내가 이런들 저자가 어찌 그럴 수 있단 말인가!" 했다. 아내의 거절을 한스러워한 것이다. 선친께서 선인문宣仁門 밖에서 고기를 구워 먹으며 모임을 가졌을 때 이정해가 소식을 듣고 이르러 와서는 아주 게걸스럽게 먹어 댔다. 섭서葉西 권공權公(권엄權欕)은 "그자가 먹고 마시는 것은 보통 사람의 본성과 다르

19 成海應, 『研經齋全集』 卷18 文二 雜著 '談異'.

다" 했다. 나도 아주 기이하게 여겼다. 뒤에 그는 파주의 점사에서 죽었다. 지금 봉화奉化 군수 윤동수尹東壽(1748~?)에게 들으니, 이정해가 마전麻田의 한 인척 집에 가서 장국을 달랬는데, 그 집에서 그가 평소 잘 마신다는 것을 알고 서너 동이를 내주자, 즉시 다 들이마셨다고 한다. 그가 죽은 후 그의 문도가 새재를 가다 보니, 흰 사슴 한 마리가 길가에 있고 이정해는 바위 위에서 자고 있었다. 문도가 놀라, "공은 죽지 않으셨던가요?" 하자, 이정해가 일어나, "너는 어디서 왔느냐?" 하고는 사슴을 타고 가서, 이후 간 곳을 알 수 없었다고 한다. 이는 윤동수 어른이 분명히 들은 말이다.

신선은 존재하지만 그들이 범용한 자들 사이에 숨어 있기 때문에 사람들이 모르는 것이 아니겠는가! 인물을 가벼이 의론할 수 없는 것이 이와 같구나!

# 제화의 미학

## 1.

옛사람들은 산수도에도 글씨를 써넣었고, 초목도에도 글씨를 써넣었다. 그림 한구석에 시를 적는 것은 남송 때부터라고 한다. 곧, 남송의 화가들은 그림에 제화의 시구를 적었다. 남송의 화가들은 호수나 늪을 자주 접했으므로 산을 그리더라도 물을 주요한 대상으로 삼았다. 남송의 마원馬遠은 자신의 〈산경춘행도山徑春行圖〉에 다음 화찬을 적었다.

| | |
|---|---|
| 소매 스치는 들꽃은 바람결에 춤추고 | 觸袖野花多自舞 |
| 사람 피해 나는 새는 울음을 그쳤구나. | 避人出鳥不成啼 |

그림 11 마원, 〈산경춘행도〉, 비단에 수묵담채, 27.4×43.1cm, 대만 고궁박물원 소장.

이후 시문과 그림을 하나로 결합하는 미적 양식이 발전하게 되었다. 제화는 회화를 경境에 매몰시키지 않으며 주관에 속박시키지도 않는다. 경과 주관을 벗어난 새로운 미적 향유의 세계를 열어 보인다.

제화를 지닌 그림 가운데서도 시의도와 문의도는, 화가가 화제로 사용한 원래의 시문을 조회함으로써 자기 그림의 주제를 비교적 분명하게 한정할 수 있다. 그렇기에 관람자로 하여금 그림의 주제를 비교적 정확하게 파악하게 도와주기도 한다. 단, 화가가 처한 환경이나 화가가 품은 생각은 화제에 사용된 원래의 시문이 창작된 순간의 그것과 반드시 일치하는 것은 아니다. 더구나 제화의 시문이 그림의 묘사 내용과 반드시 일치하는 것도 아니다. 따라서 시의도나 문의도라고 하여도 화가의 주제의식이나 작성의도를 명료하게 포착할 수 있는 것은 아니다. 하물며 화제로 사용된 원래의 시문이 지닌 문맥상의 의미를 제대로 이해하지 못한다면, 감상자는 화제와 그림 사이의 연관성을 애당초 파악할 수가 없다.

흔히 제화 시문이라 알고 있는 것 가운데는 실은 고전의 시문이나 문인의 시문을 절취하거나 전재한 것이 있어서, 그 그림을 시의도나 문의도로 분류하여야 할 것도 있다. 물론 본래의 그림은 시문을 저본으로 한 것이 아니지만 그림 속의 의경意境이 특정 시문의 어구나 그 시문의 주의主意를 연상시키므로 본인이나 제3자가 그림의 완성 이후에 그 시문 전체나 일부를 전재한 경우도 있을 것이다. 다만, 화가 자신이 그림을 그린 이후에 고전의 시문이나 문인의 시문을 절취해서 전재한 경우는 시의도나 문의도로 보아도 무방할 듯하다.

## 2.

양팽손梁彭孫(1480~1545)의 〈산수도〉는 다음 제화를 지니고 있다. 흔히 한 수의 시로 알려져 왔지만, 오언 절구 3수이므로 바로잡아야 한다.

【첫째 수】

| | |
|---|---|
| 맑은 강가에 집을 짓고 | 家住淸江上 |
| 갠 날 날마다 창 열어 놓나니, | 晴窓日日開 |
| 그림 같은 숲 그림자 산촌을 보호하고 | 護村林影畫 |
| 빠른 여울 소리에 세상일 귀먹누나. | 聾世瀨聲催 |

그림 12 양팽손, 〈산수도〉, 종이에 수묵담채, 88.2×46.7cm, 국립중앙박물관 소장.

【 둘째 수 】

| | |
|---|---|
| 나그네 돛배 썰물에 닻 내리고 | 客棹隨潮泊 |
| 고기잡이배 낚시 거두어 돌아오네. | 漁船捲釣廻 |
| 저 멀리 소요하는 나그네는 | 遙知臺上客 |
| 산 구경 나온 것이리. | 應爲看山來 |

【 셋째 수 】

| | |
|---|---|
| 강이 드넓어 세간 티끌과 멀고 | 江闊飛塵隔 |
| 여울 요란하여 속된 말 들리지 않네. | 灘喧俗語聾 |
| 고깃배야 오가지 말아라 | 漁舟莫來往 |
| 세상과 통할까 두렵구나. | 恐與世上通 |

양팽손은 조선 중종 때 문장과 서화로 명성을 얻은 문신이다. 조선 후기의 윤두서, 말기의 허련과 함께 호남을 대표하는 문인화가로 손꼽힌다.

32세인 1519년 남곤, 심정, 홍경주 등 훈구재상들이 조광조, 김정, 김식 등 신진사류를 몰아낸 기묘사화에 연루되어 관직이 삭탈되었다. 낙향해서 자신의 호를 딴 학포당學圃堂에서 은거하며 서화에 힘썼다. 〈산수도〉에 적혀 있는 이 3수는 자적한 은둔 생활을 노래한 듯하다.

정선의 〈금강전도金剛全圖〉는 한국 산수화의 신기원을 이룬 걸작으로 꼽힌다. 그림 상부 좌측, 곧 왼편 하늘 복판에는 '금강전도 겸재謙齋'라는 관서와 백문 방인白文方印이 있고, 우측에는 칠언시가 반원형을 이루도록 배열했으며, 그 둥그스름한 중앙에 '갑인동제甲寅冬題'라고 제작 시기를 밝혀 놓았다. 1734년 겨울 작이다.

정선은 금강산 봉우리들을 한 개의 둥근 원 안에 들어가도록 배치했

그림 13 정선, 〈금강전도〉, 종이에 수묵담채, 130.7×94.1cm, 삼성미술관 리움 소장(국보 제217호).

다. 하단의 두 모서리는 비워 두어 전체적으로 둥그스름하다. 종적 구성을 보면, 윗부분에 비로봉이 우뚝하고, 거기서 화면의 중심인 만폭동을 지나 아랫부분으로 향하면, 그 끝에 장안사의 비홍교가 보인다. 그리고 왼쪽으로는 송림이 우거진 푸른 산을 설정하고 오른쪽으로는 골격만 드러낸 금강산 암봉들이 장관을 이룬다. 이러한 화폭 배치는, 다른 연구자가 이미 지적했듯이, 『주역』의 사고방식을 도입했다고 볼 수 있다. 다만, 토산과 암봉의 대비는 흔히 생각하듯 태극 모양이 아니다. 태극은 이러한 종단선을 갖지 않고, 음과 양이 뒤얽힌다. 이 종단선은 선천도先天圖의 남북을 잇는 종단선을 연상시킨다.

오른편 상단의 제시는 모두 11행 56자이다. 관지 글씨까지 합하면 천간 지지의 수 60자와 일치한다. 글자의 수는 각 줄마다 10, 7, 4, 4, 2, 1, 2, 4, 4, 7, 11자로 배열했다. 음양과 사상四象의 분화 원리를 차용했다고 보아야 할지, 잘 모르겠다. 그런데 56자 제화는 다음의 칠언 율시이다.

| | |
|---|---|
| 만 이천 봉 개골산 | 萬二千峰皆骨山 |
| 어느 누가 본모습을 베껴 내었나. | 何人用意寫眞顔 |
| 중향봉 향기는 부상 밖에 부유하고 | 衆香浮動扶桑外 |
| 하늘의 쌓인 기운은 온 누리에 서리었네. | 積氣雄蟠世界間 |
| 서너 떨기 부용봉은 흰 빛깔 날리고 | 幾朶芙蓉揚素彩 |
| 송백 숲에는 절 문이 보일 듯 말 듯. | 半林松栢隱玄關 |
| 발걸음 옮겨 두루 찾아본다 해도 | 縱令脚踏須今遍 |
| 조물주 안 아끼는 풍광을 베갯머리에서 봄만 같으랴. | 爭似枕邊看不慳 |

이 시는 봉우리 이름을 묘사어로도 사용하면서 금강산 절경을 한껏 담

파하듯 하되, 결국 〈금강전도〉의 빼어난 묘사를 호평했다.

미련(제7구와 제8구)에서는 실제의 유산遊山보다 〈금강전도〉를 와유臥遊하는 것이 더 낫다고 말했다. '불간不慳'은 아끼지 않는다는 말이다. 흔히 삼라만상의 비경은 조물주가 세속의 인간에게 보여 주지 않으려고 아껴 둔다고 한다. 하지만 베갯머리에 그림을 두고 와유하면 조물주도 비경을 숨겨 두지 못하고 어쩔 수 없이 모두 드러내리라고 기대했다.

와유란 남조 송나라(유송) 종병宗炳의 고사에서 나온 말이다. 종병은 아내가 죽은 후 슬퍼하다가 승려 혜견慧堅의 가르침에 따라 감정을 추스르고, 서쪽으로는 형산荊山과 무산巫山에 오르고 남쪽으로는 형산衡山과 악산岳山에 올랐다. 하지만 병 때문에 강릉江陵의 거처로 돌아와서는, "늙은 데다 병까지 들어서 명산을 두루 다 돌아볼 수 없을 것 같으니, 마음을 맑게 하고 도道를 보아서 누워서 노닐어야 하겠다"라고 탄식했다. 그리고 유람했던 곳을 방 안에 그림으로 그려 두고는 "거문고를 연주하여 곡조를 울려서 그림 속의 모든 산들로 하여금 메아리치게 하고 싶다"라고 했다. 여기서 와유라는 말이 나오고 산향山響이라는 말이 나왔다.

## 3.

신위申緯는 72세 되던 1840년에 송나라 황정견黃庭堅(1045~1105)의 시 「제죽석목우題竹石牧牛」의 뜻을 화폭에 옮기고, 그림 아래 왼쪽에 다음 구절을 베껴 두었다.

| | |
|---|---|
| 돌은 내가 아주 아끼니 | 石吾甚愛之 |
| 소더러 뿔을 갈게 말아라. | 莫遣牛礪角 |

소가 뿔 가는 것은 괜찮지만　　　　　　　　　　牛礪角尚可
소가 싸우면 내 대나무를 해치리니.　　　　　　　牛鬪殘我竹

신위의 본관은 평산平山, 자는 한수漢叟, 호는 자하紫霞이다. 정조 때 이미 시·서·화 삼절이라 불렸다. 대와 바위는 견정한 정신세계를 상징한다.

그림 14 신위, 〈석죽도〉, 종이에 수묵, 80×51cm, 개인 소장.

신위는 죽석도의 기호학을 충실하게 따르면서, 황정견의 시의를 취하여 그림을 그리고 그의 시를 옮겨 적어 두었다. 하지만 황정견의 본래 시는 오언 율시이다. 신위는 후반의 20자만 화폭에 적었다.

황정견은 송나라 철종 원우元祐 3년인 1088년에, 경사京师에서 비서성秘书省 저작 좌랑著作佐郎으로 있을 때, 동파거사 소식蘇軾과 용면거사 이공린李公麟(1049~1106)이 역시 서울에 있으면서 그린 그림들에 제화시를 써 주었다. 화폭의 의상意象과 정취情趣를 선염하면서도 주제를 발휘하여 감상과 의론을 전개했으므로, 아주 유명하다. 본래 다음 주석이 있다.

자첨(소동파, 소식)이 총죽과 괴석을 그리자, 백시(이공린)가 앞 언덕에 목동이 소를 타고 가는 그림을 더했는데, 아주 의태가 있으므로, 장난 삼아 읊는다.

子瞻畫叢竹怪石, 伯時增前坡牧兒騎牛, 甚有意態, 戲咏.

황정견의 시는 다음과 같다.

| | |
|---|---|
| 들판에 울뚝불뚝 한 작은 바위 | 野次小崢嶸 |
| 푸른 대숲이 기대어 있고, | 幽篁相倚綠 |
| 아이는 석 자 채찍으로 | 阿童三尺箠 |
| 이 늙고 구물거리는 놈을 몰고 가네. | 御此老觳觫 |
| 돌은 내가 아주 아끼니 | 石吾甚愛之 |
| 소더러 뿔을 갈게 말아라. | 勿遣牛礪角 |
| 소가 뿔 가는 것은 괜찮지만 | 牛礪角猶可 |
| 소가 싸우면 내 대나무를 해치리니. | 牛鬪殘我竹 |

어투가 고졸하다.

그런데 전반부와 후반부는 시상이 다르고 화법도 다르다. 전반부는 들에 작은 괴석이 있고 푸른 대숲이 그 곁에 있는데 목동이 채찍을 들고 늙은 소를 몰아가는 모습을 그렸다. 돌은 형태로, 대는 색으로, 목동은 손에 든 채찍으로, 소는 늙고 구물거리는 동작으로 표현했다. 소의 동작을 '곡속觳觫'이라는 입성 첩운자(끝발음이 같은 글자의 중첩어)로 나타냈는데, 이것은 『맹자』「양혜왕·상」에서 죽을 곳으로 끌려가는 소를 묘사한 말이다.

시의 후반부는 시인이 목동에게 들으라고 하는 말처럼 되어 있다. 시인은 돌을 사랑한다고 했는데, 실은 대나무가 돌에 기대어 있다고 했으므로, 돌을 사랑한다는 것은 대나무를 함께 사랑하는 것이기도 하다. 돌에 대나무가 기대어 있는 광경은 시인의 정적이고 조화로운 삶을 상징한다. 소가 돌에 뿔을 갈아 대는 것은 그래도 참을 수 있다. 하지만 소들이 싸우면 대나무가 훼손될 터, 그것은 삶이 파괴되는 것을 뜻한다. 소가 싸우는 것이란 당시 신당과 구당이 다투다가, 신당이 잠시 쇠퇴했을 때 구당이 낙洛, 촉蜀, 삭朔의 셋으로 갈려 투쟁하는 것을 가만히 지칭한다.

황정견이 '장난 삼아 읊는다'고 한 것은 그림에 대한 평어를 통해 현실의 문제를 에둘러 아무렇지 않게 노래했기 때문이다. 72세의 신위가 이 희작의 시를 화제로 삼아 그림을 그린 것도 현실의 정치적 갈등을 넘어서서 내면의 평온을 유지하고 싶은 바람 때문이었을 것이다.

김홍도는 〈마상청앵도馬上聽鶯圖〉를 그리고 나서 화폭에 스스로 시를 적었다. 작가가 술에 취해 그림을 그리고 또 글씨를 썼다고 한다.[20] 말 탄 선비를 보고 베껴 낸 것이 아니라 상상의 풍경을 화폭에 옮겨 두었다는 것이다. 재치 있는 칠언 절구가 그림과 어우러져 있다. 첫 구에 입운(운자를 넣음)을 하지 않았다. 고풍스런 기분을 살리고자 그런 것이다.

| | |
|---|---|
| 미인은 꽃 아래서 일천 가락으로 생황을 불고 | 佳人花底簧千古 |
| 시인은 술잔 앞에 밀감 한 쌍을 둔 듯. | 韻士樽前柑一雙 |
| 황금빛 실북은 어지러이 기슭의 버드나무 오가며 | 歷亂金梭楊柳崖 |
| 안개와 비 섞어 봄 강에 고운 깁을 짜누나. | 惹烟和雨織春江 |

이 시는 꾀꼬리란 말을 드러내지 않고 꾀꼬리를 말했다. '일천 가락으로

20 오주석(2006), 『오주석의 옛 그림 읽기의 즐거움』, 솔.

**그림 15** 김홍도, 〈마상청앵도〉, 종이에 수묵담채, 117×52.2cm, 간송미술관 소장(보물 제1970호).

그림 16 김홍도, 〈협접도〉, 종이에 수묵담채, 29×74cm, 국립중앙박물관 소장.

생황을 부는' 미인은 꾀꼬리를 말한다. 꾀꼬리는 서른 두 곡조로 목을 굴린다고 한다. 시인이 술잔 앞에 둔 밀감 한 쌍이나 황금빛 실북도 모두 샛노란 꾀꼬리를 빗댄 말이다. 버드나무 기슭의 꾀꼬리가 어지러이 오가며 안개와 비를 섞어 봄 강에 고운 깁을 짠다고 했다. 꾀꼬리는 봄 소식이고 자연의 생명력이다.

이 그림에서 선비가 말을 타고 있는 모습을 그린 것은 어떤가? 나귀를 타고 있는 모습이면 좋았을 것 같다. 말을 탄다는 것은 호사, 권력을 상징한다. 나귀를 탄다는 것은 시인, 풍류 혹은 실의를 상징한다.

김홍도는 산수화와 인물화에 모두 뛰어났지만, 초충도에서도 화필이 섬세했다. 국립중앙박물관 소장 〈협접도蛺蝶圖〉는 김홍도가 38세 때인 1782년에 찔레꽃에 날아드는 나비를 소재로 제작한 선면화扇面畫이다. 김홍도의 "임인 가을에 사능(김홍도)이 그렸다[壬寅秋士能寫]"라는 관서가 있다. 위창葦滄 오세창吳世昌(1864~1953)의 『근역서화징槿域書畫徵』에 김홍도가 역관 출신 소금장사로 장안의 갑부였던 김한태金漢泰(1750~?)에게 그려 준 것이라는 술회가 있다. 왼쪽 여백에는 김홍도의 스승 표암 강세황의 평어가 적혀 있고, 오른쪽 여백에는 조선 말 대구에 살던 석초 정안복[21]의 평어가 적혀 있으며, 정안복 평어 다음에 미상인의 고문 서체 평어가 있다.

그림 16-1 김홍도, 〈협접도〉, 무명씨 전문 평어 부분.

【강세황 평어】

나비의 가루가 손에 묻을 듯하니, 사람의 솜씨가 자연의 조화를 빼앗음이 마침내 이러한 경지에 이르렀단 말인가? 펼쳐 보면서 놀라 감탄하여, 이를 위해 한 마디 쓴다. 표암이 평하다.

蝶粉疑可粘手, 人工之足奪天造, 乃至於是耶? 披覽驚嘆, 爲題一語. 豹菴評.

【정안복 평어】

나비가 날개를 비스듬히 하고 날개를 펼치는 모습은 그나마 방불하게 그릴 수 있지만, 하늘에서 얻은 빛깔마저도 능히 그대로 나타낼 수 있었으니, 신묘함이 붓끝에 있도다. 석초가 평하다.

蝶之斜翮張翅, 猶可彷彿, 而色之得於天者, 乃能狀之, 神在筆端. 石樵評.

【무명씨 고문 서체 평어 첫 구】

훨훨 나는 나비의 남쪽으로 날아가려는 꿈.

栩栩然蝶圖南夢.

21 정안복은 강위(姜瑋)에게 묵죽화 부채를 선사한 일이 있고, 유작으로 〈파교건려도(灞橋蹇驢圖)〉(개인 소장)가 전한다.

나비의 '접蝶(dié)'은 '질耋(dié)'과 중국어 발음이 같아서, 80세의 노인을 뜻하는 말로 간주되기도 했다. 나비가 꽃을 향해 날아드는 장면은 노인의 건강을 상징한다고도 볼 수 있다.

19세기 선비 화가 일호一濠 남계우南啓宇(1811~1888)는 별명이 남호접南胡蝶(남나비)일 정도로 조선시대 나비 그림의 일인자였다. 본관은 의령으로, 영의정을 지낸 남구만의 5세손이고 부사를 지낸 남진화南進和의 아들로, 용인에서 출생했다. 벼슬은 도정都正에 이르렀다. 남계우가 그린 한 〈호접도胡蝶圖〉에 다음 제화시가 있다

| | |
|---|---|
| 따스한 날 가벼운 바람 좋은 날씨에 | 暖日輕風好天氣 |
| 여린 더듬이 비단 날개로 천천히 맴도네. | 柔鬚錦翅緩徘徊 |
| 전생에 채향사였음을 알겠구나 | 前身知足採香使 |
| 작은 꽃 숨은 풀까지 뒤적이며 날아드니. | 領略小花幽草來 |

〈호접도〉 한쪽에 "내게 작년에 나비를 읊은 시 십여 수가 있는데 그중 하나를 쓴다"라고 적혀 있다. 남계우는 나비 그림만 아니라 나비 시도 좋아했다. 나비 그림이 나비의 세세한 움직임까지 그려 내려고 했듯이, 나비 시도 봄 나비의 생김새와 화초 사이를 오가는 모습을 절묘하게 읊어 내었다.

또한 남계우는 한 〈호접도〉에 다음과 같은 제화시를 적어 두었다.

| | |
|---|---|
| 쓰르라미와 귀뚜라미는 가련한 벌레 | 蟪蛄蟋蟀可憐蟲 |
| 처량하고 메마른 데다가 바람 또한 겁내지. | 凄冷槁枯又怯風 |
| 시끌벅적한 것은 오직 나비 | 最是繁華唯蛺蝶 |

일생을 꽃 속 아방궁에서 지내니. 一生花底似秦宮

나비는 쓰르라미나 귀뚜라미와 마찬가지로 미물에 불과하다. 그래도 나비는 꽃을 아방궁으로 여기며 번화한 삶을 살아간다. 그렇기에 쓰르라미나 귀뚜라미와 달리 처량하고 메마르지도 않으며 바람을 두려워하지도 않는다. 화려한 예술 세계 속에서 번화한 삶을 살아감으로써 인간 존재의 불완전성을 극복하겠다는 뜻을 담은 시이다.

남계우는 〈호접도〉 대련對聯도 남겼다. 왼쪽 그림의 왼켠 끝에 '일호노우사一濠老友寫'라고 쓰여 있다. 일호노우는 곧 남계우의 호이다.

그런데 이 대련 위쪽에 쓰여 있는 긴 글은 대체 무슨 내용일까? 이 그림에 대해 해설한 어떤 자료에도 이 글의 내용에 대한 언급이 없었다. 실은 이것은 최양운崔良雲이란 사람이 나비의 종류와 나비의 화생에 관해 여기저기 문헌에 나오는 기록들을 발췌해서 적어 둔 것이다. 박물학적인 제화문이라고 해야 할까, 호사가의 초록이라고 해야 할까?

화접도 대련의 양쪽 글은 각각 별도의 것이 아니라 서로 이어지는 글이다.

【화접도(우)】

[印顆: '樂琴書', '行其心之所安'] 『古今註』: "蛺蝶一名野蛾. 江東謂之撻末, 其大如蝙蝠. 或黑色或青斑, 名曰鳳子, 一名鳳車." 『酉陽雜俎』: "滕王蛺蜨圖, 有名江夏班·大海眼·小海眼·村裏來·菜花子之稱. 又春駒·天鷄·紺蟠等號,

【화접도(좌)】

[印顆: '窓分蕉綠'] 雜出於採蘭雜志, 諸言不能盡錄." 又『古今註』謂: "橘蠹化蝶."

그림 17 남계우, 〈화접도〉 대련, 종이에 채색, 각 127.9×28.8cm, 국립중앙박물관 소장.

『爾雅翼』謂: "菜蟲化蝗." 『列子』謂: "烏足之葉化蝶." 『埤雅』謂: "蔬菜化蝶." 『酉陽雜俎』謂: "百合花化蝶." 『北户錄』謂: "樹葉化蝶." 『丹青野史』謂: "彩裙化蝶." 皆各據所見而言爾. 崔良雲廿年屬辭. 一濠老友寫. [印顆: '留心學到古人難', '一濠', '汝南先賢海東逸民']

두 글을 이어서 풀이하면 다음과 같다.

『고금주』에서는 "협접은 일명 야아라고 한다. 강동에서는 그것을 달말이라고 하는데, 그 크기가 박쥐와 같다. 혹은 흑색이거나 혹은 청색 반점이 있는 것을 이름하여 봉자라고 하며, 일명 봉거라고 한다"라고 했다. 『유양잡조』에서는 "〈등왕협접도〉에 강하반, 대해안, 소해안, 촌리래, 채화자의 칭호가 있다. 또한 춘구, 천계, 감반 등의 호칭이 잡다하게 『채란잡지』에 나오는데, 여러 말을 일일이 다 기록할 수가 없다"라고 했다. 또 『고금주』에서는 "귤두가 나비로 화한다"라고 했다. 『이아익』에서는 "채충이 나비로 화한다"라고 했다. 『열자』에서는 "오족의 잎이 나비로 화한다"라고 했다. 『비아』에서는 "소채가 나비로 화한다"라고 했다. 『유양잡조』에서는 "백합화가 나비로 화한다"라고 했다. 『북호록』에서는 "나뭇잎이 나비로 화한다"라고 했다. 『단청야사』에서는 "채군이 나비로 화한다"라고 했다. 모두 각각 소견한 것에 근거하여 말했을 따름이다. 최양운이 20세에 속사(글을 지음)하다. 일호노우가 그리다.

이 글은 20세의 최양운이 나비의 이칭을 여러 서적에서 간접 인용하고, 나비가 어떤 것에서부터 화하여 오는지 문헌에 언급된 내용들을 역시 간접 인용했다. 최양운이 어느 때 사람인지는 알 수가 없다.

이 글의 앞뒤에 찍힌 인문印文들은 그 뜻이 대개 다음과 같다.

① '낙금서樂琴書': "거문고와 글씨를 좋아한다." 도연명의 「귀거래사歸去來辭」에 "남쪽 창에 기대어 방종한 마음 부치다. … 거문고와 서책 즐기어 근심을 달래다[倚南窓以寄傲. … 樂琴書以消憂]"라고 한 데서 온 말이다.

② '행기심지소안行其心之所安': "자신이 마음으로 편안히 여기는 도와 인의 가치를 실행한다." 『논어』 「태백泰伯」에서 공자가 무왕을 평하여 천자국인 은나라를 정벌하여 도탄에 빠진 백성을 구제한 무왕이 비록 태백과 문왕보다는 못하지만 이 역시 훌륭하다고 한 논의가 있다. 이에 대해 주자가 "그러므로 둘을 따르지 않은 것은 각각 그 마음이 편안히 여기는 바를 실행했기 때문이다. 성인은 결코 한쪽이 잘못이라 말한 적이 없음을 또한 볼 수 있다[是以不從二者, 各行其心之所安. 聖人未嘗說一邊不是, 亦可見矣]"라고 한 말이 『주자어류朱子語類』 권35에 나온다.

③ '창분초록窓分蕉綠': "창문이 파초의 초록을 나누다." 송나라 양만리楊萬里(1127~1206)의 시 「한가로운 거처의 초여름 날 오후 잠에서 일어나[閒居初夏午睡起]」에 나오는 "매실은 시어서 치아에 무르고, 파초가 깁 창문과 초록빛을 나누네[梅子留酸軟齒牙, 芭蕉分綠與窗紗]"에서 따온 말이다.

④ '유심학도고인난留心學到古人難': "마음을 머물러 학문이 일정한 경지에 이르는 일은 옛사람도 하기 어려운 일이었다." 송나라 대복고戴復古의 「요현숙의 남서서원에 올린다[呈姚顯叔南嶼書院]」 시[22]의 한 구절이다. 대련 "다리를 굳건히 세워 세속 따라 바뀌는 것을 두려워하고, 마음을 머

22 "朝夕置身書卷間, 紛華滿眼幾曾看. 山林不受塵埃涴, 屋宇無多氣象寬. 立脚怕隨流俗轉, 留心學到古人難. 漫山桃李爭春色, 輸與寒梅一點酸." '立脚怕隨流俗轉'의 구절은 세간에서는 '立志不隨流俗轉'으로 바꾸어 읊기도 한다.

물러 학문을 하여 고인이 어렵게 여기던 경지에 이른다[立脚怕隨流俗轉, 留心學到古人難]"의 형태로 널리 알려져 있다.

⑤ '일호一濠': '일호노우一濠老友'. 남계우의 호이다.

⑥ '여남선현해동일민汝南先賢海東逸民': "여남의 선현이여, 해동의 일민이라." 여남의 선현은 북송의 문호 구양수歐陽脩를 가리킨다.[23] 해동의 일민은 남계우가 스스로를 지칭한 말이다. 구양수는 일찍이 집에 장서가 만 권이요, 금석의 유문을 기록한 것이 천 권이요, 여기에 거문고 하나, 바둑판 하나, 술 한 병 그리고 자신을 합하여 여섯이 하나가 되었다 해서 스스로 육일거사六一居士라 호했다. 남계우는 그 풍모를 사랑하여, 정치권에서 스스로를 소외시키는 일민으로서 동방에서 독자적인 예술의 세계를 열겠다고 자부한 것이다.

용인시민신문의 프리랜서 전문기자인 이인영 씨는 1993년 5월 의령 남씨 문중에서 남계우의 106방 관지款識의 인문을 모은 『일호당도서기一濠堂圖書記』를 발견했다.[24] 남계우는 나비 그림만이 아니라 전각에도 뛰어났음을 알 수 있다.

23 소식의 시 「취성당설(聚星堂雪)」에 "여남의 선현이 고사를 전해 왔건만, 취옹의 시화를 누가 계승한단 말인가. 당시의 호령을 그대는 받아들이게나, 백전으로 쇠끝 하나 갖는 것도 허락 않으리[汝南先賢有故事, 醉翁詩話誰續說. 當時號令君聽取, 白戰不許持寸鐵]"라고 했는데, 여남 선현은 곧 구양수를 가리키고, 취옹은 구양수의 별호이다. 구양수가 영주(潁州) 태수로 있을 때 빈객들과 영설시(詠雪詩)를 지으면서 시제에 흔히 쓰는 글자들을 금하기로 한 것을 두고 한 말이다.

24 이인영, 「용인이 낳은 호접도의 대가 일호(一濠) 남계우—나비철학과 전각(篆刻)세계」, 『용인시민신문』 2009년 5월 13일 자.

## 4.

장승업張承業은 영화 〈취화선〉의 주인공으로 우리에게 잘 알려져 있다. 그는 단원 김홍도와 혜원 신윤복과 함께 조선 화단의 3대 거장으로 일컬어진다. 장지연張志淵(1864~1921)이 지은 『일사유사逸士遺事』에 입전되어 있다. 누구에게도 배우지 않고 중국의 명화를 많이 보고 익혀 스스로 뛰어난 경지에 올랐다. 그림은 산수, 인물, 기명器皿, 절지折枝, 사군자 등 다양한 소재를 다루었다. 한문을 잘 몰랐던 탓에 제화는 남기지 않았는데, 후대의 사람들이 대신 제화를 했다.

장승업은 〈영모도翎毛圖〉 대련을 남겼다. 곧 〈쌍치도雙雉圖〉와 〈호취도豪鷲圖〉의 쌍이다. 물기 많은 먹으로 고목의 붉은 나뭇가지를 단숨에 그린 후, 매와 꿩, 바위와 꽃, 대나무와 나뭇잎들을 음과 양이 대치하고 조화하듯 안배했다. 왼쪽의 〈쌍치도〉는 한 쌍의 꿩이 고개를 돌려 만개한 꽃을 바라보는 구도이다. 오른쪽 〈호취도〉는 나무줄기를 한 획으로 그어 내리고 위아래로 뻗어 나간 두 가지 위에 두 마리 독수리가 서로 각기 다른 방향을 노려보는 구도이다.

〈호취도〉 화폭 왼쪽의 제화는 조선 말기 문인 정학교丁學敎(1832~1914)가 쓴 것이다.

| | |
|---|---|
| 땅 넓고 산 높아 의기를 더해 주고 | 地濶山高添意氣 |
| 단풍잎 마르고 풀 움직여 정신이 뻗어 나간다. | 楓枯艸動長精神 |

〈호취도〉의 두 마리 맹금은 각기 제자리를 지키면서 당당하다. 수컷끼리 서열관계를 나타내는 것이 결코 아니다. '관관저구關關雎鳩'가 암수의 맹금이 서로 자리 자리를 지킨다고 해석하는 관념을 기초로 하고 있다.

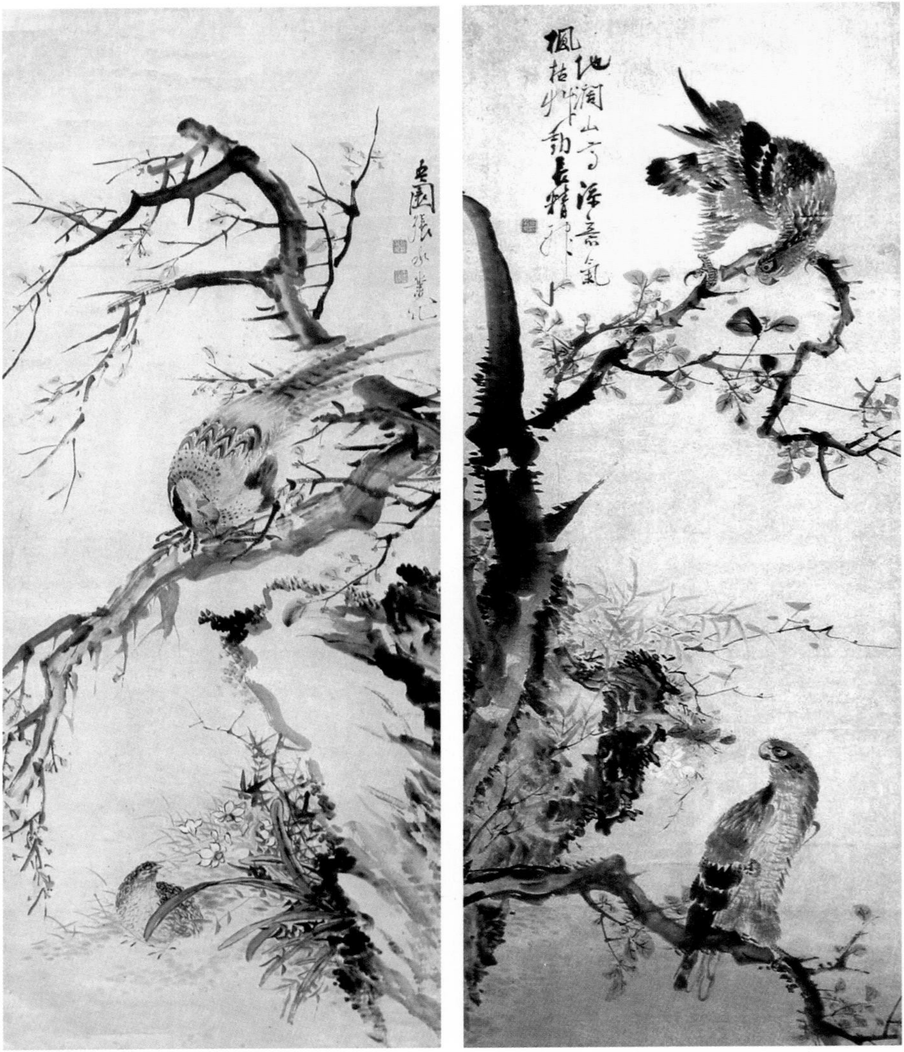

쌍치도　　　　　　　　　　　　호취도

그림 18 장승업, 〈영모도〉 대련, 종이에 수묵담채, 각 135.5×55cm, 호암미술관 소장.

이 그림을 보고, 무관이나 권력자들의 긴장관계 또는 조선과 외부 세력의 대치 상황을 상징적으로 그려 냈다고 풀이한다면 설득력이 없다. 〈호취도〉에 적힌 글귀는, 단풍나무는 가지가 말랐지만 봄풀이 바람에 움직이는 것을 강조했다. 봄의 힘을 그려 내어 희망적이다. 두 마리 맹금의 당당함도 사가四佳의 엄연한 도리를 상징한다. 북송의 정호程顥가 「봄날 우연히 이루다[春日偶成]」 시에서, "만물을 조용히 관찰해 보면 모두가 자득하여, 사계절의 아름다운 홍취가 사람과 똑같네[萬物靜觀皆自得, 四時佳興與人同]"라고 했던 자연의 묘리를 되새기지 않으면 이 그림을 이해하기 어렵다.

## 5.

김홍도의 〈송석원시사야연도松石園詩社夜宴圖〉는 1791년 유두절(음력 유월 보름날) 송석원에서 열린 중인들의 시사 모임을 그림으로 그린 것이다. 그림 아래 왼쪽에는 '김씨운림서소金氏雲林書所'라고 적었다. 이 그림은 회원 김의현金義鉉이 묶은 『옥계청유첩玉溪淸遊帖』 시첩에 들어 있으니, '김씨'란 이 김의현을 가리키는지 모른다.

시사 모임을 그렸기에 이 작품은 '기록'의 특징도 지니고 있다. 하지만 그림은 '기록'의 틀에 머물지 않는다.

화폭을 보면, 어스름 달밤에 몇몇 사람들이 모여 앉아 있는 풍경이 오른편에 실리고, 왼편 상단에 화제가 있다. 그림이 완성되고 6년 뒤, 미산 마성린馬聖麟(1727~1798)이 추가로 써넣었다. 내용은 이렇다.

| | |
|---|---|
| 삼복 더위 찌는 듯한 한밤 | 庚炎之夜 |
| 구름에 가린 달이 몽롱하네. | 雲月朦朧 |

그림 19 김홍도, 〈송석원시사야연도〉, 종이에 수묵담채, 30.5×40cm, 한독의약박물관 소장.

| | |
|---|---|
| 붓끝의 조화가 | 筆端造化 |
| 사람의 혼몽을 놀래키누나. | 驚人昏夢 |
| 미산옹(마성린). | 眉山翁 |

사언 구를 둘씩 둘씩 늘어놓고, 상평성 제1 동東운으로 압운을 했다. 즉 농籠과 몽夢이 운자다. 짧은 사언의 구를 넷 늘어놓으면서, 구를 하나 건너 운자를 놓았다. 툭툭 던진 말 같지만, 운율이 묘하다. 게다가 미산이란 호 다음에 늙은이 옹翁 자를 놓아, 이것도 압운의 효과를 내었다. 심사가 너글너글하다.

조선 후기 18세기 중엽 이후는 평민들 가운데 한문학을 향유하는 사람들이 늘어나, 평민의 시사가 성황을 이루었다. 그 대표적인 것이 송석원의 옥계시사玉溪詩社였다. 박윤묵朴允默(1771~1849)의 「옥계시사서玉溪詩史序」에 보면, 천수경千壽慶과 장혼張混이 결성한 이 시사에 수백 명이 참가했으며, 봄 가을 모임에는 시축을 거두어 당대 제일의 문사에게 평점을 받았다고 한다.

김의현은 규장각 서리로 있었는데, 규장각에 화사로 있던 이인문李寅文(1745~1821)에게도 송석원 시사의 모임을 그림으로 그려 달라고 했다. 김홍도의 그림이 밤 풍경인데 비하여, 이인문의 그림은 낮 풍경이다. 현전하는 『옥계청유첩』의 맨 처음에 이인문의 그림 〈송석원시사아회도松石園詩社雅會圖〉가 실려 있다. 하지만 71세의 미산 마성린이 어느 날 김의현의 유죽헌有竹軒에 들러 책상에 놓인 『옥계청유첩』 한 권을 펼쳐 보니, "단원 김홍도가 맨 앞의 그림을 그렸고 고송유수관 이인문이 이어서 그렸으며, 그 다음은 여러 군자가 각기 시를 짓고 썼다"라고 했다. 그렇다면 현전하는 시첩은 순서가 바뀐 것이 아니겠는가?

이인문이 그린 그림에서는 인왕산 큰 바위 앞 너럭바위에 아홉 명의 시사 동인들이 두세 명씩 따로 앉아 시를 구상하고 있다. 산자락에는 바위와 소나무가 자리 잡고 있고, 계곡물은 수성동에서 옥류동천으로 흘러내린다. 정과 동의 대비이다.

오른쪽 위에 "고송유수관도인 이인문 문욱이 단원의 집에서 그린다[古松流水館道人李寅文文郁寫於檀園所]"라고 했다. 이인문이 김홍도의 집에서 함께 그림을 그린 것이다. 그리고 그 곁에 망팔望八, 즉 71세의 미산 마성린이 제화문을 남겼다.

그림 20 이인문, 〈송석원시사아회도〉, 종이에 수묵담채, 25.6×31.8cm, 한독의약박물관 소장.

> 겸재 정선과 현재 심사정 이후, 산수를 잘 그리는 자를 보지 못했다. 지금 이 시첩을 보니, 송수관(고송유수관도인) 이인문 역시 이름이 헛되이 전하는 것이 아니로다. 망팔 미옹.
>
> 謙玄以後, 不見山水善畫者矣. 今覽此帖, 則松水館亦是名不虛傳. 望八眉翁.

정선이 지니고 있던 것이라고 전하는 『겸재유록화첩謙齋遺錄畫帖』(삼성미술관 리움 소장)이 있다. 『금강와유첩金剛臥遊帖』이라고도 부르는 이 화첩에는 이경윤李慶胤(1545~1611), 이영윤李英胤(1561~1611), 이정李禎(1578~1607), 김인관金仁寬(17세기) 등의 견본 수묵화 그림 22폭이 실려 있다. 크기는 각각 23×13.5cm 정도이다.

그 가운데 작자 미상의 한 산수화는, 먹의 농담濃淡만으로 대자연과 인물을 대조시켰다. 16세기 후반, 17세기 초반의 작이라고 추정되는 그림이다. 산봉우리는 앞으로 기울어져 쓰러질 듯하고, 바위 면은 흑백 대조가 강하다. 여기에 산과 바위에는 표면에 잔 붓질을 가하여 입체감을 주었고, 전경과 중경에 활엽수의 나무숲을 촘촘하게 묘사하면서, 잎이 떨어진 나무의 가지를 게발톱처럼 그렸다. 각 폭 상단에는 제시題詩들이 쓰여 있다. 한시는 칠언 절구 2수이다.

【첫째 수】

| | |
|---|---|
| 잘 새는 숲 둥지에 들고 달이 떠오르는데 | 宿鳥投林新月昇 |
| 비낀 작은 다리로 홀로 승려 돌아오누나. | 小橋橫斷獨歸僧 |
| 모르겠네, 난야(절)가 어느 곳에 있는지 | 不知蘭若在何處 |
| 성근 종소리가 어둔 등나무 숲에서 일어나네. | 時有疎鍾生暗藤 |

【둘째 수】

| | |
|---|---|
| 오래된 절에 향불 잦아드는 적적한 봄날 | 古寺香殘春寂寂 |
| 검은 달 아래 배꽃 희고 빗소리 쏴아쏴아. | 梨花月黑雨蕭蕭 |
| 선방 창 아래 밤새 스님과 이야기 나누곤 | 禪窓一夜同僧話 |
| 다시 도롱이 입고 새벽 다리를 건너누나. | 更着蓑衣曉度橋 |

종래 첫 번째 시에서 둘째 줄의 '횡단橫斷'을 '끊어졌다'고 풀이하고, 셋째 줄의 '난야蘭若'를 난객蘭客으로 탈초하고 '좋은 친구'란 뜻으로 풀이해 온 것은 잘못이다. 외다리를 건너 절간으로 돌아가는 승려만 보이고 절은

그림 21 작자 미상, 〈산수도〉, 비단에 수묵담채, 각 23×13.5cm, 삼성미술관 리움 소장.

깊은 산속 어디에 있는지 보이지 않다가 등나무 숲에서 종소리가 은은하게 일어나는 것을 보고 그 절이 어디쯤 있나 생각하게 되었다는 뜻이다. 그림에서는 종소리를 표현할 수 없으니, 제화시에서 그것을 보족한 것이다. 외나무 다리는 속계와 불계를 구획하는 결계를 상징한다.

두 번째 시에서는 도롱이 차림의 은둔자가 밤새 절간에서 승려와 이야기를 나누다가 새벽에 다리를 건너 세간으로 돌아가는 광경을 묘사했다. 세간을 벗어나고 싶지만 완전히 벗어나지 못하는 기로에 선 인간의 내면을 절묘하게 드러냈다.

## 6.

이인문은 산수화에 뛰어났으며, 특히 소나무를 소재로 한 그림에서 새로운 경지를 개척했다. 본관은 해주, 자는 문욱文郁, 호는 유춘有春·고송유수관도인·자연옹紫煙翁으로, 1795년(정조 19) 〈수원능행도병水原陵幸圖屛〉과 1802년(순조 2) 〈순조순원후가례의궤도純祖純元后嘉禮儀軌圖〉의 제작에 참여했다. 76세 때인 1820년 4월에 〈누각아집도樓閣雅集圖〉를 그렸다. 대부벽준大斧劈皴 기법으로 기암절벽을 배치하고, 절벽 전후로 보이는 솔숲 가운데에 누각을 배치하고 오른쪽에 시냇물을 그려 넣었다. 나무에는 개자점介子點을 사용했다. 근경과 중경에 모두 12명의 인물을 배치했으니, 아랫부분 소나무에서 경치를 구경하는 3명과 누각 안에 있는 5명, 그리고 일하는 사람들 4명이다. 중심 인물은 좌측 의자에 앉자 측면을 드러낸 도인道人 이인문 자신, 거문고를 내려놓고 난간에 기대어 있는 단계丹溪 김영면金永冕(자 주경周卿), 그 곁에서 그림을 손으로 잡고 굽어보는 수월헌水月軒 임희지林熙之, 좌측 의자에 앉아 시를 읊고 있는 영수穎叟 등 네 명이다. 영수는 신위 혹은 남공철을 가리킨다는 설이 있으나, 그들은 사대부여서 중인의 모임에 동사同社로 참여하지는 않았을 것이다. 서영수를 가리킨다고도 하는데 확실하지 않다. 어떻든 이 그림은 4인의 인물을 중심에 두고 있으므로 〈사현청유도四賢淸遊圖〉라고도 한다. 그것은 또한 김영면이 화폭의 윗부분에 쓴 다음과 같은 제화를 통해서도 확인된다.

> 늙은 소나무 몇 그루, 흐르는 물이 그 사이로 뚫고 가서, 소나무는 푸르디 푸르고 시냇물은 맑디 맑으며, 온 골짜기에 바람이 인다. 위가 둥그런 누헌 창은, 구름과 노을이 영롱한 사이에 있다. 안석에 기대어 두루마리를 펴는 사람은 도인(이인문), 손으로 화전지를 잡고서 우두커니 바라보는

그림 22 이인문, 〈누각아집도〉, 종이에 수묵담채, 86×58cm, 국립중앙박물관 소장.

사람은 수월(임희지), 거문고를 놓아두고 난간에 기댄 이는 주경(김영면), 평상에 두 다리 뻗고 앉아 길게 읊조리는 이는 영수이다. 이 네 사람은 죽림칠현에 필적할 수 있다. 그런데 홀연 이끼 낀 길과 시냇가에서, 담소하면서 너울너울거리는 사람들은 누구인가? 이도 또한 괴걸한 기운의 사람들이로다. 도인 76세옹이 그리다. 수월이 보고, 영수가 징험하고, 주경이 평했다. 때는 경진년 청화의 달(4월)이다.

古松幾株, 流水貫其中, 蒼蒼泠泠, 滿谷生風. 穹然軒牕, 雲霞玲瓏之間. 倚几而展軸者道人, 手把畫箋而佇觀者水月. 抛琴倚欄者周卿, 踞凳而長吟者穎叟也. 此四人可敵七賢. 然忽於苔徑溪畔, 談笑而聯翩者誰歟? 此亦傑氣中人. 道人七十六歲翁畫. 水月觀, 穎叟證, 周卿評. 時庚辰淸和月.

글의 서술 방식은 미불米芾 작이라고 전하는 「서원아집도기」의 문체와 서술 방식을 따르고 있다고 한다. [25]

25 고연희(2007), 『조선시대 산수화』, 돌베개.

# 글자의 반란

## 1.

난 치지 않은 지 이십 년 不作蘭畫二十年
우연히 본성 그대로를 베껴 낸다. 偶然寫出性中天
틀어박혀 찾고 찾고 묻고 물은 것이 閉門覓覓尋尋處
바로 유마의 불이선. 此是維摩不二禪

왼쪽 상단부터 큰 글씨로 적은 첫 시는 칠언 절구로, 하평성 제1 선先운을 사용했다. 운자는 첫 구의 년年, 둘째 구의 천天, 넷째 구의 선禪이다. 그림을 그린 후 써넣은 화찬이다. 좁은 공간에 억지로 넣은 글이 아니다.

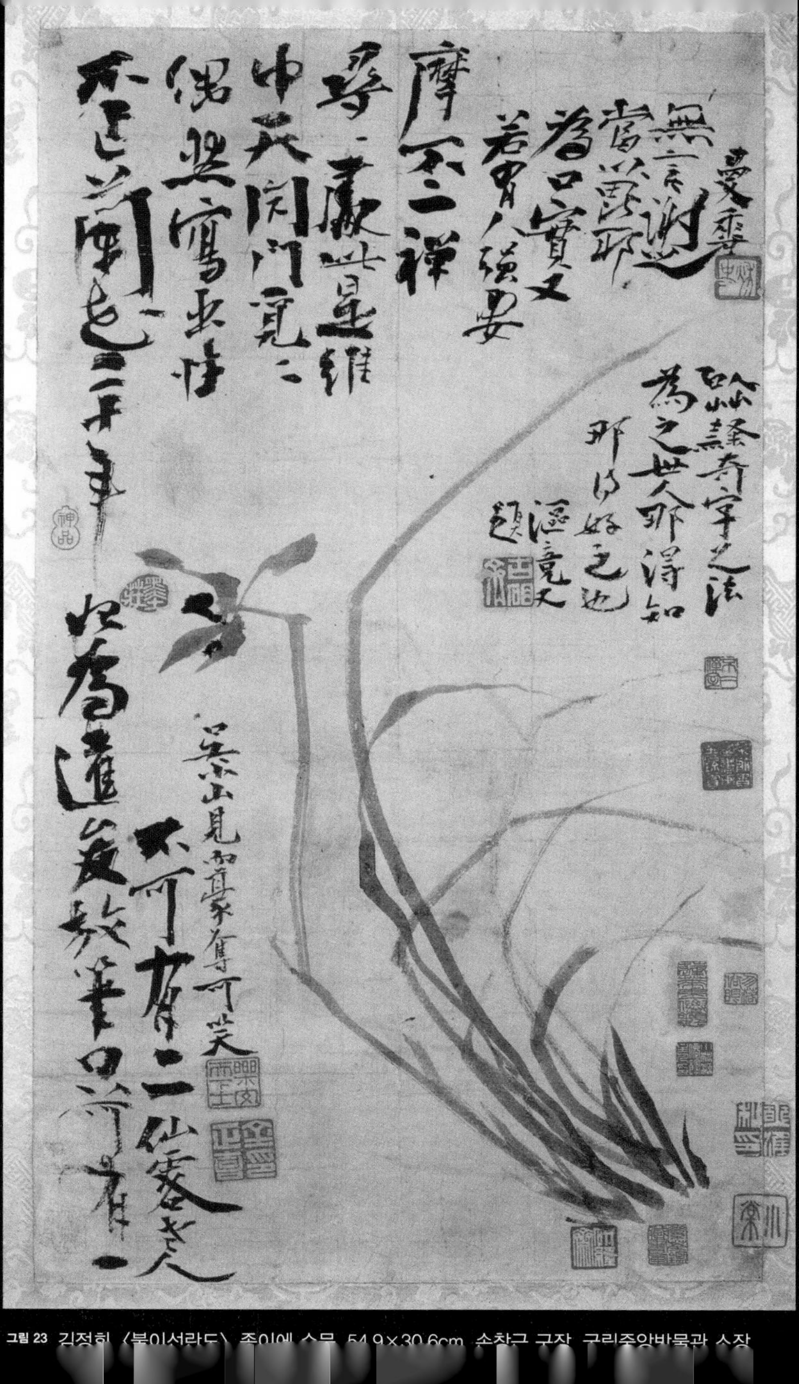

그림 23 김정희 〈불이선란도〉 종이에 수묵 54.9×30.6cm 손창근 구장 국립중앙박물관 소장

누군가 억지로 강요하여 구실을 삼는다면, 또한 마땅히 비야리성 유마의 무언으로 사양하리라. 만향(김정희 호).

若有人强要爲口實, 又當以毘耶無言謝之. 曼香. [印顆: '秋史']

오른쪽 상단에 작은 글씨로 적은 두 번째 글은 잡언의 산문이다. 첫 시의 정제된 어조와 둘째 글의 투박한 어조. 이 대조가 기막히다.

만향은 만녕향曼寧香의 준말이다. 만녕은 '曼寧'으로도, '曼檸'으로도 표기한다. 만다라향曼茶羅香의 준말이다.

20년 동안이나 그리지 않던 난을 갑자기 그려 냈다. 붓 가는 대로 선을 그어 멋대로 구불구불하다. 난초 그림은 대개 잎의 폭과 꺾임을 긴장감 있게 드러내어 선비의 고결한 인품을 상징한다. 하지만 이 파초 그림은 그런 의도를 찾아볼 수 없다. 정제된 어조든 투박한 어조든 신경 쓰지 않듯, 난초도 마음의 천성을 드러냈지, 수식하지 않았다.

화폭 오른쪽 중단의 여백에는 가까스로 다음 글을 써넣었다.

초서와 예서, 기이한 글자를 쓰는 법을 가지고 그려 내니, 세인들이 어찌 알겠는가? 어찌 좋아하겠는가? 구경(김정희 호)이 또 적다.

以草隸奇字之法爲之, 世人那得知? 那得好之也? 漚竟又題. [印顆: '古硯齋']

오만한 태도가 드러난다. 결코 꺾이지 않을 오기를 보는 듯하다.

세간 사람들이 알지도 못하고 그렇기에 좋아할 줄도 모르는 자기만의 사자법寫字法으로 그림을 그렸다고 밝혔다. 옛 글씨체의 사자법으로 그림을 그리는 것은 중국 양주파楊州派의 영향을 받은 필법이라고도 한다. 하지만 필법이 어느 파의 것을 따른다고 자부하려는 기색이 없다.

그런데 이 짧은 글은 산문인 것 같으면서도 운자를 놓았다. 곧, 첫 구의 지之, 둘째 구의 지知, 셋째 구의 지之가 모두 상평성 제4 지支운에 속한다. 이것은 우연이 아니다. 첫 시의 압운, 둘째 글의 산문을 종합하여, 셋째 글에서 운어의 산문을 쓴 것이다.

누가 이런 글씨를 쓰고 이렇게 파초를 쳤는가? 추사 김정희이다. 김정희는 대뜸 유마에 대한 이야기를 끼워 넣었다.

『유마힐경』「불이법문품不二法門品」에 보면, 선禪을 갖가지 말로 설명하는 보살에 대해 유마가 오로지 침묵으로 맞서 모든 행동이나 표현의 무상함을 알리고 진리와 그 형용에는 경계가 없음을 드러내어 '둘이 될 수 없는 선[不二禪]'의 참뜻을 보여 주었다는 이야기가 있다. 김정희는 자신이 홀연히 그려 낸 난초 그림을 유마의 깨달음에 견주며, '그림의 이치가 곧 선과 통한다'는 자신의 생각을 증명해 냈다. 김정희의 이 그림을 우리는 〈불이선란도不二禪蘭圖〉라고 부른다.

## 2.

김정희는 어느 날 우연히 손이 가는 대로 〈불이선란도〉를 그렸다. 도준道夋 혹은 달준達夋에게 준 것이다. 그런데 규장각 각감閣監 오규일吳圭一이 우연히 이 그림을 보고 몹시 마음에 들었던지 억지로 빼앗아 가고 말았다. 오규일은 김정희가 북청으로 유배될 때 그에 연좌되어 고금도古今島에 유배된 복심腹心이다. 김정희는 그림의 주인이 두 번이나 바뀌게 되었던 사연까지 밝혔다. 화폭 왼쪽 하단부터 큰 글씨로 적은 글은 다음과 같다.

처음에 도준(달준)을 위하여 아무렇게나 붓을 놀린 것이니, 다만 하나만 있을 수 있지, 둘은 있을 수 없다. 선로노인(김정희 호).

始爲道(達)奚放筆, 只可有一, 不可有二. 仙露老人.

왼쪽 하단에 작은 글씨로 적은 글은 다음과 같다.

오소산(오규일)이 보고 강제로 뺏어 갔다. 우습다!

吳小山見而豪奪. 可笑! [印顆: '樂交而下士', '金正喜印']

매우 흥미로운 사연이 담겨 있는 그림이다. 그림보다 글이 더 빼곡하다. 제발題跋을 네 번이나 추가했기 때문이다. 기년紀年을 하지 않았기 때문에 정확한 제작 시기를 알 수 없으나, 북청 귀양살이에서 돌아온 후 과천에 은거한 말년의 작이리라 추측된다.

위의 글씨들은 같은 날 쓴 것이 아니다. 글의 말미에 쓴 김정희의 별호는 만향曼香, 구경漚竟, 또는 선로노인仙露老人으로 각각 다르게 나타나 있다.

또한 인과에 새긴 글귀는 김정희의 문예 취향과 인간관이 잘 나타나 있다. 이를테면 '고연재古硯齋'는 소박미의 이상을 담고 있다. 실은 이 이상은 중국 문인들의 취향과 공통된 면이 있다. 북송의 당경唐庚(1071~1121, 자 자서子西)은 「가장고연명家藏古硯銘」에서, 문방사우는 서로 기맥이 맞는 벗이지만 장수하고 요절하는 것은 다르다고 했다. 그리고 벼루가 장수할 수 있는 원인은 둔함[鈍]을 체로 삼고 고요함[靜]을 작용으로 삼고 있기 때문이라고 칭송했다. 그래서 "붓의 수명은 날짜로 계산하고 먹의 수명은 달로 계산하고 벼루의 수명은 세(해)로 계산한다[筆之壽以日計, 墨之壽以月計, 硯之壽以世計]"라는 말을 남겼다. 이 글은 『고문진보古文眞寶』에도 들어 있어, 조선의 문인들에게 익숙하다.

'낙교이하사樂交而下士'는 멋진 말이다. 천하 선비들과의 교제를 즐기며, 다른 선비들보다 스스로를 낮춘다는 뜻이다.

〈불이선란도〉는 김정희 말년의 애제자였던 소당 김석준金奭準(1831~1915)에 이어 장택상張澤相(1893~1969)과 손재형孫在馨(1903~1981)을 거쳐 손창근이 소장하고 있다가 2018년 국립중앙박물관에 기증하였다. 그래서 이 그림에는 다음과 같은 소장자 인과 감상자 인이 눌려져 있다.

① 김석준 인장: '석준사인奭準私印', '소당小棠'.

② 장택상 인장: '불이선실不二禪室', '물락속안勿落俗眼', '다항서옥서화금석진상茶航書屋書畫金石珍賞'.

③ 손재형 인장: '소전감장서화素荃鑑藏書畫', '봉래제일선관蓬萊第一僊館', '연경재研經齋', '소도원선관주인인小桃源僊館主人印'.

이 그림에서 김정희는 글씨를 오른쪽에서 왼쪽으로 쓰지만은 않았다. 왼쪽에서 오른쪽으로도 썼다. 이런 예는 김정희의 제자라고 할 조희룡이 〈묵란도〉에 자신의 화론을 적으면서, 왼쪽에서부터 오른쪽으로 읽어 나가도록 한 것에서도 찾아볼 수 있다.

> 난을 베껴 그리는 것은 비록 작은 기예이기는 하지만 성령을 잘 기를 수가 있다. 맑은 창 아래 깨끗한 책상에서 오래된 벼루와 오래된 먹을 시험해서 인천안목을 이루어, 육기도 그 때문에 맑아진다.
>
> 寫蘭雖小技, 可以怡養性靈. 晴窓淨几, 試古硏古墨, 成人天眼目, 六氣爲之淸.

그림 24 조희룡, 〈묵란도〉, 종이에 수묵담채, 23.5×28.5cm, 간송미술관 소장.

짧은 이 글은 산문이기는 하지만, 영靈 자가 하평성 제9 청靑운에 속하고 청淸 자가 하평성 제8 경庚운에 속한다. 가까운 운목의 글자끼리 통압한 운문풍이다.

조희룡은 난을 베껴 냄으로써 성령을 잘 기를 수 있다고 했다. 성령이란 말은 명나라 말 이탁오의 영향을 받은 원굉도와 청나라 성령파의 원매袁枚 등이 격식을 벗어나 인간 내면의 개성과 성정을 중시하여 사용한 말이다. 그 영향을 받은 듯하다.

또한 밝은 창 아래 정갈한 책상에서 오래된 벼루와 오래된 먹을 시험한다고 했다. 오래된 벼루를 사랑하는 마음은 김정희와 통한다. 게다가 소급하면 이것은 구양수가 『시필試筆』의 「글씨 익히는 것으로 즐거움을 삼다[學書爲樂]」에서 다음과 같이 말한 상의尙意의 정신과 통한다.

> 소자미蘇子美(소순흠蘇舜欽)가 “밝은 창과 정갈한 안석, 붓과 벼루와 종이와 묵이 모두 극히 정치하고 우량하니, 역시 절로 인생의 한 즐거움이다. 이 즐거움을 얻을 수 있는 사람은 심히 드물고, 외물에 의해 그 좋아하는 것을 옮기지 않는 사람 또한 특히 드물다”라고 말했다. 나는 늦게서야 이 홍

취를 알았는데, 글자체가 공교롭지 못하여 고인의 아름다운 곳에 이를 수 없는 것을 한스러워하지만, 이것을 즐거움으로 삼는 일로 말하면, 스스로 넉넉한 면이 있다.[26]

또한 북송 때 진사도陳師道는 「고묵행古墨行」의 마지막 부분에서 이렇게 노래했다.

| | |
|---|---|
| 밝은 창 정갈한 안석에 바람과 해 따스한데 | 明窓淨几風日暖 |
| 수심은 십만 섬이어도 재주가 여덟 말이기에, | 有愁萬斛才八斗 |
| 곧바로 관성공(붓)의 모자를 벗기고 | 徑須脫帽管城公 |
| 옥당에서 휘호할 손놀림을 한번 시험하련다. | 小試玉堂揮翰手 |

'팔두'는 시문의 훌륭한 재능을 뜻한다. 남조 송나라 사영운謝靈運이 "천하의 글재주가 모두 합쳐서 한 섬이라면, 조자건(조식) 혼자 여덟 말을 차지하고, 내가 한 말을 얻었고, 천하 사람들이 나머지 한 말을 함께 나누어 가졌다[天下才有一石, 曹子建獨占八斗, 我得一斗, 天下共分一斗]"라고 한 데서 유래했다.

조희룡은 오래된 벼루와 오래된 먹을 시험하기를 오래 하여 인천안목人天眼目을 이루었다고 했다. 선종에서 여러 학설을 모아 둔 『인천안목』에서는 인간·천상 일체가 중생의 안목이 된다고 했다. 조희룡은 인간과 하늘에 두루 통하는 근본 지혜라는 뜻으로 인천안목이란 말을 사용한 듯하

26 歐陽修, 「試筆」, 『文忠集』 卷130. "蘇子美嘗言: '明窓淨几, 筆硯紙墨, 皆極精良, 亦自是人生一樂事. 能得此樂者甚稀, 其不爲外物移其好者, 又特稀也.' 余晩知此趣, 恨字體不工, 不能到古人佳處, 若以爲樂, 則自是有餘." 소자미(蘇子美)는 곧 소순흠(蘇舜欽)을 말한다.

다. 김정희도 난의 제화에 "인천안목人天眼目, 길양여의吉羊如意"라고 한 것이 있다. "인간과 하늘에 두루 통하는 근본 지혜를 얻어, 뜻하는 바와 같이 길상이 많기를 바란다"라는 의미이다. 길양의 양羊은 곧 길상의 상祥과 통하는 글자이다.

조희룡은 난을 치면 육기를 맑게 한다고 했으니, 육기를 맑게 하는 것은 결국 성령을 잘 기르는 일과 통한다. 육기는 인체의 여섯 가지 기운인 희喜·노怒·호好·오惡·애哀·낙樂을 말한다. 『구당서』「배도전裵度傳」에 보면 계절에 맞게 양생養生하면 이 육기가 화평하여 오래 살 수 있다고 한다. 내단법에서 사용하는 말이다.

## 3.

김정희는 〈불이선란도〉 좌측 하단에 그림 제작의 사연을 밝혔다. 처음에 이 그림을 주려고 한 대상은 『완당전집』에 나오는 달준으로 알려져 왔다. 다만 이 그림의 글씨에서는 그 대상이 달준인지 명확하지 않다.

'지가유일只可有一, 불가유이不可有二'라는 문장은, 이런 그림은 "다만 하나만 있을 수 있지, 둘은 있을 수 없다"라고 직역할 수 있다. 하지만 그 속뜻은 무엇일까? "한 번이나 그릴 일이지 두 번 그릴 수는 없다"라고 풀이한다면, 스스로 어쩌다 난을 친 것을 후회하는 말로 볼 수 있다. 또 "세상에 하나밖에 없고, 달리 있을 수가 없다"라고 풀이한다면 그 스스로 그림의 완성도를 자부한 말이 된다. 하지만 앞서 말한 『유마경』의 내용을 다시 부연했다고 본다면 달리 풀이할 수도 있다. 즉 난을 치는 행위의 유일무이함, 도준(달준)과 난, 자신의 관계가 유일무이함을 말한 것으로 볼 수도 있다. 어느 쪽이 옳을까?

마지막으로 "오소산이 보고 강제로 뺏어 갔다. 우습다"라는 대목은 소산 오규일이 그림을 탐내어 빼앗아 간 사실을 말하되, 그 속뜻이 확실하지 않다. 남에게 준 것을 또 다른 사람이 억지로 가져가는 것이 우스운지, 그림의 오묘한 이치를 깨닫지 못하고 그림만 탐내는 것이 우스운지, 어느 쪽인지 알 수 없다.

다만, 김정희의 난 그림은 경境으로부터의 해방을 지향한다.

유배기 이후 김정희는 선禪사상에서 많은 것을 흡수했다. 특히 활선活禪을 강조하여 기성의 틀에 안주하지 않는 자유로운 사유방법을 발전시켰다. 1856년 10월 10일 향년 71세로 졸했을 때 『철종실록』의 졸기卒記는 "세상의 쓰임을 당하면 나아가고 세상의 버림을 받으면 물러나 그쳤으니, 세상에서는 혹 그를 송나라의 소식에게 견주기도 한다"라고 논평했다. 김정희가 송나라의 문호 소식과 같다는 것은 김정희가 출처행장에서 도리를 지켰음을 말하는 데 그치지 않고, 김정희가 소식처럼 선불교와 가까웠던 사실을 염두에 둔 듯하다.

김정희는 임제 선사가 말했듯이, '자기 자신'을 믿는 일을 배웠다.

『임제록』을 보면, 임제는 수행자 자신이 추구해야 하는 것은 마음자리의 법[心地法]이라고 했다. 불법을 밖에서 구하는 것을 경계하되, 밖에서 구하지 말라고 한다 해서 안에 무엇이 있는 듯이 여겨서도 안 된다고 주의주었다. 자기 속으로 들어가 고정되면 그것은 도리어 수행인을 얽어매는 말뚝이 되고 말기에, "허공에 말뚝을 박지 말라"고 고함을 치기도 했다. 임제는 말했다. "안에서나 밖에서나 마주치는 대로 죽여라. 부처를 만나면 부처를 죽이고, 조사를 만나면 조사를 죽이고, 나한을 만나면 나한을 죽이고, 부모를 만나면 부모를 죽이고, 친척 권속을 만나면 친척 권속을 죽여야만 비로소 해탈하여 사물에 구애되지 않고 투철히 벗어나 자유자재해진다." 이 가르침은 주체에 입각하는 것이 청정에 안주하는 것이 아님을 지적한 말이다.

김정희는 상대적이고 부분적인 가치를 지닌 것들을 포용하는 따스한 시선, 현상의 표면을 넘어선 심층 의미를 꿰뚫는 시선으로 인간과 자연을 바라보았다.

김정희는 대상에 구속되지 않고 대상을 해체하고 재구성하는 속에 긴장과 이완의 두 국면을 담아냈다. 대상에 구속되기보다는 대상과 주체와의 만남에서 일어나는 홍회興會를 중시했다. 선종의 돈오와 유사한 이 예술적 경험을 김정희는 신통유희神通遊戲라고도 하고 유희삼매遊戲三昧라고도 했다. 그는 명나라 여수구黎遂球(1602~1646)의 글씨를 품평한 듯한 글에서 "서법도 확실히 아름다워 송설松雪(원나라 조맹부)의 문정門庭에 있다 하겠고 솔경率更(당나라 구양순)에 이르러서는 이황驪黃의 밖에서 터득한 것이니 반드시 색상을 가지고서 찾을 것은 아니라 생각되네"라고 했다. '이황의 밖에서 터득한 것'은 『열자』「설부說符」에서 구방고九方皐가 말의 '암컷·수컷, 황색·흑색'을 따지지 않고 천리마의 본성을 찾아낸 것을 말한다.

「산사山寺」에서 김정희는 홍진과의 결별을 말하되, 세상을 혐오하는 미진의 마음도 드러내지 않았다. 감실 불상도 나에게 말을 걸고 산새가 나를 반기는 그런 진경 속에서, 나는 자연과 일체를 이루어 평온하다.

| | |
|---|---|
| 비낀 봉우리 연이은 산령이 하나하나 진경 | 側峯橫嶺箇中眞 |
| 여태 잘못하여 열 길 홍진 속에 있었다니. | 枉却從前十丈塵 |
| 감실 불상은 사람 보고 얘기하는 듯하고 | 龕佛見人如欲語 |
| 산새는 새끼 데리고 날아와서 반기누나. | 山禽挾子自來親 |
| 홈통의 맑은 물로 차 끓여 마시고 | 點烹筧竹冷冷水 |

화분의 담담한 봄꽃을 공양하나니, 供養盆花澹澹春
콧물 닦는 공부를 그 누가 터득했으랴 拭涕工夫誰得了
일만 골 솔바람 속에 한바탕 기지개 펴노라. 松風萬壑一嚬申

식체공부拭涕工夫는 당나라 고승 나찬懶瓚의 고사에서 가져온 말로, 속인의 뜻에 맞추는 공부를 뜻한다. 나찬은 형산衡山의 석굴 속에서 게을리 지냈다. 덕종德宗이 조칙을 내려 부르려고 사람을 보냈는데, 그가 보니 추위에 콧물이 가슴까지 내려와 있었다. 사자가 웃으면서 콧물을 닦으라고 권하자, 나찬은 "내가 무슨 공부가 있어서, 속인 때문에 콧물을 닦는단 말이오?"라고 했다. 끝내 그를 불러올 수가 없었다고 한다. 마지막 구절의 일빈신一嚬申은 '얼굴 찌푸리며 고통스러워하는 소리'가 아니다. '一嚬申'은 '一嚬伸'과 같으며, 흠신한다는 말이다. 백거이의 「불출문不出門」 시에 "배불리 먹고 난 후 다시 침상을 털고는, 잠들었다 깨어나 한바탕 기지개 켠다[食飽更拂床, 睡覺一嚬伸]"라고 했던 '낙천樂天'의 마음 경계를 나타낸다.

〈불이선란도〉 화폭에서 글자가 반란을 일으키게 한 것도 그의 활발活潑한 낙천의 마음 경계에서 비롯한 것이리라.

# 서화의 운명

## 1.

진晉나라 고개지顧愷之는 보배로 여겨 온 그림들을 상자에 담아 앞의 봉제封題를 풀로 붙여서 환현桓玄에게 보내 맡아 두도록 했다. 환현은 상자의 뒤를 열어 그림을 꺼내고는 봉함하여 돌려보냈다. 고개지는 상자가 뜯기지 않았는데 그림들이 없어진 것을 보고, "신묘한 그림이 신령과 통하여 변화해서 날아갔으니, 사람이 신선 되어 올라가는 것과 같구나[妙畫通靈, 變化而去, 亦猶人之登仙]"라고 말했다고 한다. 『진서晉書』「문원열전文苑列傳」에 나오는 이야기이다. 서화도 인간처럼 기이한 운명을 겪는다는 것을 말해 주는 고사이다.

1910년 일본의 강제 합병 뒤 조선총독부 초대 총독을 지낸 데라우치

마사타케寺內正毅(1852~1919)는 수많은 예술품을 일본으로 가져 갔다. 일본 야마구치 현립대학山口縣立大學 도서관 데라우치 문고에 소장되어 있던 조선 관계 자료 중 일부인 98종 136점(첩책 135점, 권축 1점)이 1996년 경남대학교에 기증되었고, 2010년 10월 14일 경상남도 유형문화재 제509호로 지정되었다.

데라우치 기증 고서화 가운데 이경윤李慶胤(1545~1611)의 『낙파필희駱坡筆戲』(17세기 후반)가 있다. 상부의 접착 부분이 화재로 일부 손상되었지만, 회화를 중심으로 시의 창수唱酬가 행해지던 문화적 관습을 보여 주는 매우 중요한 자료이다.[27] 이 화첩에는 〈임연여직도林烟如織圖〉 2종, 〈연자멱시도撚髭覓詩圖〉, 〈월반노안도月伴蘆雁圖〉, 〈운회창죽도雲晦蒼竹圖〉, 〈송하탄기도松下彈棋圖〉 등 모두 6첩의 그림이 들어 있다. 이 필첩의 각 그림에는 이경윤과 동시대의 어우당於于堂 유몽인柳夢寅(1559~1623), 오봉五峯 이호민李好閔(1533~1634)의 제시가 쓰여 있다. 유몽인의 6수는 그의 문집 『어우집』 권6 '잡저'에 「화첩畫帖」이란 제목으로 실려 있고, 이호민의 6수는 그의 문집 『오봉집』 권1 '오언 절구'에 「제화첩題畫帖」이란 제목으로 실려 있다. 『어우집』에 수록될 때 순서가 헝클어졌다. 글자가 조금 달라진 곳도 있다. 『오봉집』에 수록한 순서가 옳다. 『어우집』과 『오봉집』에서는 제화의 시기를 밝히지 않으나, 『낙파필희』의 초서 제화에는 날짜가 명시되어 있다. 유몽인은 1602년(선조 35)에 휘호하고 이호민은 1605년(선조 38)에 휘호했다.

이경윤은 성종의 여덟째 아들인 이성군利城君 이관李慣의 증손으로, 학림수鶴林守에 제수되었다가 학림정鶴林正이 되었다. 자는 수길秀吉이며, 호

27 예술의 전당 서울서예박물관·경남대학교박물관 편(2006), 『시·서·화에 깃든 조선의 마음—경남대 박물관 소장 '데라우치 문고' 보물』.

는 낙파駱坡·낙촌駱村·학록鶴麓이다. 속세를 멀리 버리고 산수 간에 은둔하려는 지향을 산수도로 나타내서 조선에 절파浙派 화풍을 정착시키는 역할을 했다. 이경윤의 제4자 이위국李緯國과 서자 이징李澄도 글씨와 그림에 뛰어났다.

이수광李睟光은 『지봉유설』에서 이경윤의 〈금강산축金剛山軸〉을 특별히 언급하고, 이산해李山海가 제찬을 했으며 그것을 보고 노수신盧守愼이 시를 지었다고 했다. 그런데 이긍익의 『연려실기술』에서는 "종실宗室 학림정의 그림은 품격이 고상하고 깔끔했다. 인물·우마·영모를 모두 잘 그렸으나 산수화는 널리 알려지지 않았다"라고 했다.[28] 18세기에는 이경윤의 산수화가 소장처를 잃고 말았던 듯하다. 서화의 운명은 정말로 기이하다.

현재 이경윤 작으로 전칭傳稱되는 작품이 여러 점 있으나 대부분 관지와 도인圖印이 없다. 단, 호림박물관 소장의 『산수인물첩』에는 최립崔岦(1539~1612)이 쓴 발문이 들어 있다. 『낙파필희』에 실린 그림들도 관지나 도인이 없지만 유몽인과 이호민의 제시가 각 그림마다 실려 있어, 이경윤의 손으로 이루어진 화폭이란 점을 말해 준다.

## 2.

『낙파필희』의 여섯 그림에서 이경윤은 산이나 바위를 짙은 먹으로 처리하여 화폭에 흑백 대비를 분명하게 했다. 산은 비스듬히 솟은 모습이고, 도끼로 찍은 듯한 부벽준斧劈皴 기법이 뚜렷하다.

유몽인은 1602년 가을에 이 화첩을 보고 각 그림에 잡언 고시를 적었

28 李肯翊, 『燃藜室記述』 別集 卷14 文藝典故 '畫家'.

다. 당시 44세의 유몽인은 교리와 전한을 역임하고 연산連山에 거처하다가 부여 백마강 가에 집을 짓고 살았다. 이호민은 1605년 7월에 화첩을 보고 그림마다 고풍 오언 절구를 적었다. 1603년에 51세로 좌참찬이 되고, 1604년 호성공신에 책훈되고 연릉부원군延陵府院君에 봉해진 뒤이다.

〈임연여직도〉 제1화에 유몽인이 잡언의 시를 적었다. 운자는 자自, 이邇, 리裏, 사思로, 거성 제4 진寘운에 속하는 글자를 사용했다. 『어우집』에는 다음과 같은 주가 있다. "이것은 산에 안개가 가득하고 고목이 많은데 먼 교외만 있고 사람은 없는 그림이다[右山籠霧, 多古木, 有遠郊無人]."

| | |
|---|---|
| 샘물은 어디에서 흘러오는가 | 有泉兮源何自 |
| 교외는 얼마나 먼지 알 수가 없네. | 有坰兮不知其遐邇 |
| 어부가 이르지 않는 이곳 | 漁郎兮不至 |
| 진나라 유민이 계수나무 숲에 삶을 알겠네. | 知有秦餘兮叢桂之裏 |
| 볼 수 있는 것은 이와 같거늘 | 可見者兮若斯 |
| 그 사람 볼 수 없기에 생각이 하염없어라. | 不可見兮無窮其思 |

원문의 진秦나라 유민은 도연명의 「도화원기桃花源記」에서 진나라 말의 폭정과 전란을 피해 무릉도원에 들어온 사람들의 후손을 말한다. 계수나무 숲은 은자의 거처를 상징한다. 『초사』「초혼招魂」에 "산골 깊은 곳에 계수나무 무더기로 자라네[桂樹叢生兮山之幽]"라고 한 데서 나온 말이다.

이호민이 쓴 오언 절구는 고절구 풍이다. 입성 제13 직職운의 직織과 입성 제4 질質운의 출出을 운자로 놓았다.

| | |
|---|---|
| 고깃배가 다시 오지 않아라 | 漁舟不再來 |

| | |
|---|---|
| 숲 나무에는 안개가 베를 짠 듯. | 林樾烟如織 |
| 도화원은 찾을 수 없고 | 桃花不可尋 |
| 산 밖에 푸른 고둥(산머리) 솟아났네. | 山外青螺出 |

〈연자멱시도〉는 '수염을 만지작거리며 시어를 찾는다'는 뜻이다. 당나라 노연양盧延讓의 「고음苦吟」 시에 "시 읊어 한 글자를 놓느라, 두어 가닥 수염 비비 꼬아 끊어졌네[吟安一個字, 撚斷數莖鬚]"라 한 데서 왔다. 시 짓는 일의 어려움을 형용한 말이다. 유몽인은 각 구 압운, 환운의 고시를 썼다. 즉 첫 단락은 하평성 제11 우尤운의 류瀏와 류流, 둘째 단락은 상성 제14 한旱운의 단短과 단斷, 셋째 단락은 상성 제25 유有운의 수首와 주酒를 각각 압운했다. 『어우집』에는 다음과 같은 주가 있다. "이것은 한 사람은 버드나무 아래에서 나귀를 타고 가고 한 아이는 거문고를 들고 다리로 향하는 그림이다. 다리 너머는 종이가 다했다[右一人柳下騎驢, 一兒携琴向橋. 橋外紙窮]."

| | |
|---|---|
| 버드나무에 바람은 휘이휘이 | 楊柳風瀏瀏 |
| 돌아드는 내는 그쳤다 다시 흐르네. | 回川停復流 |
| 나귀 하나 절룩거리고 거문고 하나 짧은데 | 一驢蹇一琴短 |
| 수염을 비비 꼬니 수염이 끊어지려 하네. | 撚髭髭欲斷 |
| 새로 읊은 시가 몇 수일까 | 哦新詩就幾首 |
| 시냇가 친구가 다리 서쪽에서 술 두고 부르는 듯. | 知有溪友在橋西邀以酒 |

시냇가 친구는 속세를 피해 계곡에서 산수를 즐기며 사는 벗을 말한다.

이호민은 그림 오른쪽 위에 오언 절구를 썼다. 상평성 제1 동東운의 륭隆과 동東을 압운했다.

그림 25 전傳 이경윤, 〈연자멱시도〉, 『낙파필희』, 종이에 수묵담채, 37×54cm, 경남대학교박물관 데라우치문고 소장.

수염 비비며 시구 찾아 고심하느라 撚髭覓詩苦
나귀 등에서 몸을 둥글게 굽혔군. 驢背身穹窿
버들바람 부는 것도 모르고 柳風吹不覺
독목교 서편인지 동편인지도 잊고서. 忘却橋西東

〈월반노안도〉에 대한 유몽인의 시는 잡언 형식이다. 첫째 단락은 상평성 제7 우虞운의 호湖와 로蘆를 각 구 압운하고, 둘째 단락은 입성 제10 약藥운의 락落과 락樂을 각 구 압운했다. 셋째 단락은 하평성 제8 경庚운의 행行, 정情, 영營을 압운했다. 『어우집』에는 다음과 같은 주가 있다. "이것은 세 마리 기러기가 물가 갈대 아래에 앉아 있고, 한 마리 기러기가 내려앉으려 하는데, 달은 반쯤 이지러진 그림이다[右三雁在水上蘆下, 一雁飛欲下, 月半虧]."

달은 호수에 비치고 月臨湖
바람은 갈대에 부는데, 風吹蘆
물가에 기러기 내려앉나니 渚鴻落

| | |
|---|---|
| 무엇이 즐거운가. | 何所樂 |
| 앞서 가고 뒤따르고 | 而先而後 |
| 울면서 가나니, | 而鳴而行 |
| 무슨 본성이고 무슨 감정인지. | 何性而何情 |
| 나는 너희의 계산 없는 교유를 사랑하노라. | 吾愛爾交遊之無營 |

이호민의 오언 절구는 고풍으로, 거성 제15 한翰운의 반泮과 상성 제14 한旱운의 반伴을 통압했다.

| | |
|---|---|
| 주렁주렁 벼와 수수 매달린 밭이 | 離離稻粱田 |
| 어이하여 이 갈대 물가에 있는가. | 奈此蒹葭泮 |
| 날며 울어 기러기 절로 무심한데 | 飛鳴自無心 |
| 밝은 달이 와서 동무하누나. | 明月來相伴 |

〈운회창죽도〉에 유몽인은 각 구 압운하고 환운한 잡언 고시를 휘호했다. 즉 첫째 단락은 입성 제1 옥屋운의 죽竹과 입성 제11 맥陌운의 척尺을 통압하고, 둘째 단락은 상평성 제13 원元운의 근根과 상평성 제12 문文운의 근斤을 통압했으며, 셋째 단락은 상평성 제1 동東운의 중中과 상평성 제2 동冬운의 창摐을 통압했다. 『어우집』에는 다음과 같은 주가 있다. "이것은 물가에 대숲이 있고 나무에는 안개가 횡으로 걸려 있으며, 끊어진 강기슭은 이끼가 많이 덮고 있는데, 사람도 없고 인가도 없는 광경을 그린 그림이다[右水上有竹叢, 木煙橫帶, 斷岸多苔, 無人無村]."

| | |
|---|---|
| 상강의 대나무여 | 湘江之竹兮 |

| | |
|---|---|
| 구름에 들어간 것이 몇 척인지 모를레라. | 入雲者不知其幾尺 |
| 이끼는 언덕을 덮고 물은 뿌리를 적시니 | 苔封岸而水浸根兮 |
| 절로 나서 절로 무성하여<br>　사람의 도끼를 보지 않네. | 自生自茂不見人之斧斤 |
| 희미한 속에 보이는 듯해라 | 想見熹微之中兮 |
| 황제의 딸이 와서 노닐며<br>　신령스런 현악기 울리는 것이. | 帝子來遊而靈瑟摐摐 |

상강의 대나무란 소상강瀟湘江에서 자라는 반죽斑竹이다. 순舜임금이 남방을 순행하다가 타계하매 두 왕비 아황娥皇과 여영女英이 시신을 찾으러 와서 울다가 투신했다. 그 눈물이 소상강 대나무에 떨어져 아롱진 무늬가 되었다고 한다. 마지막 구의 황제의 딸은 바로 요堯임금의 딸로서 순임금에게 시집간 아황과 여영을 가리킨다. 신령한 현악기란 『초사』「원유遠遊」에서 "소상강의 영혼으로 하여금 비파를 타게 한다[使湘靈鼓瑟兮]"라고 한 데서 온 말이다.

이호민의 오언 절구는 역시 고풍이다. 입성 제2 옥沃운의 록綠과 곡曲을 압운했다. 첫 구의 죽竹은 인운(가까운 운)인 입성 제1 옥屋운에 속한다.

| | |
|---|---|
| 흰 구름이 푸른 대숲을 가려 | 白雲晦蒼竹 |
| 다만 상강이 녹빛인 것만 보이네. | 但見湘江綠 |
| 구름이 상강 혼령의 거문고 소리 막기에 | 雲應閟湘絃 |
| 그림 역시 아무 소리 없도다. | 畫亦無聲曲 |

〈송하탄기도〉에 유몽인이 적은 시는 각 구 압운, 환운의 잡언 고시이다.

첫째 단락은 상평성 제11 진眞운의 인人, 빈賓, 춘春, 인人을 압운하고, 둘째 단락은 상평성 제15 산刪운의 환還과 잔潺을 압운했다. 『어우집』에는 다음과 같은 주가 있다. "이것은 소나무 아래에서 두 사람이 바둑을 마주 두고 있는데, 나무는 있고 산은 보이지 않는 그림이다[右松下二人對棋, 有木無山]."

| | |
|---|---|
| 소나무 아래의 노인은 | 松下丈人 |
| 주인도 아니요 손님도 아니라네. | 非主非賓 |
| 바둑 한 판에 몇 천 년이 흘렀나 | 一局棋幾千春 |
| 내가 본 것은 두 사람이다만, | 吾所見者兩人 |
| 다른 두 사람이 영지 캐러 가서 돌아오지 않은 줄 어찌 알랴. | 安知不復有兩人採芝猶未還 |
| 구름은 산을 감추고 물은 졸졸졸. | 雲藏山水潺潺 |

바둑 두는 두 사람 이외에 두 사람이 더 있어 영지 캐러 갔을지 모른다고 한 것은 상산사호商山四皓의 고사를 염두에 둔 말이다. 즉 진秦나라 말기에 네 명의 노인이 폭정을 피해 상산에 숨어 살았다는 고사가 있다.

이호민의 오언 절구는 이것도 고풍이다. 유몽인이 바둑 대국자를 상산사호의 인물로 본 것을 슬쩍 부정했다.

| | |
|---|---|
| 소나무 아래 바둑알 튕기는 이가 | 松下彈棊者 |
| 어이 반드시 기리계 등 상산사호이랴. | 何須綺里季 |
| 다만 용면거사 이공린 같은 화가에게 물어보시게 | 第去問龍眠 |
| 나와 그대인지 아닌지 어찌 알랴. | 安知吾與子 |

마지막 그림은 처음과 같은 〈임연여직도〉의 제2화이다. 유몽인의 시는 칠언 고시로, 압운상 두 단락이다. 첫째 단락은 하평성 제12 침侵운의 심尋과 침沈을 압운하고, 둘째 단락은 입성 제13 직職운의 식識과 묵墨을 압운했다. 『어우집』에는 다음과 같은 주가 있다. "이것은 산과 물이 있고, 고목이 있고, 구름은 많은데, 그 속에 사람이 없는 그림이다[右有水有山, 有古木, 多雲氣, 中無人]."

| | |
|---|---|
| 천 년 전 기수와 영수를 꿈에서 찾아가나니 | 千秋箕潁我夢尋兮 |
| 늙은 나무와 푸른 물결이 흰 구름에 잠겨 있다. | 古木滄波白雲沈兮 |
| 내가 그 속에 있어도 사람들은 알지 못하누나 | 我居其中人不識兮 |
| 깨어나 살펴보니 단지 수묵화일 뿐이라니. | 覺而視之但水墨兮 |

해는 임인년(1602, 선조 35) 가을, 간암의 병들고 졸렬한 자(유몽인) 원고.

歲壬寅秋, 艮菴病拙稿

기영箕潁은 기산箕山과 영수潁水를 말한다. 기산은 요임금 때 은사 소보巢父가 은거한 산이고 영수는 은사 허유許由가 은거했던 곳이다. 두 사람은 요임금으로부터 선위하겠다는 말을 들었으나 왕 노릇 하길 사양했다.

이 그림에 이호민이 쓴 오언 절구도 역시 고풍이다. 거성 제23 양漾운의 향向과 상相을 압운했는데, 첫 구에 상성 제22 양養운의 상像을 써서 통압했다.

| | |
|---|---|
| 처음과 끝의 그림이 같은 형상이라 | 始終畫同像 |
| 머리와 꼬리가 멀리 서로 향하네. | 首尾遙相向 |
| 하나의 건곤을 범위로 삼았으나 | 囿爲一乾坤 |

여기에 갈무리한 것 많은 상이 아니로다. 藏此無多相

을사년(1605, 선조 38) 맹추(음력 7월), 오봉. 乙巳孟秋, 五峯

이호민은 처음 그림과 끝 그림이 수미일관한데, 천지건곤을 전체 범위로 삼았지만 그림에 그리 많은 형상을 담지는 않았다고 했다. 우주 삼라만상을 간결한 구도 속에 포괄한 점을 높이 평가한 것이다.

## 3.

1601년(선조 34) 이수광은 조복朝服을 뜯어 여덟 폭 병풍을 만들고, 이경윤에게 사시四時의 산수를 그려 달라고 요청했다. 이로써 〈산수팔첩병풍山水八帖屛風〉이 이루어졌다. 그림은 매우 정교했다. 이수광의 아들 이민구李敏求(1589~1670)는 자신이 14세 때 처음 보았던 이 병풍이 병자호란을 겪고 58년 뒤까지 집안에 보존되어 있다는 사실에 느낌이 일어서 1659년에 「학림정(이경윤)이 그린 산수화 여덟 폭 병풍의 기문[鶴林正畫山水八帖屛風記]」을 작성했다. 이 글은 그의 문집 『동주집東州集』 제3권에 남아 있다. 일부를 보면 이러하다.

변고가 많은 시대라서, 정축년(1637, 인조 15)의 난에 내부內府 소장의 것들도 분탕질당해 모조리 사라져, 옥찌의 서적이나 옥축의 그림도 모두 짐수레에 실려 운수되어 북쪽으로 갔으니, 아무래도 그림과 서적이 한바탕 재액을 만난 시운이었다. 그런데 이 병풍만은 해지고 찌들었다는 이유로 보존되어 아무 탈 없었으니 어찌 다행이 아니겠는가! 이에 솜씨 좋은 장인에게 맡겨서 닦아 내고 손질하게 하여, 판자와 종이를 바꾸어서, 옛 형태를 따라 일신했다. 곧 선친께서 일찍이 병풍으로 만들어 좌우에 펼쳐 두셨던 품물이 옛 모습을 회복하게 되었다. 펼쳐서 마주하고 어루만지며 완미하는 즈음에 나도 모르게 주르르 눈물이 흘렀다. 아아, 옛사람은 서화를 논하면서 명주의 수명이 2백 년밖에 되지 않는 것을 예원藝苑의 깊은 한으로 여겼다. 처음 그림이 그려진 신축년(1601, 선조 34)에 내 나이 열세 살이었는데, 이제 58년이 지나, 나는 칠십이 되어 늙고 말았다. 바람 앞의 등불처럼 뉘엿뉘엿 임종이 날마다 다가오고 있다. 이 그림이 신령과 통하여 변화할 때를 헤아려 보면 오히려 백 년이 남았으므로, 내가 이것을 한스러워할 겨를이 없지만, 사람이 태어나 끝이 있다는 사실에 거듭 탄식하는 바이다.[29]

이민구는 "명주의 수명이 2백 년"이라는 말을 인용했으나, 출전을 알 수 없다. 예부터 "종이의 수명은 천 년이고 명주의 수명은 8백 년[紙壽千年, 絹壽八百]"이라는 말이 있어 왔다. 종이는 보관하기가 쉬워서 오히려 수명이 길다고 한다. 명주의 수명이 8백 년이라고 해도, 명주는 수명에 한계가 있으니, 명주에 그린 그림도 수명에 한계가 있다. 현대의 관점에서 보면 조선시대의 지본이나 견본의 그림이 남아 있는 것은 참으로 고마운 일이라고 하지 않을 수 없다. 하지만 서화는 여러 가지 이유에서 전본을 남기지 않는 경우가 많다. 그 또한 운명이라고나 할까?

18세기 초의 중인 출신 홍세태洪世泰(1653~1725)는 조백심趙伯心(이름 미상)이 지니고 있던 이경윤의 그림 2폭을 보고 지어를 남겼다.[30]

29 이민구, 강원모·김문갑·오승준·정만호 역(2016), 『동주집』, 충남대학교 한자문화연구소.

30 洪世泰, 「趙伯心所有鶴林正畫識」, 『柳下集』 卷10. "曩時鶴林正以畫名一世, 既歿, 其畫益貴, 人得其敗素殘瀋, 輒藏弆以爲絶寶. 趙伯心示余以二縑. 盖其一江天杳闊, 遙巘約略, 有水鳥兩行東西飛

지난날 학림정은 그림으로 한 시대에 이름이 있었는데, 타계한 뒤에는 그 그림이 더욱 귀하게 되어, 사람들은 찢어진 비단 그림이나 남은 묵필만 얻어도 곧바로 잘 보관하여 절묘한 보물로 여기고 있다. 조백심이 내게 두 비단 그림을 보여 주었다. 하나는 강과 하늘이 드넓고 먼 산봉우리는 어렴풋하며, 물새가 두 줄로 동쪽과 서쪽으로 날아가고, 낚싯배가 갈대 바위 곁에서 비껴 미끄러져 가고 있는데, 그 속에는 광주리 하나와 질그릇병 하나를 두었다. 고기잡이 동자가 하나는 뱃전 고물에 걸터앉아 손으로 긴 낚싯대를 들고 조금 얼굴을 돌려 안쪽을 돌아보고 있다. 동자 하나는 뒤쪽에서 몸을 수그리고 있는데, 왼손으로는 두 마리 붕어를 잡고 광주리에 넣을 듯이 하면서, 앞에 걸터타고 뒤돌아보는 동자와 무언가 말을 하려 하고 있다. 또 하나의 그림은 큰 나무 서너 그루의 가지들이 얼키설키 어우러져 있고, 뿌리는 바위 벼랑에 얽혀 있으면서 위로 일천 척을 솟아 있고, 가지 끝에는 서리가 내려 잎이 하나도 없다. 벼랑 곁에는 떨기를 이룬 대나무가 붙어서 자라나 있는 곳이 두 곳이다. 나무 아래 바위 위에는 바둑판을 두었고, 두 노인이 오건과 야복 차림으로 대국을 하며 서로 마주 보고 앉아 있으면서, 손가락으로는 바둑돌을 내려 놓을까 말까 하고 있다. 그 필의를 보면 고아하고 소산蕭散하여, 누추하고 비속한 기운이 전혀 없어, 학림정의 풍류와 표치를 상상할 수가 있다. 나는 성격이 산수를 사랑하지만 아직 그리로 갈 수가 없어서, 최근에 도성에 거처하면서 괴롭게도 속인을 매일 상대하고 있는 참이라, 지금 이 그림을 보고는

去, 釣艇橫艤於蘆碕之側, 而中置一筐一垤. 漁童一踦前舷, 手把長竿, 稍反面內顧. 一在後乍俯, 而左執雙鯽若將內于筐, 而與前踦而顧者, 相目欲語. 其一喬木數株杈牙, 根絡石崖而上竦千尺, 霜杪無葉. 崖傍叢竹附生者二所. 樹下石上, 安一棊局, 而兩老叟烏巾野服, 方對局相向而坐, 指玉子欲下不下. 見其筆意, 古雅蕭散, 絶無陋俗氣, 鶴林之風流標致, 盖可想矣. 余性愛山水, 而未能往, 邇來處城市間, 苦與俗人日相對, 今見此畫, 輒欣然會心, 此可與伯心道也. 遂爲識."

문득 흔연히 마음에 회합하는 바가 있으니, 이것은 조백심에게 말을 해도 될 것 같다. 마침내 기록한다.

홍세태가 열람한 이경윤의 그림 중 한 폭은 고기를 잡는 두 아이를 그린 조어도이고 다른 한 폭은 두 노인의 기국도이다. 이 그림들이 어디에 전하는지 모르겠다. 실물이 전하지 않지만 홍세태의 글을 통해 이경윤의 화풍을 상상할 수는 있으니, 이것만이라도 다행이라고 해야 할까?

제2부

# 초상화와 시문

# 국보 송시열 반신초상화의 불편한 사실

## 1.

국립중앙박물관에 조선 주자학의 거두 송시열宋時烈(1607~1689)의 반신 초상화가 있다. 국보 239호이다. 89.7×67.6cm 크기이며, 심의(혹은 창의)에 복건을 쓰고 오른쪽을 향해 공수拱手하고 있는 자세다. 화폭 오른쪽에는 송시열이 45세 때(1651) 작성한 자경문自警文이 있고, 위에는 '정묘조正廟朝'의 찬문贊文이 있다. 이 찬문은 정조가 재위 2년인 1778년에 지었다고 추정되어 왔다.

조선시대에 노론들은 송시열을 크게 추모했으므로 본래 영당과 서원에 이모본이 많았다.[1] 국보 239호 송시열 초상은 국립중앙박물관 소장의 4점 가운데서도 완성도가 가장 높다고 평가된다. 피부결을 따라 붓을 놓

그림 26 작자 미상, 〈송시열 초상〉, 비단에 채색, 89.7×67.6cm, 국립중앙박물관 소장(국보 제239호).

는 육리문肉理紋은 그다지 사용하지 않았고, 얼굴과 복식에 음영을 처리하지 않았지만, 살아 있는 사람을 그대로 묘사한 것 같다.

화폭 오른쪽에 적혀 있는 송시열 자경문은 송시열의 문집 『송자대전』에 '서화상자경書畫像自警'이란 제목으로 들어 있다. 종택에 소장된 초상화에도 같은 글이 쓰여 있는데, 이 초상에는 1651년 화양서옥에서 썼다는 내용이 분명하게 적혀 있다. 뒷날 송시열의 초상화에는 으레 자경문을 적어 넣었을 가능성이 있다.

자경문은 이러하다.

| | |
|---|---|
| 사슴들과 무리 짓고 | 麋鹿之群 |
| 초가를 집으로 삼아, | 蓬蓽之廬 |
| 창가 밝고 사람 사는 지경 고요한데 | 窓明人靜 |
| 허기 참으며 책을 보노라. | 忍飢看書 |
| 네 모습 볼품이 없고 | 爾形枯臞 |
| 네 학문은 공소하다. | 爾學空疎 |
| 하늘이 내린 양심을 너는 저버리고 | 帝衷爾負 |
| 성인의 말씀을 너는 업신여겼다. | 聖言爾侮 |
| 단연코 너는 | 宜爾置之 |

1 현재 전하는 송시열 초상화는 약 10여 점이다. • 국립중앙박물관 소장 4점: 반신상본(국보 제239호, 비단에 채색, 89.7×67.6cm), 반신상본(화첩본, 비단에 채색, 61.2×40.6cm), 입상본(19세기, 비단에 채색, 124.2×52.1cm), 반신상본(이홍근 기증, 19세기, 비단에 채색, 55.8×33.2cm). • 은진 송씨 종택 초상화: 한시각(韓時覺, 1621~?)이 그린 77세 송시열 입상과 그 이모본. • 김진규(金鎭圭, 1658~1716)의 영초(影草)와 김창업(金昌業, 1658~1721)의 영초. • 김진규 영초에 의한 초상화(본래 화양서원 봉양), 김창업 영초에 의한 초상화(74세 화상). • 제천 황강영당(黃江影堂)의 전(傳) 김창업 그림 초상(74세 화상, 김창협과 권상하의 찬문). • 삼성미술관 리움 소장 송시열 초상. • 옥천 용문영당 초상(국립중앙박물관본과 유사).

책벌레 대오에 두어야 하리. 蠹魚之伍

1651년(효종 2) 우옹이 화양서옥에서 스스로를 경계하다.

崇禎紀元後辛卯, 尤翁自警于華陽書屋

그런데 위에서 본 국립중앙박물관 소장 초상화의 모습은 45세라기에는 몹시 연로하다. 심지어 김창업金昌業(1658~1721)이 초한 74세 초상보다 더 나이가 들어 보인다. 어떤 연구자는 "정조의 어제와 1778년의 간기刊記가 있어 18세기 후반 정조 연간에 원본에 충실하게 옮겨 그렸을 가능성이 있다"라고 보았다.[2]

하지만 이 초상화의 어제는 『열성어제』의 '정조어제正祖御製'에도 들어 있지 않고 정조의 문집 『홍재전서』에도 들어 있지 않다. 그런데도, 정조가 송시열을 추모하여 작성한 한 편의 제문으로 간주되어 왔다.

이 어제는 한 편의 제문이 아니며, 운자로 보건대 3수의 시이다.

【첫째 수】

절의가 천추에 높아서 節義千秋高

평생 나는 존경했다. 平生我敬重

역대 임금들이 누차 포숭했으니 烈祖屢褒崇

사림의 누군들 외경하지 않으랴? 士林孰不聳

【둘째 수】

횡설과 수설이 모두 이치에 합당하여 橫竪皆當理

2 이원복(2005), 『회화』, 솔, 313쪽.

울연히 이학의 종주였다.　　蔚然理學宗
경륜의 업적을 다 이루지 못했으니　　不盡經淪業
아! 말세를 만났도다.　　吁嗟叔季逢

【 셋째 수 】
낙중(개성)에 사당이 있어　　洛中祠屋在
초상이 엄숙하고 청고하다.　　遺像肅淸高
금패의 유생들이 묘정에 가득할 때　　衿佩盈庭會
승선(승지)이 한 잔 술을 올린다.　　承宣奠一醪

숭정 기원 후 재 무술 3월, 국정을 보는 여가에 뒤미쳐 짓다.

崇禎紀元後再戌三月, 追製於萬機之暇

'숭정 기원 후 재 무술'은 숭정 기원, 즉 1628년 이후 두 번째 무술이므로, 흔히 말하듯 1778년이 아니라 1718년이어야 한다. 이것은 정조 연간이 아니므로, 누군가 엉터리로 적어 넣은 연도이다.

또, 그림에 쓰인 글에서 '열조烈祖'의 '열烈'은 '열列'의 오자, '경륜經淪'의 '륜淪'은 '륜綸'의 오자이다.

## 2.

송시열의 화상에 쓰여 있는 이 3수는 정몽주鄭夢周(1337~1392)의 문집『포은집圃隱集』이 1769년 개성의 숭양서원崧陽書院에서 재간된 때 권수卷首에 실렸다. 실은 숙종이 재위 33년인 1707년에 포은 정몽주를 기리기 위하여 사당에 내린 것이기 때문이다.

『포은집』은 1439년 초간되었으나 현전하지 않고, 1553년에 현손 정세신鄭世臣이 신계 현령新溪縣令으로 부임하여 간행했다. 이후 명종, 선조 연간에 개성에서 목판 간행하고, 선조 때 교서관에서 활자로 간행했으나, 이 판본들은 전하지 않는다. 1584년 경상도 영천에서 간행한 것도 임진왜란으로 판목이 소실되고, 1607년 영천에서 복간했다. 1608년에는 황주黃州 병영, 1659년에는 경상도 봉화에서 간행했으며, 1677년에는 영주본과 봉화본을 절충한 중간본이 나왔다.[3] 이때까지의 『포은집』에는 위의 시가 실려 있지 않다. 1719년(숙종 45) 11대손 정찬휘鄭纘輝가 조정에서 선생을 포증褒贈한 기록 및 제현의 글을 모아 속록續錄을 만들어 두었다. 1718년에 숙종이 정몽주를 대대적으로 현창했기 때문이다. 정찬휘의 재종손인 정관제鄭觀濟가 개성 유수 원인손元仁孫의 도움으로 1769년 숭양서원에서 원집 4권, 속집 3권으로 간행했다. 여기에 위의 3수가 실려 있다.

이 3수의 시는 용인시 처인구 모현면 능원리 포은 영당 벽의 시판詩板에 적혀 있다.[4] 해창 도위 오태주吳泰周(1668~1716)[5]의 발문이 있다. 오태주는 발문에서, 포은 사당을 중창하고 숙종이 내린 어제시라고 밝혔다. 『열성어제』의 '숙종어제'[6]를 보면, 송시열 화상의 윗부분에 전사된 이 3수가

3 김기빈(1991), 「포은집 해제」, 한국고전번역원 한국문집총간 DB.

4 포은 정몽주 연일 정씨 홈페이지; 한국문화관광해설사 중앙협의회 해설.

5 본관은 해주(海州), 자는 도장(道長), 호는 취몽헌(醉夢軒). 아버지는 판서 오두인(吳斗寅)이다. 12세인 1679년(숙종 5) 현종의 딸 명안공주(明安公主)와 혼인하여 해창 도위에 봉해졌고 명덕대부(明德大夫)의 위계를 받았다. 광덕대부(光德大夫)로 품계가 올랐고, 오위도총부 도총관, 조지서 제조(造紙署提調), 귀후서 제조(歸厚署提調) 등을 역임했다. 1689년 희빈 장씨 소생의 왕자(훗날의 경종)를 세자로 책봉하려 하자, 송시열에 찬동하여 책봉 반대 의견을 올렸다가 관작이 삭탈되기도 했다. 예서에 능하고 시문에도 능하여 숙종의 총애를 받았다. 시호는 문효(文孝)이다.

6 서울대학교 규장각 편(2002), 『열성어제(列聖御製)』 2. 『열성어제』 통용본은 104권이다. 처음에는 목판본으로 제작되었으나 영조의 어제부터는 활자본으로 간행되었다. 태조에서 철종까지의 어제를 수록했는데, 숙종 대 이후로는 왕이 바뀔 때마다 선왕의 어제를 편집해 앞 시기의 어제에

실려 있으며, 더구나 숙종이 직접 휘호하여 해창 도위 오태주에게 하사하여 그로 하여금 화진和進케 한 것임을 알 수가 있다.

> 칠석 아침에 비가 내려, 대사헌 김덕함 문집 속의 '칠석에 비가 오지 않네'라는 시의 운을 사용하여 쓰다(주: 해창 도위에게 써 주어 그로 하여금 화진하게 했다. 이 시에서부터 길재 시에 이르기까지 모두 화진한 것 속에 들어 있다).
>
> 정포은鄭圃隱에 대해서는 다음과 같다. '절의가 천추에 높아서, 평생 나는 존경했다. 역대 임금들이 누차 포숭했으니, 사림의 누군들 외경하지 않으랴?' 또 이러하다. '횡설과 수설이 모두 이치에 합당하여, 울연히 이학의 종주였다. 경륜의 업적을 다 이루지 못했으니, 아! 말세를 만났도다.' 또 이러하다. '낙중에 사당이 있어, 초상이 엄숙하고 청고하다. 금패의 유생들이 묘정에 가득할 때, 승선(승지)이 한 잔 술을 올린다.'
>
> 좌사간 길재吉再에 대해서는 다음과 같다. …[7]

정몽주는 조선 태종 원년인 1401년 익양부원군益陽府院君에 추증되고, 문충文忠의 시호를 받았다. 1452년(문종 2) 숭의전崇義殿에 배향되고, 1517년(중종 12) 9월 문묘에 종사從祀되었다. 1555년(명종 10) 영천永川 선비 노수盧遂 등이 선생의 옛집인 부래산浮來山 아래에 서원을 세워, 훗날 임고臨皐의 사액賜額을 받았다. 1570년(선조 3) 개성 선비들이 정몽주의 옛집인 화원花園

덧붙여 간행했다. 숙종어제는 1720년(경종 즉위년) 송상기(宋相琦)·이관명(李觀命)이 편찬하여 9권(전체 열성어제의 권9에서 권17로 간행되었는데, 제17권은 후대에 권차에서 빼고 별편 처리)으로 간행되었다.

7 『列聖御製』卷11(肅宗御製). "七夕朝雨用大司憲金德諴文集中七夕不雨韻(注: 書寫海昌都尉, 使之和進. 自此詩至吉再詩, 皆在和進之中). 鄭圃隱, '節義千秋高, 平生我敬重. 列祖屢褒崇, 士林孰不聳.' 又, '橫竪皆當理, 蔚然理學宗. 不盡經綸業, 吁嗟叔季逢.' 又, '洛中祠屋在, 遺像肅淸高. 衿佩盈庭會, 承宣奠一醪.' 左司諫吉再. …"

북쪽에 서원을 세워, 1575년 숭양崧陽의 사액을 받았으며, 도사都事 이창李敞이 선생의 초상을 봉안했다.

숙종은 1718년 낙중, 즉 개성에 있는 숭양서원에서 정몽주를 제사 지내는 때에 3수의 시를 주어 정몽주를 칭송했다. 그렇거늘 후대의 누군가가 그것을 송시열 화상에 베껴 쓰면서, 터무니없게도 '정묘조'라고 위조한 것이다.

# 고려 말 조선 초의 초상과 찬贊

## 1.

근대 이전의 한국과 중국에서는 공신이나 사대부의 화상을 제작하는 일이 많았다. 북송의 황정견은 자신의 초상화를 보고 지은 「사진자찬寫眞自贊」에 "중 같으면서도 머리를 길렀고 속인 같으면서도 티끌이 묻어 있지 않다[似僧有髮, 似俗無塵]"라고 했다.

본격적으로는 고려 말부터 화상이 많이 제작되었다. 화상은 축軸의 형태로 장황裝潢해 두었는데, 화면의 위쪽에 찬을 함께 써 두거나, 축의 마지막에 지識, 서序를 붙여 두는 경우가 많았다.

화상은 사당에서 제향을 올리는 데 사용하는 일이 많았고, 순수한 예술적 감상의 대상이 된 것은 아니다. 조선시대에는 사당에 화상을 봉안하는 것이 부당하다는 논란도 있었지만, 주희朱熹의 사당에 화상이 봉안된 사실에 비추어 조선의 주자학자들은 대개 화상 제작과 화상 봉안에 반대하지 않았다.

인물화 가운데서도 초상화의 감상은 찬·지·서를 함께 해석해야만 대상 인물의 내면세계를 이해할 수 있다. 초상화의 인물, 즉 상주像主의 내면은 화면의 위쪽에 함께 써 둔 찬이나 축의 마지막에 부기된 지, 그리고 화축과 독립하여 전하는 찬이나 지 혹은 서를 통해 보다 깊이 있게 이해할 수가 있다. 고사인물도도 풍부한 서사 구조와 함축적인 의미를 담고 있다. 미술 비평가 존 피터 버거John Peter Berger(1926~2017)는 고사인물도가 지배계급 사람들에게 그들의 이상적인 행동 양식을 보여 주는 기계적인 정경만을 재현하고 있다고 혹평했다. 하지만 고사인물도는 풍간과 풍류의 별세계를 펼쳐 보이는 경우가 많다. 이 그림들은 제화와 함께 감상할 때, 원래의 텍스트와는 다른 차원에서 미학적 세계를 향유할 수 있을 것이다. 여성인물화도 제화가 상주가 된 여성의 생명을 되돌려 주는 예가 많다. 화상 속 여성의 인식, 행위, 의도 등에 대한 다양한 해석을 시도하기 위해서는 그림과 관련된 문헌 텍스트를 함께 탐색해야 한다.

한국에서 개인의 화상을 제작하는 일은 문헌상으로는 고려 중엽 이미 활발했다. 고려 말 이제현李齊賢(1287~1367)이 원나라에서 자신의 초상을 제작하여 고려에 반입한 무렵에는, 사대부들 사이에 화상 제작이 하나의 관습으로 굳어지지 않았을까 생각된다. 태조 이성계 초상의 후대 모사물이 전하는 것이나 안평대군安平大君(1418~1453)도 스스로의 초상을 안견安堅에게 그리게 했다는 기록이 있는 것을 보면, 조선 왕실도 일찍부터 초상 제작에 열을 올렸음을 알 수 있다.

그리고 이제현이 중국인에게 부탁하여 자신의 화상에 찬을 쓰게 하고,

조선 태조가 조준趙浚(1346~1405)의 화상을 그리게 하고 정도전鄭道傳에게 찬을 짓게 한 것을 보면, 초상에 찬을 붙이는 일도 그 무렵에 널리 유행했음을 알 수 있다.

단, 화상은 상주가 생존해 있을 때만 제작하는 것은 아니다. 예조 참판으로 몰한 석란石蘭 유성환兪星煥(1788~1849)을 위해 조두순趙斗淳이 작성한 「묘갈명 병서墓碣銘幷序」에 다음 이야기가 있다.[8]

> 뒤에 부친 직장공(유평주兪平柱)의 초상화를 뒤미쳐 그리려 하여 눈을 감고 잠심해서 손으로 허공에 그리기를 24년이나 한 후에 비로소 화공을 불러 입으로 전수하여 그렸다. 초상화가 완성됨에 공의 고모가 보더니 눈물을 흘리시며 "우리 오라비를 다시 보게 될 줄은 생각지 못했다"라고 하셨다.

화상의 찬이나 서에는 자찬도 있고 타찬도 있다. 타찬의 경우, 동시대 인물이 써넣은 예도 있고, 후대 인물이 써넣은 예도 있다. 찬과 서는 상주에 대한 인평과 화상 제작의 이야기를 풀어 보인다.

## 2.

이제현은 원나라 무종武宗 연간에 대도大都에 있던 고려 충선왕의 만권당에서 조맹부趙孟頫(1254~1322)·원명선元明善(1269~1322)·장양호張養浩

8 趙斗淳, 「禮曹參判兪公墓碣銘」, 『心庵遺稿』 卷22. "後欲追畫直長公像, 闔目潛心, 以手描空者, 歷二十四年, 乃召工口授以寫. 旣成, 公之姑見而泣曰: '不意復見吾兄也.'"

(1270~1329) 등과 교제하면서 한족 지식인들의 문화를 흡수했다.[9]

고려 충렬왕 33년인 1307년, 충선왕은 쿠빌라이의 외손자였지만 부인 계국대장공주와의 불화로 원나라에 의해 폐위되어 원나라 수도 대도에 거처하고 있다가, 원나라 인종仁宗을 도와 무종을 영립하고 심양왕에 봉해졌으며, 인종이 황태자가 되자 태자대사太子大師에 올랐다. 충선왕은 1308년 고려 왕으로 복귀했다가, 1309년 1월 숙부인 제안대군 왕숙에게 조정을 맡기고 대도로 돌아갔다. 충선왕은 전지傳旨를 이용하여 고려를 다스렸다. 그리고 원나라 조정으로부터 받은 서적을 대도의 사저에 저축했는데, 그곳을 만권당이라 했다. 1314년 이제현은 충선왕의 부름을 받고 대도로 향했다.[10] 『고려사』에서는 이제현이 만권당에서 요수姚燧(1238~1313), 염복閻復(1236~1312)과도 친분을 쌓았다고 했으나, 당시 요수와 염복은 생존해 있지 않았다.

이제현은 30세 되던 1316년에 충선왕을 대신하여 서촉의 아미산峨眉山에 제사를 지내러 다녀왔다. 이후 1319년 절강浙江 보타산寶陁山(푸퉈산)으로 향을 사르러 갔다 왔으며, 1320년 지밀직사에 올라 단성익찬공신端誠翊贊功臣의 호를 받은 해, 원나라로 갔다. 이 무렵 원나라 영종英宗이 즉위하는 과정에서, 고려 출신의 환관 임백안독고사任伯顏禿古思(임바얀퇴귀스)가 충선왕을 참소했다. 이 때문에 충선왕은 토번土蕃, 지금의 티베트 석불사(샤카사원)에 유폐되었다가, 더 멀리 살사결撒思結(사스캬, Sa-skya)로 유배되

9 박현규(2005), 「고려후기 성리학과 한문학의 교섭양상—고려말 성리학과 李齊賢의 수용 과정」, 『한문학보』 13, 우리한문학회.

10 李齊賢, 「雞林府院君謚文忠李公墓誌銘」, 『益齋亂藁』. "忠宣王佐仁宗定內難, 迎立武宗, 故於兩朝, 寵遇無對. 遂請傳國于忠肅, 以太尉留京師邸, 構萬卷堂, 考究以自娛. 因曰: '京師文學之士, 皆天下之選, 吾府中未有其人, 是吾羞也.' 召至都, 實延祐甲寅正月也."

었다. 이제현은 티베트 석불사로 가서 충선왕을 위로하고, 원나라 조정에 충선왕의 신원을 탄원했다.[11] 1323년 8월 원나라 영종이 살해되고, 충선왕의 처남 태정제(이순 테무르)가 즉위하자, 충선왕은 심양으로 돌아오게 되었다. 이제현은 감숙성 타사마朶思麻(두오스마)로 충선왕을 영접하러 다녀왔다. 충선왕은 1325년 12월 5일, 51세로 타계하게 된다.

이보다 앞서, 이제현은 1319년(고려 충숙왕 6, 원나라 연우 6) 3월, 어향御香 봉납을 위해 강소江蘇·강절江浙을 유람하면서 동해東海 매잠산梅岑山의 보타사寶陀寺까지 다녀왔다.[12] 이때 강남에서 탕병룡湯炳龍(1241~1323)·허겸許謙(1270~1337)·진초陳樵(1278~1365)와 교분을 쌓았다. 충선왕은 고항古杭 오수산吳壽山에게 이제현의 초상화를 그리게 했는데, 탕병룡이 찬을 지어 주었다. 이 초상화는 중간에 잃어버렸다가 이제현이 30여 년 뒤 원나라에 가서 다시 찾아 왔다. 이제현은 감동하여 시를 짓고, 탕병룡이 앞서 지어 주었던 찬을 화폭에 부기했다.

이 화상에서 상주는 왼쪽을 향한 자세이다. 그 왼쪽에 칠기상이 있고, 그 위에 『주역』과 청동기가 놓여 있다. 원나라의 도화에 서적과 골동을 함께 그리는 풍조를 반영하고 있다.

이제현의 문집으로 1698년 간행된 『익재난고益齋亂藁』 권4에는 이제현 지, 시, 탕병룡 찬이 실려 있다. 『익재난고』의 편찬자들은 이제현의 그림이 오수산의 작이지, 진감여陳鑑如의 작이 아니라고 했다.[13] 오수산이든 진

11 「任伯顔禿古思」, 『高麗史』 卷122. 단, 충선왕(忠宣王)의 유배는 팔사파제사(八思巴祭祀)에 반대했기 때문이라는 설이 있다(金文京, 「李齊賢在元事跡考」).

12 『元史』 卷23 武宗二 至大二年. "三月己丑, 遼陽行省右丞洪重喜, 訴高麗國王王章不奉國法恣暴等事. 中書省臣請令重喜與高麗王辯對, 敕中書毋令辯對, 令高麗王從太后之五臺山."; 『元史』 卷116 后妃二·順宗昭獻元聖皇后. "二年正月, 太后幸五臺山作佛事, 詔高麗王璋從之."

13 『익제난고(益齋亂藁)』는 이제현이 77세로 생존해 있던 1363년(공민왕 12) 아들 이창로(李彰路)와 장

감여든 호는 모두 고항이라 했다.[14] 국립중앙박물관 소장본 화상에 쓰여 있는 이제현의 지는 진감여 작이라고 명시했다. 『도회보감圖繪寶鑑』과 『석거보급속편石渠寶笈續編』에 따르면 진감여는 사신寫神에 정교하여 원나라 때 '국조제일수國朝第一手'라고 일컬어졌으며, 조맹부의 화상을 그린 일이 있다. 1363년(지정 23)에는 〈죽림대사출산도권竹林大士出山圖卷〉을 그렸다고 한다.[15] 화가 오수산은 문헌에 기록이 나오지 않는다.

손 이보림(李寶林)이 일차로 편집하여 이색(李穡)의 서(序)를 받았다. 그리고 이제현이 1367년에 졸한 후, 조선시대에 들어와 1432년(세종 14) 원주에서 『역옹패설(櫟翁稗說)』과 함께 중간되었으며, 1600년(선조 33) 경주에서 3간, 1693년(숙종 19) 4간, 1698년 해주에서 5간, 1814년(순조 14) 경주에서 6간되었고, 1923년 연활자로 7간되었다. 참고한 것은 1698년 5간본이다.

14 민족문화추진회, 「『익재난고』 해제」는 '구수(具壽)'가 이제현 화상을 그렸다고 했으나, 잘못이다.

15 (元)楊瑀, 『山居新話』 卷2. "余幼, 侍坐於趙子昂學士席間, 適寫神, 陳鑑如持趙公影草來呈, 公援筆與之, 自改且言, 所以未然之故, 筆至唇乃曰: '何以謂之人中? 若以一身之中言之, 當在臍腹間, 指此名之曰中何也?' 盖自此而上, 眼耳鼻皆雙竅, 自此而下, 口洎二便皆单竅. 成一泰卦耳. 由是之故, 因以此名中也. 滿座為之敬服."; 田汝成, 『西湖遊覽志餘』 卷17. "陳鑑如, 仁和人, 精於寫神, 至今其子孫猶傳家學也. 鑑如嘗為趙文敏公(注: 趙孟頫)貌像, 公援筆改其所未然, 因謂曰: '唇之上何以謂之人中? 蓋自此而上眼耳鼻皆雙竅, 自此而下口暨二便皆單竅, 三畫陽三畫陰, 成泰卦也.'"; (元)許有壬, 「贈寫真陳芝田序」, 『至正集』 卷31. "翰林揭待制曼碩序寫真者稱錢塘陳鑑如父子, 獨臻其妙. 余不識鑑如, 識其子芝田. 丙寅歲, 嘗寫余真. 小兒始學語, 乳者携而過, 即指且呼兒, 日見惟便服, 像乃朝服, 而瞥見識之, 於是知其得余之深也. 始余未相識人, 人稱其藝, 又作余像, 始知其能, 雖知其能, 而未敢許其至. 蓋余見識素淺. 且慮天下之大, 將無蹴其右者, 求卒不獲, 又得曼碩之言, 始挈余信以被之為之説曰: 志於道, 游於藝, 藝固後. 道君子取焉者, 蓋有好道而盡於藝者也. 繪事亦藝也. 其天機之深, 物理之妙, 有非淺近之所能窺者. 就繪事中人物, 最炫目近習, 工之尤難. 人知芝田之工, 而不知其得於筆墨之外者. 且似者, 形也. 似之者, 非形也, 神也. 形外而神内也. 外而最著者, 面也. 形至焉内而最微者心也. 神出焉使心, 而見於面, 内而襮於外其為道, 不既淵乎? 故有得其形矣. 而識者不以為似. 得其神則雖眉目之有參差. 容色之有淺深. 望而知其為某也. 芝田好論人賢愚壽夭貴賤. 有人倫之鑑, 故其所造, 不例人之難. 盖相之與畫, 名雖異, 而理則一. 得於相而不能畫者. 有之矣. 未有不得於相而能深於畫者也, 不得於相而畫者, 不過為肥紅瘠黒, 庸史之筆爾. 以韓幹之能, 僅得趙縱之形. 昔人列呉晋而下, 名手才三十餘人, 卓然可傳, 又不過數人, 則寫照為藝. 豈易言哉? 若芝田者, 盖卓然可傳者已. 京師三十年, 畫富貴人, 不知幾輩, 得金帛積之, 可大富, 而散若土苴. 受知延祐至順兩朝, 才被一命, 世知其藝, 而不知其為倜儻人也, 故併及之."

**그림 27** 〈이제현 초상〉, 비단에 채색, 177.3×93cm, 국립중앙박물관 소장(국보 제110호).
* 화가를 진감여라고 해설하고 있다.

그림 27-1 〈이제현 초상〉, 지와 시 부분.

【 이제현 지 석문 】(『익제난고』의 원문과는 약간 차이가 있음)

延祐□□(己未), 余年三十三從於忠宣王, □香江浙, 王召古杭陳鑑如, 寫陋容, 而湯□(北)村爲之贊. 北歸爲人借觀, 因失所在. 後三十一年, 奉國表如京師, 復得之, 驚老壯之異貌, 感離合之有時, 使韓望雲把筆, 口占四十字爲識. 我昔留形影, 靑靑兩□(鬢)春. □(流)傳幾歲月, 邂逅尙精神. 此物非他□(物), 前身定後身. 兒孫渾□(不)識, 相問是何人. 益齋.

【『익제난고』 수록의 이제현 지 】

연우(원나라 인종의 연호) 기미년(1319, 충숙왕 6)에 나는 충선왕이 강남의 보타굴에 향을 내릴 때 따라갔는데, 왕이 고항 오수산(다른 책에는 진감여로 되어 있으나 잘못임)을 불러 나의 초상을 그리게 했고 북촌 탕 선생(탕병룡)이 거기에 찬을 지었다. 북쪽으로 돌아와서 어떤 사람에게 빌려 주었다가 어디에 있는지 잃어버리고 말았다. 32년 뒤에 내가 나라의 표문을 받들고 경사京師에 갔다가(1348년 12월 고려 충목왕이 타계하자, 왕위 계승 문제로 원나라에 표문을 올렸음) 그 초상을 다시 찾게 되었는데, 그동안 늙음과 젊음이 차이가 생긴 데에 놀랐고 따라서 헤어졌다 다시 만나는 것이 시기가 있음을 감탄하여 마흔 자를 써서 기록한다.

延祐己未, 予從於忠宣王, 降香江南之寶陁窟, 王召古杭吳壽山(一本作陳鑑如, 誤也), 令寫陋容, 而北村湯先生爲之贊. 北歸爲人借觀, 因失其所在. 其後三十二年, 余奉國表如京師, 復得之, 驚老壯之異貌, 感離合之有時, 題四十字爲識.

【이제현 시】

| | |
|---|---|
| 내가 초상화에 형체를 남겨 두어 | 我昔留形影 |
| 양쪽 귀밑머리 청청한 청춘이더니, | 青青兩鬢春 |
| 여러 세월 흐르고 흘러 | 流傳幾歲月 |
| 해후하니 정신만은 여전하구나. | 邂逅尙精神 |
| 이 물건이 다른 물건 아니라 | 此物非他物 |
| 전신이 바로 후신이거늘, | 前身定後身 |
| 아이 손자들은 전혀 모르고 | 兒孫渾不識 |
| 이 사람이 누구냐고 묻는구나. | 相問是何人 |

이제현의 위 시는 오언 율시이며 상평성 제11 진眞운의 춘春, 신神, 신身, 인人으로 각 구 압운했다.

【탕병룡 찬】

| | |
|---|---|
| 바퀴 축간과 문서 글자가 같아지매 | 車書其同 |
| 고래의 예와 악이 동국으로 전해져 | 禮樂其東 |
| 산악의 기운이 이 사람에 엉겨 탄생했네. | 光岳其鍾 |

| | |
|---|---|
| 만 사람이 우러르는 종주 | 爲人之宗 |
| 한 시대의 영웅 | 爲世之雄 |
| 유학에 통달한 사람. | 爲儒之通 |
| 기품은 바르고도 크며 | 氣正而洪 |
| 풍모는 엄연하고도 공순하며 | 貌儼而恭 |
| 말씨는 삼가고도 순하여라. | 言愼而從 |
| 넉넉하여라, 용모여 | 恢恢乎容 |
| 온화하여라, 화기여 | 溫溫乎融 |
| 꿋꿋하여라, 중심이여. | 挺挺乎中 |
| 학문에서는 충실하고 | 於學則充 |
| 도덕에서는 우람하며 | 於道則隆 |
| 문장에서는 풍부하여라. | 於文則豐 |
| 마음가짐은 충성스럽고 | 存心以忠 |
| 정치에 임함은 공정하며 | 臨政以公 |
| 국가를 보필하여 공을 세웠네. | 輔國以功 |
| 왕명을 받고 등용되어 | 命而登庸 |
| 첨망을 받으면서 화충하니 | 瞻而和衷 |
| 이후로는 시절이 화평하리라. | 後而時雍 |

연우 기미년(1319) 9월(원화에는 양월陽月, 즉 10월로 되어 있음) 15일에 북촌노민 탕병룡이 전당 보화 독역재에서 쓰다. 이때 79세이다.

延祐己未九月望日, 北村老民湯炳龍, 書于錢塘保和讀易齋, 時年七十有九

탕병룡의 찬은 사언 21구인데, 상평성 제1 동東운으로 각 구 압운했다. 내용상으로는 3구씩 7단을 이룬다.

탕병룡의 자는 자문子文이고, 호를 북촌노민이라 했다. 관향은 산양山陽(지금의 회안淮安)인데 경구京口(지금의 진강鎭江)에 거주했다. 사서오경에 전주傳注를 남길 만큼 경학에 밝았다. 특히 『주역』에 정밀했으며, 스스로의 헌호를 '독역재'라고 했다. 징소되어 경원시박제거慶元市舶提擧(항구도시 경원의 해외 교역을 총괄하는 시박사의 감독직)를 맡았다. 저서로 『북촌집北村集』이 있고, 『원시선元詩選』에 시가 전한다.

이제현의 화상에 대해 원나라 문인 허겸 또한 찬을 지었다. 허겸의 문집인 『백운집』에 「이제현진찬李齊賢眞贊」[16]이란 제목으로 남아 있다.

| | |
|---|---|
| 눈은 수려하고 눈썹은 팽팽하며 | 目秀眉揚 |
| 신색은 느긋하고 기운은 여유롭다. | 神舒氣緩 |
| 뛰어난 화공이 잘 모사하여 | 妙手描模 |
| 터럭만큼도 차이가 없구나. | 毫髮無間 |
| 형색은 천부의 본성이다만 | 形色天性 |
| 귀한 것은 이를 실천함이니, | 所貴踐形 |
| 사람들은 그 모습을 보지만 | 人見其貌 |
| 그 마음은 아는 이가 없구나. | 莫知其心[17] |
| 나는 이 사람을 알고 있으니 | 我知若人 |
| 공경함으로 내면을 기르고 | 交養內外 |

16 許謙, 「李齊賢眞贊」, 『白雲集』 卷4.

17 문연각(文淵閣) 사고전서본(四庫全書本)과 동치퇴보재본(同治退補齋本) 『백운집(白雲集)』에 모두 '심(心)'으로 되어 있는데, '심'은 '정(情)'의 잘못인 듯하다. '형(形)'은 평성 청(靑)운인데 '심'은 평성 침(侵)운이므로 낙운이다. '정'은 평성 경(庚)운인데 고체시에서 평성 청운과 평성 경운은 통운이다. 다만, '소귀천형(所貴踐形)'에서 '형'은 그 출구(出句)인 '형색천성(形色天性)'의 '형'과 글자가 중복되어, 문제가 있다.

의리로 밖을 길러 둘 다 양생하여,

| | |
|---|---|
| 화순함이 마음속에 쌓여 | 和順積中 |
| 얼굴에 윤기가 돌고 등에 밝은 기가 넘친다. | 睟面盎背 |
| 이 초상을 아침에 쳐다보고 저녁에 바라봄에 | 朝瞻夕視 |
| 마치 큰 손님을 대하듯이 하여, | 如對大賓 |
| 배운 바를 힘써 행하여 | 力行所學 |
| 자신을 저버림이 없으시기를. | 無負其身 |

"형색은 천부의 본성이다만 귀한 것은 이를 실천함이니" 운운한 말은 『맹자』「진심盡心·상」의 "형과 색에 천성이 깃들어 있나니, 오직 성인인 뒤에야 형색을 완전히 발휘할 수 있는 것이다[形色, 天性也, 惟聖人然後可以踐形]" 라는 맹자의 말을 인용하여 상주를 칭송한 말이다. 또 "얼굴에 윤기가 돌고 등에 밝은 기가 넘친다" 운운한 말은 같은 곳의 "군자의 본성은 인의예지가 마음속에 뿌리하여, 그 안색에 나타남이 수연히 얼굴에 나타나며, 등에 가득하며 사체에 베풀어져 사체가 굳이 말하지 않아도 저절로 깨달아 행하여진다[君子所性, 仁義禮智根於心, 其生色也, 睟然見於面, 盎於背, 施於四體, 四體不言而喩]"라고 한 말을 끌어왔다.

허겸의 자는 익지益之, 호는 백운산인白雲山人이라 했다. 지금 절강성에 속하는 금화金華 사람이다. 송나라가 망하자 벼슬을 살지 않았다. 김이상金履祥이 난강蘭江에서 강학하자 가서 제자가 되었다. 1314년(연우 원년) 관부에서 여러 번 초빙하고 벼슬에 추천했지만 거절하고 취직하지 않았다. 안질을 앓고 있었지만, 문인 허부길許孚吉의 청으로 동양東陽 팔화산八華山에 가서 거처하면서 강학을 했다. 주희의 장구집주章句集註를 중시했으며, 제자가 전후 천여 명이나 되었다고 한다. 문집 『백운집』 이외에, 저서로

『독서총설讀書叢說』, 『시집전명물초詩集傳名物鈔』, 『사서총설四書叢說』, 『온고관규溫故管窺』 등이 있다. 시호는 문의文懿이다. 이제현은 바로 이 허겸으로부터 장주집주에 따라 사서를 논하는 방식을 배웠을 가능성이 있다.

그런데 탕병룡과 허겸의 찬은 본래 이제현의 화상에 적혀 있지 않았다. 탕병룡의 찬은 30년 뒤에야 써넣어졌고, 허겸의 찬은 아예 기입되지 않았다. 당시의 화상에는 찬을 화면에 써넣지 않았던 듯하다.

이제현이 중국에서 자신의 화상을 제작하고 중국인의 찬을 받아 온 이후, 고려에서는 화상을 제작하고 그것에 찬을 지어 주는 풍습이 정착했다. 이제현 자신은 김륜金倫(1277~1348)의 「죽헌김정승진찬竹軒金政丞眞讚」을 지었다.[18] 사언 중심의 운문인데, 삼언 구의 대우對偶, 육언 구의 대우도 혼용했다. 중간에 산문구가 세 번 나오는데 본래 주기註記였을 것이다.

| | |
|---|---|
| 맑아라 그 눈매 | 湛乎其矑 |
| 우뚝하여라 그 눈썹, | 竦乎其眉 |
| 높은 광대뼈에 수척한 얼굴 | 高顴[19]瘦面 |
| 붉은 입술에 흰 눈 같은 수염. | 赬脣雪髭 |
| 이는 외모에서 죽헌을 파악한 것이다. | 斯以狀貌求竹軒也 |
| | |
| 나라를 위하여 자신을 잊었고 | 國耳忘私 |
| 믿음을 지켜 속이지 않았다. | 信而不欺 |
| 단단하면서도 화락하여 | 耿介愷悌 |

18 李齊賢, 「竹軒金政丞眞讚」, 『益齋亂藁』 卷9. 『동문선』 권51 찬에도 같은 제목으로 수록되어 있다.
19 『익재난고』에는 '관(觀)'으로 되어 있으나 『동문선』에 '권(顴)'으로 되어 있는 것을 따른다.

젊어서부터 늙을 때까지 한결같았노라. 一乎壯衰
이는 뜻과 절조로 죽헌을 평론한 것이다. 斯以志節論竹軒也

득과 실에 감감하고 冥得喪
요절과 장수를 한가지로 보아, 齊彭殤
정신은 팔표(우주) 밖에 노닐어 神遊八極之外
무하지향에서 소요하노라. 徜徉無何之鄉
이것이 바로 죽헌이로다. 斯其爲竹軒也

단청(그림)에서 방불하게 나타내고 有可以髣髴於丹靑
문장으로 형용할 수 있으랴? 形容於文章者耶

뜻도 좋지만 운자의 사용도 교묘하다. 제1단은 상평성 제4 지支운의 미眉와 자髭가 운자이다. 제2단은 역시 상평성 제4 지支운의 기欺와 쇠衰가 운자이다. 제3단은 하평성 제7 양陽운의 상喪, 상殤, 향鄕, 장章이 운자이다.

## 3.

고려 말부터는 개인의 화상이 활발하게 제작되기 시작했다.

일례로 나계종羅繼從(1339~1415)은 『죽헌선생유집竹軒先生遺集』에 고려 말 조신朝臣이나 선비였던 이곡李穀(1298~1351), 정가신鄭可臣(1224~1298), 박형朴衡, 최사성崔思誠, 나익희羅益禧(?~1344), 이존오李存吾(1341~1371), 나공언羅公彦 등의 화상찬 10편을 남겼다. 본관은 나주로, 이곡의 사위이다. 1360년(공민왕 9) 국자감시에 합격했으며, 1362년 문과에 급제했다. 성균관 순유박사成均館諄論博士를 겸임할 당시 경전을 강론하여 집주集註에서 발명하지 못한 뜻을 많이 해석했으며, 전리 좌랑典理佐郎으로 재임할 때 경제책經濟策을 올렸다. 간신들이 국정을 어지럽히자 은거했다. 본래 이름은 계도啓道였는데, 1374년 예문관 제학으로 제수되면서 고조 나인송羅仁松의 얼을 계승하여 따르라는 뜻으로 계종繼從이라는 이름을 공민왕으로부터 하사받았다. 『야사野史』를 저술하여 당시의 의문스러운 사건들을 직필로 기록하여 두었는데, 간당들이 그의 별당에 방화하여 태워 버렸다. 조선 건국 후 권근權近이 벼슬에 나오라고 권유했으나 거절했다. 나계종이 남긴 10편의 화상찬은 다음과 같다.

① 「빙군이문효공화상찬聘君李文孝公畫像贊」: 1355년(공민왕 4) 장인 이곡이 작고한 지 5년에 제사 3일 후, 이곡의 아들이자 나계종의 처남인 이색李穡(자 영숙穎叔)이 이곡의 화상을 개모改摹하고 찬을 부탁해 왔다. 이곡의 먼저 화상에는 안보安輔(1302~1357)의 찬이 있었다.

② 「정설재화상찬鄭雪齋畫像贊」: 정가신의 초상에 쓴 찬. 정가신의 자는 헌지獻之, 관직은 중찬中贊, 시호는 문정文靖이다. 충선왕 묘정에 배향되었다. 처사 최운헌崔雲軒(이름 불명)과 상국 이제현이 화찬을 지은 바 있는데, 후손이 초상을 개모하면서 찬사贊辭를 요청했다.

③ 「박호은화상찬朴湖隱畫像贊」: 박형의 화상에 쓴 찬. 박형의 자는 자흘子屹이다. 충선왕 때 급제하고 관직이 진덕박사進德博士에 이르렀다. 1325년 충선왕이 악양岳陽 유배 길에 붕어하자, 슬퍼하여 다시는 조정에 나아가지 않았다.

④ 「최현암화상찬崔弦庵畫像贊」: 최사성의 화상에 쓴 찬. 최사성의 자는 도경道卿이다. 은거하며 독서하다가 징소되어 대궐로 나아갔는데, 신돈

이 정치를 어지럽히자 병을 이유로 귀향하고 종신토록 벼슬에 나아가지 않았다. 그 아들인 고봉高峯 최희덕崔希德(자 유원惟遠)이 현암弦庵의 옛 서재에 선친의 화상을 그려 두고 찬을 부탁해 왔다.

⑤「족선조양절공화상찬族先祖良節公畫像贊」: 집안 할아버지 나익희의 초상에 쓴 찬. 나익희의 자는 자승子昇으로, 충선왕 때 상의평리商議評理에 올라 금성군錦城君에 봉해지고, 1344년 충목왕이 즉위하자 첨의참리僉議參理가 되었다. 호는 퇴우退憂, 시호는 양절良節이다. 죽은 후 유언에 따라 금서錦西 신아동新芽洞의 퇴우재退憂齋에 화상을 두고, 후손들이 춘추로 제향을 올리고 삭망에 제향했다. 1374년(공민왕 23) 중추에 나계종이 남쪽으로 선묘에 성소省掃하러 갔다가 나익희 화상을 봉심했는데, 마침 후손이 나익희의 영정을 개모하면서 찬사를 요청했다.

⑥「이정언화상찬李正言畫像贊」: 벗 이존오의 화상에 쓴 찬. 이존오의 자는 순경順卿으로, 공민왕 때 정언正言으로서 신돈의 죄를 극언하다가 장사감무長沙監務로 좌천되었다. 후에 석탄石灘에 거처하다가 울분 속에 죽었다.

⑦「나저헌화상찬羅樗軒畫像贊」: 나공언의 화상에 쓴 찬. 나공언의 자는 중현仲賢으로, 관직은 전농시정典農寺正에 이르렀다. 1290년(충렬왕 16) 원나라에서 동녕부東寧府를 파하고 서북의 성들을 고려에 돌려주었을 때 대장군으로서 서북면을 안정시켰다. 충렬왕은 환관 정진성鄭眞誠에게 명하여 나공언의 화상을 그리게 하여 집에 전하게 했다. 오래되어 퇴색하자, 나공언의 봉사손 나자강羅自康(자 백안伯安)이 이모移摹하면서 나계종에게 찬사를 청했다.

⑧「조송헌화상찬趙松軒畫像贊」: 망우 조징趙澂의 화상에 쓴 찬. 조징의 자는 자청子淸으로, 거업을 닦지 않았다. 조선이 들어서자 지리산에 은거했다.

⑨「이퇴암화상찬李退庵畫像贊」: 이경섭李景攝의 화상에 쓴 찬. 이경섭의 자는 사맹士孟으로, 관직은 사업司業에 이르렀다. 1394년 모춘에 나계종이 풍악으로 가다가 헌양巘陽(경상도 언양)에 들러 백운동白雲洞에서 비를 피했는데, 백운동의 가장 높은 곳에 이경섭의 유택이 있고 별당의 서벽 작은 문 안에 이경섭의 화상이 소정素幀에 그려져 있었다. 이경섭의 아들 이재덕李載德이 그를 맞아 서너 날 머물게 하고 선군의 화상에 찬을 부탁했다.

⑩「임회재화상찬林檜齋畫像贊」: 임전林腆의 화상에 쓴 찬. 임전의 자는 자후子厚로, 공민왕 때 급제 후 관직이 순유박사에 이르렀다. 산인山人 설인명偰仁命(자 원도元道)이 그 스승의 화상을 소장素障에 그리고 찬을 부탁했다.

고려 말 신유학이 보급되면서 문인 지식인들이 사당을 두고 화상을 안치하게 되었으며, 화상찬을 통해서 상주의 일생을 기록하고 찬미하게 되었음을 알 수 있다.

# 초상화와 자찬

## 1.

김시습金時習(1435~1493)은 유가의 이념이나 불교의 이념이 현실에서 실현되지 못하는 것에 깊은 슬픔을 느끼고 유학자이면서 승려로서 방랑의 삶을 살았다.[20] 그는 젊어서의 화상과 늘그막의 화상을 손수 그려 두고 찬을 스스로 지었다. 그가 마지막 묵었던 무량사無量寺에 자화상이 있었는데, 경주 간행의 『매월당시사유록梅月堂詩四遊錄』 권수에 판각되어 실렸다. 『매월당시사유록』은 기자헌奇自獻(1562~1624)의 편집으로 17세기 초에 간행되었으며 두 종류 이상의 판본이 전한다. 고려대학교도서관 만송문고

20 심경호(2003), 『김시습 평전』, 돌베개.

그림 28 김시습, 「자사진찬」, 『매월당시사유록』, 고려대학교중앙도서관 만송문고 목판본. 이의활 장서인이 있다.

에 이의활李宜活(1573~1627)의 장서인이 찍힌 고서가 있다.

김시습은 머리를 깎고 중의 옷을 걸쳤지만 수염은 그대로 두었다. 이는 원나라 말 명나라 초 승려 천연天淵이 수염을 길렀다는 고사와 유사하다.

김시습의 자찬은 이러하다.

| | |
|---|---|
| 이하를 내리깔아 볼 만큼 | 俯視李賀 |
| 해동에서 최고라고들 말하지. | 優於海東 |
| 격에 벗어난 이름과 부질없는 명예가 | 騰名謾譽 |
| 네게 어이 해당하랴. | 於爾孰逢 |
| 네 형용은 아주 작고 | 爾形至眇 |
| 네 말은 너무 지각없기에, | 爾言大侗 |
| 마땅히 너를 두어야 하리라 | 宜爾置之 |
| 골짜기 속에나. | 丘壑之中 |

사람들은 김시습의 재능을 중당 시인 이하李賀(790~816)에게 견주었다. 27세의 짧은 생애 동안 이하는 염세적인 생각을 시로 담아내었고, 귀鬼를 중심으로 한 환상적인 시들을 남겨 귀재鬼才라고 불리었다.

'일구일학一丘一壑'이라 하면 은둔자의 거처를 말한다. 진晉나라 사곤謝鯤은 자신을 유량庾亮과 비교하여, "조정에서 예복을 입고 백관을 부리는 일은 유량보다 못하지만, 구학에서 마음대로 사는 일은 내가 더 낫다"라고 했다. 그러자 화가 고개지는 사곤의 초상화를 그린 뒤 "이것은 깊은 골짝 속에 두어야 한다"라고 했다. 김시습은 사곤이 그러했듯 자신도 깊은 골짜기에서 천성대로 살리라고 다짐한 것이다.

김시습은 무량사에서 죽을 때 다비를 하지 말라고 했으나, 현재 무량사에는 김시습의 부도浮圖라는 것이 있다. 그런데 2016년에 무량사의 창고에서, 김시습의 제자 조희祚熙가 김시습이 죽은 해 봄인 '홍치계축춘弘治癸丑春'에 새긴 묘표가 발견되었다. 묘표의 앞면에는 '오세김시습지묘五世金時習之墓'라 비제碑題를 새겼고, 그 왼쪽에 바로 김시습의 「자사진찬」을 새겼다. 몇몇 글자는 다르다.

그림 29 김시습 묘표, 무량사 소장.

김시습의 초상은 17세기부터 19세기에 걸쳐 전국의 여러 곳에 모사되어 안치되었다. 17세기에는 강릉의 사당에도 그 화상이 있었고, 다시 그것을 저본으로 임모한 화상이 춘천(지금의 화천) 곡운정사谷雲精舍에도 있었다. 18세기에는 김시습이 머물렀던 경주 천룡사天龍寺 서쪽 골짝에 위치한 '매월당梅月堂'에 별도의 화상이 있었다고 하며, 그 밖에도 오구자於謳子란 사람이 16세기에 모사한 것이 따로 전했다고 한다. 경주 함월산含月山 기림사祇林寺나 설악산 오세암五歲菴에도 김시습의 화상이 있었다.[21]

21 徐有英, 「雪嶽五歲菴拜梅月堂畫像」, 『雲皐詩艸』(장서각본 필사본 1책); 『錦溪筆談』(서울대학교 가람문고본).

서적에 초상을 모각해서 넣는 방식은 원나라 출판물의 영향을 받았을 가능성이 있다. 서적의 인물상은 단선單線으로 캐리커처같이 그리는 것이 보통이다. 이러한 예는 김시습 자신도 열람한 『성리군서性理群書』, 즉 『신간음점성리군서구해新刊音點性理群書句解』에서 이미 찾아볼 수 있다.[22]

김시습 화상은 양 미간을 찡그린 모습이다. 실제 자화상에 음영을 남겨, 그의 고뇌하던 정신세계를 드러내 보이고 있는 듯하다. 하지만 그 화상은 '자사自寫'의 원모습을 그대로 남긴 것은 아닌 듯하다. 본래는 모자를 쓰지 않은 삭발의 모습이었고 의상도 납의를 걸쳤을 가능성이 있다.

## 2.

조선 후기의 강세황은 54세 되던 1766년에 「표옹자지豹翁自誌」를 남겼는데, 그 무렵에 이미 화상을 스스로 그려 두었다. 묘지명이나 초상화나 모두 자신의 정신을 드러내는 예술 장르라고 생각했기 때문이었다. 강세황은 그 묘지명에서 이런 말을 했다.

> 내가 일찍 직접 초상화를 그렸는데 정신의 본질만 파악해서 그린 것이라서 속된 화공들이 외모를 전하는 것과는 현저하게 달랐다. 그래서 혼자 생각하기를 '내가 죽은 뒤에 묘지나 행장을 다른 사람에게 구하느니 차라리 내 스스로 평소 경력의 대략을 적는 것이 그래도 방불함만 못하지 않겠는

22 1415년(태종 15) 8월, 평양에서 『신간음점성리군서구해』가 목판으로 간행되었다. 송나라 건양(建陽) 사람 웅절(熊節)이 편찬하고 웅강대(熊剛大)가 주를 붙인 책이다. 둘 다 주자학자인데, 웅절은 특히 주희에게서 수업했다. 모두 23권으로, 송나라 유학자들의 글을 모아 분류하여 엮은 것이다. 맨 앞에 주돈이·정호·정이·장재·소옹·사마광·주희 등의 초상을 실었다(「性理羣書句解二十三卷」, 『四庫全書總目提要』 卷92 子部 儒家類2).

그림 30 강세황, 〈자화상〉, 『칠분전신첩』, 비단에 채색, 국립중앙박물관 소장.

가?' 하고는, 마침내 붓 가는 대로 이렇게 써서 아이들에게 남긴다. 훗날 이 글을 보는 사람 가운데는 필시 옹이 살던 시대를 상상하고 그 사람됨을 논하다가 옹의 불우함을 슬퍼해서 옹을 위해 한숨 쉬며 감개에 젖는 사람이 있을 것이다. 하지만 이것으로 어찌 옹을 충분히 알 수가 있겠는가.

이 글은 『정춘루첩靜春樓帖』에 자화상과 함께 실려 있었다. 벼슬에 대한 꿈을 버리고 안산에서 재야의 여러 인사와 교유하며 문예에 침잠하고 있을 때 작성한 것이다.

강세황은 스스로 진영을 그렸는데, 화본을 여러 번 바꾸어도 마음에 들지 않았으므로, 마침내 임희수任希壽(1733~1750)를 찾아갔다. 강세황은 임희수의 삼촌 임정任珽(1694~1750)과 처남 매부 사이다. 임희수는 관골과 뺨 부근에 서너 획을 더했을 뿐이었지만 인물의 내면을 더욱 생생하게 그려 낼 수 있었다고 한다. 국립중앙박물관 소장 『칠분전신첩七分傳神帖』은 임희수가 1749년(영조 25)부터 1750년까지 유지油紙에 그린 초본草本 초상 17점과 유탄柳炭으로 그린 사본 1점을 수록한 것이라고 하는데, 거기에 강세황의 초상이 있다. 그러나 이 그림은 강세황의 70세 때 초상보다도 더 나이가 든 모습이다. 『칠분전신첩』은 임희수의 작이 아닌 듯하다.

강세황은 일생 여러 폭의 초상화를 남겼다. 가장 유명한 것은 70세 때인 1782년에 그린 것이다. 그 그림에 강세황은 56자의 「자찬自贊」을 적었다. 이 자찬은 한 구의 길이가 들쑥날쑥한 산구散句 형식이되, 구를 하나 건너 받침이 'ㄱ' 음으로 끝나는 입성 글자로 압운해서 통일감을 주었다.

| | |
|---|---|
| 저자는 어떤 사람인가 | 彼何人斯 |
| 수염과 눈썹은 하얗고, | 鬚眉皓白 |
| 머리에는 오사모에 | 頂烏帽 |
| 야인 옷을 걸쳤구나. | 披野服 |
| 여기서 볼 수 있도다 | 於以見 |
| 마음은 산림에 있고 이름은 관리명부에 있음을. | 心山林而名朝籍 |
| 흉중에 대유산大酉山 소유산小酉山 서적들을 간직하고 | 胸藏二酉 |
| 필력은 오악을 흔든다만, | 筆搖五嶽 |
| 남이 어찌 알랴 | 人那得知 |
| 나 혼자 즐거움으로 삼을 뿐. | 我自爲樂 |
| 옹의 나이는 일흔 | 翁年七十 |
| 옹의 호는 노죽. | 翁號露竹 |
| 그 본모습을 스스로 베껴 내고 | 其眞自寫 |
| 그 찬을 스스로 지었다. | 其贊自作 |

운자는 백白, 복服, 적籍, 악嶽, 약樂, 죽竹, 작作이다. '白·籍'은 입성 제11 맥陌운, '服·竹'은 입성 제1 옥屋운, '嶽·樂'은 입성 제3 각覺운, '作'은 입성 제10 약藥운에 속한다.

원문의 오모烏帽는 오사모烏紗帽를 말한다. 오사모에는 두 종류가 있다. 하나는 관리가 쓰는 것이고 하나는 야인이 쓰는 것이다. 야인의 행색으로 오사모를 쓴 예로는 송나라 때 두연杜衍과 소옹邵雍의 예가 있다. 『송사宋史』「두연전杜衍傳」에 보면 두연이 은퇴한 후 남도南都(상구商丘)에 우거하면서 출입할 때 오모에 검은 신발, 두터운 비단 도포, 가죽 띠를 띠었다고 했다. 또 『소씨견문록邵氏聞見錄』에 보면, 소옹은 오모를 쓰고 끈으로 엮은 갈옷을 입고 다니며, 귀인들을 만날 때도 바꿔 입지 않았다는 일화가 있다.

강세황이 70세 초상화에서 말한 오모는 야인의 모자를 말한다. 그러나 자찬에서는 '마음은 산림에 있고 이름은 관리 명부에 있음'을 말해, 정신과 실제가 어긋나 있다는 것을 드러냈다. 이것은 중은中隱의 뜻을 표현한 것이다. 옛말에, 소은小隱은 산에 숨고 중은은 한산한 관직에 숨고 대은大隱은 도회지에 숨는다고 했다. 도회지에서 상인으로 살아가거나 조정의 관료로 있으면서도 은둔을 지향했으므로, 중은과 대은을 높이 평가했다. 강세황은 소북小北 집안에서 태어나 오래 벼슬길이 막혀 있다가 영·정조의 탕평정국에서 문장과 서화의 재능을 인정받아 당상관에까지 올랐다. 하지만 정치 이념을 드러내지 않고 중은을 행할 수밖에 없었다.

강세황은 이 70세 초상화의 자찬에서 호를 노죽露竹이라고 했다. 노죽은 풍죽風竹·노죽老竹·신죽新竹과 함께 대나무 그림의 네 가지 소재 가운데 하나이다. 고려 때 이규보李奎報(1168~1241)가 그 넷에 대해 찬을 썼는데, 노죽에 대해서는 다음과 같이 노래했다.

| | |
|---|---|
| 개결한 외로운 대 | 介然孤竹 |
| 살기가 아무래도 어렵고 고단해라. | 生亦艱澁 |
| 하늘이 이를 가엾게 여겨 | 天其憐之 |
| 이슬로써 촉촉이 적셔 주었으니, | 露以濡濕 |
| 마땅히 하늘의 뜻을 체인하여 | 宜體天意 |
| 겨울눈을 맞더라도 겁내지 말아라. | 逢雪勿怯 |

강세황이 스스로의 호를 노죽이라고 한 것은 개결한 정신 경계를 다시 확인하고, 군주의 은혜를 입어 벼슬길에 나간 사실을 안도하며 충정을 잊지 않겠노라고 다짐하기 위해서였다.

만년에 강세황은 스스로 '오지五之'라고 일컬었다. 왕희지王羲之의 필筆, 고개지의 화畫, 한유韓愈의 문文, 두목杜牧의 시詩, 그리고 자신의 자 광지光之를 겸하여, 여러 예술 장르의 특장을 겸비했다는 자긍심을 드러냈다. 이 70세의 자찬에도 "흉중에 대유산 소유산 서적들을 간직하고 필력은 오악을 흔든다"라 하여 자긍심을 감추지 않았다.

강세황은 사진(초상화)에서 전신傳神의 창작 과정을 중시했다. 전신의 방법에는 두 가지가 있었다. 하나는 대상물의 형체를 정확하게 나타냄으로써 정신을 간접적으로 표현하는 형사形似의 방법이고, 다른 하나는 대상물의 형체를 간략화함으로써 창작 주체의 마음을 통해 사물의 정신을 표현하는 사의의 방법이다. 강세황은 전자를 중시했다.

# 초상화 제작과 국왕의 개입

## 1.

중국에서는 군주가 공신의 초상을 그려 두고 그 덕을 칭송하는 일이 한나라 때부터 관례로 되었다. 즉 한나라 무제는 기린이 잡힌 것을 기념해서 미앙궁未央宮 안에 기린각을 세웠는데, 선제宣帝는 감로甘露 3년인 기원전 51년에 곽광霍光·장안세張安世·한증韓增 등 중흥 공신 11인의 초상을 그 안에 걸었다.

우리나라에서도 전통시대에 군주가 공신을 위해 화상을 제작하는 일이 있었다. 단, 공신각을 만들어 화상들을 한군데에 봉안해 두지는 않았다. 또한 언제부터 공신을 위해 화상을 제작해 주었는지 그 기원이 명확하지 않다. 기록상으로 가장 이른 예는 태조 이성계가 조준을 위하여 화상을 그리게 한 일이다.

태조는 화공을 시켜 두 번이나 조준의 화상을 그리게 하고 그것을 조준에게 하사했다. 그리고 정도전으로 하여금 화상의 빈 공간에 써넣을 찬讚을 짓게 했다. 현재 조준의 화상은 전하지 않고, 정도전의 찬만 그의 문집 『삼봉집』에 수록되어 전한다.[23] 따라서 정도전의 찬이 하나의 화상에 함께 들어 있었던 것인지, 두 개의 화상에 각각 들어 있었던 것인지는 명확하지 않다. 다만, 첫째 찬과 둘째 찬의 형식이 다른 것으로 보아 서로 다른 시기에 지은 것인 듯하다. 즉 둘 다 사언시이되, 첫째 찬은 격구압운隔句押韻(한 구 걸러 운자를 놓음)이고 둘째 찬은 3구마다 운자를 놓거나 격구압운하거나 했다. 둘째 찬은 수사 방식이 첫째 찬과 다르다. 『논어』와 『맹자』의 경구를 많이 끌어왔다.[24]

【첫째 찬】

| | |
|---|---|
| 아아 우리 임금님께서는 | 於惟我后 |
| 중신을 두셨으니, | 迺有重臣 |
| 중신은 누구인가 | 重臣伊誰 |
| 조공 그 어진 이로세. | 趙公惟賢 |
| 뜻을 경세제민에 두어 | 志存經濟 |
| 세상의 어려움을 구제하고, | 拯世之屯 |
| 손으로 해바퀴(군주)를 지탱해서 | 手扶日轂 |
| 중천에 오르게 했도다. | 昇于中天 |

23 『동문선』 권51 찬에도 같은 제목으로 수록되어 있다.

24 심경호(2012), 『국왕의 선물』, 책문; 정도전, 심경호 역(2013), 『삼봉집』, 한국고전번역원.

공적은 왕실에 있고 功在王室
은택은 백성에게 미쳤으니, 澤被生民
옛 이름난 재상이라도 雖古名相
이분보다 앞설 이 없어라. 莫能或先
공의 마음이여 惟公之心
공의 진심이여. 惟公之眞
나라와 아름다움을 짝하여 與國匹休
아아 천년만년 영구하기를. 於千萬年

【둘째 찬】
멀리서 바라보면 其望之也
우뚝하게 산이 선 듯하고 巖然嶽峙
말갛게 물이 드넓은 듯한데, 澄然淵渟
가까이 다가가면 其卽之也
윤기 도는 옥처럼 온화하고 溫然玉潤
따스한 봄볕처럼 포근하여라. 藹然春陽
누가 형상으로 나타내었는가 孰其狀之
휘황하게 푸른 물감 붉은 물감으로 그렸구나. 炳煥丹靑
공적은 개국공신들 중에서도 높고 功高開國
지위는 재상 중 으뜸이라. 位冠端揆
군주를 섬김에는 其事君也
단단하고 굳센 절개를 堅確之節
시절이 평탄하든 험하든 바꾸지 않았고, 夷險不貳
백성을 사랑함에는 其愛民也

| | |
|---|---|
| 낳고 길러 주는 부모 마음을 | 生育之心 |
| 좔좔 내려 주듯 베풀어 주었도다. | 霈乎厥施 |
| 악을 보기를 질병 앓듯이 하고 | 見惡如病 |
| 선을 갈구하기를 주린 듯이 하며, | 嗜善如飢 |
| 자처하기를 정도로 하여 | 自處以正 |
| 남을 차마 속이지 못했도다. | 人不忍欺 |
| 나의 찬미는 아첨이 아니니 | 我讚非佞 |
| 제제다사들은 이 사람을 본받으라. | 多士是儀 |

태조가 정도전으로 하여금 조준의 화상에 대해 찬을 짓게 만든 것은 정치적으로 경쟁 관계에 있었던 두 사람을 조정하려는 의도를 담고 있었다. 조선 왕조가 들어선 뒤, 정도전은 남은南誾과 함께 이성계에게 조준의 단점을 말했으나, 이성계는 조준을 극진히 대했다. 그리고 두 번이나 화공에게 명하여 조준의 화상을 그려 하사하면서, 정도전으로 하여금 그 화상에 찬을 짓게 한 것이다.

정도전과 조준은 함께 조선 개국에 기여했지만 서로 알력이 있었다. 우왕 14년인 1388년 5월에 이성계는 위화도에서 회군하고 조준을 불러 최영을 제거할 방법을 의논한 뒤에, 조준을 지밀직사사 겸 사헌부 대사헌으로 발탁했다. 조준은 조민수의 간사함을 논하여 조정에서 내쫓았다. 또한 사전私田을 폐지하여 민생을 후하게 하라고 이성계에게 건의했다. 1389년에 창왕이 즉위했으나, 명나라 예부가 왕씨가 아닌 사람이 왕이 된 것을 따지자, 조준은 심덕부沈德符 및 정몽주 등 일곱 사람과 더불어 창왕을 폐위시키고 그해 12월에 공양왕을 즉위시켰다. 공양왕 4년인 1392년 7월 신묘에 이성계는 왕위에 오른 후, 조준에게 문하우시중 평양

백을 제수하고, 1등의 훈작을 봉하여 동덕분의좌명개국공신同德奮義佐命開國功臣의 호를 주었다. 조선 태조 6년인 1397년에 명나라 태조는 조선에서 보낸 표表에 자신을 업신여기는 글자가 들어 있다 하여, 표를 지은 정도전을 잡아 보내게 했다. 정도전은 중국에 가지 않고, 장병을 훈련해야 한다고 건의했다. 1398년 가을 제1차 왕자의 난 때 이방원은 박포朴苞를 보내 조준을 불렀다. 조준은 백관을 거느리고 전箋을 올려 적장자를 세자로 삼을 것을 청했다. 이로써 9월에 정종이 내선內禪을 받았다. 조준은 1등 훈공의 공신이 되고 좌정승을 제수받았다. 정종 2년인 1400년 정월에 이방원의 넷째 형 이방간李芳幹이 박포와 공모하여 이방원을 제거하려 했다. 이방원은 이를 평정하고 세제에 책봉되었다. 11월 왕위에 오른 태종은 조준을 판문하부사로 임명했다. 1404년 6월에는 좌정승으로 삼았다. 조준은 얼마 있다가 영의정부사가 되었다. 죽은 후 문충文忠이라는 시호를 받았다.

태조가 조준의 화상을 그리게 하고 정도전에게 찬을 써넣게 하던 시절은 조선 왕조를 세운 이들이 모두 태평을 구가하던 때였다. 그 기간은 무척 짧았다. 1398년 가을의 무인난 때 정도전과 조준의 운명은 갈렸다. 조준은 태조, 정종, 태종에 걸쳐 8년간 영의정의 자리에 있으면서, 정도전 축출과 왕자의 난 평정에 기여했다. 외아들 조대림趙大臨은 태종의 딸 경정궁주慶貞宮主에게 장가들어 평녕군平寧君에 봉해졌다.

## 2.

정조 때의 문신 유언호는 본관이 기계杞溪로, 호는 즉지헌則止軒[25]이다. 서울대학교 규장각한국학연구원에 유언호의 화상이 보관되어 있다. 그림 왼편에 "숭정삼정미 화관이명기사崇禎三丁未畫官李命基寫"란 기록이 있어 1787년(정조 11), 그가 58세로 우의정에 오른 직후에 도화원 화관 이명기가 그렸음을 알 수 있다. 왕명에 따른 제작이다. 그림 윗부분에는 정조의 어평御評을 써 두었다.

유언호는 정조를 왕세손 시절에 춘궁관春宮官으로서 보좌했다. 정조는 1752년 9월 22일 등극 후, 자신을 보호했던 홍국영洪國榮이나 김종수金鍾秀와 함께 유언호를 극히 예우했다. 홍국영은 일찍 실각하고, 김종수는 우여곡절을 겪으면서도 1789년 우의정에 오른다. 1802년(순조 2) 유언호는 김종수와 함께 정조의 사당에 배향되었다.

오사모에 흉배가 딸린 단령포 차림의 입상 그림이다. 관복 정장의 입상 초상화로는 첫 사례로 꼽힌다. 화면은 116.7×57cm, 전체 172.4×73.6cm의 크기이다. "몸의 길이와 너비는 원래 몸보다 반을 줄였다[容體長闊, 視元身減一半]"라 밝혀, 실제 키와 그림의 키 배율을 계산하여 그렸음을 알 수 있다. 안면 표현의 입체감이 선명하고 옷 주름의 음영이 뚜렷하다. 소맷자락 아래로 짙은 먹 표현과 관복 밑으로 화문석에 떨어진 그림자의 묘사도 두드러진다.

유언호는 1787년 의정부 우의정에 오르고 6월에 동지 겸 사은정사에 선발되었는데, 9월에 정조는 내각(규장각)에 명하여 화사畫師로 하여금 그의 초상화를 그리도록 하고 어평 2구(즉 2연)를 내려 주었다고 했다. 유언

25 즉지헌이란 호의 뜻은 『주역』의 대장괘(大壯卦) 단사(彖辭)에서 취해 왔다. 대장이란 큰 것이 성하다는 뜻이다. 대장괘는 아래가 건(乾), 위가 진(震)으로, 우레가 위에 있고 하늘이 아래에 있는 상이다. 강(剛)이 움직이므로 성하다고 했고, 또 큰 것은 바르므로 곧으면 이롭다는 의미를 지닌다. 그래서 괘사에 "이정(利貞)"이라고 했다. 「잡괘전」에는 "대장즉지(大壯則止)"라고 했다. 크게 성하기에 그치라고 경고한 것이다. 따라서 유언호의 헌호는 '즉지헌'이라고 읽어야 하겠지만 문중에서는 관습적으로 '칙지헌'이라 읽는다.

**그림 31** 이명기, 〈유언호 초상〉, 종이에 수묵담채, 116.7×57cm, 서울대학교 규장각한국학연구원 소장(보물 제1504호).

호는 무덤에 묻을 지문誌文을 스스로 지었는데, 유한준兪漢雋(1732~1811)이 「추기追記」[26]에 이 초상화의 어평을 그대로 실어 두었다.

| | |
|---|---|
| 동궁에서 이미 상견했으니 | 相見于离 |
| 꿈에서 그보다 먼저 점쳤던 일. | 先卜於夢 |
| 일현과 일위로 | 一弦一韋 |
| 이렇게 엇비슷함을 보이노라. | 示此伯仲 |

원문의 '이离'는 이명离明이다. 『주역』「설괘전說卦傳」에 "이는 불이 되고 해가 된다[离, 爲火, 爲日]"라고 했으므로, 군주의 덕을 가리킨다. 하지만 우리나라에서는 세자나 동궁을 가리켰다. 꿈에서 먼저 보았다는 것은 문왕의 꿈에 나타났고 이후 무왕의 은나라 정벌에 앞장섰던 여망呂望, 즉 강태공姜太公의 고사를 끌어와, 유언호를 보필의 인물로 칭송한 것이다.

'일현一弦'과 '일위一韋'는 활시위와 부드러운 가죽으로 긴장과 이완을 뜻한다. 『한비자』에 보면, 서문표西門豹란 사람은 성격이 급했기 때문에 가죽을 허리에 두르고서 느긋한 마음을 가지려 했고, 동안우董安于는 성격이 느슨했기 때문에 활시위를 차고서 긴장된 마음을 가지려 했다고 한다. 원문의 '백중伯仲'은 형세가 비슷한 두 사람, 혹은 어근버근한 형세란 뜻이다. 『한국민족문화대백과사전』은 이 구절이 유언호의 노련하고 강직한 성품을 활과 가죽에 비유한 것으로, "팽팽한 활시위 하나 다듬은 가죽 하나로 내게 최선과 차선을 가르쳐 주었네"라는 뜻이라고 풀이했다. 하지만 기계 유씨 문중에서는 정조가 당시 김종수金鍾秀와 유언호를 백중하다

26 兪漢雋, 「族父領敦寧忠文公自誌後追記」, 『自著』 準本2 墓誌銘.

고 평가했다고 해설했다. 그렇다면 김종수는 성격이 급하고 유언호는 느긋하다고 품평한 셈이다. 단, 유언호의 화상 하나에 이런 말을 쓴 것은 이상하다. 혹, 정조가 김종수의 초상도 동시에 그리게 하고, 이 어평을 두 소상에 동시에 내려 준 것이라면 그렇게 볼 수도 있을 듯하다.

유언호는 스스로의 초상을 보면서 「견본 소상에 적다[題絹本小像]」라는 글을 지었다. 이 '견본 소상'이 1787년의 관복 입상을 가리키는 것 같지는 않다. 그러나 이 운문은 유언호가 자기 자신을 평가하고 자신의 내면을 드러내는 자술自述 문학으로서 큰 의미를 지닌다.

| | |
|---|---|
| 그 옷을 보면, | 觀其服 |
| 오사모에 수리 그려진 비단옷이요 | 烏紗鵬錦 |
| 황금 보석의 관자이니, | 黃金寶釘 |
| 엄연히 늙은 공경 벼슬의 존귀한 모습이로다. | 儼然卿老之尊也 |
| 그 용모를 보면, | 觀其容 |
| 키는 창문에 미치지 못하고 | 大不及楪 |
| 몸은 수척하여 옷을 못 이기니, | 羸不勝衣 |
| 쓸쓸하게 포의의 곤궁한 모습이다. | 蕭然布韋之窮也 |
| 외물이 갑작스레 찾아온 것인가? | 物之儻來歟 |
| 시운을 어쩌다 잘 만난 것인가? | 時之偶逢歟 |
| 한 단의 마른 나무 같은 마음을 두고 말하면, | 若其一段槁木之心 |
| 오직 아는 자만이 아나니, | 惟知者知之 |
| 어찌 한 언덕 한 골짜기로 귀거래하지 않는가? | 盍歸來兮一丘一壑之中 |

마른 나무[槁木]나 식은 재[死灰]라고 하면 감정도 없고 생명력도 없는 것

을 가리킨다. 유학에서는 마음이 마른 나무가 되지 않도록 해야 한다고 가르친다. 그렇거늘 이 사람은 어째서 스스로의 마음을 마른 나무와 같다고 했을까? 그 까닭은 『장자』 「제물론」에 보인다. 남곽자기南郭子綦가 안석案席에 기대어, 마치 짝을 잃고 허망해하는 듯이 하늘을 우러러 숨을 길게 내쉬었다. 곁에서 모시던 안성자유顔成子游가 "형체를 정말로 마른 나무같이 할 수 있고 마음을 정말로 식은 재같이 할 수 있습니까?"라고 물었다. 이때의 마른 나무와 식은 재는 마음이 외물에 의하여 흔들리지 않는 상태를 비유한다. 유언호가 자신의 마음을 마른 나무와 같다고 한 것은 『장자』의 이 뜻을 취한 것이다.

# 동갑내기들의 초상화첩

## 1.

고려대학교 중앙도서관 한적실에 1703년(숙종 29)인 계미년에 태어난 동갑 7명의 작은 초상화를 한데 모은 『계미동경소진첩癸未同庚小眞帖』이 있다. 맨 뒤에 이들이 69세이던 1771년(영조 47, 신묘) 10월 상순에 유언술兪彦述(1703~1773)이 작성한 지識가 4면에 걸쳐 이어지므로, 최종 제작은 그 무렵으로 추정된다. 화첩의 크기는 46.7×34.1cm이다. 소진小眞을 모은 점, 계회도契會圖의 변형이라는 점, 오랜 기간에 걸쳐 제작되었다는 점 등, 기존의 초상과는 제작 과정이 다르다.

화첩을 펼치면 왼쪽 면에 참판 이익진李翼鎭(1703~?), 판서 조영진趙榮鎭(1703~1775), 참판 이규채李奎采(1703~?), 영의정 한익모韓翼謨(1703~1781), 부

사 송진흠宋晉欽(1703~1770), 영의정 신만申晩(1703~1765) 등 여섯 명의 반신상이 차례로 나온다. 맨 마지막 일곱 번째 초상에는 이름이 쓰여 있지 않지만, 전체의 지를 쓴 유언술의 초상으로 추정된다. 적갈색의 선으로 얼굴 윤곽선과 이목구비를 그렸으며, 인물마다 인물의 외형적 특성을 잘 표현했다. 이규채만은 정면을 바라보고 있다. 맨 마지막의 유언술의 지는 그의 문집 『송호집松湖集』에는 「계미동경소진첩서癸未同庚小眞帖序」라는 제목으로 실려 있다.[27]

유언술의 1771년 지에 의하면, 15명의 동갑내기들이 43세가 되던 을축년(1745, 영조 21)에 처음으로 동경첩同庚帖을 만들었다. 그 후 벼슬살이 등으로 바쁘게 지내다가 십수 년이 흘러 일곱 명이 세상을 뜨자, 남은 여덟 명이 소상小像을 그려 첩帖을 만들기로 했다. 하지만 첩이 이루어지기 전에 또 세 명이 세상을 떠서, 1771년 당시에는 다섯 명만 생존해 있었다고 한다. 그 다섯 명 가운데 한익모, 조영진, 유언술 등의 생존만 확인된다.

27 兪彦述, 「癸未同庚小眞帖序」, 『松湖集』 卷5 序. "自夫四海九州之人而觀之, 則貌同而心異, 耳目口鼻之得於天者同也, 賢愚善惡之移於氣者異也. 噫! 四海廣也, 九州衆也, 同者自同, 異者自異, 只當同其同而異其異而已也. 獨吾帖中之人, 則心同而面異, 生同一歲, 居同一國, 幼而遊好同, 壯而志尙同, 升沉榮落而出處同, 酸醎甘苦而氣味同, 自生而長而老, 而無一事之不同, 此其心之所以同也. 若其形貌, 則肌膚之或豐或瘠, 髭髮之或多或少, 生質也定形也, 自不得不異, 此其面之所以不同也. 夫異之不可使之同, 猶同之不可使之異, 則同其同而異其異, 亦當如四海九州之人耶! 古語曰: '人心之不同如人面.' 心之不同者, 吾輩旣幸而同之. 於其面之異也, 臨之以繪畫, 狀之以丹靑, 使後之觀者, 知其同於不同之中, 則是亦不同之同也. 古之人自香山·睢陽以下, 至洛社諸君子, 凡有同心之會, 莫不以圖像爲重者, 其意亦如此. 此吾眞帖之說也. 嗚呼! 一帖十五人, 三十年如一日, 心不同而能之乎? 心之同而面之異也, 欲卽其異而見其同, 於是乎眞, 眞烏可無也? 庚帖之成, 在乙丑之歲. 帖中人年尙少, 或仕宦於奔走, 世故於滚汨, 曾不以眞爲事. 居然十數年來, 相繼凋落, 餘者只八人, 遂相與感其存沒, 而益知眞之不可無, 各成小像, 將欲作帖. 帖未作而三人又下世, 今只有五人, 皤然相對, 人事之不可知也如是夫! 嗚呼! 生年同者, 死日宜不相遠. 自十五人而爲八人, 八人而爲五人, 五人者年皆七十, 餘日又可知也. 他日星霜屢易, 人代迭遷, 爲帖中人之子若孫者, 翫其眞而想其心, 曰: 眞亦不爲無助, 眞其可已乎哉? 遂以八眞各附於名下, 爲小眞帖, 書其說爲序. 崇禎紀元後三辛卯十月上澣, 杞溪兪彦述序."

그림 32 작자 미상, 〈유언술 초상〉, 『계미동경소진첩』, 비단에 채색, 26.6×34.5cm, 고려대학교중앙도서관 소장(서울특별시 유형문화재 제308호).

신만은 1765년 3월 30일에 사망했으므로, 이 화첩은 그 이전에 제작되었으리라 추정된다.

## 2.

『계미동경소진첩』의 사람들은 같은 해에 태어나고 같은 나라에 살면서, 어려서도 좋아하는 것이 같았고 장성해서도 숭상하는 것이 같았으며, 벼슬이 오르거나 좌천되거나 할 때 대응 방식이 같았고 인생의 쓴맛 단맛을 볼 때에 취향이 같아서, 태어나면서부터 노년에 이르기까지 같지 않은 일이 하나도 없었다. 15명이 30년을 하루같이 지냈으니 마음이 같지 않으면 그럴 수 있겠는가? 소진첩을 만들지 않을 수 없다. 그리하여 43세가 되는 1745년(영조 21)에 만들기 시작했으나 나이가 아직 젊거나 혹은 벼슬하느라 분주하여 완성하지는 못했다. 어언 십수 년 이래로 7명이 잇따라 사망하고 생존자는 다만 8명뿐이었다. 마침내 삶과 죽음의 문제에 마음이 움직여 각자 조그마한 초상화를 그려 소진첩을 만들려고 했다. 소진첩이 완성되기도 전에 3명이 또 세상을 떠나고 지금은 5명만 백발로 만나고 있으니, 인생사란 도무지 알 수가 없다. 같은 해에 태어난 자는 죽는 날도 당연히 큰 차이가 없어야 할 것이 아닌가? 15명에서 8명으로, 8명에서 5명으로 줄었으며, 5명도 모두 나이 70세이니, 죽을 날이 멀지 않음을 알 수 있다. 후일 세월이 흐르고 세대가 바뀌면 소진첩에 실린 인물의 자손들이 초상화를 보고 그 마음을 상상하는 데 도움이 없지 않을 것이니 어찌 소진첩 만드는 일을 중지할 수 있겠는가? 8명의 초상화를 각각 이름 아래에 붙여 소진첩을 만든다.

유언술은 1771년 지에서 이렇게 소진첩 제작의 경위를 밝혔다. 이 글을 보면 유언술 등은 중국에서 뜻이 같은 사람끼리 모여 결성한 구로회九老會, 오로회五老會, 진솔회眞率會, 낙사洛社 등의 '동심지회同心之會'와 유사한 면이 있다.

주지하다시피, 당나라 무종 회창 5년(845)에 백거이白居易는 나이가 많아 벼슬에서 물러난 7명의 전직 관료들 및 승려 여만如滿과 함께 낙양에서 향산구로회香山九老會를 조직했다. 송나라 인종 가우嘉祐 원년(1056) 가을에는 두연이 80세로 재상의 직에서 물러나고는 수양睢陽, 즉 남경南京(지금의 하남성 상구현 남쪽)에서 80세부터 94세까지의 네 사람들과 함께 오로회를 결성했다. 송나라 신종 원풍元豐 5년(1082) 문언박文彦博은 서도西都(하남성 낙양)의 유수가 되자 재상직을 내놓고 한거하던 부필富弼의 집에 연로한 사대부들을 모아 낙양기영회洛陽耆英會를 조직했다. 낙사기영회洛社耆英會 혹은 낙사라고도 한다. 또 원풍 6년(1083) 사마광司馬光은 벼슬을 그만두고 낙양에 있으면서 65세부터 78세까지의 고로들과 함께 진솔회를 조직했다. 이 모임은 술을 다섯 순배 이상 돌리지 않았고 음식은 다섯 가지 이상을 넘지 못하도록 했다고 한다.

유언술은 자신들의 동경회가 중국의 동심지회를 모방했다고 말했다. 또 중국의 동심지회가 도상圖像을 중시했듯이, 자신들도 소진첩을 제작했다고 밝혔다. 유언술의 동경회는 '마음의 같음[心同]'을 확인하려는 목적성을 띤 것이었고, 소진첩은 그 확인의 수단이었다.

하지만 중국의 동심지회가 연로자들의 모임이었던 데 비하여, 유언술 등의 동심지회는 젊은 관료들의 모임이었다. 그들은 40대에 동경첩을 제작했으며, 만년에는 소진첩을 제작했다. 유언술 등의 동경회 조직은 그들이 처한 정치적 상황과 무관하지 않다.

『계미동경소진첩』의 제작자 유언술은 본관이 기계, 자는 계지繼之, 호는 송호松湖·지족당知足堂·서고西皐, 시호는 정헌靖憲이다. 유명일俞命一의 손자, 유복기兪復基의 아들이다. 1729년(영조 5) 진사시에 합격, 1736년 알성문과에 병과로 급제한 후 검열이 되었다. 1744년 6품직에 올라 성균관 전적에 제수되고, 예조 정랑을 거쳐 사간이 되었다. 언관으로 있으면서 노론의 유봉휘柳鳳輝·조태구趙泰耉·이광좌李光佐 등을 성토했다. 1749년에는 동지 서장관으로 청나라에 다녀왔다. 1757년 문과 중시에 을과 제3명으로 급제했다. 1772년 대사헌을 거쳐 지중추부사로 치사하고, 기로소에 들어갔다. 산수를 좋아하여 친척 아저씨 유척기兪拓基 등과 함께 금강산을 유람했다.[28] 유언술의 일생은 민종현閔鍾顯(1745~1798)이 지은 「시장諡狀」[29]에 상세하다.

## 3.

1762년(영조 38) 67세의 유언술은 특별히 나주목사에 제수되어, 굶주린 백성 4만여 사람을 구제했다. 이로써 여러 차례 포상을 받고 가선대부로 승진했다. 뒤에 나주 사람들이 생사당인 천동사泉洞祠에 제향했는데, 이것이 탄핵의 빌미가 되었다. 이때 대죄待罪하면서 오언 1348구의 「술회시」를 지었다.[30] 「술회시」에는 다음 서문이 붙어 있다.

28 유언술은 문집으로 『송호집(松湖集)』 6권 3책을 남겼다. 아들 유한위(兪漢緯) 등이 시문을 수집하여, 1832년(순조 32) 손자 병주(秉柱)가 상주 목사로 재임 시 간행한 것이다. 서문은 없고, 책 끝에 후손 유성주(兪星柱)의 지(識)가 있다.

29 閔鍾顯, 「請諡行狀」, 『松湖集』 附錄.

30 兪彦述, 「述懷」, 『松湖集』 卷3 詩.

> 내가 지금 67세인데, 평생 겪은 비환과 고락, 영욕과 득실은 세월이 오래 되어 잊어버려 열에 두셋도 기억할 수가 없다. 무릇 사람의 삶이란 포말이요 환영이다. 세상일은 봄날 한바탕 꿈이다. 그런데 세속에서 겪은 여러 성가신 일들은 정말로 불교에서 말하듯 여러 생에 걸쳐 악업을 지은 결과이니, 하필 생애가 다하여 죽음이 임박한 뒤에 뒤미쳐서 따져 보며 번뇌를 더할 필요가 있겠는가? 하지만 자손이 추모하길 선조를 뵙듯이 하는 것은 다만 평생의 사업과 행실에 달려 있으니, 내가 어린 나이에 부모님을 여의고 늘 집안에 선대의 사실을 기록한 글이 없는 것을 지극한 통한으로 여긴 것을 생각하면, 지금 여생이 많지 않아 하루아침에 돌아가서 이름과 행적이 모두 어두워지게 되면 자손이 다른 날 통한을 씹는 것이 필시 나의 금일 마음과 같을 것이다. 이에 술회시를 지어서 일생의 사적을 추기하여 남긴다. 지금부터 죽는 날까지 또 마땅히 얼마나 될지 모르지만, 아무 명성도 없이 죽으리란 것은 대개 알 만하니, 또한 하필 일마다 하나하나 기록할 것이겠는가? 다만 일을 차례로 서술해서 천 마디 말을 한꺼번에 쏟아 내니, 시를 짓자는 것이 아니다. 보는 사람들은 알아주기 바란다.[31]

「술회시」는 자기 반성의 시이다. 화상의 제작과 반추에서 드러낸 정신세계를 고스란히 보여 준다. 유언술은 71세에 「화상자찬畫像自贊」을 자서

31 "余今年六十有七, 平生所經歷, 悲歡苦樂, 榮辱得失, 歲久遺忘, 十不能記其二三. 夫人生, 泡幻也. 世故, 春夢也. 顧此種種俗累, 眞佛氏所謂多生惡業, 何必追理於年迫日索之後, 以益其煩惱也哉? 然而子孫之追慕, 如見於祖先者, 只在於平生事行, 念余早孤零丁, 常以家間, 無先世紀實文字爲至痛, 今餘年無多, 一朝歸盡, 名與蹟而俱茫昧, 則子孫之茹痛於他日, 必如余今日之心. 玆作述懷詩, 追記一生事蹟以遺之. 自今至死日, 又不知當爲幾何, 而其卒於無聞, 則大抵可知也, 亦何必隨事隨記耶? 只取敘事, 一寫千言, 非以詩也. 覽者知之."

自書했는데, 『계미동경소진첩』에는 들어 있지 않다. 글자 수가 들쑥날쑥하여 산문 같지만, 운문이다. 거성 제23 양漾운을 주로 사용하되 상성 제22 양養운을 통압하여 상相, 상狀, 당當, 상象, 량量, 장長, 상尙, 상想, 탕蕩, 상喪, 앙仰, 장藏 등을 운자로 사용했다.

| | |
|---|---|
| 조그마하게 작거늘 공명의 관상이냐? | 眇而少功名之相耶 |
| 검고도 수척하거늘 부귀의 형상이냐? | 黑而瘦富貴之狀耶 |
| 공명도 아니고 부귀도 아니어서 해당할 바 없으니 | 非功名不富貴而無所當 |
| 그렇다면 산림구학에 은둔할 꼴이냐? | 抑可爲山林丘壑之象耶 |
| 평생을 따라 자세히 헤아려 보니 | 循平生而仔細思量 |
| 헛되이 살다가 헛되이 죽다니 칠척장신이 우습구나. | 可笑虛生虛死七尺之長 |
| 불러도 오지 않고 쫓아도 가지 않을 하찮은 기호로 | 然其有招不來麾不去之微尙 |
| 부유해도 교만 않고 가난해도 아첨 않을[32] 망상 품으니, | 輒自懷富無驕貧無諂之妄想 |
| 아무리 분잡하고 분탕질 쳐도 | 雖芬華與波蕩 |
| 구구한 지킴을 결코 잘못도 않고 잃지도 않으매, | 區區之守未嘗自失而自喪 |
| 그래서 천지를 부앙하여 | 是以無所怍於俯仰 |

32 『논어』「학이(學而)」에 보면, 자공(子貢)이 공자에게, "가난하여도 아첨하지 않고 부유하여도 교만하지 않으면 어떠합니까?[貧而無諂, 富而無驕, 何如]" 하니, 공자가 "그도 괜찮으나, 가난하여도 도를 즐기고 부유하여도 예를 좋아함만은 못하다[可也, 未若貧而樂, 富而好禮者也]"라고 했다.

부끄러워할 것이 없어
하늘을 이고 땅을 밟고 乃能頂天履地獨立而昂藏
홀로 서서 굳건하도다.
서고옹 71세 자찬 자서. 西皐翁七十一歲自贊自書

4.

『계미동경소진첩』의 제작은 유언술의 자부심과 안도감을 담고 있으며, 그 이면에 불안감도 숨어 있다. 당시 관직에 있던 동년들을 중심으로, 관례에 따라 동경첩을 작성했을 것이다. 그리고 그것은 '같은 당이면 뇌동하고 다른 당이면 치는[同黨伐異]' 살벌한 정치세계에서 동심을 확인하는 방법으로 활용할 수 있었다.

하지만 동경첩의 인물들은 각기 다른 정치적 삶을 살아 나가야 했다. 더구나 만년에 이르러서는 이미 고인이 된 사람들을 추억하며 흐느껴야 했고, 쓰라린 일을 겪는 과정에서 동심을 온전히 확인할 수도 없었다. 1771년의 유언술은 화첩에 지를 작성하면서 동류동심同類同心을 유지하기 어려움을 곱씹었을 것이다.

한편, 『계미동경소진첩』의 화가는 장경주張敬周(1710~?)일 가능성이 있다. 장경주의 본관은 인동仁同이고, 자는 예보禮甫이다. 도화서 화원으로 1744년(영조 20) 영조 어진의 제작에 참여했으며, 1748년에는 숙종 어진 모사의 주관화사로 활약했다. 1745년 아버지 장득만을 비롯하여 정홍래鄭弘來·조창희趙昌禧와 함께, 1744년 기로소에 들어간 8인의 대신들을 위하여 『기사경회첩耆社慶會帖』(국립중앙박물관 소장)을 제작했다. 1758년(무인) 사천 현감으로 있을 때 영남 중영中營에 있던 유언지兪彦摯의 화상을 모사했다. 유언지는 「자제화상自題畫像」 운문을 남겼다. 장경주가 유언지의 화상을 모사한 것을 계기로, 유언술은 그에게 동경회의 소진 제작을 의뢰했을 가능성이 있다. 1745년에 장경주가 『기사경회첩』을 제작한 사실과, 유언술 등이 1745년에 처음으로 『계미동경소진첩』을 만들기 시작한 것은 우연이 아닌 듯하다.

유언지는 유백기兪伯基의 막내아들이다. 유백기는 언석彦奭, 언저彦著, 언지彦摯의 3남을 낳았다. 한편 유언술은 유복기의 막내아들이다. 유복기는 언섭彦燮, 언질彦質, 언술彦述의 3남을 두었다.[33] 유언지는 무반이고 유언술은 문반인 데다가 가계도 달랐다. 하지만 유언지는 『공언만록空言漫錄』, 『우묘집설憂畝集說』 및 유고를 남길 만큼 문학에 소양이 있었다. 두 사람은 친족이어서 모종의 관계가 있었을 듯하다.

33 유치웅 편, 심경호 역(2014), 『역주 기계문헌(杞溪文獻)』, 선비.

# 초상화를 대신한 송계도

## 1.

조선 후기 정수영鄭遂榮은 44세 되던 1788년(정조 12)에, 이삼환李森煥(1729~1813)의 부탁으로 〈고송산계도孤松山溪圖〉를 그려 주었다. 66.6×45.3cm의 화폭 왼쪽에 동량재로 쓰임직한 굵은 줄기의 소나무가 있고, 오른쪽 근경에는 바위 언덕과 굽이치는 시내를, 원경에는 뾰족한 세 봉우리를 푸른 물감으로 그렸다. 여주 이씨 정산貞山 종택에 소장되어 있고, 한국학중앙연구원『한국의 고문서』에서 사진자료를 볼 수 있다.

당시 59세였던 이삼환은 자식도 없이 늙은 처지를 하소연하며, 정수영에게 초상화를 그려 달라고 했다. 정수영은 초상화 대신 이삼환의 정신경계를 이 그림으로 표현해 주었다.

그림 33 정수영, 〈고송산계도〉, 종이에 수묵담채, 66.6×45.3cm, 여주 이씨 정산 종택 소장.

그리고 정수영은 소나무의 푸른 잎 아래, 메마른 바위 언덕 위 하늘에 다음과 같은 찬을 적었다.

| | |
|---|---|
| 소나무는 일천 길 고고한 뜻이 있고 | 松有千尋孤特之意 |
| 물은 일만 리 콸콸 흐를 기세 있네. | 水有萬里汪洋之勢 |

그 사이에 소요하는 이는 逍遙其間
목재공(이삼환)이 아니면 그 누구이랴. 非木齋公伊誰耶

의意는 거성 치寘운에 속하고, 세勢는 거성 제霽운, 수誰는 상평성 지支운에 속한다. 운이 맞지 않는다. 첫째 구와 둘째 구는 대우 형식이지만 전체적으로는 압운할 의도가 없이 쓴 산문이다. 첫째 구의 고특孤特은 대중과 떨어져 독립특행獨立特行한다는 말이다.

이삼환은 정수영의 글 다음에 세필로 다음 발문을 적었다.

내 친구 정군방은 널리 듣고 많이 알며, 겸하여 서화에 공교하다. 하루는 서호 가로 나를 방문했다. 나는 그에게 "나는 자식이 없는데, 지금 늙어서 곧 죽을 것이오. 부디 초상화 하나를 세상에 남겨 두고 싶소. 하나 그려 주실려우?" 했다. 군방은 사양하다가 마지못하여, 생각을 집중하기를 한참 동안 하다가, "파악했습니다. 바위 위 외로운 소나무가 오래되고 파리하면서 강인하고 우뚝하니, 공의 기우(도량)가 아니겠습니까?"라고 했다. 이윽고 또 말하길, "파악했습니다. 산의 시내가 맑고 깨끗하여 한 점의 티끌 기운도 붙이고 있지 않으니, 공의 의태(정신 경계)가 아니겠습니까?"라고 했다. 마침내 이 폭에 베껴 내어서는 나를 주면서, "이 그림은 그대의 전신입니다. 얼굴, 머리카락, 외형, 모습 같은 것은 그 끄트머리일 따름입니다"라고 했다. 나는 그 뜻에 감동하여 받아서 보관한다. 소미산인 쓰다.

吾友鄭君房, 博聞多識, 兼工書畫. 日訪我西湖之上. 余謂之曰: "余無子, 今老且死. 願留眞像一本留世. 子盍圖之?" 君房辭不能, 凝思良久而曰: "得之矣. 石上孤松, 古瘦勁挺, 非公之器宇耶?" 已又曰: "得之矣, 山溪淸徹, 不着一點塵氣, 非公之意態耶?" 遂寫此幅, 貽我曰: "此公之傳神, 若顏髮形貌, 末也." 余感其意, 受而藏之. 少眉山人書.

소미산인은 이삼환의 호이다. 군방은 정수영의 자이다. 군방은 대개 '君芳'으로 알려져 있는데, 이삼환의 글에서는 '君房'으로 표기되어 있다.

정수영은 얼굴, 모발, 외형, 모습 같은 것은 한 인물이 지닌 정신의 끄트머리일 뿐이며, 그러한 것을 붓으로 베껴 낼 생각이 없었다. 정신을 그대로 느끼게 하는 상을 전하는 일, 곧 전신이야말로 그가 목표했던 일이다.

이 글은 이삼환의 문집 『소미산방장少眉山房藏』 제6권 '잡저' 편에 「정군방의 송계도 뒤에 적는다[書鄭君房松溪圖後]」라는 제목으로 실려 있다. '차폭此幅'과 '이아貽我' 사이에 글이 더 있다.[34] 문집에 수록할 때 정수영의 글도 함께 넣어 둔 것이다.

## 2.

이삼환은 본관이 여주이며, 이익李瀷(1681~1763)의 종손이다.

이삼환은 정수영에게 초상을 부탁하기 전에 별도로 화상을 제작하고 찬을 붙인 것이 있었다. 그의 문집 『소미산방장』 제6권에 「화상자찬」이 있다. 글자 수는 들쑥날쑥하지만 상평성 제12 문文 자의 운을 맞췄다.

| | |
|---|---|
| 눈썹이 아름답고도 푸르며 | 眉秀而青 |
| 손바닥에 무늬 있어 문의 글자로다. | 有文在其手曰文 |

34 "… 題其末曰: '松有千尋孤特之意, 水有萬里汪洋之勢, 逍遙其間, 非木齋公伊誰耶?' 持而 …"

| | |
|---|---|
| 스스로 소미라고 호를 하니 | 自號少眉 |
| 대개 미로(미수) 선생을 흠모하여 그런 것이다. | 蓋慕眉老先生而云 |

이삼환은 미수 허목許穆(1595~1682)처럼, 나면서부터 눈썹이 아름다웠고 손바닥에 문자의 형태가 나타났다. 또 고조 이지안李志安(1601~1657)이 허목과 깊이 교유했던 연고가 있어서, 허목을 대단히 존숭했다. 그래서 훗날 어린 미수라는 뜻으로 소미라는 호를 사용했다. 27세 되던 1756년(영조 32) 맹춘의 꿈에 허목을 만나 서찰을 받고는 「기몽시紀夢詩」를 짓기도 했다. 게다가 이삼환은 덕풍德豊의 아미산 아래 거처한 적이 있다. 그렇기에 소미라는 호는 아미산을 연상시키기도 한다.

이삼환은 자신의 거처를 소미산방이라 했다. 산방이란 말은 송나라 이상李常의 고사에서 따온 것이다. 이상은 북송 철종 때 어사중승의 벼슬에 올라 왕안석과 교유했으나, 왕안석이 신법을 주장하자 반대했다. 젊어서 여산 백석승사白石僧舍에서 글을 읽었고, 급제한 뒤에는 스스로 편집한 1만 권 서적을 방 안에 두고 그 서실을 이씨산방이라 했다. 이삼환이 서재를 산방이라 한 것은 자신의 서적도 역시 1만 권에 이른다고 하여, 학문의 열정을 그렇게 표현한 것이다.

그런데 이삼환은 스스로를 '일생 궁액에 걸린 사람'이라고 했다. 장희빈이 사약을 먹고 죽은 이후 남인이 벼슬에 나갈 수 없던 시기였으므로, 일생 곤궁하게 생활했기 때문에 그렇게 말한 것이다. 더구나 그는 어릴 적부터 병에 자주 걸리고 몸이 약했다. 하지만 몸가짐을 조심하여 84세까지 수를 누렸다.

이삼환의 자는 자목子木, 호는 목재木齋이다. 83세 되던 1811년 이후 목치도인木癡道人이라는 호를 사용했다. 목치란 나무를 너무 사랑하여 바보

같을 정도라는 말이다. '치절癡絶'이라고 하면 어리석기 그지없다는 뜻이다. 진나라 고개지에 대해서 사람들이 "치매癡呆와 총혜聰慧가 절반씩 들어 있다[癡黠各半]"라고 평하면서 그를 '치절'이라고 부른 예가 있다. 그런데 이삼환은 자신이 목표木瓢 깎아 만드는 일에 탐닉하여 치절이라고 자칭한 것이다. 북송의 문호 소식은 대나무를 너무 사랑하여 곁엣사람이 보면 바보라고 여길 정도였다고 한다. 소식의 「오잠승녹균헌於潛僧綠筠軒」 시에 "식사에 고기는 없어도 되지만, 사는 곳에 대나무가 없어선 안 되네. 고기가 없으면 사람을 수척하게 하지만, 대나무가 없으면 사람을 속되게 하기에. 사람이 수척한 것은 살찌울 수나 있지만, 선비가 속되면 치유할 수 없는걸. 옆 사람이 이 말을 비웃으며, 고상한 듯하나 도리어 어리석은 듯하다 여긴다네. 대나무를 대하고서 성찬까지 먹을 수 있다면야, 세상에 어찌 양주학이 있으리오[可使食無肉, 不可居無竹. 無肉令人瘦, 無竹令人俗. 人瘦尙可肥, 士俗不可醫. 旁人笑此言, 似高還似癡. 若對此君仍大嚼, 世間那有揚州鶴]"라고 했다. 양주학은 허리에 십만 관의 돈을 두르고 학을 타고 양주로 간다는 말로, 이룰 수 없는 욕망을 뜻한다. 그런 욕망보다도 대나무를 대하는 것이 더 좋다는 뜻이다. 이삼환도 나무에 집착했으니, 어지간히 나무에 미쳤었나 보다.

이삼환의 생부는 이익의 큰형 이해李瀣(1647~1673)의 아들 이광휴李廣休(1693~1761)이다. 곧 이삼환은 이광휴와 해주 정씨 사이의 셋째 아들로, 경기도 안산 첨성리에서 태어났다. 12세에 성호 이익에게 나아가 수학했다. 1747년(영조 23) 19세로 성균관시에서 장원했다. 이후 문과 초시에는 합격했으나 급제하지는 못했다. 1761년 부친상을 당했다. 1763년 이해의 아우 이잠李潛(1660~1706)의 아들 병휴秉休(1710~1776)의 후사로 갔다. 이병휴는 뒤늦게 명환鳴煥(1773~1809)을 낳게 된다. 그해 12월 성호 이익 선생을 여의고, 이듬해 1764년 부인 권씨를 잃었다. 이해 중형 창환昌煥을 잃었으며, 1765년 본생모 정부인을 여의었다. 이 무렵 외아들도 잃었다. 이삼환은 과거를 포기하고 덕산德山의 장천長川에 살면서 후학을 가르쳤다. 이병휴의 친자식 이명환을 교육하여 그를 진사시에 합격시켰다.

1795년(정조 19) 10월에는 온양(현재 행정구역으로는 천안에 속함) 서암西巖의 봉곡사鳳谷寺에서 정약용 등과 함께 성호 이익의 『질서疾書』를 교정하고 학문을 강론했다. 그 무렵 주문모 사건의 여파로 금정도 찰방으로 좌천되어 있던 정약용이 그 교정과 강학에 참여하고 「서암강학기西巖講學記」를 남겼다. 이삼환은 정약용을 위하여 「석암사 술지 10운石巖寺述志十韻」과 「정미용이 산집으로 방문하여 시를 지어 남겨 두었으므로 그 시에 차운한다[丁美庸見訪山居有詩留題遂次其韻]」 등의 시를 지었다. 「석암사 술지 10운」은 이러하다.

| | |
|---|---|
| 직하에서 경례를 전해 오니 | 稷下傳經禮 |
| 찬란한 문과 질이 거룩도 하네. | 彬彬盛質文 |
| 작은 뜻은 천고에 부합되고 | 寸心千古合 |
| 중요한 도리는 한마디로 분석되었네. | 要道片言分 |
| 준걸들을 이제야 만났으나 | 俊傑今相見 |
| 그 풍류는 오래전에 들었다오. | 風流舊已聞 |
| 깊은 밤 외로운 절에 비가 내리고 | 夜深孤寺雨 |
| 외진 곳 어지러운 산에 구름이 꼈네. | 地絶亂山雲 |
| 술잔 기울이며 열흘 동안 모였고 | 樽酒經旬會 |
| 기름 부어 가며 새벽까지 등불 밝혔네. | 膏油繼晷焚 |
| 동문의 말석에 끼고 보니 | 同門投末契 |
| 오지 못한 친구들 생각이 나네. | 異地憶離群 |

| | |
|---|---|
| 학문은 안락한 생활을 위해 하는 것 아니니 | 學不求溫飽 |
| 궁해도 기쁨과 슬픔에 초연할 수 있다네. | 窮能外戚欣 |
| 참된 교제는 겉으로 공경함이 아니요 | 眞交無貌敬 |
| 진실한 학문은 정성과 근면에 달려 있네. | 實業在誠勤 |
| 오묘한 이치는 마음으로 터득하고 | 奧妙由心得 |
| 청한한 정취는 분잡한 세속에서 머네. | 淸閑遠俗紛 |
| 제군들이 이 뜻을 함께하여 | 諸君同此志 |
| 정다운 말로 하루해를 마치네. | 軟語竟朝曛 |

1786년(정조 10) 이삼환은 안정복의 『천학문답』에서 영향을 받아 「양학변洋學辨」(상·하)을 지었다. 사촌 이가환이 이승훈의 외삼촌인 데다가 이벽李檗의 전교로 천주교에 입교해 있었고, 1785년 봄에는 가까운 사람들이 벌인 강학회가 형조에 적발되었다. 위기감을 느꼈을 것이다. 이삼환은 천주교 설이란 것은 불교의 끄트머리 설에 중국 성인의 말씀을 갖다 붙인 속임수에 불과하다고 규정했다. 정조는 "이 아무개라는 사람이 사악한 이단을 물리치는 데 매우 힘을 썼다 하니 심히 가상하게 생각한다. 호서 지역 일부를 맡겨 백성을 다스리게 하고자 한다"라고 했다. 이삼환을 등용하려는 뜻을 내비치기까지 한 것이다. 그의 활약 때문인지, 1801년 신유박해 때 이삼환이 살던 고향은 박해를 입지 않았다.

이삼환은 홍경래 봉기군의 일원이었던 이희저가 토벌되었다는 소식을 듣고 「관서의 승첩보를 듣고[聞關西捷報]」 2수를 지었다. 민중의 상황을 깊이 분석하거나 현실의 모순을 비판하지는 않았다. 그러나 「기부사棄婦詞」 7수, 「전가고田家苦」 10수에서는 민중의 처지에 동정하는 뜻을 드러내었다.

이삼환의 글 가운데 「굶주림에 대하여[忍飢說]」가 있다. 이 글에서 그는 공자의 제자 안연이 누추한 골목에 살아도 자신의 즐거움을 바꾸지 않았고, 증자가 7일을 굶고도 낭랑하게 상송商頌을 외울 수 있었던 것은, 마음에 사유하여 경영하는 바가 있어서 주림과 목마름이 육체를 고단하게 만들지 않았기 때문이라고 추정했다.

여기 두 사람이 있다고 하자. 두 사람이 나이도 힘도 서로 엇비슷하고, 아주 주린 것도 역시 같다고 하자. 한 사람은 학문에 부지런하여 그치지 않아서, 새벽에 일어나 세수하고는 꼿꼿이 앉아서 책을 읽어 자기의 학업이 진보하지 않고 정밀한 의리를 궁구하지 못하는 것을 근심으로 여긴다. 또 한 사람은 일을 일삼는 것도 없이 편안히 쉬는 것을 제 마음대로 한다. 그러면 학문에 부지런한 자는 주림과 목마름도 방해가 되지 않지만, 아무 일도 하지 않는 자는 반드시 얼굴이 누렇게 뜨고 기력이 감소되어 오래되도록 스스로 떨쳐 일어날 수가 없게 되므로 그 효과와 해악을 당장에 볼 수가 있다.

지난날 원나라 호장유胡長孺의 「채여우가 동양으로 돌아가는 것을 전송하며[送蔡如愚歸東陽]」 시에 이런 말이 있다. "묽은 죽도 매일 먹지를 못하고 두루마기는 따뜻하지 않다만, 노래하고 읊는 소리가 종 치고 옥 두드리는 울림이다[薄糜不繼襖不煖, 嘔吟猶是鍾球鳴]"라고 했고, 남에게 말하길, "이것이 내 비밀 곳간에 양곡을 재어 두는 방법이다"라고 했다. 호장유는 정말 요령을 얻은 자라고 하겠다. 하지만 나는 그 비방을 숨겨 둘 수가 없어, 이로써 세상의 주리고 목마른 사람들에게 고하는 바이다. 아이를 기르는 사람들은 더욱 잘 알아 둘 필요가 있다.

지독하게 굶어 본 사람만이 할 수 있는 말인 것 같다.

## 3.

정수영의 호는 지우재之又齋이며, 본관은 하동이다. 정인지의 후손이자, 정상기의 증손자이다. 호의 '지우'라는 말은 『도덕경』의 "현묘하고 현묘하여 모든 묘한 현상이 나오는 문이 된다[玄之又玄, 衆妙之門]"에서 따온 것으로, 현상을 넘어 도의 본질을 추구했던 정신세계를 드러낸 명명이다.

정수영은 선비이지만 과거를 보지도 않았고 관직에 나아가지도 않았다. 문집으로 『지우재시고』가 전한다. 그리고 정형定型의 산수를 잘 그렸다. 『조선 고적도보』에 그의 작품으로 〈춘강고주도春江孤舟圖〉와 〈금강산분설담도金剛山噴雪潭圖〉가 실려 있다. 〈춘강고주도〉는 현재 서울대학교 박물관에 있다. 또 1797년(정조 21) 금강산을 여행하면서 명승고적을 담은 1799년 작 『해산첩』(국립중앙박물관 소장), 1796년의 〈한강임강유람사경도권漢江臨江遊覽寫景圖卷〉(국립중앙박물관 소장)이 저명하다. 그 외에 〈추경산수도〉(고려대학교박물관 소장)도 있다. 개인 소장의 『지우재산수십육경첩之又齋山水十六景帖』은 산수도 14폭과 괴석도 2폭, 총 16폭의 그림을 싣고 있다고 한다.[35] 화면 여백에 '군방君芳'과 '지우거사之又居士'를 새긴 백문 방인이 찍혀 있으며, 여덟 폭에는 그림 내용에 부합하는 행초行草의 제시가 곁들여져 있다고 한다. 『지우재산수십육경첩』은 『십죽재서화보十竹齋書畫譜』 등의 화보를 참조했으며, 당시와 송시를 주제로 하는 시의도 성격을 띠고 있다고 한다.

35 박정애(2005), 「鄭遂榮의 『之又齋山水十六景帖』 연구」, 『미술사논단』 21, 한국미술연구소, 201~227쪽.

정수영은 이삼환의 초상화를 그리는 대신 송계를 그렸다. 바위 위에 외로운 소나무가 마른 형상으로 굳세게 뻗어 있는 모습은 이삼환의 도량이요, 산의 시냇물이 맑아서 한 점 티끌도 들러붙어 있지 않은 모습은 이삼환의 정신세계라고 한 것이다. 시의도는 한시의 어구나 주제를 재해석하여 경물로 표현하는 데 비하여, 정수영의 송계도는 한 인간의 내면세계를 자연의 상징물로 대체했다.

인물의 전신은 얼굴의 표정과 의복의 잔주름이 모두 그 내면을 생동적으로 드러내야 한다. 외양보다 내면을 중시한다면 구태여 외형을 베껴 낼 필요가 없다.

『열자』「설부」에 나오는, 구방고가 말을 관상 보는 방식이 떠오른다. 「설부」편은 인간사의 천변만화를 관통하는 도리를 추론하면 모든 일을 정확하게 검증할 수 있게 되고 변화에 통하는 요령을 파악할 수 있다고 주장한 내용이다. 이때 구방고 이야기를 끌어와, 참진리는 외관에 있지 않다는 점을 말했다.

진秦나라 목공이 좋은 말을 구하려고, 노쇠한 백락에게 말 볼 줄 아는 사람을 추천하라고 했다. 백락은 자기 자식들은 추천할 만하지 못하고, 구방고가 자기보다 말을 더 잘 본다면서 추천했다. 목공은 구방고에게 명마를 구해 오라고 했는데, 석 달 만에 구방고는 사구沙丘에서 천리마를 찾았다고 보고했다. 목공이 어떤 말인가 묻자, “암컷이고, 털빛이 누렇습니다” 했다. 목공이 다른 사람을 시켜 말을 몰고 오게 했는데, 그 말은 수컷인 데다가 흑색이었다. 목공은 백락을 비난했다. 그러자 백락은 “구방고가 보는 것은 천기天機입니다[若皐之所觀, 天機也]. 암컷인지 수컷인지, 황색인지 흑색인지는 따질 필요가 없기 때문에 그런 것은 잊습니다” 했다. 구방고가 찾은 말은 과연 천하제일의 준마였다고 한다.

구방고는 내면의 본성을 분명하게 살피고 외면적인 것은 문제 삼지 않고 잊어버렸다. 눈으로 보아야 할 것은 충분히 보고, 눈으로 보지 않아도 될 것은 보지 않았다. 응시하여 살펴야 할 것은 충분히 응시하고, 응시해서 살피지 않아도 되는 것은 보지 않았다.[36] 구방고 이야기는 사물의 외관을 돌파하여 사물의 본질에 육박해 가야 한다는 뜻을 우언으로 표현한 것이다. 이 우언에서 나온 성어인 '이황빈모驪黃牝牡'는 검은색과 누른색, 암컷과 수컷이란 말로, 사물의 외면적 차별상을 가리킨다. '이驪'는 검은색을 뜻한다.

구방고 이야기가 강조하듯이, 본질은 외적이고 표피적인 것과는 다르다. 이 말은 옳다. 하지만 본질적인 것과 외적인 것이 과연 확연하게 구분될 수 있을까? 그 둘을 구분하는 것은 이분법의 논리에 불과하지 않을까? 본질적인 것은 내적인 상태로만 있는 것이 아니라 나의 주름에, 나의 어정쩡한 걸음걸이에, 나의 일거수일투족에 배어 있지 않은가!

정수영이 이삼환에게 그려 준 〈송계도〉가 과연 이삼환의 내면을 여실하게 그려 내었다고 할 수 있을까? 평소 윤묵潤墨과 담채淡彩로 자신이 그리곤 하던 자연물과 산수경관을 베껴 둔 것에 불과한 것은 아닐까?

정수영이 이삼환의 도량과 정신 경계만을 중시하여 고송과 청계라는 상징물로 표현한 것은 어쩌면 이삼환의 주름과 걸음걸이와 일거수일투족을 포착해 낼 수 없었기 때문일지도 모른다. 우리 삶에서 표피적인 것, 말초적인 것에 영혼을 빼앗기지 않고 생명의 깊은 울림을 포착하는 것은 중요하다. 하지만 그렇다고 해서 시야의 것에 대해 눈을 감아 버린다면

36 「設符」, 『列子』 卷8. "得其精而忘其麤, 在其內而忘其外. 見其所見, 不見其所不見. 視其所視, 而遺其所不視."

생명의 깊은 울림을 끝내 발견해 낼 수 없을지도 모른다.

정수영이 소나무와 시냇물로 이삼환의 내면을 상징한 것은 높이 평가해야 하겠지만, 그 상징이 내면을 그대로 드러내었다고는 말하기 어렵지 않겠는가, 나는 이런 의문을 떨쳐 내지 못한다.

제3부

# 시의도와 문의도

# 붉은 도포의 노인

## 1.

김홍도의 그림 가운데, 강기슭에 정박한 배에서 붉은 도포를 입은 노인이 안개 속에 피어난 꽃을 바라보는 그림이 있다. 노인은 하단에 있고 바위 위의 꽃은 상단에 위치하므로, 노인이 위쪽을 애틋하게 올려다보는 구도로 되어 있다. 노인의 앞에는 간단한 주안상이 있고 그 앞에 종자가 추위 때문인지 웅크리고 앉아 역시 바위 위의 꽃을 바라보되, 그 시선은 무심하기만 하다.

이 그림은 흔히 〈주상관매도舟上觀梅圖〉라든가 〈선상관매도船上觀梅圖〉라고 부른다. 바위 위의 꽃을 매화로 간주한 것이다. 꽃나무의 크기는 하단의 배와 인물보다 곱절은 크다. 화폭 중간 오른쪽에 다음 제화가 있다.

그림 34

김홍도, 〈주상관매도〉,
종이에 수묵담채,
164×76cm, 개인 소장.

늙은 나이에는 꽃도 안개 속에 보는 듯하여라.　　老年花似霧中看

이 구절은 두보杜甫의 「소한식 날 배 안에서 보며[小寒食舟中看]」 가운데 함련의 바깥짝이다. 소한식은 한식절의 세 번째 날, 한식절의 마지막 한식날이다. 동지 이후 105일째를 한식이라 하고, 그 세 번째 날을 소한식이라고 했다.

## 2.

김홍도의 제화는 두보의 원래 시가 지닌 뜻을 조금 변형하여 사용했다. 두보의 시를 보면 다음과 같다.

명절이라 무리하게 술을 마시지만 음식은 차고　　佳辰强飮食猶寒
안석에 기대어 갈관을 쓰고 있는 모습이 쓸쓸하여라.　　隱几蕭條帶鶡冠
봄날 강물은 하늘을 비춰 배가 천상에 떠 있듯 하고　　春水船如天上坐
늙은이 눈에 꽃은 안개 속에 피어난 듯 흐릿한데,　　老年花似霧中看
고운 나비는 까불까불 휘장 앞을 날아 지나가고　　娟娟戲蝶過閑幔
서너 갈매기들은 가볍게 급한 여울 아래로 내려가네.　　片片輕鷗下急湍
구름 희고 산이 푸른 만 리 먼 곳의 마을　　雲白山靑萬餘里
수심에 차서 북쪽의 장안을 바라본다.　　愁看直北是長安

버턴 왓슨Burton Watson(1925~2017)은 다음과 같이 영역했다.[1]

1 Burton Watson(2002), *The selected poems of Du Fu*, New York Columbia University Press.

Festive morning: I make myself drink a little, food still cold,
lean on the armrest downcast, wearing a pheasant cap
boat on the spring waters, like sitting on the top of sky;
blossoms of my old age, seen as though through mist.
A playful butterfly, graceful, threads through the silent curtains;
nimble gulls one by one swoop over rapid shallows
Clouds white, mountains green, ten thousand miles away,
I gaze straight north, grieving~Chang'an there!

이 시에서 두보는 갈관을 쓰고 배에 앉아 팔걸이에 기대어 있으면서 북쪽의 서울을 시름겹게 바라보고 있다. 갈은 꿩의 일종이다. 갈관이라고 하면 꿩 꼬리로 장식한 모자로, 은둔자가 썼다. 그리고 팔걸이에 기댄 모습은 『장자』의 은둔자 이미지를 차용한 것이다.

하지만 김홍도 그림에서 노인은 갈관을 쓰지 않고, 팔걸이에 기대어 있지도 않으며, 서울을 시름겹게 바라보지도 않는다. 붉은빛의 화려한 도포를 입고 있는 이 노인은 은둔자의 형상이 아니다. 청춘의 지난날을 추억하면서 남은 정열을 반추하고 있다. 이 차이는 대단히 중요하다.

「소한식 날 배 안에서 보며」 시는 두보가 당나라 대력 5년(770) 담주潭州에 있을 때 지은 것이라고 한다. 그 봄에 장인 최위崔偉가 침주郴州(호남성 침주시)의 녹사참군錄事參軍이 되어 부임하는 도중에 담주에 들러 두보를 만났다. 두보는 장인을 전송하고 담주에서 두 번째 한식을 맞았다. 그리고 그해 겨울 동정호의 배 안에서 객사하게 된다. 당시 59세였다.

시의 두련(제1구와 제2구)은 두보가 처한 당시의 상황을 말해 준다. 두보는 배 안에서 생활하고 있었다. 마침 절기를 맞아 무리하게 술을 마셨다. 그러나 소한식의 날이기 때문에 여전히 불을 피우지 않아 안주는 차가웠다. 함련(제3구와 제4구)에서 두보는 봄이 되어 강물이 불어나 그 강물의 표면에 하늘이 비춰 마치 천상에 앉아 있는 듯한 기분에 젖었다. 안짝은 심전기沈佺期의 시어를 환골탈태한 것이라고 한다. 바깥짝은 뜻이 매우 삭막하지만, 표현은 매몰차지 않다. 이어서 경련(제5구와 제6구)은 배 가까이 자유로이 날아다니는 나비를 두보 자신과 대비시켜, 향수가 얼마나 절실한지 부각시켰다. 마지막 미련(제7구와 제8구)에서는 장안에의 그리움을 토로하여 끝을 맺었다.

두보의 이 시는 '간看' 자를 두 번 사용하여 정격에서 조금 벗어났다. 하지만 '看' 자 대신 다른 글자로 대체할 수 없으며, 그 사용이 절묘하기만 하다.

김홍도는 두보의 시를 사랑했다. 그런데 김홍도는 은둔자인 듯한 기분을 드러내지 않았다. 표박에서 느끼는 향수도 강조하지 않았다. 단지, 노경에 접어든 사람이 갖게 되는 청춘의 추억과 삶의 미련을 강조했다. 그렇기 때문에 안개 속에 피어난 꽃은 아름답다 못해서 슬프다.

## 3.

고 오주석 선생은 1994년 4월 호암미술관에서 단원 김홍도 특별전 준비를 위촉받아 자료를 정리하던 중에 김홍도의 시조 두 편을 발견했다.

【 첫째 수 】

먼 데 닭 울었느냐 품에 든 임 가려 하네.

이제 보내고도 반밤이나 남았으니

차라리 보내지 말고 남은 정을 펴리라.

【둘째 수】

봄물에 배를 띄워 가는 대로 놓았으니

물 아래 하늘이요 하늘 위가 물이로다.

이 중에 늙은 눈에 뵈는 꽃은 안개 속인가 하노라.

"물 아래 하늘이요 하늘 위가 물이로다"라고 한 것은 하늘이 강물에 비쳐 우주의 광활한 모습을 드러낸 것을 가리킨다. 두보가 "봄날 강물은 하늘을 비춰 배가 천상에 떠 있듯 하고"라고 표현했던 것을, 배라는 매개물을 생략한 채 노래한 것이다. 김홍도는 이른바 〈주상관매도〉 그림에서 이 광경을 묘사하기 위해 하늘과 강물의 색조를 같은 톤으로 칠했다. 산이나 강기슭에 의해 하늘과 강물이 양분되는 것을 피했다.

김홍도는 이 그림에서 정녕 매화를 그렸던 것일까? 그럴 수도 있다. 하지만 두보가 말한 꽃은 오히려 봄날에 흐드러지게 피는 꽃이다. 그 색은 붉은색이어야 한다. 버턴 왓슨도 영역하면서 꽃을 'blossoms'라 했을 뿐이다.

이미 조선 전기의 김종직金宗直도 두보의 '노년화사무중간老年花似霧中看'의 일곱 글자를 이용하여 칠언 절구 7수를 연작한 일이 있다. 그 제목은 「금년에는 눈 어두운 증세가 더욱 심해져서, 정원의 살구꽃이 한창 피었는데 마치 안개 속에 보는 것처럼 흐릿하기만 하다. 그래서 두자미의 '늙은이 눈에 꽃은 안개 속에서 피어난 듯 흐릿하다'라는 시구를 읊으면서 마침내 그 구절의 글자를 사용하여 일곱 절구를 읊는다[今年眼昏益甚, 園中杏花盛開, 視之如霧中也. 仍吟子美老年花似霧中看之句, 遂用其字, 爲七絶句]」이다. 첫 수만 보면 다음과 같다.

| | |
|---|---|
| 동쪽 담장 두 그루 살구꽃을 다들 좋다 하나 | 東墻兩杏人言好 |
| 보아도 뚜렷하지 않고 흰빛만 뿌옇더니, | 看未分明只繁皓 |
| 꽃잎 조각조각 날아 벼루못에 떨어져 | 片片飛來落硯池 |
| 그사이 홀연 봄빛이 저물었음을 깨닫는다. | 回頭忽覺春光老 |

고 오주석 선생이 소개한 김홍도 시조에도 매화는 등장하지 않는다. 두보의 시는 봄물이 불어나 하늘과 강의 경계가 없어진 시절을 배경으로 삼았다. 그 시절은 봄도 반나마 지난 한식의 시기이다. 김홍도의 그림에서 노인이 욕망에 차서 바라보는 꽃은 덤불을 이루고 있으므로 매화라 보기 어렵다. 흐드러지게 핀 꽃이다. 그것이 안개 속에 피어 있음을 강조하기 위해, 김홍도는 색을 없앴다. 그리고, 그 꽃을 욕망하는 노인의 옷만을 붉은색으로 칠했다.

또한 김홍도는 꽃을 가까운 강기슭에 그리지 않고 높은 벼랑 위에 그려 두었다. 이로써 꽃과 노인의 격절을 더욱 강화하고, 이에 따라 노인의 욕망이 더욱 절실하면서 공허하다는 점을 드러냈다.

두보의 '노년화사무중간'에서 '무리간화霧裏看花'라는 성어가 나왔다. 노인이 눈이 흐릿한 상태를 뜻하되, 남이 창작한 예술작품이나 저술한 글의 궁극처에 이르지 못함을 뜻하기도 한다.

두보의 시는 유희이劉希夷의 「백발노인을 대신하여 슬퍼함[代悲白頭翁]」에서 삶의 무상함을 노래한 노인의 음성과도 같은 목소리를 담고 있다. 그러나 김홍도는 노인의 애처로운 목소리를 들려주려 한 것이 아니다. 노경에도 수그러들지 않는 정열 때문에 더욱 가슴 아파하는 심경을 토로하고

자 했다. 노인이 바라보는 꽃은 벼랑에 피어난 꽃이면 좋다. 김홍도의 그림을 〈주상관매도〉라든가 〈선상관매도〉라 하여 관매도로 간주해 버린다면, 김홍도가 두보의 시구를 화제로 삼은 의도를 이해할 수 없게 된다. 김홍도의 이 그림을 '주중관화도'나 '무리관화도'로 이름하면 좋지 않을까?

# 김홍도의 시의도

1.

김홍도의 그림에 부기된 제화 시문에 대해서는 많은 훌륭한 논저들이 나왔지만, 제화에 관련한 논증이 충분히 이루어진 것은 아니다. 여기서는 김홍도의 그림에 부기된 몇몇 제화 시문에 대해 형식과 전거를 살펴보기로 한다.

주지하다시피 김홍도는 29세인 1773년(영조 49)에 영조 어진과 왕세자 초상을 그린 후 이듬해 감목관監牧官의 직책을 받아 사포서司圃署에서 근무했다. 1781년(정조 5) 정조 어진 익선관본翼善冠本을 그릴 때 한종유韓宗裕, 신한평申漢枰과 함께 동참화사同參畫師로 활약했으며, 찰방의 직을 제수받았다. 이 무렵 명나라 문인화가 이유방李流芳(1575~1629)의 호를 따라 단원

檀園이라 자호했다. 1788년 왕명으로 김응환金應煥과 함께 금강산과 영동 일대를 기행하며 명승지를 그려 바쳤다. 1791년 정조 어진 원유관본遠遊冠本을 그릴 때 참여하고, 충청도 연풍 현감에 임명되어 1795년까지 봉직했다. 그런데 김홍도는 당시의 문인 지식인들과 상당히 폭넓게 교유했다. 이를테면 김홍도는 강세황의 천거로 도화서 화원이 되었으므로, 강세황의 예술적 취향은 김홍도의 화격畫格에 상당한 영향을 끼쳤을 것이고, 강세황을 둘러싼 여러 지식인들과도 중층적인 관계를 이루었을 것이다. 따라서 김홍도의 그림이 산생된 문화적, 사상적 배경은 당시의 문인 지식인들이 공유했던 문화적 소양을 포괄하지 않을 수 없다. 그 소양 가운데는, 중국의 고전 시문뿐 아니라, 당시로서는 근세에 속하는 명나라 말, 청나라 초 지식인들의 시문 양식, 문체, 수사법, 주제 사상, 표현 어구 등에서 촉발된 것도 있었을 것이다.

## 2.

김홍도는 시문에도 통했다. 그가 자신의 그림이나 다른 화가의 그림에 남긴 제화문을 통해 그 점을 확인할 수 있다. 특히 김홍도의 그림 가운데는 당나라 왕유王維(701~761)의 시를 주제로 한 것이 여럿 있다.

그는 왕유의 「산에 들어가 성중의 친구에게 부치다[入山寄城中故人]」를 화의로 삼거나 다른 화원이 그 주제로 그림을 그린 것에 제화를 했다. 왕유의 원시는 오언 고시로, 제목을 「종남별업終南別業」이라고도 한다.

| | |
|---|---|
| 중년에 자못 도를 사랑하여 | 中歲頗好道 |
| 늘그막에 남산 기슭에 집을 두고, | 晚家南山陲 |

흥 일면 번번이 홀로 가서 興來每獨往
승경은 하릴없이 스스로 아나니, 勝事空自知
가다가 강물 다한 곳에 이르러 行到水窮處
앉아서 구름 일어나는 것을 바라본다. 坐看雲起時
우연히 숲속 노인을 만나 偶然值林叟
담소하여 돌아갈 줄 모르고. 談笑無還期

1798년(정조 22) 김홍도는 〈남산한담南山閑談〉(종이에 담채, 29.4×42cm)을 베껴 내고, 왕유의 위의 시를 옮겨 적었다. 이때 제5, 6구와 7, 8구의 위치를 바꾸었다.[2] 그리고 '수陲' 자를 잘못하여 '수睡'로 적고는, 시의 뒤에 '수陲' 자를 써 두어 관람자들에게 '눌러 보시라고' 청했다.

또 이인문이 60세 되던 1804년(순조 4) 〈송하한담도松下閑談圖〉를 그리자, 김홍도는 왕유의 이 시를 그의 그림에 써넣었다. 이인문은 화폭의 길이가 8m 50cm가 넘는 대작 〈강산무진도江山無盡圖〉(국립중앙박물관 소장)를 그린 화가로, 김홍도와 같은 해에 태어나 함께 도화서 화원으로 있었던 절친한 인물이다. 이인문의 〈송하한담도〉는 왕유의 시 가운데 마지막의 "우연치임수偶然値林叟, 담소무환기談笑無還期"를 소재로 삼았다. 숲속에서 두 노인이 계곡 소나무 아래 앉아 담소를 나누고 있는 구도이다. 글의 오른쪽 앞에는 "이때 방취오가 연주하고 이원담이 노래했다[時方聚五彈李元談歌]"라고 적었고, 글의 왼쪽 끝에는 "을축년(1804) 정월에 도인(이인문)과 단구(김홍도)가 서묵재에서 글씨 쓰고 그림 그려 육일당주인에게 드린다[乙丑元月道人與丹邱書畫于瑞墨齋中, 贈六逸堂主人]"라고 썼다. 서묵재는 화원 박유성朴維城

2 허균(2013), 『옛 그림을 보는 법—전통미술의 상징세계』, 돌베개.

(1745~1816?)의 호이다. 방취오, 이원담, 육일당주인은 누구인지 알 수 없다. 그림 속의 계곡물은 역동적이고 기암괴석과 소나무가 하나하나 표정을 지니고 있다. 그 윗부분에 김홍도는 왕유 시를 다음 순서로 적었다.

中歲頗好道 晩家南山陲
行到水窮處 坐看雲起時*
興來每獨往 勝事空自知*
偶然值林叟 談笑無還期

김홍도는 왕유의 시를 베껴 적되, 원시에서 3, 4구와 5, 6구를 바꾸어 쓰고, '좌간운기시坐看雲起時'의 기起 자를 잊었다가 나중에 작은 글씨로 덧붙여 두었다.

왕유의 시 「산에 들어가 성중의 친구에게 부치다」는 중국에서만이 아니라 조선에서도 크게 사랑받았다. 정약용도, 신채호도 왕유 시의 이 구절을 무척 좋아했다. 자연과 친숙한 시인, 선禪과 가까웠던 시인을 다들 사랑한 것이다. 중세中歲는 중년과 마찬가지로 서른 살 무렵을 말하고, 도道란 불교를 가리킨다. 왕유는 이 시에서, "가다가 강물 다한 곳에 이르러, 앉아서 구름 일어나는 것을 바라본다"라고 했다. 세상 먼지에 찌든 껍데기를 벗어던지고 깨끗한 마음으로 바깥의 경물을 대하여, 공空·적寂·한閑의 선취禪趣를 자연스레 나타낸 것이다. 티끌세상에서 허물을 벗고 만물의 바깥에 부유浮遊하는 태도가 잘 나타나 있다. 이 구절은 남종선의 공안公案에서 시법개오示法開悟에 이용되어 왔다. 북종선의 점오漸悟를 상징한다고 해석되기도 한다. 이에 대해서는 필자가 『한시의 성좌—중국시인열전』(돌베개, 2014)에서 밝힌 바 있다. 하지만 김홍도의 그림이나 이인문의 그림을 두고 반드시 선취를 띠고 있다고 평할 수 있을지는 알 수가 없다.

김홍도의 그림으로 알려진 〈산거한담도山居閑談圖〉와 〈고사관수도高士觀水圖〉는 모두 "행도수궁처行到水窮處, 좌간운기시坐看雲起時"를 화제로 적었다. 〈산거한담〉에는 '단구丹邱'라는 관서款書가 있으나 〈고사관수도〉에는 아무 관서가 없다. 〈산거한담도〉는 김홍도 자신의 〈남산한담도〉나 이인문의 〈송하한담도〉와 마찬가지로 두 노인의 한담 모습을 화폭에 담았으나, 〈고사관수도〉는 『맹자』 「진심·상」의 '관수유술觀水有術'을 화의로 삼은 듯하다.

한편 김홍도의 선면화 〈죽리탄금도竹裏彈琴圖〉는 왕유의 시를 바탕으로 그림을 그렸다. '죽리'란 대숲 속이란 뜻이지만, 왕유의 시 「죽리관竹裏館」에서 말한 대숲 속 작은 별채를 뜻하기도 한다. 부채 그림에는 대숲 속에서 홀로 금琴을 뜯는 모습을 그려 냈고, 그 뒤에 차 끓이는 동자와 그 앞에 커다란 바위를 배치했다. 화면 위에 흘려 쓴 제시가 곧 왕유의 「죽리관」 시이다. 죽리관은 '竹里館'으로도 표기한다.

| | |
|---|---|
| 그윽한 대숲에 나 홀로 앉아 | 獨坐幽篁裏 |
| 거문고 타다가 휘파람 길게 불어 본다. | 彈琴復長嘯 |
| 숲이 깊으니 사람들은 모르지만 | 深林人不知 |
| 밝은 달이 와서 비추어 주네. | 明月來相照 |
| 단원. | 檀園 |

'유황幽篁'은 깊은 대숲이다. 달그림자는 곧게 솟아난 대나무 가지 끝에 올라와 친근한 듯 이쪽을 비춘다. 거문고를 뜯는 것도 노래를 불러서 길

게 휘파람을 부는 것도, 남에게 들려주기 위한 것이 아니다. 자연과 일체가 된 상태를 드러내는 행위에 불과하다. 그러한 기분을 알아주는 것도 인간이 아니다. 오로지 달만이 그 사실을 알아, 대나무 가지 끝에 올라와 친근하게 이쪽을 비추어 주는 것이다. "깊은 숲을 사람은 알지 못하고, 밝은 달만 와서 비춘다"라고 한 것은 바로 자연과 인간의 어우러짐을 표현한 말이다.

왕유[3]의 이름 유維와 자 마힐摩詰은 『유마경』의 거사 유마힐의 이름을 분리한 것이라고 한다. 왕유는 현종의 개원開元 7년인 719년에 진사가 된 후 벼슬길에 올랐다. 하지만 731년 부인을 잃고는 남전藍田, 즉 지금의 섬서성陝西省 남전현의 망천輞川에 별장을 짓고 은둔했다. 734년 장구령의 발탁으로 우습유右拾遺에 취임했다가, 736년 장구령이 실각하자 이듬해 양주涼州 하서 절도사河西節度使 최희일崔希逸 휘하의 판관判官이 되었다. 740년 전중시어사殿中侍御史로서 장안으로 돌아왔다. 752년 양국충楊國忠에게 발탁되어 이부 낭중吏部郎中이 되고, 755년 급사중給事中에 이르렀다. 이때 안록산의 난이 일어나 현종이 파천하자, 지덕至德 원년인 756년에 현종이 있는 곳으로 가려고 하다가 안록산 군사에게 붙잡혀 낙양으로 이주당하고 안록산 정권의 급사중이 되었다. 757년 낙양 탈환 후 귀순했으나, 현종 대신 즉위한 숙종은 왕유를 문책했다. 758년(건원 원년) 집현 학사集賢學士가 되고, 중서 사인中書舍人, 급사중으로 승진했다. 762년(상원 2) 상서 우승尙書右丞으로 있다가 타계했다. 만년의 왕유는 망천장에서 지내는 일이 더욱 많았다. 왕유는 망천장의 주위를 죽림으로 에워싸도록 해 두었다.

3 왕유의 생몰년은 『구당서(舊唐書)』에 의하면 699~759년이지만, 『신당서』에 의하면 701~761년이다.

그리고 스무 곳 경승을 골라서 배적裵迪과 함께 오언 절구 한 수씩을 서로 지어 각각 20수씩 완성했다. 죽리관을 노래한 시도 그 연작에 들어 있다.

김홍도는 〈수하오수도樹下午睡圖〉를 그려서 변치화卞穉和에게 주면서, 다음을 화폭에 써 두었다.

| | |
|---|---|
| 복사꽃은 다시 밤비를 머금어 붉고 | 桃紅復含宿雨 |
| 버들가지는 아침 아지랑이 띠어 한층 푸르다. | 柳綠更帶朝煙 |
| 그림을 그려서 변치화에게 주다. 단옹. | 寫與卞穉和. 檀翁 |

변치화는 조인영趙寅永(1782~1850)의 조카 조병구趙秉龜(1801~1845)와 시사 동인으로, 치화는 자이고, 이름은 지순持淳이다. 변지순에 대해서는 홍석주洪奭周(1744~1842)가 그의 시집에 쓴 「제해부시권題海夫詩卷」을 남겨, 그의 존재에 대해 조금 알 수 있게 되었다. 홍석주의 글에 의하면, 변치화는 동래 사람으로 일찍 과거에 급제했지만 오랫동안 벼슬을 얻지 못하고 서울에서 어정거렸다. 호는 해부海夫, 즉 '바닷놈'이었다. 해부는 두보 시를 모범으로 하되, 시의 용의用意가 아주 깊고 조어造語가 아주 괴로우며, 침울하고 모호하여, 하나의 주의가 백 번이나 꺾여서 구절을 끊을 수 없을 정도의 것도 있었다. 작시에서도 이렇게 해부는 속류를 따르려 하지 않았으니, 스스로를 존중하는 선비[自好之士]라고 할 수 있다. 홍석주의 글은 그의 『연천집』에 전하는데, 후반부를 번역하면 다음과 같다.

천하의 물은 한기를 만나면 얼음이 되지 않는 것이 없어서, 장강이나 황하나 회수나 한수 같은 강물도 장마에는 불어나고 가뭄에는 줄어들지 않는 것이 없다. 오직 바다만은 그렇지 않다. 해부가 해(바다)로 스스로의 호를 삼은 것은 아마도 이에 뜻을 두었기 때문이리라! 그렇지만 해상의 지아비는 그물과 작살의 사이에서 몸을 마치면서 방어나 잉어나 자라와 조개를 잡는 것으로 스스로 만족하되, 고래와 곤어와 교룡과 이무기를 능히 잡을 수 있다고는 듣지 못했다. 두소릉은 시에 있어서 역시 바다와 같은 존재이다. 지금 해부가 이미 터득한 것은 과연 고래, 곤어, 교룡, 이무기인가? 아니면 방어, 잉어, 자라, 조개에 그칠 것인가?

그런데 김홍도가 〈수하오수도〉에 적어 준 육언 2구는 실은 왕유가 망천장에서 지은 육언 절구 「전원락田園樂」 7수 가운데 제6수의 두 구절이다. 「전원락」은 「망천육언輞川六言」이라고도 한다. 그 가운데 다음 시가 있다.

| | |
|---|---|
| 복사꽃은 다시 밤비를 머금어 붉고 | 桃紅復含宿雨 |
| 버들가지는 아침 아지랑이 띠어 한층 푸르다. | 柳綠更帶朝烟 |
| 꽃잎 떨어져도 가동은 쓸지를 않고 | 花落家童未掃 |
| 꾀꼬리 우짖건만 산객은 잠만 자누나. | 鶯啼山客猶眠 |

왕유는 육언 절구의 격식을 엄격하게 지키면서 참신한 경지를 열었다. 복사꽃, 유사柳絲, 꾀꼬리 울음으로 봄 경물의 특징을 부각시키고, 밤비 개고 아침 안개 낀 광경을 아련하게 그려 내었다. 비 온 뒤 떨어진 꽃잎들이 집 앞길에 널려 있는 풍광은 청유淸幽의 의취意趣를 지녀 습정習靜(고요함 속에서 정신을 기름)의 안온함과 청신淸新의 맛을 더해 준다.

이렇게 김홍도가 왕유의 시의도를 많이 남긴 것은 18세기 이후 왕유의 그림이 유행했던 사정과 관련이 있다. 명나라 복고파도 왕유를 격찬했고,

청나라 신운파神韻派도 왕유를 칭송했다. 조선 후기에는 명나라 고가구顧可久 주석의 『당왕우승시집唐王右丞詩集』을 영조 연간(1724~1776)에 베낀 것으로 추정되는 필사본도 나왔다. 국립중앙도서관에 원문 10권과 보유 2권을 합하여 3책이 있다. 이 필사본에는 영조 연간의 골동감식가로 저명한 김광수金光遂의 인과 정조 연간의 학자 서영보徐榮輔(1759~1816)의 인이 찍혀 있다.

왕유는 이른바 '심화心畫'의 미학으로도 유명하다. 송나라 심괄沈括(1031~1095)의 『몽계필담夢溪筆談』에 다음 내용이 있다.[4]

> 서화의 묘미는 의당 정신으로 이해해야 할 것이요, 형기形器로 말할 수는 없다. 세상에 그림을 보는 자들은 대부분 그 사이의 형상과 위치, 채색과 하자를 따질 뿐, 오묘한 이치를 깊이 통찰한 사람은 거의 없다. 장언원張彦遠의 그림평에 이르기를 "왕유는 사물을 그릴 때 대부분 사계절을 개의치 않았다"라고 했는데, 예를 들면 꽃을 그릴 때 종종 복사꽃·살구꽃·부용·연꽃을 한 폭에 함께 그렸다. 우리 집에 소장하고 있는 왕유의 〈원안와설도袁安臥雪圖〉에도 눈 속에 핀 파초가 있다. 이것은 바로 마음속에서 체득한 바가 있어 손 가는 대로 그린 것이니, 뜻이 있자 곧 이루어진 것이다. 그러므로 이치에 나아가고 신의 경지에 들어가서 멀리 하늘의 뜻을 얻은 것이니, 이 점은 속인과 더불어 논하기 어렵다.

4 沈括, 『夢溪筆談』 卷17 書畫; 祝穆, 『古今事文類聚』 前集 卷40 技藝部 畫者 '雪中芭蕉'. "書畫之妙, 當以神會, 難可以形器求也. 世之觀畫者, 多能指摘其間形象位置彩色瑕疵而已, 至於奧理冥造者, 罕見其人. 如彦遠畫評言, 王維畫物, 多不問四時, 如畫花往往以桃杏芙蓉蓮花同畫一景. 予家所藏摩詰畫袁安臥雪圖, 有雪中芭蕉. 此乃得心應手, 意到便成. 故造理入神, 迥得天意, 此難可與俗人論也."

조선 전기 김안로金安老(1481~1537)는 『용천담적기龍泉談寂記』에서 왕유의 〈원안와설도〉에 대해, "오묘한 이치가 귀신같아서 그림의 형상을 보고 평하기는 어려우니, 그림을 그리는 데 사계절을 따지지 않기 때문이다. 예를 들면 꽃을 그리는데 이따금 복숭아·살구꽃에 연꽃을 함께 그리는 따위이다"라고 해설했다. 그리고 심괄이 "이치에 나아가고 신의 경지에 들어가서 멀리 하늘의 뜻을 얻은 것"이라고 논평한 말을 인용했다. 심괄의 논평에 깊이 공감한 것이다.

## 3.

김홍도는 당나라 시인의 어구를 더욱 즐겨 채용했다. 이를테면 〈직향사군탄直向使君灘〉은 이백이 당나라 숙종 지덕 원년인 756년에 지은 「백로사를 노래하여 송 소부가 삼협으로 들어가는 것을 전송하다[賦得白鷺鷥送宋少府入三峽]」의 구절을 취했다.

이백 시 제목의 '부득賦得' 은 기존의 시 제목이나 시 구절을 제목으로 차용하여 짓는다는 뜻이다. '백로사白鷺鷥'는 백로자白鷺鷥, 즉 백로를 말한다. '송 소부宋少府'의 소부는 산·바다·연못 등의 세금과 천자의 경비·궁중 잡무를 관리하는 부서를 말하며, 송 소부는 장강 삼협 지역의 현위縣尉로 부임하는 송척宋陟을 가리키는 듯하다. 즉 이백의 시는, 송 소부의 전송연에서 여러 사람이 백로를 제목으로 미리 정하자, 그 제목에 따라 지은 것이다.

| | |
|---|---|
| 백로는 한 다리 말고 있고 | 白鷺拳一足 |
| 달 밝고 가을 물 차가워라. | 月明秋水寒 |

기척에 놀라 멀리 날아가　　人驚遠飛去
곧바로 사군탄을 향하네.　　直向使君灘

마지막 구절의 '사군탄'은 사천성四川省 만현萬縣의 동쪽에 있는 장강의 조뢰早瀨를 말한다. 양량楊亮이라는 사람이 익주益州의 자사로 부임하던 중 이곳에서 배가 전복되었으므로 이런 이름이 붙었다고 한다. 이백은 송 소부를 백로에 비유하여, 세간에 휘둘리지 않고 장쾌하게 비상하는 모습을 예찬했다. 혹 인생이란 사군탄처럼 험난할 수 있으니 조심하라는 충고를 했다고 볼 수도 있다. 김홍도는 한 마리 백로가 사군탄 위를 비상하는 모습을 그렸다. 고결함, 장쾌함을 형상화한 것이다.

김홍도의 〈지장기마도知章騎馬圖〉는 갈필로 인물과 말을 간단하게 그려내고 배경을 넣지 않은 소품이다. 말 탄 사람은 옆에서 받쳐 줘야 할 정도로 몸을 가누지 못하고, 말은 고개를 푹 숙인 채 힘겹게 걸음을 떼고 있다. 뒤에는 사람들이 부채를 받치고 따라간다. 이 그림은 두보의 「음중팔선가飮中八僊歌」 가운데 하지장賀知章 사실을 노래한 제1연만을 화제로 삼았다. 즉 화제는 다음과 같다.

하지장은 말을 타길 배를 타는 듯이 하여　　知章騎馬似乘船
눈앞이 꽃 날리듯 어른거려　　眼花落井水底眠
우물에 빠져도 물속에서 잠잔다네.

「음중팔선가」는 두보가 당시의 주호酒豪 여덟 명을 미화하여 노래한 것이다. 팔인의 주호는 바로 하지장, 이진李璡, 이적지李適之, 최종지崔宗之, 소진蘇晉, 이백, 장욱張旭, 초수焦遂 등이다. 하지장은 장안에서 이백을 처음

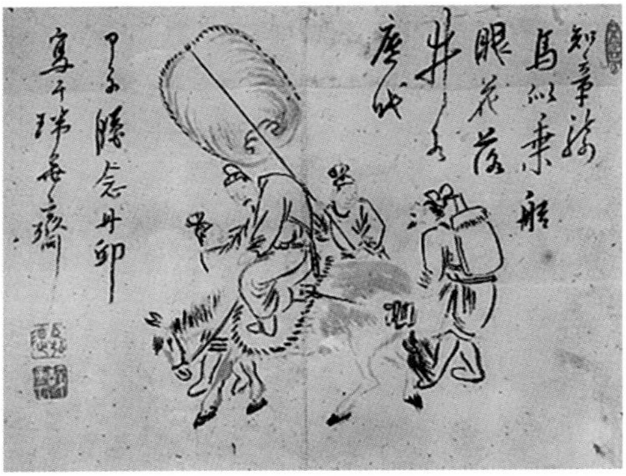

그림 35 김홍도, 〈지장기마도〉, 종이에 수묵담채, 25.8×35.9cm, 국립중앙박물관 소장.

만나 보고는 적선인謫仙人이라 논평했던 그 시인이다. 허리에 차고 있던 금거북 장식을 팔아 이백과 함께 술을 마셨다고 한다. 호를 사명광객四明狂客이라 했다. 비서감 벼슬을 그만두고 향리로 돌아가겠다고 청하자, 황제가 그에게 안휘성安徽省 무호현蕪湖縣의 경호鏡湖 일대를 하사했다. 그가 죽은 뒤에 이백이 「술잔을 앞에 두고 하 비서감을 추억하며[對酒憶賀監]」 시 2수를 지었다. 하지장은 고려 문인들에게도 사랑을 받았다. 국립중앙박물관에 소장된 12세기 조롱박 모양 고려청자에는 다음 시가 상감되어 있다.

| | |
|---|---|
| 금꽃 아로새긴 벽옥 술병 | 細鏤金花碧玉壺 |
| 호사가는 응당 이 병 들기를 좋아하리. | 豪家應是喜提壺 |
| 알겠네, 하로(하지장)가 맑은 흥취 타고 | 須知賀老乘淸興 |
| 봄마음 안고 경호에서 취하리란 것을. | 抱向春心醉鏡湖 |

김홍도의 〈지장기마도〉는 확실히 두보의 「음중팔선가」 첫 대목을 화제로 삼았다. 하지만 「음중팔선가」에 없는 내용을 그려 넣었다. 큰 단선을 든 여인과 책상자를 멘 종복이다. 책상자를 멘 종복은, 이하李賀의 고사에

그림 36 김홍도, 〈세마도〉, 종이에 수묵담채, 22×31.8cm, 개인 소장.

서 따온 것으로, 하지장의 시심이 방달함을 드러낸다. 큰 부채를 든 여인은 무엇을 뜻하는가?

김홍도의 작은 그림 〈세마도洗馬圖〉는 돌담이 쳐진 못 안에서 세마꾼이 왼손으로 큰 솔을 쥐고 말 등을 긁어 주는 모습을 그렸다. 여기에 다음 제화가 적혀 있다.

| | |
|---|---|
| 문밖 푸른 못에서는 봄날 말을 씻기고 | 門外綠潭春洗馬 |
| 누헌 앞 붉은 촛불은 한밤 객을 맞이한다. | 樓前紅燭夜迎人 |
| 단원. | 檀園 |

이 제화는 당나라 한굉韓翃의 시구이다.[5] 한굉은 당나라 태종 대력 연간에 명성을 날렸던 열 명의 재자才者 가운데 한 사람이다. 18세기 후반 정

조가 내각(규장각)을 시켜 편찬케 한 『시관詩觀』에 한굉의 시가 165수나 들어 있다. 김홍도가 인용한 한굉의 시구는 칠언 절구 「이익에게 주다[贈李翼]」에 나온다. 이익은 당나라 제국을 건설한 고조 이연李淵의 손자로, 평양왕平陽王에 봉해졌던 인물이다.

| | |
|---|---|
| 왕손 별장에 붉은 칠 수레들 잔뜩이지만 | 王孫別舍擁朱輪 |
| 헛된 이름 바라지 않고 이 몸을 즐기노라. | 不羨空名樂此身 |
| 문밖 푸른 못에서는 봄날 말을 씻기고 | 門外碧潭春洗馬 |
| 누헌 앞 붉은 촛불은 한밤 객을 맞이한다. | 樓前紅燭夜迎人 |

원래 시에는 '벽담碧潭'이라 했으나 김홍도는 '녹담綠潭'으로 적었다.

한굉은 당나라 허요좌許堯佐의 「유씨전柳氏傳」과 소설 「장대류전章臺柳傳」에 풍류 일화가 전한다. 즉 한굉이 장안에서 첩 유씨와 헤어진 뒤 안사의 난이 일어나자 유씨는 출가하여 비구니가 되었다. 그때 한굉은 평로 절도사平盧節度使 후희일侯希逸의 서기로 있었는데, 사람을 시켜 유씨에게 "장대 버들아, 장대 버들아, 옛날의 푸르름을 지금도 지녔느냐. 만일 긴 가지가 옛날처럼 드리워져 있다면, 다른 사람 손에 꺾이리라[章臺柳, 章臺柳, 昔日靑靑今在否, 縱使長條似舊垂, 亦應攀折他人手]"라는 시를 보냈다. 그 뒤 유씨는 번장蕃將 사타리沙吒利에게 겁탈을 당했으나, 후희일의 부장部將 허준許俊의 계교 덕에 한굉에게 돌아왔다고 한다.

근대 이전에 말은 부의 상징이고 건강의 상징이었다. 『주역』에서 건괘乾卦가 말에 해당하는 것을 보면, 말이 지닌 상징의미를 이해할 수 있다.

5 손철주(2013), 『사람 보는 눈』, 현암사.

단, 세마라고 하면 단순히 말을 그린 것과는 구별된다. 세마는 귀인의 집에 찾아온 고관의 견마잡이가 별장 안에서 연회가 벌어지는 동안 말을 씻기는 것을 가리킨다. 세마의 배후에는 귀인공자의 향락이 암시되어 있다. 왕손의 별장에서 한낮의 연회가 밤까지 이어져, 저녁에는 가동들에게 촛불을 들려 내방객을 안내하도록 시킨다. 그런데 김홍도의 〈세마도〉는 귀인공자의 향락을 연상시키지 않는다. 종아리를 걷어 올린 세마꾼의 모습에 시선을 모으지 않을 수 없다. 곧 세마洗馬 자체가 주제이다. 또한 세마는 곧 탈가稅駕의 뜻으로도 읽힌다. 이때의 '稅' 자는 '세'가 아니라 '탈'로 읽으며, 멍에를 벗긴다는 뜻이다. 탈가는 무거운 짐을 벗고 한가롭게 휴식하는 것을 뜻한다.

김홍도보다 앞서 1748년에 김희겸金喜謙도 〈전일상 한유도全日祥閒遊圖〉에서, 점박이 흰말을 못에서 씻기는 구도를 그림에 채용했다. 영조 때 고위 무관을 지낸 전일상(1700~1753)의 자적한 생활을 그린 그림으로, 이른바 행락도行樂圖이다. 행락도는 상주의 유유하고 한적한 생활양태를 강조하는 회화양식이다. 본래 궁정 인물화에서 많이 채용했지만, 일반인의 이상적 삶을 화폭에 담는 방식으로도 발달했다.

그림 37 김희겸, 〈전일상 한유도〉, 비단에 채색, 119.5×87.5cm, 개인 소장.

김희겸의 〈전일상 한유도〉를

보면 이층 정자의 계단에서는 두 여인이 술과 안주를 내오고, 정자 위에서는 다른 여인들이 현악기를 타고 있거나 곰방대에 불을 붙이고 있다. 그리고 무인이 매를 손등에 받쳐 들고 있는데, 이것이 곧 전일상의 화상이다. 또 한굉의 시를 소재로, 푸른 버드나무 아래 종이 말을 씻기는 모습을 그려 넣었다. 이로써 향락의 지향을 노골적으로 드러냈다.

이에 비해 김홍도의 〈세마도〉는 상주를 화폭의 중심에 둔 행락도가 아니다. 세마, 곧 탈가의 주제를 부각시킨 그림이다. 그런데 해남 윤씨 종가에 〈춘지세마도春池洗馬圖〉(비단에 수묵, 46×75.7cm, 해남 윤씨 종가 소장)와 소폭의 세마도가 전한다고 한다. 박지원의 『열하일기』에 전재되어 있는 「열상화보」에 따르면, 〈춘지세마도〉는 윤두수의 아들 윤덕희尹德熙의 그림으로, '윤덕희사인尹德熙私印'과 '낙서駱西'라는 소인이 있다고 한다. 또한 윤덕희는 별도의 〈쇄마도刷馬圖〉도 남겼다. 〈춘지세마도〉는 나무 그루터기에 두 사람이 앉아 함께 잡담을 나누는 모습을 그렸다. 김홍도의 〈세마도〉보다 '세마=탈가'의 주제가 강하다.

이보다 앞서, 원나라 문인 조맹부는 「세마도시洗馬圖詩」를 지었고, 조맹부의 손자 조린趙麟은 지정至正 25년(1365)에 〈세마도〉를 그렸다. 조선시대 세마도와의 관계를 살펴볼 필요가 있다.

한편 〈송하선인취생도松下仙人吹笙圖〉라고 불리는 김홍도의 그림에는 다음 화제가 있고, 그 아래 '단원檀園'이라는 관서와 '사능士能'이라는 백문 방인이 있다.

| | |
|---|---|
| 생황의 대나무관이 들쭉날쭉 봉황 날개 같은데 | 筠管參差排鳳翅 |
| 달빛 비치는 당에 처절한 소리가 용 울음보다 더하다. | 月堂凄切勝龍吟 |
| 단원. | 檀園 |

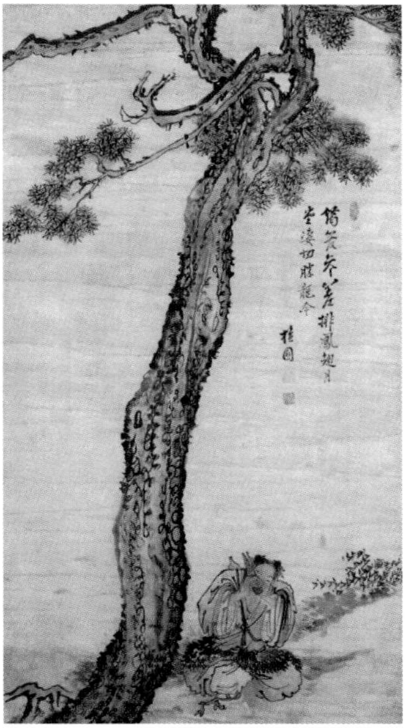

그림 38 김홍도, 〈송하선인취생도〉, 종이에 수묵담채, 109×55cm, 고려대학교박물관 소장.

김홍도가 베껴 둔 화제는 당나라 말 나업羅鄴(825?~900?)의 시 「제생題笙」의 일부이다. 이 시는 청나라 강희 연간 관찬본 『전당시全唐詩』 권654라든가 청나라 강표江標의 『당인오십가소집唐人五十家小集』(원화강씨영겸각元和江氏靈鶼閣, 1895, 광서 2) 등에 실려 전한다. 김홍도가 나업의 시에 관심을 둔 것은 『전당시』를 열람하고서인지 모른다.[6]

생황의 대나무관이 들쭉날쭉 봉황 날개 같은데　　筠管參差排鳳翅

6 『전당시』는 1705년 3월에 강희제의 명으로 팽정구(彭定求) 외 10명이 편찬에 착수, 1745년 10월에 완성, 1746년 4월 양주시국(揚州詩局)에서 간행되었다.

| | |
|---|---|
| 달빛 비치는 당에 처절한 소리가 용 울음보다 더하다. | 月堂淒切勝龍吟 |
| 사뿐하게 움직이는 무희의 옥수에 아주 어울리고 | 最宜輕動纖纖玉 |
| 취하여 술잔 보내면 금빛 술 넘실넘실하리라. | 醉送當觀灩灩金 |
| 구령에서는 왕자진이 오묘한 곡조를 잘 불었고 | 緱嶺獨能徵妙曲 |
| 영대에선 소사와 농옥이 맑은 음을 불어 보냈다지. | 嬴臺相共吹清音 |
| 궁상각치우 오음으로 부채춤 노래를 반주할 것이지 | 好將宮徵陪歌扇 |
| 새 곡조가 음탕한 정음이나 위음에 침범되지 말아라. | 莫遣新聲鄭衛侵 |

나업은 여항餘杭 사람이다. 부친이 염철을 관장하여 집이 부유했지만, 내우외환의 시기였으므로 벼슬을 얻을 수 없었다. 원진元稹이나 백거이의 천속한 시풍을 계승한 일파의 시인으로 분류되지만, 율시는 간결한 시어로 깊은 감정을 완곡하게 표현해 냈다. 나업은 「제생」 시에서 "구령에서는 왕자진王子晉이 오묘한 곡조를 잘 불었고, 영대에선 소사簫史와 농옥弄玉이 맑은 음을 불어 보냈다지"라고 하여, 두 고사를 인용했다.

왕자진은 주나라 영왕靈王의 태자 진이다. 구령은 구지산緱氏山으로, 하남성 언사현偃師縣 남쪽에 있다. 왕자진은 생笙을 불어 봉황의 울음소리를 내면서 이락伊洛과 숭산嵩山 사이에 노닐며 부구공浮丘公에게서 도를 배우고, 30년 뒤 칠월 칠석에 구지산 꼭대기에 백학을 타고 내려왔다가 며칠 뒤 떠나갔다고 한다. 신선 왕자교王子喬가 곧 왕자진이라고 한다. 『열선전列仙傳』에 나온다.

소사는 진秦나라 목공穆公 때 사람으로, 퉁소를 잘 불어 공작과 백학을 불러들이고는 했다. 목공의 딸 농옥이 좋아하여 그와 결혼했다. 농옥은 소사에게 퉁소를 배워 몇 해 뒤에는 봉황을 오도록 할 수 있었다. 목공이 봉대를 지어 주었다. 나업의 시에서 영대라고 한 것은 진나라 누대란 말로 곧 봉대를 가리킨다. 소사와 농옥 부부는 몇 해가 되도록 봉대에서 내려오지 않다가, 어느 날 아침 봉황을 타고 날아가 버렸다고 한다. 역시 『열선전』에 나온다.

나업이 왕자진과 소사의 고사를 시에 이용한 것은 생황의 신비한 음을 상징하기 위한 것이었다. 따라서 나업의 시를 주제로 삼은 김홍도의 그림을 〈송하선인취생도〉라 부르는 것은 기이하다. 학을 그리지 않은 것으로 보아 젊은 시절의 왕자진을 그린 것으로 볼 수도 있다. 그렇다면 아직 그가 신선이 되기 전의 모습이므로, 그의 옷을 우의羽衣라고 할 수는 없다.

한편, '단원'이라 크게 서명된 〈월하취생도月下吹笙圖〉가 전한다. 제화시는 '월당처절승용음月堂凄切勝龍吟'만 적었다. 각건을 쓴 남자가 파초잎을 깔고 생황을 불고 있는 모습이며, 주위에 술병, 사발, 문방사우가 널려 있다. 백문 방인 '김홍도인金弘道印'과 백문 장방인白文長方印 '일권석산방一卷石山房'이 찍혀 있다.

건국대학교박물관에는 '긍원肯園'의 붉은 도장이 찍힌 별도의 〈월하취생도〉가 있다. 파초잎을 녹색으로 채색했다. 긍원이라면 김홍도의 아들 김양기를 말한다. 하지만 '단원'의 관서가 있는 앞 그림의 안작贋作일지도 모른다.

## 4.

김홍도는 당시만을 화제로 취한 것은 아니다. 송나라 시에서도 화제를 취했다. 당시가 감각적이고 찰나적인 심상을 중시했다면, 송시는 이지적이고 생활에 밀착해 있다. 조선 후기에 『개자원화전芥子園畫傳』, 『고씨화보顧氏畫譜』, 『강시화보康詩畫譜』, 『시여화보詩餘畫譜』 등 화보집은 송시를 화제

그림 39 김홍도, 〈월하취생도〉, 종이에 수묵담채, 27.8×23.2cm, 간송미술관 소장.

로 삼는 시의도를 발달시키는 데 일정한 기여를 했다. 또한 조선의 문인 지식인들은 사변적인 것을 좋아하여 송시를 선호한 면이 있었다. 이 풍토가 회화에 사변적 의상의 도입을 촉진시켰다고도 볼 수 있다. 심지어 주희의 「무이도가武夷櫂歌」를 화제로 삼은 〈무이구곡도武夷九曲圖〉가 별도의 군을 이룰 정도였다. 정선, 김희성金喜誠, 이인문, 이재관李在寬, 오순吳珣 등은 나대경羅大經의 「산정일장山靜日長」을 화제로 채택하여 은거의 뜻을 드러낸 〈산정일장도〉를 그렸다. 어몽룡魚夢龍, 강세황, 심사정沈師正, 방희용方羲鏞 등은 임포의 매화시를 화제로 채택하여 그림을 그렸다. 신위는 황정견의 시를 화제로 채택하여 〈죽석도竹石圖〉를 그렸다.

한편 주희의 시를 화제로 삼은 〈주부자시의도朱夫子詩意圖〉, 구양수의 「추성부秋聲賦」를 화제로 삼은 〈추성부도〉, 한기韓琦의 「구일수각九日水閣」을 화제로 삼은 〈구일수각〉은 김홍도가 송시의 사변성을 화폭에 옮긴 주요한 작품들이다.

〈소림야수도疏林野水圖〉에는 '단원'의 관서가 있다. 유인遊印은 백문 장방인으로, '석양창夕陽窓'이다. 성근 가지가 멋대로 뻗은 커다란 가을 나무를 근경에 배치하고, 정자와 물을 건너 황량한 산을 원경에 배치했다. 왼쪽 아래에 작은 두 인물이 마주 보고 있는 모습을 그려, 가을의 공간을 더욱 을씨년스럽고 광활하게 보이도록 했다. 이 그림의 왼쪽 상단에 행서체로 제화를 써 두었다.

野水參差發漲痕 疎林欹倒出霜根

이 두 구절은 소식의 「이세남이 그린 가을 경치에 쓰다[書李世南所畫秋景]」 2수 가운데 제1수의 첫 연이다.

들녘 물 들쑥날쑥 넘쳤던 자취 드러내고　野水參差發漲痕
성근 숲 가지는 기울어지고 자빠져　疏林欹倒出霜根
　서리 덮인 뿌리를 내보이네.
조각배는 노 하나로 어디로 돌아가나　扁舟一櫂歸何處
집이 강남의 황엽 물든 마을에 있으리.　家在江南黃葉邨

소동파의 이 시는 윤정기尹廷琦(1814~1879)도 행서첩을 남길 만큼, 조선의 문인 지식인들이 좋아한 작품이다.[7]

김홍도의 〈기려행려도騎驢行旅圖〉에는 다음 제화가 있다.

나그네 광음은 시권 속에서 흘러가고　客子光陰詩卷裏
살구꽃 소식은 빗소리에 실려 온다.　杏花消息雨聲中
　단구.　丹邱

남송의 진여의陳與義(1090~1139)가 1136년 2월 절강성 북부 초계苕溪에서 지은 「천경(섭덕葉德)과 지로(대원홍지大圓洪智)가 그리워서 방문하다[懷天經智老因訪之]」에 나오는 시구이다. 송나라 고종이 격찬했을 정도의 명구이다. 진여의의 자는 거비去非, 호는 간재簡齋이다. 진여의는 이 시구로 고종의 총애를 받아, 집정의 벼슬에까지 올랐다. 원래의 시는 이러하다.

올해 이월 얼음 처음 녹을 때　今年二月凍初融

7　강진군·예술의 전당 편(2009), 『방산에서 꽃피다 展 도록』(제37회 강진청자축제&강진군·예술의 전당 공동 주최 제5회 다산 정약용 선생 유물 특별전—방산 윤정기).

초계에서 깨어 보니 녹빛 물이 동쪽으로 향하네. 睡起苕溪綠向東
나그네 광음은 시권 속에서 흘러가고 客子光陰詩卷裏
살구꽃 소식은 빗소리에 실려 온다만, 杏花消息雨聲中
서암 선사(대원홍지)는 되려 병이 많고 西菴禪伯還多病
북책의 유학자(섭덕)는 가난에 절어 있다. 北柵儒先只固窮
문득 생각나네, 조각배로 두 사람 찾은 일이 忽憶輕舟尋二子
윤건과 학창의로 봄바람을 시험했지. 綸巾鶴氅試春風

윤건은 비단 두건으로, 은자가 쓰는 것이다. 학창은 학창의의 준말로, 흔히 은자의 옷을 나타낸다. 『진서』「왕공전王恭傳」에 보면, 왕공이 학창의를 입고 눈밭을 거닐었는데 맹창孟昶이 이를 보고는 "참으로 신선 세계 속의 사람이다[此眞神仙中人也]"라고 찬탄했다고 한다.

진여의는 병 많은 승려 친구, 가난에 절은 유학자 친구를 회상하면서, 실은 자기 자신의 처지를 가탁했다. 그리고 병 많고 가난한 젊은이에게도 화창한 봄날이 왔음을 담담하게 노래했다. 김홍도가 그의 시구를 읊은 것은 그 담담함을 사랑했기 때문일 것이다. 진여의의 이 시에 대해서는 청나라 말, 근세의 화가 고린사顧麟士(1865~1930)의 시의도가 있다. 김홍도의 그림과 비교해 볼 만하다.

## 5.

김홍도는 시에서만 화제를 채용한 것은 아니다. 〈추성부도〉는 부賦 형식의 산문인 구양수의 「추성부」를 이용했다. 김홍도는 당나라 문인의 문장도 화제로 채택했다. 그 한 예가 〈관산탁족도觀山濯足圖〉이다.

〈관산탁족도〉는 낭떠러지에 나무가 무성하고 판석교가 가로놓인 산중의 폭포 부근에서 고사高士가 발을 씻고 있는 모습을 그렸다. 이 그림에는 다음 제화문이 있다.

| | |
|---|---|
| 짙은 나무 밑에 앉아 하루를 다 보내고, | 坐茂樹而終日 |
| 맑은 샘물에 발을 씻어 절로 깨끗하구나. | 濯清泉而自潔 |
| 단구. | 丹邱 |

그림에는 작은 주문 방인朱文方印 '사능士能'과 백문 장방인 '일권석산방一卷石山房'이 찍혀 있다. 화첩이었던 것이 지금은 표구의 상태로 보존되어 있다.

김홍도의 제화는 한유의 「이원이 반곡으로 돌아가는 것을 전송하는 글[送李愿歸盤谷序]」의 두 구절 "좌무수이종일坐茂樹以終日, 탁청천이자결濯清泉以自潔"을 따오되, '以' 자를 '而' 자로 바꾸어 적은 것이다.

한유의 이 글은 본문이 500자로, 북송 때 소식은 당나라 제일의 문장이라고 칭송했다. 원나라 때 조맹부와 명나라 말 동기창도 이 글을 사랑해서 붓으로 써서 남겼다. 한유가 34세 때 변서汴徐의 난을 피해 낙양에 거처하면서 벼슬을 구하던 때 지은 것이라, 울적한 심사가 드러나 있다. 한유는 이원의 이야기를 빌려, 위정자의 부패함과 비열함을 하나하나 폭로하고, 반곡에 은거하는 사람이 근심 없이 지내는 모습을 위정자의 실상과 대조시켜, 은거의 존귀함과 즐거움을 부각시켰다. 그 글에서 이원은 이렇게 말한다.[8]

8 심경호(2013), 『한문산문미학』, 고려대학교출판부.

부귀는 운이란 것이 있어서, 요행으로 이룰 수 있는 것이 아닙니다. 곤궁한 생활을 하면서 산림에 거처하여, 높은 곳에 올라가 먼 곳을 조망하고, 우거진 숲 그늘에 앉아 하루를 보내며, 맑은 샘에서 손발을 씻어 스스로의 몸을 깨끗이 하며, 산에서 맛난 채소를 따다가 씹기도 하고, 물에서 고기를 낚시하여 먹기도 하며, 일어나고 앉고 하는 것을 정해진 시간 없이 하여, 오로지 자신이 쾌적해하는 것에 편히 여기고 만족하고 있습니다. 면전에서 칭송되는 것과 비교하여, 뒤에서 모욕받는 일이 없는 것은, 어느 것이 더 낫겠습니까? 몸뚱이에 즐거운 것과 비교하여, 마음에 근심이 없는 것은, 어느 것이 더 낫겠습니까? 관례상의 수레나 복식에 묶이지도 않고, 직책 때문에 칼이나 톱으로 형벌이 가해지지도 않으며, 정치가 잘 되는지 어지러운지도 알지 않고, 벼슬길을 승진하는지 강등하는지도 듣지 않습니다. 이것은 대장부로서 시대를 만나지 못한 사람이 하는 일입니다만, 나는 이것을 하려고 합니다. 공경 벼슬의 저택 문밖에서 안을 엿보고 기색을 살피며, 세력 있는 사람이 가는 길에서 바삐 걷고 내달리고 하여, 발을 앞으로 내디디려다가 주저주저하고, 입으로 말을 하려다가 머뭇머뭇하며, 더럽고 추잡한 곳에 처해서도 부끄러워하지 않고, 죄와 형벌에 저촉되어 죽임을 당한다고 하더라도, 만에 하나라는 식의 요행을 바라서, 늙어 죽은 뒤에야 이런 일을 그만두는 사람이 있습니다만, 그 사람됨을 저와 비교한다면 누가 현명하고 누가 못났다고 하겠습니까?

김홍도는 은둔자의 탁족하는 모습을 '근심 하나 없이 지내는 생활'로 형상화한 것이다.

김홍도 작이라고 전하는 그림 가운데는 제화는 있지만 관서가 없는 것도 있다. 이를테면 〈선인기우도仙人騎牛圖〉(종이에 담채, 24×33.6cm)에는 관서가 없다. 화폭의 좌측은 여백으로 두고 우측에 소재를 모두 집중한 그림이다. 우측 전경에는 언덕과 나무들을 배치하고, 그 뒤에서 선비가 소를 타고 나온다. 다음 제화가 있는데, 자신의 화제를 스스로 써 둔 듯하다. 따라서 이 그림은 시의도가 아니다.

| | |
|---|---|
| 낙화는 물 위에 흐르고 새는 한가로이 우나니 | 落花流水閒啼鳴 |
| 세간 어느 일 하나도 육지선에게는 관계없어라. | 一事無干陸地仙 |

육지선은 지상에 사는 신선이란 뜻으로, 세속에 살면서도 세속에 찌들지 않은 사람을 가리킨다. 〈부신초동도負薪樵童圖〉도 김홍도의 손에서 이루어진 것인지 의문이다. 제화도 후대인이 추가한 듯, 고전의 시구가 아니다.

| | |
|---|---|
| 눈 내린 산허리 길로 나무꾼 돌아오는데 | 樵歸雪嶽山腰路 |
| 숲속 마을 희미한 등불 아래 사람 소리가 두런두런. | 人語燈深樹裡村 |

김홍도의 그림이라 전하는 〈월하고문月下鼓門〉도 관서가 없다. 화폭에 다음 제화가 적혀 있다.

| | |
|---|---|
| 새는 못가 나무 위에 잠들었고 | 鳥宿池邊樹 |
| 스님은 달빛 아래 문을 두드리는군. | 僧鼓月下門 |

이 제화는 가도賈島의 오언 율시 「이응의 은둔 거처에 적다[題李凝幽居]」에서 따온 것이다. 한유와의 퇴고推敲 고사로 유명한 시이다.

| | |
|---|---|
| 한가로운 거처에 이웃 드물어 | 閑居隣竝少 |
| 풀 길이 거친 동산으로 들어가네. | 草徑入荒園 |
| 새는 못가 나무 위에 잠들었고 | 鳥宿池邊樹 |
| 스님은 달빛 아래 문을 두드리는군. | 僧敲月下門 |
| 다리 건너자 들빛이 분명하고 | 過橋分野色 |
| 바위 스치자 구름 뿌리 움직일 정도. | 移石動雲根 |
| 잠시 떠났다가 다시 오리니 | 暫去還來此 |
| 그윽한 기약을 어기지 않으리라. | 幽期不負言 |

현전하는 김홍도의 그림에는 제화 시문이 휘호되어 있는 예가 많다. 제3자가 김홍도의 그림에 대해 논평하거나 해학의 어조를 덧붙인 제화 시문도 적지 않다. 하지만, 김홍도가 자신의 그림에 대해 적극적으로 자평하거나 회화 제작의 심경을 밝힌 제화 시문도 있을 것이다. 김홍도가 중국의 시문을 옮긴 시의도의 경우에는 더욱, 시문의 구절과 그림의 의취를 비교하면서 김홍도 그림의 미학을 음미할 필요가 있다.

# 주희와 육유 그리고 김홍도

## 1.

김홍도는 정조가 승하하던 해인 1800년 정월에 왕명으로 〈주부자시의도朱夫子詩意圖〉 8폭을 세화歲畫로서 제작했다.[9] 현재는 제1폭 〈사빈신춘도泗濱新春圖〉와 제5폭 〈백운황엽도白雲黃葉圖〉를 제외한 나머지 여섯 폭만 두 개의 병풍으로 제작되어 있다. 첫 번째 병풍에는 제2폭부터 제4폭까지의 〈춘수부함도春水浮艦圖〉, 〈만고청산도萬古靑山圖〉, 〈월만수만도月滿水滿圖〉가 표구되어 있고, 두 번째 병풍에는 제6폭부터 제8폭까지의 〈생조거상도生

9 오주석(1995), 「김홍도의 〈주부자시의도〉—어람용 회화의 성리학적 성격과 관련하여」, 『미술자료』 56, 국립중앙박물관. 〈주부자시의도〉는 현재 호암미술관에 소장되어 있으며, 각 폭의 크기는 세로 125cm, 가로 40.5cm이다. 두 병풍의 크기는 각각 세로 154.5cm, 가로 156cm(폭당 52cm)이다.

朝擧觴圖〉, 〈총탕맥반도蔥湯麥飯圖〉, 〈가가유름도家家有凜圖〉가 표구되어 있다. 각 폭에는 김홍도가 자필로 주희의 시와 웅화熊禾(1253~1312)의 『대학』 팔조목八條目 주註를 적었다.[10] 제화문 주변에는 '신홍도臣弘道'와 '취화사醉畫士', '심취호산수心醉好山水'의 인문이 있다.

정조는 주자학을 국가 이념으로 정하여 『아송雅誦』 등 여러 주자서 선본朱子書選本을 간행하고 궁극적으로는 '주자서대일통朱子書大一統'을 이루고자 했다. 정조는 김홍도의 〈주부자시의도〉를 진상받은 후 주희의 시에 화운和韻하고 그 서문을 적어 다음과 같이 말했다.[11]

> 김홍도는 그림을 잘 그리는 사람이라 그의 이름을 안 지 오래되었다. 30년 전에 그가 어진을 그린 이후로는 그림 그리는 모든 일에 대해서는 다 그로 하여금 주관하게 했다. 화사는 으레 세초歲初마다 첩화帖畫를 그려 올리는 규정이 있다. 올해에는 김홍도가 웅물헌熊勿軒이 주석한 주부자의 시 8수를 소재로 그림을 그려서 8폭의 병풍으로 만들었다. 취성정聚星亭의 남긴 뜻이 자못 있다. 이미 쓴 원운原韻에 화답의 시를 붙여 쓰고, 항상 눈여겨볼 바탕으로 삼는 바이다.

정조는 〈주부자시의도〉를 8폭 병풍으로 만드는 것은 취성정의 남긴 뜻이 있다고 했다. 후한 말의 명현明賢인 진식陳寔과 순숙荀淑은 이웃에 살

10 웅화는 건양(建陽) 사람으로, 자가 거비(去非)이다. 뒤에 이름은 웅화(熊鉌)로, 자는 위신(位辛)으로 고쳤다. 호는 물헌(勿軒) 또는 퇴재(退齋)이다. 주희의 문인이다. 송나라가 망한 뒤 무이산(武夷山)에 집을 짓고 독서를 했다. 뒷날 홍원서당(洪源書堂)이 그곳에 건립되었다. 사서(四書)의 주석으로 『사서표제(四書標題)』를 남겼다. 그의 사서 주석은 명나라 영락제 때 칙명으로 편찬된 『사서대전(四書大全)』에 수록되어 있다.

11 正祖, 「謹和朱夫子詩 八首」, 『弘齋全書』 卷7.

그림 40 김홍도, 〈주부자시의도〉 제2~4폭 세부연결 장면, 비단에 수묵담채, 각 125×40.5cm, 호암미술관 소장.

**그림 41** 김홍도, 〈주부자시의도〉 제6~8폭 세부연결 장면, 비단에 수묵담채, 각 125×40.5cm, 호암미술관 소장.

았는데, 양가의 자질이 한자리에 모였을 때 당시의 태사가 황제에게 덕성德星이 한자리에 모였다고 아뢰었으므로, 진식의 정자를 취성정이라 이름하게 되었다. 그 정자는 영천潁川에 있었으니, 그곳은 곧 현재의 복건성 건양시建陽市 고정촌考亭村이다. 오대 남당 때 황자릉黃子稜이 이곳에 정자를 지어 죽은 아버지의 무덤을 멀리 바라보며 '망고정望考亭'이라 한 데서 그 지명이 있게 되었다. 주희는 그곳에 창주서원을 건립했는데, 사후에 고정이라는 사액을 받았다. 주희는 생전에 취성정의 그림을 그린 병풍을 만들어 거기에 서문과 함께 「취성정화병찬聚星亭畫屛贊」을 지었다. 정조가 취성정을 운위한 것은 고결한 선비가 많이 모인 것을 경하하려는 뜻에서가 아니라, 스스로 진식처럼 고결한 인품을 도야하겠다는 뜻에서인 듯하다. 주희는 「취성정화병찬」에서 "아, 진 선생은 신령스런 산악이 빼어난 기운을 모아 낳았으니, 글은 깊고 규범은 아름다우며 도는 넓고 마음은 공평했도다. 성세에는 올곧게 행동하고 쇠한 시기에는 말을 공손히 하여, 말거나 펼침을 나 자신으로부터 시작했네. 이것을 두고 도에 가까웠다 하겠으니, 무조건 가함도 없었고 무조건 불가함도 없었다. 몸을 바쳐 대중을 편안케 하고, 환관을 조문하고 나라를 온전케 했다네. 방촌이 환히 밝아서, 가을달이며 차가운 강물 같았도다[猗歟陳子! 神嶽鍾英. 文淵範懿, 道廣心平. 危孫汙隆, 卷舒自我. 是曰庶幾, 無可不可. 獻身安衆, 弔竪全邦. 烱然方寸, 秋月寒江]"라고 했다.

## 2.

정조의 의도에 따라, 김홍도는 제1~5폭까지 산수를 군주의 수양 공간으로 시각화하고, 제6~8폭에서는 군주가 백성들을 새롭게 진작시킨[新民]

결과를 구상화했다.[12]

제1폭 〈사빈신춘도〉는 망실되었으나 정조의 차운시로 볼 때 '격물格物'의 뜻을 주희의 「춘일春日」에서 취해 왔음을 알 수 있다. 김홍도는 주희가 봄날 공자의 강학처였던 사수泗水 가를 거닐면서 소요하는 모습을 그렸을 것이다.

| | |
|---|---|
| 멋진 날 사수 가 꽃을 심방하니 | 勝日尋芳泗水濱 |
| 가없는 풍물이 일시에 새로워라. | 無邊風物一時新 |
| 등한히 봄바람의 면목을 알았나니 | 等閒識得春風面 |
| 천만 가지 자색 홍색이 모두가 봄. | 萬紫千紅摠是春 |

물리의 겉과 속, 정세함과 거침에 온전히 이르지 않음이 없다.

物理之表裏精粗無不到

제2폭 〈춘수부함도〉는 '치지致知'의 뜻이다. 주희가 복건성 우계尤溪의 정의재鄭義齋 관사에서 읊은 「관서유감觀書有感」 2수 중 제2수에서 취해 왔다. 봄물이 불어나 강물 위로 큰 군함이 자재하게 운행하는 것을 중심에 두고 주희가 차양 친 배 안에서 그것을 바라보는 모습을 그렸다.

| | |
|---|---|
| 지난밤 강가에 봄물이 불어나더니 | 昨夜江邊春水生 |
| 큰 배도 터럭같이 가볍구나. | 艨衝巨艦一毛輕 |
| 지난날은 밀어 옮기는 힘을 허비하더니 | 向來枉費推移力 |
| 이날은 강 복판에서 자재하게 떠가네. | 此日中流自在行 |

12 김선경(2016), 「金弘道의 〈朱夫子詩意圖〉 硏究」, 서울대학교 석사학위논문.

의리가 원숙해진 때에는 앎이 절로 이르러서 자연히 좋다.

義理熟時, 知自致而自然好

제3폭 〈만고청산도〉는 '성의誠意'의 뜻이다. 주희가 호적계胡籍溪(1086~1162)에게 안부를 여쭈면서 지은 시 「호적계에게 부치다[寄胡籍溪]」에서 취해 왔다. 정조는 평소 이 시에 대해 "예부터 전해 내려온 심법을 주자가 이미 그대로 본받은 데다가, 모든 시냇물에 비치는 밝은 달을 가져다가 사람에게 비쳐 주어 각자 자기 덕을 밝히게 하고자 한 것이니, 도의 책임을 져서 자중하는 뜻을 보인 것이다"[13]라고 각별한 해설을 붙였다. 정조가 1798년 12월 연거燕居에 '만천명월주인옹萬川明月主人翁'이라고 자호를 써서 붙인 뜻이 여기에도 드러나 있다.

| | |
|---|---|
| 둥근 창 앞 푸른 산이 병풍을 이뤄 | 甕牖前頭翠作屛 |
| 저녁나절 마주해서 의태를 고요히 하네. | 晩來相對靜儀形 |
| 뜬구름이야 한가롭게 펴지거나 말리거나 | 浮雲一任閒舒卷 |
| 만고 청산은 이렇게 푸르러라. | 萬古靑山只麼靑 |

성의라는 것은 마음이 주재하여 동과 정에 통하는 것이다.

誠意者, 有主宰而通動靜

〈만고청산도〉는 오른쪽 위에서 왼쪽 아래로 이어지는 대각선 구도를 중심으로 아래의 구름 위로 여러 삼각봉을 중첩시키고, 먼 산들은 실루엣

13 「羣書標記」4 御定4 雅誦, 『弘齋全書』 卷182. "寄胡籍溪者, 千古心法, 夫子旣儀刑之, 而又將萬川之明月, 要與人各明其德, 以示任道自重之義也."

만 묘사하고 윤곽선을 덧댔다. 산이 화면의 대부분을 차지하게 하여, 산의 정靜을 극대화시킨 것이다.

한편 정조의 화운은, 봄이 되어 민둥산의 우산牛山도 생명의 기운을 얻게 되리라고 희망했다. 우산은 제齊나라 동남쪽에 있던 산이다. 『맹자』「고자告子·하」에서 맹자는 사람의 인의로운 마음이 훼손되는 것을 우산의 초목이 도끼나 소, 양 때문에 훼손되는 것에 비유한 바 있다.

| | |
|---|---|
| 옥 자물쇠 금 빗장 지르듯 병풍 한 첩 둘러놓고 | 玉鑰金關一疊屛 |
| 주인옹은 한가로이 앉아 무형을 바라보네. | 主翁閒坐視無形 |
| 봄 되자 품물마다 생명의 빛 띠었으니 | 春來物物皆生色 |
| 민둥산인 우산 풀나무도 차츰 푸르리라. | 就次午山草樹青 |

제4폭 〈월만수만도〉는 '정심正心'의 뜻이다. 주희가 1184년 무이산武夷山에 정사精舍를 경영하고 9곡을 차례로 노래한 「무이도가」 가운데 제4곡에서 빌려 왔다. 무이산의 4곡에는 대장봉大藏峰과 선조대仙釣臺가 마주하고 있으며, 대장봉 아래에 금계동金鷄洞의 굴이 있다.

| | |
|---|---|
| 넷째 굽이는 동서 양 편에 바위벽이 있어 | 四曲東西兩石巖 |
| 바위꽃이 이슬 드리워 검푸른 모포 같아라. | 巖花垂露碧氍毿 |
| 금계 울음 그친 후 사람은 보이지 않고 | 金雞叫罷無人見 |
| 달은 산에 가득하고 물은 못에 가득하다. | 月滿空山水滿潭 |
| 정심은 바로 혼매하고 산란함이 없는 것이다. | 正心只是無昏昧散亂 |

제5폭 〈백운황엽도〉는 전하지 않는다. 『대학』의 '수신修身'을 주제로 하

여, 주희가 숭안현崇安縣 서암산瑞巖山으로 향하는 길목에서 지은 시 「서암산 들어가는 길에[入瑞巖道間]」에서 화제를 취했을 것이다.

| | |
|---|---|
| 맑은 계곡 흘러서 푸른 산머리 지나니 | 清溪流過碧山頭 |
| 하늘 선명하고 물이 맑아 온통 가을빛. | 空水澄鮮一色秋 |
| 붉은 세속 먼지 완전히 끊고 삼십 리 | 隔斷紅塵三十里 |
| 흰 구름 누런 잎과 함께 유유하여라. | 白雲黃葉共悠悠 |

(선악의) 기미를 잘 살펴서 오벽을 없애면 몸은 절로 닦여진다.

審其幾而無五辟則身自修

웅화는 수신을 『대학장구』 전 8장에서 말한 오벽五辟의 제거에서 찾았다. 정조는 '붉은 세속 먼지 완전히 끊는 것'을 오벽의 제거라고 보았다. 오벽이란 지나치게 가까이하고 사랑함[親愛], 지나치게 천시하고 미워함[賤惡], 지나치게 두려워하고 존경함[畏敬], 지나치게 슬퍼하고 불쌍히 여김[哀矜], 지나치게 오만하고 게으름[敖惰]이다.

제6폭 〈생조거상도〉는 '제가齊家'의 주제를 주희의 「어머니 생탄일에 장수를 빌다[壽母生朝]」에서 찾았다. 그림을 보면, 주희가 어머니 축씨祝氏의 생신을 맞아 술을 올리고 장수를 기원하고 있다.[14]

| | |
|---|---|
| 삼가 생탄일에 한 잔 술 올리오니 | 敬爲生朝擧一觴 |
| 짧은 노래이지만 끝난 뒤에도 뜻이 깁니다. | 短歌歌罷意偏長 |

14 정조는 효를 특히 강조했다. 혜경궁 홍씨의 생일이 음력 1월 21일이었으므로, 정조가 이 세화를 그리게 할 때 '제가(齊家)'의 주제를 '어머니의 생신'과 연계시켰을 가능성이 있다. 김선경(2016), 「金弘道의 〈朱夫子詩意圖〉 研究」, 서울대학교 석사학위논문, 65쪽, 주167.

부디 오래 사시고 자손들도 다복하여 願言壽考宜孫子
검은 머리 홍안으로 환락이 영원하시길 빕니다. 綠鬢朱顔樂未央

제가의 근본은 부모님께 공순함에 있다. 齊家之本, 在父母其順

제7폭 〈총탕맥반도〉는 주희의 시라고 전하는 「딸 채씨부 집에 머물며[女蔡氏婦家留]」에서 '치국治國'의 주제를 찾았다. 그림은 밥상을 마주하고 주희가 딸 채씨부와 대화를 나누는 모습이 들창을 통해 보이도록 설정했다. 또한 오동나무, 괴석, 파초 등을 배치하여 집안의 개결함을 상징했다.

팟국에 보리밥이 제격이군 葱湯麥飯兩相宜
파는 단전을 기르고 보리밥은 요기되어. 葱養丹田麥療飢
이 가운데 자미가 옅다고 마오 莫道此中滋味薄
앞마을에는 밥 못 짓는 이도 있다 하니. 前村猶有未炊時

문왕은 백성 보기를 아프지나 않나 여기듯이 하여 백성들 가운데 얼거나 주린 이가 없었다. 文王視民如傷而無凍餒

「딸 채씨부 집에 머물며」 시는 『주자대전』에는 실려 있지 않다. 장일규蔣一葵의 『요산당외기堯山堂外紀』에 따르면, 주희가 사위 채침蔡沉의 집에 갔다가 사위는 만나지 못하고 딸이 차려 준 팟국과 보리밥을 먹고 나오다가 시를 지어 준 것으로 되어 있다. 「주자행장朱子行狀」을 보면, 주희의 딸은 다섯으로, 셋은 각각 임계 현령臨溪縣令 유학고劉學古, 주관박주명도궁主管亳州明道宮 황간黃幹, 진사 범원유范元裕에게 시집갔고, 두 딸은 일찍 죽었다. 이미 이익은 『성호사설』에서 『요산당외기』의 허랑함을 비판한 일이 있다. 하지만 정조는 필기소설의 설을 믿고 이 시를 주희의 시로 여긴 것이다. 정조는 세손 때부터 『요산당외기』를 즐겨 읽어 홍국영에게 말을 들은 적이 있다.

제8폭 〈가가유름도〉는 '평천하平天下'의 주제를 주희의 「석름봉, 경부(장식)의 시에 차운하다[石廩峰次敬夫韻]」 시와 연계시켰다. 마당에 멍석을 깔고 키질하는 사람, 아기에게 젖 먹이는 여인 등 여러 인물 군상을 통해 가을걷이로 바쁜 농민들의 활기찬 모습을 그려 보였다.

| | |
|---|---|
| 일흔 두 봉우리 모두 하늘을 찌르되 | 七十二峯都揷天 |
| 석름이란 봉우리가 예로부터 이름 높아라. | 一峯石廩舊名傳 |
| 집집마다 이렇게 높은 곳집이 있다면 | 家家有廩高如許 |
| 인간세상에 쾌활한 풍년 들어 좋으리라. | 大好人間快活年 |

백성이 부유하면 예의가 행해져서 천하가 잘 다스려진다.

民富則禮義措而天下平

석름봉은 호남성 형산衡山에 있는 봉우리로, 쌀을 쌓아 둔 모습을 닮았기 때문에 종종 시의 소재가 되었다. 우리나라 거제도와 주왕산에도 '석름봉'이란 지명이 있다. 노적봉露積峰과 같은 의미이다.

## 3.

정조는 주희의 시론을 기준으로 삼아 조선의 시풍을 규격화하려 했다. 이때 두보와 육유陸游(1125~1209)의 시를 모범으로 삼을 것을 권했다.

육유는 자가 무관務觀, 호가 방옹放翁으로, 남송의 효종이 즉위한 후 진사 자격을 얻었다. 장준張浚이 후금 정벌에 실패하고 지방으로 전출되자,

그의 주전론을 지지했던 육유도 강서성 융흥부隆興府의 통판通判을 그만두고 4년간 고향 가까이 삼산三山에 거처했다. 1170년 지금의 중경重慶인 기주夔州의 통판에 임명되어 5개월간 장강을 거슬러 올라가면서 『입촉기入蜀記』를 작성했다. 그 후 왕염王炎의 초청으로 사천 선무사사四川宣撫使司가 되었으나, 왕염이 중앙에 불려 간 후에는 촉 땅을 전전하여야 했다. 1179년 강서성 무주撫州의 지사가 되어 홍수 때 관청의 곡물로 주민을 구제했는데, 관곡을 전용한 죄로 면직되어 20년 가까이 고향에 머물렀다. 1186년 절강성 엄주嚴州의 지사로 부임했다가 임기를 마치고 비로소 중앙으로 복귀했다. 하지만, 효종의 뒤를 이어 광종이 즉위한 후, 평소 주전론의 직언이 많았고 '풍월風月을 조영嘲詠했다'는 이유로 파면되었다. 영종 때 한탁주韓侂冑의 추천으로 실록원 동수찬동수국사實錄院同修撰同修國史가 되었다. 86세로 세상을 떴다.

정조는 재위 22년인 1798년 7월에 『두율분운杜律分韻』 5권(정리자, 생생자)과 『육률분운陸律分韻』 39권을 내사內賜했다. 정조는 하교하길, "『시경』 삼백 편의 남은 뜻을 후세의 글 잘하는 문사에서 구하면 오직 두보와 육유가 가까우며, 그들의 율시는 더욱 훌륭하다. 지금 두 사람을 표창함은 시속을 바로잡아 바른 시악詩樂으로 되돌리고자 함이다"라고 했다. 이듬해(1799) 이문원摛文院의 고문관考文館에서 『두율분운』과 『육률분운』을 기초로 두보 율시와 육유 율시를 각각 500수씩 가려 뽑아 『두육천선杜陸千選』 8권을 편찬해서 생생자로 간행하여 12월에 내사했다. 또한 이해 주희의 시를 모아 정유자(임진자)로 『아송』 8권을 간행했다. 정조가 두보와 육유의 시를 높이 평가한 것은 주희의 시론에서 영향을 받은 것이 분명하다. 주희는 당나라 시인 가운데서는 두보를 유일하게 높이 평가하고, 같은 시대 인물 가운데서는 육유가 화평하고 수미粹美하여 승평(태평)의 기상이

있다고 인정했다.[15]

간송미술관 소장 〈기려원유도騎驢遠遊圖〉(종이에 수묵담채, 28×78cm)에는 육유가 남송 건도乾道 8년(1172)에 지은 칠언 절구 「검문 가는 도중에 가랑비를 만나[劍門道中遇微雨]」가 왼쪽에 적혀 있고, 오른쪽에는 강세황의 평어가 쓰여 있다. 육유의 시는 이러하다.

| | |
|---|---|
| 옷에 흙먼지와 술 자국 더러워라 | 衣上征塵雜酒痕 |
| 먼 유람길 어디인들 상심하지 않으랴. | 遠游無處不消魂 |
| 이 몸이야 정녕 시인이 아니런가 | 此身合是詩人未 |
| 가랑비 맞으며 나귀 타고 검문관을 들어선다. | 細雨騎驢入劍門 |

정진征塵은 여행자가 들쓰는 흙먼지를 말한다. 전장의 먼지가 아니다. 주흔酒痕은 술이 옷에 떨어져 이룬 술 자국을 말한다. '무처불소혼無處不消魂'은 이중부정문으로, 어디 간들 소혼消魂한다는 말이고, 소혼은 상심傷心과 같다. '차신합시시인미此身合是詩人未'는 꼬리에 부정어를 둔 의문문으로, "이 몸은 시인이다, 그렇지 않은가?"라고 하는 뜻이다. '合是'는 '당연히 ~이다'의 뉘앙스를 나타낸다. 여행길은 어디고 고달프고 기분이 처지기 마련이니, 흙먼지와 술 자국만 옷에 남아 있을 따름이다. 게다가 지금 험준한 잔도棧道를 거쳐 검문관으로 들어가야 하는데 가랑비마저 내려 몰골

15 『정조실록』 23년 12월 28일 기사. "杜陸千選成. 上以詩道係於治敎之汚隆, 而近代之詩, 一就噍殺, 思所以返之古淳. 旣選朱子詩爲雅誦. 又以朱子於唐, 獨取杜工部詩, 陸務觀與朱子同時, 而朱子許以和平粹美, 有中原昇平氣像, 曰: '當今之時, 求古之世, 敎其民而化其俗, 捨杜·陸, 奚以哉?' 及選杜律五七言五百首, 陸律五七言五百首, 凡八編, 名之曰 杜陸千選, 鑄字所印進, 頒賜諸臣."; 심경호(1999), 『조선시대 한문학과 시경론』, 일지사; 田娟(2018), 「조선 문인의 陸游 인식에 끼친 朱熹의 영향」, 『대동문화연구』 103, 성균관대학교 대동문화연구원, 63~89쪽.

이 초라하다. 하지만 나는 모든 것을 시의 소재로 삼는 시인이 아니랴, 이렇게 생각하고 여행의 고달픈 정경마저 시로 읊어 본다는 뜻이다.

〈기려원유도〉는 또한 동아시아 예술에서 계보를 이룬 '기려(나귀 탐)'의 의상을 활용한 그림이다. 중국 시인과 기려의 관계는 완적阮籍에서 시작되었다. 「문사전文士傳」에 의하면 완적이 동평 태수東平太守 자리를 얻으려 하자 진晉 문제는 그 뜻을 따라 주었는데, 완적은 나귀를 타고 곧바로 군에 이르렀다가 십여 일 만에 나귀를 타고 떠났다. 이후 당나라 맹호연孟浩然은 눈 내리는 날 나귀 등에서 시구를 찾았고, 두보는 나귀 타고 삼십 년을 지냈으며, 가도는 나귀 등에서 퇴고했고, 이하는 나귀를 타고 가며 시구를 찾았으며, 정경鄭綮은 파교灞橋의 풍설 속에 나귀 위에서 시상을 떠올랐다. 나귀는 시인 특유의 탈것이었고, 기려는 시인의 청고한 심지의 상징이었다. 마침내 남송의 육유는 「검문 가는 도중에 가랑비를 만나」 시에서 "이 몸은 정녕 시인인가 아닌가? 가랑비 속에 나귀 타고 검문으로 들어간다[此身合是詩人未? 細雨騎驢入劍門]"라고 되뇌었다.

중국 남경대학 장보웨이張伯偉 교수는 유복렬劉復烈 편찬 『한국회화대관』 130책에 수록된 760폭의 역대 회화를 조사하여 조선 회화에 기려 의상이 나타난 사례를 다음과 같이 열거했다.[16]

① 신잠申潛(1491~1554)의 〈설중기려도雪中騎驢圖〉. 한 사람이 눈 속에 나귀를 타고 다리를 건너고 있고 고목과 첩첩 바위가 있으며, 설산의 사이에 폭포가 흘러내려 화면의 추운 기색을 더한다.

16 장보웨이(張伯偉), 심경호 역(2017), 「동아시아 문화 의상의 형성과 변천—문학과 회화의 기려(騎驢)와 기우(騎牛)를 중심으로」, 『동아시아 한문학 연구의 방법과 실천』 제5부, 고려대학교출판부.

② 김명국金明國(1600~1662?)의 〈심산행려도深山行旅圖〉·〈기려인물도騎驢人物圖〉·〈설중귀려도雪中歸驢圖〉. 국립중앙박물관 소장 〈설중귀려도〉는 한 사람은 나귀를 타고 가고 동자가 그 앞에 서낭을 지고 가는 광경을 그렸다.

③ 조세걸曺世杰(1635~1705)의 〈기려임교도騎驢臨橋圖〉. 조세걸이 그린 〈곡운구곡도〉 화면에는 김수증이 나귀를 타고 가고 소는 잠들어 있는 모습이 있다.

④ 심사정沈師正(1707~1769)의 〈파교심매도灞橋尋梅圖〉. 한 인물이 나귀를 타고 다리에 임해 있으며 동자 하나가 뒤에 따르고 있다.

⑤ 강세황의 〈여배멱구도驢背覓句圖〉. "시는 나귀 위에 있다. 계미년 광지가 쓰다[詩在驢背上, 癸未光之寫]"라고 자제自題했다.

⑥ 최북의 〈패곡심매도霸谷尋梅圖〉. 고려대학교박물관 소장. 한 사람이 다리 위에서 나귀를 타고 앞으로 나아가 매화를 찾는데, 한 동자가 뒤를 따른다. 신광수申光洙(1712~1775)의 「최북의 〈설강도〉 노래[崔北雪江圖歌]」에도, "부디 내가 올 때 강에 눈이 내리던 그림을 그려 주시게, 두미협과 월계에 절름거리는 나귀를 타고 왔다오. … 하필 파교와 고산에서 외롭게 읊으랴. 눈 속에 다만 맹처사(맹호연)과 임처사(임포)를 그리면 되오[請君寫我來時雪江圖, 斗尾月溪騎蹇驢. … 何必灞橋孤山孤. 雪裏但畫孟處士·林處士]"라고 했다.

⑦ 김홍도의 〈기려청앵도騎驢聽鶯圖〉. 간송미술관 소장.

⑧ 김수규金壽奎의 〈산수도〉·〈기려방우도騎驢訪友圖〉. 유복렬 소장 〈산수도〉는 한 사람이 나귀를 타고 다리를 지나가고 있고 한 동자가 뒤를 따른다. 덕수궁미술관 소장 〈기려방우도〉를 '기마방우도騎馬訪友圖'라고 부르는 것은 잘못이다.

⑨ 이수민李壽民(1783~1839)의 〈설산기려도雪山騎驢圖〉. 일본 용흥각龍興閣 소장. 신미년(1811) 조선통신사가 가지고 가서 일본에 준 물품이다. 호연히 나귀를 타고 가고, 동자가 시낭을 등에 지고 따르며 두 산 사이에 폭포가 날아 쏟아진다.

⑩ 백은배白殷培(1820~1901)의 〈강안기려도江岸騎驢圖〉.

⑪ 함대영咸大榮(1826~?)의 〈설중방매도雪中訪梅圖〉. 나귀를 타고 다리를 건너고 있고, 동자가 뒤를 따른다.

⑫ 정안복의 〈파교건려도灞橋蹇驢圖〉.

장보웨이 교수는 또한 한국문집총간과 한국문집총간속續 약 1천여 종의 문집을 고찰하여 고려·조선에는 문인이 나귀 탄 모습을 그린 그림이 대량으로 있었음을 확인했다. 그리고 중국과 일본의 경우와 비교함으로써, "조선은 중국시와 중국화의 각기 다른 전통을 수용하여 문학은 정치에 관계하고 회화는 자신의 한정閑情과 일치逸致를 표현했다. 그것이 조선 문학은 '기우' 의상을 자기 특징으로 하지만 회화는 '기려' 의상을 위주로 하게 된 중요한 원인이다"라고 결론지었다. 김홍도의 〈기려원유도〉는 확실히 한정과 일치를 표현해 내었다.

그런데 김홍도가 이 그림을 그린 때는 경술년 청화, 즉 1790년 4월로 당시 46살이었으며, 큰 병을 앓은 끝에 몸을 추스르고 있었다. 당시 이미 78살이던 강세황은 김홍도가 병마를 이기고 정세한 그림을 그려 보낸 것에 감동하고 그 화법이 옛 명가들과 우열을 다투어도 좋을 만하다고 칭찬하여 다음 평어를 그림에 부쳤다.

사능이 중병에서 일어나 마침내 이 정세한 공부를 할 수 있으니, 오래 묵은 병이 쾌차되었음을 알 수가 있기에, 마치 얼굴을 직접 대하는 듯이 기쁘고 마음이 놓인다. 게다가 필세가 공교롭고 오묘하여 곧바로 옛사람과 서로 갑을을 따질 만하여, 더욱 쉽게 얻을 수 있는 것이 아니므로, 상자 속 깊이 간직해야 할 것이다. 경술년 청화(4월) 표옹이 쓰다.

士能重病新起, 乃能作此精細工夫, 可知其宿疴快復, 喜慰若接顔面. 況乎筆勢工妙, 直與古人相甲乙, 尤不可易得, 宜深藏篋笥也. 庚戌清和, 豹翁題.

김홍도는 비록 정조의 명으로 〈주부자시의도〉 8폭을 그렸고, 육유의 칠언 절구의 뜻을 취하여 〈기려원유도〉를 그렸지만, 그가 주희의 성리학이나 주희의 시론에 동조했는지는 잘 알 수 없다. 다만, 〈기려원유도〉를 보면 반드시 육유의 우국의 뜻만 높이 평가한 것은 아닌 듯하다. 김홍도는 육유가 시인으로서의 자각을 분명히 드러낸 것에 깊이 공감했을 것이다. 그리고, '나는 삶의 고달픔을 이겨 내고 그림에 정신을 쏟아붓는 화가가 아닌가!' 이렇게 되뇌었을 법하다.

# 강세황의 김홍도 그림 평어

## 1.

표암 강세황은 김홍도의 그림을 사랑하여 김홍도의 화폭에 여러 제화를 남겼다. 김홍도가 46세 되던 1790년 4월 〈기려원유도〉를 그려 보내자, 78살이던 강세황은 김홍도가 병마를 이기고 정세한 그림을 그려 보낸 것에 감동하고 그 화법이 옛 명가들과 우열을 다툴 만하다고 칭찬했다. 이것은 바로 앞글에서 살펴보았다.

이보다 앞서 1786년(정조 10) 5월 김홍도는 안기 찰방에서 돌아와 도화원에 복귀하고 '단원'이라는 호를 사용했는데, 이때 강세황에게 기념으로 글을 써 달라고 했다. 그러자 강세황은 「단원기檀園記」를 써 주어, 자신이 김홍도와 '나이도 잊고 지위도 잊고 사귀는 사이[忘年忘位之交]'라고 밝혔다.

강세황은 이 「단원기」를 개고했다. 그래서 『표암유고』에는 「단원기」가 2편 실려 있다. 그 둘의 차이는 무엇인가?

첫 번째 「단원기」는 '단원'이라는 호에 대한 풀이인 호설이다. 두 번째 「단원기」는 김홍도의 일생을 개괄하는 작은 전傳, 즉 소전小傳이다.

이 첫 번째 「단원기」에서 강세황은 김홍도가 안기 찰방에서 돌아온 1786년 이후 명나라 이유방의 호를 계승하여 '단원'이란 호를 사용하기 시작했다고 썼다. 이것은 사실과 맞지 않는다. 1781년 여름 서유구徐有榘, 남공철, 서노수徐潞修 등의 세검정 관창觀漲 때 김홍도가 그림을 그렸는데, 그 그림에 대해 서유구가 「제세검정아집도題洗劍亭雅集圖」를 쓰면서 김홍도를 '단원'이라 불렀기 때문이다.[17] 강세황의 기억 착오일 것이다. 하지만 '단원'이란 호가 이유방의 호에서 따왔음을 말한 것을 두고 거짓이라고 부정할 근거는 없다. 강세황은 '단' 자에 대해 천착하지 않고 김홍도의 평소 행적을 서술하여 김홍도의 청에 부응한다고 했다. 그러면서 김홍도가 이유방의 호를 자신의 호로 삼은 뜻은, 이유방의 고상하고 맑은 인품과 기묘하고 우아한 그림을 사모하고 칭송하는 데 있을 뿐이라고 밝혔다. 강세황은 김홍도에 대해 "성품이 거문고와 대금의 우아한 음을 좋아하여 꽃피고 달 밝은 저녁이면 때때로 한두 곡조를 희롱하여 스스로 즐겼다[性且喜琴笛雅音, 每當花月之夕時, 弄一兩操以自娛]"라고 썼으니, 그 인품이 이미 이유방의 경지에 이르러 있다고 분명히 말한 것이다. 그런데 이 글에서 강세황은 호설의 범위를 넘어서서, 김홍도가 회화의 영역에서 독특한 개성과 재능을 발휘하고 있다는 사실을 자세하게 밝혔다. 곧, 첫 번째 「단원기」는 김홍도가 회화사에서 이룩한 경지를 크게 평가했다.[18]

17 오주석(2006), 『단원 김홍도』, 솔, 204쪽.

그런데 이유방이 누구이기에 김홍도가 그의 인품과 예술 취향을 칭송했단 말인가? 이에 대해서는 시원하게 논한 글이 없는 듯하다.

이유방은 명나라 말 가정嘉定에서 태어났다. 학문과 시문에 뛰어나서, 함께 가정에서 태어나 역시 학문과 시문에 뛰어났던 당시승唐時升, 누견婁堅, 정가수程嘉燧 등과 함께 '가정 제자嘉定諸子'라고 일컬어졌다. 자는 장형長衡 혹은 무재茂宰이다. 호는 단원 이외에 향해香海·고회당古懷堂·포암泡庵 등을 사용했으며, 만년에는 신오거사愼娛居士·육부도인六浮道人이라고 일컬었다. 산수화에 능해서 오위업吳偉業(1609~1671)으로부터 화중구우畫中九友의 한 사람이라는 칭호를 받았다. 서법書法에도 능했다. 저술로 『단원집檀園集』이 있고, 별도로 『가정사선생집嘉定四先生集』도 있다. 이유방은 목재牧齋 전겸익錢謙益(1582~1664)[19]과 이야기하다가 "맹양(정가수)이 시를 읊으

18 "古今畫家, 各擅一能, 未能兼工. 金君士能生於東方近時, 自幼治繪事, 無所不能. 至於人物山水, 仙佛花果, 禽蟲魚蟹, 皆入妙品. 比之於古人, 殆無可與爲抗者. 尤長於神仙花鳥, 已足鳴一世而傳後代. 尤善於摸寫我東人物風俗. 至若儒士之攻業, 商賈之趍市, 行旅閨闈, 農夫蠶女, 重房複戶, 荒山野水, 曲盡物態, 形容不爽, 此則古未嘗有也. 凡畫者皆從絹素流傳者, 而學習積力, 乃可髣髴, 而創意獨得, 以至巧奪天造, 豈非天賦之異, 迥超流俗耶? 古人謂: '畫鷄大難, 畫鬼神易.'以其目所易見者, 不可杜撰瞞人也. 世俗莫不驚士能之絶技, 歎今人之莫及, 於是求者日衆, 至於縑素堆積, 督索盈門, 至不暇於寢啖焉. 英廟朝圖繪御眞也, 士能被召相役. 又於當宁朝, 承命寫御容, 大稱旨, 特授督郵之任. 歸而治一室, 凈掃庭宇, 雜植嘉卉, 軒楹瀟灑, 一塵不起. 牀几之間, 惟古硯精毫, 佳墨霜絹而已. 乃自號檀園, 要余作記. 余惟檀園, 乃明朝李長蘅之號也. 君之襲以爲己有者, 其意何在? 不過慕其文士之高朗, 繪事之奇雅而已. 今者士能之爲人, 眉目姣秀, 襟懷脫灑, 見者皆可知爲高雅超俗, 非閭巷庸瑣之倫. 性且喜琴笛雅音, 每當花月之夕, 時弄一兩操以自娛, 卽無論其技藝之直追古人, 風神軒軒霞擧, 可以求於晉宋間高士. 若方之於李長蘅也, 則已遠過而無不及矣. 顧余老朽, 曾與君爲圖署之同寀, 每有事, 君輒悶其衰而代其勞, 此尤余所不能忘. 近日得君之畫者, 輒就余求一二評跋, 以至於大內之屛幛卷軸, 亦或有拙字之題後. 君與余, 雖謂之忘年忘位之交可矣. 余於記檀園不能辭, 亦不暇就園之號而着語, 畧叙君平生以應之. 昔人以醉白堂記, 謂韓白優劣論嘲之. 今此記, 人或不以李金優劣論誚我耶? 余與士能交, 前後凡三變焉. 始也士能垂齠而遊吾門, 或奬美其能, 或指授畫訣焉. 中焉同居一官, 朝夕相處焉. 末乃共遊藝林, 有知己之感焉. 士能之求吾文, 不於他必於余者, 亦有以也."

19 전겸익은 명나라 만력(萬曆) 38년인 1610년 진사에 오른 뒤 한림원 편수(翰林院編修)에 제수되고

며 그림 그리는 것을 보는 것이 나의 평소 가장 유쾌한 일이다[看孟陽吟詩作畫, 此吾生平第一快事]"라고 하자, 전겸익이 "나는 두 가지 유쾌한 일이 있다. 그것은 그대와 맹양을 함께 보는 일이다[吾却有二快, 兼看兄與孟陽耳]"라고 대꾸했다고 한다. 1606년(만력 39, 병오)의 거인擧人이지만 진사가 되지는 못했다. 위충현魏忠賢이 정치를 어지럽히자 마침내 벼슬에 대한 뜻을 끊고, 단원을 조성하고 그 속에서 글을 읽었다.[20] 서화가 동기창은 "그 인물은 천고의 인물이요, 그 예술은 천고의 예술이다[其人千古, 其藝千古]"라고 극찬했다.

이유방의 『단원집』 권4에 「단원을 작게 지어 이루어지자 큰형이 시로 낙성의 기념을 표했으므로 차운하여 회포를 말한다[小葺檀園初成伯氏以詩落之次韻言懷]」 시가 있다.

담을 짧게 쌓아 고작 어깨 높이요　短築牆垣僅及肩
산골 물 뚫어 샘에 쏟아지게 하고는,　多穿澗壑注流泉
푸른 산 빛을 창 안으로 들이고　放將蒼翠來窻裏
맑은 솔뢰를 베갯머리에 거두네.　收取清泠到枕邊
쓸데없는 세간 욕망을 무어 추구하랴　世欲何求休汗漫
나의 참본성을 귀하게 여기며 소요하여,　我眞可貴且周旋
감실 하나 두어 백련사를 본뜨나니　一龕尙擬追蓮社

『신종실록(神宗實錄)』 편찬에 참여했다. 예부 상서로 있다가 청나라에 들어와 예부 시랑으로서 『명사(明史)』 편찬의 부총재가 되었다. 1646년(순치 3) 병을 핑계 대고 귀향했으며, 1648년 반청 운동에 연루되어 구속되었다가 출옥한 뒤 반청복명(反淸復明)의 비밀결사에 참여했다. 우산시파(虞山詩派)의 영수가 되었으며, 오위업(吳偉業), 공정자(龔鼎孶)와 함께 강좌 삼대가(江左三大家)의 한 사람으로 칭해졌다. 『초학집(初學集)』, 『유학집(有學集)』, 『목재집(牧齋集)』 등의 저작이 있다. 조선 후기에 고문가로 추앙되다가, 건륭제에 의해 심술 부정의 인물로 평가 절하되자, 조선 지식인들도 극렬하게 비판했다.

20 『단원집(檀園集)』 권12에 대한 『사고전서총목제요(四庫全書總目提要)』의 평설에 나온다.

속태 버렸기에 산에 살 것 없다네.　　　　不用居山俗已捐

오위업은 『매촌집梅村集』 권6에 「화중구우가畫中九友歌」를 남겨, 명말 청초의 동기창, 양문총楊文聰, 정가수, 장학증張學曾, 변문유卞文瑜, 소미邵彌, 이유방, 왕시민王時敏, 왕감王鑒 등 9인을 논평했다. 그 가운데 이유방을 평한 내용은 다음과 같다.

단원은 저술이 선배들보다 뛰어난데　　　　檀園著述誇前脩
여사인 회화는 영구의 이성李成을 뒤좇아,　　　　丹青餘事追營丘
평생의 서화를 두 배에 실어 두곤　　　　平生書畫置兩舟
산수 경승을 오래오래 감상할 때 이용하네.　　　　湖山勝處供淹留

영구의 이성(919~967)은 송나라 때 산수화가이다. 단원 이유방은 저술이 풍부하며, 회화는 여기餘技일 뿐이어서 산수 경승을 와유臥遊할 때 이용한다고 한 것이다.

한편 강세황의 두 번째 「단원기」는, 김홍도의 당시까지의 행적을 간략하게 적은 소전이다.[21] 곧, 강세황은 김홍도가 "영심靈心과 혜식慧識으로 천

21 "金察訪弘道字士能, 童丱而遊余家, 見其眉淸骨秀, 有非烟火食者氣韻. 早擅絶藝, 院中所稱秦朴卞張, 殆在下風. 凡樓閣山水, 人物花卉, 蟲魚禽鳥, 無不酷肖其形像, 往往有奪天造. 我東四百年, 雖謂之闢天荒可也. 尤長於移狀俗態. 如人生日用, 百千云爲, 與夫街路津渡, 店坊鋪肆, 試院戲場, 一下筆, 人莫不拍掌叫奇. 世稱金士能俗畫是已. 苟非靈心慧識, 獨解千古玅悟, 則烏能爲是哉? 英廟季載, 命畫御眞, 擇一世之善於傳神者, 君實膺焉. 告功敘勞, 拜掌供之官. 時余從仕, 得與君爲寮寀. 向者兒視之者, 今與比列, 余不敢爲嗟卑之恨, 而君則折節愈恭, 輒有與有榮之意焉. 余亦服君之不自多也. 惟我聖上臨御五載, 克追聖祖盛事, 摸畫天日, 必待神手. 縉紳大夫咸曰: '金弘道在焉, 不可他求.' 承恩上殿. 遂與韓監牧宗裕, 祗服丹青之役. 未幾出爲嶺郵馬官. 朝家之錄藝, 固爲曠絶, 而在君亦爲布衣之極也. 秩滿歸仕本院, 時入內閣, 點染淸謙之觀, 外人實所罕知, 而聖明之不棄微陋, 君必

고의 묘오를 홀로 해득하여" 회화에 뛰어나 심지어 속화에도 뛰어났다는 사실, 도화원의 화원으로서 어진 모사에 참여하고 정조의 특별한 지우를 입은 사실을 부각시켰다. 또한 김홍도와 자신의 관계를 상세히 적었다. 그리고 김홍도가 음률에도 방통해 있다는 점, 여러 사람들과 격의 없이 어울리지만 큰 좌절을 겪고 내면에 깊은 생각을 품고 있다는 점을 말했다. 더불어 김홍도가 이유방의 호를 따라 단원이라고 호를 했지만, 원園을 소유하지 않았으므로 호설을 써 주지 못했는데, 이제 이 소전을 지어 방벽에 붙여 두고 보게 하련다고 덧붙였다.

## 2.

강세황은 「단원기」에서, 김홍도가 그림을 그리면 곧바로 자신에게 평발評跋을 요구했고, 심지어 궁궐의 병장屛幛과 권축卷軸에 대해서도 자신이 제후題後를 쓰게 되었다고 밝혔다.

김홍도는 도교 팔선의 한 사람 장과張果를 소재로 〈과로도기도果老倒騎圖〉를 제작했는데, 여기에 강세황의 평어가 있다.

『속신선전續神仙傳』에 따르면, 장과는 장과로라고도 한다. 세상과 함께 생겨난 흰 박쥐(백편복白蝙蝠)의 정精이 화한 존재라서 늙은이 모습이었다. 항주恒州 조산條山에 은거하다가, 측천무후가 부르자 칙사에게 자신이 죽어 썩어 가는 모양을 보였다. 이후 현종의 예우를 받다가 고향으로 돌아

感泣中夜, 不知所以圖報矣. 士能旁通音律, 琴笛韻詞, 極盡其妙, 風流豪宕. 每有擊釰悲歌之思, 慷慨或泣下數行. 士能之心, 自有知者知矣. 聞其居几格淸整, 階塢窈窕. 闤闠之中, 便有出塵想. 世之庸陋齷齪者, 外雖與士能拍肩爾汝, 而亦何能知士能之爲何如人也? 士能常慕李流芳爲人, 移其號曰檀園, 請余爲記. 士能固無園矣, 余不可爲記. 遂叙金弘道小傳, 寄題壁上如此."

가 종적을 감추었다. 흰 당나귀를 타고 다녔는데, 쉴 때는 당나귀를 종잇장처럼 접어 건상巾箱에 넣어 두고, 타려고 하면 물을 뿌려 당나귀로 만들었다. 김홍도는 장과가 당나귀를 거꾸로 타고, 오른손에 죽장을 잡고 왼손에 서적을 펼쳐 든 모습을 그렸다. 장과가 펼쳐 든 책은 장남張楠(1514~?)의 『명리정종命理正宗』이다.[22] 당나귀는 섬세한 선으로 표현하고 장과의 의습선은 억센 필치로 강조했으며, 좌상부에 박쥐를 그렸다. 강세황은 장과의 머리 위에 평어를 써서 이 그림이 김홍도의 최고 득의작이라고 했다. 박쥐 아래에는 조선 말 석초 정안복이 화제를 써넣었다.

【 강세황 평어 】

과로가 종이 당나귀를 거꾸로 타고, 손에는 한 권 책을 들었는데, 눈빛이 행묵 사이로 곧장 쏟아진다. 이것은 사능의 최고 득의작이니, 중국에서 찾는다 해도 역시 쉽게 얻을 수 없다. 표암이 평한다.

果老倒跨紙驢, 手持一卷書, 目光直射行墨間. 此最爲士能得意作, 求之中華, 亦不可易得. 豹菴評.

【 정안복 화제 】

손 안의 신결은 바로 『명리정종』이다. 어떻게 하면 내 말년 신수를 물을 수 있을까? 석초 쓰다.

手裏神訣, 乃命理正宗. 何由叩我暮境契濶? 石樵題.

22 김만태(2017), 「명리원전 『命理正宗』에 함축된 病藥사상 고찰」, 『동양학』 67, 단국대학교 동양학연구원, 169~188쪽.

**그림 42** 김홍도, 〈과로도기도〉, 비단에 수묵담채, 105×63cm, 간송미술관 소장 (보물 제1972호).

그런데 장과로를 소재로 한 김홍도의 기려도로 〈신선도〉라는 화제를 지닌 지본 그림(105×63cm)이 하나 더 알려져 있다. '단구'라는 관서가 있고 주인이 있다. 앞서도 나왔듯이, '단구'는 김홍도 만년의 호이다. 이 그림은 김홍도의 〈과로도기도〉와 구도가 같으나, 나귀의 발 아래 물결을 그려 두고 그 위에 구름을 그렸으며, 박쥐는 화폭 오른쪽 위에 그려 넣었다. 소전체의 제가 있는데, 강세황의 평어와 내용이 같되 마지막에 '실위예원괴보實爲藝苑瑰寶'라는 한 구가 더 있으며, 관서하지 않았다. 앞서의 〈과로도기도〉를 보고 후대 사람이 모작했고, 강세황의 평어를 무단으로 써넣었다고 보아야 하지 않을까?

## 3.

김홍도가 그린 〈서원아집도西園雅集圖〉와 〈해상군선도海上群仙圖〉는 많은 인물들의 표정과 위의를 화폭에 담은 상상도라는 공통점이 있다.

김홍도의 〈서원아집도〉는 6폭 병풍, 전체 122.7×287.4cm의 크기이며, 1778년에 제작한 지본 수묵담채화다. 국립중앙박물관에 있다.

〈서원아집도〉는 북송 영종英宗의 부마 왕선王詵이 수도 개봉開封의 자기 집 서원西園에서 신법당에 반대하는 구법당의 인사들을 모아 동락회同樂會를 베풀었을 광경을 상상으로 그려 내었다. 용면거사 이공린이 그림 그리고 서예가 미불이 찬문을 썼다고 알려져 왔으나, 최근에는 역사 사실과 부합하지 않는다고 보고 있다.[23] 더구나 이공린의 그림은 전하지 않고 미불 작이라는 찬문 법첩만 16세기에 나왔다. 이후 두루마리나 병풍으

23 福本雅一(1990), 「西園雅集図をめぐって」(上·下), 『學叢』, 日本京都国立博物館.

그림 43 김홍도, 〈서원아집도〉 6폭 병풍, 종이에 수묵담채, 각 122.7×47.9cm, 국립중앙박물관 소장.

로 많은 모작이 제작되었다. 명대 구영仇英의 그림이 유명하며, 조선 후기에도 여러 그림이 나왔다. 김홍도의 작품으로는 국립중앙박물관 소장의 6폭 병풍 이외에, 개인 소장의 8폭 병풍, 그리고 선면화가 알려져 있다.

미불 작으로 전하는 「서원아집도기西園雅集圖記」에 따르면, 아회의 참가

자는 왕선을 비롯해 소식, 채조蔡肇, 이지의李之儀, 소철蘇轍, 황정견, 이공린, 조보지晁補之, 장뢰張耒, 정가회鄭嘉會, 진관, 진경원陳景元, 미불, 왕흠신王欽臣, 원통대사圓通大師, 유경劉涇 등의 16인이라고도 하고, 진사도를 넣어 17인이라고도 한다. 시를 읊는 사람, 석상石床에서 휘호를 하는 사람, 병풍 앞 탁상에서 서화를 그리는 사람, 담소하며 현금玄琴을 타는 사람, 동자

를 데리고 석벽에 시를 쓰는 사람, 석교 건너 대나무 숲에서 한담을 하는 사람 등등.

강세황이 1777년 7월에 미불의 「서원아집도기」를 선면에 휘호한 후 김홍도에게 주자, 김홍도는 거기에 그림을 그려서 1778년 8월 역관의 부호 이민식李敏埴(1755~?, 자 용눌用訥)에게 선사했다. 그리고 1778년 가을에 〈서원아집도〉 병풍을 제작했다. 이 그림에는 1778년 9월 김홍도가 쓴 관서가 있고, 같은 해 12월 강세황이 쓴 제화문이 있다.

김홍도는 미불의 「서원아집도기」와 구영의 〈서원아집도〉를 참고로 하되, 화면을 다르게 구성했다. 암벽에 시를 새기는 미불(제3폭), 병풍을 치고 탁상에서 글을 쓰는 소식(제4폭), 〈귀거래도〉를 그리는 이공린(제5폭), 비파를 연주하는 진벽허(제6폭), 설법을 하는 원통대사(제6폭) 등의 모습이 보인다. 그 주위에는 소나무, 버드나무, 파초, 매화나무, 학, 사슴을 배치했다.[24] 오동나무, 학, 사슴을 그려 넣은 것은 길상吉祥의 요소를 덧붙인 것이다. 가리개에는 새가 앉은 대나무가 그려져 있고, 그 옆에 '동파거사東坡居士'라고 쓰여 있어, 그 인물이 소식임을 알려 준다.

강세황의 제화문은 다음과 같다.

> 나는 아집도를 무려 수십 본을 보아 왔지만 마땅히 구십주(구영)가 그린 것으로 제일로 삼아야 한다. 그 밖에는 쇄쇄하여 이루 다 기록할 수가 없다. 지금 사능(김홍도)의 이 그림을 보니, 필세가 빼어나고 씩씩하며, 포치가 적절하고, 인물은 엄연하여 살아 움직이고 있다. 미원장(미불)이 벽에

24 진준현(1999), 『단원 김홍도 연구』, 일지사; 유보은(2009), 「조선 후기 西園雅集圖와 그 다층적 의미—金弘道 작품을 중심으로」, 『미술사학연구』 263, 한국미술사학회.

글씨를 쓰는 것이나 이백시(이공린)가 그림을 제작하는 것이나 소자첨(소식)이 글자를 베끼고 있는 것의 경우에는 어느 것이든 참뜻을 얻지 않은 것이 없으며, 그 사람과 서로 부합한다. 이는 아마도 신묘하게 깨닫고 하늘이 준 재주이니, 구십주의 섬세하고 미약한 것에 비하면 그것보다 월등한 정도에 그치는 것이 아니다. 장차 곧바로 이백시의 원본과 더불어 상하로 각축할 것이다. 우리 동방에서 지금 시대에 이런 신필이 있으리라고는 생각하지도 못했다. 그림은 정말로 원본보다 못하지 않지만, 부끄럽게도 나의 필법은 소루하고 졸렬하여, 미원장에 비길 수가 없어서, 그저 이 그림을 더럽힐 뿐이니, 어찌 관람자들의 비난을 면할 수 있겠는가? 무술년 납월(12월), 표암이 쓰다.

余曾見雅集圖, 無慮數十本, 當以仇十州所畫爲第一. 其外瑣瑣不足盡記. 今觀士能此圖, 筆勢秀雅, 布置得宜, 人物儼若生動. 至於元章之題壁, 伯時之作畫, 子瞻之寫字, 莫不得其眞意, 與其人相合. 此殆神悟天授, 比諸十州之纖弱, 不啻過之. 將直與李伯時之元本上下. 不意我東今世乃有此神筆. 畫固不減元本, 愧余筆法疏拙, 有非元章之比, 秖涴佳畫, 烏能免覽者之誚也? 戊戌臘月, 豹菴題.

한편 〈해상군선도〉 8폭(삼성미술관 리움 소장)은 도교의 신선과 불교의 신들을 주제로 그린 도석인물화인데, 김홍도의 작이라고 알려져 있다. 화면의 끝부분 하단에 '병신춘사丙申春寫'라는 관기款記가 있고, '사능士能'이라는 김홍도의 자가 적혀 있다. 그 아래 백문 방인 '김홍도인金弘道印'과 주문 방인 '사능'이 찍혀 있다. 이 관기에 따르면, 김홍도가 31세 때인 1776년(영조 52) 봄에 그렸다고 추정된다. 〈해상군선도〉는 실은 신선들이 서왕모西王母의 반도회蟠桃會에 초대받고 약수弱水를 건너는 모습을 상상해서 그린 것이다. 8폭의 화면 중단까지 일렁이는 파도를 채운 후 총 40명의 인물과 소, 나귀, 사슴 등 아홉 마리의 동물을 그렸다. 이 그림에는 제화문이 없다.

## 4.

미국 거주의 개인이 소장하고 있다는 김홍도의 〈공원춘효도貢院春曉圖〉는 과거장의 광경을 화면에 담은 작품인데, 상단에 강세황이 소감을 쓰고 백문 방인 '광지光之'를 눌러 두었다. 강세황이 첨지중추부사의 관직에 있었던 1777년경에 사용했던 자인字印이다. 정조 2년 무렵 김홍도가 32세의 나이로 도화서 화원으로 있던 시기에 제작한 것이 된다. 강세황은 김홍도의 그림에 대해 "모사의 오묘함이 하늘의 조화를 무색하게 할 지경이다[摸寫之妙, 可奪天造]"라고 극찬했다.

과거 시험장의 봄날 새벽에 수많은 개미 떼같은 사람들이 백전白戰을 하느라, 혹은 붓을 잠깐 멈추고 골똘히 생각하는 자도 있고, 혹은 시권을 펼쳐서 고열하는 자도 있으며, 혹은 시지를 펼쳐 붓을 내려쓰고 있는 자도 있고, 혹은 서로 만나 얘기하는 자도 있으며, 혹은 행담에 기대어 곤하게 자고 있는 자도 있다. 등불과 촛불은 휘황하고, 사람들 소리는 시끌시끌하다. 모사의 오묘함이 하늘의 조화를 무색하게 할 지경이다. 반평생 이 고통을 실컷 겪은 사람이 이 그림을 대한다면 자기도 모르게 우울해지고 신맛을 느낄 것이다. 표암(강세황).

貢院春曉萬蟻戰, 或有停毫凝思者, 或有開卷考閱者, 或有展紙下筆者, 或有相逢偶語者, 或有倚擔困睡者. 燈燭熒煌, 人聲搖搖. 摸寫之妙, 可奪天造. 半生飽經此困者, 對此不覺幽酸. 豹菴.

강세황은 '과거 시험장의 봄날 새벽에 수많은 개미 떼같은 사람들이 백전을 한다'라고 총술總述한 뒤, 근경에 있는 동접同接들을 중심으로 거자들의 행동을 '혹은 ~하는 자도 있다[或有~者]'의 구문 5개를 이용하여 세밀하게 분술分述했다. 한유가 「화기畫記」에서 '~者'의 구를 이용하여 화폭 속의 말들의 행태를 나열식으로 그려 보인 방식을 따른 것이다.

그림 44 김홍도, 〈공원춘효도〉, 개인 소장.

김홍도는 과거 시험 가운데서 생원과 진사를 뽑는 소과의 광경을 그림으로 그렸다. 소과는 8도의 각 도 관찰사가 주관하여 향시를 초시로 하고, 다음해 봄에 복시를 치렀다. 향시 초시는 매 식년(3년마다 한 번 과거를 시행하는 해) 8월 보름 이후에 실시했다. 그런데 중국의 과거는 전문 시설을 갖춘 공원貢院에서 치르지만 고려와 조선에서는 공공 기관의 넓은 공터를 이용하되 전용 시설을 설치하지는 않았다.

일기가 불순할 때라도 장막을 지급하지 않았으므로 각 접接마다 장막을 가설하여야 했고, 시지試紙에 답안을 쓸 때 다른 사람의 답안을 참조하기도 하고 돌려 가며 베끼기도 했다. 자리를 선점하기 위해 고용된 선접군先接軍, 답안을 대신 작성하는 거벽巨擘, 글씨를 대필하는 사수寫手도 있었다.

김홍도의 〈공원춘효도〉에서 큰 일산 아래 모여 있는 인물들이 바로 접이다. 김홍도는 동접의 여러 인물들이 응시하는 모습을 생동감 있게 묘사했다. 강세황도 제화문에서 과장의 치열한 모습을 연민의 시선으로 바라보았다.

## 5.

김홍도의 〈매해파행도賣蟹婆行圖〉는 어촌의 생활상을 사실적으로 그린 풍속화이다. 포구의 여인들이 성게, 새우, 소금을 광주리와 항아리에 담아 이고 가는 모습을 중심에 두었다. 그 포구는 경기도 안산安山의 소금절이골이라는 설이 있다. 안산은 궁중에 어물을 진상하는 사옹원 분원司饔院分院의 어소漁所가 있을 정도로 서해에서도 특히 어물이 많이 산출된 곳이다. 강세황은 이 그림에 제화문을 써서 바닷가의 광경을 추억했다. 관직에 나가기 전 처가가 있는 안산에서 오래 거처했으므로, 그가 추억한 곳은 안산 바다였을 것이다.

김홍도의 고향에 대해서는 서울 마포라는 주장이 있다. 하지만 강세황의 「단원기」에 어린 김홍도가 자신의 집에 드나들었다고 적고 있어서, 강세황이 안산에 살고 있을 때 어린 김홍도가 그를 찾아갔을 가능성이 높다.

강세황은 제화문에서, 게 파는 여인들이 무리를 이루고 아침 해가 막 떠오를 때 갈매기와 물새가 나는 풍경을 '황량하고 차가운 풍물'이라고 하면서도, 이 그림을 보노라면 귀거래의 생각이 절로 일어난다고 했다.

> 내가 일찍이 바닷가에 살 때 게 파는 아낙을 자주 보았는데, 길을 질러가면서 아이를 등에 업고 광주리를 머리에 이고, 십수 명이 무리를 지어 갔다. 바닷가 하늘에 태양이 막 떠오를 때, 갈매기와 물새들이 다투어 날아

오른다. 일단의 황량하고 차가운 풍물이 또한 필묵 밖에 있다. 바야흐로 성안의 드세게 몰아치는 티끌 속에 있으면서 이것을 열람하자니, 보는 이로 하여금 아주 귀거래의 생각이 일게 만든다. 표암.

余嘗居海畔, 慣見賣蟹婆, 行徑, 負孩戴筐, 十數爲群. 海天初旭, 鷗鷺爭飛. 一段荒寒風物, 又在筆墨之外. 方在滾滾城塵中, 閱此, 尤令人有歸歟之思. 豹菴.

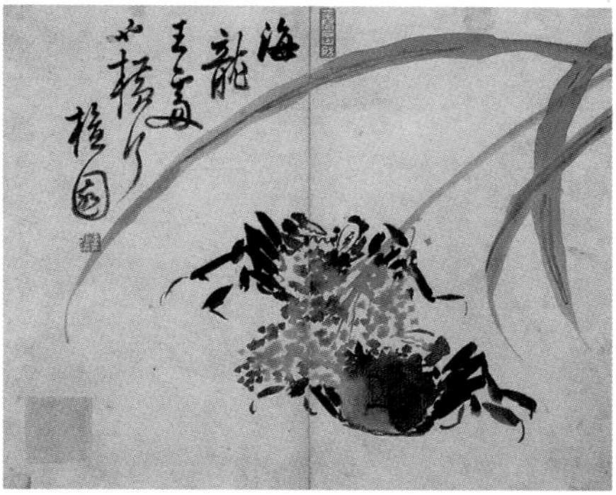

그림 45 김홍도, 〈해탐노화도〉, 종이에 수묵담채, 23.1×27.5cm, 간송미술관 소장.

김홍도는 게와 갈대 줄기를 함께 그린 〈해탐노화도蟹探蘆花圖〉를 남겼다. 17세기 화가 김인관이 그린 〈어해초하도魚蟹草蝦圖〉(간송미술관 소장)와 흡사하다. 이것은 '갈대를 전한다[傳蘆]'는 주제를 담아, 전려도傳臚圖라는 그림 유형에 속한다. 전려傳臚와 전로傳蘆는 중국 발음이 같으며, 전려는 과거의 전시殿試에 합격한 사람들 가운데 2갑甲 부류의 제1등을 가리킨다. 곧 게를 갈대와 함께 그린 그림은 과거 합격을 기원하는 길상화라고 할 수 있다. 하지만 이렇게 게와 갈대를 길상으로 사용한 것과 달리, 김홍도의 〈매해파행도〉는 길상화가 아니다. 생활 여성의 건강한 모습을 그려 내었다.

# 화폭에 담은 우정

## 1.

겸재 정선의 그림으로, 〈황려호黃驪湖〉라는 제목이 붙은 개인 소장품이 있다. 정선의 그림과 제시, 당시에 그림을 구득한 사람이 별도의 시를 적은 것을 함께 표구한 시화축이다. 이것을 편의상 〈황려호〉 시화축이라 부르기로 한다.

〈황려호〉 시화축의 〈황려호도〉는 '여주를 배경으로 그린 그림'으로 존중되어 왔다. 비단에 수묵담채이며, 102×52cm의 크기다. 이 그림을 '여주를 배경으로 그린 그림'이라 하고 그림의 화제를 '황려호'라 한 것은 시화축 윗부분에 적혀 있는 시에 의거한다. 시에는 '임자맹추십구일壬子孟秋十九日, 백춘서화백시귀백옥伯春書華伯詩歸伯玉'이라는 부기가 있다. 이 부기에 따르면 1732년(영조 8) 7월 19일에 화백의 시를 백춘이 써서 백옥에게 주었음을 알 수 있다. 곧 미호渼湖 김원행金元行(1702~1772)이 정선의 그림을 얻어 창하蒼霞 원경하元景夏(1698~1761)의 시를 적어 월곡月谷 오원吳瑗(1700~1740)에게 선사했던 것이다.

그림에는 과연 무성한 수풀 사이로 보이는 초가집 두 채와 오른편으로 펼쳐진 너른 전답이 그려져 있다. 그림의 주인이 되었을 오원의 별서別墅라고 추정할 수도 있다. 이 그림에 대해서는 "여주의 실경을 그린 것임에도 불구하고 화면 전체에 원나라 사대가四大家의 화풍을 연상시키는 요소가 많아서 중국 문인화풍을 한국의 실경에 그대로 적용시킨 그림이라고 할 수 있겠다"라는 설명이 있다.[25]

정선이 그린 그림은 황려, 즉 여주의 실경일까? 꼭 그렇지는 않다. 실은 이 그림에 정선이 왕유의 시구를 옮겨 적은 것이 있어서, 이 그림이 여주의 실경이 아니라 시의를 베껴 낸 것임을 알 수 있다.

漠漠水田飛白鷺 陰陰槐樹囀黃鸝

이 시구는 왕유의 칠언 율시 「적우망천장작積雨輞川莊作」 가운데 함련(제3구와 제4구)이다. 곧 망천장에서 장맛날 지은 다음 시의 일부인 것이다.

| | |
|---|---|
| 빈 숲 장맛비에 밥 짓는 연기 느릿하고 | 積雨空林煙火遲 |
| 명아주 찌고 기장 안쳐 동쪽 밭에 보내는 때, | 蒸藜炊黍餉東菑 |
| 넓디넓은 논밭에는 백로가 날고 | 漠漠水田飛白鷺 |

25 박효은(2005), 「산수화 속의 경기도」, 『옛 그림 속의 경기도』, 경기문화재단.

| | |
|---|---|
| 울창한 여름 나무에는 꾀꼬리 우누나. | 陰陰夏木囀黃鸝 |
| 산속에서 아침 무궁화 보며 습정하고 | 山中習靜觀朝槿 |
| 소나무 아래 이슬 맞은 아욱 꺾어 청재한다. | 松下淸齋折露葵 |
| 들 노인은 사람들과 이미 자리다툼 파했건만 | 野老與人爭席罷 |
| 물새는 어이하여 여전히 의심하는고. | 海鷗何事更相疑 |

두련(제1구와 제2구)은 시인이 산에서 고요히 바라본 외경을 묘사했다. 첫 구는 하늘은 어둡고 땅은 눅눅하며 정밀靜謐한 총림 위로 산마을의 밥 짓는 연기가 느릿하게 일어나는 모습을 그렸다. '더딜 지遲' 한 글자는 시인의 한가하고 안일한 심경을 응축해 드러내었다. 둘째 구는 산마을 농가에서 명아주를 찌고 기장을 안쳐, 동쪽 밭에서 일하는 남편에게 밥과 반찬을 내가는 모습을 그렸다. 농민의 생활을 그리되 농민 부부의 자득한 심정을 상상하게 한다. 그런데 농가의 풍경은 시인이 거처하는 곳의 적막함을 도울 뿐, 그 자체가 중심은 아니다.

함련(제3구와 제4구)은 자연 경치를 묘사했다. 안짝은 물이 가득한 수전에 백로가 훨훨 날아오르는 한가하고 깨끗한 광경이다. 바깥짝은 높고 낮은 나무들이 우거진 숲에서 꾀꼬리가 서로 창화하는 명랑한 소리가 들린다. 왕유는 망천장의 여름새들 가운데서 백로와 꾀꼬리를 선택하여 백설의 색조와 황금의 색조를 대비시키고 또 백로의 날아오름과 꾀꼬리의 울음을 대비시켰다. 막막漠漠은 수전의 드넓은 모습을 형용하고, 음음陰陰은 여름 나무의 무성함을 묘사해서, 두 경치가 서로 도와 망천장의 유심幽深한 경계를 부각시킨다. 막막과 음음은 같은 글자를 겹쳐 상태를 묘사하는 첩자疊字이다.

경련(제5구와 제6구)은 빈 산에 홀로 거처하여 소나무 아래서 호젓하게

그림 46 정선, 〈황려호〉, 비단에 수묵담채, 102×52cm, 개인 소장.

그림 47 강세황, 〈적우망천장도〉, 비단에 수묵담채, 46.2×37.2cm, 안산시 개인 소장.

무궁화를 보면서 인생의 단촉함을 새삼 깨닫고 습정하며, 이슬에 젖은 아욱을 따서 청재淸齋(소식素食)하는 사실을 밝혔다. 습정과 청재는 선불교의 수행과 관련이 깊은 말이다. 미련(제7구와 제8구)에서는 왕유가 스스로를 야로野老라 말하면서, 자신은 속세의 생각을 끊었으므로 농부들과 스스럼없이 되었거늘, 물새가 어찌 나의 이러한 마음을 의심하여 가까이 않겠느냐고 반문했다. 쟁석爭席이란 말은 『장자』「잡편·우언寓言」에 나오는 고사이다. 양주楊朱가 노자에게 도를 배우러 가는 길에 여관에 들렀을 때는 손님들이 자리를 양보했으나, 그가 학문을 이루고 돌아갈 때는 사람들이 그와 자리를 다투었다고 한다. 자연의 도를 터득한 후에는 남들과 아무 간격이 없어져서, 그저 나이의 많고 적음으로 자리를 다툴 정도가 되었다는 말이다. 물새 운운은 『열자』「황제黃帝」에 나오는 압구狎鷗 고사이다. 바닷가의 사람이 갈매기와 친하게 지냈으나 아버지 말씀을 듣고 갈매기를 잡으러 나가자 갈매기들이 가까이하려 하지 않았다고 한다. 왕유는 이 두 고사를 이용하여 자신의 담박한 심경을 강조했다.

왕유의 이 칠언 율시는 은거하는 사람의 한가한 정서와 속세를 벗어난 운치를 담아내었다. 명나라 동기창의 〈왕유시의도王維詩意圖〉는 바로 이 「적우망천장작」을 소재로 삼은 것이 있다. 우리나라의 강세황도 그 함련 2구를 소재로 시의도를 그린 것이 있다.

## 2.

〈황려호〉 제화시축에 미호 김원행이 붓으로 쓴 창하 원경하의 시는 종래 오언 고시 1수로 알려져 왔으나, 압운을 보면 오언 절구 5수이다. 원경하 문집 『창하집』에는 실려 있지 않다.

【 첫째 수 】

| | |
|---|---|
| 여름날 아름다운 경치 즐길 만한데 | 夏景嘉可悅 |
| 하물며 꾀꼬리 울음소리까지 들리다니. | 況聞黃鳥鳴 |
| 푸른 숲 아래를 천천히 거닐며 | 緩步靑林下 |
| 밭두둑에 사는 마음 초연하여라. | 超然畎臥情 |

【 둘째 수 】

| | |
|---|---|
| 초가집은 그윽하고도 고요하고 | 茅茨更幽靜 |
| 문밖에는 배 한 척 매어져 있구나. | 門外繫孤舟 |
| 아! 네 말 끄는 수레 탄 관리는 | 嗟哉駟馬客 |
| 풍진 세상에 너무 오래 머무는구나. | 風塵久淹留 |

【셋째 수】

우리가 헤어지게 되다니 吾曹各相離
한없이 아득한 황려호에서. 渺々黃鸝湖
목소리와 얼굴은 나날이 멀어지고 音容日云曠
세상 길은 너무도 기구할 터. 世途何崎嶇

【넷째 수】

기수 대나무를 그대 위해 읊나니 淇竹爲君咏
군자여 잊을 수가 없구려. 君子難可諼
갈고닦는 뜻을 잊지 않으면 毋忘切磋義
일찌감치 성현의 문에 들리라. 早入聖賢門

【다섯째 수】

성근 버드나무 위로 아침 해 솟을 때 朝日上踈柳
맑은 연못에서 갓끈 먼지 씻노라. 淸池濯塵纓
길고 긴 인생 백 년 悠々百年內
그대여 아름다운 이름에 힘쓰기를. 願君勤令名

황려호는 원경하가 거처하던 곳이다. 여주 앞쪽으로 흐르는 남한강이 호수처럼 보이는 곳을 황려호라고 부른다. 황리호가 옳겠지만 속음이 통용된다. 시에서 원경하는 오원에게, 절차탁마의 뜻을 잊지 말라고 했다. 원경하의 시 구절에 나오는 푸른 숲, 밭이랑, 초가집, 사공 없는 배 등은 황려호의 거처를 묘사한 것인데, 이것은 정선의 그림에도 묘사되어 있다. 곧, 정선은 왕유의 시구를 토대로 그림을 그렸겠지만, 이것이 원경하가 시에서 노래한 여주 거처의 풍광과도 일치하는 것이다. 하지만 실경은 아니다. 원경하가 왕유의 시와 정선의 그림을 보고 마음속에 상상한 풍경이다.

원경하는 본관이 원주이다. 자는 화백, 호는 창하蒼霞·비와肥窩이다. 조부 원몽린元夢麟이 효종의 딸 숙경공주에게 장가들어 흥평군興平君이 되었으므로, 부마의 손자로 자라났다. 부친 원명구元命龜(1680~1730)는 음사로 황주 목사를 지내다가 여주로 낙향했다. 원경하는 1721년(경종 원년) 진사시에 합격한 후 1736년(영조 12) 세자익위사 부수로서 문과에 급제했다. 1739년 사간원 정언이 된 이후 영조의 뜻을 받들어 대탕평을 선전하고, 신임사화로 화를 입었던 조태억·조태구의 무죄를 주장했다. 그 후 예문관 제학, 이조 참판, 홍주 목사 등을 역임했다. 죽은 후 충문忠文의 시호가 내리고 영의정에 추증되었다.

원경하가 오원에게 시를 부친 것은 1732년(영조 8) 7월 19일. 당시 34세로, 아직 문과에 합격하기 전이다. 이때 오원은 32세였다. 오원의 본관은 해주, 자 백옥, 호 월곡月谷·관물거사觀物居士, 시호는 문목文穆으로, 이재李縡의 문인이다. 1728년 정시 문과에 장원을 했다. 1729년 정언으로 있으면서 탕평책을 반대하다가 한때 삭직되었다. 1732년 동지사 서장관으로 청나라에 다녀왔다. 1739년 부제학이 되고 승지, 공조 참판 등을 역임했다. 진정한 유신儒臣이라는 평을 들었다. 좌찬성에 추증되었다.

김원행은 당시 30세였다. 김창협金昌協(1651~1708)의 손자로, 본관은 안동, 자는 백춘, 호는 미호渼湖·운루雲樓, 시호는 문경文敬이다. 1719년(숙종 45) 진사가 되었으나, 1722년(경종 2) 신임사화 때 본가 조부 김창집金昌集(1648~1722)이 노론 4대신의 한 사람으로서 사사되고, 생부 김제겸金濟謙을 비롯해 친형제들이 죽거나 유배당하자 벼슬할 뜻을 버렸다. 미호는 경기도 가평군 설악면 미원迷源 앞 한강을 말한다. 현재 이곳에 미원서원 터가 있다.

원경하는 정선의 그림을 구득하여 시를 지어 김원행에게 적게 해서 그 시화축을 오원에게 주었다. 오원이 조정에 나가더라도 절차탁마의 친구들을 잊지 말라는 뜻에서였다.

## 3.

황려호는 본래 원경하의 선친이 귀암歸菴을 엮고 거처한 곳인데, 원경하가 그것을 승계했다. 원경하가 지은 「선부군묘지先府君墓誌」와 「선부군신도비先府君神道碑」(『창하집』 권8)에 그 사실이 나온다. 부친이 도연명을 사모해서 1727년(영조 3) 정미환국의 때에 황주 목사로 있다가 황려호의 별서로 돌아와 〈귀거래도〉를 좌우에 두고 지냈다고 한다.

부친의 귀암이 있던 곳을 스스로의 귀거래처로 삼은 원경하는 「자지自誌」를 남겨 그 사실을 밝혔다. 이 글은 『창하집』 권8에 들어 있다. '자지'란 곧 자기 자신의 무덤에 묻을 묘지명을 스스로 적은 것을 말한다. 또한 원경하는 자신의 묘비에 쓸 「자표自表」도 지었다.[26] 그 일부에 이러하다.

> 처음으로 벼슬하러 나가면서 진퇴에 대해 점을 쳤더니, 중부괘中孚卦가 돈괘遯卦로 변하는 것을 만났다. 그래서 시를 지어서 뜻을 보이고 스스로 호를 비와肥窩라 했으며, 치사하고는 창하거사蒼霞居士라고 일컬었다. 성상께서 신더러 우리 동방의 섭향고葉向高라고 했으니, 다시 '창하'라 고친

26 심경호(2018), 『내면기행』, 민음사.

데에는 그럴 만한 까닭이 있었던 것이다.

원경하는 자기 자신이 『서경』「고요모」에서 말한 것처럼 '동인협공同寅協恭'을 실천했건만 부당하게 박해를 받았다고 했다. 동인협공은 조정 신하들이 공손한 자세로 화합하는 것을 말한다. 또 자신이 조정 신료들로부터 비방을 입었지만 영조가 그를 '동방의 섭향고'라 일컬었다고 하여, 군주의 지우를 입은 것을 다행으로 여겼다. 섭향고는 명나라 신종 때 재상으로, 정권을 농단하는 위충현에게 맞서 선류善類의 선비를 지켜 주었다.

원경하는 처음 벼슬을 하게 되었을 때 점을 쳐서 중부괘가 돈괘로 변하는 것을 만났다고 했다. 중부괘는 아래가 태兌, 위가 손巽으로, 괘사는 "돼지와 물고기도 길하다. 큰 내를 건너는 것이 이롭다. 마음이 곧으면 이로울 것이다[豚魚吉. 利涉大川. 利貞]"이다. 「단전」에는 "돼지와 물고기에 미쳐 길함은 부신孚信(믿음)이 돼지와 물고기에 미친 것이요, 큰 내를 건넘이 이로움은 나무를 타고 배가 비어 있기 때문이다. 중심이 신뢰성이 있고 곧아서 이로우면 마침내 하늘에 응하리라"라고 했다. 지괘(변괘)인 천산돈괘天山遯卦는 괘사가 "돈은 형통하니, 조금 곧음이 이롭다[遯, 亨, 小利貞]"이고, 「단전」에는 "돈은 형통하다는 것은 은둔하여 형통함을 말한다. 양강이 존위를 담당하여 응하므로 시時에 따라 행한다. 조금 곧음이 이롭다는 것은 음이 점점 자라기 때문이다. 돈이 말하는 시時의 의리가 크다"라고 했다.

원경하는 돈괘 상구上九의 효사에서 "여유 있는 은둔이니 이롭지 않음이 없다[肥遯, 无不利]"라고 한 것에 주목해서, 자신의 서실을 비와肥窩라고 했다. 몸은 조정에 있어도 여유 있게 은둔을 실행하고 있노라고 자기를 변호한 것이다. 하지만 중부괘의 초구·구이·육삼·육사 등 네 효가 변했으므로 점을 칠 때는 본래 있던 나머지 두 효의 효사를 살펴야 한다. 그렇거늘 지괘의 상구 효에만 주목했다. 돈괘의 상구 효는 돈괘의 주효도 아니다.

원경하가 뽑았던 점괘는 그의 일생을 압축적으로 예견했다. 처음에는 신뢰를 받지만 결국 은둔을 해야 한다고 나온 것이다. 그렇건만 그는 은둔을 결행하지 못했다. 원경하는 노론이면서 노론의 당론이 아닌 대탕평을 주장하고, 임정任珽·정우량鄭羽良·오광운吳光運·윤유尹游 등과 뜻을 같이했다. 이 때문에 동료였던 이천보李天輔와 절교하여, 원붕元朋과 이붕李朋이라는 말이 있게 되었다. 노론들은 원경하가 소론의 송인명·조현명 등에게 아부하여 경대부의 반열에 올랐고 남인 및 소북들과 결탁했다고 비난했다. 김원행도 오원도 그를 지지하지 않았다. 그렇기에 원경하가 스스로 지은 자기의 묘표에는 고독감이 짙게 배어 있다.

오원에게 준 시에서 "길고 긴 인생 백 년, 원컨대 그대는 아름다운 이름에 힘쓰기를"이라고 권면했지만, 원경하 자신은 과연 '아름다운 이름'을 얻었다고 할 것인가, 스스로에게 되묻지 않을 수 없었을 것이다.

# 가을 소리의 그림

## 1.

장마가 끝나는가, 아침부터 매미소리가 시끄럽고 저녁에는 귀뚜라미 소리가 처량하다. 이 가을을 또 어떻게 맞이해야 하는가.

김홍도가 북송 구양수의 「추성부」를 기초로 그 뜻을 그림으로 그려 낸 〈추성부도〉가 있다. 명시의 의취를 화폭에 옮긴 그림을 시의도라고 하는데, 이 그림은 부의 뜻을 옮겼으니 부의도라고 해야 할 듯하다. 호암미술관 소장으로, 56×214cm, 즉 세로 두 자, 가로 일곱 자 크기이다. 가로로 긴 화폭의 오른쪽에는 메마른 가을 산이 위치하고, 중앙에는 중국식 초가의 둥근 창 안에 구양수가 있다. 이 초가는 김홍도 자신이 그린 〈매화서옥도〉의 서옥과 유사하다.

그림 48 김홍도, 〈추성부도〉, 종이에 수묵담채, 56×214cm, 호암미술관 소장(보물 제1393호).

화폭 왼쪽에는 백문 타원형 인장 안에 '기우유자騎牛游子'라 찍혀 있고, 「추성부」 401자가 김홍도의 자필 행서로 쓰여 있다. 마지막에 "을축년동지후삼일乙丑年冬至後三日 단구사丹邱寫"라고 했다. 김홍도가 62세로 죽기 한 해 전 1805년에 그림을 그리고 또 글씨를 쓴 것이다. 이 그림은 구양수의 명으로 바깥의 소리가 무슨 소리인지 살피러 나갔다 돌아온 동자가,

| | |
|---|---|
| 별과 달이 깨끗하여 | 星月皎潔 |
| 밝음이 하늘에 있고, | 明下在天 |
| 사방에 인적은 없고 | 四無人聲 |
| 소리는 나무 사이에서 납니다. | 聲在樹間 |

라고 답한 장면을 포착해서 그려 낸 것이다.

그림을 보면, 동자는 바람 소리 나는 쪽을 손으로 가리키고, 집에서 기르는 학 두 마리는 목을 빼고 입을 벌려 바람 소리에 화답한다. 낙엽수들은 왼쪽에서 불어오는 바람에 흔들리고 바닥에는 낙엽이 흩어져 있다. 화면 왼쪽 언덕에 두 그루 나무와 대나무와 곁한 초가집 위로 보름달이 둥글다. 이 부분은 몽환적이다. 이에 비해 좌우의 산은 초옥과 마당을 부감하고, 나무들은 구불구불 꺾이고 끝이 갈라져 있다. 달빛 아래 나뭇가지 사이로 불어오는 바람을 나타낸 듯, 왼쪽에서부터 오른쪽으로 붓질이 메마르다. 「추성부」에 따르면 바람은 서남쪽에서 불어오는 것으로 되어 있다.

「추성부」는 『고문진보』에도 실려 있어 우리나라 문인과 예술가들에게는 매우 친숙한 글이었다. 김홍도는 1805년 김 생원에게 보낸 서찰에서 구양수의 「추성부」에 나오는 '백 가지 근심을 마음에 느껴[百憂感其心]'라는 구절을 인용한 바 있다.

## 2.

김홍도는 〈추성부도〉의 화면 왼편에 자필로 「추성부」를 옮겨 적었다. 일부가 아니라 전문을 적었다. 행을 자주 갈아서 본문만 모두 23행이다.

① 歐陽子方

② 夜讀書, 聞有聲

③ 自西南來者, 悚然而

④ 聽之曰: "異哉! 初淅瀝以蕭

⑤ 颯, 忽奔騰而澎湃, 如波濤

⑥ 夜驚, 風雨驟至. 其觸於

⑦ 物也, 鏦鏦錚錚, 金鐵皆鳴, 又如

⑧ 赴敵之兵, 銜枚疾走, 不聞號令,

⑨ 但聞人馬之行聲." 予謂童子,

⑩ "此何聲也? 汝出視之." 童子曰: "星月皎潔, 明河在天,

⑪ 四無人聲, 聲在樹間." 予曰: "噫嘻! 悲哉. 此秋

⑫ 聲也. 胡爲乎來哉? 蓋夫秋之爲狀也, 其色慘淡, 煙霏雲

⑬ 斂. 其容淸明, 天高日晶. 其氣慄冽, 砭人肌骨. 其意蕭條, 山川寂

⑭ 寥. 故其爲聲也, 凄凄切切, 呼號憤發. 豊草綠縟而爭茂. 佳木葱蘢而可
悅, 草拂之而色變,

⑮ 木遭之而葉脫. 其所以摧敗零落者, 乃其一氣之餘烈. 夫秋, 刑官也, 於時
爲陰, 又兵象也, 於行
⑯ 爲金. 是謂天地之義氣, 常以肅殺而爲心. 天地於物, 春生秋實, 故
⑰ 其在樂也商聲, 主西方之音, 夷則爲七月之律. 商, 傷也, 物旣老而悲傷.
夷, 戮也,
⑱ 物過盛而當殺. 嗟乎! 草木無情, 有時飄零. 人爲動物,
⑲ 惟物之靈, 百憂感其心, 萬事勞其形, 有動於中, 必搖其精, 而況思其力之
所不及, 憂其智之
⑳ 所不能? 宜其渥然丹者爲槁木, 黟然黑者
㉑ 爲星星. 奈何以非金石之質, 欲與草木而爭榮? 念誰爲之戕賊? 亦何恨乎
秋聲?
㉒ 童子莫對, 垂頭而睡. 但聞四壁蟲聲喞喞, 如助余之
㉓ 歎息.

16행의 '천지어물춘생추실天地於物春生秋實'에서 '지地'는 '지之'의 잘못이다.

김홍도는 「추성부」에 단구斷句를 하지 않고, 파이프오르간의 관을 짧은 것에서부터 긴 것의 순서로 늘어뜨리듯 전체 글을 배분하여 적었다. 구양수가 거처한 공간, 산 아래 집, 나무 등 가을바람이 불어오는 모든 공간을 궁륭으로 감싼 듯하다.

「추성부」의 마지막 어휘 '탄식歎息'에서 행을 바꾼 것 또한 묘하다.

① 구양자가 바야흐로
② 밤중에 책을 읽고 있는데 소리가
③ 서남쪽으로부터 오는 것이 있어 섬뜩하여

④ 듣다가 말했다. “기이하여라! 처음에는 사각사각 우수수하더니

⑤ 홀연 놀라 튀고 넘쳐 뿜어나기를 마치 파도가

⑥ 한밤에 놀라고 비바람이 갑자기 들이닥치듯이 하누나. 그

⑦ 물건에 부딪혀 종종 쟁쟁 쇠붙이가 모두 우는 것은, 또

⑧ 적진으로 달려가는 군사가 입을 틀어막고 달려 호령 소리라곤 들리지 않고

⑨ 단지 사람과 말이 행진하는 소리만 들리는 것 같구나.” 나는 동자에게

⑩ “이것이 무슨 소리냐, 나가 보고 오너라”라고 했다. 동자는 “별과 달이 깨끗할 정도로 맑고 밝은 은하수가 하늘에 있아오며,

⑪ 사방에는 인기척이라곤 없고, 소리가 나무 사이에서 납니다”라고 했다. 나는 말했다. “어허, 슬프다. 이것은 가을의

⑫ 소리로다. 어찌하여 왔단 말인가? 대체 가을의 형상은 그 색이 참담하여 안개가 부슬부슬하며 구름은

⑬ 움츠린다. 그 모습은 청명해서 하늘 높고 해가 밝다. 그 기운은 늠름해서 사람의 살갗과 뼛속으로 파고든다. 그 뜻은 쓸쓸하여 산천이 적

⑭ 막하다. 그러므로 그 소리가 처량하고 애절하여 울부짖어 분노를 펴는 것 같다. 풍성한 풀들은 푸르게 깔개처럼 깔려 무성함을 다투고 아름다운 나무는 울창하여 마음을 기쁘게 하더니만, 풀은 바람이 흔들면 색이 변하고

⑮ 나무는 이것을 만나면 잎이 떨어진다. 풀이 꺾이고 나뭇잎이 시들어 떨어지는 이유는 바로 그 기운의 매서움이 남아 있기 때문이다. 무릇 가을은 형벌 집행관이기에, 때에 있어서는 음陰이고, 또 전쟁의 형상이기에, 오행으로는

⑯ 금金이다. 이를 일러 천지의 의로운 기운이라 이르니, 항상 숙살을 마

음으로 삼는다. 하늘은 사물에 있어 봄에는 싹이 돋게 하고 가을에는 열매 맺게 하므로

⑰ 음악에서는 상성이라 서방의 음을 주관하며, 이칙이 7월의 음률이다. 상商이란 상傷이니, 만물이 노쇠하매 슬퍼 상심함이다. 이夷는 륙戮이니,

⑱ 사물은 성대한 시기를 지나면 죽는 것이 마땅하다. 아아! 초목은 무정하여 때가 되면 나부껴 떨어진다. 사람은 동물로서

⑲ 오로지 만물의 영장이기에, 온갖 근심이 그 마음을 감동케 하고 모든 일들이 그 형체(육신)를 수고롭게 하므로, 마음속에 움직임이 있게 되면 반드시 그 정신이 흔들리게 되거늘, 하물며 그 힘으로 미치지 못할 바를 생각하고 지혜로 능히 할 수 없는 것을 근심하는

⑳ 경우에야 또 어떠하겠는가! 좌르르 붉던 낯빛이 마른 나무같이 되고 이들이들 검던 머리가

㉑ 희끗희끗하게 되는 것은 당연하다 하겠다. 어이하여 금석의 자질도 아니면서 초목과 더불어 번영을 다투려 하는가? 누가 해치고 죽인다고 생각할 것이며, 어찌 가을 소리를 한하랴?"

㉒ 동자는 대답 않고 고개를 떨구고 잠을 자고 있었다. 다만 사방 벽에서 벌레 소리만 찌륵찌륵 들려와, 부추기는 듯하다,

㉓ 나의 탄식을.

## 3.

구양수는 형상적 비유를 통하여 무형의 가을 소리를 묘사했다. 가을 소리를 멀리에서부터 가까이로 그려 내고, 심지어 물건을 때릴 때 울려 나는 소리에 이르기까지 그려 내어, 가을밤의 소슬함과 음울함을 두드러

지게 했다. 구양수는 무정의 초목과 유정의 인간을 대비하고, 유성有聲의 가을과 무성無聲의 가을을 대비시켰다. 무성의 가을이란 인간이 스스로 마음을 괴롭히고 육신을 고단하게 만드는 가을을 말한다. 인간에게 깊은 상처를 주는 것은 유성의 가을이 아니다. 무성의 가을이다. 그리하여 구양수는 이렇게 말했다.

> 어째서 금속이나 바위 같은 자질도 아니면서, 초목과 더불어 번영을 다투려고 하는가?

스스로가 금석의 자질이 아니어서 초목과 더불어 번영을 다툴 수 없다는 말에는 자기 연민의 감정이 실려 있다. 그러나 한편으로 자부심도 배어 나온다. 구양수는 가을의 소리가 자연계의 만물을 시들게 한다는 점과 인생이 지나치게 짧다는 사실에 슬픔을 느끼되, 사람은 스스로 고뇌 속에 빠져들어 스스로를 해쳐서는 안 된다는 사실을 새삼 깨달았다.

가을은 남자의 계절이다. 가을은 남자가 슬퍼하는 계절이란 뜻이다. 남자들이 정치의 중심에서 활동하던 시대에는, 가을은 올바른 세상을 꿈꾸는 사람들이 슬퍼하는 계절이었다. 전국시대 초楚나라의 문학가 송옥宋玉은 「구변九辯」 첫째 수 첫머리에서 아래의 유명한 표현을 남겼다. 여기서 비추悲秋라는 말이 나왔다.

> 슬프도다, 가을의 기운이여!　　悲哉秋之爲氣也
> 소슬하여라, 초목은 잎이 흔들려 떨어지고　　蕭瑟兮草木搖落而變衰
> 　옛 모습 바뀌어 쇠하고 말았구나.

송옥이 「구변」을 지은 것은 자신의 스승 굴원이 충신인데도 조정에서 내쫓긴 사실을 두고 그를 변호하기 위한 것이었다. 「구변」의 핵심 주제는 그 첫째 노래에 들어 있는 다음 부분이라고 할 수 있다.

| | |
|---|---|
| 참담하고 쓰라리도다,<br>옛 곳을 버리고 새 곳을 찾아가다니. | 愴怳懭悢兮去故而就新 |
| 답답하구나, 가난한 선비가 직책을 잃고<br>마음이 편치 않아라. | 坎廩兮貧士失職而志不平 |
| 허전하여라, 나그네 길에 올라 벗도 없다니. | 廓落兮羈旅而無友生 |
| 서글퍼라, 내 스스로 불쌍하여라. | 惆悵兮而私自憐 |

가을은 아무에게나 슬픈 것이 아니다. 바른 뜻을 지녔기에 추방당한 사람, 올바른 도리를 실현하고자 하지만 세상으로부터 버림을 받은 사람들에게 슬픈 것이다. 구양수가 「추성부」를 지은 것은 송옥의 뜻을 부연한 것이었다.

정조 때 기이한 문인 이옥李鈺(1760~1815)은 「사비추해士悲秋解」를 지어 '선비가 가을을 슬퍼하는 이유'에 대해 풀이했다. 일부를 보면 이렇다.[27]

바야흐로 저 가을의 기운이 성하면 바람은 놀라 일어나고 새들은 멀리 날아가며 물은 차갑게 울고 꽃(국화)은 노란색으로 꼿꼿하며 달은 유난히 밝으니, 암암리에 양의 기운이 삭는 조짐이 소리와 기운에 넘친다면 그것을 접하고 만나는 자 누군들 슬퍼하지 않겠는가? 다만 선비보다 낮은 사람들

27 이옥, 심경호 역(2001), 『선생, 세상의 그물을 조심하시오』, 태학사.

은 한창 노동을 하느라 알지 못하고 세속에 매몰된 자들은 또 취생몽사를 한다. 오직 선비는 그렇지 않아서, 식견이 족히 애상을 분변하고, 마음 또한 사물에 대해 느끼기를 잘하며, 혹은 술잔을 마주하여 칼을 두드리거나 혹은 등불을 사르고 옛 책을 읽으며, 혹은 새와 벌레들의 소리를 듣고, 혹은 국화를 따면서 고요히 살피며, 마음을 비우고 그것을 받아들이는 까닭에, 천지의 기미를 가슴속에서 느끼고 천지의 변화를 체외에서 느끼는 것이다. 가을을 슬퍼하는 자로 말하면, 선비를 제쳐 두고 다른 누구이겠는가? 비록 슬퍼하지 않으려 하더라도 그럴 수 있겠는가? 송옥은 "슬프도다, 가을의 기운이여!"라 했고, 구양수는 "이것은 가을의 소리로다!"라고 하면서 슬퍼했다. 이와 같은 사람들은 선비라 할 수 있지 않겠는가?

경금자絅錦子(이옥 자신의 호)가 말한다.

"나는 저녁을 슬퍼하기에, 가을을 슬퍼할 이유가 없는데도 가을이면 슬퍼지는 까닭을 알겠다. 하루의 저녁이 오면, 엄자崦嵫(해 지는 곳)가 붉어지고 뜰의 나뭇잎이 잠잠해지며 날개를 접는 새가 처마를 엿보고 창연히 어두운 빛이 먼 마을로부터 이르러 오니, 그 광경에 처한 자는 반드시 슬퍼하여 기쁨을 잃어버릴 것이다. 이는 태양의 시각을 아껴서가 아니요, 그 기운을 슬퍼해서 그러는 것이다. 하루의 저녁도 오히려 슬퍼할 만한데, 한 해의 저녁을 어찌 슬퍼하지 않을 수 있겠는가?

이미 노인이 된 사람은 어찌할 수 없다고 여겨 다시 슬퍼하지 않을 것이되, 사오십에 처음으로 쇠약함을 느낀 사람은 유독 슬퍼하는 것이 아니겠는가! 사람이 밤은 슬퍼하지 않으면서 저녁은 슬퍼하고 겨울은 슬퍼하지 않으면서 가을을 슬퍼하는 것도 역시 사오십의 사람들이 처음 노쇠함을 슬퍼하는 것과 같지 않겠는가? 선비가 가을을 슬퍼하는 것은 문명의 쇠락을 우려하기 때문이다. 처지가 불우하다든가 노년의 나이에 접어들었다고 슬퍼하는 것이 아니다. 선비라면 하루 닥칠 근심을 걱정하지 않는 법이기에. "이미 가을인가, 아닌가? 어쩌면 지나 버렸는가? 나는 가만히 그 점을 슬퍼하노라."

## 4.

구양수의 「추성부」는 많은 시인들이 그 심상을 차용했다. 정철鄭澈(1536~1593)의 오언 절구 「추야秋夜」도 그 하나다. 이 시는 특이하게 평성이 아니라 상성 우雨운으로 압운을 했다.[28] "우수수 낙엽 소리에 빗발 뿌리나 싶어서, 중(아이) 불러 문밖에 나가 살피랬더니, 시내 너머 나무에 밝은 달 걸렸다 하네[蕭蕭落葉聲, 錯認爲疎雨, 呼僧童出門看, 月卦溪南樹]"라는 시이다. 구양수의 「추성부」에서 동자가 "별과 달이 깨끗할 정도로 맑고 밝은 은하수가 하늘에 있아오며, 사방에는 인기척이라곤 없고 소리가 나무 사이에서 납니다"라고 한 말의 뜻을 취해다 썼다. 단 구양수가 말했듯, 혹은 이옥이 말했듯, 인류역사의 쇠락을 슬퍼한다는 뜻은 끌어오지 않았다.

명청 때에는 「추성부」의 시의를 화폭에 옮기는 일이 유행했다. 청나라 석도石濤(1642~1707)가 1681년(강희 20) 제작한 〈추성부도권〉은 매청梅清(1623~1697)의 화풍을 이어 묵운墨韻에 윤택이 돌며 필촉筆觸이 경련勁鍊하다고 평가된다. 석도는 속성이 주朱로, 명나라 종실 정강왕靖江王 주찬의朱讃儀의 10대손이며, 족보의 이름은 약극若極이다. 명나라 멸망 후 출가하여

28 『송강집(松江集)』 속집 권1에 「산사야음(山寺夜吟)」이란 제목으로 수록되어 있고 『대동시선(大東詩選)』 권3에는 「추야(秋夜)」란 제목으로 선록되어 있다.

법명을 원제原濟라 하고 자를 석도라 했으며, 호를 청상노인淸湘老人 혹은 고과화상苦瓜和尙이라 했다. 『고과화상화어록』에서 "나는 나의 법을 사용한다[我自用我法]"라고 선언한 인물이다.

청나라 때 양주팔괴揚州八怪라 하면 건륭 연간 양주를 대표하는 문인화가들을 말한다. 반드시 8명을 꼽는 것은 아니다. 대개 화암華嵒(신라산인新羅山人, 백사도인白沙道人), 고봉한高鳳翰(남촌南村, 남부노인南阜老人), 이선李鱓, 왕사신汪士愼(소림巢林), 김농金農, 황신黃愼(영표癭瓢), 고상高翔(서당西唐), 정섭鄭燮(판교板橋), 이방응李方膺(청강晴江, 억원抑園, 백의산인白衣山人), 민정閔貞, 나빙羅聘, 변수민邊壽民, 진찬陳撰, 고기패高其佩 등을 가리킨다. 그 가운데 화암이 74세 되던 1755년 〈추성부의도秋聲賦意圖〉를 남겨, 그 그림이 현재 일본 오사카시립미술관에 있다.

일본에서도 「추성부」의 시의도가 여럿 제작되었다. 특히 근세의 문인화가이자 유학자인 도미오카 뎃사이富岡鐵齋(1837~1924)가 남긴 〈추성부도〉가 유명하다. 뎃사이미술관에 그림이 있는데, 화폭의 위에 「추성부」 전문을 적었다. 서너 행까지 크게 쓰다가 공간이 부족한 것을 깨닫고 할 수 없이 글자를 작게 썼다. 화폭도 작은데 왜 「추성부」 전문을 써넣으려고 했을까? 뎃사이는 자신을 화가가 아니라 유학자라고 자부해서, 자신의 그림을 보려면 먼저 찬을 읽으라고 했다. 〈추성부도〉에서도 그림이란 그저 대문장을 장식하는 삽화 정도로 여겼다. 다른 문인화가보다 문文에 대한 애착이 컸다고도 한다.

김홍도의 그림은 문이 주主인가, 화畵가 주인가? 그림과 글씨를 둘 다 중요하게 생각하지 않았을까? 그림과 글씨가 모두 반듯하다. 노년에 들어서도 미적 긴장을 풀지 않으려고 한 듯하다.

화가 김홍도는 구양수의 부를 그림의 주제로 삼아 〈추성부도〉를 그려 내어, 자신의 불우한 심사를 드러냈다. 하지만 그것만이 아니다. 화가 김홍도는 결국 세상의 종언終焉을 맞는 것은 아닐까 우려하는 마음도 담아냈다. 그러면서 「추성부」를 궁륭 모양으로 화폭 왼쪽에 의도적으로 배치했다. 우주의 섭리를 담담하게 상상토록 했다. 그렇기에 글씨가 뾰족뾰족하지 않다. 초서가 아니라 행서로 얌전하게 썼다.

# '벽오청서' 시비

1.

이제 우리나라의 여름은 폭염의 날들이 이어지고 미세먼지로 하늘마저 투명하지 않다. 숨막히게 더운 날에는 어릴 적 청량했던 여름 하늘이 생각나고, 강세황의 〈벽오청서도碧梧淸暑圖〉도 연상된다.

〈벽오청서도〉는 한 쌍의 벽오동나무 그늘 아래 서재에서 선비가 마당의 아이가 비질하는 모습을 바라보는 광경을 종이에 담채로 그린 그림이다. 세로 30.1cm, 가로 35.8cm로 그리 크지 않다. 강세황은 화폭의 중앙 윗부분에 "벽오청서碧梧淸暑 방심석전仿沈石田 첨재忝齋"라고 써 두었다. 화제는 '벽오청서'이고, '심석전의 그림을 모방했다'고 밝힌 것이다. 심석전은 곧 명나라 화가 심주로, 석전은 그의 호이다. 첨재는 강세황의 초기 호이다. 『시경』 소아 「소완小宛」에 "일찍 일어나고 밤늦게 잠들어서, 너를 낳아 주신 분을 욕되게 하지 말라[夙興夜寐, 無忝爾所生]"라고 했는데, 강세황은 자신이 부모를 욕되게 하고 있다고 자신을 꾸짖어 서재의 호를 '첨'이라고 한 것이다.

이 그림은 청나라 화보집 『개자원화보芥子園畫譜』에 들어 있는 심주의 그림을 모방하여 강세황이 나름대로 재해석한 것이다. 심주의 〈벽오청서도〉는 단독으로는 전하지 않고, 『개자원화보』 초집 권5 '모방제가횡장각식摹倣諸家橫長各式'에 판각되어 실려 있다. 그림의 구도는 판본에 따라 약간 다르지만, 계산溪山 아래 작은 가옥에 선비가 한가하게 앉아 있는 광경을 그렸다. 옷을 헐렁하게 입고 허리띠도 풀어 두었으며, 방 안의 낮은 책상을 놓아두고 마루에 나와 앉아 있다. 가옥의 뒤에는 대숲이 무성하고, 가옥 왼쪽 뒤로는 기이한 바위가 솟아 있다. 가옥 앞에 두 그루 오동나무가 있는데, 오동나무는 키가 크고 아름다우며 잎사귀가 커서 그늘을 이루고 있다. 선비는 시냇물 소리를 듣고 있는지, 폭포 소리를 듣고 있는지, 아니면 여름 매미의 소리를 듣고 있는지 알 수 없다. 그림에는 시냇물도 폭포도 그려져 있지 않고, 매미도 보이지 않는다. 오동나무의 잎들이 무성한 것으로 보아, 맑은 바람이 서서히 일어나면 그 잎들에서 쏴쏴 하는 시원한 소리가 날 터인데, 마루의 선비는 그 소리를 듣고 있는 것인지 모른다.

『개자원화보』는 『개자원화전芥子園畫傳』이라고도 한다. 그림의 미학, 정신, 붓, 먹, 종이의 취급 방식과 색칠 방법, 산수, 수목, 바위, 구름, 폭포, 인물, 동물, 집, 다리 등을 그리는 방법을 설명했으며, 저명한 화가의 작품을 다색 판화를 이용하여 모각 인쇄해 두었다. 본래 청나라 초 남경에 거주하는 화가 왕시王蓍, 왕개王概, 왕얼王臬 형제가 중심이 되어 편찬했다. 강희 연간에 왕개의 친구 이어李漁(1611~1680?)가 제안하여 이어의 사위 심

그림 49 강세황, 〈벽오청서도〉, 종이에 수묵담채, 30.1cm×35.8cm, 개인 소장.

심우沈心友(자 인백因伯)가 다색인쇄 기법인 투인套印의 방식으로 1679년(강희 18) 초집 5권 5책을 간행하고, 1701년에 2집 8권 4책과 3집 4권 4책을 간행했다. 1818년에 이르러 별도의 출판업자가 제4집을 간행했다. 책 이름은 남경에 있었던 이어의 별장 혹은 왕개의 별장 '개자원'에서 유래했다고 한다. 또 이어의 자에서 취하여 『입옹화전笠翁畫傳』이라는 별명도 있다.

초집은 이유방李流芳의 화보를 저본으로 삼아, 남경의 화가 왕개가 대폭 증보하고 문장을 붙여서 편집한 『산수수석보山水樹石譜』 5권으로, 이어의 서문이 있다. 그런데 제5권에 왕개·왕얼 형제 이외에 왕즙王楫, 손조공孫肇功, 진호陳淏 등의 이름이 나오므로, 이들이 제작에 간여했으리라 추정된다. 2집은 왕개 형제가 공동으로 편찬한 『난죽국매보蘭竹菊梅譜』 4권, 3집도 왕개 형제가 편집한 『화조보花鳥譜』이다. 심심우는 4집을 출판하려 했으나 뜻을 이루지 못하고, 가경 연간에 출판업자가 이름을 멋대로 사용해서 『인물보人物譜』를 출판했다. 『개자원화전』의 2집과 3집이 유행하면서, 19세기 중국회화는 산수화보다 화조도가 주류를 이루게 되었다.

1782년(건륭 47) 소주에서 재판된 1~3집본, 1818년(가경 23) 1~4집본, 1898년(광서 24) 간 6권본이 유명하다. 1898년 소훈巢勳이 간행한 전 4집 4책본이 널리 알려져 있다. 일본에서도 1748년(관연寬延 원년) 번각본이 나오고, 이후 번역본과 주석본이 여러 차례 출판되었다.[29] 조선에는 1708년 이전에 제1집이 들어온 것으로 추정되지만, 번각되지는 않았다. 정선·심사정·강희언姜熙彥·강세황·허유許維 등이 모두 이 화보의 영향을 크게 받았다고 한다. 강세황과 같은 시기의 정선이나 허련은 '벽오청서' 화제로 그림을 그렸다.

29 大東急記念文庫 編(2009),『芥子園画伝—大東急記念文庫蔵(復刻版)』初集～3集, 勉誠出版.

정선의 〈인곡유거도仁谷幽居圖〉도 이 화제와 유사한 정경이라고 간주된다. 정선은 52세부터 84세로 타계할 때까지 자기가 살았던 현재 종로구 옥인동 군인아파트 부근 인곡仁谷의 유거를 그려 내어, 한층 실경에 가깝다. 집 뒤의 산들은 기이하고 가파른 모습이 아니라, 찰법擦法과 미점법米點法으로 야트막하고 부드럽게 표현했다. 둥근 오동나무 두 그루는 가옥 곁에 두었고, 오동나무 두 그루 곁에는 버드나무 두 그루를 더 크게 그렸다. 심주와 강세황의 〈벽오청서도〉에는 집 문이 화폭 오른쪽에 작게 그려져 있으나, 정선의 〈인곡유거도〉에는 집 문이 화폭 왼쪽에 상당히 크게 그려져 있다. 마당에서 비질하는 사람의 모습도 없다.

## 2.

심주의 〈벽오청서도〉는 무더위를 식혀 주는 서늘한 광경에 초점이 있는 것이 아니다. 가옥 속 인물의 청한한 정신 경계에 초점이 있다. 『노자』에 "보아도 보이지 않는 것을 이라 하고, 들어도 들리지 않는 것을 희라 한다[視之不見, 名曰夷; 聽之不聞, 名曰希]" 했으니, 희이希夷의 경지를 추구한 것이다. 색깔이 없는 것을 이, 소리가 없는 것을 희라 하므로 희이는 곧 허적虛寂하고 현묘한 도를 지칭한다.

1803년(순조 3) 여름 경기도 관찰사로 있던 서영보는 현재의 지하철 서대문역 근처에 있던 경기 감영 동쪽 누대 담장에 벽오동나무가 드리워져 있는 것을 보고 심주의 〈벽오청서도〉처럼 그림으로 그리면 어떨까 생각했다. 극옹屐翁 이만수李晩秀(1752~1820)에게 그 말을 하자, 이만수는 시를 지어 서출의 아우 이욱수李旭秀에게 베껴 쓰게 하고 또 그 아우 이기수李耆秀에게 심주의 〈벽오청서도〉를 모방한 그림을 그리게 했다. 서영보는 이만수의 시와 이기수의 그림을 받아 보고, 자신도 시를 지었다.

당시 서영보가 소장한 〈벽오청서도〉를 보고 이만수는 다음 두 수의 시를 지었다.[30] 두 수는 모두 같은 입성 운목의 글자들을 운자로 사용했다.

【첫째 수】

| | |
|---|---|
| 내가 석전의 그림을 보니 | 我觀石田畫 |
| 오동을 이렇게 푸르게 그렸더라. | 畫梧如是碧 |
| 초가집은 여덟아홉 기둥 | 茅茨八九楹 |
| 바위골짝은 둘러 나가 외진 곳. | 巖壑紆而僻 |
| 마당 가운데는 파초 서너 뿌리 | 庭心蕉數本 |
| 동산 뒤에는 대나무 일천 자. | 園後竹千尺 |
| 한가운데 맨머리 노인이 | 中有散髮翁 |
| 안석에 기대어 주역 점을 치고 있으니, | 隱几玩古易 |
| 소쇄하여 티끌세상 일이라곤 없어 | 蕭灑寡塵事 |
| 느긋하게 한적한 기분에 젖어 있다. | 偃蹇得閑適 |
| 산다화 구름은 조는 학을 보호하고 | 茶雲護眠鶴 |
| 산길은 한낮에 손님이 없구나. | 山逕晝無客 |
| 다행이군, 역양 원산의 오동나무가 | 幸哉嶧陽枝 |
| 저분 댁에 뿌리를 두게 되었으니. | 托根伊人宅 |
| 나무 하나가 푸른 낭간옥 같아 | 一樹靑琅玕 |
| 회나무 측백나무보다 수려하다. | 秀氣出檜栢 |

30 李晩秀, 「題竹石徐慶世所藏碧梧淸暑圖」, 『屐園遺稿』 卷1 原集 詩. 서영보는 이 2월, 한성부 판윤, 예조 판서가 되었고, 7월에 곤전책고사은정사(坤殿冊誥謝恩正使)가 되어 연경에 가게 되므로, 이 시는 5월경 지은 것인 듯하다.

| | |
|---|---|
| 둥근 잎은 들쑥날쑥 덮고 있어 | 圓葉覆參差 |
| 맑은 그늘이 허적을 안고 있다. | 淸陰抱虛寂 |
| 산속이라 본래 더위 없다만 | 山中自無暑 |
| 오동 마주하니 서늘한 기운 일어나네. | 對此凉生席 |
| 칠현금 줄로 묶이긴 원하지 않고 | 不願七絃緪 |
| 아홉 종류 봉황 날개는 기다리지 않나니, | 不須九苞翮 |
| 나무를 완전히 없어지게 한다면 | 遂令凡木空 |
| 화공이 애석해하리라. | 宜被畫者惜 |
| 가련하여라 나무의 재앙이여 | 可憐木之灾 |
| 판윤 집에 창을 늘어두다니. | 京尹門列戟 |

【둘째 수】

| | |
|---|---|
| 서쪽으로 성곽 바깥 길을 나서니 | 西出郭門道 |
| 대마루 서까래의 단청이 빛나네. | 甍桷耀丹碧 |
| 경기의 삼보 땅은 명망이 높고 | 三輔地望峻 |
| 관아의 거처가 외지지 않아, | 官居頗不僻 |
| 관청은 온갖 일로 분주하고 | 公門百事忙 |
| 모내기 철 비가 내렸다고 나날이 알리네. | 秧雨日報尺 |
| 혁혁한 이천 석 녹봉의 관찰사 직위 | 奕奕二千石 |
| 휘장 수레 가는 길에 인마를 벽제하네. | 襜帷路辟易 |
| 회나무 그늘은 세 그루 잎이 전하고[31] | 槐陰三葉傳 |

31 소식이 송나라 진종(眞宗)을 보필한 위국공(魏國公) 왕단(王旦)의 공적을 기려 지은 「삼괴당명(三槐堂銘)」에 "회나무 그늘이 뜰에 가득하다[槐陰滿庭]"라고 했다. '괴음(槐陰)' 즉 '회나무 그늘'은 조상의 음덕으로 훌륭한 자손이 나올 것을 예측하는 말이다. 송나라 초 왕호(王祜)가 집 뜰에 삼공을

| | |
|---|---|
| 뽕나무 활 쑥대 살로 어린 뜻을 키워, | 蓬矢四方適 |
| 십 년을 서쪽 담에 대나무 키우더니 | 十載西垣竹 |
| 보무당당하게 청운의 객 되었도다. | 步武青雲客 |
| 가지 흔들자 상아 방울 울리는 소리 | 撼柯牙鈴響 |
| 잎 지자 주렴 사이 제비 날아가는 듯. | 墜葉簾燕翩 |
| 저 맑고 연약한 자질이 사랑스럽다만 | 憐渠淸脆質 |
| 세모에 시들지 않는 측백나무에겐 부끄러우리. | 還愧後凋栢 |
| 더위가 지경 따라 서늘하게 바뀌면 | 炎涼逐境移 |
| 색태와 형상은 끝내 적멸로 돌아가리니, | 色相終歸寂 |
| 골짝에 있어야 할 것을 | 如何邱壑物 |
| 어찌하여 달관의 자리에 두랴. | 寘之達官席 |
| 푸른 봉우리의 의태를 자세히 감상하며 | 細玩青嶂意 |
| 이 훌륭한 나무를 위해 애석해하나니, | 重爲嘉樹惜 |
| 나의 시가 너무도 냉담하고 떨떠름하여 | 我詩太冷澁 |
| 그대 목구멍을 찌르지나 않을지. | 恐君喉生戟 |

한편 서영보는 이만수의 시에서 사용된 운자를 똑같이 사용했다. 그의 문집에 「기영의 동쪽 누대 담장에 있는 벽오동나무가 처마에 가득 드리워져서 팔을 뻗으면 잡을 수 있을 것만 같다. 한창 더운 계절에 누대에 앉아 있노라니 문득 심주 그림의 뜻이 생각났다. 극옹이 이 말을 듣고는 기뻐하면서 스스로 시를 지어 아우 욱수에게 쓰게 하고 기수에게 석전의 그림을

상징하는 세 그루 회나무를 심어 놓고, "내 자손 중에 삼공이 되는 자가 반드시 나올 것이다[吾子孫必有為三公者]"라고 예언했는데, 과연 그의 아들 왕단이 진종 때 18년 동안이나 재상 노릇을 했다고 한다.

그림 50 심주, 〈벽오청서도〉, 종이에 수묵, 22.5×14cm, 대영미술관 소장.

본떠 그리게 하여 나에게 보내 주었다」라는 제목으로 1수가 실려 있다.[32]

| | |
|---|---|
| 〈벽오청서도〉는 | 碧梧淸暑圖 |
| 석전이 채색하여 그린 것. | 石田所粉碧 |
| 누구의 집인지는 모르겠으나 | 未省此誰家 |

32 徐榮輔, 「畿營東樓, 墻梧滿簷, 伸腕可把. 暑月坐樓, 輒憶沈周畫意. 屐翁聞而喜之, 自爲詩, 使其弟旭秀寫, 耆秀倣石田畫以贈」, 『竹石館遺集』 冊1 詩.

| | |
|---|---|
| 경내가 고요하고 외졌구나. | 其境窈而僻 |
| 관아 누대는 담 안에 벽오동이 들어차 | 官樓滿墻梧 |
| 두 그루가 일백 자 높이. | 兩本高百尺 |
| 바람 난간을 교대로 덮어 주고 | 風欄覆交加 |
| 푸른 윤기가 침상 머리에서 옮겨 가서, | 蒼潤床頭易 |
| 허리띠 풀고 나날이 기꺼워하여 | 緩帶日忻舒 |
| 더위 잊어 여름날이 쾌적하기에, | 忘暑夏之適 |
| 『개자원화보』만 상상할 뿐 | 空想芥園譜 |
| 형산 문징명文徵明 없어 한탄하던 차, | 恨無衡山客 |
| 홀연 시와 그림을 보내 주시니 | 忽枉詩畫寄 |
| 그대 마음이 어디에 집을 두었는지 깨달았다오. | 會君心所宅 |
| 그림 펼쳐 보고 또 시를 읽노라니 | 展畫復讀詩 |
| 삽상하게 바람 따라 날개 돋는 듯하네. | 颯欲風生翮 |
| 그림의 모사가 신품에 가까워 | 摸寫逼神品 |
| 샘물 곁 측백나무 우람도 하다.[33] | 峭蒨寒泉柏 |
| 거연한 그림 속 사람이 | 居然畫中人 |
| 나의 허적한 심태를 도와주기에, | 與我相虛寂 |
| 펼쳐서는 흰 벽에 붙여 놓자 | 張之貼素壁 |
| 순욱荀彧의 향기가 자리에 있는 듯.[34] | 荀令香在席 |

33 『문선(文選)』에 수록된 진(晉)나라 좌사(左思)의 「초은시(招隱詩)」에 "앞에는 찬 샘물이 나오는 우물, 애오라지 심신을 맑게 해 주고, 우람하여라 푸른 수풀 사이로, 대나무와 측백나무가 참된 본성을 보여 주네[前有寒泉井, 聊可瑩心神, 峭蒨青葱間, 竹柏得其眞]"라는 말이 나온다.

34 후한의 상서령(尙書令) 순욱(荀彧)은 특이한 향을 얻어 옷에 배게 했으므로 그가 머물러 앉으면 자리에 사흘간 향내가 없어지지 않았다고 한다.

그림 51 왕안절, 『개자원화전』 초집 제5책, 1880~81년 간, 전천문영당, 일본국회도서관 소장.

세상에 드문 시·서·화 삼절을 三絶世罕覩
나에겐 아끼지 않았구려. 於我故不惜
응답 시가 거친 걸 괴이타 마오 酬詩莫恠麤
관찰사는 수염이 창처럼 뻗었다오.[35] 刺史髯如戟

35 수염이 창날처럼 뻗침은 기개가 웅건함을 뜻한다. 남조 송나라 폐제(廢帝) 경화(景和) 연간에 산음공주(山陰公主)가 저언회(褚彦回)를 찾아가서 유혹했으나 저언회가 뜻을 변치 않자, 공주가 "그대는 수염이 창날과 같거늘 왜 장부의 뜻이 없소?[君鬚髯如戟, 何無丈夫意]" 했다. 저언회는 "제가 불민합니다만, 어떻게 감히 먼저 난리의 사다리를 만들겠습니까?[回雖不敏, 何敢首爲亂階]"라고 답했다고 한다.

# 명대 화인과 문인 시문의 차용

## 1.

장승업의 〈방황학산초추강도倣黃鶴山樵秋江圖〉는 원나라 황학산초 왕몽王蒙의 〈추강도〉를 모방하되 독자적인 경지를 연 작품이다. 멀리 둥글둥글한 산들이 모여 있고 가까이 조각배를 강에 띄운 한 사람이 낚싯대를 드리우고 있다. 앞쪽 강 마을에는 우거진 나무숲 사이에 장난감 같은 집이 서너 채 고즈넉하다.

화면의 위에는 한문으로 화제를 써 놓았는데 이런 내용이다.

| | |
|---|---|
| 동무도 없이 돌아가는 길 | 無人伴歸路 |
| 홀로 조각배를 띄웠구나. | 獨自放片舟 |

그림 52 장승업, 〈방황학산초추강도〉, 종이에 수묵, 22×21.4cm, 서울대학교박물관 소장.

기묘년(1879) 가을, 대원 장승업이 황학산초의 〈추강도〉를 모방하다.

己卯秋大元張承業, 倣黃鶴山樵秋江圖

약간 쓸쓸하다. 조각배를 띄웠는데, '홀로' 띄웠다고 했다. 그림을 보면 조각배 위에서 낚시하는 모습이어서, '돌아갈 배'가 아니라 '낚싯배'처럼 보인다. 실은 낚시하는 모습은 귀거래 이후의 모습이요, '조각배'는 귀거래 이후의 청정한 심사를 상징한다. 그러니까 "동무도 없이 돌아가는 길"은 자연 속에 즐기다가 집으로 돌아가는 길이란 뜻이 아니라 도성과 관리 생활을 버리고 귀거래하는 길이란 뜻이다.

이 오언 2구는 명나라 심주의 오언 절구 「편주추수片舟秋樹」에서 제3구(전구)와 제4구(결구)를 따온 것이다.

들판 나무는 붉은 잎을 벗었고　野樹脫紅葉
굽어 나간 못에는 푸른 물 얽힌다.　回塘交碧流
동무도 없이 돌아가는 길　無人伴歸路
홀로 조각배를 띄웠구나.　獨自放扁舟

귀거래할 배로 조각배를 떠올리는 것은 두보 시에서 나왔다.

심주는 명나라 때 오吳 지방의 은사로, 호는 석전이다. 산문은 『춘추좌씨전』을, 시는 백거이·소식·육유를, 글씨는 황정견을 각각 모방했다. 그림에 뛰어나 당인唐寅·문징명·구영과 함께 사가四家로 일컬어졌다. 수묵담채의 산수화는 제자 문징명에 이르러 오파吳派를 형성했으며, 동기창에 이르러 절정에 다다랐다. 조정에서 여러 차례 불렀으나, 늙은 모친을 떠날 수 없다는 이유로 끝까지 벼슬길에 나가지 않았다. 군수가 자기 집 벽에 그림을 그릴 화공을 징발하자 심주를 미워한 어떤 사람이 그의 이름을 부역자 명단에 넣었다. 어떤 사람이 귀인에게 부탁하여 부역을 면하도록 하라고 권했으나, 심주는 "귀인에게 부탁하는 것은 욕이 아니겠는가?" 하고는, 부역을 마치고 돌아왔다고 한다. 정덕正德 연간에 83세로 죽었다. 『명사明史』「은일열전隱逸列傳」에 입전되어 있다.

명나라 진계유陳繼儒(1558~1639)의 『미공십부집眉公十部集』에 보면 심주가 화여덕華汝德의 골동품을 잘 감별해 주었다는 고사가 있다. 화여덕은 상고루尙古樓에 거처하면서 관冠·신발·반우盤盂·궤탑几榻 등을 모두 옛 제도대로 모방했다. 또 옛 명필·명화와 정이鼎彝 등을 열심히 모았으며, 모은 것들이 을품乙品 이하로 떨어지는 것이 없었다. 화여덕은 때때로 작은 배에 골동품을 싣고 심주를 찾아갔는데, 두 사람은 서로 자기의 소장품을 내놓고 품평을 하면서 수십 일 동안 함께 지내기도 했다. 명나라 헌종 성화

成化 연간과 효종 홍치弘治 연간에 중국 동남방의 선비들은 심주를 제일로 치고 화여덕을 그다음으로 쳤다. 심주의 아들 심운홍沈雲鴻은 자가 유시維時인데, 그도 옛 기물과 서화를 별나게 좋아했다.

18세기 중반 조선의 예술계에서 연객烟客이라는 호로 널리 알려진 허필許佖(1709~1761)은 1735년(영조 11) 진사가 되었으나 이후 대과에 오르지 못했고, 시·서·화에 전념하여 삼절로 일컬어졌다. 그의 산수화는 바로 심주의 양식을 따랐다고 한다.[36]

한편 강세황의 『표암묵희첩豹菴墨戲帖』 중 〈무인편주도無人片舟圖〉도 마찬가지로 심주의 시 가운데 "동무도 없이 돌아가는 길, 홀로 조각배를 띄웠구나[無人伴歸路, 獨自放扁舟]"를 화제로 했다.[37] 강세황의 그림은 빈 배만을 그리고 낚시하는 모습은 그리지 않았으니, 귀거래의 심사를 더욱 잘 드러냈다고 할 수 있다. 심주의 시에서 '무인반無人伴'은 '무인작반無人作伴'의 뜻이다. 심주의 다른 제화시에 "물풀 꽃 손에 쥐고 서글프게 탄식하나니, 함께 상군께 푸닥거리할 사람 없기에[手把蘋花却惆悵, 無人作伴賽湘君]"라고 했다. 그런데 강세황은 심주의 시를 『장백운선명공선보張白雲選名公扇譜』에서 보았을 가능성이 높다.

## 2.

『장백운선명공선보』는 줄여서 『명공선보』라고 한다. 명나라 말 만력 연

36 본관은 양천(陽川), 자는 여정(汝正)이다. 호는 연객 이외에 초선(草禪) 혹은 구도(舊濤)라고도 했다. 이용휴가 허필의 지명(誌銘)을 작성해서, 청빈하고 소탈한 성격과 문학과 예술품을 사랑하는 그의 태도를 묘사했다.

37 윤철규(2016), 『시를 담은 그림, 그림이 된 시—조선시대 시의도』, 마로니에북스, 149~150, 250~251쪽.

간에 항주 청회재淸繪齋에서 출판한 선면화보扇面畫譜로, 천계天啓 연간에 황봉지黃鳳池가 집아재集雅齋에서 재출간하여 『집아재화보集雅齋畫譜』 또는 『팔종화보八種畫譜』의 하나로 꼽힌다. 『명공선보』에 실린 일수양안一水兩岸 구도의 강변누각 산수화는 조선 후기 산수화에 자극을 주었다. 윤두서·정선·조영석·이인상·강세황·최북·정수영·김홍도 등이 모두 이 화보를 작품 제작에 참고했다고 한다.[38]

강세황은 『첨재화보忝齋畫譜』(1748)에, 명나라 이동양李東陽(1447~1516)의 「제화이절題畫二絶」 가운데 다음 한 수를 서예로 남겼다.

| | |
|---|---|
| 그윽한 바윗골에 굽어 나간 시냇가 | 隱隱幽巖曲曲泉 |
| 돌 숲 초가집엔 서까래 두셋. | 石林茅屋兩三椽 |
| 강산에 노닐려던 흥취 못 이루고 | 平生不盡江山興 |
| 그림만 그리다니 가련하여라. | 只是丹靑已可憐 |

이 시는 『명공선보』에 수록되어 있으므로, 강세황은 이 선보를 통해 이동양의 시에 접했을 가능성이 있다. 앞서 강세황의 〈무인편주도〉가 이 『명공선보』에 수록된 심주의 제화시 "동무도 없이 돌아가는 길, 홀로 조각배를 띄웠구나"를 화제로 한 것을 고려하면, 이 가능성은 매우 높다. 당시 강세황과 교유한 최북도 이동양의 이 시를 화제로 〈산수도〉와 〈석림묘옥도石林茆屋圖〉를 제작했다.[39]

38 유순영(2016), 「유경용(柳慶容, 1718~1753) 소장(所藏) 『장백운선명공선보(張白雲選名公扇譜)』와 조선후기 회화」, 『한국한문학연구』 64, 한국한문학회, 371~400쪽.

39 변혜원(2007), 「호생관 최북 회화세계 연구」, 고려대학교 석사학위논문, 54쪽; 조인희(2013), 『조선후기 詩意圖 연구』, 동국대학교 박사학위논문, 72~73쪽.

한편 이인상과 정수영의 〈풍림정거도楓林停車圖〉는 두목의 「산행山行」을 화제로 한 오요吳燿의 작품을 활용한 것이다. 정수영이 『명공선보』의 삽도를 충실히 따른 데 비해, 이인상은 중경의 수면을 생략하고 계곡물을 표현했으며, 암벽 형태, 수목 배치, 인물 표현에 변화를 주었다. 'ㄴ' 자로 꺾어진 필선, 바위 표면의 반복적인 선이 두드러진다.

이인상은 31세인 1740년에 그린 〈청호녹음도淸湖綠陰圖〉에서도 『명공선보』를 참고했다. 수각을 화면 오른쪽으로 옮겨 확대시켰지만, 전체 구도와 후경의 암벽 표현은 유사하다.

## 3.

김홍도도 당시로서는 근대 문학이라고 할 명나라 말기의 문학에서 제화의 어구를 취했다. 〈포의풍류도布衣風流圖〉(개인 소장)가 그 예이다.

이 그림은 김홍도 자신의 내면을 드러낸 그림으로 널리 알려져 있다. 그림의 제화문을 종래 김홍도의 자작이라고 보아 왔으나, 잘못이다.

> 종이창과 흙벽 속에 종신 포의로 지내며, 그 속에서 휘파람 불고 시를 읊네. 단원.
>
> 紙窓土壁, 終身布衣, 嘯詠其中. 檀園.

김홍도의 〈포의풍류도〉는 김홍도 자신의 〈월하취생月下吹笙〉과 비교할 때, 제시의 내용과 필체가 비슷하다. 다만 〈포의풍류도〉에서는 제화문을 통하여 이상적인 형상을 그려 보인 데 비하여, 〈월하취생〉은 중인 직업 화가로서의 울분을 표현했다.

〈포의풍류도〉에 적은 제화 시문은 실은 명나라 말 진계유의 『암유서사 岩幽棲事』에 수록된 다음 언설에서 취해 온 것이다.[40]

> 나는 늘, 일만 권의 기이한 책들을 소장하고 기이한 비단으로 갑을 싸고 기이한 향기로 쬐여 두고, 띠집에 갈대 발을 치고, 종이창에 흙벽을 두른 방 안에서 종신토록 포의로 있으면서 그 속에서 휘파람 불고 시 짓고 했으면 했다. 객이 웃으면서, "이 사람은 아무래도 하늘가의 기이한 인물이군요"라고 했다.

일만 권의 기이한 책들을 소장하고 띠집에 갈대 발을 치고 종이창에 흙벽을 두른 방 안에서 휘파람 불고 시 짓는 일의 즐거움은 현대인의 감각으로는 납득하기 어려울지 모른다. 하지만 명나라 말 부유한 문인들은 한가로움을 추구하여 이렇게 말하고는 했다. 김홍도는 일만 권 운운은 빼어 버리고 '종이창에 흙벽을 두른 방 안에서 종신토록 포의로 있으면서 그 속에서 휘파람 불고 시 짓고' 지내길 바랐다. 소박하고, 실현 가능한 꿈으로 바꾼 것이다.

40 陳繼儒, 『岩幽棲事』 卷1. "余每欲藏萬卷異書, 襲以異錦, 薰以異香, 茅屋蘆簾, 紙窗土壁, 而終身布衣, 嘯詠其中. 客笑曰: '此亦天壌一異人.'"

제4부

# 그림과 글씨의 변주

# 조선 유일의 역사기록화

## 1.

고려대학교박물관에 『북관유적도첩北關遺蹟圖帖』이 있다. 세로 41.2cm, 가로 31cm 종이에 그린 채색화 8점을 묶은 화첩이다.

17~18세기에 만들어졌다고 추정되는 이 역사고사 화첩은 북관(지금의 함경도 북부)에서 전승의 공적을 올린 8명의 장수들을 소재로 8종의 이야기를 각각 한 장에 담아내었다. 화첩을 펼쳤을 때 화제와 사실을 기록한 한문산문을 오른쪽에서 읽을 수 있게 하고, 그 왼쪽에서 채색의 그림을 감상하도록 안배했다. 각 그림의 화제는 다음과 같다.

① 척경입비拓境立碑　　② 야연사준夜宴射樽

③ 야전부시夜戰賦詩 ④ 출기파적出奇破賊
⑤ 등림영회登臨詠懷 ⑥ 일전해위一箭解圍
⑦ 수책거적守柵拒敵 ⑧ 창의토왜倡義討倭

『북관유적도첩』의 각 그림은 전경·중경·원경의 뚜렷한 삼단 구도를 취하고 있다. 그러면서 〈척경입비〉와 〈야전부시〉는 중심을 한쪽에 치우치게 해 두고, 〈등림영회〉는 이야기의 장면을 화면 우측에 응축시켜 두는 등, 구도를 각기 달리했다. 산수는 단선점준短線點皴과 흑백 대비, 불규칙한 윤곽선을 이용해서 묘사했으며, 소나무 언덕을 돌출시켜 두기도 했다. 인물의 손가락이나 말의 발굽까지 가는 선으로 세밀하게 묘사했으며, 소의 등줄기는 점선으로 처리하고 다리는 반쯤 담묵으로 칠했다. 차일은 반달 모양으로 처리하면서 푸른색 주름단을 그려 넣었으며, 용마루는 지붕보다 짙게 채색했다.[1]

이 화첩은 1708년(숙종 34) 건립된 북관대첩비의 내용을 담고 있는 것으로 보아 18세기 이후 제작한 것이 분명하다. 1693년(숙종 19) 이단하李端夏(1625~1689)의 『북관지北關志』가 회령에서 간행, 유포된 것과 관련이 있을 것이다. 『북관지』는 본래 이식李植(1584~1647)이 북도평마사로 있을 때 함경도 군읍지를 모으기 시작해서 그 아들 이단하가 함경도 십부十府의 읍지를 개괄한 것이다. 1693년 북병사(함경도 경성 북병영에 두었던 병마절도

1 고려대학교박물관 편(2001), 『조선시대 기록화의 세계』; 안휘준·민길홍 편(2009), 『(역사와 사상이 담긴) 조선시대 인물화』, 학고재.

사) 신여철申汝哲(1634~1701)이 초간하고, 1784년 신여철의 후손 신대겸申大謙이 중간했다. 『북관지』 이후로, 함경도의 인문지리를 다룬 『북로기략』·『북관기사』·『북여요선』·『북관읍지』 등이 연이어 나왔다.

본래 함경도는 철령관 북쪽 땅이라는 뜻에서 관북이라 일컬었다. 팔도 중 면적이 가장 넓으며, 험준한 산악과 무성한 삼림, 추운 기후, 여진족의 내습, 부족한 농토 때문에 인구가 정착하기 어려웠다. 18세기 이후 회령과 경원을 중심으로 만주 무역이 활발하게 되고, 금·은 등 풍부한 지하자원을 바탕으로 광업·수공업이 발달했다. 1895년(고종 32) 23부제가 실시됨에 따라 함흥부·갑산부·경성부가 설치되었으며, 1896년 13도제가 실시되면서 함경남도와 함경북도로 나뉘었다. 그 가운데 조선 세종 때 김종서와 이징옥이 개척한 종성·온성·회령·경원·경흥·부령 등 옛 육진 지역이 있는데, 이곳을 북관北關 혹은 북새北塞라고 불렀다.

정조 때 개명관료 홍양호洪良浩(1724~1802)는 조선 태조가 고려 말에 나하추를 몰아낸 사적을 자세히 조사하여 장편 시가로 찬양했다. 그리고 백두산정계비를 세울 때 우리나라 대신이 청나라 차사 목극등에게 실측을 위임하여 국경의 일부를 잃었던 뼈아픈 일을 여러 시에서 거론했다. 또 홍양호는 1794년(정조 18) 삼국시대부터 조선 인조대까지의 명장의 전기를 『해동명장전』으로 엮었는데, 1816년(순조 16) 6권 3책의 목활자본이 나왔다. 권1에 윤관尹瓘(?~1111), 권2에 오연총吳延寵(1055~1116), 권4에 어유소魚有沼(1434~1489)·이순신, 권5에 정문부鄭文孚(1565~1624) 등이다. 김종서金宗瑞(1383~1453)·신숙주申叔舟(1417~1475)·남이南怡(1441~1468), 신립申砬(1546~1592)의 전은 세워 주지 않았다.

남이는 예종 때 유자광의 고변으로 거열형을 당한 이후, 1818년 3월 10일, 우의정 남공철의 청에 따라 강순과 함께 사면되어 관작이 복구되었

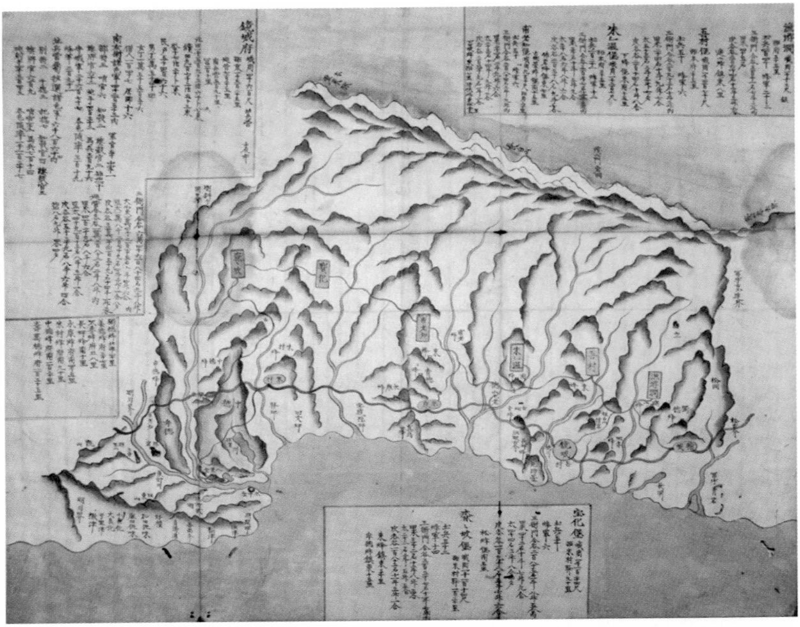

그림 53 『해동지도』 경성부 부분, 조선 후기 채색지도, 고려대학교중앙도서관 한적실 소장. 역로와 보를 명시했다.

으며, 1910년 충무忠武의 시호가 추증되었다. 혹, 『북관유적도첩』은 1818년 남이의 관작이 복구된 이후 이루어진 것일 수도 있다.

## 2.

첫째 그림 〈척경입비〉는 고려의 윤관이 함경도에서 여진족을 물리친 전공을 소재로 삼았다. 고려 예종 2년인 1107년, 윤관이 행영대원수가 되고 오연총이 부원수가 되어 17만 대군을 이끌고 북관의 여진족을 몰아내고 6성을 쌓고, 선춘령에 '고려지경高麗之境' 비석을 세운 일을 화폭에 담은

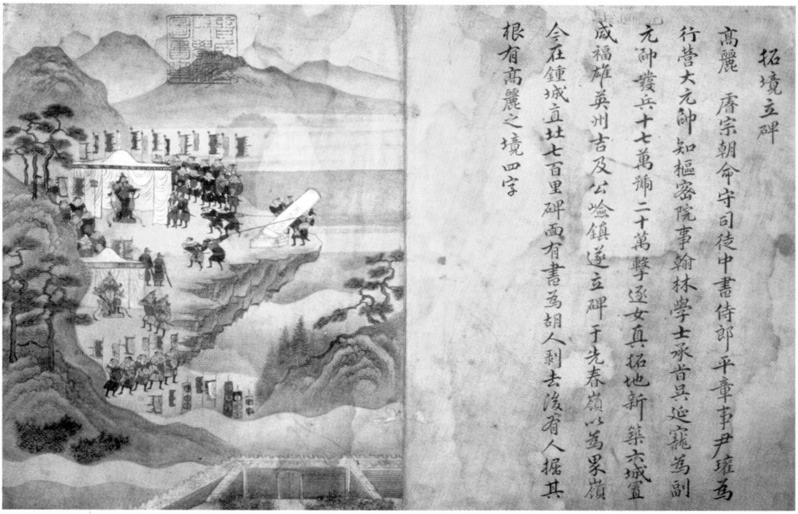


그림 54 『북관유적도첩』 1 〈척경입비〉, 종이에 채색, 41.2×31cm, 고려대학교박물관 소장.

것이다. 그림 오른쪽에 다음 제화문이 있다.

변경을 개척하고 비를 세우다.

고려 예종조에 수사도 중서시랑 평장사 윤관을 행영대원수로 명하고 지추밀원사 한림학사 승지 오연총을 부원수로 명하여, 병사 17만, 호하길 20만을 출동시켜 여진을 공격하여 쫓아내고 지경을 개척한 후 새로 여섯 성을 쌓아서 위주·복주·웅주·영주·길주·공험진을 두었다. 마침내 선춘령에 비를 세워 경계를 삼았다. 선춘령은 지금 종성에서 곧바로 북쪽으로 7백 리 되는 곳에 있다. 비면에 글씨가 있었으나 호인이 벗겨 내 버렸다. 뒤에 어떤 사람이 그 뿌리를 캐어 보니 '고려지경'이란 네 글자가 있었다.

拓境立碑. 高麗睿宗朝, 命守司徒中書侍郎平章事尹瓘爲行營大元帥, 知樞密院事翰林學士承旨吳延寵爲副元帥, 發兵十七萬, 號二十萬, 擊逐女眞, 拓地, 新築六城, 置威福雄英吉州及公嶮鎭. 遂立碑于先春嶺以爲界. 嶺今在鍾城直北七百里. 碑面有書, 爲胡人剝去. 後有人掘其根, 有高麗之境四字.

『세종실록』「지리지」에 따르면 윤관이 9성을 쌓고, 9성의 하나인 공험진의 선춘령에 비를 세웠다고 한다. 이때 선춘령은 함길도 경원도호부 동북쪽 700리에 위치해 있었으며, 선춘현先春峴이라고도 표기했다. 경원도호부의 동림성東林城에서 북쪽으로 5리쯤 소다로영 터[所多老營基], 다시 북쪽 30리에 회질가탄會叱家灘, 거기서 강을 건너 10리에 현성縣城, 그리고 북쪽 90리에 어라손참於羅孫站이 있다. 거기서 북쪽 30리에 허을손참虛乙孫站, 북쪽 60리에 유선참留善站, 동북쪽 70리에 거양성巨陽城, 그리고 서쪽으로 60리에 선춘현에 이른다.

하지만 조선 후기의 한백겸韓百謙은 『동국지리지』에서 선춘령이 두만강 북쪽 700리가 아니라 길주 이남에 있었다고 했다. 마운령에 있는 석추石樞 터가 진흥왕순수비가 있던 곳임을 확인하지 못하고 그곳에 선춘령비가 있었다고 본 것이다. 일제강점기 일인학자들은 『세종실록』「지리지」를 배격하고 선춘령을 마운령이나 함관령에 비정했다.

고려 때 정주(정평)·삭주(춘천)의 여진 사람들은 신민 노릇을 하고 있었는데, 오아속이 추장이 되고는 배반하여 정주 선덕관성에 난입했다. 윤관이 동북면 행영도통이 되어 출정하여 그들과 강화를 맺고 돌아온 후 군사를 조련하고 군량을 축적할 것을 건의했다. 예종 즉위 후 윤관은 중서시랑 동평장사로서 원수가 되고 지추밀원사 오연총은 부원수가 되어 장춘역에 진을 치고서 17만 병력을 20만이라 호칭했다. 윤관은 병마령할 임언과 최홍정으로 하여금 정예군을 거느리고 동음성冬音城의 적을 격파하게 하는 등, 승전을 거듭했다. 그러나 이듬해(1108) 윤관과 오연총은 가한촌으로 진군했다가 매복한 적에게 대패하고, 척준경의 도움으로 위기를 벗어났다. 윤관은 영주·복주·웅주·길주·함주 및 공험진 등지에 9성을 쌓고, 공험진에 비석을 세워 경계로 삼았다. 그리고 아들 윤언순 편에 하례하는 표문을 올리고, 임언을 시켜 공적을 영주(길주군) 관청의 벽에 기록하게 했다. 이듬해(1109) 여진이 길주를 포위했을 때 오연총이 그들과 싸우다가 대패하자, 윤관이 가서 적과 가까스로 강화하고 돌아왔다. 1111년(예종 6) 죽으니 시호를 문경文敬이라 했다가 후에 문숙文肅으로 고쳤다. 『고려사』 열전에 따르면, 윤관은 학문을 좋아하여 군중에 있으면서도 항상 오경을 가지고 다녔다고 한다.

오연총은 황해도 해주 사람으로, 집안이 한미했으나 과거에 급제한 뒤로는 거듭 승진했다. 윤관을 따라가 여진을 쳐부수고 영토를 개척하여 9성을 쌓았으며, 공신첩에 이름이 올랐다. 여진이 다시 웅주(길주군)를 포위했을 때는 출병하여 개선했으나, 여진이 길주를 포위했을 때는 공험진에서 대패했다. 1116년 62세로 죽으니, 시호를 문양文襄이라 했다.

둘째 그림 〈야연사준〉은 세종 때 김종서가 야인을 격퇴하고 4진을 설치해 두만강을 경계로 국경을 확정한 뒤 도순문찰리사都巡問察理使로 있을 때의 일화를 그림으로 그렸다. 김종서가 야연을 베풀고 있는데 화살이 날아와 술항아리에 적중했으나, 김종서는 "간사한 자가 나를 시험할 뿐이다"라고 하고는 연회를 계속했다고 한다. 그림 오른쪽의 제화문은 다음과 같다.

한밤에 연회를 열 때 활로 술동이를 쏘다.

우리 세종조에 도순문찰리사 김종서가 이미 육진을 설치한 후에도 여

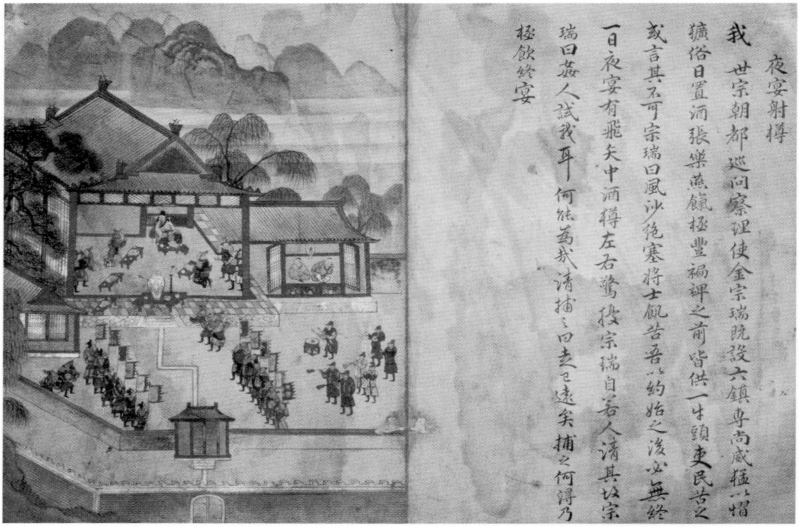


그림 55 『북관유적도첩』 2 〈야연사준〉, 종이에 채색, 41.2×31cm, 고려대학교박물관 소장.

전히 위엄과 용맹을 써서 사나운 풍속의 토착민과 이족들을 벌벌 떨게 했다. 날마다 술자리를 벌이고 음악을 베풀어, 연회의 음식을 극히 풍족하게 진설했으며, 편장과 비장 앞에는 모두 소 한 마리를 잡아 공궤했으므로, 아전과 백성들이 괴롭게 여겼다. 어떤 사람이 옳지 못하다고 말하자, 김종서는 “바람이 거세고 모래밭이 끝없는 인적 끊긴 변새에서 장수들과 병사들이 굶주리고 괴로움을 겪고 있거늘, 내가 절약으로 시작할 것 같으면 후에 반드시 좋게 끝나지 않을 것이다”라고 했다. 하루는 밤에 연회를 벌였는데, 화살이 하나 날아와서 술동이를 맞혔다. 좌우 사람들이 놀라서 소란을 피웠으나, 김종서는 태연자약했다. 사람들이 그 이유를 알려 달라고 청하자, 김종서는 “간악한 자가 나를 시험하는 것일 뿐이다. 어찌 할 수 있겠는가?”라고 했다. 범인을 체포하게 해 달라고 청하자 “이미 멀리 도망했을 것이니, 어찌 붙잡을 수 있겠느냐?"라 하고는 술을 잔뜩 마시고 연회를 마쳤다.

夜宴射樽. 我世宗朝都巡問察理使金宗瑞, 旣設六鎭, 專尙威猛, 以慴獷俗. 日置酒張樂, 燕饌極豐, 褊裨之前, 皆供一牛頭, 吏民苦之. 或言其不可, 宗瑞曰: "風沙絶塞, 將士飢苦, 吾以約始之, 後必無終." 一日夜宴, 有飛矢, 中酒樽. 左右驚擾, 宗瑞自若. 人請其故, 宗瑞曰: "姦人試我耳. 何能爲哉?" 請捕之, 曰: "走已遠矣. 捕之何得?" 乃極飮終宴.

김종서는 태종부터 단종 때까지 문신으로 있으면서 무신을 겸했다. 체구는 작았으나 지혜가 많았다. 호는 절재節齋, 본관은 순천이다. 1405년(태종 5) 문과에 급제했다. 세종 때 함길도 도절제사로 있으면서 세종에게 건의하여 북관에 4진을 설치하게 했다. 문종 말 1452년에는 좌의정에 올라, 황보인과 함께 고명을 받았다. 단종 계유년인 1453년 세조가 정난을 일으켜 살해했다. 묘는 공주 무성산 아래에 있으며, 시호는 충익이다.

고려 말 홍건적과 나하추가 동북면에 침입하고, 또 여진족 우량하·오도리가 발호해서 국경지대가 소란했다. 태조는 즉위한 다음 해인 1393년 동북면 안무사 이지란으로 하여금 갑주(갑산)와 공주(경흥 남쪽)에 성을 쌓게 했다. 또 1398년(태조 7) 정도전을 동북면 도선무순찰사로 삼아 동북면의 주·부·군·현의 지계를 정하고 공주의 토성을 석성으로 개축하여 경원부를 설치하게 했다. 하지만 1409년(태종 9) 우디하가 경원부를 자주 습격하자 부를 경성으로 옮겼다. 1422년(세종 4) 혐진우디하 100여 명이 경원부의 아산·고량지에 침입하고 10월에는 우량하 200여 명이 경원부의 부회환에 침입했다. 김종서는 북변을 강화해야 한다고 주장했다. 세종은 1432년 경원부 서쪽 석막(이후의 부령)에 영북진을 설치했다. 이듬해 우디

하족이 알목하(오음회)의 오도리족을 습격하여 추장 건주좌위도독을 죽이고 도망가자, 김종서를 함길도 도절제사에 임명하고 그 이듬해 4진을 설치하게 했다.

세종은 김종서를 신임했다. 1435년 10월 김종서의 어머니가 죽자 세종은 김종서를 역마로 불러 분상하게 하고, 또 관과 덧널, 부의를 내려 주었다. 그리고 11월 승정원에 명하여, 김종서에게 100일 뒤에는 고기를 먹고 부임하도록 권하라고 했다. 1440년 오도리의 동창과 범찰이 불만을 품어 야인들이 모두 도망가자, 7월 5일 세종은 인순부윤 김돈과 도승지 성염조를 불러서 김종서에 대한 문책을 논의케 했다. 당시 김종서를 비방하는 말이 나돌았다. 야인들이 조회하러 올 때 관기에게 어교魚膠를 뇌물로 주는 자만 서울에 가도록 허가했고, 둔전을 너무 많이 경작하여 폐단을 낳았으며, 군사를 모아 여러 날 사냥으로 유희했고, 오랑캐로 하여금 군영의 창기에게 뇌물을 바치게 했다는 등등의 비방이었다. 7월 17일 김종서는 결백을 주장하는 글을 올렸다. 12월 3일 세종은 김종서를 형조 판서에 임명하여 불러들이고 이세형을 도절제사에 임명하게 된다.

『북관유적도첩』의 〈야연사준〉의 이야기는 권별權鼈 찬 『해동잡록海東雜錄』에 인용된 『수언粹言』에 조금 다르게 전한다.

김종서가 군진을 매우 엄하게 다스리자 관리나 군사들이 괴롭게 여겨 그를 죽이려는 자들이 적지 않았다. 그런데 김종서는 자주 잔치를 열어 비장 100명에게 모두 우족의 큰 고깃점을 나누어 주었다. 어떤 사람이 절제해야 한다고 간언하자, 김종서는 이렇게 말했다고 한다. "북쪽 변방은 국왕이 흥기한 땅이다. 조종 때 넓히고자 했으나 실행하지 못했다가 이제 다행히 강토를 개척했다. 장병들이 10년이나 멀리서 수자리를 섰으니, 이와 같이 하지 않으면 위로할 방법이 없다. 더구나 일을 처음 시작할 때는

그림 56 『북관유적도첩』 3 〈야전부시〉, 종이에 채색, 41.2×31cm, 고려대학교박물관 소장.

야박하게 해서는 안 된다.”

조선은 선춘령 이남을 포기했다. 하지만 그것은 세종과 김종서의 잘못이 아니다. 그들은 육진을 개척함으로써 실지를 회복했고, 두만강을 국경으로 삼아 우리 영토를 확보했던 것이다.

셋째 그림 〈야전부시〉는 1460년(세조 6) 육진의 번호藩胡가 반란을 일으키자 신숙주가 함길도 도체찰사가 되어 야인을 정벌했던 이야기를 그림으로 그린 것이다.

당시 오랑캐가 밤을 이용해 습격해서 군중이 동요했지만 신숙주는 미동도 하지 않은 채 막료를 불러서는 시 한 수를 읊었다. 그러자 장수와 군사들이 더 이상 동요하지 않았다고 한다. 신숙주의 이 시를 혹 ‘오히려 적군을 위로하는 시’라고 설명하기도 하는데 잘못이다. 그림 오른쪽의 제화문은 이러하다.

> 한밤의 전투에서 시를 짓다.
>
> 세조 때 육진의 번호가 반란을 일으키자 신숙주가 원수가 되어 가서 정벌하여, 길을 나누어 깊이 들어가 격파했다. 오랑캐가 밤을 타고 와서 습격하자, 군영의 병사들이 소란스럽게 떠들면서 응전을 했으나, 신숙주는 굳건히 그대로 누워 있으면서 막료를 불러 절구 한 수를 즉흥적으로 입으로 불렀다. "오랑캐 점거지에 서리 내려 추운 변방, 100리 사이에 철마가 종횡하누나. 밤사이 전투가 끝나지 않고 날이 새려 하는 때, 누워서 바라보니 북두성이 비껴 있구나." 장수와 군사들이 그의 편안하고 한가함을 보고서는 이에 힘입어 동요하지 않았다.
>
> 夜戰賦詩. 世祖朝六鎭藩胡反側, 命申叔舟爲元帥, 往征, 分道深入, 擊破之. 虜乘夜來襲, 營中喧呼應戰, 叔周堅臥不動, 召幕僚, 口占一絶曰: "虜中霜落塞垣寒, 鐵馬縱橫百里間. 夜戰未休天欲曉, 臥看星斗正闌干." 將士觀其安閒, 賴以不擾.

신숙주는 눈이 매우 아름다웠다고 한다. 동지중추부사 홍경손이 젊었을 때 성균관에서 발원시發願詩를 지어 신숙주의 눈을 언급할 정도였다. 신숙주의 본관은 고령, 1438년(세종 20) 생원시와 진사시에 모두 합격하고, 이듬해 친시 문과에서 을과로 급제했으며, 1447년의 중시 문과에서 다시 을과로 급제했다. 세종 때는 훈민정음 창제를 돕기 위해 한자음운을 배우려고 요동으로 가서 명나라 한림학사 황찬을 여러 차례 만났다. 문종 때는 정사 수양대군을 모시고 서장관으로서 중국에 다녀왔다. 수양대군이 정난을 일으킨 후 도승지에 임명되었고, 세조가 등극하자 대제학에 올랐다. 이때 세조의 왕위 등극을 알리는 주문사로서 명나라에 다녀왔다. 1460년 야인이 동북면을 자주 침입하자, 좌의정으로서 강원·함길도 도체찰사를 겸하여, 야인의 소굴을 소탕했다.

신숙주는 『세조실록』과 『예종실록』의 편찬에 간여했고, 『동국통감』의 편찬을 총괄했으며, 『국조오례의』도 다시 편찬했다. 1471년(성종 2) 일본과 유구 등의 지리와 정치문화, 외교상의 관례 등을 상세하게 밝힌 『해동제국기』를 저술했다. 세조와 성종은 신숙주의 공적을 인정해서 공신의 호를 여러 번 내렸다. 시호는 문충이다.

넷째 그림 〈출기파적〉은 세조 13년인 1467년, 길주 호족 이시애가 반란을 일으켰을 때 회령 부사 어유소가 좌대장으로서 적을 토벌한 이야기를 그림으로 옮긴 것이다.

어유소가 만령의 적을 치자, 적은 산 위에서 방어했다. 어유소는 정예군을 뽑아 초목과 헷갈리도록 푸른 옷을 입히고, 작은 배에 태워 벼랑을 따라 올라가서 적보다 더 높은 봉우리에서 적의 등을 보면서 북을 쳐 대게 했다. 그리고 적들이 당황할 때 군사들이 산을 올라가 대승을 거두었다고 전한다. 그림 오른쪽의 제화문은 아래와 같다.

기병奇兵을 내어 적을 격파하다.

세조조 정해년에 길주 사람 이시애가 길주를 거점으로 삼아 반란을 일으키자 도내의 여러 군읍들이 다투어 호응했다. 조정에서 어유소를 보내 토벌하게 했다. 홍원에서 크게 싸우고 다시 북청에서 싸웠으며 또 만령에서 싸웠는데, 적이 고지를 이용해서 험지를 거점 삼아 화살을 아래로 비처럼 쏟았으므로 아군이 위로 올라갈 수 없었다. 어유소가 몰래 작은 배에 정예병을 실어 푸른 옷을 입혀 초목의 색깔과 구별이 되지 않게 하

그림 57 『북관유적도첩』 4 〈출기파적〉, 종이에 채색, 41.2×31cm, 고려대학교박물관 소장.

고는, 바다 굽이를 경유하여 나무를 부여잡고 벼랑을 따라 돌아 나가 위쪽 봉우리에 이르러 적의 등을 아래로 깔아 보면서 북을 치고 소리를 지르자 적이 크게 놀랐다. 산 아래의 군사들이 기세를 타서 개미처럼 들러붙어 위로 올라가니, 적은 지탱하지 못하고 마침내 궤멸했다.

出奇破賊. 世祖朝丁亥, 吉州人李施愛, 據州以叛, 道內列郡邑, 爭應之. 朝廷遣魚有沼討之. 大戰于洪原, 又戰于北青, 又戰于蔓嶺, 賊乘高據險, 矢下如雨, 我軍不得上. 有沼潛以小舟載精兵, 著青衣與草木色無別, 由海曲, 攀木緣崖, 繞出上峯, 俯視賊背, 鼓譟, 賊大驚. 嶺下之軍, 乘勢蟻附以上, 賊不能支, 遂潰.

단종 원년인 1453년 10월, 수양대군은 김종서 등을 제거하고 정권을 장악한 뒤 이징옥을 김종서의 일당으로 몰아 파면하고 은밀히 그 후임으로 박호문을 보냈다. 이징옥은 박호문을 죽인 뒤, 병마를 이끌고 종성에 가서 대금황제라 자칭했으며, 도읍을 오국성에 정하고, 여진족의 후원을 받아 관군에 맞서려고 했다. 그래서 두만강을 건너려고 종성에 머물렀을 때 종성판관 정종과 이행검의 습격을 받아 아들 3명과 함께 피살되었다. 단, 정조 때 채제공蔡濟恭은 이징옥이 수양대군의 불법행위를 명나라에 호소하여 단종의 복위를 꾀했다고 글에서 논평했다. 이징옥은 1791년(정조 15) 모든 관직이 복권되었다.

어떻든 이징옥의 반란 이후 조선 조정은 관북을 더욱 차별했다. 이런 상황에서 세조 13년인 1467년, 함길도의 호족 이시애가 반란을 일으켰고, 함길도 출신 군인들은 다른 도 출신의 수령들을 살해했다. 세조는 어유소를 보내 난을 평정한 후 함길도를 남북 2도로 분리했다.

어유소의 본관은 충주로, 1451년(문종 원년) 내금위에 선발되었다가 1456년(세조 2) 3월 무과에 장원으로 급제했다. 1463년 가선대부로 회령부사가 되었는데, 1467년 이시애가 반란을 일으키자 좌대장으로서 반적을 토벌했다. 이 공으로 적개공신 1등, 예성군에 봉해지고 평안도 병마·수군절도사에 임명되었다. 그해 겨울 명나라가 건주위를 정벌할 때 강순康純의 좌상左廂 대장으로서 공을 세워, 공조 판서로서 이등공신에 봉해졌다. 1471년(성종 2) 좌리공신 4등에 봉해졌다. 1477년 5월 병조 판서가 되고, 이듬해 의정부 우찬성이 되었다. 1479년 명나라의 요청으로 다시 건주위를 정벌하게 되자 서정대장으로서 1만 군사를 이끌고 만포진에 이르렀다가 군사를 돌렸다. 이에 탄핵을 받아 경기도의 농장 근처에 부처되었다가 이듬해 강원도 양근군으로 유배되었다. 다음 해 8월 숭정대부에 올랐고, 행 동지중추부사가 되었다. 시호는 정장貞莊이다.

## 3.

다섯째 그림 〈등림영회〉는 남이가 군관으로서 이시애의 난을 평정하고 또 건주위 여진족을 토벌하고 개선하다가 백두산에 올라 '백두산석마도진白頭山石磨刀盡' 운운의 시를 지은 일을 소재로 삼았다. 그림 오른쪽의 제화문은 다음과 같다.

백두산에 올라 시를 읊다.

남이는 의성위(남빈)의 아들이다. 귀족의 자제로 태어났지만 용맹함이 특출났다. 약관의 나이에 이시애 난 진압군의 선봉으로 힘껏 싸워 공신 제1등에 책봉되었다. 승첩을 보고하자마자 황조(명나라)에서 건주 삼위의 야인을 협공하자는 명이 있어, 조정에서는 남이 등으로 하여금 군사를 돌려 나아가도록 했다. 야인의 소굴로 곧바로 이르러 가서 무수히 많은 목을 베어 소탕하고 돌아오다가, 백두산에 올라 다음 시를 지었다. "백두산 돌로 칼을 갈아 돌이 문대지고, 두만강 물로 말을 먹여 물이 다 없어지리라. 남아 스무 살에 나라를 평온하게 못 하면, 후세에 누가 대장부라 칭하랴?"

登臨詠懷. 南怡, 宜城衛之子也. 生於綺紈, 而驍勇絶倫. 年纔弱冠, 征從李施愛, 先登力戰, 策功第一等. 纔報捷, 皇朝有夾攻建州三衛野人之命, 朝廷使怡等回軍赴之. 直到巢穴, 斬馘無筭, 掃蕩而還, 登白頭山, 作詩曰: "白頭山石磨刀盡, 豆滿江波飮馬無. 男兒二十不平國, 後世誰稱大丈夫?"

남이의 본관은 의령, 조선 개국공신 남재의 5대손이다. 태종의 딸 정선공주와 의산군 남휘 사이에서 태어난 남빈이 그의 아버지이니, 세조에게 남이는 고종사촌의 아들이다. 세조가 1460년(세조 6) 실시한 무거武擧에

그림 58 『북관유적도첩』 5 〈등림영회〉, 종이에 채색, 41.2×31cm, 고려대학교박물관 소장.

급제하고, 1466년 발영시에도 급제했다. 1467년 김용달과 함께 포천·영평 일대의 도적 떼를 토벌했고, 그해 이시애의 난이 일어나자 도총사 이준의 토벌군에 군관으로 참여했다.

남이는 진북 장군 강순의 휘하에서 선봉장으로 활약하여 북청 전투에서 공을 세워, 행 부호군이 되었다. 이후 행 호군이 되어 종성에 주둔했으며, 적개공신 1등에 올랐다. 마침 명나라가 요동의 군사로 건주 여진을 토벌하려 하면서 조선에 파병을 요청해 오자 강순·어유소와 함께 윤필상이 이끄는 북벌군에 참여했다. 그해 음력 12월, 27세의 나이로 공조 판서가 되었으며, 사복장의 지위를 겸했다. 1468년 7월 20대의 이준이 영의정에 임명될 때 남이도 공조 판서와 오위도총부 도총관의 지위를 겸했다.

그러나 세조를 이어 왕위에 오른 예종은 남이를 좋아하지 않았다.

1468년(예종 즉위년) 10월 유자광의 고변으로 남이는 역모 혐의를 받았고, 10월 27일 강순과 함께 처형되었다. 남이와 강순 등 신진 세력이 한명회·김국광·노사신 등 훈구파와 대립한 것이 근본 원인이었다. 유자광은 남이 시의 '남아이십불평국男兒二十不平國'에서 '불평국'을 '미득국未得國'으로 고치고는 그것을 역모의 증거로 삼아 고발했다. 한참 오랜 뒤 1818년(순조 18) 3월에 이르러서야 남이는 강순과 함께 사면되어 관작이 복구되었다. 1910년(순종 3) 충무의 시호가 추증되었다.

여섯째 그림 〈일전해위〉는 1583년(선조 16) 온성 부사 신립이 경원도호부 훈융진을 습격한 여진족의 추장을 화살 하나로 죽인 일을 소재로 한 그림이다. 그림 오른쪽의 제화문은 다음과 같다.

> 활 하나로 포위를 풀다.
>
> 선조 계미년 봄, 적호 만여 철기가 와서 훈융진을 포위하고 장성문을 철거하고 충교를 만들어 성을 훼손하자, 성안에서는 화살이 다하고 병력이 고갈하여 거의 함락될 지경이었다. 온성 부사 신립이 변고를 듣고 사잇길로 내달려 와서 곧바로 포위망에 돌진해서 급히 공격했다. 적호 가운데 신립의 얼굴을 아는 자가, 신립이 괴수를 활 하나로 쏘아 맞혀 죽이는 것을 보고 놀라 말하길, "온성 영공께서 오셨다!" 하고는, 즉시 활을 거두어 퇴각했다. 성안 사람들이 바깥의 구원군이 온 것을 알고 문을 열어 협공해서, 승기를 타서 곧바로 짓이겨서 저들의 거처를 전부 쓸어버렸다.
>
> 一箭解圍. 宣祖癸未春, 賊胡萬餘騎來, 圍訓戎鎭, 撤長城門, 作爲衝橋, 毀城, 城中, 矢盡力渴, 垂陷. 穩城府使申砬聞變, 從間道馳來, 直突其圍, 急擊之. 賊胡有知砬面者, 見其快射魁酋一矢而斃, 驚曰: "穩城令公來也!" 卽揮

그림 59 『북관유적도첩』 6 〈일전해위〉, 종이에 채색, 41.2×31cm, 고려대학교박물관 소장.

弓退北. 城中知外救至, 開門夾擊, 乘勝直擣, 盡蕩窮廬.

신립의 본관은 평산으로, 22세 때 무과에 급제했으며, 1583년 온성 부사로 있었다. 이때 니탕개(마니응개)가 거느린 야인들이 훈융진을 공격해서 충교를 만들어 사면으로 성을 공격하자, 첨사 신상절이 항거하여 싸웠지만 화살이 떨어지고 힘도 다했다. 그때 신립이 사잇길로 달려와 한 개의 화살로 적의 추장을 쏘아 죽였다. 신상절도 성문을 열고 나와 신립과 합세하여 기세를 타고 적을 추격해서 70급을 베고, 두만강을 건너 그들의 부락까지 쳐들어가 소굴에 불을 지르고 돌아왔다. 5월에 또 종성에 쳐들어온 니탕개의 1만여 군대를 물리쳤다. 1584년 3월, 신립은 함경도 북병사가 되었고, 1588년 고미포의 야인 부락을 공격했다. 1590년 2월 평안도 병마절도사로 나갔다가 한성부 판윤이 되었다.

『국조보감』에서는 신립이 평소 철기를 훈련시켜 두었고, 또 육박전을 벌여 적을 압도했다고 논평했다. 『선조수정실록』의 내용과 같다. 1592년 임진왜란이 일어나자 신립은 삼도순변사가 되었다가 류성룡의 막하에 들어갔다. 그리고 부장 김여물 및 80명의 군관과 백성 수백 명을 모병하여 충주 탄금대에서 배수진을 쳤다. 하지만 4월 28일 고니시 유키나가小西行長의 왜군에게 패하고 김여물과 함께 남한강에 투신했다. 뒤에 영의정에 추증되었으며, 시호는 충장忠壯이다.

일곱째 그림 〈수책거적〉은 이순신 등이 1583년(선조 16) 가을, 여진족 추장 니탕개가 조산造山의 녹둔도에 침입했을 때 적을 막아 낸 이야기다. 녹둔도는 선조 때 이후로 국가에서 둔전을 두어 관리하던 곳인데, 1860년 북경조약 이후 러시아가 연해주 지역으로 남하하여 점유했다. 1884년에 조선은 러시아와 국교를 맺고 녹둔도를 반환받으려 했으나 흐지부지되고 말았다.

1579년 경흥도호부 순찰사 정언신鄭彦信(1527~1591)이 녹둔도에 둔전을 설치했다. 제화문은 정해년이라 했는데, 정해는 1587년이므로 연도가 맞지 않는다. 또 니탕개의 침입 때 이순신이 정언신 휘하의 조산 만호로서 적을 막아 낸 것은 1583년 가을의 일이다. 1670년(현종 11) 함경도 병마평사 이선이 중간한 『제승방략』에 그렇게 나와 있다.[2]

당시 여진족이 목책을 공격했는데, 목책을 지키던 대부분의 병사들은 들에 나가 농사짓는 백성들을 보호하고 있었다. 니탕개가 목책 안으로 들어오려 하자 목책 안의 아군이 그를 활로 쏘아 죽이니, 여진족이 퇴각했

2 『제승방략』의 기록은 『이충무공전서』 권13 부록5 「기실(紀實) 상」에도 전재되어 있다.

그림 60 『북관유적도첩』 7 〈수책거적〉, 종이에 채색, 41.2×31cm, 고려대학교박물관 소장.

다. 이순신 등은 적을 추격해서 여진족이 붙잡아 갔던 농민을 데려왔다. 목책 안에서 활을 쏘아 적을 죽인 사람은 『제승방략』에 따르면 이몽서李夢瑞라고 한다. 또 농민을 탈환해 온 사람은 이순신과 경흥 부사 이경록이다. 〈수책거적〉의 제화문은 목책 안에서 활을 쏜 사람의 이름을 밝히지 않았다.

책문을 지켜 적을 막아 내다.

선조조 정해년 순찰사 정언신이 녹둔도에 둔전을 설치하면서 조산 만호 이순신에게 그 일을 관장하게 했다. 가을에 이르러 수확의 시기에 번호의 여러 추장과 깊은 거점의 울지개 등이 소굴에 모이고 병장기를 추도에 감추어 두었다가, 지키는 군사들이 열세이고 농민들이 한창 들에 깔려 있는 것을 보고는 온 무리가 돌연 도발해서, 먼저 기병을 보내 목책을 포위하고 졸병들을 풀어서 크게 노략했다. 당시 장사들이 모두 장두(둔전하는 곳)에 나가 있었고, 남은 사람들은 얼마 되지 않아서, 지탱하기 어려울 판이었다. 추장 마니응개가 해자를 건너뛰어 장차 목책을 유린하려고 했는데, 목책 안에서 화살을 하나 쏘아 거꾸러뜨리자, 적의 무리가 퇴주했다. 이순신은 목책을 열고 나가 추격해서 농민들을 탈환했다.

守柵拒敵. 宣祖朝丁亥, 巡察使鄭彦信, 設屯田于鹿屯島, 令造山萬戶李舜臣, 掌其事. 至秋收穫之際, 藩胡諸酋, 與深處亐知个等, 嘯聚, 藏兵楸島, 見守護孤弱, 農民布野, 擧衆突出, 先使騎兵來, 圍木柵, 縱兵大掠. 時柵中將士, 皆出場頭, 餘者無幾, 將不能支吾. 酋長亇尼應个, 跳壕而入, 將欲踰柵, 自柵中一箭射倒, 賊徒退走. 舜臣開柵, 追擊奪還農民.

참고로 『제승방략』의 기록은 이러하다.[3]

당시 전중추 하오랑아, 추장 후통아, 혼도 등이 아오지 경계의 추장 김금이 및 경원 경계의 거추 이청아, 깊은 거점에 있는 울지개 등과 함께, 휘파람을 불어 뭇 번호들을 모으고 군사를 추도에 숨겨 둔 후에, 수호하는 병사나 인력이 고단하고 미약한 것을 보고 무리를 인솔해서 돌출하여, 와서 목책을 포위하고 군사를 풀어 크게 노략질을 자행했다. 수호장으로

3 "時錢中樞何吾郞阿, 酋長厚通阿渾道等, 及阿吾地境酋長金金伊, 與慶源境巨酋伊靑阿, 如處深處亐知介等, 嘯聚羣胡, 藏兵於楸島後, 見守護孤弱, 擧衆突出, 來圍木柵, 縱兵大掠. 守護將及第吳亨及監打官林景藩等, 見其勢大, 力不能拒, 縱馬突圍而走, 吳亨被箭而死. 林景藩帶箭入柵, 與李景祿·李舜臣, 同力拒戰, 又中賊矢而斃. 是時, 柵中將士皆出場頭, 餘者無幾, 將不能支, 賴諸將吏殊死戰, 得免陷敗. 酋長亇尼應介跳壕而入, 將欲踰柵, 及第李夢瑞一箭射倒, 其餘賊徒, 亦多有中矢者. 賊退兵而去, 李舜臣與李景祿, 率兵尾擊, 奪還農民五十餘名, 斬馘賊胡三級, 獲胡馬一匹而還."

있던 급제 오형과 감타관으로 있던 임경번 등이 그 세력이 큰 것을 보고 힘으로 항거할 수 없자, 말을 한껏 달리게 해서 포위를 뚫고 도주하다가, 오형은 화살을 맞아 죽었다. 임경번은 화살을 맞은 채로 목책으로 들어와, 이경록·이순신과 함께 힘을 합해서 항거하여 전투하다가, 또 적의 화살에 맞아 죽고 말았다. 이때에 목책 안의 장수와 군사들은 모두 장두(둔전하는 곳)로 나갔고, 남은 이들은 얼마 되지 않았으므로, 장차 지탱할 수 없었으나, 장수와 군리들이 목숨을 내걸고 전투한 데 힘입어서, 함락되어 패망하는 것은 면할 수 있었다. 추장 마니응개가 해자를 건너뛰어 들어와서 장차 목책을 유린하려고 했는데, 급제 이봉서가 화살 하나로 쏘아 거꾸러뜨렸으며, 그 나머지 적도들 가운데도 화살에 적중당한 자들이 많았다. 적이 군사를 물려서 떠나가자, 이순신은 이경록과 함께 병사를 인솔해서 꼬리를 밟아 추격하여 농민 오십여 명을 탈환했으며, 적호賊胡의 머리 3급을 베고, 되놈 말 1필을 노획하여 돌아왔다.

『북관유적도첩』은 정언신의 사적을 다루지 않았다. 『제승방략』도 마찬가지다. 당색의 문제가 간여되어 있는지 모른다.

정언신은 본관이 동래이다. 1566년(명종 21) 별시 문과에 병과로 급제했다. 1579년(선조 12) 함경도 절도사가 되어 녹둔도와 구탈지에 둔전을 시작했고, 임기가 차서 내직의 병조 참판, 대사헌을 거쳤다. 1583년 니탕개가 변새의 보를 삼켰다는 급보가 전해지자 우참찬에 발탁되어 함경도 도순찰사를 겸했는데, 막하에 이순신·신립·김시민·이억기 등 명장들을 두었다. 이어 관찰사가 되었으며, 병조 판서에 승진했다. 1589년 우의정이 되었으나, 정여립 모반 후 그 9촌 친척이란 이유로 정철의 탄핵을 받았다. 남해에 유배되었다가, 갑산에 이배되어 죽었다. 1599년 복관되었다. 하지만 이후로도 공적이 정당하게 평가받지는 못했다.

여덟째 그림 〈창의토왜〉는 1592년(선조 25) 왜군이 함경도에 들어왔을 때 의병을 일으켜 반란자 국세필을 참수하고 왜적을 함경도에서 몰아냈던 병마평사 정문부의 활약상을 그린 그림이다.

1592년 5월 왜장 가토 기요마사가 함경도로 침입하여 회령 가까이에 이르자 경성부 사노寺奴 국세필, 그 조카로 경성 아전으로 있던 국경인, 명천 아전 정말수 등이 반란을 일으켰다. 이들은 근왕병을 모집하려고 그곳에 머무르던 선조의 두 왕자 임해군 진과 순화군 보 및 대신 김귀영과 황정욱·황혁 부자 등을 적진에 넘겼다. 국경인은 전주에 살다가 죄를 지어 회령으로 유배되고는, 회령부 아전이 되어 재산을 모았으며, 가토에 의하여 판형사제북로의 거짓 관직에 임명되었다. 정문부는 은신해 있다가 어랑리의 이붕수李鵬壽(1548~1593)와 최배천·지달원·강문우 등이 의병을 일으킬 때 창의대장에 추대되었다. 이때 야인들이 북변을 침범하므로 정문부는 국세필을 달래어 함께 북쪽 오랑캐에 대적하자고 꾀었다. 이튿날 아침 정문부는 남쪽 성루에 올라 국세필을 오게 한 후 강문우에게 그를 생포하게 해서 목을 베어 군중에 돌렸다. 정문부가 국세필의 귀를 관이에 꿰어 돌린 다음 효수하는 장면이 〈창의토왜〉 그림에 나타나 있다. 정문부의 격문을 접수한 회령 유생 신세준과 오윤적이 국세필을 유인했다고도 한다. 『조야첨재』에는 "국세필이 왜의 벼슬 예백이라 일컫고 고을을 장악하고 있다가 창졸간에 관군이 이르러 왔다는 말을 듣고 문을 닫고 저항하다가 대적 못할 줄 알고 맞아들여 인부를 바쳤다"라고 했다.

1708년(숙종 34) 함경도 북평사 최창대가 「북관대첩비」의 글을 1500여 자로 작성했고, 1709년 길주군 임명에 빗돌이 세워졌다. '조선국함경도임진의병대첩비'인데, '임명전승비'라고도 한다. 1905년 러일전쟁 당시 일본

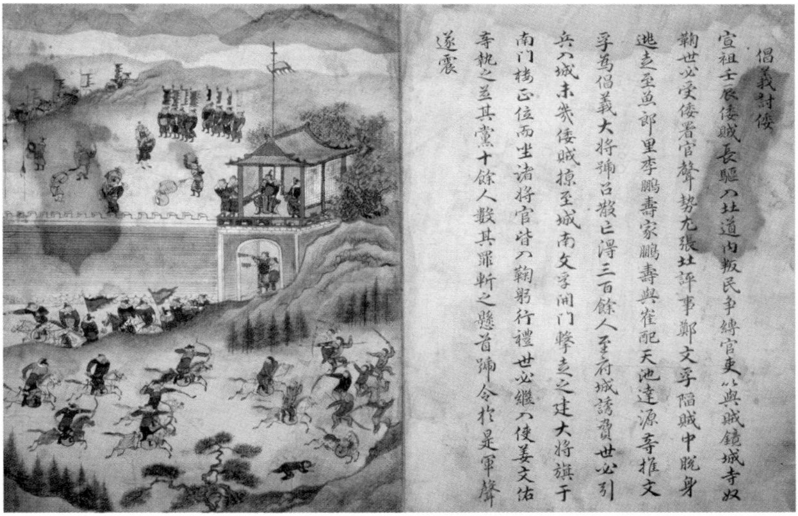


그림 61 『북관유적도첩』 8 〈창의토왜〉, 종이에 채색, 41.2×31cm, 고려대학교박물관 소장.

군 제2사단 사단장 미요미 중장이 일본 도쿄의 야스쿠니 신사 구석에 옮겨 두었다. 2005년에 반환되어, 2006년 3월 1일 북한에 전달되었다.

〈창의토왜〉를 보면 성루에 정문부가 앉아 있고, 성문 밖에서는 의병들이 말을 타고 왜군을 추격하고 있으며, 왜적들은 화살을 맞고 쓰러진다. 오른편의 제화문은 다음과 같다.

> 의병을 일으켜 왜적을 토벌하다.
>
> 선조 임진년에 왜적이 멀리 내달려 북도로 들어오자 배반한 백성들이 다투어 관리들을 포박하여 왜적에게 넘겼다. 경성 사노 국세필이 왜적의 관직을 받고 위세를 더욱 떨쳤다. 북평사 정문부가 적에게 잡혀 있던 중에 몸을 빼어 도망해서, 어랑리 이붕수의 집으로 달려갔다. 이붕수는 최

배천, 지달원 등과 함께 정문부를 창의대장으로 추대하고, 흩어진 자들을 불러 모아 300여 명을 얻었다. 경성부의 성에 이르러 국세필을 으르고 협박하자 국세필이 병사를 성으로 받아들였다. 얼마 지나지 않아 왜적이 노략질하며 성 남쪽에 이르렀다. 정문부는 문을 열고 왜적을 격퇴하고, 남문 성루에 대장기를 세우고는 정위正位하여 앉았다. 여러 장수와 관리들이 모두 들어와 몸을 굽혀 절하고 예를 행했다. 국세필도 이어서 들어오자, 강문우 등을 시켜 그를 생포하게 하고, 그의 무리 십여 인과 함께 그 죄를 따져 참수하고, 목을 성벽에 매달고는 호령했다. 이에 군대의 성세가 마침내 떨치게 되었다.

倡義討倭. 宣祖壬辰倭賊長驅入北道內, 叛民爭縛官吏以與賊. 鏡城寺奴鞠世必, 受倭署官, 聲勢尤張. 北評事鄭文孚陷賊中, 脫身逃走, 至魚郎里李鵬壽家. 鵬壽與崔配天池達源等, 推文孚爲倡義大將, 號召散亡, 得三百餘人. 至府城, 誘脅世必, 引兵入城. 未幾, 倭賊掠至城南. 文孚開門擊走之, 建大將旗于南門樓, 正位而坐. 諸將官皆入鞠躬行禮. 世必繼入, 使姜文佑等執之, 並其黨十餘人, 數其罪, 斬之, 懸首號令. 於是軍聲遂震.

정문부는 본관이 해주로, 1585년(선조 18) 생원이 되고, 1588년 식년 문과에 갑과로 급제했다. 1590년 사헌부 지평으로 지제교를 겸했으며, 다음해 함경도 병마평사가 되었다. 그리고 왜란이 일어나 적이 함경도로 쳐들어왔을 때 의병을 일으켰다. 관찰사 윤탁연은 정문부의 공이 앞서는 것을 미워하여 조정에 사실과 달리 보고하고 군법으로 정문부를 죽이려 했다고 한다. 이후 정문부는 명천·길주에 주둔한 왜적과 장덕산에서 싸워 대승하고, 쌍포(길주) 전투와 이듬해 임명의 백탑교 전투에서 대승하여 관북을 완전히 수복했다. 정문부의 백탑교 대첩에 관해서는 이긍익이 『연려실기술』에서 여러 문헌 기록들을 모아 상세히 밝혔다.

정문부는 1594년 영흥, 온성, 길주, 안변, 공주 등지의 지방관직에 제수되었다가 1599년 호조 참의가 되고, 중시 문과에 장원 급제했다. 1610년(광해군 2) 사은 부사로 명나라에 다녀왔다. 광해군 때인 1615년 병조 참판에 임명되었으나 나가지 않았다. 한찬남의 비위에 거슬려 쓰이지 못하다가, 인조반정 뒤 전주 부윤에 제수되었으나, 모친상을 당하여 여묘살이를 했다. 어느 훈신이 조문을 갔다가 여막의 벽에 쓰여 있는 영사시를 보고 다른 사람에게 전했다. 1624년 이괄의 난 이후 이괄에게 동조했던 박홍구 역옥이 일어나자, 정문부도 체포되었다. 박홍구의 아들 박지장 등은 자신들이 정문부를 만나기는 했지만, 말을 나누지는 못했다고 자백했다. 하지만 대간은 정문부가 앞서 여막에서 지었던 영사시에 품은 뜻이 있다고 하며 다시 형신을 청했다. 정문부는 곤장을 맞다가 죽었다. 사실, 정문부의 영사시는 회포를 읊은 것이지, 국가를 비방하는 뜻은 전혀 없었다.

| | |
|---|---|
| 초나라 세 집만으로도 진나라가 망한다니 | 楚雖三戶亦秦亡 |
| 이렇게 예언한 초나라 도사 남공의 말이 맞은 건 아니었군. | 未必南公說得當 |
| 초나라 회왕이 진나라 소왕에게 속아 무관에 들어가자 백성 희망 끊겼거늘, | 一入武關民望絶 |
| 여린 손자 심心은 어이 또 회왕 꼴이 되어 죽임을 당했던가. | 孱孫何事又懷王 |

초나라 회왕은 진나라 소왕에게 속아 무관으로 화친하러 갔다가 진나라에 억류되었다. 정문부가 시에서 이 사실을 언급한 것이 임해군과 순화

군의 사실을 이 고사로 빗댄 것이라고 해석이 되었다. 마지막의 여린 손자 운운은 항우가 초 회왕의 손자 심心을 찾아 회왕으로 세웠다가 죽인 일을 말한다. 이 고사는 광해군의 폐위를 가리킨다고 곡해되었다.

임종 때 정문부는 두 아들에게 남쪽 진주에 가서 살라는 유언을 남겼다.

1666년(현종 7) 함경도 관찰사 민정중이 정문부 및 그와 함께 일했던 사람들을 포상하고 추증할 것을 계청했다. 이단하도 부친 이식이 『북관지』를 지어 정문부가 적을 토벌한 일을 상세하게 기록했다는 사실을 밝혔다. 그해 5월 23일, 정문부는 우찬성에 추증되었다. 시호는 충의忠毅이다.

## 4.

조선 조정은 두만강 유역의 영토를 확정하고 국경을 정비하기 위해 북관의 전략적 가치에 주목했다. 17세기 이후에는 여러 지식인들이 북관의 전승 사실들을 기록으로 남겼다. 『북관유적도첩』도 그러한 의식을 반영하고 있다. 여기서는 『북관유적도첩』의 그림을 이해하기 위해 제화문을 풀이하는 데 중점을 두어, 통념의 일부 오류를 정정했다. 〈수책거적〉에서 활로 적의 추장을 쏘아 맞힌 인물이 이순신이 아님을 밝힌 것은 그 한 예이다.

기록은 사실의 재현이 아니라 재해석이다. 기록화도 사실의 재현이 아니라 재해석이다. 『북관유적도첩』에 나타난 사실의 재해석 방식에 대해서는 앞으로 더 숙고할 필요가 있다.

# 대작에는 대체 무슨 글이

## 1.

근대 이전의 회화는 의외로 화폭이 작은 것들이 많다. 하지만 모두 작은 축이나 두루마리인 것만은 아니다. 그런데 대작들에는 글씨를 빼곡하게 적어 놓은 예가 적지 않다. 〈삼공불환도三公不換圖〉, 〈기로세련계도耆老世聯稧圖〉, 〈남지기로회도南池耆老會圖〉 등이 그러한 예들이다. 대작에는 대체 무슨 글이 쓰여 있는가? 그런 글을 읽는 일이 그림의 이해에 무슨 도움이 되는가?

## 2.

2018년 10월, 김홍도의 견본 수묵담채화 〈삼공불환도〉가 보물 제2000호로 지정되었다. 삼성미술관 리움에 소장되어 있는 세로 133cm, 가로 418cm의 이 그림은, 1801년 12월 순조가 수두를 앓다 쾌유한 것을 기념하여 강화 유수 한만유韓晩裕가 제작한 계병稧屛 셋 가운데 하나이다. 계병은 나라에 큰 행사가 있을 때 그 일을 맡아본 도감의 관원들이 그때의 광경을 그림으로 그려서 병풍으로 만든 것이다. 그림의 주제는 후한 말 중장통仲長統이 지은 「낙지론樂志論」에서 따왔다. 본래 8엽 병풍으로 꾸며졌는데, 지금은 족자로 표구되어 있다.

화면 오른쪽에 강을 앞에 두고 고대광실의 기와집이 있고, 그 바깥에 논밭이 펼쳐 있으며, 왼쪽에 비스듬히 솟아 있는 나지막한 동산 밑에는 4채의 초가가 있다. 그 위에 안개에 잠긴 바다가 있고, 돛대만 삐죽하게 보인다. 기와집에서는 주인이 손님치레를 하고 여인들이 바쁘게 심부름을 하고 있으며 논밭에서는 농부들이 부지런히 농사를 짓고 있는데, 바다에는 낚시꾼이 한가로이 낚시를 드리우고 있다. 그리고 화면 좌측 상단에, 조금 큰 글씨로 중장통의 「낙지론」 전문을 적고, 그다음에 간재艮齋 홍의영洪儀泳(1750~1815)이 관지를 했다.

홍의영은 1783년(정조 7) 증광 문과에 병과로 급제했으나, 홍계희洪啓禧의 5촌(혹은 6촌)이어서 벼슬길이 순탄하지 않았다. 1804년(순조 4) 정언으로 있었으며, 1808년 경기도 암행어사가 되고, 뒤에 교리 등을 역임했다. 하지만 영달의 꿈을 버리고, 서예에 공을 들였다. 이 〈삼공불환도〉 이외에 〈병암진장첩〉과 〈기로세련계도〉에도, 기원綺園 유한지兪漢芝(1760~1834)의 전서 글씨와 함께 그의 글이 실려 있다.

〈삼공불환도〉의 홍의영 관지는 다음과 같다.

신유년 겨울 12월 임금께서 수두를 앓으시다가 다음 날로 나으셔서, 팔도의 온 나라가 기뻐하고 즐거워했다. 유후 한 공(강화 유수 한만유)이 계병을 만들어 요속들에게 나누어 주었는데, 대개 종전에 없던 경사를 기념하기 위해서였다. 한 공과 나는 〈신우치수도神禹治水圖〉로 했으면 하였고, 총제는 〈화훼영모도花卉翎毛圖〉로 했으면 하였으나, 주판은 〈삼공불환도〉로 하기를 원했으니, 각자 그 좋아하는 바를 취한 것이다. 그림이 이미 이루어졌으므로, 마침내 중장씨(중장통)의 「낙지론」을 화제로 썼으니, 그 글의 내용이 그림에 부합함을 취한 것이다. 장차 각자 좋아하는 바를 이루어, 중장씨의 논설과 단원의 그림을 저버리지 않기 바란다. 간재 홍의영이 단원의 〈삼공불환도〉에 쓰다.

辛酉冬十二月, 玉候水痘翌瘳, 八域欣忭. 留後韓公作稧屛, 分于僚屬, 盖識曠前之慶也. 韓公及余得神禹治水圖, 摠制得花卉翎毛, 州判願爲三公不換圖, 各取其好也. 圖旣成, 遂題仲長氏樂志論, 取其語之副於圖. 且期成其所好, 無負仲長之論檀園之畫也. 艮齋題于檀園三公不換圖.

'삼공불환'은 전원의 즐거움을 삼공의 높은 벼슬과 바꾸지 않겠다는 의미로, 송나라 대복고의 시 「조대釣臺」에 나오는 구절이다. 한편, 또다른 화제 '신우치수神禹治水'는 한나라 환관桓寬의 『염철론鹽鐵論』 가운데 "신령한 우가 치수를 하느라 동곳이 빠졌는데도 돌아보지 않았다[神禹治水, 遺簪不顧]" 라고 하는 구절에서 나왔다. 순임금 때 우가 치수에 혼신한 고사를 가져와서, 위정자로서 국가경영에 열성을 다할 것을 권면하는 주제이다.

중장통은 「낙지론」에서 원림園林에서 유유자적하는 심경을 토로했다. 이 글은 『고문진보』 후집에 실려 있어, 조선시대부터 널리 읽혔다.

그림 62 김홍도, 〈삼공불환도〉, 비단에 수묵담채, 133×418cm, 삼성미술관 리움 소장(보물 제2000호).

거처로 하여금 좋은 밭과 넓은 집이 있게 하고, 산을 등지고 물에 임하며, 도랑과 연못을 집을 두르게 하고, 대와 나무를 넓게 심어 두며, 타작마당과 채소밭을 앞에 쌓고 과수원을 세워 둔다. 배와 수레는 길을 걷거나 물을 건너는 어려움을 대신하고, 심부름꾼들은 내 몸으로 하는 일을 대신하여 몸을 쉬게 해 준다. 부모님 봉양에는 진미의 음식을 아울러 올리고, 처와 자식은 몸을 고달프게 만드는 수고를 하지 않는다. 좋은 친구들이 모이면 술과 안주를 베풀어 즐겁게 하고, 좋은 때 길한 절기에는 양과 돼지를 삶아서 제사를 받든다. 밭이랑과 동산 주위를 서성이고 평야의 숲에서 유희하며, 맑은 물에서 몸을 씻고 시원한 바람을 따르며, 헤엄치는 잉어를 낚고 높이 나는 고니를 화살로 잡는다. 기우제 제단 아래에서 바람을 쐬다가, 시 읊으며 돌아와 높은 당에 오른다. 깊은 방에서 정신을 평안히 하여 노자의 현허한 도를 생각하고, 조화로운 정기를 들이마셔서 지성의 사람과 흡사하게 되기를 구한다. 달통한 여러 사람들과 함께 도를 담론하고 서적을 강습하며, 하늘을 우러러보고 땅을 굽어보며, 고금의 인물을 비교하여 논평한다. 「남풍가」의 우아한 곡을 거문고로 타고 청상清商의 미묘한 가락을 연주하여, 속세를 위로 벗어나 소요하고 천지의 사이를 흘겨보면서, 시세의 책무를 떠맡지 않고 기약된 목숨을 그대로 영원히 보전한다. 이와 같이 하면 하늘과 은하로 솟아올라 우주의 바깥으로 나갈 것이니, 어찌 제왕의 궁정 문에 들어가는 것을 부러워하겠는가?

使居有良田廣宅이 背山臨流하여 溝池環匝하고 竹木周布하며 場圃築前하고 果園樹後라 舟車足以代步涉之難하고 使令足以息四體之役하며 養親에 有兼珍之膳하고 妻孥無苦身之勞하며 良朋萃止면 則陳酒肴以娛之하고 嘉時吉日이면 則烹羔豚以奉之라 躕躇畦苑하고 遊戲平林하며 濯清水 追涼風하고 釣游鯉弋高鴻하며 風於舞雩之下하고 詠歸高堂之上이라 安神閨房하여 思老氏之玄虛하고 呼吸精和하여 求至人之彷彿이라 與達者數子로 論道講書하여 俯仰二儀하고 錯綜人物하며 彈南風之雅操하고 發清商之妙曲이라 逍遙一世之上하고 睥睨天地之間하여 不受當時之責하고 永保性命之期하니 如是면 則可以凌霄漢하여 出宇宙之外矣니 豈羨夫入帝王之門哉아[4]

곧, 김홍도의 그림에서 기와집, 논밭, 낚시바위는 모두 '낙지樂志'를 위한 공간이다. '낙지'를 위해서는 조정의 고관이 될 필요는 없었으나 원림을 소유할 필요가 있었다. 따라서 김홍도의 그림은 '행락도'의 성격을 지닌다.

문득, 일본 교토 우지宇治의 뵤도인平等院에 있는 봉황당(아미타당) 문짝 그림과 벽화가 생각난다. 극락세계를 상상하여 그린 이 그림에는 귀족의

4 전통문화연구회 동양고전DB 현토.

저택이 그려져 있다. 사후에도 생전의 계급성을 탈각하지 못하는 것이 인간의 속성인가, 우울한 느낌을 갖게 만든다. 봉황당은 헤이안平安시대인 1052년에 『관무량수경觀無量壽經』의 "만일 지극한 마음으로 서방에 태어나기를 바란다면 먼저 장육상이 연못 물 위에 있는 것을 보아야 한다[若欲至心生西方者, 先當觀於一丈六像在池水上]"라는 설에 따라, 서방극락정토와 그 교주인 아미타여래를 관상하기 위해 만든 것이다. 단, 현재의 봉황당은 헤이안시대 원래의 모습이 아니라 남북조시대 병란의 뒤에 남은 것이라 하므로, 그 조영과 벽화의 사상을 억측하는 것은 피해야 하리라. 하지만 재앙이 끊이지 않는 시대에 종말론적 사상에 사로잡힌 귀족들이 서방의 광경에 이승의 욕망을 투영했다는 사실은 많은 생각을 하게 만든다.

## 3.

〈기로세련계도〉는 김홍도가 60세 되던 1804년(순조 4) 9월 개성 만월대에서 열린 기로회의 광경을 그린 것이다. 〈만월대계회도滿月臺契會圖〉라고도 한다. 137×53.3cm의 견본 수묵담채화이다. 삼성미술관 리움에 소장되어 있다.

상단에 제목과 발문, 중단에 계회도의 그림, 하단에 참석자 명부를 적는 계축契軸 형식을 따랐다. 그림 상단에는 홍의영이 1805년 초여름에 계회의 내력과 계회도 제작의 경위를 밝히는 글을 썼고, 하단에는 장준택張俊宅 등 칠순 노인 64명의 명단을 적어 넣었다. 만월대 기로회는 1607년(선조 40) 처음 개최되었고, 1804년에 다시 개최되었다.

기원 유한지는 이 그림에 '기로세련계도'라는 화제를 전서로 썼다. 유한지의 본관은 기계로, 유언숙兪彦鏽의 아들이다. 부정副正을 지냈다. 신위는 "청풍 수령 윤학산尹鶴山 산수, 영춘 수령 유기원兪綺園의 전서·예서는 곧 일시의 선발에 든다"라고 했고, 김정희는 "조 지사曺知事와 유기원 등 여러 분은 모두 예법隸法에 깊었다. 단 문자기文字氣가 적다"라고 평했다.

〈기로세련계도〉의 화면은 송악산 서쪽만을 배경으로 고려 왕궁의 회경전會慶殿 폐허에서 펼쳐지는 잔치를 세밀하게 그렸다. 그 둘이 교차하는 부분에는 안개를 풀어 두었다. 송악산은 아래에서 위를 쳐다보는 고원법으로 묘사하고, 만월대는 위에서 아래를 내려다보는 부감법으로 묘사했다. 차일 안에는 초대받은 노인 64인이 독상을 앞에 두고 앉아 있고, 그 주위에 구경

그림 63 김홍도, 〈기로세련계도〉, 비단에 수묵담채, 137×53.3cm, 삼성미술관 리움 소장.

꾼 173명이 저마다의 표정을 갖고 있다. 언덕바지 소나무 아래서 구경하는 사람, 음식을 이고 나르는 아낙네, 노상 주점을 차려 놓은 주모, 술에 취해 몸을 가누지 못하는 사람, 나무 지게를 내려놓고 구경 가는 초동, 동냥 손을 내민 거지 등등의 인물 묘사가 뛰어나다. 악사들의 여러 악기, 춤추는 인물들의 다양한 동작, 당나귀에게 실어 둔 많은 짐, 꽃병의 꽃까지 세세하다.

홍의영이 상단에 쓴 글의 내용은 다음과 같다.

> 숭양은 옛 이름난 도읍이다. 산하와 도읍의 웅대하고 수려함, 여항과 인물, 건모와 의복, 나들이와 멋부림의 치장과 기호는 여전히 도읍지 선비와 여인들의 유풍을 지니고 있다. 일찍이 낙사와 기영회의 여러 시들을 보니, 동도(낙양) 문물의 아름다움이 서경(장안)의 구로회로까지 소급된다고 성대하게 칭하여, 지팡이와 나막신을 신고 노닐며 연회하는 경승이 문사에 드러나고 회화로 전하였으니, 그저 한때의 추켜 줌에 그치는 것이 아니었고, 또한 역시 옛사람의 남긴 자취에 멀리 이어졌다. 숭양의 여러 장로들이 연계聯禊를 설치하여 신뢰를 확인하고 친목을 닦은 일은 대개 만력 정미(1607, 선조 40) 연간인데, 향당의 부로들이 지금까지 성하게 이야기를 전하고 있다. 또한 당시의 남은 그림을 연계의 후예 집에서 얻었는데, 단청이 흐릿하고 퇴색되었지만, 순서대로 앉아서 술을 마시면서 연회하는 모습은 역력하게 볼 수가 있다. 비둘기 조각 손잡이의 지팡이를 짚고 학같이 흰 머리카락을 지닌 분들이 너울너울 좌석에 올라, 높다란 관모와 긴 옷띠를 두르고, 술병과 소반, 금석의 악기 사이에서 우아하고도 멋진 의태를 드러내고 계신다. 공경하여 완상하며, 옛 일에 접하여 감동이 일어났다. 이에 이 연계를 다시 갖게 되었으니, 곧 당저(지금 상

감) 갑자년(1804, 순조 4)의 계추(9월)이다. 연계의 일이 파한 후에 마침내 김단원(김홍도)에게 점철하여 모양을 그려 내게 하고, 나에게 기를 쓰도록 위촉했다. 단청이 휘황하고 물색이 짙푸르다. 산록의 수풀이 푸른빛을 띠어 윤기가 뚝뚝 흐르는 것은 송악산이다. 쇠락한 풀이 덮인 황량한 옛터에 간간이 단풍과 국화가 짙은 붉은색과 노란색을 띠는 것은 만월대이다. 구름 같은 장막과 노을 같은 병풍이 잔뜩 둘러 있는데, 한방에 모인 사람들은 모두 64인이다. 금빛 술동이와 채색한 꽃들이 아리땁게 나열하여 있으며, 악공과 무동은 바야흐로 차례차례 기예를 피로하고 있다. 무릇 기영회를 기준으로 본다면 구로의 모임은 동떨어진 시대의 묵은 자취였으나 그래도 상상하여 얼추 모방해서 시가로 표현할 수 있었거늘, 하물며 옛 모임에 참석한 사람의 후예가 옛 아름다운 자취를 이어서 전함에야, 이후로 무궁한 미래에까지 이 연계를 이어가게 하지 않으랴! 이 연계를 창시한 사람은 후예 가운데 장후은張後殷이고, 이 일을 서술하는 사람은 장윤의張允誼인데, 기원자(유한지)가 마치 그 일을 직접 목격한 것처럼 성대하게 일컫고 있다. 을축년(1805, 순조 5) 초여름, 간재(홍의영)가 기록한다.

[朱文楕圓印 印文: '□□軒'] 崧陽, 古名都也. 山河都邑之雄麗, 閭井人物被服遊冶之靚好, 尙有都人士女遺風焉. 嘗觀洛社耆英會諸詩, 盛稱東都文物之美, 溯及於西京九老, 杖屨遊燕之勝, 形於文詞, 傳於繪畫, 非徒一時之揚美, 抑又紹接於古人之躅, 盖長德事也. 崧陽諸長老, 設聯禊講信修睦之事, 盖在萬曆丁未間, 而鄉黨父老, 往〃傳說至今. 又得遺圖於禊中後裔之家, 丹靑漫漶, 而其序坐飮讌之樂, 歷〃可見. 鳩笻鶴髮, 婆娑上坐, 峩冠修帶, 魚〃雅〃於樽俎金石之間. 摩挲敬玩, 接古興感. 於是乎, 更修是禊, 卽當宁甲子之季秋也. 楔事旣罷, 遂使金檀園點綴生色, 屬余爲記. 丹靑煒燁, 物色葱蒨. 其

林麓蒼翠, 潤色如漓者, 松岳山也. 衰草荒址, 間以楓菊殷黃者, 滿月臺也. 雲幕霞屏彌漫, 一室會者, 凡六十四人. 金樽彩花, 窈窕羅列, 而樂人舞童, 方迭然呈技. 夫耆英之於九老之會, 盖是異代陳迹, 而猶自想像比倣, 發爲歌詠, 而況後孫遺裔, 紹述其美, 又以傳其後, 作此禊於無窮者歟! 倡是禊者, 卽遺裔中張君後殷. 序其事者, 張君允誼, 而綺園子盛稱其事如目擊焉□. 乙丑肇夏, 艮齋記. [白文方印 印文: '洪儀泳印']

## 4.

부산 동아대학교 석당박물관 소장 〈남지기로회도〉는 1629년(인조 7) 6월 5일 숭례문 앞 남지南池 부근 홍사효洪思斅의 집에서 열린 기로회 장면을 그린 계회도의 이모본이다. 세로 115.5cm, 가로 71.2cm의 견본 채색 그림이다. 현재 〈남지기로회도〉는 원본과 이모본을 합쳐 모두 6점이 전한다.[5] 서울대학교박물관 소장본이 당시 도화서 화원 이기룡李起龍(1600~?)이 그린 원본이라고 추정된다. 상단에 '남지기로회南池耆老會'라는 표제가 있고, 그림, 장유張維(1587~1638)의 발문, 좌목(참석자 명단)이 3단의 축으로 이루어져 있으며, 그 좌우에 이경직李景稷(1577~1640)의 서문이 붙어 있다. 이경직의 서문은 기로회가 있었던 6월 5일의 날짜에 지은 것으로 되어 있다. 하지만 실제 지은 것은 그 뒤의 일이다. 이 계회도에는 서문 찬술의 명을 받은 날짜를 기록해 둔 것으로 보인다. 도화서 화원 이기룡은 자가 군서君瑞, 호는 궤은几隱이며 본관은 경주이다. 도화서 교수를 지냈다.

5 서울대학교박물관 소장본(李起龍 작), 동아대학교 석당박물관 소장본, 고려대학교박물관 소장본, 서울대학교 규장각 소장본, 서울 개인 소장본, 일본 개인 소장본.

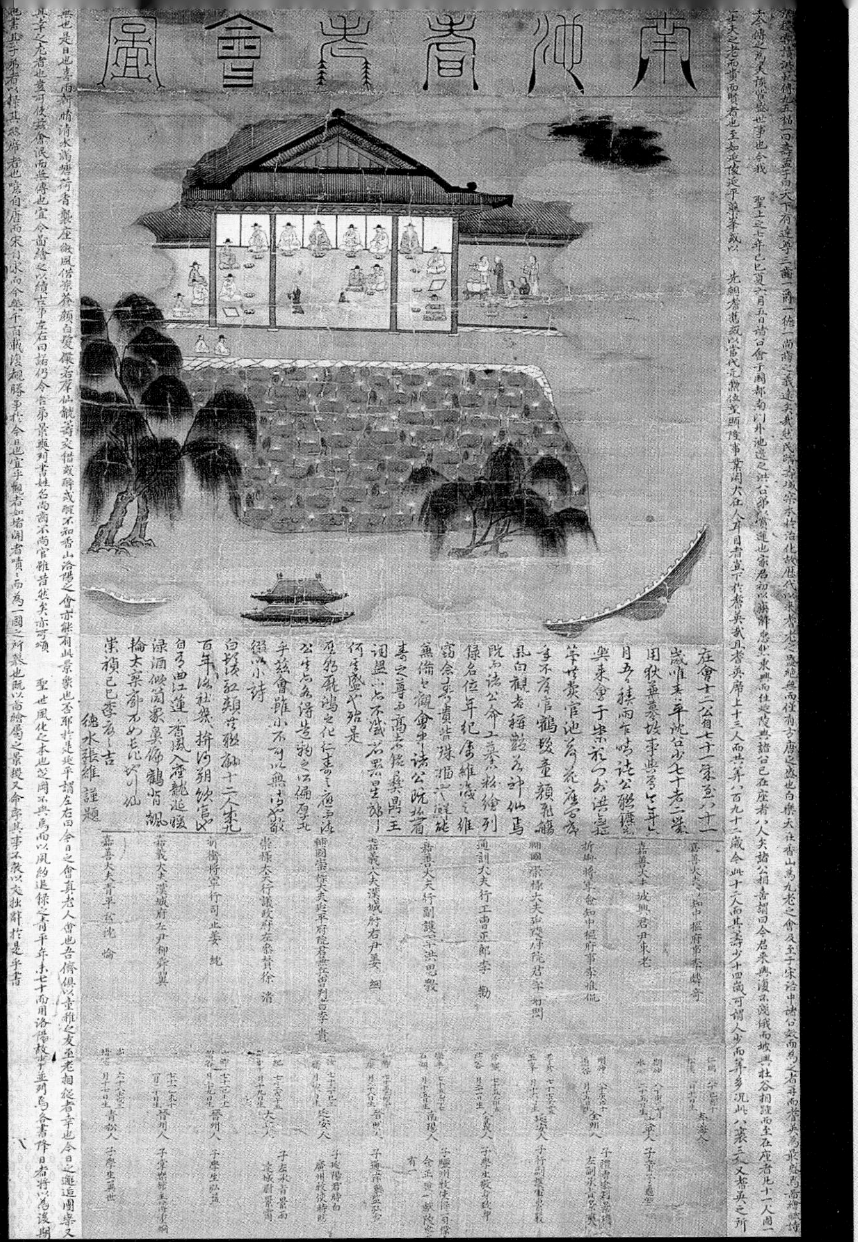


그림 64 작자 미상 〈남지기로회도〉 비단에 채색 115.5×71.2cm 동아대학교 석당박물관 소장(부산광

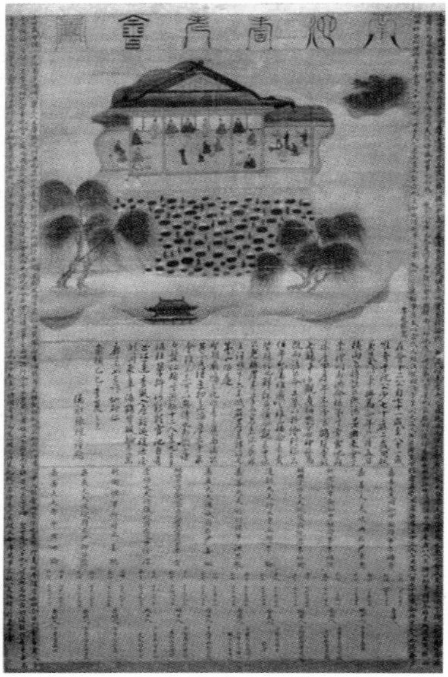

그림 65 이기룡, 〈남지기로회도〉, 비단에 채색, 116.6×72.4cm, 서울대학교박물관 소장(보물 제866호).

남지기로회는 상련회賞蓮會나 연지회蓮池會라고도 불렀다. 조선시대에는 서울의 주산이 오행의 화火에 해당하므로 화기를 누르기 위해 모화관과 숭례문 밖에 못을 파 두었다. 이날 이귀李貴(1557~1633), 이호민李好閔(1553~1634) 등 70세 이상의 전현직 관료 11인이 남지가 바라보이는 홍사효의 집에 모였는데, 홍사효는 이해 5월 17일 마침 가선대부에 올랐다. 모임의 자리에서 이귀가 도회 제작을 제안하자 모두 찬성했다. 참석자의 한 사람 이유간李惟侃(1550~1634)은 아들 예조 판서 이경직에게 화첩을 제작하게 했고, 그 아우 좌부승지 이경석李景奭에게 좌목을 작성하게 했으며, 또 이경직에게 서문을 쓰게 했다.[6] 6월 29일 기로첩耆老帖 12본을 다 그리고 장황을 마쳤다. 유순익柳舜翼(1559~1632)은 참석하지 못했으나, 이미 약조가 있었으므로 그림에 끼워 넣었고 좌목에 이름을 올렸으며, 도회가 완성된 후 계축도 나누어 받았다.

한편, 이유간 관련 자료집에 「연지회시종사실蓮池會始終事實」이 있고, 「연지기영회첩좌목蓮池耆英會帖座目」, 이경직의 「남지기로회도서南池耆老會圖序」

6 윤진영(2002), 「李惟侃(1550~1634)의 「蓮池會始終事實」과 南池耆老會圖의 傳承來歷」, 『장서각』 8, 한국학중앙연구원, 55~91쪽.

(즉 「남지기로회첩서」), 장유의 「제기로제공남지상련회도題耆老諸公南池賞蓮會圖」가 재수록되어 있다. 그리고 박세당朴世堂(1629~1703)이 1691년(숙종 7) 12인 참석자 중 이인기의 5대 종손 이구李構(1667~1740)의 부탁으로 지은 「서남지기로회도후書南池耆老會圖後」, 이광사李匡師(1705~1777)가 1768년(영조 44) 조카 이세익李世翊(1718~1775)의 청으로 지은 「근서남지기로첩일통부제기하謹書南池耆老帖一通復題其下」가 역시 들어 있다.[7] 이 밖에 규장각 소장 『참의공사연도첩參議公賜宴圖帖』에 서성徐渻(1558~1631)의 8세손 서정보徐鼎輔(1762~1832)가 쓴 「남지기로연도기南池耆老宴圖記」가 전한다.[8]

이날의 기로회는 고려 최당崔讜의 해동기로회海東耆老會에 연원을 두었다. 또 당나라 백거이의 향산구로회에 일흔이 못 된 적겸모狄兼謨가 참여한 일이나, 송나라 때 문언박이 주도한 낙양기영회에 일흔이 못 된 사마광이 참여한 일을 본받아, 68세의 심윤沈惀도 참여했다. 참석자의 자리 배치는 연령순을 따랐다.

① 가선대부 동지중추부사 송계松溪 이인기李麟奇, 81세. 청해인.

② 가선대부 파흥군坡興君 수심水心 윤동로尹東老, 80세. 파평인.

③ 절충장군 첨지중추부사 우곡愚谷 이유간, 80세. 전주인.

④ 보국숭록대부 연릉부원군 오봉 이호민, 77세. 연안인.

⑤ 통훈대부 행 공조 정랑 두곡杜谷 이권李勸, 75세. 전의인.

7 '전주 이씨 西谷李正英 후손가' 고문서(全州 李氏 李象淵派, 즉 長水公派 종손 李熧楨 씨 구장본)이다. 한국정신문화연구원 편(2002), 『고문서집성』 45(鎭安程川 全州李氏西谷李正英後孫家篇 II), 16~17, 74~83쪽.

8 달성 서씨 집안에 전하는 〈(익종대왕)입학도(入學圖)〉, 〈(중묘조)서연관사연도(書筵官賜宴圖)〉와 함께 〈남지기로회도〉를 1828년(순조 28) 모사하여 합첩한 것이다. 안휘준(1989), 「규장각소장 회화의 내용과 성격」, 『한국문화』 10, 서울대학교 한국문화연구소, 333~340쪽.

⑥ 가선대부 행 부호군 석호石湖 홍사효, 75세. 남양인.

⑦ 가의대부 한성부 우윤 시암是庵 강인姜絪, 75세. 진주인.

⑧ 보국숭록대부 병조 판서 묵재默齋 이귀, 73세. 연안인.

⑨ 숭록대부 행 의정부 좌참찬 약봉藥峯 서성, 72세. 달성인.

⑩ 절충장군 행 사정 난곡蘭谷 강담姜紞, 71세. 진주인.

⑪ 가의대부 한성부 좌윤 지강芝岡 유순익, 71세. 진주인.

⑫ 가선대부 청평군靑平君 오창梧窓 심윤(논), 68세. 청송인.

기로회의 12인은 1623년 인조 반정의 주역이거나, 반정을 묵인한 원로들이다. 이를테면 이귀와 유순익은 임오년(1582) 사마시에 함께 합격한 동방同榜이자 정사공신靖社功臣이다. 한편, 이호민은 구신舊臣으로 우대를 받았고 이권과 이인기는 광해군 말년에 은둔했다가 반정 후 다시 환로에 올랐다. 좌목에는 기로 12인의 자제로서 배종한 이들의 명단도 함께 작성해 두었다. 이인기의 장남 이중로李重老(1577~1624)는 정사공신이되 이괄의 난 때 전사했지만 배종 자제로 이름을 올려 두었다. 기로회의 12인은 그해 7월 23일 모화관에서 열린 공적인 기로연에 참석했다.

그림 좌우에 쓰여 있는 이경직의 「남지기로회첩서(연지기로회첩서)」는 뒷날 이광사가 박세당의 발문과 함께 행서로 서사한 것이 현재 경기도박물관에 있다.[9] 기왕에 다른 분이 원문과 역문을 소개했지만 몇 글자 수정하고 다시 번역하면 다음과 같다.

나 경직이 일찍이 『서경』의 「홍범」을 읽어 보니, 아홉 번째 범주에 오복이

9 경기도박물관 편, 이해영 역, 김학수 교열(2003), 『전주이씨(백헌상공파)기증고문서』.

있고 그 첫 번째가 수壽였다. 『맹자』에는 "천하에 두루 통하는 존귀한 것이 셋이 있는데, 연치가 그 하나요, 덕이 그 하나요, 수가 그 하나이다"라고 했다. 연치를 숭상하는 뜻이 심원하여라! 백성들이 천수를 누리는 경역에 있는 것은 실로 정치가 제대로 이루어지는 현황에 뿌리를 둔다. 역대 이래로 기로耆老의 성대함은 아주 없었다고 해야 할 정도로 가까스로 있어 왔다. 바야흐로 당나라의 성대하던 때에 백낙천(백거이)은 향산에 있으면서 구로의 모임을 만들었다. 그러다가 송대에 이르러 낙중의 여러 분들이 그것을 본받아서 만든 것이 두 번이었는데, 기영회가 가장 성대했다. 그림으로 그리고 시를 지어, 사람마다 전하면서 아름다운 이야기로 삼으니 모두 성대한 시대의 일들이다. 지금 우리 성상이 즉위한 7년 기사년 여름 6월 5일에, 여러 분들이 도읍의 남문 밖 못가에 있는 홍공(홍사효) 집에 모였으니, 연꽃을 감상하기 위한 것이었다. 가군께서는 처음에 몸이 아파 사양하셨으나, 홀연 흥을 타서 방문하셨다. 연릉(이호민)과 여러 분들이 기뻐하면서, "지금 그대가 오니 흥이 다시 옅지 않구려!"라고 했다. 이윽고 파홍(윤동로)과 두곡(이권)이 뒤미쳐서 이르렀다. 좌중에 있는 사람은 모두 11인이니, 정말로 한 시대의 사대부들로서 연로하시고 존귀하면서 어지신 분들이다. 연릉과 연평(이귀)과 약봉(서성)의 경우에는 어떤 분은 선왕 때의 원로 신하이고 어떤 분은 지금 조정의 공신이어서, 지위나 명망이 대단히 드러나고 높으시니, 국가에 협찬하여 이룩한 굉장한 업적으로서 사람들이 귀로 듣고 눈으로 보는 것이 어찌 저 기영회의 여러 사람들 경우보다 못하겠는가? 또한 기영회의 석상은 열세 사람으로, 함께 계산하면 8백 92세였다. 지금은 열두 분이거늘 그 수명의 산가지가 14년이 모자라니, 가히 사람은 적지만 계산은 많다고 할 수 있다. 하물며 팔순에 이른 사람이 세 사람이니, 이는 또한 기영회에서는 없었던 바이다.

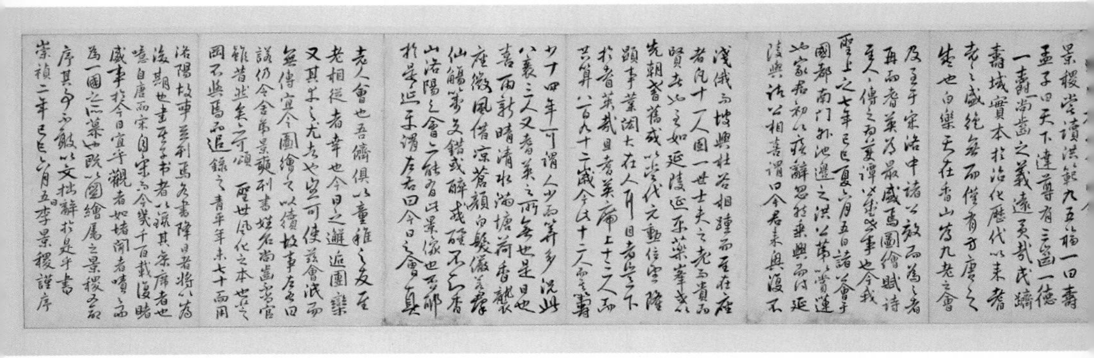

그림 66 이광사 필, 이경직, 「연지기로회첩서」, 29×100cm, 경기도박물관 소장.

이날은 가뭄 뒤의 반가운 비가 내리다가 갓 개었고, 맑은 물은 지당에 가득하며, 연꽃 향기는 자리에 엄습하고, 가벼운 바람이 서늘함을 빌려주었으며, 푸르스름한 얼굴과 흰 머리칼은 엄연히 마치 신선들의 모습이었다. 산가지 놓고 마시는 술잔이 이리저리 뒤얽혀, 어떤 분은 취하고 어떤 분은 깨어 있었으니, 향산의 구로회나 낙양의 기로회에도 역시 이런 멋진 광경이 있을 수 있었는지 없었는지 모르겠다. 이에 연릉이 좌우 사람들에게, "오늘의 모임은 정말로 나이 많은 사람들의 모임이다. 우리들이 모두 아주 어려서부터의 벗으로서 늘그막까지 서로 어울리는 것은 정말 행운이다. 오늘 해후하여 단란한 것은 또한 다행 중의 아주 다행이다. 어찌 이 모임을 민몰하여 전하지 않게 만들 수 있겠는가? 마땅히 그림으로 그려서 옛 구로회나 기로회의 고사를 잇게 해야 한다"라고 말씀했다. 좌우 사람들이 모두 "옳습니다!"라고 하셨다. 그래서 부친께서 동생 경석에게 명하여 성명을 차례로 기록하되, 연치를 숭상하고 관직은 숭상하지 않게 하셨다. 비록 옛날에도 그러했지만, 역시 성스러운 시대에 이루어지는

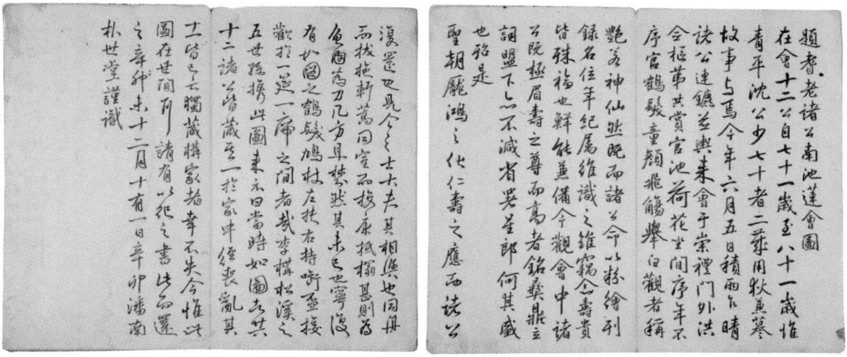

그림 67 이광사 필, 박세당, 「제기로제공남지연회도」, 각 29.5×17cm, 경기도박물관 소장.

정치 교화의 근본으로서 칭송할 만하다. 지강(유순익)은 참여하지 않았으나 추가로 기록한다. 청평(심윤)은 나이가 아직 일흔이 되지 않았지만, 낙양의 고사에 의거하여 나란히 열기한다. 각각 탄강한 날을 적은 것은 장차 이것으로 훗날의 기약을 삼기 위한 것이다. 자제들에 이르기까지 적은 것은 자리에 참여한 사람들을 기록하기 위해서이다. 아! 당나라부터 송나라까지, 송나라부터 지금까지, 수백 수천 년이거늘, 오늘에 이르러 다시 성대한 일을 목도하게 되니, 구경하는 사람들이 담을 에워싸듯 하고 들어 알게 된 이들이 혀를 차며 칭송하여 온 나라가 흠모하는 바가 되는 것이 정말 당연한 일이다. 그림으로 그리는 일을 이미 나 경직에게 맡기시고는 또 그 일을 서술하라고 명하시니, 글이 졸렬하다는 이유로는 사양하지 못하고 이에 쓴다. 숭정 2년 기사년 6월 5일, 이경직 서.

景稷嘗讀洪範九五福一曰壽. 孟子曰: "天下達尊有三, 齒一德一壽一." 尙齒之義遠矣哉! 民在壽域, 實本於治化. 歷代以來, 耆老之盛, 絶無而僅有. 方唐之盛也, 白樂天在香山爲九老之會. 及至于宋, 洛中諸公, 效而爲之者再, 而耆英爲最盛焉. 圖繪賦詩, 人人傳之爲美譚, 皆盛世事也. 今我聖上之七年己巳夏六月五日, 諸公會于國都南門外池邊之洪公第, 以賞蓮也. 家君初以疾辭, 忽然乘輿而訪. 延陵與諸公相喜, 謂曰: "今君來, 興復不淺." 俄而坡興杜谷, 相踵而至. 在座者, 凡十一人, 固一世士大夫之老而貴而賢者也. 至如延陵延平藥峯, 或以先朝耆舊, 或以當代元勳, 位望隆顯, 事業閎大, 在人耳目者, 豈下於耆英哉? 且耆英席上十三人, 而共算八百九十二歲. 今此十二人, 而其籌少十四年, 可謂人少而算多. 況此八耋三人, 又耆英之所無也. 是日也, 喜雨新晴, 淸水滿塘, 荷香襲座, 微風借凉, 蒼顔白髮, 儼若群仙. 觴籌交錯, 或醉或醒, 不知香山洛陽之會, 亦能有此景像也否耶? 於是延陵謂左右曰: "今日之會, 眞老人會也. 吾儕俱以童稚之友, 至老相從者, 幸也. 今日之邂逅團欒, 又其幸之尤者也. 豈可使玆會泯而無傳? 宜令圖繪之以續故事." 左右曰: "諾." 仍令舍弟景奭, 列書姓名, 尙齒不尙官. 雖昔然矣, 亦可頌聖世風化之本也. 芝岡不與焉, 而追錄之. 靑平年未七十, 而用洛陽故事幷列焉. 各書降日者, 將以爲後期也. 書至子弟者, 以錄其參席者也. 噫! 自唐而宋, 自宋而今, 幾千百載, 復睹盛事於今日, 宜乎, 觀者如堵, 聞者嘖嘖, 而爲一國之所慕也. 旣以圖繪屬之景稷, 又命序其事, 不敢以文拙辭, 於是乎書. 崇禎二年己巳六月五日, 李景稷書.

왕희지는 「난정기蘭亭記」에서 "후세에 지금을 봄이 또한 지금에 옛날을 보는 것과 같을 것이로다. 아아! 그러므로 당시 사람들을 차례로 쓰고 그들이 지은 글을 기록하니, 비록 세대가 다르고 일이 다르나 감회를 일으킨 이유는 그 이치가 마찬가지이다. 후세에 이것을 보는 자 또한 이 글에 장차 감회가 있을 것이다"라고 했다. 모임과 행사를 그림으로 그리고 글을 첨부한 화축은 본인들이 훗날 보기에도 특별한 감회를 일으키겠지만,

몇 세대 뒤의 후인들이 보면 각별한 감회를 일으키지 않을 수 없다. 하물며 그러한 화축에 적힌 서문이나 제화문이 높은 예술성을 지닌 경우에는 더 말할 것이 없으리라.

# 역사인물화의 풍간

진희이陳希夷는 도가의 인물이자 역학의 상수학을 일으킨 사람으로, 본명은 진단陳摶이다. 당나라 말인 872년에 태어나서 오대를 거쳐 송나라 초인 989년에 죽은 듯하다. 희이는 『노자』에 나오는 말로, 보려 해도 볼 수 없고 들으려 해도 들을 수 없는 현묘한 이치라는 뜻이다. 송나라 태종이 그를 희이선생이라 부른 데서 연유하는 이름이다.

진희이는 송나라 태조가 천하를 얻었다는 말을 듣고, "천하가 이제부터는 안정될 것이다" 하고는 기뻐하다가 나귀에서 떨어졌다고 한다. 이 일화를 그림으로 그린 것이 〈진단타려도陳摶墮驢圖〉이다. '진단이 나귀에서 떨어지는 모습을 그린 그림'이란 뜻이다. 공재恭齋 윤두서尹斗緖(1668~1715)가 그 화제로 그린 그림이 국립중앙박물관에 있다. 비단에 채색을 했는데, 크기는 110.9×69.1cm이다.

복건 쓴 선비가 나귀를 타고 가다가 고꾸라지듯 떨어지는 장면이 무척 우스꽝스럽다. 뒤의 동자만 놀라고, 떨어지는 본인은 싱글벙글이다.

윤두서가 〈진단타려도〉를 그린 1715년(숙종 41), 숙종은 그림 위 좌측 상단에 다음 시를 썼다.

| | |
|---|---|
| 희이선생이 무슨 일로 홀연 안장에서 떨어졌나 | 希夷何事忽鞍徙 |
| 취해서도 졸아서도 아니요 별난 기쁨 있어서였네. | 非醉非眠別有喜 |
| 낙양 협마영에 상서 비쳐 참된 군주가 나서 | 夾馬徵祥眞主出 |
| 이제부터 천하에는 근심이 없어질 때문이지. | 從今天下可無悝 |

협마는 하남성 낙양의 동북쪽에 있는 지명으로, 송나라 태조 조광윤趙匡胤이 태어난 곳이다. 조광윤이 황제가 되기 전인 후주 현덕顯德 7년에 군사를 거느리고 거란을 막으러 가다가 군사가 진교역陳橋驛에 주둔했는데, 그날 점성가인 묘훈苗訓이 해를 보니, 해 아래에 다른 해가 또 하나 있으면서 검은 광채가 들끓었다. 그날 밤 조광윤이 술에 취해 잠이 들었는데, 군사들이 조광윤을 옹립해 황제로 삼고는 송이라고 국호를 고쳤다.

진희이는 이름의 단摶인데, 박搏이란 글자와 비슷하여 세간에서 그의 이름을 진박이라고 오인하기도 한다. 게다가 어머니가 공같이 생긴 고깃덩어리를 낳아 바다에 버린 것을 어부가 주워 왔는데 그 안에서 아이가 태어났으므로 이름을 '박'이라고 했다는 해괴한 이야기까지 있다. 글자를 잘못 보고 엉뚱한 전설을 만들어 낸 것이다.

진희이의 자字는 도남圖南이고, 자호는 부요자扶搖子이다. 안휘성 박주 진원眞源 사람이라고 한다. 후당 때 과거에 응시했으나 낙방하고 무당산武

그림 68 윤두서, 〈진단타려도〉, 비단에 채색, 110.9×69.1cm, 국립중앙박물관 소장.

當山 구실암九室巖에 은둔했으며 그 후 화산華山으로 옮겼다. 『주역』에 정통하여 생사를 예견했다고 한다. 그가 한나라 위백양魏伯陽의 태극도를 전수받아 여러 사람을 거쳐 주돈이에게 전했고, 상수학을 소강절(소옹)에게 멀리 이었다고 한다.

당나라 말 혼란기에 진희이는 한 왕조가 망하고 다른 왕조가 일어났다는 소문을 들을 때마다 며칠 동안 눈살을 찌푸렸다. 「귀은歸隱」이란 제목의 칠언 율시에 그의 자세가 드러나 있다.

| | |
|---|---|
| 십 년을 홍진 속에 다니며 | 十年踪迹走紅塵 |
| 청산으로 돌아가는 꿈 자주 꾸었다. | 回首青山入夢頻 |
| 도성 길이 번화해도 단잠에야 미치랴 | 紫陌縱榮爭及睡 |
| 화려한 저택이 귀하지만 가난보단 못한 걸. | 朱門雖貴不如貧 |
| 칼과 창이 위태한 임금을 보호한단 말을 근심스레 들으며 | 愁聞劍戟扶危主 |
| 생황과 노래 소리가 술 취한 이의 귀를 성가시게 하니 민망할 따름. | 悶聽笙歌聒醉人 |
| 옛 서적 챙겨서 옛 은거지로 돌아오니 | 携取舊書歸舊隱 |
| 들꽃 피고 새 우는 봄은 예나 지금이나 같아라. | 野花啼鳥一般春 |

"도성 길이 번화해도 단잠에야 미치랴"란 구절은 진희이가 와선臥禪을 하여 삼매에 들었다는 전설과 연결되는 듯하다. 진희이는 깨어 있을 때는 곡기를 끊고 술을 마셨고 잠잘 때는 동물이 겨울잠을 자듯 하면서 1백여 일 동안 깨지 않았다고 한다. 도가 수행을 해서 118세까지 살았는데, 죽을 때가 되자 석실 하나를 마련해 "여기가 내가 돌아갈 곳이다" 하고는 정

좌하고 신선이 되어 날아갔다고 전한다.

오대 말에 진희이는 흰 나귀를 타고 개봉으로 가다가, 조광윤이 나라를 개국하고 천자의 자리에 올랐다는 말을 들었다. 진희이는 너무나 기뻐 박장대소하다가 그만 나귀에서 굴러떨어졌다. 그러면서 그는 "천하는 이제 안정되리라!" 하고 외쳤다고 한다.

진희이는 태조 조광윤의 등극을 기뻐했지만 자신은 화산을 나갈 생각이 없었다. 조광윤이 거듭 조서를 내려 불렀지만 궁으로 향하지 않았다. 송나라 두 번째 천자인 태종은 이름이 조광의이다. 그가 여러 번 궁으로 부르자 진희이는 마지못해 나갔다. 하지만 궁의 조용한 방을 달라 하고는 그 방에서 잠이 들어 서너 달 만에야 깨어났으며, 곧바로 산으로 돌아갔다.

조선 중기의 김성일金誠一(1538~1593)은 「진교에서 술에 취해 눕다[陳橋醉臥]」 시를 지어, 조광윤의 천하통일을 칭송했다.

| | |
|---|---|
| 한나라 고조는 패택에서<br>　용처럼 일어나 한밤중 술에 취해 | 龍興沛澤夜被酒 |
| 진나라 뱀 자르고서 황제 자리 올랐네. | 手斬秦蛇升帝位 |
| 진교에서 누가 다시 황제 되는 명 받았던가 | 陳橋誰復奉王命 |
| 그 어려운 왕업을 한 번 취해선 이루었다니. | 王業艱難成一醉 |
| 알겠구나 제왕이 될 사람은 따로 있어 | 吾知帝王自有眞 |
| 하늘이 주는 것이지 인력으론 이루지 못함을. | 此皆天授非人致 |
| 중원 땅에 제왕의 기운 한 번 쇠해지자 | 一自中原王氣衰 |
| 오대에는 하늘 가득 병마의 티끌이 극심했지. | 澒洞兵塵極五季 |
| 어지러운 뒤에는 다스려지는 법 | 亂極而治理自然 |

| | |
|---|---|
| 당당한 대업이 애당초 기이했구나. | 堂堂大業生有異 |
| 협마영에 제왕 기운 울연하여 | 夾馬已鬱與王瑞 |
| 웅장한 계책과 지략이 제왕감이었지. | 雄謀壯略眞天吏 |
| 후주에서 몸 떨치어 우익이 되어 | 龍奮周家作羽翼 |
| 만리의 풍진을 한 팔로 다 물리쳤고, | 萬里風塵攘一臂 |
| 나라에 몸 바쳐 두 조정을 거치면서 | 身爲國命歷兩朝 |
| 담뿍하게 온 천지에 비와 이슬 적셨네. | 沛然乾坤雨露施 |
| 만백성이 제 어미 만난 듯 노래하니 | 萬姓謳歌子得母 |
| 하늘의 주시가 백성 보는 것과 어긋나랴. | 天視詎可違民視 |
| 자연스레 신명이 한곳으로 정해져 | 自然神命定于一 |
| 겹햇무리에서 하늘의 뜻 볼 수 있었으니, | 日盪可見天之意 |
| 하루아침에 천명 받들어 거란을 진압하자 | 一朝承命鎭北寇 |
| 중원은 이미 후주의 천지가 아니었네. | 神州已非周天地 |
| 해 저물어 전거가 진교에 머물자 | 戎車日暮次陳橋 |
| 장사들은 시끌시끌 잠 못 이뤘나니, | 壯士喧喧宵不寐 |
| 위태할 때 나라에 임금 없음에 울분 품어 | 共憤時危國無主 |
| 위로 하늘의 마음 받들어 대의를 넓혔도다. | 上遵天心弘大義 |
| 점검의 책봉을 선언한 날 | 宣言此日冊點檢 |
| 군사들 환호하며 다른 의견 없었거늘, | 士卒歡呼無有二 |
| 군문에서 취해 자며 그런 줄도 몰랐으니 | 轅門被酒尙不覺 |
| 맘 없었거늘 군사들 의논을 어찌 알랴. | 無心豈悟軍中議 |
| 해 뜰 무렵 군리의 외치는 소리 듣고 | 黎明遽聞軍吏呼 |
| 놀라 깨니 이미 황의가 입혀졌네. | 驚起已覺黃衣被 |
| 인심 천심 쏠리는 형세 이와 같나니 | 人歸天與勢如此 |

| | |
|---|---|
| 초심 간직하려 해도 피할 수 있었던가. | 欲全初心安可避 |
| 천하의 역수가 나에게 있음을 알아 | 固知曆數在我躬 |
| 전 군사가 순식간에 말고삐를 돌렸도다. | 六軍一日旋戎轡 |
| 추호도 범함 없이 도성 문에 들어서니 | 秋毫無犯入都門 |
| 위대한 신공이 어이 그리 수월했나. | 神功偉烈何其易 |
| 창업하느라 삼척(법)을 무어 쓰랴 | 創業何須用三尺 |
| 고아를 어찌 호미하듯 속이랴. | 欺孤安用同狐媚 |
| 한 번 취해 송나라 천지를 주물하여 | 一醉陶成宋乾坤 |
| 삼백 년 왕업이 어언간에 이뤄졌네. | 三百赫業於焉遂 |
| 당시야 성덕에 부끄러움 있는 듯했지만 | 當時雖似有慙德 |
| 실로 천심인 걸 어찌 허물이랴. | 此實天心豈爲累 |
| 천지가 오래 전쟁으로 분분하여 | 紛紛天地戰爭久 |
| 달팽이 뿔 위 백성들이 살 곳을 잃었던 터, | 蝸角生民靡所寄 |
| 탕왕과 무왕 태어났더라도 | 若使湯武生此時 |
| 그들 역시 거사하여 백성들을 살렸으리. | 亦必一擧蘇黔類 |
| 그대는 보지 못했는가<br>당 태종이 의롭지 못하게 제업 일으킨 것을. | 君不見劫父非義起帝業 |
| 백대토록 군자들 기롱이 어찌 없으랴. | 百世寧無君子刺 |

한나라 고조(유방)는 술에 취해 길을 가다가 길을 막고 있는 흰 뱀을 칼로 쳐서 죽였다. 그날 밤 어떤 노파가 길에서 울면서, "흰 뱀은 나의 아들로 백제白帝인데, 뱀으로 화해 있다가 적제赤帝에게 죽임을 당했다"고 했다. 백제는 진나라를 가리키고, 적제는 한나라를 가리킨다. 김성일은 조광윤이 천하를 차지한 것이 한나라 고조가 천하를 차지하여 삼척(법)을

제시한 것보다 더 칭송받을 만하다고 했다. 특히 겹햇무리가 해를 도는 탕일의 상서까지 나타나서, 천하 백성들의 인심만 얻은 것이 아니라 하늘의 명까지 받았다고 했다. 조광윤은 후주 때 점검點檢의 벼슬에 있었다. 후주 세종世宗이 문서 주머니 안에 '점검이 천자가 된다[點檢作天子]'는 글이 쓰인 나뭇조각을 발견하고는 당시 점검으로 있던 장영덕張永德을 해임하고 조광윤을 점검으로 삼았다. 이후 조광윤은 군사들과 백성들의 마음을 얻어 천하를 차지하기에 이르렀다는 것이다.

김성일은 조광윤이 천하를 차지한 것은 조맹덕曹孟德(조조)이나 사마중달司馬仲達 부자처럼 고아나 과부를 속여 여우처럼 미혹시켜서 천하를 차지한 것과 다르다고 했다. 원문의 '호미狐媚'란 사악한 방법을 써서 다른 사람을 미혹시키는 것을 말한다. 또 당나라 태종은 정관지치를 이룬 명군으로 꼽히지만, 그는 태자였던 형을 죽이고 즉위했다.

숙종이 윤두서의 〈진단타려도〉에 제시한 내용도 김성일이 「진교에서 술에 취해 눕다」 시의 주제와 유사하다. 다만 성군의 출현을 기대하면서, 실은 자신이 성군이고자 하는 뜻을 은연중에 드러냈다.

진희이와 관련해서는 도가의 전설이 여럿 전한다. 세상에서는 진희이가 송나라 태조와 같은 해에 태어났다고도 한다. 하지만 조선의 장유는 『계곡만필』에서, 「진희이가 송나라 태조와 같은 해에 태어났다고 하는 것은 잘못이다」라는 제목의 짧은 논문을 남겼다. 진희이는 후당 장흥長興 연간(930~933)에 진사시에 응시했다가 급제를 하지 못하자 산에 들어가 도를 닦았는데, 이때 예조(태조)는 태어난 지 겨우 몇 년밖에 되지 않았으므로 진희이와 동갑일 수 없다고 했다.

송나라 때 전약수錢若水는 화산에서 진희이를 만났는데, 마의도인麻衣道人이 진희이와 함께 화롯불을 쬐고 있었다고 한다. 마의도인은 『마의상법』

의 저자로 알려져 왔다. 마의도인은 전약수를 한참 쳐다보고는 화로의 재에 부젓가락으로 "안 된다"라고 쓰고, "이 사람은 급류에서 용퇴勇退할 사람이다"라고 말했다. 전약수는 마흔 살에 추밀 부사의 직위에 이르렀으나 물러났다. 마의도사가 '안 된다'고 한 것은 전약수가 신선이 될 수는 없을 것이라는 뜻이고, '급류에서 용퇴한다'고 한 것은 거센 물살을 헤쳐 가는 배처럼 벼슬이 치솟을 때에 용감하게 물러나 몸을 보전할 수 있을 것이라는 뜻이었다.

조선 후기의 성대중成大中은 『청성잡기』의 「성언醒言」에서, 자신이 31세 되던 1762년(영조 38) 3월 꿈속에서 진희이를 만났던 이야기를 적었다.

> 내가 은계역銀溪驛(강원도 회양군 은계리) 역승驛丞(찰방)으로 있던 해 봄 3월, 꿈에서 진희이를 만났는데, 풍채와 골격이 준수했으나 약간 속기를 띠고 있는 것이 다른 은둔자와는 달랐다.
>
> 내가 그에게 물었다. "공이 나귀에서 떨어진 것을 두고, 역사서에서는 공이 송나라 태조가 천하를 얻었다는 소식을 듣고 '천하가 이제부터는 안정될 것이다' 하면서 기뻐하다가 자기도 모르게 나귀에서 떨어졌다고 했습니다. 어떤 이는 공이 나귀를 타고 산에서 나온 것은 천하를 얻기 위해서였는데 송 태조가 먼저 천하를 얻었다는 소식을 듣고는 놀라서 나귀에서 떨어졌다고 합니다. 어느 말이 옳습니까?"
>
> 그가 웃으며 대답했다. "역사서의 말이 옳네."
>
> 또 물었다. "전약수가 신선이 되지 않고 재상이 될 줄을 공은 어떻게 알았습니까?"
>
> 그가 대답했다. "전약수의 미간횡골眉間横骨이 이마의 중앙에 곧바로 연결되어 있는데, 마의도인이 그의 관상을 보고 반드시 아주 귀해질 줄을

알아보았지, 내가 알아본 것이 아닐세."

또 나의 평생의 운수를 묻자, 이렇게 대답했다. "잠시 후면 틀림없이 스스로 알게 될 것이네."

그때 마침 나는 근처의 집 지붕에 앉아 있었고 세 살 먹은 아들도 옆에 있었는데 갑자기 불길이 지붕으로 치솟았다. 내가 아들을 겨드랑이에 끼고 멀리 피하자 불도 뒤따라 꺼졌다. 그러자 진희이가 말했다. "그대가 세상의 재앙을 벗어나는 것도 필시 이와 같을 것일세."

젊었을 때 꿈속에서 보았던 일을 늙어서도 생생하게 기억할 수 있다니, 진희이가 참으로 나의 운명을 점친 것인가?

진희이는 잠에서 삼매에 들 것이지, 어째서 깨어 있으면서 송나라 태조가 천하를 얻었다는 소식에 나귀에서 떨어졌던가? 정말로 송나라 태조는 태평성대를 가져왔단 말인가?

이덕무는 『청장관전서』의 「한죽당섭필寒竹堂涉筆」에서 '잠[睡]'이란 글을 두어 진희이가 잠을 자면서 삼매에 든 것을 선망했다.

잠에는 지극한 이치가 있다. 갈수한渴睡漢 부류의 잠은 게을러서 자는 잠일 뿐이고, 진희이의 부류야말로 잠의 삼매에 든 것이다.

나는 언젠가 이렇게 생각했다.

'밤에 편안히 숙면을 취하고 나면 정신이 맑아지고 기운이 왕성해져서 이튿날 모든 일이 순조롭게 잘되지만, 잠을 설치고 나면 나른해서 맥없는 사람이 된다. 이는 내가 타고난 기질이 허약해서 그런 것이다. 그래서 식사 후에 앉은 채 꾸벅꾸벅 졸고 나면 삽시간에 정신이 맑아진다. 도가에서는 진사辰巳(동남방)의 잠이 용 기운과 범 기운이 만나 좋은 단약을 이루는 것과 같다고 했다.' 이제 '희이실希夷室' 세 자를 거실에 쓰고, 양쪽 벽에는 강절康節(소옹의 시호)과 방옹(육유의 호)의 두 시를 써 붙여야겠다.

【 첫째 수(소옹) 】

| | |
|---|---|
| 꿈에서 깨니 기억이 나는 듯 안 나는 듯 | 半記不記夢覺後 |
| 나른한 모습 수심 겨운 듯 수심 없는 듯. | 似愁無愁情倦時 |
| 이불 끼고 비스듬히 누워 꼼짝 않는데 | 擁衾側臥未欲起 |
| 주렴 밖에는 낙화가 어지러이 나누나. | 簾外落花撩亂飛 |

【 둘째 수(육유) 】

| | |
|---|---|
| 포단에서 마주하여 잠에 취해서 | 相對蒲團睡味長 |
| 주인도 나그네도 나와 너를 잊었더니, | 主人與客兩相忘 |
| 그새 객은 가고 주인은 깨어나니 | 須臾客去主人覺 |
| 어느덧 서창의 반은 노을마저 사라졌군. | 一半西窓無夕陽 |

갈수한은 잠자기를 지나치게 좋아하는 사람이란 말이다. 송나라 여몽정呂蒙正이 과거에 오르기 전에 잠자기를 좋아한 데서 나왔다. 이덕무는 여몽정의 잠은 게을러서 자는 것일 뿐이라고 비판하고, 진희이의 꿈이야 말로 삼매에 든 것이라고 했다.

잠에서 삼매에 들지 못할망정, 갈수한이라도 되고 싶다. 나귀에서 떨어져도 싱글벙글할 일이 없다면.

# 부채의 그림과 글씨

## 1.

이인상李麟祥(1710~1760)의 〈신선도해도神仙渡海圖〉는 지팡이 든 신선이 낙엽 타고 파도를 헤치며 바다를 건너는 모습을 부채에 그린 그림이다. 호림박물관에 소장되어 있다. 부채의 오른쪽 위에는 제시가 있다.

이인상의 본관은 전주, 자는 원령元靈이며, 호는 능호관凌壺觀 혹은 보산자寶山子이다. 경기도 양주군 회암면에서 태어났는데, 호 보산자는 양주 천보산에서 땄다. 능호관이란 호는 남산에 있는 서울 집을 그렇게 부른 데서 연유한다.

이인상은 인조 때 영의정을 지낸 이경여의 고손이지만 증조부 이민계가 서자였으므로 그 자신도 서얼로 간주되었다. 1735년(영조 11) 진사시

그림 69 이인상, 〈신선도해도〉, 종이에 수묵담채, 26.4×69.5cm, 호림박물관 소장.

에 합격했으나, 음보로 한양의 북부 참봉을 지낸 후, 내자시 주부와 경상도 사근역 찰방을 거쳐 1750년 음죽 현감이 되었다. 1752년 관찰사와 불화해서 현감직을 사퇴한 후, 단양의 구담에서 지냈다. 그 뒤 음죽현 설성雪城에 종강모루鍾崗茅樓를 짓고 여생을 보냈다. 그의 묘비명에는 "군은 사람됨이 강직하고 곧아서 남과 마음이 잘 맞지 않았으며, 아첨해서 세상에 출세하는 것을 달가워하지 않았다"라고 했다.

〈신선도해도〉의 신선들이 향하는 곳은 서왕모의 세계이다. 그곳은 곧 화가가 갈망하는 이상향이리라. 바다 위에 떠 있는 신선의 모습은 그림 속에 가두어져 있지만, 그들이 향해 가는 세계, 바다와 그 뒤로 이어진 선계는 무한의 세계이다. 이인상이 쓴 제화시는 다음과 같다.

세상이 혼탁하여 마음에 품지 않나니 世溷濁而不自懷兮
얻고 잃음이란 아침저녁 일임을 깨달았네. 會得喪之在朝暮
천하가 본래 유한함을 탄식하며 歎八荒之固有限兮

태초와 더불어 이웃하련다. 與太初而爲隣

능호관의 초가 창가에서, 우연히 그리고 내키는 대로 적는다.

凌壺草牕, 偶寫漫識

"세상이 혼탁하여 마음에 품지 않는다"라는 말은 굴원의 「이소경」에서 "세혼탁이불분혜世溷濁而不分兮, 호폐미이질투好蔽美而嫉妒"라고 한 말과 관련이 있다. 즉 "세상은 혼탁해 분별이 없고 미덕은 가려지고 시기와 질투만 당한다"라고 한 말을 연상시킨다. 굴원은 「이소경」에서 자신의 충심을 세상이 알아주지 않는다고 원망했다. 이인상은 혼탁하기만 한 세상에서 구차하게 부귀영화를 추구할 마음이 없다고 했다.

이인상은 세상에서의 얻고 잃음, 즉 부귀공명과 패가망신이란 고작 아침저녁의 짧은 시간 안에 뒤바뀌는 허망한 일임을 깨달았다고 했다. 세상은 유한하다는 사실, 그 공간 속에 살아가는 인간 삶도 유한하다는 사실을 새삼 생각하고, 하늘과 땅이 나뉘기 이전의 원기인 태초와 어우러져 살아가겠노라고 희망을 밝혔다.

인간의 죽음을 대한大限(큰 한계)이라고 한다. 명命은 하늘이 정했기에 보탤 수도 줄일 수도 없다. 어떤 사람은 남에게 해침을 당해서 일찍 죽고 어떤 사람은 무언가를 걱정하다가 일찍 죽기도 하는데, 생명을 망각하고 욕심을 부리다가 죽는 것을 군자는 가장 부끄럽게 여긴다.

그 유한한 삶을 어떻게 가치 있게 살 것인가? 이에 대한 고뇌가 이 그림 속에 들어 있다.

## 2.

부채의 면인 선면에 글씨를 쓰는 것을 서선書扇이라 하고 선면에 그림을 그리는 것을 화선畫扇이라 한다. 부채에 그림을 그릴 때는 대개 매화, 난초, 대나무를 그리든가 인물을 그렸으며, 간혹 산수를 그렸다. 제화시를 함께 써넣기도 한다.

선면에 그림을 그리고 글씨를 함께 쓴 이른 예로는, 조선 선조 때 유성룡이 중국에 갔을 때 중국인 오경吳京이 부채에 두 사람의 이별 모습을 그림 그리고 팔분체로 '관산별의關山別意'라는 네 글자를 적어 준 예가 있다.

부채에 산수를 그린 예로는 안평대군 소장의 〈임정도林亭圖〉와 〈급우도急雨圖〉가 있었다. 신숙주가 안평대군 소장의 그림들에 대해 기록한 「화기畫記」에 그 목록이 나온다. 제화 시문이 있었는지는 알 수가 없다. 그런데 조금 뒤의 시기에 서거정徐居正이 지은 「부채의 작은 경치에 대하여 쓰다[扇面小景]」나 「부채의 작은 그림에 제하다[題扇面小畫]」를 보면, 당시 부채에 가을 풍광을 그리고 시를 함께 적어 두었던 듯하다.

선조 때 이르러 이정귀李廷龜는 중국인의 화선 세 자루를 보고, 그 그림에 맞춰 각각 시를 한 수씩 써 주었다. 각각 가을 강에 낚싯배가 떠 있는 풍경, 숲이 무성한 여름날 저물녘에 외로운 배가 여울을 지나는 광경, 봄날 한 사람이 버드나무 아래서 술에 취해 있으면서 동자에게 개울물을 살피게 하는 정경을 그린 것이다. 비슷한 시기의 조찬한趙纘韓은 홍주일洪柱一의 〈이허주산수화李虛舟山水畫〉 부채에 시를 적어 주었다. 이허주는 곧 이징이다.

한편 남한기南漢紀는 박용운의 〈탄금유황리彈琴幽篁裏〉 부채에 「박생 용운의 탄금유황리 선화에 적다[題朴生龍雲彈琴幽篁裏扇畫]」라는 제목으로 두 수를 적어 주었다. '탄금유황리'는 왕유의 「죽리관」 시에 나오는 구절이다.

조선의 산수를 부채에 그린 것으로는 허필의 〈선면금강산도扇面金剛山圖〉나 정선이 청풍계를 그린 선면도가 유명하다.

선면에 그림을 그리는 일은 조선 후기에 더욱 유행했다. 윤봉조尹鳳朝(1680~1761)는 이언세李彦世를 위해 「화선재기畫扇齋記」라는 산문을 남겼다.

이미중李美仲(이언세)이 도성에 집을 두고서도 산림에 뜻을 지녀, 부채에다가 산림의 한 구역을 그림으로 그려 두고 사랑하여 늘 감상하더니, 그김에 '화선'을 서재의 이름으로 삼았다. 미중은 산림에 대해, 몸이 도성 안에 우거하고 있어서 미처 가지 못할 뿐이지, 그 뜻은 이미 산수와 혼연하게 하나로 되어 있었던 것이다. 자리를 쓸고 고요히 앉아 손에 부채 하나를 들고서 흥취가 이르면, 맑고 깨끗한 기운이 방에 가득하고 벽과 문의 안이 초연하여, 폐부가 유통하고 의상意想이 날아올라, 멋진 산수를 황홀하게 본 듯하여, 무성한 숲과 궁륭 형태의 벽이 선면에 용솟음치듯 나타나고 집 주변에 모여든다. 멀리하면 접할 수가 없으나 가까이하면 방촌(마음)에 있으니, 그 뜻이 혼연한 것은 말할 것도 없고 도성에 임시로 거처하는 그 몸까지도 아울러 혼화渾化하려고 하여, 미처 산림에 가지 못한 사실 자체를 잊을 정도이다. 이미중이 부채 그림에 기탁해서 산림으로 가고 싶어 하는 마음을 잊지 않은 것이 이와 같도다! 그러나 이미중은 꼿꼿한 기개가 있어 일찍이 임금과 무릎을 맞대고 정사를 의논하여 한 세상을 놀라게 했다. 그 뜻은 진실로 산림을 잊지 않았고 세상을 잊으려고도 하지 않았다. 그렇다면 이미중은 그 몸이 끝내 산림으로 가지 않고 화선재만 산림의 뜻을 다하는 것이 아니겠는가!

혹자는 말한다. "이미중이 이 서재를 가지고 있으니 이미 스스로 산림을 가지고 있는 것이고, 또 이미중은 도성에서 아무 녹봉도 지위도 없으니, 그가 산림으로 떠나가지 않은 것은 곧 떠나간 것과 같은 것이다. 어찌 반드시 떠나야만 하겠는가?"

이 말은 여전히 이미중을 안다고는 할 수 없다. 이미중은 근골과 체형이 아름답지 않아, 반평생 기구하게 살아서 세간 길에서 용납되지 못했으니, 산림이야말로 그가 있을 곳이다. 한 구릉 한 골짜기에 초가 하나를 얽어 두고 그 속에서 휘파람 불면서 오만하게 살면, 좌우의 시내와 산이 화선 속의 것이 아님이 없을 것이며, 누웠다간 일어서고 일어섰다가 앉았다가 하는 이미중이 저절로 화선 속의 인물이 될 것이다. 그런 뒤에야 화선의 뜻을 다할 수가 있으며, 방을 화선이라고 이름한 것을 비로소 뒤집을 수 없게 될 것이다. 산림으로 떠나지 않는 것이 떠나는 것과 같다 하지 말고, 떠나고자 하는 뜻을 완수하도록 힘써야 한다는 것은 오로지 이미중 자신이 알 것이다. 나는 이미중의 훗날을 기다리고자 이 글을 쓴다.

포암병부圃巖病夫가 장난으로 적는다.

## 3.

이언세는 서재 벽에 화선을 걸어 두어 그 서재를 화선재라고 했다. 그런데 강세황은 서재에 산수화를 걸어 두고 그 속에서 거문고를 타면서 산의 울림을 듣는 듯한 환상에 빠졌다. 그리고 그 서재를 산향재라 하고, 「산향기山響記」라는 명문을 남겼다. 「산향기」에서 강세황은 "거문고를 어루만지고 곡조를 타서 뭇 산들이 모두 메아리를 치게 하련다[撫琴動操, 欲令衆山皆響]"라고 했다. 이 말은 남조 송나라 종병의 전기에서 찾을 수 있다. 젊어서 여러 산들을 원유遠游하고 늙어서 강릉으로 돌아와 자신이 유람했던 곳을 모두 방 안에 그림으로 그려 두고는, "거문고를 연주하여 곡조를 울려서 그림 속의 모든 산들로 하여금 전부 메아리치게 하고 싶다"라고 했다.

강세황은 동작 부근에 거처를 마련하고, 방의 앞창을 부채 모양으로 만들어 집 안에 앉아서 강산의 경관을 창문으로 조망했다. 그리고 그 방을 화선루畫扇樓라 이름 지었으며, 여기서 다섯 수의 제화시를 남겼다. 곧 「전면도」, 「측면도」, 「동면도」, 「서면도」, 「북조도」 등이다.

【 전면도 】

| | |
|---|---|
| 높은 누에 혼자 누웠다 일어나서는 | 高樓獨臥起 |
| 아침 내내 관악을 바라본다. | 終朝面冠岳 |
| 산과 내가 싫증 내지 않은 것 아니다만 | 不是兩不厭 |
| 이 말고 다른 즐거움이 없구나. | 別無他可樂 |

"산과 나 둘이 싫증 내지 않은 것 아니다"라는 말은 이백의 저 유명한 「홀로 경정산에 앉아서[獨坐敬亭山]」 시의 뜻을 뒤집어 사용한 것이다. 경정산은 안휘성의 선성현 북쪽에 있는 산이다. 이백은 "뭇 새는 높이 날아 다 사라지고, 외론 구름은 홀로 한가로이 떠간다. 서로 보아 둘 다 싫증 안 내는 것은, 다만 경정산이 있을 뿐[衆鳥高飛盡, 孤雲獨去閑. 相看兩不厭, 只有敬亭山]" 이라 했다. 경정산은 언제까지고 바라보아도 싫증나지 않으며, 산도 나를 바라보면서 싫증 내지 않는 것 같다고 했다. 그런데 강세황은 자신과 관악이 서로 싫증 내지 않는 것이 아니라고 했다. 산으로 상징되는 산수자연과 자기 자신이 일체로 되었다고는 말할 수 없었던 것이다. 또한 세간에 연연하는 마음이 남아 있음을 솔직하게 말한 것이기도 하다.

【측면도】

| | |
|---|---|
| 교외 전장에서 병든 몸 요양하니 | 晩外郊庄養病軀 |
| 아스라한 누대가 동작호를 굽어본다. | 高樓縹緲俯銅湖 |
| 푸른 물결 한 줄기에 천 그루 버들 | 滄波一帶千株柳 |
| 완연히 강남의 봄 경치 그림 같군. | 宛是江南春意圖 |

동작호는 한강의 한남동과 동작동 앞쪽을 가리킨다. 또 원문의 강남춘의江南春意란 중국 양자강 일대에 봄빛이 도는 광경을 말하여, 동작호 부근을 거기에 빗댄 것이다. 당나라 시인 두목의 「강남춘江南春」이란 시가 유명하며, 이후 '강남춘'이나 '강남춘의'라는 화제가 그림에 많이 사용되고 화공의 선발 때도 출제되었다. 두목의 시는 "천 리에 꾀꼬리 울고 녹색 홍색 어우러질 때, 물가 마을 산어귀에 술집 깃발 펄렁인다. 남조의 사백 팔십 절, 여러 누대들이 안개비 속에 있구나[千里鶯啼綠映紅, 水村山郭酒旗風. 南朝四百八十寺, 多少樓臺烟雨中]"라고 했다. '천 리'는 실제로는 십 리이겠지만 광활한 광경을 상기시키려고 그렇게 표현했으리라. 두목은 봄날 안개비 속에 남조 때부터 있었던 옛 사찰이 어른어른하고 산어귀 주막에 깃발이 펄렁이는 광경을 묘사하여, 봄날의 화사함과 나른함, 그리고 무상함을 토로했다. 이에 비해 강세황은 '푸른 물결 한 줄기에 천 그루 버들'이란 표현으로 동작호 부근의 봄 풍경을 묘사해 내었다.

【동면도】

| | |
|---|---|
| 작은 누각은 푸른 버들에 기대 있고 | 小閣依翠柳 |
| 버들 숲 밖에는 두 못의 물이 빛난다. | 柳外雙池明 |
| 멀리 산 아래 마을에는 | 遠看山下村 |

밥 짓는 연기 담담하다. 澹澹炊煙生

【서면도】

누각 서편엔 무엇이 있나 樓西何所有
희게 칠한 담에 포도 시렁. 粉牆葡萄架
때때로 지팡이 짚고 올라가 有時携杖登
밤나무 숲을 소요하고. 逍遙栗林下

원문의 '분장'은 흰 석회로 칠한 담이다. 거기에 포도 시렁을 얽어 두었으니, 여름이면 흰색과 푸른색의 조화가 볼만할 것이다. 사치스러운 광경이지만, 그 또한 자연에 묻혀 사는 사람이 누리는 호사이다.

【북조도】

교외에 산 지 벌써 오래다만 郊居倏已久
여전히 서울이 그리워 尙有京城戀
남산과 삼각산을 南山與三角
이따금 집 뒤에 올라 바라보노라. 時登屋後見

'조朝'란 군주가 계신 곳을 향한다는 뜻이다. 서울을 잊으려고 하지만 여전히 서울이 그리워서 때때로 집 뒤 동산에 올라 남산과 삼각산을 바라본다고 했다. 그 마음이 애잔하지 않은가.

동서남북에 부채 모양의 창문을 내고 그 창문에 들어오는 광경을 선면의 그림처럼 감상하는 여유가 부럽기만 하다.

# 호랑이의 이중성

## 1.

조선 후기에는 호랑이를 소재로 한 그림이 유행했다. 종래 심사정이 그렸다고 했던 〈맹호도猛虎圖〉도 그 한 예다. 국립중앙박물관 소장의 이 그림에는 누군가 갑자년에 칠언 절구를 써 두었다. 갑자년이 1774년이라고 하면, 이때는 심사정이 이미 세상을 떠난 후이다. 현재 국립중앙박물관 측의 해설은 그림 제목을 〈용맹한 호랑이〉로 풀어 주고, 그림 오른쪽 위에 '현재玄齋'라는 낙관이 있지만 "글씨체가 심사정의 것과는 확연한 차이를 보이므로" 심사정의 작품으로 보기 어렵다고 해 두었다. 심사정의 그림에 후세 사람이 시를 쓰고 낙관했을 가능성은 없는지 모르겠다. 화제는 다음과 같다.

그림 70 작자 미상 〈맹호도〉 종이에 수묵 96×55.1cm 국립중앙박물관 소장

영악스레 이를 가니 뉘 감히 맞설 건가 獰猛磨牙孰敢逢
동해의 늙은 황공을 시름겹게 하누나. 愁生東海老黃公
지금 발호하며 횡행하는 자들이 于今跋扈橫行者
인간 가운데 이 같은 부류인 줄 뉘 알리오. 誰識人中此類同

두 번째 구의 '늙은 황공'이 키워드이다. 이것은 동진 때 갈홍葛洪이 엮은 『서경잡기西京雜記』와 한나라 장형張衡의 「서경부西京賦」에 나오는 고사와 관계있다.

갈홍의 『서경잡기』에 이런 말이 있다. 동해 사람 황공은 젊어서 술법을 익혀 뱀과 호랑이를 제압할 수 있었다. 늘 적금赤金(순금 혹은 구리)의 칼을 붉은 비단에 싸서 지니고 다녔으며, 술법을 부려 운무를 일으킬 수 있었다. 늙어서는 기력이 떨어진 데다가 술을 너무 마셔 영험하지 못했다. 진秦나라 말 동해에서 백호가 출현하자, 황공은 적금도를 가지고 진압하려고 했으나, 백호에게 물려 죽었다. 한漢나라 황제가 이 민간설화를 궁정에 도입하여, 호랑이와 사람이 싸우는 장면을 연기하는 '동해 황공'이라는 각저희角抵戲를 만들었다. 장형의 「서경부」에는 이 각저희에 대하여, "동해 황공이 붉은 검을 차고 다니고 월나라 주문을 외워, 백호를 진압하려고 했으나 끝내 자신의 목숨을 구하지 못했으니, 부정한 술법으로 사람의 마음을 홀리는 것일 뿐이어서 이에 제대로 먹히지 않았다[東海黃公, 赤刀粵祝, 冀厭白虎, 卒不能救, 挾邪作蠱, 于是不售]"라고 했다.

호랑이는 흔히 영험한 동물이라고 한다. 하지만 〈맹호도〉의 이 화제는 호랑이를 해악의 동물로 묘사했다. 그리고 호랑이를 간신들에 비유하여, 권력을 농단하는 자들을 비난했다.

사실, 근대 이전의 호랑이는 영험한 동물로 인식된 것만도 아니다. '가

정맹어호苛政猛於虎’란 성어가 있듯이 호랑이는 해악의 동물로도 인식되었다. 가정이란 혹독한 정치를 말한다. 혹독한 정치가 호랑이보다 무섭다고 하여, 정치와 호랑이를 비교했으니, 호랑이는 절대악으로 상징되기도 했던 것이다.

‘가정맹어호’의 성어는 『예기禮記』 「단궁檀弓·하」에서 유래되었다. 공자가 혼란한 노나라를 떠나 제나라로 가던 중 세 개의 무덤 앞에서 슬피 우는 여인을 만났다. 사연을 물으니, 시아버지, 남편, 아들이 모두 호랑이에게 잡아먹혀 무덤을 차례로 썼다고 했다. 공자가 “그렇다면 이곳을 떠나는 것이 어떻소?”라고 묻자, 여인은 “여기 사는 것이 차라리 괜찮습니다. 다른 곳으로 가면 무거운 세금 때문에 그나마 살 수가 없습니다”라고 대답했다. 공자는 “가혹한 정치는 호랑이보다도 더 무섭다는 것을 알려 주는 말이로다”라고 탄식했다고 한다.

## 2.

호랑이가 인간에게 끼치는 피해를 호환虎患이라고 한다. 조선의 국왕들은 호환에 대처하기 위해 부심했다. 조선 초기에는 호랑이를 잡기 위해 착호갑사를 배정해 두었다. 조선 후기에 들어와 숙종 때도 착호갑사에 관한 규정을 세심하게 개정했다.

성현成俔의 『용재총화』에 보면 고려 시중 강감찬이 한양 판관으로 있을 때 호랑이를 퇴치한 이야기가 전한다. 한양부에 호랑이가 출몰해서 부윤이 걱정하자 강감찬은 종이에 글을 써서 첩貼을 만들어 아전에게 주며 “내일 새벽 북동에 가면 늙은 중이 바위 위에 앉아 있을 것이니 네가 불러서 데리고 오너라”라고 시켰다. 다음 날, 남루한 옷에 흰 베의 두건을 쓴 늙은 중이 새벽 서리를 무릅쓰고 바위 위에 있다가 아전이 올린 첩을 보고는 아전을 따라와 배알했다. 강감찬은 꾸짖기를, "너는 금수이지만 영험한 생물이거늘 어찌 이와 같이 사람을 해치느냐! 너에게 닷새를 줄 터이니 무리를 이끌고 다른 곳으로 가라. 그렇지 않으면 화살로 모두 죽이겠다"라고 했다. 중은 머리를 조아리며 사죄했다. 이튿날 부윤의 명으로 이원吏員이 동쪽 교외에 나가 보니, 늙은 호랑이가 앞서고 작은 호랑이 수십 마리가 뒤를 따라 강을 건너갔다. 이로부터 한양부에는 호랑이의 해악이 없어졌다고 한다.

조선시대에도 호랑이 잡는 사람들의 이야기가 많이 전한다. 세조 때 짊신 장수 출신의 이양생李陽生은 완력이 있어서 장용대에 소속되어 이시애 정벌 때 공을 세워 공신이 되었는데, 호랑이나 도적을 잡을 일이 있으면 조정에서 그를 불렀다고 한다. 또 한봉련韓奉連은 맹호를 보면 가까이 가서 화살 한 대로 쏘아 죽였다. 일찍이 궁궐에서 나례를 하는데 광대들이 호랑이 가죽을 쓰고 앞으로 달리자 세조는 한봉련에게 호랑이 쏘는 시늉을 하라고 명했다. 한봉련은 작은 활과 쑥대 화살을 가지고 뛰어나오다가 발을 헛디뎌 계단에서 떨어지면서 팔이 부러지고 말아 웃음거리가 되었다고 한다.

호환은 조선 후기에 매우 심했다. 관가에서는 호랑이를 잡기 전에 성황단에 제사 지내고, 호랑이에게 물려 죽은 사람이 창귀가 되지 말라고 제사를 올렸다.

조선 후기의 신광수는 「성황엽호제문城隍獵虎祭文」과 「남호인제문噉虎人祭文」을 지었다. 「성황엽호제문」은 지방 관민이 맹호를 잡으러 나가기 앞서 성황당에 제사 지낼 때 읽은 제문이다. 신광수는 이 제문의 앞부분에서 수령들이 민생을 위해 호랑이를 잡는다고 하면서 실제로는 백성들의 노동력과 재력을 고갈시켜 고통을 안겨 준다고 비판하고, 후반부에서는 그렇기에 호랑이를 신속하게 포획할 수 있도록 도와달라고 신령과 산신령에게 빌었다.

조선 후기의 감영에서는 백성들에게 호표의 가죽을 납부하게 했다. 국왕의 의복이나 궁중의 재화를 관장하는 상방(상의원)에서 소용되는 물자라고 했지만, 호환을 막기 위한 목적에서 그렇게 한 것이기도 했다. 하지만 일정 수의 호랑이가죽을 납부하지 못하면 고을마다 포목을 대신 내야 했으므로 그 폐단이 심했다.

신광수가 지은 「남호인제문」은 호랑이에게 잡아먹힌 사람을 제사 지내는 글이다. 사람이 호랑이에게 잡아먹히면 호랑이의 앞잡이인 창귀로 된다는 말이 있어 그 영혼을 어루만져 줄 필요가 있었다.

사람의 일생에서 가장 슬픈 것이 죽음인데
죽더라도 혹 단명하면 더 슬프리라만,
제 명에 죽지 않는다면 이보다 더한 슬픔 있으랴
숲 우거진 남토에는 이렇게 슬픈 일 많구나.
밭 갈던 사람이나 시골선비도
나무꾼이나 길 가던 나그네도,
어찌하여 살기殺機에 빠져 수명을 다했나
산이 악한 짐승을 내어 사람 먹기를 그치지 않아,
으슥한 숲과 끊어진 협곡에 잔학한 눈이 손가락 굵기로 떨어질 때
바위에는 피와 살점 낭자하고 가시나무에는 옷과 신발 걸렸으니,
육친이 소리쳐 울부짖기를 산꼭대기와 물가에서 하는구나
아아 네가 무슨 죄 있어 이토록 흉액에 걸렸느냐.

봄이 되어 새 기운 뻗쳐 온갖 품물 한꺼번에 일어나
하나의 기도 흩어지지 않거늘 억울한 것은 너뿐이로다.
울창한 계산稽山이요 유유한 금수錦水에
일백 창귀가 슬피 울며 옛 마을에 방황하네.
때는 동지 후 백오百五의 한식이라 귀신이 배불리 먹는 날
봉긋봉긋 마렵봉(무덤)에 제수 차리고 지전을 사르기에,
혼백 감춘 곳에서도 이로써 술과 음식 받는다만
정처 없이 떠다니는 너야 필시 굶주리리라.
무덤에서 소리 죽이며 오열하며 정신이 있을 터
정초마다 제사 올리라고 조정의 명이 있어
사또가 아비처럼 지키거늘 무어 애쉽어 하느냐.
이에 절기 맞아 술과 밥으로 제사 지내니
와서 마시고 잡순 후에 화를 일으키려 마오.
상향.

조선시대에 호랑이는 궁성에 들어와 궁녀를 채 가기까지 했다. 그만큼 공포의 대상이었다. 서양에서 늑대가 인간의 문명과 대척했던 것과 같다. 페르낭 브로델의 『물질문명과 자본주의』에 1765년 제보당의 늑대에 대한 기록이 있다.[10] 서양인들이 늑대로부터 문명을 지켜야 했듯이, 조선시대의 사람들은 호랑이로부터 문명을 지킬 필요가 있었다. 인간은 세계를 장악하기에는 너무도 미약했다.

10 페르낭 브로델, 주경철 역(1995), 『물질문명과 자본주의 I~1—일상생활의 구조 上』, 까치, 78~84쪽.

## 3.

호랑이는 백수百獸의 왕으로서 인간이 범접할 수 없었다. 생태계의 최상위에 위치한 호랑이 앞에서 인간은 무력했기에, 이 포악한 절대자를 사람들은 산군山君이라 부르면서 공경하고 두려워했다.

나아가 민간에서는 호랑이 효자 이야기, 효자 열부가 호랑이를 감동시킨 이야기 등이 만들어졌다. 호랑이는 귀신 쫓는 영험한 동물로 간주되기도 했다. 조선 초 민간에서는 궁중의 구나를 모방하여 방매귀放枚鬼를 만들었다. 즉 녹색 대나무 잎, 붉은 가시나무 가지, 익모초 줄기, 도동지桃東枝를 한데 합하여 빗자루를 만들어 격자창과 지게문을 막 두드리고, 북과 방울을 울리면서 문밖으로 몰아내는 흉내를 내었다. 이튿 새벽에는 그림을 대문간과 창문에 붙였는데, 처용각귀處容角鬼·종구鍾馗·복두관인僕頭官人·개주장군介胄將軍·경진보부인擎珍寶婦人을 그리거나, 닭이나 호랑이를 그렸다.

세종 시대에는 인귀人鬼에게 제사 지낼 때 아악에서 쓰는 팔음 악기 가운데 노고路鼓를 두드렸다. 이 북은 높이 156cm, 폭 121.9cm이며, 틀 위쪽 가운데에 해와 해의 불꽃을 장식했고, 양옆에 용의 머리를 새겨 채색했으며, 틀의 양쪽 아래에는 각각 호랑이 네 마리가 사방을 향해 엎드려 있는 모양을 조각하여 채색했다. 세종이 아악 정비과정에서 고대의 예禮를 도입한 것이다. 길쭉한 북 두 개를 서로 교차되도록 북틀에 매달았는데, 지름이 38.6cm인 북면이 네 개이고 북통을 붉은 색[紅漆]으로 칠했다. 노고에 호랑이를 조각한 것은 호랑이를 영험한 동물로 여겼기 때문일 것이다.

호랑이는 이중적이다. 포학하면서 영험하다. 『삼국유사』에 전하는 '김현감호金現感虎'의 이야기는 그 점을 잘 말해 준다.

신라 원성왕의 어느 해 중춘 밤에 김현이란 사람이 흥륜사 전탑을 돌며

복을 빌다가 역시 탑돌이를 하던 한 여인을 만나 정을 통하고 여인의 뒤를 따라 서산 기슭 한 초가집에 이르렀다. 여인의 세 오라비인 세 마리 호랑이는 인간의 생명을 빼앗는 일이 많아서 하늘의 징계를 받게 되었다. 여인은 김현에게, 자신이 내일 저자로 들어가 사람을 해치면 자신을 뒤쫓아 성 북쪽 숲속으로 오라고 했다. 김현은 배필을 팔아 작록을 구할 수는 없다고 거부했으나, 여인은 자기 하나가 죽어 세 오라버니, 낭군, 백성 등 다섯에게 이익이 돌아가게 하련다고 했다. 다음 날 사나운 호랑이가 성안으로 들어와 사람을 해치자, 원성왕은 호랑이 잡는 자에게 2급의 벼슬을 주겠다고 했다. 김현이 단도를 들고 숲으로 들어가자, 호랑이는 처녀로 변했다. 처녀는 웃으면서, "함께 나눈 정을 잊지 마소서. 오늘 다친 사람들은 흥륜사의 간장을 바르고 절에서 부는 나발소리를 들으면 나을 것입니다" 하고는, 김현의 칼을 뽑아서 스스로 목을 찔러 쓰러졌다. 김현은 서천 시냇가에 절을 세우고 호원사虎願寺라 했으며 『범망경梵網經』을 강론하여 호랑이의 명복을 빌었다.

20세기 전기 민화에는 호랑이 대신 표범을 길한 동물로 그린 예가 많다. 국립민속박물관 소장의 〈작호도鵲虎圖〉는 까치와 호랑이를 그린 것으로 알려져 있으나, 이 그림 속의 호랑이는 아롱진 무늬가 있어, 아무래도 표범을 그린 듯하다. 본래 중국에서는 까치와 표범을 길상으로 삼은 그림이 유행했는데, 이것이 조선에 영향을 주었을 것이다. 표범의 표彪(biāo)는 보報(bào)와 발음이 비슷하고, 까치는 희작喜鵲이라 한다. 따라서 표범과 까치는 보희報喜(기쁜 소식을 알림)의 뜻을 나타낸다. 우리나라에서는 20세기에 들어와 표범 대신 호랑이를 그리고 그것을 '작호도'라 했다고 한다. 이렇게 볼 때, 국립민속박물관의 작호도는 '작표도'라 부르는 게 옳을 듯하다.

그림 71 작자 미상, 〈작호도〉, 종이에 수묵담채, 110×89cm, 국립민속박물관 소장.

포악한 속성을 지녔지만 사람을 사랑한 호랑이 여인의 이야기는 대체 무엇을 말하려고 하는 것일까? 심사정이 그렸다고 전하는 〈맹호도〉의 부리부리한 눈빛은 포악한 듯, 영험한 기운을 뿜고 있다. 그 눈은, 유몽인이 「호정문虎穽文」에서 말했듯이, 우리 인간이야말로 비할 데 없이 포악하다는 사실을 비판하는 것은 아닐까.

꿈속에 한 창귀가 커다란 호랑이에 올라타고 휘파람 부는 듯 슬피 우는 듯하면서 앞으로 다가와서 무인 홍공洪公에게 절을 하고 말했다.

"우리 장군이 무슨 잘못을 저질렀기에 그대가 그렇게도 원수로 여기는가? 그대는 장군의 심성이 포악하고 잔인하다고 하는데, 심성이 포악하고 잔인함으로 말하면 인간보다 심한 것이 없다. 천지 사이에 깃들어 사는 만물은 모두 하늘이 낳고 기르는 바이거늘 인간은 반드시 그것을 해친다. 돌은 무슨 잘못이 있길래 반드시 그것을 부수고 갈며 문지르고 쪼고 하여 조각돌로 부수어 백 개로 만들고 모래로 짓물러서 만 개로 만드는가? 나무는 무슨 잘못이 있기에 반드시 치고 찍으며 깎고 불 때서 재로 만들고 도랑의 다리로 만들어 썩게 하는가? 물고기는 무슨 잘못이 있기에 통발이나 가리로 잡고 그물이나 낚시로 잡아서 지느러미를 자르고 비늘을 벗겨서 회를 치는가? 새는 무슨 잘못이 있기에 주살로 잡고 그물로 쓸어 털을 뽑고 날개를 잘라서 구워 먹는가? 짐승은 또 무슨 잘못이 있기에 그물로 잡고 활로 쏘아 죽이고 함정에 빠뜨려서 내장과 배를 가르고 털가죽을 없앤 뒤에 솥에 삶아 먹는가? 이것만이 아니다. 인간은 같은 무리이거늘 어찌해서 저버리고 음해하고 입을 놀려 해치고 무기를 휘둘러 이기고, 코를 베고 발뒤꿈치를 자르며 목매달아 죽이고 베어 죽이며, 심지어는 일족을 멸하는가? 인간의 포악함은 장군보다 백 배, 천 배나 더하다.

그대는 그저 함정을 파서 장군을 잡을 줄만 알지, 인간 세상에 한 걸음에 백 개, 천 개의 함정이 있다는 것을 모른단 말인가?"

인간의 포악함이 호랑이보다 백 배, 천 배나 더하다니!

# 조개와 새우

## 1.

장한종張漢宗(1768~1815)의 〈조개와 새우(합하蛤蝦)〉 그림은 물결 속에 새우가 두 마리 노닐고, 아래에는 갈대가 자라난 기슭 부근에 조개 두 마리가 자리하고 있다. 그리고 오른쪽 위의 여백에는 자하 신위의 오언 절구 제화가 묵서되어 있다.

새우는 갈대보다 더 크고, 조개는 강바닥 기슭의 흙 바깥에 떠 있다. 바다생물의 습성상 새우와 조개가 한데 있을 수 있는 것인지, 잘 모르겠다. 하지만 새우의 굽은 몸과 긴 수염, 조개의 원형 겉껍질은 무척 생동감 있다. 억센 갈대의 꺾인 모습과 깊은 바다의 쉴 새 없는 요동이, 하나는 짙은 색이고 하나는 엷은 색이어서 대조가 된다. 세부 하나하나가 사실적이

그림 72
장한종, 〈조개와 새우〉, 종이에 수묵담채, 23×29.5cm, 개인 소장.

어서, 전체적인 구도가 옳은지 그른지를 의심하게 만들지 않는다.

신위의 제화는 첫 구(기구)와 둘째 구(승구)로 안개비에 젖은 갈대와 평평한 모래밭을 노래한 후, 셋째 구(전구)와 넷째 구(결구)에서 새우가 멋진 수염을 갖고도 통발에 오르고 조개가 정수리가 벗겨져 국에 들어가는 일을 상상하여, 시상을 급변시켰다. 새우와 조개를 보고 맛난 음식을 생각하여 해학적인 멋을 살렸다. 그러나 이 셋째, 넷째 구에 세상의 부조리를 조소하는 웃음이 배어 나온다.

| | |
|---|---|
| 안개비에 갈대 뿌리 가늘고 | 霧雨蘆根細 |
| 모래톱 기슭은 발밑이 평평하다. | 泥沙岸脚平 |
| 수염 지니고서 굽은 통발에 오르고 | 將鬚登曲笱 |
| 정수리 벗겨져 향기로운 국에 보내지겠지. | 露頂送香羹 |
| 자하 씀. | 紫霞題 |

두 번째 구의 마지막 글자 평平과 네 번째 구 갱羹은 평성 경庚운에 속한다. 이 시는 현행의 『경수당전고警修堂全藁』에는 누락되어 있다.

## 2.

장한종의 본관은 인동, 자는 광수廣叟, 호는 옥산玉山·열청재閱淸齋이다. 화원 장득만張得萬의 증손이며, 장륜張綸의 아들이다. 도화서 화원과 수원 감목관을 지냈다. 1795년 〈원행을묘정리의궤도園行乙卯整理儀軌圖〉와 1802년 〈순조순원후가례의궤도〉 제작에 참여했다.

장한종은 '책가도(책거리)'로도 유명하다. 경기도박물관 소장의 〈책가도〉 병풍은 종이에 채색한 그림으로 195×361cm의 제법 큰 그림이다. 노란 휘장 사이로 궁중 책장의 정연한 모습이 드러나 있다. 정조도 규장각 자비대령화원들의 시험문제로 책가도를 그리게 했고, 김홍도도 책가도를 제작했다고 한다. 19세기 전반의 것으로는 화원 이형록李亨祿(1808~1863?)과 장한종의 책가도만 남아 있다. 장한종의 〈책가도〉는 서양식 원근법(선투시도법)과 음영법을 활용하여 입체적인 조형미를 갖추었다고 평가된다. 병풍 왼쪽 끝 위에서 세 번째 단에 '장한종인張漢宗印'이란 인문이 옆으로 뉘여 있다.

그리고 장한종의 그림으로 북한에 〈조선 독수리〉가 있다. 종이에 담채를 베푼 것으로, 24×33.6cm의 크기이다. 독수리가 소나무 가지를 두 발로 움켜쥐고 서 있는 모습을 그렸다.

장한종은 17세기 김인관의 어해화풍을 계승했으며, 김홍도의 수지법樹枝法을 가미했다. 이 화풍은 아들 장준량張駿良(1802~1870)과 화원 조정규趙廷珪(1791~1860?) 등을 거쳐 조선 말의 화단에 영향을 미쳤다. 국립중앙박물관의 〈어해도魚蟹圖〉 8폭 병풍, 서울대학교박물관의 〈미꾸라지〉 8폭 화첩, 〈이어도鯉魚圖〉, 〈어패도魚貝圖〉 등이 잘 알려져 있다. 장한종은 쏘가리, 붕어, 미꾸라지 등의 민물고기와 소라, 조개류, 자라, 게 등을 즐겨 그렸다. 유재건劉在建(1793~1880)은 『이향견문록里鄕見聞錄』에서, 장한종이 소년시절부터 숭어, 잉어, 게, 자라 등을 사다가 비늘과 껍질을 자세히 살펴보고 묘사했다고 적었다.

한편, 장한종은 『어수신화禦睡新話』의 작자로도 유명하다. 『어수신화』는 『고금소총』에 수록된 총 11종의 소화집 가운데 7번째 편이다. 모두 130편의 이야기를 모았는데, 어리석은 수령이나 문인의 이야기와 음담패설이 많아서 정말 잠을 깨울 만하다. 세상을 경계하기 위한 기능이 없지는 않으나, 내 생각에 그것이 주안점은 아닌 것 같다. 해방 뒤 송신용宋申用에 의해 『조선고금소총』의 하나로서 『어수록禦睡錄』(정음사, 1947)이라는 이름으로 출간된 적이 있다.[11]

## 3.

동식물이 그려진 그림을 화조영모화花鳥翎毛畵라고 한다. 경기도박물관의 2013년 기획전시회 도록을 보면, 화조영모화는 크게 '풀과 벌레[草蟲]', '물고기[魚蟹]', '짐승[翎毛]', '꽃과 새[花鳥]'의 4부이다. 이것은 격물치지를 중시하는 전통 사유 양식을 기반으로 성립한 듯하다. 황정견의 연아체演雅體같이 생물 관찰을 토대로 하는 시가 양식과도 관련이 있을 것이다.

'풀과 벌레'의 그림인 초충도로는 전傳 신사임당의 〈풀과 벌레〉, 남계우

11 장한종, 김영준 역(2010), 『완역 어수신화』, 보고사.

의 〈여러 마리의 나비〉 등이 대표적이다. 정선, 심사정, 김홍도 등 많은 화가들이 초충도를 그렸다. '물고기'를 그린 그림을 어해도라고 한다. 어해도는 중국의 오대五代(907~960)부터 감상용으로 제작되었다. 처음에는 물고기가 자유롭게 노니는 모습을 그리다가, 점차 급제及第, 다산多産, 길상吉祥의 희원을 담아내게 되었다. 조선 어해도도 길상화의 성격이 짙다. 다만 수생동물의 생태와 특징을 정밀하게 묘사하는 방향으로 발전했다. '짐승' 그림은 길짐승과 날짐승을 그린 영모도를 말한다. 변상벽은 닭과 고양이를 잘 그려 '변닭' 또는 '변고양이'라는 별명을 얻었다. '꽃과 새'의 그림은 화조도라고 한다. 새의 생김새와 습성, 혹은 이름은 생활공간의 특별한 축원을 드러내었다. 이를테면 김홍도의 〈작도鵲圖〉는 까치가 기쁜 소식을 전한다는 속설을 배경으로 이루어진 것이다. 그 그림에 간재 홍의영의 다음 제화문이 있다.

> 마른 명자나무 가지 위에 단정히 앉아 깍깍 울어대니, 이 또한 누굴 위해 기쁜 소식을 알리는 것이냐? 간재.
>
> 枯樝上端坐噪噪, 也是爲誰報喜, 艮齋.

본래 화조영모도 가운데 물고기를 그림으로 그리는 것은 물고기와 같은 유유자적함을 배우고자 하는 심리를 반영했을 것이다. 곧, 『장자』「추수秋水」편의 '호복한상濠濮閑想' 고사에 연원을 둔다. '호복한상'에서 호濠와 복濮은 두 물 이름이다. 장자가 혜자惠子와 함께 호濠라는 강의 다리에서 물고기의 마음을 알 수 있는가 하는 문제로 논쟁을 했다. 이 고사는 주체가 타자의 마음을 온전히 이해할 수 없다는 인식론적 문제를 다루었다. 그렇지만, 자연을 관조하면서 물아일체를 지향하는 한가로운 상상도 함께 드러냈다고 풀이된다.

중국 청나라 강희제康熙帝가 열하熱河에 조성한 피서산장避暑山莊에도 36경승 가운데 '호복한상'이 들어 있다. 강희제는 각 경마다 정자를 하나씩 세우고 경승의 명칭을 그 정자의 이름으로 삼았다. 이 36경은 곧 청나라 때 제왕만이 아니라 문인 지식인들이 손꼽은 청한淸閑의 경치들을 망라한 것이라고 할 수 있다. 그 36경의 이름은 다음과 같다.

| | | |
|---|---|---|
| ① 연파치상煙波致爽 | ② 지경운제芝逕雲隄 | ③ 무서청량无暑清涼 |
| ④ 연훈산관延薰山館 | ⑤ 수방암수水芳巖秀 | ⑥ 만학송풍萬壑松風 |
| ⑦ 송학청월松鶴清越 | ⑧ 운산승지雲山勝地 | ⑨ 사면운산四面雲山 |
| ⑩ 북침쌍봉北枕雙峯 | ⑪ 서령신하西嶺晨霞 | ⑫ 추봉낙조錘峰落照 |
| ⑬ 남산적설南山積雪 | ⑭ 이화반월梨花伴月 | ⑮ 곡수하향曲水荷香 |
| ⑯ 풍천청청風泉清聽 | ⑰ 호복한상濠濮閑想 | ⑱ 천우함창天宇咸暢 |
| ⑲ 난류훤파暖溜喧波 | ⑳ 천원석벽泉源石壁 | ㉑ 청풍녹서青楓綠嶼 |
| ㉒ 앵전교목鶯囀喬木 | ㉓ 향원익청香遠益清 | ㉔ 금련영일金蓮映日 |
| ㉕ 원근천성遠近泉聲 | ㉖ 운범월방雲帆月舫 | ㉗ 방저임류芳渚臨流 |
| ㉘ 운용수태雲容水態 | ㉙ 징천요석澄泉遶石 | ㉚ 징파첩취澄波疊翠 |
| ㉛ 석기관어石磯觀魚 | ㉜ 경수운잠鏡水雲岑 | ㉝ 쌍호협경雙湖夾鏡 |
| ㉞ 장홍음련長虹飲練 | ㉟ 보전총월甫田叢樾 | ㊱ 수류운재水流雲在 |

그런데 육지의 생물이나 바다의 생물들은 동음同音의 축언祝言과 연계되므로, 물고기를 그린 그림도 철학적 사유보다 길상의 뜻을 띠는 예가 더 많은 것이 사실이다.

즉, 물고기를 비롯한 바다의 생물들을 그린 그림은 수묵 위주로 게, 새우, 수초 등을 묘사하여 각각의 생물이나 식물이 동음의 상징어를 지시하도록 만든 길상화가 대부분이다. 문인화의 범주에 들어가지 못한다고 해서 '화畫'라 하지 않고 '도圖'라 부르기도 했다. 한국에서는 조선 후기에 들어와 발달했다. 곧 신사임당이 그렸다고 전하는 〈쏘가리〉, 윤형尹泂(1551~1613) 이나 김인관의 그림 등이 선구적인 예들이다.

17세기 화가 김인관이 그린 〈어해초하도〉는 간송미술관에 있다. 정면을 향한 큰 게의 오른발은 수초에 가려 있고 왼쪽 발은 제각기 움직이고 있으며, 집게발은 새우 꼬리를 잡고 있다. 게는 창자가 없다고 하여 무장공자無腸公子라는 애칭이 있고 집게발은 용맹을 상징한다. 화면 윗부분에는 세 마리 물고기가 있다. 게를 감싸고 있는 수초 줄기가 어지럽다. 『간송문화 회화 50 화훼영모』에 따르면 화보畫譜를 보고 그린 듯하다고 한다.[12] 그런데 고기 어魚는 남을 여餘와 중국어 발음이 같으므로 '삼어三魚=삼여三餘'를 나타낸다. '삼여'는 독서하기에 좋은 세 가지 여가를 말한다. 『삼국지』 위서魏書 「왕숙전王肅傳」에 보면 위나라 동우董遇가 "겨울은 한 해의 나머지, 밤은 하루의 나머지, 장마는 한 철의 나머지로 독서를 하기에 아주 좋다"라고 했다. 결국 세 마리 물고기는 삼여지학三餘之學, 즉 학문을 상징한다.

옛 그림에서 게는 대개 갈대 줄기를 물고 있거나 갈댓잎으로 묶여 있다. 이것은 '갈대를 전한다[傳蘆]'는 주제를 담아, 전려도傳臚圖라고 한다. 전려와 전로傳蘆는 중국어 발음이 같다. 려는 순서대로 늘어놓는다는 뜻인데, 여창臚唱이라고 하면 궁전에서 진사 합격자의 이름을 칭하여 들어오게 하는 것을 말한다. 특히 전려는 중국에서 과거의 전시에 합격한 사

12 한국민족미술연구소 편(2010), 『간송문화 회화 50 화훼영모(澗松文化繪畫五十花卉翎毛)』.

람들 가운데 2갑 부류의 제1등을 가리켰다. 중국의 과거에서 1갑은 장원狀元·방안榜眼·탐화探花의 세 사람으로, 모두 한림원의 직책을 받았다. 그 뒤로 2갑이 100여 인, 혹은 80~90인인데, 그 2갑의 제1인을 전려라고 했다. 이 전려도 한림원의 직을 제수받았다. 그 뒤의 합격자들은 일정한 시험을 치른 뒤에 한림원에 들어가기도 하고 육부六部의 주사主事나 지현을 받았다. 과거 합격자의 방을 낼 때에 1갑은 내지 않는 경우도 있으므로, 2갑의 제1등이 사실상 과거의 최우수 합격자일 때가 많았다. 그리고 어해도에서 게를 그려 놓은 것은 게 해蟹 자가 해解와 발음이 같아, 과거 합격의 뜻인 발해發解란 말을 연상시키기 때문이다.

한편, 새우는 해로海老라고 하여, 부부가 같이 오래 산다는 뜻의 해로偕老와 발음이 같으므로 부부 금슬을 상징한다. 이렇게 보면, 김인관의 〈어해초하도〉에서 위의 세 마리 물고기는 공부(독서), 아래의 게는 과거 급제, 그 아래의 새우는 부부의 백년해로를 상징한다. 곧, 그 그림은 사람의 일생을 축복한 그림이다.

김홍도의 〈해탐노화도〉(간송미술관 소장)도 김인관의 〈어해초하도〉와 소재가 유사하다. 이 그림은 갈대 이삭을 문 게를 두 마리 그려 두었다. 우리나라의 과거시험에서 소과와 대과에 연달아 합격하라는 축원의 뜻을 담은 듯하다. 김홍도는 〈해탐노화도〉의 좌측 상단에 "해룡왕처야횡행海龍王處也橫行"의 여섯 글자를 화제로 적어 두었다. 게를 횡행개사橫行介士라고 부른다. 횡행은 옆으로 걷는다는 말이고, 개사는 강개한 선비, 혹은 갑옷 입은 무사란 뜻이다. 게 그림의 화제에 횡행사해橫行四海라 쓴 것도 많다. 천하를 마음껏 주름잡으란 뜻이다. 따라서 '해룡왕처야횡행'은 천하를 주름잡는 큰 인물이 되어 임금 앞에서도 직언하는 올곧은 선비가 되라는 뜻을 지닌다.

한편 국립중앙박물관에는 장한종의 「어해도화첩」이 전한다. 그중 하나는 사선 방향으로 드리워진 복숭아 가지 위아래에 자유롭게 노니는 쏘가리들을 배치했다. 이것은 당나라 장지화張志和의 「어부사漁父詞」에서 "복숭아꽃 흐르는 물에 쏘가리 살찐다[桃花流水魚肥]"라고 노래한 구절을 그림으로 나타낸 것이다. 장지화의 시는 관직에 얽매이지 않고 고향으로 돌아가겠다는 뜻을 나타냈으나, 정작 그 시어를 그림으로 나타낸 장한종의 쏘가리 그림은 뜻이 그 정반대이다. 즉 쏘가리는 한자로 '궐어鱖魚'라고 하는데, 쏘가리 궐鱖 자가 궁궐宮闕의 궐闕 자와 발음이 같으므로, 쏘가리는 과거 급제 후 입궐入闕하여 조정 신하가 되라고 기원하는 뜻을 나타낸다. 곧 장한종의 쏘가리 그림은 「어부사」에서의 귀거래 뜻과 달리, 급제와 출세의 축원을 담고 있다고 풀이된다.

## 4.

장한종의 어해도는 실물이 많이 남아 있지는 않다. 하지만 같은 시기 남공철의 『금릉집金陵集』 권3에 「이생의 선화에 쓰다. 그림은 장한종의 〈묵해〉이다[題李生扇畫. 畫是張漢宗墨蟹也]」가 있다. 그의 게 그림은 동시대에 이미 유명했음을 알 수 있다. 남공철의 시를 번역하면 다음과 같다.

| | |
|---|---|
| 바람 잘 드는 누헌에서 다시 큰 술잔 가져오라 하고 | 風軒聊復喚深巵 |
| 한바탕 웃으면서 하릴없이 왼손으로 게를 잡노라. | 一笑空煩左手持 |
| 강호에 돌아가고픈 흥취를 어이 막으랴 | 江湖歸興那禁得 |
| 팔월의 게는 자줏빛, 순채는 흰색으로 무르익었으리. | 紫蟹霜蓴八月時 |

'왼손으로 게를 잡는다'는 말은 진晉나라의 이부랑吏部郞 필탁畢卓처럼 분방한 기분에 젖어 본다는 뜻이다. 필탁은 남의 집 술을 훔쳐 먹다가 붙잡힐 정도로 술을 좋아했는데, "오른손에 술잔 들고, 왼손에 게 다리를 잡고서, 못처럼 많은 술을 퍼마시면 그것으로 일생이 충분하다[右手持酒卮, 左手持蟹螯, 拍浮酒池中, 便足了一生]"라고 했다고 한다. 남공철의 시에서 '강호에 돌아가고픈 흥취' 운운한 것을 보면 장한종의 게 그림이 반드시 과거 합격 기원의 길상화로 소비된 것만도 아닌 듯하다.

게 그림은 본래 중국에서 발달했지만, 우리나라에서도 독자적인 관습을 형성했다. 송나라 고사손高似孫은 『해략蟹畧』을 저술했는데, 그 권4 「해아蟹雅」에 '해도蟹圖' 항목이 있다. 고사손은 당나라 『화단畫斷』을 인용하여 한황韓滉이 방해螃蟹 그림에 뛰어났다고 말하고, 송나라 『명화평名畫評』을 인용하여 완구宛丘 사람 염사안閻士安이 바둑과 게를 잘 그렸다고 언급했으며, 자신의 서가에 역원길易元吉 〈해도〉와 곽충서郭忠恕 〈해도〉, 금문우객金門羽客 이덕유李德柔의 〈곽삭구주도郭索鉤輈圖〉를 두었다고 했다. 그리고 유공보劉貢父의 「화해畫蟹」 시, 강지强至의 「묵해墨蟹」 시를 인용해 두었다. 강지의 「묵해」는 다음과 같다.

| | |
|---|---|
| 강호에서 자잘자잘하더니 | 瑣瑣江湖中 |
| 홀연 은둔자의 벽에 있어, | 忽在幽人壁 |
| 짧은 엄지발은 두 부월보다 날카롭고 | 短螯利雙鉞 |
| 긴 발은 여섯 창처럼 생겨났네. | 長跪生六戟 |
| 골안이 자연스러워 놀랍기에 | 骨眼驚自然 |
| 정교한 묘사를 자세히 살펴보다가, | 熟視審精墨 |
| 지렁이 구멍 속에 묶여 있나 했네 | 初疑蟺穴束 |

| | |
|---|---|
| 검게 진흙을 띠고 있기에. | 猶帶浮泥黑 |
| 횡행하여 결국 어디로 가랴 | 橫行竟何從 |
| 경박한 마음이 이미 그쳤구나. | 躁心固已息 |
| 아침 내내 담장과 벽에 | 終朝墻壁間 |
| 서리 빛 짙건만, | 頗有肥霜色 |
| 나는 그저 술잔을 들 뿐 | 我來空持杯 |
| 왼손으로 널 집어 먹지는 못하네. | 左手莫汝食 |
| 누가 조화옹의 공을 빼앗아 | 誰奪造化功 |
| 생성의 힘을 필력에 귀속시켰나. | 生成歸筆力 |

조선 전기의 최숙정崔淑精(1433~1480)은 『소요재집逍遙齋集』에 칠언 절구의 「하해도蝦蟹圖」 2수를 남겼다. 청천菁川 강희안姜希顔(1417~1464)의 그림을 보고 지은 듯하다.

【첫째 수】

| | |
|---|---|
| 저물녘 가을 강에 파란 잔물결 일 때 | 暮江秋水碧漣漪 |
| 옥 같은 게와 은 같은 순채가 파랑 따라 움직이누나. | 玉蟹銀蓴逐浪移 |
| 그 모습이 청천의 회화 삼매에 환상적으로 들어가 | 幻入菁川三昧手 |
| 종친과 재상들의 완상물이 되었도다. | 却充宗相玩中資 |

【둘째 수】

| | |
|---|---|
| 참모습 빼앗아 두고 놓아주지 않아도 | 奪得眞形不放歸 |
| 정처 없고 의지처 없어 종횡으로 노니네. | 縱橫無處又無依 |
| 필묵의 남은 윤기 너무도 생동하니 | 墨池餘潤堪生活 |

아이들아 이러저러 따지지 말아라. 莫遣兒曹說是非

조선 후기에 〈묵해〉 등 어해도가 발달한 것은 중국의 그때그때 화풍과 횡으로 연계되는 면도 없지 않았다. 남공철의 『금릉집』에 「서문장 묵해첩 지본徐文長墨蟹帖紙本」에 쓴 발미跋尾가 전하는 데서 그 사실을 짐작할 수 있다. 서문장은 명나라 말의 기인인 서위이다.

이 그림은 게를 베껴 내어, 배와 등 두 면을 그리 힘들이지 않고도 구도를 짜냈고, 마른 먹으로 문지르듯 칠하여 형체를 이루어서, 구물구물하는 듯하다가 표일하고, 달리려는 듯하다가 멈추어 서려는 듯해서, 그저 그만일 따름이 아니다. 또한 서문장의 인印과 지를 확인할 수 있다.[13]

5.

장한종의 〈조개와 새우〉는 길상도의 성격이 짙고, 김홍도의 〈게와 갈대〉도 그러하다. 시대적 풍요로움을 누리는 듯도 하다.

이에 비해, 선비들 가운데는 수산 생물을 노래하며 내면의 깊은 고뇌를 가탁한 사람들이 있다. 이미 고려 중기 의종 때 이윤보李允甫는 게를 의인화한 「무장공자전無腸公子傳」을 지어, 사람들이 똑바로 걷지도 못하고 마치 창자 없는 게처럼 자존심도 없이 사는 모습을 조롱했다. 아쉽게도 작품은 전하지 않으나 이규보와 최자의 논평이 전한다. 조선시대 권필權韠

13 "此圖寫蟹, 腹背兩面, 不用力結撰, 以枯墨塗抹成形, 而蜿蜒飄逸, 欲走欲立, 不徒已也. 又有文長印識可驗."

(1569~1612)은 자서전적인 가전으로 「곽삭전郭索傳」을 남겼다. 곽삭이란 말은 게의 별칭으로, 게가 자주 소리 내며 조급하게 움직이는 것을 형용한 것이다. 권필은 「곽삭전」의 '태사공왈太史公曰' 이하에서 게의 성품이 고결하다며 칭송했다. "곽삭은 훌륭한 공자公子이다. 외양은 단단하고 안으로는 누른빛을 띠었으니, 다름 아닌 『주역』을 배운 이로구나! 굳은 갑옷 투구 두르고 예리한 병장기를 들어 싸움터를 풀 쓰러뜨려 가며 누빌 기상이 늠름한데도, 끝내 풀 우거진 못에서 죽으니 슬프구나! 세상에는 혹 무장無腸(속이 없음)이란 말로 곽삭을 비웃기도 하지만, 어찌 그릇된 일이 아니겠는가?"

김성일은 바다 섬의 작은 게를 소재로 「무장공자사無腸公子辭」를 지어, 허명虛明의 도리를 논했다. 그 작은 게가 산에 있든 물에 있든 아무도 해를 끼치지 않고, 비리고 추해서 아무도 돌아보지 않으므로 처세에 뛰어나다고 논했다. 이것은 『장자』에서 역櫟(상수리나무)이 재목감이 아니므로 천명을 누릴 수 있다고 한 말이나, 당경의 「가장고연명」에서 벼루가 붓과 먹에 비해 많이 움직이지 않아 수명이 길다고 한 말과 통한다. 무장의 무無를 무물無物로 연계시키고, 무물을 허虛에 연계시킨 후, 허를 명明으로 등치시켜 허명의 도리를 주장한 것이다.

장한종이 그린 〈새우와 조개〉를 보면서 신위도 계세戒世의 잠언을 내뱉었을 법한데, 새우와 조개를 통속적인 상징물로 전이시키지 않았다. 오히려 다음과 같이 말을 아꼈다.

| | |
|---|---|
| 수염 지니고서 굽은 통발에 오르고 | 將鬚登曲笱 |
| 정수리 벗겨져 향기로운 국에 보내지겠지. | 露頂送香羹 |

절제된 어휘이지만, 부조리의 상황을 충분히 제기했다. 인생의 부조리에 대해 무어 군말을 늘어놓으랴. 절제 그 자체가 이미 삶의 태도를 드러낸 것이 아니겠는가?

# 〈곡운구곡도〉와 김수증 그리고 정약용

## 1.

2014년 8월 2일, 곡운구곡谷雲九曲과 화음동華陰洞을 다시 찾아가 볼 생각에 아침 일찍 일어났다. 7시 30분, '길 위의 인문학' 답사팀을 인솔하고 서초동 국립중앙도서관을 버스로 출발했다. 태풍이 서해로 오기 직전이라 구름이 조금 끼어 삼각산과 수락산이 모두 또렷했다. 미원서원을 먼저 보고 춘천에서 막국수를 먹은 후 소양댐 선착장에 도착했을 때는 오후 1시였다. 청평사를 보고 나오니 오후 5시가 넘어서 귀로에 올라야 했다.

2016년 10월 6일, 경향신문 창간 70주년 기념 '70인과의 동행' 행사 가운데 하루 일정을 얻어, 정약용이 1823년(순조 23) 음력 4월 거쳐 갔던 곡운구곡을 탐방했다. 20년 전 출판한 『다산과 춘천』(강원대학교출판부, 1996)

에서 못다 한 이야기들을 답사팀의 여러 분들에게 할 수 있었다.

곡운구곡은 지금의 강원도 화천군 용담천에 점재한 아홉 개의 승경이다. 조선시대에는 춘천도호부에 속했다. 화천군 사내면에는 숙종 때 김수증金壽增(1624~1701)이 원래의 지명 사탄史呑을 곡운이라 고쳐 부르고 곡운정사와 농수정籠水亭을 지었던 터가 있다. 이때 김수증은 사내면 화음동에 이르는 용담천의 아홉 승경을 곡운구곡이라고 명명했다. 모델이 된 것은 주희의 무이구곡武夷九曲이다.

2016년 12월 16일부터 20일까지 중국 복건성福建省의 주희 유적지들을 돌아보고 '세계사 속의 다산학' 컬로퀴엄에 참여했다. 주희의 무덤이 돌무덤이어서 기이했고, 오부리五夫里에서 주희가 발의하여 만든 사창社倉을 돌아보며 그의 실천 행동에 크게 감동했다. 천유봉天游峯에 올라 무이구곡을 부감하고, 무이구곡의 9곡부터 1곡까지 죽벌竹筏을 타고 거꾸로 내려왔다.

주희는 54세 때인 1183년(송나라 효종 순희 10) 4월에 오부리 무이산 5곡의 대은병大隱屛 아래에 무이정사를 짓고 이듬해 무이 9곡의 승경을 각각 칠언 절구 1수로 묘사하고 서시序詩 1수를 첫머리에 두었다. 이것을 「무이도가」라고 한다. 본래의 제목은 「순희 갑진년 중춘에 정사에서 한가히 지내면서 장난삼아 무이도가 10수를 지어 같이 노니는 여러 사람들에게 보이고 한 번 같이 웃는다[淳熙甲辰仲春, 精舍閑居, 戱作武夷櫂歌十首, 呈諸同游, 相與一笑]」이다. 무이 9곡은 승진동升眞洞 · 옥녀봉玉女峰 · 선기암仙機巖 · 금계암金鷄巖 · 철적정鐵笛亭 · 선장봉仙掌峰 · 석당사石唐寺 · 고루암鼓樓巖 · 신촌시新村市 등이다.

## 2.

김수증은 1682년(숙종 8) 무렵 조세걸曺世杰(1635~1705)에게 〈곡운구곡도〉를 그리게 하고, 문장가로 유명한 조카 김창협에게 발문을 적게 했다. 조세걸은 연담蓮潭 김명국金明國에게서 그림을 배운 문인 화가이다.

김수증은 주희의 「무이도가」 운으로 먼저 시를 짓고 아들들, 조카들, 외손에게 각각 한 굽이씩 시를 읊게 하고는, 조세걸의 그림에 각자 자기 시를 베껴 쓰게 했다. 김수증과 자질들이 시를 쓰고 조세걸이 그린 〈곡운구곡도〉는 현재 국립중앙박물관에 원본 일부와 이모본이 있다. 김수증의 시 끝에 임신壬申이라 적혀 있어, 김수증 등이 「곡운구곡시」를 1692년에 지었음을 알 수 있다.

김수증은 청음 김상헌金尙憲의 장손이다. 생원시에 합격하고 음보로 여러 벼슬을 거쳤다. 성천 부사로 있던 1675년(숙종 원년), 아우 김수항과 우암 송시열이 유배되자, 곡운에 은둔하여 농수정을 지었다. 1680년 남인이 실각할 때 회양 부사에 임명되었지만, 1689년 기사환국 때 김수항과 송시열이 화를 입자 양주(현재의 구리시) 석실서원에 은둔했다가, 다시 곡운으로 들어가 농수정 위에 부지당不知堂·무명와無名窩·삼일정三一亭·요엄류정聊淹留亭·자연실自然室·송풍정松風亭·청몽루淸夢樓·반수암伴睡庵 등을 새로 지었다. 또 유지당有知堂을 지어 제갈공명과 김시습의 초상을 봉안했다. 1694년 시종신의 부친이라서 가선대부에 승자되어 공조 참판에 이르렀다. 1701년 향년 78세로 서울 집 무속헌無俗軒에서 세상을 떴다. 1704년에 후손들이 유지당에 송시열의 화상과 김수증의 화상을 추가 배향했다.

김수증은 곡운정사를 경영하게 된 경위와 부근의 경승을 「곡운기谷雲記」에서 밝혔다. 자신이 은둔할 지역의 명승들을 발굴하고 이름을 지었으며, 주민들이 사용하던 이름도 자신의 자연관과 사상에 의거해 개명했다.

그림 73 조세걸, 〈곡운구곡도〉 제1곡 '방화계', 종이에 수묵담채, 42.5×64cm, 국립중앙박물관 소장.

그 개명에는 김창협 형제도 참여했다. 그들은 이러한 명명법을 통하여 지역 전체를 의식 속에서 전유하게 된 것이다. 「곡운기」의 뒷부분 일부만 소개하면 다음과 같다.

> 절벽 하나를 돌자 고인 물이 아주 맑아 그 깊이를 헤아릴 수 없을 정도였다. 속칭 용연龍淵이라 하여, 가물 때면 마을 사람들이 기도를 한다고 했다. 마침내 와룡담臥龍潭으로 고쳤다. 청람산 중간 맥이 여기에 이르러 다

하고 푸른 산기슭이 구물구물하게 내려가 간艮(동북방)을 베고 곤坤(서남방)을 향하여 사면을 에워싸 안았다. 동서로 수백 보요 남북으로 백여 보이다. 물살은 서쪽에서 동쪽으로 흘러 활처럼 굽었고 그 안은 평평하고 넓으며 안온하고 그윽하여 거처할 만하고 경작할 만하다. 화악산의 푸른 빛이 책상을 마주하는 듯하다. 그 앞에는 용담이 있다. 마침내 귀운동歸雲洞이라 이름했다. 뒤에 들으니 이곳 사람들이 석실石室이라 한단다. 이곳은 도산陶山의 석실(현 경기도 구리시의 석실서원터 일대)과 부합하는 바가 있기에 아주 기이하다. 그래서 신석실이라고도 칭했다.

그 남쪽 물기슭은 소나무 숲이 울창하게 푸르러서 정자를 둘 만하다. 고운孤雲 최치원의 시어[14]를 취하여 농수籠水라 이름했다. 다시 서북 구석으로 수백 보를 나가면 너럭바위가 있는데, 역시 배회할 만하다. 명월계明月溪라 이름했다. 또 이른바 융의연隆義淵이란 것이 그 위에 있다. 이것은 옛 이름대로 두었다. 서쪽으로 굽이굽이 약간 나아가면 기이한 바위들이 열 지었고 물이 그 사이로 쏟아진다. 첩석대疊石臺라 이름했다. 수석의 경승이 여기에 이르러 다한다. 또다시 이로부터 1리쯤 가면 관창官倉이 있어서 촌민에게 쌀을 사고판다. 그 서쪽에 버려진 터가 있는데 전하는 말에 오세동자五歲童子 김시습의 집터라고 한다. 매월당은 어려서 총명하여 세상 사람들이 다 그를 오세라고 칭했는데, 돌아다닌 발자취가 예맥의 구역에 편재해 있다. 신녀협에도 그분의 옛 자취가 있으니, 이것도 그분이 남기신 터임은 의문의 여지가 없다.

14 崔致遠, 「題伽倻山讀書堂」. "시비 따지는 소리 귀에 이를까 봐 흐르는 물로 산을 죄다 감싸게 했구나[常恐是非聲到耳, 故敎流水盡籠山]."

김수증은 9곡 이외에도 여러 명승을 찾아 이름을 지었다. 6곡의 상류가 만나는 귀운동의 동쪽과 서쪽은 김시습이 소요하던 곳이라서 채미곡採薇谷이라고 이름 지었다. 첩석대에서 북쪽으로 수십 리를 가면 시라치, 다라치, 하현 등이 있고 그 서쪽에 도마치가 있는데, 도마치를 백운령이라고 고쳤다. 골짜기 속의 절벽은 조카 김창협이 원화벽元化壁이라고 이름 지었다. 작은 누대를 동쪽 벼랑에 짓고는 진여의의 고시 「청계 석벽을 읊다[詠青溪石壁]」[15]에서 뜻을 취해 삼탄三歎이라고 이름했다. 십여 리를 돌아 올라가면 폭포가 있는데, 그 골짜기를 운문雲門이라 이름 지었다.

## 3.

1682년(숙종 8) 무렵 조세걸의 〈곡운구곡도〉에 발문을 적을 때, 김창협은 32세의 나이였다. 증광 별시의 문과에 장원급제한 직후였다. 김창협은 이후 여러 조관朝官의 직책을 거치다가, 1689년의 기사환국으로 부친 김수항이 사사되자 영평永平의 응암鷹巖으로 은둔했다.

문집 『농암집農巖集』에 실려 있는 「곡운구곡도발谷雲九曲圖跋」에서 김창협은 말한다. "사람들은 참을 구하다가 구하지 못하게 되면 물러나 그것을 그림에서 찾고는 한다. 남조 송나라 종병이 벽에 산수를 그려 두고 와유臥遊한 것이 그 예이다." 그런데 그의 백부 김수증은 십여 년 동안 곡운에서 마시고 먹고 일어나고 거처하여, "첩첩이 가리고 있는 산과 계곡, 울창하게 우거진 풀과 나무는 모두 나의 폐부와 모발이고, 안개와 구름, 이내

15 "青溪宜曉日, 曲處千丈晦. 天開蒼石屛, 影落西村外. 虛無元氣立, 明滅河漢對. 人行崢嶸下, 鳥急浩蕩內. 向來千萬峯, 瑣細等蓬塊. 老夫倚杖久, 三歎造化大. 惜哉太史公, 意短遺此快. 更欲訪野人, 窮探視其背."

와 비췻빛은 모두 나의 기식과 호흡이며, 물고기와 새, 고라니와 사슴은 모두 나의 벗이자 반려이니, 어찌 참을 구한다고 하여 얻지 못할 것이겠는가?" 반문했다. 그런데도 백부가 조세걸을 데리고 다니며 곡운의 굽이마다 그림을 그리게 했으니, 화가의 손을 빌린 것은 어째서인가? 독실히 좋아하여 즐거움이 깊기 때문이라고 하지 않을 수 없다. 김창협은 이렇게 매듭지었다. "그림을 펼쳐 보면 마치 당나라 왕유의 망천 별장을 거쳐 도연명이 글로 적은 무릉도원 나루를 묻는 것처럼 황홀하여, 저절로 시장과 조정의 티끌 덮인 속세를 아득히 벗어나게 된다. 선생은 이 그림을 가지고 사람들과 좋은 것을 함께 나누시지, 즐거움을 혼자 차지하시지는 않을 것이다."

김수증은 조카의 발문을 읽어 보고는 "내가 이 그림을 그린 것은 내 이 두 다리가 때때로 산을 나가지 않을 수 없어서 9곡이 눈 안에 늘 있지는 못하기 때문에 그럴 때에 보려고 한 것뿐이다"라고 했다. 그러자 김창협은 다시 자기 글에 덧붙여 적었다.

> 세상에서는 좋은 그림을 일러 본디 '핍진하다'고 하지만 좋은 경계를 이를 때에도 반드시 '그림 같다'고 한다. 이것은 좋은 산과 빼어난 물, 경승과 미경은 한곳에 모두 갖추어지기가 어렵고, 혹시 그런 곳이 있더라도 그윽하고 깊으며 아득히 멀어 아무래도 사람 발자취가 미치기 어려운 데다가, 그러한 곳에 촌락이 이루어지고 백성이 정착해서 닭과 개의 소리가 들리고 밥 짓는 연기가 피어 올라 물색을 멋지게 어우러지도록 만드는 일은 더욱 기대할 수가 없지만, 화가는 마음대로 경물을 배치하고 모아 놓을 수 있는 까닭에 이따금 붓끝에서 절호의 경계를 환출幻出해 내기 때문이 아니겠는가? 그렇다면 선생이 산중에 있을 때 각건角巾과 청려장으로

구곡 가운데 소요하는 것은 그림 속의 경지이고, 산을 나온 뒤에 문을 닫아걸고 팔걸이에 기대어 분묵粉墨(그림)의 부분 부분을 손가락으로 가리키는 것은 참된 구곡이니, 참과 그림을 어찌 구분하겠는가? 이 도권을 보는 사람은 의당 이 공안을 먼저 깨달아야 할 것이다.

김창협의 아우로서 연하煙霞 기질이 농후한 김창흡金昌翕(1653~1722)은 「곡운구곡도가谷雲九曲圖歌」를 지었다. 『삼연집三淵集』에 전하는 이 시에서, 김창협은 조세걸이 실경을 핍진하게 그린 사실을 칭송했다.

| | |
|---|---|
| 우리 화가로 명인들 죽고 난 뒤 | 東方畫者國能死 |
| 산수를 그릴 사람이 없었거늘, | 嗚呼無人畫山水 |
| 조생은 중국 화풍을 배워 | 曺生學華體 |
| 모방해 그리길 꼭 같이 하누나. | 倣畫得形似 |
| 자고로 성패는 장점 하나만 취하는 법 | 古來成虧取一長 |
| 강엄이 소무蘇武 이릉李陵 본뜬 것처럼. | 是如江淹擬蘇李 |
| 그런데 〈곡운구곡도〉 보고는 | 試看谷雲九曲圖 |
| 이렇게 같을 수 있나 괴이하게 여겼다. | 我怪彷彿能如此 |
| 백부의 산수 사랑은 고질로 되고 | 伯父泉石痼 |
| 그림 좋아하기도 역시 그러하셔서, | 嗜畫亦復爾 |
| 조생이 평양에서 왔을 때 | 曺生初自西來時 |
| 명성이 장안에 자자하여, | 聲價藉甚喧京師 |
| 병풍을 그려 달라 비바람처럼 모였거늘 | 千家屛障風雨集 |
| 백부께서 탈취하여 산중으로 데려가셨다. | 伯父奪取山中歸 |
| 백운령 높고 화악산 우뚝한 곳 | 白雲嶺高竦華嶽 |

| | |
|---|---|
| 너럭바위에 앉아 맨발 담그고, | 坐來盤石赤足垂 |
| 웃옷 벗고 솔바람 쐬며 급히 술을 청하여선 | 松風解衣急呼酒 |
| 붓 잡아 둘러보곤 맑은 광휘 끌어왔으니, | 把毫四顧來淸輝 |
| 방화계 머리에서 시작하여 | 傍花溪頭始下工 |
| 거슬러 올라 첩석대 아래에서 마쳤는데, | 泝到疊石臺下窮 |
| 높은 산 깊은 계곡이 어이 형세가 같으랴 | 攢蹙高深豈一勢 |
| 채색이 일정치 않았으니 아홉 번을 달리했다. | 采色不定九回重 |
| 봄꽃과 가을 단풍은 점철이 다르고 | 春萼秋楓點綴殊 |
| 이는 구름 자욱한 노을 짙은 서리 또 다르다. | 雲興霞蔚霜濃濃 |
| 옥 깎은 듯한 청옥협 지나 신녀협 돌아오고 | 削玉靑峽神女廻 |
| 백운담의 눈구름 같은 물살은 얼마나 웅장한가. | 雪雲飛沫何其雄 |
| 명월계와 융의연 | 明月溪隆義淵 |
| 옥 여울이 또 은둔지 동쪽에 있으며, | 玉瀨更復幽棲東 |
| 와룡은 물굽이에 아무 탈 없고 | 臥龍無恙積水曲 |
| 소 끄는 목동은 사립문 안에 완연하다. | 牽牛宛在衡門中 |
| 집 둘레 교목들은 몇 그루인지 셀 정도 | 遶屋喬林株可數 |
| 푸른 넝쿨 늘어지고 솔나무 빼곡하며, | 綠蘿垂裊森森松 |
| 무릉도원 부로를 개와 닭이 따르듯 하고 | 桃源父老鷄犬近 |
| 무이선생(주희) 살던 정사와도 같아라. | 武夷先生舍宇同 |
| 정자(농수정)는 정히 화악산과 마주하고 | 亭高政與華嶽對 |
| 작은 다리는 백운령으로 통하네. | 橋小是向雲嶺通 |
| 울창한 백운령을 바라보다 탄식하나니 | 雲嶺蒼蒼望之吁 |
| 백부께선 지금 도성 근처 별처에서, | 伯父今在負郭居 |
| 팔걸이에 기대 궁신窮神을 전송하며 | 隱几終日兀送神 |

| | |
|---|---|
| 농수정에 돌아갈 꿈을 꾸신 지 두 해. | 二年屢作籠水夢 |
| 마침 〈구곡도〉 병풍을 곁에 두셨으니 | 可憐新障好見隨 |
| 그림 그리게 하신 것은 이러려고 그러셨군. | 向來遣畫此爲用 |
| 종병이 늙어 와유하듯 | 宗炳老矣足臥遊 |
| 거문고 튕기면 뭇 산에 메아리 울리리. | 耐可彈琴衆山動 |
| 망천(왕유)이 그림 보고 고질병이 나았단 말 | 輞川見畫去沉痾 |
| 처음 듣곤 지나치다 여겼다만 이제는 믿겠구나. | 我聞其言謂之過 |
| 조생의 이 그림이 썰렁하지 않아 | 曺生此圖不蕭條 |
| 곡운이 차츰 가깝고 도성과는 멀어지니, | 谷雲漸近城市遙 |
| 이제 알리라, 회화를 버릴 게 아니란 것을 | 乃知繪事未可廢 |
| 조생을 묘사에 뛰어나다 칭찬할 만하구나. | 曺生亦可稱善描 |

## 4.

1692년에 김수증과 그 아들, 손자 및 외손은 「무이도가」 운자를 써서 「곡운구곡시」를 하나하나 분장分章식으로 지었다. 1689년에 기사환국으로 서인의 거두 송시열과 김수증의 두 동생 김수흥과 김수항이 죽음을 맞은 뒤이다. 기사환국은 숙종이 장희빈의 아들을 원자로 정하려 했을 때 서인이 반대하자 남인이 집권하여 서인을 탄압한 일을 말한다. 김수증은 곡운구곡으로 돌아가 있었다.

김수증은 실제 경물을 보고 시상을 일으켰다. 하지만 시는 실제 경물을 읊은 데 그친 것이 아니다. 그가 지은 서시를 보면 다음과 같다.

| | |
|---|---|
| 인적 끊긴 절경이 성령을 기르기에 알맞아 | 絶境端宜養性靈 |

늘그막 마음과 자취는 맑은 산 맑은 물을 기뻐한다. 　暮年心跡喜雙淸
백운산 동쪽, 화악산 북녘 　白雲東畔華山北
굽이굽이 물소리 귀에 가득하여라. 　曲曲溪流滿耳聲

제1곡은 방화계傍花溪이다. 서어촌에서 서쪽으로 돌아 오리곡梧里谷을 지나 시내를 하나 건너면 바로 곡운동 어귀이다. 김수증이 시를 지었는데, 지금껏 아무도 찾지 않은 도맥을 애써 찾아간다는 뜻을 드러냈다.

일곡이라 세찬 여울은 배를 용납치 않아 　一曲難容入洞船
구름 시내 건너편에 복사꽃 피고 지고. 　桃花開落隔雲川
깊은 숲에 길 끊겨 찾는 사람 드문데 　林深路絶來人少
어디선가 신선 집엔 개 소리 저녁 연기. 　何處仙家有吠煙

김수증은 곡운구곡의 탐승을 성령 양성의 계기로 이용하여, 조도의 단계를 시로 표현하고자 했다. 자질들은 그 관념을 반드시 공유하지는 않았다.

제2곡은 방화계에서 5리 지나 산을 돈 곳에 있던 청옥협靑玉峽이다. 김수증의 아들 김창국金昌國이 속세를 벗어난 곳에서의 자득을 노래했다.

이곡이라 우뚝하니 옥을 깎은 봉우리 　二曲崚嶒玉作峰
흰 구름 누른 잎은 가을 자태 띠었구나. 　白雲黃葉映秋容
가고 가서 돌길이 신선세계 가까우매 　行行石棧仙居近
만 겹이나 벗어났군 시끄런 먼지 세상. 　已覺塵喧隔萬重

제3곡은 신녀협神女峽이다. 물가에 김시습이 수레를 타고 다닌 자취가 있다고 한다. 김수증의 조카 김창집이 천고인물과 홍취를 같이함을 노래했다. 「무이도가」 제3곡을 두고 원나라 주석가 진보陳普는 여색을 경계하는 뜻이 있다고 했으나, 김창집의 이 시는 여색을 경계하는 뜻을 담지 않았다.

| | |
|---|---|
| 삼곡이라 선녀 자취 밤배로 찾아 나서니 | 三曲仙蹤杳夜船 |
| 빈 누대와 소나무 달은 천 년 전과 다름없네. | 空臺松月自千年 |
| 초연히 깨닫겠군 청한자(김시습) 놀던 홍취 | 超然會得淸寒趣 |
| 흰 바위에 여울 날아 너무도 어여뻐라. | 素石飛湍絶可憐 |

제4곡은 백운담白雲潭으로, 옥녀협에서 작은 시내를 건너 벼랑을 돌아가면 이른다. 김수증의 조카 김창협이 자연의 동력에 감탄하면서 부단한 자기계발을 다짐했다. 진보가 「무이도가」 제4곡을 두고 말한 "색을 멀리하고 세속을 끊음으로써" 도달되는 심경과는 다르다.

| | |
|---|---|
| 사곡이라 푸른 암벽에서 물 흐름 감상하니 | 四曲川觀倚翠巖 |
| 사람 곁 솔나무는 그림자 치렁치렁. | 近人松影落毵毵 |
| 내닫는 시냇물은 쉴 새 없이 거품 뿜어 | 奔潨濺沫無時歇 |
| 맑은 못에 구름 기운이 심상하게 넘쳐 나네. | 雲氣尋常漲一潭 |

제5곡은 백운담으로부터 수백 보 위에 있는 명옥뢰鳴玉瀨이다. 김수증의 조카 김창흡이 세외심世外心(진세를 벗어난 마음)을 노래했다. 진보는 「무이도가」 제5곡에 대하여 "홀로 자득함을 보았으나 여전히 어렴풋하다. 억지로 사려하는 일이 없다면 활연한 경지를 맛볼 수 있다"라고 했다. 그 경

지와 통한다.

| | |
|---|---|
| 오곡이라 시내 소리 밤 깊어 솨아솨아 | 五曲溪聲宜夜深 |
| 쟁글쟁글 옥패 소리 먼 수풀에 울려 나네. | 鏘然玉佩響遙林 |
| 소나무 문 나서니 서릿벼랑 고요하다 | 松門步出霜厓靜 |
| 둥근 달 외론 거문고, 세상 밖 마음. | 圓月孤琴世外心 |

제6곡은 명옥뢰와 인접한 와룡담이다. 김수증의 아들 김창직金昌直(1653~1702)이 자적한 심경을 노래했다. 진보가 「무이도가」 6곡을 두고 "목전이 모두 화순한 경지라서 고요하고 평안하다"라고 한 것과 통한다.

| | |
|---|---|
| 육곡이라 그윽한 집이 푸른 물굽이에 임해 | 六曲幽居枕綠灣 |
| 깊은 못에 일천 길 소나무 문 비치네. | 深潭千尺映松關 |
| 숨은 용은 세상 풍운에 관여 않고 | 潛龍不管風雲事 |
| 물결 속에 길게 누워 제 홀로 한가하군. | 長臥波心自在閒 |

제7곡은 곡운 영당影堂 앞에 있는 명월계이다. 김수증의 조카 김창업이 청담한 사람이 적음을 한탄했다. 진보가 「무이도가」 7곡을 두고 "상달해도 하학을 잊지 않는다"고 한 해석과는 다르다.

| | |
|---|---|
| 칠곡이라 평탄한 못에 얕은 여울 이어져 | 七曲平潭連淺灘 |
| 맑은 잔물결이 달빛 아래 볼 만하네. | 淸漣堪向月中看 |
| 빈 산 고요한 밤에 건너는 사람 없어 | 山空夜靜無人度 |
| 낙락장송 찬 그림자만 거꾸로 비쳐 있다. | 唯有長松倒影寒 |

제8곡은 영당 서쪽의 융의연이다. 김수증의 조카 김창즙金昌楫이 화평한 정신경계를 노래했다. 진보가 「무이도가」 제8곡을 "활연관통에 가깝지만 하학을 벗어나지 않는다"라고 평한 것과는 주제가 조금 다르다.

| | |
|---|---|
| 팔곡이라 맑은 물이 아득히 열려 | 八曲淸淵漠漠開 |
| 때때로 구름 그림자 함께 물길 따라 배회한다. | 時將雲影獨沿洄 |
| 진원이 지척이라 맑고도 또렷하니 | 眞源咫尺澄明別 |
| 유유히 오가는 피라미를 앉아서 보누나. | 坐見鯈魚自往來 |

제9곡은 첩석대이다. 김수증의 외손으로 당시 15세였던 홍유인洪有人(1667~1694)이 시를 지어, 자득한 사람이 영원靈源에 들어와 호연지기를 발산하는 것을 찬미했다.

| | |
|---|---|
| 구곡이라 층바위 더욱더 우뚝하고 | 九曲層巖更嶄然 |
| 높다란 평지가 겹벽 이뤄 맑은 물에 비치누나. | 臺成重壁映淸川 |
| 저물녘 급류가 솔바람과 함께 급해서 | 飛湍暮與松風急 |
| 신령한 소리 왁자지껄 가득하다. | 靈籟嘈嘈滿洞天 |

곡운구곡은 노론계 학자들에게 한서寒棲(가난하지만 유유자적한 은거)의 이상지였다. 김수증의 종현손, 종5세손, 종6세손들은 김수증 등을 모방하여 곡운구곡을 「무이도가」 운으로 나누어 읊고 〈곡운구곡도〉를 이모했다. 그들의 「곡운구곡도후첩谷雲九曲圖後帖」은 김수증의 문집 『곡운집』에 부록으로 붙어 있다.

## 5.

구곡가(구곡시)의 연원은 주희의 「무이도가」에 있다. 주희는 「무이도가」의 서시에서, 무이산에 편재해 있는 도가 유적을 언급하고, 복거卜居하는 뜻을 겸허하게 밝혔다.

| | |
|---|---|
| 무이산 위에는 선령이 있고 | 武夷山上有仙靈 |
| 산 아래 차가운 시내는 굽이굽이 맑아라. | 山下寒流曲曲清 |
| 그중에 최고 절경을 알고저 한다면 | 欲識箇中奇絶處 |
| 뱃노래 두세 곡 한가롭게 들리는 그곳이라네. | 櫂歌閑聽兩三聲 |

주희는 「무이도가」에서 산수자연의 아름다움을 묘사하면서 학문수양에 관한 견해도 가탁해 두었다. 그런데 원나라 진보의 『도가시주櫂歌詩註』는 그 시들을 학문입도學問入道의 단계를 정연하게 노래한 조도시造道詩로 풀이했다. 『도가시주』는 1304년(원나라 성종 대덕 8) 유개劉槩가 목판으로 간행했는데, 이것이 조선에서 복간되어 유행했다. 조선의 문인 학자들은 「무이도가」에 차운하거나 독자적으로 선정한 구곡에 대한 구곡시를 만들었는데 이때 「무이도가」를 조도시로 파악하는 일이 많았다. 성호 이익도 「서무이구곡도書武夷九曲圖」에서, 진보의 주에 완전히 동의하지는 않았으나 주희의 구곡시를 기본적으로 학문 순서로 파악했다.

내가 「무이구곡시」를 읽다가 '옥녀삽화'의 구절에 이르러 말뜻이 범상치 않음을 의아하게 여겼다. 주의하여 자세히 살펴보니 그것은 도학의 단계를 비유했음을 깨달았다. 제1곡은 학문의 시작에서 방법을 모색하지만 그 말미암을 바를 잡지 못함을 일컬었다. 제2곡은 노선을 찾은 뒤 한마음으로 정진하여야 하지, 물욕에 방해를 받아서는 안 됨을 말했다. 제3곡은 옛 사람은 이미 멀리 있고 흐르는 세월은 멈추지 않으니, 때를 맞추어 힘써야 함을 말했다. 제4곡은 도가 세상에 행하지 않은 지 오래되었지만 달은 절로 산에 밝고 물은 호수에 가득하여 청명함을 쉬지 않는데, 이것을 보아 깨닫는 이가 없으므로 오직 실지實地를 밟고 나서야 비로소 깨달을 수 있음을 말했다. 제5곡은 이 이치가 높고 깊어서 진실로 이해하기란 실로 어려워, 혹시 홀로 이른다 하여도 알아주는 사람이 없어, 오직 교교연嘐嘐然하게 옛것을 좋아할 따름이라고 말했다. 제6곡은 학문의 조예가 이미 깊어서 남이 알아주기를 바라지 않고 물物과 더불어 우유優遊하여 즐거움이 그 속에 자재自在함을 말했다. 제7곡은 견식이 더욱 높아져서 앞 자취에 구애됨이 없고 다시 새 지식을 지님을 말했다. 제8곡은 깊음을 다하고 높이의 극에 이르러 묘도妙道가 아님이 없으나, 다만 사람들이 스스로 한계 짓는다는 점을 근심했다. 제9곡은 도의 극처가 누에 치고 길쌈하는 일상의 산업과 마찬가지로 일용과 인륜에서 벗어나지 않으므로, 혹 소도小道의 볼 만한 것을 따로 찾는다면 그것은 별도의 일이므로 군자가 취할 바가 아님을 말했다.

정약용도 「무이도가」가 철학적 내용을 담고 있다고 보았으나, 「무이도가」 전체가 조도 순서로 조직되어 있다고는 보지 않았다. 1823년 음력 4월, 두 번째로 춘천부에 들른 정약용은 늙은 암말을 타고 곡운구곡의 일부를 돌아보았다. 동행한 이재의李載毅는 작은 가마를 탔고, 정약용의 아들 정학연丁學淵은 노새를, 춘천에 사는 해남 윤씨의 젊은이 윤종원尹鍾遠과 역시 춘천에 사는 지인 이광수李光壽는 말을 탔다. 그들은 곡운서원 안에서 김수증이 조세걸을 시켜 그리게 한 〈곡운구곡도〉 화첩을 발견했다. 이 두 번째 춘천 여행에서 돌아온 정약용은 『산행일기汕行日記』를 작성하면서 김수증 등의 「곡운구곡시」를 채록해 두었다. 김창협의 발문은 인용하지 않았다. 당시 정약용이 열람한 〈곡운구곡도〉는 이모본이었던 듯하다.

정약용에 따르면, 방화계로부터 청옥협에 이르기까지 6~7리는 굽이굽이 절승이거늘 김수증은 거기서 하나도 취하지 않았고, 백운담 위로는 인가가 가까운 곳이거늘 3~6곡을 연이어 뽑았으며, 7~9곡은 경승이 아닌데도 부당하게 뽑았다. 정약용은 김수증이 선정한 구곡 가운데 몇몇 곳은 훈귀勳貴와 왕가 인척이 재주도 덕망도 없으면서 공경대부의 지위를 움켜쥐고 있는 것과 같다고 여겼다. 그래서 김수증의 구곡 가운데 제7~9곡을 개정했다.

① 일곡은 망화계網花溪. 도원동 어구와 꼭 같아 방傍 자를 망網으로 고친다.
② 이곡은 설벽와雪壁渦. 새로 끼워 넣는다.
③ 삼곡은 망단기望斷碕.
④ 사곡은 청옥담靑玉潭. 협峽 자를 담潭으로 고친다. 본디 둘째 굽이였다.
⑤ 오곡은 신녀회神女匯. 협峽 자를 회匯로 고친다. 본디 셋째 굽이였다.
⑥ 육곡은 벽의만碧漪灣. 새로 끼워 넣는다.
⑦ 칠곡은 백운담白雲潭. 본디 넷째 굽이였다.
⑧ 팔곡은 명옥뢰鳴玉瀨. 본디 다섯째 굽이였다.
⑨ 구곡은 와룡담臥龍潭. 본디 여섯째 굽이였다.

정약용은 『산행일기』에 「곡운구곡기」를 작성하여 어째서 제7~9곡을 새로 선정했는지 밝혔다.

첩석대는 곡운서원 서쪽 1리 지점에 있다. 물속에 선돌이 서너 매 있어,

크기가 비碑나 탑塔만 하며 옆줄 무늬가 여러 겹 있다. 위에 올라가 앉을 수는 없다. 좌우 켠은 평전平田이고, 큰길에는 해를 가릴 만한 수목도 없다. 여기서는 은일지사隱逸之士를 충당할 수 없을 듯하다. 융의연은 그 아래에 있는데, 흐름이 백 무武, 즉 삼백 척이다. 위에는 화전을 이고 있고 곁에는 보리밭이 둘러 있다. 기괴한 암석도 없고 해를 가릴 만한 수목도 없으며, 그저 시냇물이 모여 고인 곳일 뿐이다. 어째서 여기를 9곡에 넣어 주었는지 모르겠다. 명월계는 곡운서원 앞에 있다. 소와 말, 개와 돼지가 물을 건너고, 먼지와 재, 쭉정이와 겨가 뒤섞여 소란스럽고 비천해 견디기 어려운 데다가, 큰 다리마저 걸터 있어 물길이 시끌시끌하고 바윗돌은 더럽다. 여기도 9곡의 정액定額에 충당할 수 없다.

대개 와룡담 위로는 산빛이 아주 시들하고 물길도 너무 미약하다. 뽕나무, 삼마, 느릅나무, 버드나무가 우거져 그늘진 데다가 도랑, 밭두둑, 집, 방이 조밀하여 이미 인간세계의 속된 경관이다. 다만 당시에 삼일정과 집이 여기에 있었고 노인이 번번이 멀리까지 노닐 수 없어서 평소 나막신에 지팡이 짚고 바람 쐬러 나오던 곳이 이 부근이었으므로, 와룡담 이상의 세 굽이가 참람되게도 9곡 속에 끼어들었던 것이다. 주자의 「무이도가」도 제7, 8곡에 이르면 좋은 경치라 할 것이 없다. 하지만 제7곡의 벽탄碧灘과 창암蒼巖이나 제8곡의 고루鼓樓와 기암妓巖은 그래도 취할 만한 것이 있다. 그러다가 제9곡에 이르러 "뽕밭과 삼밭에 이슬 내리니, 별세계가 있다"라고 했다. 이 예를 미루어 본다면 와룡담을 제9곡으로 삼아 평평한 강의 시작으로 삼아야 할 것이다. 정자나 집, 마을 부락 저쪽을 9곡 속에 꼽아서는 안 된다.

## 정약용은 산수자연을 감상하는 심미안에 용인用人을 중시하는 정치의

식을 반영시켰다. 그리고 여행에서 돌아온 뒤 5월 4일에는 「무이도가」 운을 이용하여 「곡운구곡시」를 지었다. 그 서시는 산수의 맑은 경치를 기억하면서 번다한 사려를 중지하겠다는 뜻을 드러냈다.

| | |
|---|---|
| 먼짓길에는 마음 기를 게 도무지 없고 | 塵塗無物養心靈 |
| 외진 곳에 하늘이 맑은 물과 바위를 감춰 두었네. | 僻處天藏水石淸 |
| 온갖 사려로 북새 떠는 곳에 있어도 | 須從百慮交喧地 |
| 구름 산 폭포 소리를 또렷이 기억하자. | 醒記雲山瀑布聲 |

## 6.

우리는 좋은 그림을 일러 '핍진하다' 하고 좋은 경계를 이를 때에도 '그림 같다' 한다. 하지만 그림과 경계는 일치하지 않는다. 이른바 진경산수라고 해도 사물을 그대로 모사하는 것이 아니다. 화가가 마음대로 경물을 배치하고 모아 놓을 수 있는 까닭에 이따금 붓끝에서 절호의 경계를 환출해 낸다. 이 점에 주의하면서 조세걸이 〈곡운구곡도〉에서 기호화하고 상징화한 내용이 무엇인지, 그리고 그것은 「곡운구곡시」를 지은 사람들의 지향과 부합하는지 살펴볼 필요가 있다.

〈곡운구곡도〉를 보면서 「곡운구곡시」를 읽는다면 그것은 멋진 와유가 될 것이다. 곡운에 가서 경물을 마주하여 「곡운구곡시」를 읽는다면 그것은 현장 독서가 될 것이다. 전자는 그림에서 핍진과 환출 사이의 긴장을 읽어 내는 일이고, 후자는 시에서 묘사(혹은 진술)와 사유 사이의 긴장을 읽어 내는 일이다. 그 모두 나의 성령을 양성하기 위한 절묘한 작략作略이지 않겠는가?

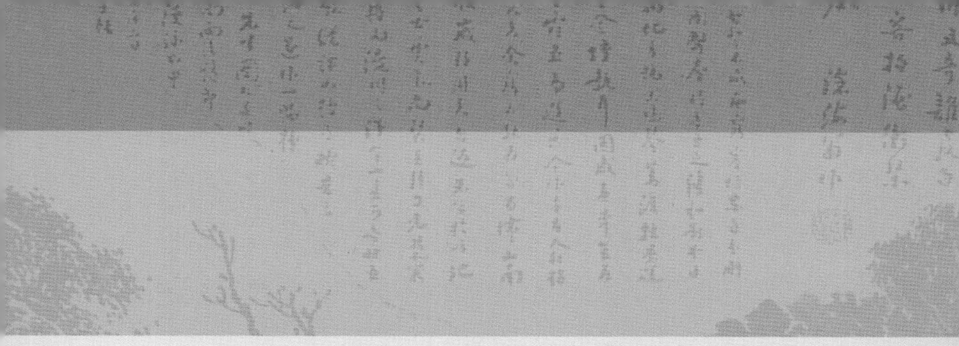

제5부

# 기묘한 그림 이야기

# 일본 오산 산수도에 남은 조선 사신의 시

## 1.

일본불교사를 보면 가마쿠라鎌倉시대에 선종이 크게 일어났다. 가마쿠라 선종의 중심이 오산五山(일본 발음은 '고잔')이었다. 남송 영종寧宗 때 선사禪寺의 등급을 정해 오산십찰五山十刹을 두었는데, 일본도 그것을 본받아 오산을 둔 것이다. 오산의 선승들은 바쿠후幕府나 슈고다이묘守護大名의 문인관료로 영입되었다. 그들은 대륙문화를 수용하여 시와 학문을 결합시켰다. 시문은 차츰 송나라와 원나라 양식을 취하고 사상은 성리학을 중심에 두었다. 그리고 시화축에 제시와 제서題序를 함으로써 우사友社의 결속을 확인했다. 이 오산 승려들의 문학적 성취와 예술적 감각을 잘 드러내는 것이 서재도書齋圖라 불리는 회화 양식이다. 시화축이란 회화와 제영의 한시를 하나의 괘축에 나타내어, 서화 일치의 경지를 나타낸 것을 말한다. 서재도는 실제로는 도시 속에 살면서도 속세간을 벗어난 이상적인 심상 풍경을 서재로 묘사해 내는 방식이다.

그런데 오산 승려의 서재도에 교토京都를 찾은 조선 사신의 제시가 한 수 남아 있다. 이것은 한국과 일본의 예술세계가 접선한 일종의 사건이라 할 수 있겠다. 하지만 조선 사신의 차운 방식은 오산 승려의 그것과는 달랐다. 조선 사신의 차운은 귀국 후 조선의 서재도를 발달시키는 계기가 되지도 않았다. 서재도 시화축은 일본 오산의 독특한 문화 양식이라고 보아야 할 것이다.

## 2.

일본 선종 연구자 다마무라 다케지玉村竹二의 「부상오산기扶桑五山記」에 따르면 오산을 손꼽는 방식은 가마쿠라와 교토가 서로 달랐다.

| | 교토 | 가마쿠라 |
|---|---|---|
| 상 | 난젠지南禪寺 | |
| 제1 | 덴류지天龍寺 | 겐초지建長寺 |
| 제2 | 쇼고쿠지相國寺 | 엔가쿠지圓覺寺 |
| 제3 | 겐닌지建仁寺 | 주후쿠지壽福寺 |
| 제4 | 도후쿠지東福寺 | 조치지淨智寺 |
| 제5 | 만주지萬壽寺 | 조묘지淨妙寺 |

여기에 교토 다이토쿠지大德寺를 첨가하기도 한다.

오산 문학은 송나라에 건너가 임제종을 공부한 엔니圓爾(1202~1280), 즉

쇼이치聖一 국사로부터 시작되었다. 그는 6년 만인 1241년에 귀국하여 1255년에 도후쿠지를 열고 1258년에 겐닌지를 건립했다. 1246년 송나라 난계도륭蘭溪道隆(1213~1278)이 도일하여 호조 도키무네北條時宗가 창건한 겐초지에 머물렀다. 그를 이어 무학조원無學祖元(1226~1286)이 초빙되어 와서 엔가쿠지의 개산이 되었다. 또 그 뒤에 송나라 태주台州 출신 일산일녕一山一寧(1247~1317)이 교토 난젠지에 주지로 있으면서 오산 문학을 일으켰다. 이후 무로마치시대에 교토 오산이 하나의 문단을 이루었다.

오산 서재도 시화축 가운데 현존하는 가장 오래된 작품은 일본의 국보 〈계음소축도溪陰小築圖〉로 알려져 있다. 101.5×34.5cm 크기의 이 지본 묵화는 1413년 이루어졌다. 별지에 붓으로 적은 제시와 「계음소축도시화서溪陰小築詩畫序」를 그림 상단에 도배했다. 교토 난젠지의 탑두 곤치인金地院 소유인데, 도쿄국립박물관에 기탁해 두었다. 난젠지 승려 준 시하쿠純子璞가 서재에 '계은溪隱'이라 이름을 붙인 것을 축하하여 지인이 시하쿠의 마음속 서재를 그린 것이라고 알려져 있다. 상자에는 '민초필明兆筆'이라고 기록되어 있었다고 한다. 민초는 교토 도후쿠지의 승려로, 불화에 뛰어났던 기쓰산 민초吉山明兆(1352~1431)를 말한다. 단, 민초의 작인지는 확실하지 않다.

〈계음소축도〉 시화축에는 다이가쿠 슈스大岳周崇, 교쿠엔 본포玉畹梵芳, 리추 겐레이履仲元禮, 다이구 쇼치大愚性智, 겐간 겐추謙巖原冲, 다이슈 슈초大周周奝 등 6인 선승의 제시가 있고, 다이하쿠 신겐太白眞玄의 서가 있다.[1] 서문은 '심지화心之畫' 이론이다. 일부를 번역하면 다음과 같다.

1 島田修二郎·入谷義高 監修(1987),『禪林畫讃—中世水墨畫を読む』, 每日新聞社.

매화가 염천의 아래에 피어난 것을 음영한 바에 진여의의 시가 일상을 초탈한 깊이가 드러나 있다. 남국의 파초를 설경 속에 그려 넣은 바에 왕유가 전하고자 하는 천상의 소식이 있다. 둘 다, 마음속에 깨달은 것을 드러내어, 물질세계에 구애하는 일이 전혀 없다. 그런데 난젠지 승려 준 시하쿠는 선림의 뭇 승려들이 모이는 곳에 몸을 두면서도 그 서재에는 계음溪陰이라 이름을 붙이고 거처했다. "저자에 문을 두고도 물을 마음으로 삼는다"라는 것(한나라 정숭鄭崇 고사)은 이런 사람을 가리켜 하는 말이 아니겠는가! 이 또한 마음속에 깨달은 것이라고 말해도 좋을 듯하다. … 저 죽계육일竹溪六逸(당나라 이백 등)이 숨어 살았다고 하는 조래산徂來山이나, 난세를 벗어나 진인秦人들이 부쳐 살았다고 하는 도원의 경지도, 이 그림에 나타난 이상의 경지와 아무 간격이 없고, 오히려 서로 짝을 이룬다고 말할 수 있을 것이다. 생각건대 이 그림도 또한 마음속에 깨달은 것을 그려 내었지, 마음 밖의 경치를 묘사하지 않았다. 그렇다고 한다면 이러한 회화는 '마음의 그림'이라고 말할 수 있으리라.

이 이론은 송나라 심괄이 『몽계필담』에서 "서화의 묘미는 의당 정신으로 이해해야 할 것이지, 형形과 기器로는 말할 수 없다"라고 선언한 것과 유사하다. 장언원은 "왕유는 사물을 그릴 때 대부분 사계절을 개의치 않았다"라고 했는데, 꽃을 그릴 때 종종 복사꽃·살구꽃·부용·연꽃을 한 폭에 함께 그렸다. 심괄이 소장하고 있는 왕유의 〈원안와설도〉에도 눈 속에 핀 파초가 있었다고 한다.[2] 〈계음소축도〉의 서에서 다이하쿠 신겐은 시하쿠가 세속에 거처하면서도 '뜻을 기르기 위한' 서재를 산속 은둔처로서

2 沈括, 『夢溪筆談』 卷17 書畫; 祝穆, 『古今事文類聚』 前集 卷40 技藝部 畫者 '雪中芭蕉'.

간주한 은일 관념을 높이 평가했다. 현실적으로 어떠한 환경에 처해 있다고 해도 산중에 있는 듯한 심경을 유지하고자 했던 선적 지향이 그 배경에 있다.

## 3.

일본 가마쿠라시대부터 난보쿠초南北朝시대에 걸쳐 일본의 많은 선승들이 중국을 방문하여 선사에서 수행했고, 한편으로는 조맹부나 왕몽王蒙 등 일류 문인화가와 교류했다. 또 중국의 고승들이 일본 바쿠후의 요청으로 일본으로 건너갔다. 이와 더불어 중국에서 유행하던 서재도가 일본에 전해져, 무로마치시대에 이르러서는 일본 선종 사원을 중심으로 서재도가 유행한 것으로 추정된다. 서재도는 명나라 이후 서옥도로 이어졌다. 그리고 그것은 조선 후기의 서옥도에 일정한 영향을 주었다.

조선 초 해주목사 등을 지낸 양수梁需는 교토 난젠지에서 일본의 시화축을 보고 제시를 남겼다. 양수는 1410년(태종 10) 2월 4일 아시카가 요시모치足利義持의 쇼군 습봉을 축하하는 사절로 서계書契를 전달하기 위해 도일했다. 보빙報聘과 조상弔喪을 하기 위해서였다. 불행히도 도중에 쓰시마에서 서계와 예물을 약탈당하여 하마터면 죽을 뻔했다.[3] 그러나 같은 해 그는 난젠지에서 〈파초야우도芭蕉夜雨圖〉를 감상하고 일본인의 시에 차운하여 〈파초야우도〉 시화축에 제시를 남겼다.

〈파초야우도〉 시화축은 지본 묵화로 95.9×31cm 크기이다. 도쿄국립박물관에 소장(히노하라日野原 구장)되어 있다. 앞서 본 〈계음소축도〉 시화

3 『태종실록』 14년 2월 1일(을사) 조의 기록에서 그 사실을 알 수 있다.

축의 제작 시기(1414)보다 약간 앞서 이루어진 것이어서, 무로마치시대에 이루어진 초기 시화축이다.

이 시화축에는 다이하쿠 신겐, 슈쿠에이 쇼반叔英宗播, 유추 쇼센猷中昌宣, 야마나 도키히로山名時熙(무장武將), 무몬 본쇼無文梵章, 이쇼 도쿠간惟肖得巖, 겐간 겐추, 이추 쓰조惟忠通恕, 가쿠인 에가쓰鄂隱惠薉, 게이소 겐쇼쿠敬叟彦軾, 양수(조선국봉례사朝鮮国奉禮使), 교쿠엔 본포, 사이인 슌쇼西胤俊承, 겐추 슈가쿠嚴中周噩 등 14인의 제시가 그림 윗부분에 적혀 있고, 추호 엔이仲方圓伊의 서가 별폭에 있다. 이 인물들 가운데 다음 세 승려들은 〈계음소축도〉 시화축에도 제시를 남겼다. 바로 가토 신겐河東真玄(=다이하쿠 신겐), 산진 본포散人梵芳(=교쿠엔 본포), 라운산진 겐추羅雲山人原沖(=겐간 겐추)이다.

그림 자체는 교토 류산龍山(즉 즈이류산瑞龍山) 난젠지 승려 잇카 겐푸一華建怤의 「추우파초秋雨芭蕉」 시를 근거로 시의를 표현한 것이다. 그 시는 현전하지 않는다. 난젠지 승려의 「추우파초」는 '파초우芭蕉雨'의 이미지를 본뜬 것이리라. 당나라 백거이의 오언 절구 「야우夜雨」[4]나 송나라 양만리의 칠언 고시 「파초우」[5]가 유명하다.

그림을 보면, 근경과 중경에는 취묵吹墨에 의해 수많은 작은 먹 점을 찍어 빗방울을 나타냈다. 주산主山과 수총樹叢은 중국의 동원董源·미우인米友仁·고극공高克恭 등 강남산수화 양식을 닮아 있다.[6]

그런데 이 시화축은 일본인들이 우리 측 정사 양수를 환영하기 위하여 일부러 시회를 열고 시를 지은 후 화원을 시켜 그림으로 그려 축을 만

4 "早蛩啼復歇, 殘燈滅又明. 隔窓知夜雨, 芭蕉先有聲."

5 "芭蕉得雨便欣然, 終夜作聲淸更姸. 細聲巧學蠅觸紙, 大聲鏗若山落泉. 三點五點俱可聽, 萬籟不生秋夕静. 芭蕉自喜人自愁, 不如西風收却雨即休."

6 熊谷宣夫(1932), 「芭蕉夜雨圖考」, 『美術研究』 8, 東京文化財研究所.

들어 준 것이 아니다. 앞서 말했듯 난젠지 승려가 지은 「추우파초」 시를 근거로 그 시의를 그림으로 그리고 여러 사람들이 여러 차례에 걸쳐 감상하고 시를 지은 것들을 모은 것이다. 〈파초야우도〉 시화축에 추호 엔이의 서가 별폭으로 적혀 있는 것을 보더라도 이 시화축이 제시와 동시에 이루어지지 않았음을 알 수 있다.

조선의 정사 양수는 "영락 8년 8월 일 조선국봉례사 통정대부 예조 좌참찬 집현전 학사 양수 제永樂八年八月日朝鮮國奉禮使通政大夫禮曹左參議集賢殿學士梁需題"라는 관지를 곁들인 칠언 절구 찬시贊詩를 써 주었다. 양수의 시제詩題에 '용산 승사에 노닐며 화초도에 차운하다[遊龍山僧舍, 次韻花草圖]'라고 했으므로, 다른 사람의 시에 차운한 것임을 알 수 있다.

雨滴芭蕉秋夜深　擁衿危座聽高吟
遠公何處無人問　異國書生萬里心

종래 이 시에 대해서는 성립의 이유를 잘못 설명해 왔고, 번역에도 잘못이

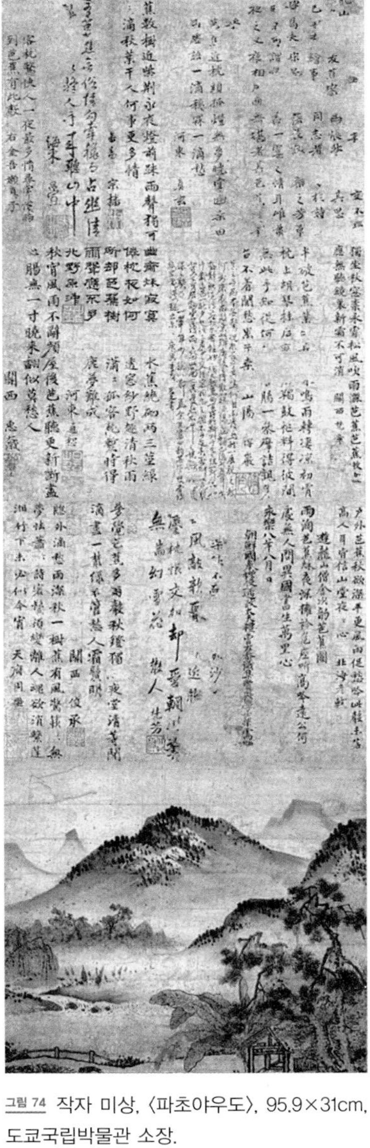

그림 74 작자 미상, 〈파초야우도〉, 95.9×31cm, 도쿄국립박물관 소장.

있었다. 나의 번역은 이러하다.

비는 파촛잎에 뚝뚝 떨어지고 가을밤 깊은데
이불로 감싸고 정좌하여 그대 시의 음영을 듣노라.
원공(혜원)이 어느 곳에 있는가 물을 이 없고
이국의 서생 나는 만 리 고향을 떠난 마음이로다.

마지막 두 구는 혜원慧遠같이 덕이 높은 고승은 찾을 길 없고, 자신은 고향을 만 리 멀리 떠나와서 적적하다고 말한 것이다.

이 시화축에서 양수 시의 시의와 통하는 일본인 시는 야마나 도키히로, 이추 쓰조, 게이소 겐쇼쿠, 겐추 슈가쿠 등의 시뿐이고, 그 가운데 양수의 시와 운자를 같이하는 것은 게이소 겐쇼쿠의 다음 제시뿐이다.

| | |
|---|---|
| 문밖 파초는 가을 들어 깊은 색을 띠고 | 戶外芭蕉秋欲深 |
| 야반 비바람은 수심의 음영을 재촉한다. | 半更風雨促愁吟 |
| 이 소리는 고명한 분의 귀에는 떨어지지 않으니 | 此聲未落高人耳 |
| 누가 산당의 밤마다 지니는 마음을 믿으랴. | 肯信山堂夜々心 |

이쇼 도쿠간의 시에 '경인 계하庚寅季夏'라 한 것으로 보아, 그림과 일부 제시는 늦여름에 이루어져 있었다. 양수와 일부 일본인의 제시는 그보다는 이른 시기인 8월에 이루어진 셈이다. 단, 이쇼 도쿠간의 시만 늦여름에 이루어지고, 일본인의 다른 여러 시들은 양수의 제시 이전에 이루어졌을 가능성도 있다.[7]

본래의 「추우파초」 시는 어떤 형식의 어떤 운자를 사용한 시인지 알 수 없다. 시화축의 제시들은 모두 평성운을 사용하고 있고, 하나의 제시는 아예 압운을 하지 않았다. 곧, 이 제시들은 분운부시分韻賦詩(운자를 제비 뽑아 각자 시를 지음)의 결과물이 아님을 알 수 있다. 운자를 조사해 보면 제시들은 여러 번에 걸쳐 단계적으로 이루어졌음을 알 수 있다.

① 다이하쿠 신겐: 칠언 절구. 두頭, 유幽, 수愁. 하평성 제11 우尤.
② 슈쿠에이 쇼반: 칠언 절구. 형荊, 성聲, 정情. 하평성 제8 경庚.
③ 유추 쇼센: 칠언 절구(게송). 정情, 청淸. 하평성 제8 경庚 / 중中. 상평성 제1 동東.
④ 야마나 도키히로: 칠언 절구. 경驚, 정情, 성聲. 하평성 제8 경庚.
⑤ 무몬 본쇼: 칠언 절구. 소宵, 초蕉, 소消. 하평성 제2 소蕭.
⑥ 이쇼 도쿠간: 칠언 절구(게송). 장長, 말抹, 수手, 지旨. (무운)
⑦ 겐간 겐추: 칠언 절구(초구불입운). 하何, 다多. 하평성 제5 가歌.
⑧ 이추 쓰조: 칠언 절구. 경莖, 청淸, 성成. 하평성 제8 경庚.
⑨ 가쿠인 에가쓰: 칠언 절구. 빈頻, 신新, 인人. 상평성 제11 진眞.
⑩ 게이소 겐쇼쿠: 칠언 절구. 심深, 음吟, 심心. 하평성 제12 침侵.
⑪ 양수: 칠언 절구. 심深, 음吟, 심心. 하평성 제12 침侵.
⑫ 교쿠엔 본포: 오언 율시. 사沙, 가加, 화花. 하평성 제6 마麻.
⑬ 사이인 순쇼: 칠언 절구. 성聲, 청淸, 명明. 하평성 제8 경庚.
⑭ 겐추 슈가쿠: 오언 율시. 초蕉, 소蕭, 소消, 소宵. 하평성 제2 소蕭.

일본인들의 제시를 보면 화운(차운)을 했으나 동일 운자를 동일한 위치

7 島田修二郎·入谷義高 監修(1987), 『禪林畫讃—中世水墨畫を読む』, 毎日新聞社, 283~290面.

에 사용하지 못한 예가 발견된다. 하평성 제8 경庚운을 사용한 야마나 도키히로, 이추 쓰조, 사이인 슌쇼의 제시가 그것이다. 유추 쇼센은 경庚운을 사용하되 낙운이 되고 말았다. 하평성 제2 소蕭운을 사용한 무몬 본쇼와 겐추 슈가쿠는 서로 관련이 있지만 동일 양식으로 화운하지 않았다. 겐간 겐추의 칠언 절구(초구불입운)와 교쿠엔 본포의 오언 율시는, 전자는 가歌운을, 후자는 마麻운을 사용했다. 화운의 방식을 택하되 가歌운과 마麻운을 혼동한 결과로 보인다.

## 4.

오산 시화축에 시를 기탁한 선승들은 특수한 지위에 있었다. 즉 시화축의 제영자들은 '난젠지를 정점으로 하는 오산 절들의 주지로서 출세했던 문필승'들이었다.[8] 도쿄 네즈미술관 소장의 〈강천원의도江天遠意圖〉는 그들 시화축의 대표적인 예이다.

무로마치 초기 시화축이 유행한 것은, 선승이 문인이자 관료였다는 사실과 관련이 있다. 시화축에 제시한 선승들은 시사를 함께하는 승려들이었고, 시화축의 서문을 적은 사람들은 대부분 지위와 명망이 높은 승려였다. 앞서도 말했듯이, 문필에 뛰어난 오산 선승들은 바쿠후나 슈고다이묘의 문인관료가 되었다. 그러면서도 은일을 동경하여 시를 짓고 세속을 피하려고 하는 모순된 상황에 처해 있었다. 선승들은 자신의 거처나 서재에 아호를 붙이고 그 이름이 표시하는 정경을 그림으로 그리게 하고, 당

8 熊谷宣夫(1932), 「應永年間の詩畫軸」, 『美術硏究』 4, 東京文化財硏究所; 星山晋也(1991), 「玉畹の隠逸と墨蘭」, 早稲田大学大学院文学硏究科.

시의 저명한 선승들의 제시를 요청함으로써 서재도 시화축을 이루었다. 선승이 도회지 속 사찰에서 서재를 낙성할 때 지인이 서재의 이름을 지어 주고 현실로부터 벗어난 탈속의 그림을 그리면, 다른 승려들이 그 그림에 적합한 시를 지어 그림 위쪽이나 별지에 써 주었고, 서재 주인이 그림과 시를 합한 한 폭의 축으로 만들었을 것이다.

오산의 서재도 시화축으로는 앞서 든 1413년 성립의 〈계음소축도〉와 함께, 슈분周文이 그렸다고 전하는 〈수색만광도水色巒光圖〉(종이에 수묵담채, 108×32.7cm, 나라국립박물관 소장)나 역시 슈분이 그렸다고 전하는 〈대화헌도待花軒圖〉, 곧 〈대춘헌도待春軒圖〉(도쿄 이데미쓰미술관 소장)가 대표적인 작품으로 거론된다. 〈계음소축도〉는 서재를 가운데 크게 위치시키고 주위에 원근의 산수를 흐릿한 형태로 첨부한 소박한 구도이다. 공간이 확산적이지 못하다. 이에 비해 〈수색만광도〉는 세 그루 소나무를 중심으로 삼고 바위 그늘에 점경點景처럼 서재를 배치시킨 근경, 물가의 중경, 높은 봉우리의 원경으로 이루어져, 웅대한 산수경관을 묘사해 내었다. 단, 구도는 다르지만 사고 양식은 동일하다. 즉 은일과 출사出仕의 갈등을 반영하고 있다. 〈대화헌도〉도 그러하다.

한편 오산의 서재도 시화축 가운데 비교적 후대의 것으로는 슈분이 그렸다고 전하는 〈죽재독서도竹齋讀書圖〉(도쿄국립박물관 소장)가 있다. 지쿠운 도렌竺雲等廉이 서문을 쓰고 고제이 류하江西龍派 등 다섯 승려가 찬을 적었다. 그림 가장 뒤에 적혀 있는 찬시에 기록된 연기年紀로부터 1445년이나 혹은 고제이 류하의 몰년인 1446년 전후에 시화축이 이루어졌다고 볼 수 있다. 화면 오른쪽 아래에 날인된 '엣게이 슈분越溪周文' 도장은 슈분의 인장으로 인정되지 않지만, 슈분의 그림이 어떤 것이었는지 생각할 수 있게 한다. 이것은 난젠지의 고杲라는 승려가 지니고 있던 산수화에, 여러

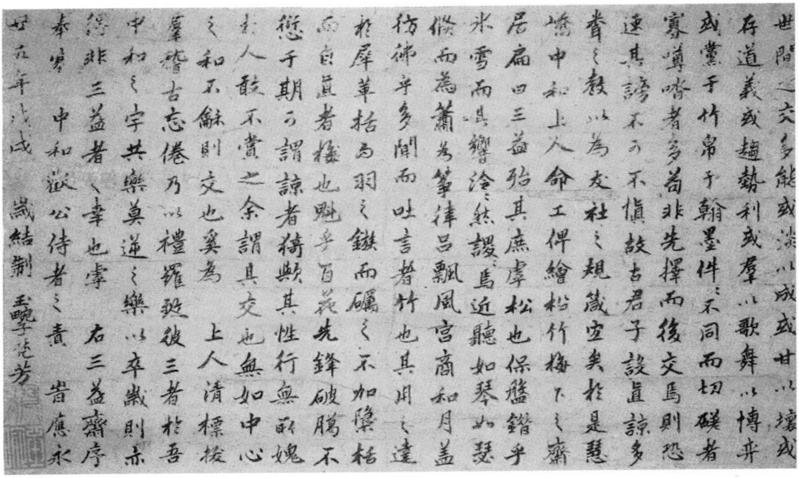

그림 75 교쿠엔 본포, 「삼익재도서」, 세이카도 분코미술관 소장.

선승들이 시와 서를 더한 것이다. 〈죽재독서도〉의 서에서 지쿠운 도렌은 『논어』 「계씨季氏」의 "은거하여 뜻을 구하고, 의로움을 행하여 꿋꿋이 도를 완성시킨다[隱居以求其志, 行義以達其道]"를 인용해서, 은거(은둔)와 행의行義(출사)의 모순을 재확인하고, 전자에 중점을 두었다. 앞서 본 〈계음소축도〉 등도 평온한 마음을 상징적으로 제시하고, 화자畵者와 제영자(관람자)가 모두 그것을 응시함으로써 '성성惺惺'을 매 순간 실천하고자 한 것이다.

오산 승려의 시화축 가운데 제시와 제서가 분리되어 있는 또 다른 시화축의 예로 1418년 이루어진 지본 수묵담채의 〈삼익재도三益齋圖〉(101.5×38.8cm, 세이카도 분코미술관 소장)가 있다. 서문을 쓴 사람은 〈파초야우도〉와 〈계음소축도〉에 시를 남긴 교쿠엔 본포이다. 교쿠엔 본포의 이 서문은 교우론으로서 훌륭한 명문이다. 그림은 역시 서재도이다. 본래 에쿄慧嶠, 곧 도후쿠지의 추와□간中和□歡[9]이 화공에게 송죽매松竹梅와 서재를 그림으로 그리게 하고, 삼익이라 이름을 붙였다. 『논어』 「계씨」에 "유익한 벗이 셋이 있고 손해되는 벗이 셋이 있으니, 정직하고 성실하고 견문이 많으면 유익하다[益者三友, 損者三友, 友直, 友諒, 友多聞, 益矣]"라는 공자의 말이 나온다. 도연명의 「전거田居」에도, "평소 마음이 꼭 이와 같나니, 세 갈래 길을 열어 삼익우를 맞으리[素心正如此, 開徑望三益]"라고 했다. 〈삼익재도〉에 제시한 사람들은 다이슈 슈초, 겐간 겐추, 다이구 쇼치, 기요 호슈岐陽方秀, 이쇼 도쿠간, 민슈쿠 겐세이明叔玄晴, 게이린 민신桂林明識, 요가 신코與可心交 등이다. 이 가운데 다이슈 슈초, 겐간 겐추, 다이구 쇼치는 〈계음소축도〉에도 시를 적었다.

서재는 실재하는 것이 아니므로, 오산 승려의 시화축은 중국 산수화를 이용하기도 했다. 『햐쿠닌 잇슈百人一首』의 편찬자로 저명한 오센 게이산橫川景三(1429~1493)의 「송죽재시서松竹齋詩序」(1482)를 통해 그 사실을 알 수 있다. 오센 게이산은 임제종 선승으로, 무로마치 막부 8대 장군 아시카가 요시마사足利義政의 외교·문예 고문으로 있으면서 히가시야마東山문화를 지탱한 인물의 하나이다. 1478년 2월 도지지等持寺 주지가 되어 그해 3월 돈추曇仲의 법맥을 이었다. 1478년 쇼코쿠지 주지(2년간 재직), 1484년 쇼코쿠지 개산의 무소 소세키夢窓疎石를 받드는 소주인崇壽院 탑주로 옮겼다. 1487년 11월 난젠지 주지가 되고, 건설 중의 지쇼지慈照寺에 빈번하게 초대되어 의견을 진술했다. 1492년 12월 거듭 요청을 받아 쇼코쿠지 로쿠엔인鹿苑院 원주 겸 승록사僧錄司에 취임했으나 반년 만에 사임했다. 오센 게이산은 「송죽재시서」에서 교토 이치조지一乘寺의 원근 풍경을 중국산수

9 島田修二郎·入谷義高 監修(1987), 『禪林畫讃—中世水墨畫を読む』, 228쪽에 '中和□歡侍者'라고 했으나 시자(侍者)는 상대방을 공경하는 뜻에서 사용한 대리어이다.

화의 원근 풍경에 일일이 대응시켰다.

## 5.

조선시대 수묵화 가운데 오산의 〈죽재독서도〉와 구도가 비슷한 것으로 자주 언급되는 그림이 양팽손의 작이라고 추정되어 온 〈산수도〉(88.2×46.5cm, 국립중앙박물관 소장)이다.

양팽손은 제주가 본관인데, 조광조와 생원시 동방으로, 기묘사화(1519)에 연좌되어 관직을 잃었다. 1521년 고향 전라도 능성현綾城縣 쌍봉리雙峰里에 학포당을 세우고, 1545년 타계할 때까지 그곳에 은둔했다. 양팽손이 학포당에서 은둔하던 1521년부터 1545년 사이에 〈산수도〉를 남겼다고 추정된다. 하지만 양팽손과 관계없는 조선 후기 작이라는 설도 있다. 전傳 안견 작 〈사시팔경도〉의 '만춘'과 통하는 면이 많으나, 근경에 보이는 산비탈과 산록이 중간 부분에 다시 나타나서 근경·중경·원경 3단 구도를 이루고 있어 〈사시팔경도〉와는 다르다.

그런데 이 〈산수도〉 위쪽에는 은둔 생활을 노래한 시 2수가 쓰여 있다.[10] 설령 이 〈산수도〉가 양팽손 작이라고 해도, 제화시가 양팽손의 작인지는 확실하지 않다. 양팽손의 〈산수도〉는 '강과 배'를 그리고 있다는 점에서 오산 산수도 시화축과 다르다. 오히려 〈귀거래사도歸去來辭圖〉 양식과 가깝다.

더구나 전칭 양팽손 작 〈산수도〉는 시 및 제화시의 제작 방식과 향유

10 ① "家住淸江上, 晴窓日日開. 護村林影畫, 聾世瀨聲催. 客棹隨潮泊, 漁船捲釣廻. 遙知臺上客, 應爲看山來." ② "江闊飛塵隔, 灘喧俗語聾. 漁舟莫來往, 恐與世上通."

방법이 일본의 서재도와 전혀 다르다. 물론 오산 서재도 시화축에 나타난 세속 초극의 지향은 조선 안평대군의 〈몽유도원도시권夢遊桃源圖詩卷〉, 명나라 말 문사의 행락도 제작과도 조금 공통된 면이 있다고 볼 수 있다. 하지만 〈파초야우도〉와 〈계음소축도〉 등 일본 오산의 서재도는 승단 내 권력을 쥐고 있는 승려들의 교유의 장에서 제작되었다. 그들은 막부와 긴밀한 관계를 맺고 공무에 종사하고 있으면서 한적한 삶을 꿈꾸었다. 따라서 그들의 세속 초극 지향은 애당초 이룰 수 없는 갈망에 불과했다.

또한 일본 오산 승려들은 서재도 감상 때 분운을 시도하거나 시양식을 정선하여 배분한 예가 없다. 이것은 당시의 조선에서 분운이 발달한 것[11]이나 〈몽유도원도〉에서 시 양식을 분담하여 중체를 구비하려고 의도한 것[12]과는 양상이 다르다. 이에 비해 명말 청초에는 명나라 유민遺民들이 전사塡詞를 중시해서 상주의 전사 행위를 소재로 삼은 행락도를 제작하고 제영도에 전사를 도입하기도 했다.[13] 일본 오산의 시화축, 조선의 〈몽유도원도〉 제영(이현로李賢老 부賦, 박팽년朴彭年 서序, 성인문成三問 기記), 명말 청초 행락도의 제영은 각각의 지역에서 문학사 및 예술사의 전개가 서로 달랐다는 사실을 잘 말해 준다.

11 심경호(2013), 「고려말 조선초 문인 지식층의 분운에 대하여」, 『국문학연구』 27, 국문학회, 7~33쪽.

12 심경호(2018), 『안평』, 알마.

13 毛文芳(2008), 『圖成行樂—明淸文人畫像題詠析論』, 學生書局; 심경호 역(2019), 『도성행락—명청 문인화상제영분석』, 고려대학교출판부.

# 나는 나의 집을 사랑한다

## 1.

도연명은 『산해경』이 그려 보인 초자연의 세계에 공감해서 「산해경을 읽고[讀山海經]」 13수를 남겼다. 그런데 그 제1수에서, 도연명은 "나는 또한 나의 집을 사랑한다[吾亦愛吾廬]"라고 했다. 흔히 사람들은 남을 사랑한다고 말해야 훌륭하다고 여기지, 자기를 사랑한다고 말하면 이기적이라고 생각할 것이다. 하지만 도연명은 자기 집을 사랑한다고 했다. 자기 집을 사랑한다는 것은 자기를 진정으로 사랑한다는 말이다

| | |
|---|---|
| 맹하에 초목이 자라 | 孟夏草木長 |
| 집을 에워싸 나무 우거지자, | 繞屋樹扶踈 |

| | |
|---|---|
| 새들은 의탁할 곳 얻어 기뻐하고 | 衆鳥欣有託 |
| 나 또한 내 집을 사랑하여, | 吾亦愛吾廬 |
| 밭 갈고 씨 뿌린 후 | 既耕亦已種 |
| 때때로 돌아와 내 책을 읽는다. | 時還讀我書 |
| 깊은 골목이 큰 수레를 들이지 않아 | 窮巷隔深轍 |
| 친구들은 수레를 돌리기 일쑤. | 頗廻故人車 |
| 기쁘게 봄 술을 마시며 | 歡然酌春酒 |
| 내 동산의 채소를 따서 먹나니, | 摘我園中蔬 |
| 이슬비는 동쪽으로부터 오고 | 微雨從東來 |
| 좋은 바람도 함께 불어온다. | 好風與之俱 |
| 주 목왕의 기록을 두루 보고 | 汎覽周王傳 |
| 산해도를 열람하여, | 流觀山海圖 |
| 부앙하며 우주를 다 보았으니 | 俯仰終宇宙 |
| 즐거워 않고 다시 어쩌리. | 不樂復何如 |

초여름에 새들은 내 집 가까이 무성한 나무에 둥지를 두고 드나들며, 나는 낮에 밭을 갈고 저녁이면 돌아와 나의 책을 읽는다. 내가 있는 집은 외지다. 길도 좁다. 큰 바퀴의 수레가 들어올 수 없으므로 고관은 물론, 옛 친구들도 잘 찾아올 수 없다. 하지만 나는 이웃과 환담하면서 술잔을 주고받고 내 뜰에서 뜯은 나의 채소를 곁들여 먹는다. 시원한 빗기운이 동쪽에서부터 전해 오고, 기분 좋은 바람이 때마침 불어온다. 주나라 목왕에 관한 옛 기록도 읽고 거기에 붙인 그림도 열람하니, 천지 우주를 다 조망한 셈이다. '나의 집'에는 '나의 책'이 있고 '나의 술'이 있으며 '나의 채소'가 있다. 곧 나의 집은 삼오三吾의 집이다.

## 2.

40세의 단원 김홍도는 1784년(정조 8) 12월 경상도 안기安奇의 찰방으로 있을 때, 3년 전 서울의 자기 초옥에서 있었던 동락同樂의 모임을 추억해서 〈단원도檀園圖〉를 그렸다. 당시 시주를 함께했던 창해옹滄海翁 정란鄭瀾(1725~1791)이 오랜 여행 끝에 안기로 자신을 찾아오자, 불현듯 4년 전의 일을 회상하고는 화필을 들었다. 이 그림은 자신의 마음속 집을 그린 것이자, 자신의 옛집에서 있었던 즐거운 만남을 반추하며 그린 것이다. 또한 그 모임을 함께했던 담졸澹拙 강희언이 그해 46세로 세상을 떴으므로, 그림 속에 망자를 불러와 넋을 위로하려는 뜻에서 그의 생전 모습을 그린 것이기도 하다.

뜰 연못에는 연이 자라고, 집 둘레에는 오동나무, 소나무, 대나무, 파초 등이 심어져 있으며, 앞마당에는 학이 노닐고 있다. 담장 밖에는 버드나무가 비껴 있고, 마당에는 괴석과 돌 평상까지 갖추어져 있다. 초옥은 그리 넓지 않지만 세 곳에 벽이 없어 공간이 열려 있다. 그 안에서 김홍도는 꼿꼿한 자세로 거문고를 타고 있고, 정란은 곁에서 구부정하게 있으며, 강희언은 부채를 들고 기대어 있다. 거문고를 타는 김홍도의 뒤로 벽에 비파가 걸려 있고, 탁자 위에 호리병, 쌓인 책들이 보인다.

그림 왼쪽에는 김홍도가 그림을 그리게 된 연유를 써 두었고, 오른쪽 위에는 정란이 지은 칠언 절구 2수를 김홍도가 베껴 두었다. 정란의 시를 한 수로 보면 잘못이다. 두 수 모두 초구입운의 방식으로 압운을 했으며, 첫 수는 상평성 제6 어魚운, 둘째 수는 상평성 제4 지支운을 골랐다.

【첫째 수】

금성 동편에 절뚝이는 노새 멈추자　　　　錦城東畔歇蹇驢

그림 76 김홍도, 〈단원도〉, 종이에 수묵담채, 135×78.5cm, 개인 소장.

석 자 거문고를 처음 만난 날 연주했지. 三尺玄琴識面初
백설곡 양춘곡을 한 번 타매 白雪陽春彈一曲
푸른 하늘 트이고 바다 하늘 빈 듯했네. 碧天寥廓海天虛

【 둘째 수 】

| | |
|---|---|
| 단원거사는 풍채 좋고 | 檀園居士好風儀 |
| 담졸 강희언은 우람하고 기이했다. | 澹拙其人偉且奇 |
| 그 누가 산남(영남)의 백발더러 | 誰敎白首山南客 |
| 술잔 두드리고 거문고 치며 | 拍酒衝琴作許癡 |
| 그토록 치기 어리게 만들었던가. | |
| 창해옹(정란) 짓다. | 滄海翁作 |

'금성 동편'은 미술사가 홍선표 님에 의하면 성산동 홍제천 하류 부근이라고 하지만, 김홍도 전기 작가 이충렬 씨는 한양 도성 연구자이신 홍순미 교수의 자문을 받아 백운동천白雲洞川 부근이라고 보았다.[14] 즉 '금성'은 금성산이 아니라 꽃이 흐드러지게 피어난 도성을 뜻하는 말인 듯하다. '박주충금拍酒衝琴'은 정란이 두 사람과의 시주 모임에서 홍에 겨워 한 행동이다. '충금'은 거문고를 탄다는 뜻이 아니다. 첫 수에서도 거문고를 탄 사람은 김홍도이다.

그림 왼쪽에 김홍도는 화제를 쓰고, '갑진 12월 입춘 2일 후'에 썼다고 밝혔다. 갑진은 1784년(정조 8)이며, 당시 12월 입춘은 12월 24일(을사)이었다. 따라서 이 글은 1784년 12월 26일에 작성한 것이다.

창해 선생(정란)이 북쪽으로 불함(백두산)에 올라 북쪽 끝 변경까지 다 가보고서, 동쪽으로 금강산으로부터 단원의 누추한 집을 방문하셨으니, 때

14 홍선표(2012), 「김홍도 생애의 재구성」, 『미술사논단』 34, 한국미술연구소, 105~139쪽; 이충렬(2019), 『천년의 화가 김홍도—붓으로 세상을 흔들다』, 메디치미디어.

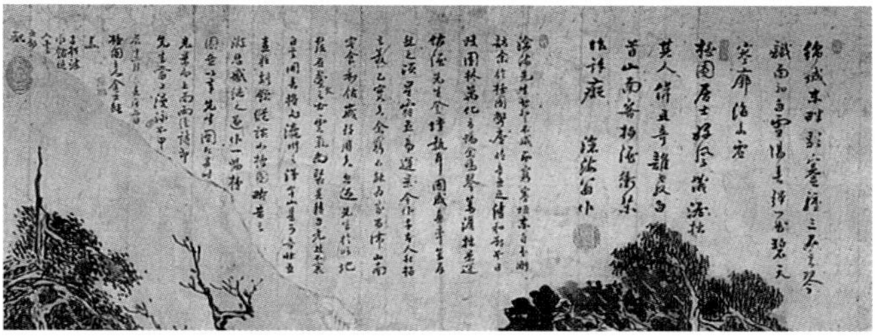

그림 76-1
김홍도, 〈단원도〉 부분.

는 신축년(1781, 정조 5) 청화절(4월 1일)이었다. 햇볕이 동산 수풀에 따스하자, 만물이 바야흐로 화창했다. 나는 거문고를 울렸고, 강담졸 경운(강희언)은 술을 권했다. 선생이 시단에 올라 맹주가 되고는 이어서 진솔회를 이루었다. 어느덧 잠깐 사이에 성상(세월)이 다섯 번 바뀌고, 운경(경운의 잘못)은 지금 천고의 옛사람이 되어, (무덤 주위의) 가래나무와 측백나무 떨기에 이미 열매가 열렸다. 나는 곤궁하여 집안을 돌볼 수가 없어서 경상도 산남(안기)에 머물러 묵으면서, 역마를 돌보는 역점에서 먹고 자고 하면서, 해가 장차 한 차례 돌아오게 되었다. 홀연히 선생을 이곳에서 만나게 되었는데, 수염, 눈썹, 머리칼 사이에는 구름 기운이 여전히 모여, 정력은 늙어서도 쇠하지 않으셨다. 스스로 말씀하시기를, 돌아오는 봄에는 장차 영주(제주도)의 한라산을 향하리라 하시니, 참으로 특이하고 장하다고 할 만하다. 다섯 날 밤낮으로 실컷 술을 마시고 원 없이 이야기하기를, 한양의 단원에서 예전에 놀던 것처럼 하노라니, 슬픈 느낌이 뒤를 따라 일어난다. 마침내 〈단원도〉 한 폭을 만들어서 선생에게 드린다. 그림은 그 당시의 광경인데, 윗면의 시 두 절구는 곧 당일 선생께서 자유롭게 읊으신 것이다. 갑진 12월 입춘 2일 후 단원 주인 김사능(김홍도)이 그렸다.

滄海先生, 北登不咸而窮塞垣, 東自金剛, 訪余於檀園弊廬, 時辛丑之淸和節也. 日暖園林, 萬化方暢. 余鳴琴, 姜澹拙景運佐酒. 先生登壇執耳, 因成眞率會. 居然之頃, 星霜五易, 運景今作千古人, 楸柏之叢已實矣. 余窮不能爲家, 留滯山南, 寄食郵館, 歲將周矣. 忽遇先生於此地, 鬚眉鬢髮之間, 雲氣尙聚, 其精力老且不衰. 自言, 開春將向瀛州之漢拏山, 甚可奇壯. 五晝夜劇飮縱談, 如檀園疇昔之游, 悲感繼之. 遂作一幅檀園圖, 以奉先生. 圖卽其時光景, 而上面兩絶詩, 卽先生當日漫詠也. 甲辰十二月立春后二日, 檀園主人金士能畫.

담졸 강희언의 자를 앞에는 경운景運으로 적었으나, 그 아래에서는 운경運景으로 잘못 적었다.

김홍도의 이 제화문 다음에 작은 글씨의 글이 있다. 화면이 명료하지 못해 제대로 읽을 수가 없다.

정란은 백두산에서 한라산까지, 대동강에서 금강산까지 돌아다니고 그 체험을 글과 그림으로 남겼다. 1780년 묘향산을 거쳐 의주로 해서 백두산 정상에 오르고, 남쪽으로 내려와 금강산을 두루 돌아본 뒤 1781년에 서울로 와서 김홍도의 집을 방문했다. 김홍도는 거문고를 연주하고, 강희언은 술을 권했다. 그들은 자유로운 기분을 만끽하여, 자신들의 모임을 진솔회라 일컬었다. 진솔회란 원래 당나라 시인 백거이가 달관으로서의 만족감을 즐기는 모임에 붙인 이름이었다. 하지만 김홍도와 정란, 강희언은 현달한 관리가 아니었다. 뜻이 있어 정계를 멀리하는 일민逸民도 아니었다. 세상에 대해 불만을 지니지만 세상사에 대한 불만을 털어 버리고 자유로운 정신의 경계를 즐겼다.

정란은 4년 뒤 1784년 12월 경상도 안기 찰방으로 있는 김홍도를 찾아갔다. 60의 나이에도 기력이 조금도 쇠하지 않았으며, 다음 해에는 한라

산을 등반하겠다고 했다. 김홍도는 닷새를 그와 함께 지낸 뒤, 4년 전 진솔회의 모습을 그림으로 그렸다. 김홍도가 그린 이 그림에는 정란의 곁에 벙거지 쓴 아이와 청노새 한 마리가 나온다. 최북이 정란의 금강산 여행 모습을 그린 〈산행도山行圖〉에도 정란이 청노새를 타고 홀로 가는 모습이 나온다. 정란은 단독자로서 여행을 했다.

정란은 만년에 성대중에게서 『불후첩不朽帖』의 서문을 받았다. 성대중은 천하를 두루 구경한 이마두(마테오 리치)에게 정란을 견주었다.[15]

## 3.

중인 출신 장혼張混(1759~1828)은 서울 인왕산 옥류동 골짜기 동쪽에 이이암而已广이라는 집을 짓고 살면서 그것을 호로 삼았다. '广'은 '庵(암)'과 통하는 글자이므로 '암'이라 읽는 것이 좋겠다. 단 통용음은 '엄'이다. '이이而已'라는 호는 당나라 한유가 「노동에게 부치다[寄盧仝]」 시에서 "옥천 선생은 낙성 속에, 허물어진 집 서너 칸일 따름이다[玉川先生洛城裏, 破屋數間而已矣]"라고 한 데서 따왔다.[16] 또한 그는 "나의 천명을 따르면 그만이다. 그래서 내 집 편액을 이이암이라 했다[聽吾天而已. 故扁吾广以而已]"라고 했다. 준屯(막힘)의 상태일지 형亨(형통함)의 상황일지, 수명이 길지 목숨이 짧을지, 스스로 억측하기보다 천명을 귀 기울여 들을 따름이라고 한 것이다. 그렇기에 집의 편액을 달기를, '따름이다'는 뜻의 '이이'로 한다고 밝혔다.

장혼의 본관은 결성으로, 대대로 충남 연기군에 살다가 고조부 때 서

15 成大中, 「書滄海逸士畫帖後」, 『青城集』 卷8.

16 張混, 「自述」, 『而已广集』 卷3 三言; 「平生志」, 『而已广集』 卷14 雜著; 심경호(2007), 『나는 어떤 사람인가—선인들의 자서전』, 이가서; 허경진(2008), 『조선의 르네상스인 중인』, 랜덤하우스.

울로 올라왔다. 아버지 장우벽張友璧은 통례원 좌통례를 지냈으며, 시로 유명했다. 장혼은 1759년(영조 35) 서울 인왕산 아래, 지금의 배화여고 부근에 있던 서벽정栖碧亭에서 태어났다. 여섯 살 때 개에게 물려 다리를 절게 되었다. 1786년(정조 10) 천수경 등과 함께 송석원 시사를 결성했다. 1790년 옛 홍문관 자리에 감인소가 설치될 때 오재순吳載純의 추천으로 사준司準이 되었다. 1797년에는 천수경과 함께 『풍요속선風謠續選』 7권 3책을 편찬하여 운각인서체자 활자로 간행했다. 이후 1816년(순조 16)까지 관찬 서적의 교정에 종사했다. 감인소를 그만둔 다음에는 도가풍의 생활을 했으며 많은 제자를 가르쳤다. 1828년 70세로 타계한 후 장지완은 「장혼선생전」을 남겼고, 장지연은 『일사유사』에서 그 글을 현토해서 소개했다. 조희룡도 「장혼전」을 지었다.

장혼은 서른 살 이전에, 장차 옥류동 이이암 주위를 가꿀 계획을 세워, 소원을 「평생지平生志」에 적었다.

> 옥류동은 인왕산의 명승 가운데 하나다. 동구의 형상은 그늘이 우거진 듯이 서북쪽으로 숨어 있고 입을 벌린 듯이 동남쪽으로 터져 있다. … 동구의 너비는 수레 두 대를 나란히 용납하지는 않으며, 으슥하되 음습하지는 않으며 고요하되 아주 툭 틔어 밝다. 하지만 그 땅이 성곽 외문과 망루에 끼어 있고 세속 행태가 시정과 섞여 있어서, 지나가는 사람들이 그다지 사랑하지 않는다. 동구가 거의 다한 곳에 이르면, 산발치에 옛날 아무개 씨의 버려진 집이 있는데, 좁고 험하여 기울고 누추하다. 하지만 옥류동의 아름다움은 여기에 있다. 더러움을 제거하고 옹색함을 제거하면, 사방이 10이랑 정도의 집을 둘 만하다. 집 앞에는 우물이 있어, 직경이 한 자 반이고, 깊이도 그만하며, 원둘레는 그 삼분의 일이다. 바위를 잘라서

> 캐내면 샘이 그 이음선을 따라 나오는데, 맛이 달고 아주 차며 가물어도 마르지 않는다. 우물에서 서쪽으로 대여섯 발자국 떨어진 곳에 여러 사람이 앉을 수 있는 반석이 있고, 집의 서쪽에는 언덕이 있어서 길고 넓으며 높고 평평하다. 형세가 집의 처마가 나온 듯하고 풀은 무성해서 담요를 깐 듯하다. 집 안에는 괴이한 돌과 푸른 바위가 왕왕 바둑판처럼 놓여 있으니, 정말로 정도에 맞는 은둔을 하는 사람이 쉬어 거처할 만한 곳이다. 그 값을 물어보니 근 오십 관이라 하기에 그 땅을 사게 한다. 그리고 그 지형을 따라서 서너 담장 크기의 집을 구획하되, 기와나 백회의 장식도 하지 않고, 우람한 용마루나 지붕도 하지 않는다.

장혼은 집 안팎에 여러 나무, 과실수, 꽃나무, 채소를 심겠다고 했다. 회화나무, 오동나무, 포도, 잣나무, 파초, 뽕나무, 무궁화, 매괴, 구기자, 장미, 매화, 작약, 월계, 사계화, 석류나무, 국화, 석죽, 계관화, 두견화, 철쭉, 목필화, 해아국孩兒菊, 고의苦薏, 자죽慈竹, 함도含桃, 복사꽃, 살구꽃, 임금林禽(사과), 단내丹柰(능금), 잣나무, 밤나무, 옥촉서(옥수수), 나물, 겨울나물, 파, 규채葵菜(푸성귀), 개채芥菜(겨자), 자소紫蘇(차조기), 내복萊菔, 숭채, 가지, 단호박, 호박 등등. 그런데 식물 가운데 가장 먼저 언급한 것은 푸른 회화나무이고, 그다음이 벽오동나무이다. 회화나무는 '괴음槐陰', 즉 '회나무 그늘'이 조상의 음덕을 뜻하므로, 훌륭한 자손이 나올 것을 기대하는 길상의 나무이다. 벽오동나무는 선비가 벽오동 그늘에서 더위를 식히는 '벽오청서'를 그림으로 그리는 미학적 관습과 관계가 있다.

장혼이 30대에 스스로 엮은 문집으로 서울대학교도서관에 있는 『이이자초而已自艸』에는 장혼이 상상한 이이암의 그림이 들어 있다. 정조의 부마 홍현주洪顯周(1793~1865)는 그를 위해 「이이암기而已广記」를 지어 주었다.

## 4.

화가 장승업은 호를 오원吾園이라 했다. 도연명의 "나는 또한 나의 집을 사랑한다"에서 나 '오吾' 자를 따온 것이다. 혹자는 장승업이 단원 김홍도와 혜원 신윤복과 대결하려는 의식에서 익살과 자부심으로 "너희만 원園이냐! 나도 원園이다!"라고 일갈하는 뜻을 실었다고 보기도 한다. 그러나 이것은 덧붙은 이야기다.

홍대용洪大容(1731~1783)은 자기 집을 아예 '애오려愛吾盧'라 했다. 이때 김종후金鍾厚(1721~1780)가 「애오려기」를 지어 주어, "나를 사랑하면 남을 사랑하는 것이 그 속에 있는 것이다"라 말하고, "나의 귀가 밝고 눈이 밝고 순하고 정해져서 남을 대하게 되면 남은 나의 사랑을 받지 않는 일이 없게 된다. 그러므로 남을 사랑한다는 것은 본래 나를 사랑하는 테두리 밖에서 나오는 것이 아니다"라고 그 이유를 나름대로 설명했다. 남을 사랑하기에 앞서 사랑할 존재가 나 자신이다. 도연명은 그 점을 뚜렷이 자각했고, 홍대용도 김종후도 도연명의 마음을 잘 알았다. 도연명은 '나의 집'에서 '군자고궁君子固窮'의 가르침을 실천했다. '세계 속의 집짓기'를 시대에 앞서 실천한 것이다.

조선 후기의 시문에는 화원이나 가옥을 그림으로 그렸다는 이야기가 많이 나온다. 그렇지만 내가 본 바로는, 자기 집을 그림으로 그려 자기 문집에 삽입해 둔 예는 장혼의 『이이자초』가 유일했다. 고루과문해서인지 모르겠다.

# 신화의 상상

## 1.

2013년 11월 3일, 우에노공원에 있는 도쿄국립박물관으로 특별전을 보러 갔다. 목요일부터 토요일까지 메이지대학에서 국제학술대회에 참석하고, 일요일 오후 귀국하기에 앞서서 오전의 짧은 시간을 낸 것이다. 특별전은 '상해박물관 중국회화의 지보至寶'라는 제목으로, 동양관에서 열렸다. 동양관의 8실만 전시장이라 하였으므로 '볼 것'이 많지 않으리라 생각하여 기대를 하지 않았다. 하지만 뜻밖에도, 제목만 알거나 작가 이름만 알았던 명화들을 한 공간 안에서 모두 볼 수가 있었다. 그런데 단연 흥미를 느낀 그림은 원나라 장악張渥의 〈구가도九歌圖〉와 오예吳叡(1298~1355)의 서사書辭를 한데 이어 둔 〈구가도권九歌圖卷〉 그리고 명나라 말 서위徐渭가 제작한 〈모란초석도축牡丹蕉石圖軸〉이었다. 〈구가도권〉은 전시실 한가운데 횡으로 길게 설치된 유리관 속에 세로 28cm, 가로 602.4cm의 전체가 펼쳐져 있었다. 〈모란초석도축〉은 벽장 유리전시실 한가운데 위아래로 내걸려 있었다.

## 2.

'구가도'는 중국회화의 중요한 화제이다. 「구가」는 기원전 3세기 초나라 굴원屈原이 우국의 격정을 표출한 노래로 알려져 있다. 『초사』 가운데 가장 오래된 노래로, 해석이 무척 어렵다. 동황태일東皇太一, 운중군雲中君, 상군湘君, 상부인湘夫人, 대사명大司命, 소사명少司命, 동군東君, 하백河伯, 산귀山鬼, 국상國殤, 예혼禮魂 등 11편으로 이루어져 있다. 예혼은 제사를 마칠 때 쓰는 송신가였던 듯하다.

왕일王逸의 『초사장구楚辭章句』에 의하면, 굴원이 추방당해 완수沅水·상수湘水 지역에서 울분에 찬 생활을 하고 있을 때, 그 지방의 예악이 비루함을 보고 구가의 곡을 지어, 위로는 귀신 섬기는 뜻을 펴고, 아래로는 자신의 원한을 표현해서 임금(초나라 회왕)과 경양왕頃襄王을 풍간했다고 한다. 가사는 모두 11편인데, 왜 구가라고 했을까? 이 문제에 대해서는 여러 설이 있다. 임운명林雲銘은 산귀·국상·예혼을 합쳐 1편이라 주장했고, 장기蔣驥는 상군·상부인을 합해 1편, 대사명·소사명을 합해 1편이라 보았다. 9라는 숫자는 의미가 없고, 11편이 원래부터의 편수라는 설 등이 있다.

〈구가도〉는 「구가」에 충실하게 신들의 모습이나 제사의 상황을 그린 것, 하나 혹은 두 귀신의 모습을 그린 백묘화, 그 둘을 절충한 채색인물화의 세 종류이다. 원나라 장악의 〈구가도권〉은 이공린의 〈구가도〉를 이어 백묘 인물화를 수록했다.

『사고전서四庫全書』를 보면 고사립顧嗣立의 『원시선』 3집 12권에 장악의 친구 고덕휘顧德輝가 장악에 대해 기록한 소전이 실려 있다. "장악의 자는 숙후叔厚로 회남 사람이다. 박학하고 경전에 밝았으나, 여러 번 과거를 보아도 뜻을 얻지 못하여 마침내 뜻을 마음대로 펼쳐 시장詩章을 지었고, 스스로 호를 정기생貞期生이라고 했다. 또 용면거사(이공린)의 화법을 이용하여 백묘를 했는데, 옛사람에서는 비할 자가 없었으며, 권귀라 하여도 그 그림을 얻을 수가 없었다." 현대 연구자들은 장악의 또 다른 호가 강해객江海客이며, 안휘성 합비合肥(허페이) 출신이라고 보고 있다.

이공린은 〈구가도〉와 관련하여 두 개의 회화 권축을 제작했다고 한다. 하나는 양나라 소통蕭統의 『문선』에 집록되어 있는 굴원의 「구가」 가운데 여섯 수를 두고 6개 장면으로 나누었고, 다른 하나는 『초사』 「구가」 가운데 11수를 근거로 9명의 신선과 2개의 송시頌詩 의식을 11개 장면에 나누었다. 이 가운데 장본長本(11장면본)은 명나라 중기에 없어지고, 14세기에 임모본이 나왔다. 이공린의 두 〈구가도〉는 원나라, 명나라 예술가들이 「구가」의 제재를 그림으로 표현하는 때에 범본範本이 되었다. 원나라 초 전선錢選과 조맹부도 모두 이공린의 〈구가도〉를 임모했다. 조맹부는 고려 이제현과 깊이 교유하고 고려 서화에 깊은 영향을 끼친 인물이다.

원나라 때 이공린의 〈구가도〉에 임모한 작품 가운데 가장 뛰어난 것이 바로 장악의 임모도라고 한다. 굴원의 상을 맨 앞에 그려 놓고, 「구가」 가운데 11단 21인을 묘사했다. 선의 장단, 우회, 곡직을 이용하여 자유자재로 인물의 신태神態를 그려 내었다. 그런데 장악의 임모도는 모두 다섯 종류나 전하며, 모두 1346년부터 1366년 사이에 제작한 것으로 추정된다.[17]

가장 빠른 화본은 1346년 9월에 만든 것이다. 이것이 상해박물관 소장본으로, 필자가 우에노 도쿄박물관에서 본 것이다. 두 번째는 같은 해 10월에 제작된 〈임이공린구가도臨李公麟九歌圖〉로, 길림성박물관에 있다. 세 번째는 1355년본으로, 원나라 관료 주백기周伯琦의 아들 주종인周宗仁을 위해 제작했다는 문헌 기록이 있다. 네 번째는 미국 클리블랜드예술관의 1361년본이다. 이 화본의 제11단 오른쪽에는 굴원의 상이 있고, 왼쪽에는 「구가」 제11수 '예혼'을 써 두었으며, 저환褚奐의 관제款題가 있다. 다섯 번째는 서방달徐邦達이 『고서화위사고변古書畫僞詐考辨』에서 언급한 것으로, 현재 미국에 있다고 한다.

상해박물관본에 「구가」 시를 베껴 쓴 서도가는 오예이다. 그 뒤에는 요여염姚汝恬, 첨경봉詹景鳳, 오수吳修의 발문이 있다. 길림본은 상해본과 같은 11단화이되, 「구가」 시는 예서로 썼다. 제1단화는 굴원의 상으로, 오른쪽에 '굴원원상楚屈原像'이라 쓰고 왼쪽에 굴원의 「어부漁父」를 써 두었다. "굴원기방屈原既放, 유우강담游于江潭, 행음택반行吟澤畔, 안색초췌顏色憔悴, 형용고고形容枯槁 …"라는 구절이다. 그런데 중국 연구자에 의하면 상해본은 '유우강담游于江潭'을 '유강어담游江於潭'이라고 잘못 적었다고 한다. 우에노 도쿄박물관에서 관람할 때는 그 사실을 몰랐다. 상해본은 「어부」 시 왼쪽에 「구가」 창작 때의 정황을 소개하여 서문으로 삼았지만, 길림본은 이 부분이 없다고 한다. 상해본과 길림본은 「구가」의 마지막에 놓인 송신곡 '예혼'에 대해서는 그림을 배당하지 않았으나, 둘 다 오예 글씨의 '예혼' 본문을 '국상'의 뒤에 배치시켰다. 장악이 남긴 5종의 〈구가도〉는 굴원의 형상이 조금씩 다르며, 후기로 갈수록 「구가」의 주제나 분위기에 더 닮아

17 D. G. Muller(1986. 1期), 「張渥—14世紀繪畫形象硏究」, 『亞洲藝術』 總第47冊.

간다고 한다. 이것은 필자가 확인할 길이 없다.

## 3.

굴원의 「이소」 등을 비롯한 중국 남방의 서정시를 집성한 『초사』는 『문선』, 『사기열전』, 『초사집주』, 『고문진보』 등을 통하여 우리나라에 수용되었다. 이미 신라와 고려의 여러 문헌에 「이소」가 인용되어 있다. 조선시대에 들어와서는 『초사』의 어구를 빌려 오거나 그 주제사상을 모범으로 삼아 개인의 심회를 토로하는 일이 더욱 많아졌다. 조선의 학자나 문인들은 주희가 그랬듯이 『초사』를 즐겨 읽은 것이다. 남송 영종 경원慶元 연간(1195~1200)에 조여우趙汝愚가 배소에서 죽는 등 당쟁이 격화되자 주희는 「이소」에 주석을 하면서 자신의 뜻을 드러내고, 정치상황을 극론하는 상소를 올리려고 했다. 문인들이 극력 저지했지만 주희가 뜻을 꺾지 않자 그 벗 채원정蔡元定이 점을 쳐서 결정하자고 했다. 이때 둔(돈)괘遯卦가 나왔다. 소인이 점점 성하고 군자는 물러가 피한다는 뜻을 지닌 괘였다. 주희는 상소의 초고를 불태웠다. 이를 '경원분고慶元焚稿'라고 한다. 이런 일이 있었기 때문인지, 조선의 지식인들은 특히 굴원의 「이소」에 주목했으며, 주희의 『초사집주』를 중시했다.

주희는 『초사집주』의 「이소경서離騷經序」에서 굴원의 출신과 관력, 참언을 받고 쫓겨나서 「이소」를 비롯한 「구가」, 「천문」, 「구장」 등을 짓게 된 내력 등을 서술했다. 아울러 회남왕 유안劉安과 송나라 경문공景文公 송기宋祁의 말을 인용하여, 「이소」가 굴원의 깨끗하고 고고한 정신을 담아내어 『시경』에 버금가며 사부詞賦의 비조가 된다고 천명했다.

조선 정조 때 검서관을 지낸 박제가朴齊家(1750~1805)는 어렸을 때부터

『초사』를 좋아해서 자신의 호를 '초정楚亭'이라 했다. 어느 겨울밤 달빛이 어스름할 때 박제가는 돈 10전을 쥐고 「이소」를 품에 넣은 뒤 원각사 탑 북쪽에 있는 유금柳琴(1741~1788)의 집 문을 두드렸다. 유금은 두 딸의 재롱을 보고 있다가, 박제가를 맞이하여 해금을 탔다. 함께 술을 마시고 있는 사이에 눈이 잔뜩 내려 뜰에 가득하자, 박제가는 애상의 기분에 젖어 이런 사언시를 지어 유금에게 보여 주며 이덕무를 함께 찾아가자고 했다.

| | |
|---|---|
| 올 적에는 달빛 희미하더니 | 來時月陰 |
| 취한 뒤에 보니 흰 눈이 깊구나. | 醉中雪深 |
| 벗이 있지 않으면 | 不有友生 |
| 어찌 견디랴. | 將何以堪 |
| 나는 「이소」를 지니고 | 我有離騷 |
| 그대는 해금을 끼고, | 子挾奚琴 |
| 한밤에 문을 나서 | 夜半出門 |
| 이 선생을 찾아감세. | 于李子尋 |

이덕무도 「이소」를 좋아했는데, 그의 『이목구심서』에 「이소」에 얽힌 해학적인 글을 남겼다.

좀벌레 한 마리가 내 「이소경」의 추국秋菊·목란木蘭·강리江蘺·게거揭車 등의 글자를 갉아 먹었다. 내가 처음에는 크게 노해서 잡아 죽이려 했었다. 그러나 조금 지나자 그 벌레가 향기로운 풀만 갉아 먹을 줄 아는 것을 기특히 여겼고, 따라서 특이한 향내가 그 벌레의 머리와 수염에 넘칠 것을 조사하고 싶어서 돈을 주고 동자를 사서 대대적으로 수색하게 했다.

반나절 만에 갑자기 좀벌레 한 마리가 말없이 기어 나오는 것을 보고 손으로 잡으려 했더니 흐르는 물같이 빠르게 달아나 버렸다. 번쩍거리는 분가루만 종이에 떨어졌을 뿐 좀벌레는 끝내 나를 저버렸다.

## 4.

조선의 지식인들은 주희의 설을 따라 「구가」도 「이소」와 마찬가지로 충분의 발로로 이해했다. 하지만 「구가」는 주자학의 이성적 논리로는 설명하기 어려운 기이한 작품이다. 신화의 세계에서 배태된 것이요, 초나라의 원시 종교사상과 밀접한 관련이 있기 때문이다.

초나라 사람들은 천신으로 상황上皇(태을太乙), 일신日神(동군), 운신雲神(운군雲君), 사명司命(대사명·소사명), 풍백風伯(비렴飛廉), 우신雨神(평호蓱號), 일어日禦(희화羲和), 월어月禦(망서望舒)를 꼽았다. 또 지신으로 산신(즉 산귀), 수신, 지우地宇, 토백土伯(명주冥主), 해약海若, 하백(풍이馮夷), 낙빈雒嬪(복비宓妃), 상군, 상부인 등을 헤아렸다. 그리고 인신(조상신)으로 축융祝融, 전욱顓頊, 고신高辛, 헌원軒轅, 복희伏羲, 여왜女媧, 여신厲神(상귀殤鬼) 등을 상상했다.

「구가」의 첫 편은 '동황태일'이다. 동황태일은 천신 가운데 가장 존귀한 신격으로, 시가에서는 무당들이 노래하고 춤추면서 맞이하는 것으로 나온다. 장악은 〈구가도〉에서 동황태일을 제왕의 풍모로 묘사하고, 뒤쪽에 천녀를 하나 그려 두었다.

제2편은 달의 신 '운중군'을 노래했다. 장악은 운중군이 구름노을을 밟고 오른쪽으로 빠르게 나아가는 형상을 그려 내었다. 뒤에서 용머리 형상이 호위하고 있다. 제7편은 해신 '동군'을 노래했다. 장악은 동군을 무장으로 묘사하여, 한 손에 활을, 다른 손에 화살을 들고 노한 눈으로 노려보

는 형상으로 만들었다.

'상군'과 '상부인'은 완상沅湘 지역의 신을 노래한 것이다. 『초사』를 주석한 왕일은 상군을 상수의 신, 상부인을 요임금의 두 딸이자 순임금의 두 비로 보았다. 그 후 주희는 다시 『초사』에 주석을 달아, 요임금의 장녀 아황을 상군, 차녀를 상부인이라 했다. 이렇듯 상군과 상부인에 대해서는 여러 해석이 있다. 그런데 굴원의 「구가」에 근거하면 상군과 상부인은 애정 관계에 있었던 신격인 듯하다. 장악의 〈구가도〉에서 상군은 성별이 분명하지 않지만 시녀가 뒤를 따르고, 왼손에는 화초를 들고 있어서 사련思戀의 정을 상징했다. 상부인은 파도가 이는 동정호 위에 서서, 한 손으로는 부채를 들고 한 손에는 꽃을 들고 있어서, 연모의 정을 담뿍 품고 있는 형상이다.

'대사명'과 '소사명'은 인간의 수명을 관장하는 신을 제사 지내고 찬미하는 내용이다. 곧, 대사명은 인간의 생사를 총괄하고 소사명은 아동의 운명을 전담한다. 장악은 대사명을 노인의 형상으로, 소사명을 엄숙한 남신의 형상으로 그려 내었다. 소사명은 연애를 관장하는 신으로서 여신이라고도 알려져 있는데, 장악은 그 점을 부정한 셈이다.

'하백'과 '산귀'는 하신과 산신을 제사한 내용이다. 장악의 〈구가도〉에서 하백은 큰 자라인 백원白黿의 등 위에 앉아 있는 모습이다. 산신은 윗몸을 드러내고 벽여薜荔를 어깨에 걸치고 허리에 여라女蘿를 차고 있으며 붉은 표범에 걸터앉아 있다. 굴원은 「구가」에서 산귀를 다감한 어린 소녀의 형상으로 묘사했다. 산귀편을 운자의 변환에 따라 단락을 나누어 읽어보면 아래와 같다.

| | |
|---|---|
| 산모퉁이에 누군가 있어 | 若有人兮山之阿 |

그림 77
장악, 〈구가도〉 '산귀' 부분, 종이에 수묵, 전체 29×523.5cm, 길림성박물관 소장.

| | |
|---|---|
| 벽려(당귀) 걸치고 새삼 덩굴을 매고는 | 被薜荔兮帶女羅 |
| 정답게 곁눈질하며 웃누나 | 既含睇兮又宜笑 |
| 그대는 나의 아리따운 모습을 좋아하네. | 子慕予兮善窈窕 |
| | |
| 붉은 표범 타고 얼룩 이리 데리고 | 乘赤豹兮從文狸 |
| 백목련 수레에 계수나무 가지 깃발 세우고 | 辛夷車兮結桂旗 |
| 석란 옷에 두형 띠 맨 모습으로 | 被石蘭兮帶杜衡 |
| 향기로운 꽃 꺾어 사랑하는 이에게 드리려네. | 折芳馨兮遺所思 |
| | |
| "나는 깊은 대숲, 하늘 안 보이는 곳에 살아 | 余處幽篁兮終不見天 |
| 길이 험해 혼자만 뒤처져 왔어요. | 路險難兮獨後來 |
| 홀로 산 위에 서 있노라면 | 表獨立兮山之上 |
| 구름이 뭉게뭉게 아래에 흐르지요. | 雲容容兮而在下 |

| | |
|---|---|
| 거머어득 아아 낮에도 어둡더니 | 杳冥冥兮羌晝晦 |
| 동풍이 몰아치고 신령께서 비를 내렸지요. | 東風飄兮神靈雨 |
| 영수(신령)를 머물러 돌아갈 줄 모르게 하리니 | 留靈脩兮憺忘歸 |
| 나이 늙으면 누가 나를 꽃피울까. | 歲既晏兮孰華予 |
| | |
| 산간에서 지초를 캐자니 | 采三秀兮於山間 |
| 돌은 울퉁불퉁 쌓였고 칡덩굴 얽혔군요. | 石磊磊兮葛蔓蔓 |
| 그대 원망하며 돌아가길 잊고 슬퍼한다오 | 怨公子兮悵忘歸 |
| 그대 내 생각해도 틈내지 않기에. | 君思我兮不得閒 |
| | |
| 산중의 사람, 두약 같은 이 | 山中人兮芳杜若 |
| 돌샘의 물 마시고 송백 그늘에 사는 이 | 飮石泉兮蔭松柏 |
| 그대는 나를 생각하는지 안 하는지." | 君思我兮然疑作 |
| | |
| 우르릉 천둥 소리에 어두운 비 내리고 | 雷填填兮雨冥冥 |
| 원숭이들은 추추 한밤에 우누나. | 猿啾啾兮又夜鳴 |
| | |
| 바람 휘휘 불어오자 나뭇잎 우수수 떨어지고 | 風颯颯兮木蕭蕭 |
| 낭군 생각에 부질없이 시름에 젖노라. | 思公子兮徒離憂 |

장악의 〈구가도〉 가운데 가장 눈길이 오래 머물렀던 것은 '국상'이었다. 상殤은 일찍 죽은 사람을 가리킨다. 남자는 관을 쓰는 20세 이전에, 여자는 비녀를 꽂는 15세 이전에 죽은 사람이다. 여기서는 객지에서 죽은 사람을 말한다. 즉 '국상'은 나라를 지키다가 죽은 장수와 병사들을 기리

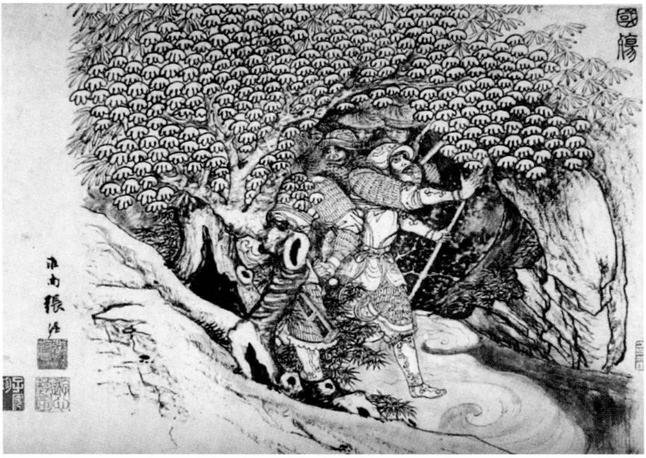

그림 78
장악, 〈구가도〉 '국상' 부분, 종이에 수묵, 전체 29×523.5cm, 길림성박물관 소장.

는 일종의 만가이다. 다만 「구가」의 '국상'은 전장의 모든 전사자를 가리키는 것이 아니라 지휘자를 가리키는 듯하다. 「구가」를 보면 주장主將을 위주로 묘사했기 때문이다. 단, 병사들의 용맹도 함께 노래했다고 볼 수 있다. 후대에는 '국상'이라 하면 국가를 위하여 전사한 장수와 병사들을 가리키는 말로 쓰이게 되었다. 굴원은 아홉 신을 제사 지내는 시를 지은 후, 회왕과 경양왕 때 진秦나라 침략군을 물리치기 위해 목숨을 바친 초나라의 전몰장병을 애도했다.

장악은 앞서 8폭에서 8인의 신격을 묘사해 낼 때 선조線條를 이용했던 것과 달리 '산귀'와 '국상'의 두 그림에서는 선조와 수묵을 결합시켰다. 특히 '국상'의 그림은 숲속에서 수많은 전사들이 눈동자를 부라리고 있는 광경을 그려 내었다. 비늘조각 모양의 나뭇잎이 투구와 갑옷을 걸친 전사들의 모습을 숨겨 주고 있다. 서방달이 임모한 저환褚奐의 지정 26년(1366)본은 '국상'의 나뭇잎 모양을 바꾸고 5명의 인물들을 숲 앞에 배치시켰다. 5명 중 한 명은 등지고 있으면서 머리가 없다. 전투에서 죽은 새 귀신을 네 전사가 영접하는 광경이어서, 비장한 느낌을 강화시켰다고 한다.

상해박물관 소장본 〈구가도〉 중 '국상'의 그림은 갑주를 입고 칼을 찬 장수의 영혼이 마치 그의 눈동자 만큼이나 부리부리하게 눈을 뜨고 있는 듯한 나뭇잎들 뒤에 숨어 있는 모습이다. 그 옆에는 다른 그림들과 마찬가지로 오예가 전서체로 「구가」 가운데 '국상'의 부분을 정갈하고 힘 있는 필치로 옮겨 써 두었다. 계선이 있어서 글씨는 더욱 정돈된 느낌을 주었다.

「구가」의 '국상'은 마지막 4구를 제외하면 모두 매 구마다 압운을 했고 두 구마다 운자를 바꾸었다.

| | |
|---|---|
| 오나라 창을 잡고 무소 갑옷 입고 | 操吳戈兮被犀甲 |
| 차축을 부딪치고 칼과 칼을 맞부딪쳐, | 車錯轂兮短兵接 |
| 깃발이 해 가리고 적군은 구름같이 밀려와 | 旌蔽日兮敵若雲 |
| 화살이 비 오듯 하는 속을 병사들 앞다툰다. | 矢交墜兮士爭先 |
| 적군이 우리 진지를 치고 우리 대열 짓밟아 | 凌余陣兮躐余行 |
| 왼쪽 참마 쓰러져 죽고 오른쪽 말도 다쳐, | 左驂殪兮右刃傷 |
| 두 바퀴 진흙에 묻히고 네 마리 말은 발이 묶였어도 | 霾兩輪兮縶四馬 |
| 옥 북채 손에 잡고 북을 둥둥 울렸으나, | 援玉枹兮擊鳴鼓 |
| 하늘의 도움 잃고 신령이 노하여 | 天時墜兮威靈怒 |
| 살해된 시체들이 벌판에 널브러졌도다. | 嚴殺盡兮棄原野 |
| 나아가면 돌아오지 못하고 떠나가면 돌아오지 못해 | 出不入兮往不反 |
| 평원인 듯하더니 금세 길이 아득히 멀어져, | 平原忽兮路超遠 |
| 장검 차고 진나라 활을 낀 채 | 帶長劍兮挾秦弓 |
| 머리와 몸 나뉘어도 마음에 후회 없다네. | 首身離兮心不懲 |

진실로 용감하고 잘 싸워 誠旣勇兮又以武
끝내 굳세고 강하여 범할 수 없었지. 終剛强兮不可凌
몸은 죽었어도 넋은 살아남아 身旣死兮神以靈
그대들 혼백은 뭇 영혼의 영웅이 되리. 子魂魄兮爲鬼雄

조선시대에도 전몰장병을 애도하는 제사가 곳곳에서 행해졌다. 임진왜란 뒤 탄금대彈琴臺에서는 강물에 밥을 던져서 원혼을 위로했다고 한다. 아마도 수륙재의 형태로 전몰장병을 제사 지낸 듯하다. 김창협이 「탄금대」 시를 남겨 그 사실을 서술했다.

김삿갓의 한시로 알려진 「눈[雪]」은 눈 온 뒤의 나무들을 소복 입은 모습에 비유했다.[18] 「구가」의 '국상'을 그린 그림에서, 눈동자 달린 나뭇잎들이 죽은 병사들의 모습을 숨겨 둔 것을 생각나게 한다.

천황씨가 죽었느냐 인황씨가 죽었느냐 天皇崩乎人皇崩
푸른 산 일만 그루가 모두 소복 입었구나. 萬樹靑山皆被服
내일 해가 와서 조문한다면 明日若使陽來弔
집집 처마마다 눈물 뚝뚝 떨구리. 家家簷前淚滴滴

천황씨와 인황씨는 고대 중국 전설에 나오는 임금이다. 눈이 녹아 흐르는 물을 임금의 죽음을 슬퍼하여 흘리는 눈물에 비유한 것이 묘하다.

18 심경호(2018), 『김삿갓 한시』, 서정시학, 533~534쪽.

## 5.

중국회화사에서 〈구가도〉는 고개지의 〈낙신부도洛神賦圖〉 이후에 신화를 그림으로 그려 낸 가장 중요한 도문본圖文本이다. 장악은 이공린의 예를 따라 「구가」 계열의 신화 형상을 창조했다. 필자는 도쿄박물관에서 장악의 〈구가도〉를 보고 인물 묘사의 섬세함에 감탄했다. 아무런 색채 없이 먹만으로 이렇게 인물을 표현해 낼 수 있을까! 문득, 어째서 우리나라에는 신화의 세계를 다룬 작품들이 남아 있지 않은가, 섭섭했다. 굴원은 초나라 신화전설을 기초로 「구가」라는 시가를 창작했고, 송나라 이공린과 원나라 장악은 굴원의 「구가」를 시각적인 회화모본으로 바꾸어 놓았다. 고구려 동명왕 설화가 광개토대왕비와 이규보의 「동명왕편」에서 문학적 형상을 획득했지만, 그것이 고려나 조선시대에 회화모본으로 창작되지는 못한 것 같다. 그것만이 아니다. 다른 신화전설도 회화로 재현된 것이 적다. 문학적으로 형상화된 것도 그리 많지 않다. 지금이라도 신화전설을 여러 방식으로 형상화하는 일을 통해 민족의 심성과 상상력을 재발견해야 하지 않을까, 생각했다.

# 눈 속에 피어난 파초

## 1.

2013년 가을 우에노의 도쿄국립박물관에서 나는, 명나라 말 서위徐渭가 그림을 그리고 자찬의 제화를 남긴 〈모란초석도牡丹蕉石圖〉를 한참 동안 감상했다. 동양관 8실의 왼쪽 구석 진열장에 어른 키 길이의 축으로 전시되어 있었는데, 그림은 크기가 120.6×58.4cm라고 했다.

서위는 산음山陰 사람으로, 자는 문장文長 혹은 문청文淸, 호는 천지산인天池山人 혹은 청등도사青藤道士이다. 명나라 말 절강 순무浙江巡撫 호종헌胡宗憲의 막료로 있었다. 그런데 호종헌은 간악한 권력자 엄숭嚴嵩을 비호했으므로, 엄숭이 실각할 때 호종헌도 체포되어 옥중에서 죽었다. 호종헌이 하옥되자, 서위는 두려워 자살을 시도했으나 뜻을 이루지 못했다.

그림 79 서위, 〈모란초석도〉, 종이에 수묵, 120.6×58.4cm, 상해박물관 소장.

서위는 초서를 잘 쓰고 화초와 죽석을 잘 그렸다. 〈모란초석도〉는 큰 바위를 그려 놓고 그 배후에 두 그루 파초, 아래에 모란 한 가지를 그려 둔 특이한 그림이다. 푸른색이 도는 회색 종이는 일부 주름이 접혀 있으며, 그림은 옅은 먹을 주로 사용하여 번진 흔적이 많다. 글씨는 짙은 먹으로 썼기 때문에 번지지 않았다. 그림은 바위, 파초, 모란을 모두 손을 펼친 듯한 패턴으로 그렸다. 모란은 정면을 바라보고 있다. 어떤 논평자는, 그림 자체는 대단하지 않고 서위가 농묵으로 쓴 자제自題가 뛰어나다고 한다. 어떤 사람은, 외형을 비슷하게 하는 일에서 벗어나 화가의 심상을 드러냈다는 점에서 높이 평가한다.

서위는 자제에서, 당나라 때 도사 은칠칠殷七七이 시절에 구애되지 않고 꽃을 피웠듯이 자신도 봄에 피는 모란을 깊은 여름에 피웠다고 했다. 그림을 다 그린 후에는 술을 마시고 미친 노래를 불렀다고도 했다.

청나라 초 양청표梁清標의 감장인鑑藏印이 있으나,[19] 상해박물관에 소장

19 上海博物館 編(1987), 『中國書畫家印鑑款識』; 荒井雄三(2005), 「徐渭の自用印をめぐる一考察」, 『芸術学研究』 9, 筑波大学大学院人間総合科学研究科.

되기까지의 경위는 알 수 없다. 상해박물관 감정조鑑定組의 부희년傅憙年은 『중국고대서화도목中國古代書畫圖目』에서 이 그림을 가짜라고 했다. 하지만 도쿄국립박물관 소장 서위의 〈화훼잡화권花卉雜畫卷〉과 마찬가지로 서위가 스스로 사용한 인장이 눌려져 있다. 서위의 수묵화훼도는 일본에 서너 종류가 전한다. 서위가 53세 되던 1575년 제작한 수묵화훼도, 55세 때 제작한 화훼잡화권, 71세 되던 1591년 제작한 화훼잡화권 등이 알려져 있다. 〈모란초석도〉에서 먹을 흠뻑 사용한 방식은 1575년 작 수묵화훼도에 가깝다고 한다.

## 2.

서위의 수묵화훼도는 즉흥적이며 파격적이다. 필법은 초서를 쓰듯 했고, 묵법은 발루潑壘 방식이다. 흉중에 떠오르는 것을 자유자재로 표현하여, 광일狂逸의 취향을 드러냈다. 서위의 묵희墨戲는 화훼도를 일신시켰다. 명나라 유민을 자처한 팔대산인八大山人 주탑朱耷, 청나라 이선李鱓과 정섭鄭燮 등 양주파의 선구를 이루었으며, 조지겸趙之謙 이후 근대 화단에도 큰 영향을 주었다.

한편, 서위는 송나라 미불을 모방하여 자신의 그림에 기이하고 분방한 글씨로 자찬을 써 둔 것이 많다. 〈모란초석도〉에는 다음과 같은 자제와 낙관, 그리고 감장인이 있는데, 이 그림에 있는 자제와 주는 『서위전집』에는 수록되어 있지 않다. 소개하면 다음과 같다.

【 첫째 자제 】

짙은 흑색은 영주의 바위, 파초 떨기는 봉미의 재. 필첨은 은칠칠, 심하에 모란이 핀다. 천지 속에서 송아지를 방목하고 양치하는 무리.

焦墨英州石, 蕉叢鳳尾材. 筆尖殷七七, 深夏牡丹開. 天池中漱犢之輩. [白文方印: '華暗子雲居', '徐渭之印']

【 둘째 자제 】

그림이 끝나고서 부백(술을 마심)하길 다섯 차례, 취했다. 광가 죽지사 한 곡을 그 왼쪽에 군더더기로 쓴다.

画已, 浮白者五, 醉矣. 狂歌竹枝一闋, 贅書其左.

| | |
|---|---|
| 흰 눈 속에 피는 모란을 친히 보다니 | 牡丹雪裏開親見 |
| 눈 속의 파초를 왕유가 독차지했었지. | 芭蕉雪裡王維擅 |
| 상토의 호첨으로 만든 한 소아(붓) | 霜兔毫尖一小兒 |
| 그에 의거하여 춘풍의 면목을 파발하네. | 馮渠擺撥春風面 |

일찍이 친히 눈 속의 모란을 본 것이 두 차례이다.

嘗親見雪中牡丹者兩 [白文方印: '天池漱僊']

【 둘째 자제의 주 】

두심언은 '나는 조화의 소아에게 괴로움을 당한다'라고 했다.

杜審言, 吾爲造化小兒所苦. [白文方印: '黒三昧', 朱文方印: '湘管齋'] [(鑑藏印) 白文印: '棠村審定', 朱文印: '蕉林'][20]

첫째 자제의 대강 뜻은 다음과 같다.

20 청나라 초기 수장가 양청표(梁清標) 인장.

농묵濃墨으로 광동성 영주 산출의 기이한 바위를 그린다. 파초의 잎은 봉황의 꼬리처럼 그린다. 붓끝은 시절에 구애받지 않고 꽃을 피운 당나라 도사 은칠칠을 따라, 한여름에 모란꽃이 핀다. 천지에서 양치하고 송아지를 끌고 가는 무리이다.

둘째 자제의 대강 뜻은 다음과 같다.

그림을 다 그린 후 다섯 잔 술을 들이키자 술기운이 돈다. 다시 미친 노래인 죽지사竹枝詞의 곡조로 왼쪽에 군더더기로 더 써넣는다.

눈 속에 피는 모란을 눈앞에 본다.
눈 속의 파초는 왕유가 득의로 삼았다.
토끼의 서리같이 흰 털로 만든 호모필豪毛筆 하나,
이 붓으로 춘풍의 풍광을 펼쳐 낸다.
　지난날 눈 속에 피는 모란을 두 번 본 일이 있다.

죽지사란 변새 지역의 소수민족이 부르던 노래에 뿌리를 둔 민가풍의 시가이다. 당나라 유우석과 백거이가 죽지사체를 도입하여 칠언 절구 형태로 민속과 풍정을 노래한 후, 그것이 문학 양식으로 자리 잡았다. 이윽고 대형의 조시組詩(연작시)로 발전하고, 주를 붙여 민속을 서술하기도 했다. 서위가 이 그림에 써넣은 제화는 칠언 절구의 소시로서 죽지사의 풍을 모방한 것이다.

둘째 자제의 주는 '소아'에 대한 것으로 그 내용은 다음과 같다.

두보의 조부였던 시인 두심언은 병으로 고생했으므로, "나는 조화 소아(대자연)의 운명에는 거역하지 못한다"라고 했다. 하지만 나는 이 소아(붓)로 계절을 여름으로 만들기도 하고 겨울로 만들기도 하면서 자유자재로 그림을 그려 자연의 운행을 바꿀 수가 있다.

두심언의 말은 『신당서』 「문예전·상」 '두심언 전'에 나온다.

### 3.

서위는 명나라 말의 공안파公安派에 지대한 영향을 끼쳤다. 공안파의 원굉도는 형 원종도袁宗道(1560~1600), 아우 원중도袁中道(1570~1623)와 함께 자아의 성령을 중시하는 새로운 문학사조를 열었다. 원굉도 형제는 양명좌파인 태주학파泰州學派의 이지李贄(탁오卓吾)를 알았고, 이후 초횡焦竑, 서위, 탕현조湯顯祖로부터도 큰 영향을 받았다.

원굉도는 서위의 일생을 개괄한 「서문장전徐文長傳」을 지어, 서위의 우울하고 고생스러웠던 일생, '거짓 미치광이짓[佯狂]'과 '광질狂疾'을 부각시켰다. 그리고 그 서위의 광기가 상식의 틀을 벗어난 기이한 문학을 낳았고 결국 기이한 운명을 가져왔다고 결론지었다. 그의 예술혼을 평가한 부분만 보면 이러하다.

서문장은 스스로 재략을 자부하여, 기이한 계책을 내기 좋아했는데, 군사에 관한 이야기를 말하여 대부분 적중하니, 당대의 인사들을 보기를 그 가운데는 자기 뜻에 맞을 사람이 없다고 여겼다. 하지만 끝내 불우했다. 서문장은 이미 유사有司(여기서는 고관考官)에게서 자신의 뜻을 이룰 수 없음을 알고, 마침내 방랑을 하고 술을 마셔 대어, 산수 사이에서 뜻을 마음대로 풀어 두어, 제齊·노魯·연燕·조趙 땅을 가 보고 북방의 사막 끝까지 유람을 했다. 그가 보았던 산의 치달림과 바다의 솟구침, 모래바람의 일어남과 구름의 운행, 바람의 울음소리와 나무의 쓰러져 있는 모습, 깊은 골짜기와 큰 도회지, 인물과 새짐승 등 일체의 놀랄 만하고 비명 지를 만한 형상들을 하나하나 모두 시에 표현해 내었다. 가슴속에는 또한 불끈 일어나 마멸될 수 없는 기운과 영웅이 길 잃고 기탁할 만한 곳 없는 비애가 들어 있었다. 그렇기에 그가 시를 지으면 성내는 듯하고 조소하는 듯하며, 물이 협곡을 울리는 듯하고, 씨앗이 땅에서 자라나는 듯하며, 과부가 밤에 울고 나그네가 추위에 길을 떠나는 듯했다. 비록 그 체격에 때때로 비루한 면이 있다 하더라도, 대작가로서의 마음이 독특하게 표출되어 천하의 시단을 거느릴 듯한 군왕의 기운이 있었으니, 저 수건으로 머리를 묶은 시녀처럼 남을 섬기는 자들이 감히 바라볼 수 있는 것이 아니었다.

문장에서도 탁월한 식견이 있어, 기운이 침울하면서 법식이 엄격했으며, 모의를 해 대어 재기를 손상 입히는 일이 없고 의론을 해 대어 격률을 해치는 일이 없었으니, 한유와 증공曾鞏의 버금가는 사람이었다. 서문장은 본시 당시의 음조와 아주 부합하지 않았으므로, 당시 이른바 소단騷壇의 맹주라는 이들을 질타하여 종놈 같은 놈들이라고 천시했다. 그런 까닭에 그 이름이 월 땅을 벗어나지 못했다. 아아!

서문장은 글씨 쓰기를 좋아했는데 필의는 그의 시처럼 분방하여, 굳세고 억센 가운데 아름다운 자태가 튀어나왔다. 구양수가 말한 "요염하고 미려한 여인은 늙어서도 절로 자태가 남아 있다"라고 한 그런 사람이었다.[21] 간혹 여유가 있으면 옆으로 넘쳐 나 새와 꽃을 그렸는데, 그것들도 모두 초일超逸하여 운치가 있었다.

서위는 거짓으로 미친 짓을 하다가, 결국 평상심을 잃어 실제로 미치고 말아, 계실의 부정을 의심하다가 계실을 죽여 하옥되었다. 7년간의 감옥살이 끝에 장원변張元忭이 힘을 써서 석방되었으나, 광기는 더욱 심해졌다. 손도끼로 자기 머리를 내려쳐 피가 얼굴을 덮고 두개골이 아스러졌는데, 그는 골수를 주물럭거리면서 신음소리를 내었다. 날카로운 송곳으로 자기 두 귀를 뚫어 한 치 남짓 들어간 일도 있었다.[22]

서위의 광기는 정치와 예교에 대한 저항이었다. 봉건예교의 속박을 타파하려는 대담한 시도가 그를 광기로 내몰았다. 같은 시기, 동심설을 주장했던 이지는 예교를 문란케 한다는 죄목으로 옥에 갇히자, 70의 나이에 자살을 했다.

## 4.

서위는 수묵에서 모란을 여름에 피게 하고는, 자신의 그 작의를 은칠칠에 견주었다.

은칠칠은 당나라 도사로 이름은 천상天祥이고 칠칠은 자호이다. 그는 환술을 잘하여 제철 아닌 꽃도 잘 피워 냈다. 『속선전續仙傳』에 의하면, 주보周寶가 절서浙西를 진무할 때 칠칠을 만나, "학림사鶴林寺의 두견화는 천하에 뛰어난데, 듣건대 그대는 제철 아닌 꽃을 피게 할 수 있다고 하니, 중구일에 맞춰 이 꽃을 한번 피워 보겠는가?" 했다. 은칠칠이 중구일 이

21 구양수의 시에 "마치 요염하고 미려한 여인과 같아서, 늙어서도 절로 자태가 남아 있다[有如妖韶女, 老自有餘態]"라고 했다. 구양수가 『육일시화(六一詩話)』에서 매요신과 소순흠의 시를 평하면서 한 말이다.

22 원굉도, 심경호 외 역(2004), 『역주 원중랑집』 제5책, 제19권, 소명출판.

틀 전에 학림사로 가서 묵는데, 한밤중에 여인이 와서, "제가 하늘의 명을 받들고 이 꽃을 관장하게 되었으니, 지금 도인을 위해 이 꽃을 피우겠소!"라고 말했다. 과연 중구일에 두견화가 찬란하게 피었다고 한다.

은칠칠은 화초 재배의 전문가였다. 화초 재배의 전문가를 신성시하는 관념은 근세에까지 이어졌다. 청나라 강소성 양주揚州 사람 종원정宗元鼎(1620~?)은 화초 재배가를 입전하여 「매화노인전賣花老人傳」을 남겼다. 종원정의 호는 매잠梅岑이며 별호는 소향거사小香居士이다. 강희 연간에 태학에서 공부했다.

매화노인(꽃 파는 노인)이란 사람은 어떠한 사람인지 자세히 알지는 못한다. 집이 유양維揚 경화관瓊花觀 뒤에 있었으며, 초가 삼간 옆에는 작은 누각이 있었다. 집 안에는 차 끓이는 그릇과 단약을 고는 부엌, 경전을 두는 책상, 새끼를 맨 의자가 있었는데, 모두 선명하고 깨끗했다. 사립문 안에는 사방 넓이 두 이랑에 화초를 심는 것을 업으로 삼았다. 집에 일찍이 오색 오이가 있었으니, 이것은 옛날 광릉廣陵 사람 소평邵平이 심은 종자라고 한다. 매화노인이 심은 것은 작약芍藥, 매괴玫瑰, 우미인虞美人, 앵속罌粟, 낙양洛陽, 야합夜合, 훤초萱草, 호접胡蝶, 야락夜落, 금전金錢(금잔화), 전춘라剪春羅, 전추라剪秋羅, 주란朱蘭, 남국藍菊, 백추해당白秋海棠, 안래홍雁來紅 등 모두 십수 종이었다.

아침 일찍 꽃을 메고, 홍교紅橋로 가서 앉아 꽃을 팔았다. 그러다가 문인이나 묵객을 만나면 곧 꽃을 주고 시로 바꿔 돌아왔다. 혹 속인을 만나면 그것을 팔되 반드시 그 가치의 여러 배를 받고 팔아서, 얻은 돈으로 술을 사서 마시고 통음을 하여 취했으며, 남은 것은 거지 아이들에게 나누어 주었다. 저자의 사람들은 그를 화전花顚(꽃에 미친 늙은이)이라 비웃었다.

언젠가 중구절에 장강을 건너가서 열흘이 지나도록 돌아오지 않은 적이 있었다. 뒤에 사람들이 이유를 묻자 "나는 철옹성으로 은칠칠이라는 친구를 방문하고 왔소"라고 했다. 그러고는 소매에서 두견화 한 가지를 꺼내었는데, 그 붉은색과 아름다운 향기가 몹시 사랑스러웠다.

왕래하는 이 가운데, 필도인筆道人과 각도인珏道人이 있었는데, 이들은 바둑 두고, 차 끓여 마시는 것을 낙으로 삼았다. 각도인은 아마 당나라 광릉廣陵 사람 이각李珏인 듯한데, 관아에서 사들인 미곡을 되파는 것을 업으로 하여, 선仙을 이룬 사람이다. 필도인은 아마 송나라 건염建炎 연간의 안필선顏筆仙이라는 사람일 것이다. 옛날 경화관에 황관黃冠(도사)이 있어서, 필도인이 그린 그림 한 두루마리를 집어 지방관에게 바쳤는데, 글자가 모두 운장雲章(도가 부적의 글씨체)과 조전鳥篆의 서체여서 알아볼 수가 없었다. 사람을 시켜 그를 미행하게 했더니, 필도인은 경화관 뒤의 우물로 들어가 옥구동玉勾洞 아주 깊은 곳으로 갔다. 전하는 말에, 매화노인은 혹 동자라고도 하고 혹은 황학이라고도 하는데, 지금까지 천 년이 되었다고 한다. 식자들은 그가 황관 도사의 후신이라고 말한다.

매화노인과 교유한 은칠칠, 그리고 필도인, 각도인은 모두 시공을 초월한 기인들이다. 그렇다면 매화노인 역시 실존하는 인물일 수 없다. 그렇기에 사람들은 그를 동자라고도 하고 황학이라고도 하며, 이미 천 년의 나이를 먹었다고도 한다. 그리고 식자들은 그를 황관 도사의 후신이라 말하기도 하는 것이다.

조선 영조 때 이용휴는 당시의 화가 최칠칠, 즉 최북을 은칠칠에 견주었다. 곧 최북이 그린 금강산 그림에 쓴 「제풍악도題楓嶽圖」 3편 가운데 제1편에서 이용휴는 다음과 같이 적었다.

은칠칠은 아무 때나 불시에 꽃을 피운다. 최칠칠은 흙을 사용하지 않고도 산을 일으킨다. 둘 다 경각에 이루어 내니, 기이하도다!

殷七七, 非時開花. 崔七七, 不土起山. 皆以頃刻, 異哉!

또 제3편에서는 이렇게 말했다.

옛날 어떤 사람이, 아무 산은 조화옹이 어린 시절에 만들어 허술하다고 말했다. 내 생각에, 이 산은 조화옹이 노성해지고 솜씨가 익숙하게 된 뒤에 별도로 신의를 내어 창조한 것이라고 본다. 그렇지 않다면 천하에 어찌 이 산과 방불할 만한 산이 하나도 없단 말인가?

昔人云: 某山是造化幼少時所作故草草. 余謂, 此山乃其老成手熟後, 又別出新意刱造者. 不然, 天下何無一山與之彷彿也?

금강산의 비류할 바 없는 절승을 상상케 하는 말이다. 이용휴가 최칠칠을 은칠칠에 견준 것은 서위의 회화관을 계승한 것일 듯하다.

이용휴가 최북의 어떤 〈금강산도〉에 이 제화시를 쓴 것인지, 그것은 아직 알 수가 없다.

## 5.

은칠칠의 이야기도 황당하고, 서위가 은칠칠에 빗대어 수묵으로 여름의 모란을 피운 것도 기이하다. 그리고 서위가 압운을 하지 않은 산구散句를 이용하여 글을 쓴 것도 기이하다.

조선의 이용휴도 〈풍악도〉의 화제를 산구로 작성했는데, 이것도 서위의 화제 서술 방식에서 영향을 받았을 가능성이 있다. 다만, 서위는 소시小詩의 죽지사를 첨부했으나, 이용휴는 소시를 첨부하지 않았다.

서위의 정신세계와 글쓰기는 정말 활달무애, 자유자재하기만 하다. 뻔한 주제를 뻔한 구성으로 글을 써야만 한다면, 그것은 서위에게 부끄러운 일이다.

# 박지원의 기묘한 그림 이야기

## 1.

상식을 아주 벗어난 기묘한 그림이 조선에는 별로 없다. 이념의 세계를 벗어나려는 일탈과 광기가 용납되지 않았기 때문일까? 단, 조선의 지식인들이 일탈과 광기를 꿈꾸어 보지 않았다는 것은 아니다. 그 사실을 연암 박지원朴趾源(1737~1805)과 동료들이 〈수산해도搜山海圖〉를 감상한 사실에서 확인할 수 있을 듯하다.

박지원은 시를 별로 남기지 않았다. 그런데 『영대정잡영映帶亭雜詠』에 「수산해도가搜山海圖歌」라는 기이한 장편시를 남겼다. 박지원은 정조 연간에 큰형 박희원朴喜源(1722~1787), 삼종제 박수원朴綏源(1738~1811) 및 홍대용·이덕무 등과 함께 현원玄園에 노닐면서 거대한 크기의 〈수산해도〉를 펼쳐 놓고 감상했다고 한다. 시의 서문은 이렇다.

> 여름날 큰형님을 모시고 종제 이중과 함께 덕보·무관과 약속하고는 현원에 노닐었는데, 각각 명품 하나씩을 내놓고 비교하기로 했다. 이 두루마리의 길이는 거의 화살의 비거리만 했다. 동산에 펼쳐 두고는 여러 사람들이 걸음을 옮겨 가면서 감상했다.

박지원의 큰형님 박희원은 벼슬을 하지 못했으며, 박지원의 장남 종의宗儀를 양자로 들였다. 이중은 박지원의 삼종제 박수원의 자이다. 박필주朴弼周(1680~1748)의 손자로, 진사에 급제한 후 선산 부사善山府使를 지냈다. 덕보德保는 홍대용의 자, 무관懋官은 이덕무의 자이다.

원문에 완翫이라 했는데, 이것은 곧 오늘날로 말하면 명품이다. 허세부리기 위한 사치품이 아니라 감상을 위한 고동서화古董書畫였다.

## 2.

고전번역원의 번역문과 주석이 설명하듯이 박지원의 「수산해도가」는 유득공柳得恭의 『영재집泠齋集』에도 같은 제목으로 수록되어 있다. 단, 자구에 차이가 적지 않다. 그리고 『영재집』에는 제목 아래에 소주小註로 "이 아래에 형암炯菴(유득공 호)의 2수를 써야 한다"라고 적혀 있고, 작품이 끝나는 곳의 천두天頭에도 "이 아래에 형암의 2수를 쓰시오"라고 적혀 있다. 따라서 박지원의 「수산해도가」가 『영재집』에 수록되어 있으면서, 유득공 자신의 「수산해도가」 2수는 정작 『영재집』에 수록되지 않았음을 알 수 있다.

『연암집』 제4권 ‘영대정잡영’에 들어 있는 「수산해도가」는 칠언 88구 44운의 장편 고시이다. 전체를 4구마다 나누어, 내 번역을 제시하면 아래와 같다.

| | |
|---|---|
| 환룡과 복부 일을 어느 누가 맡는가 | 豢龍服不誰其司 |
| 사방 황량한 들판에 기괴한 놈 많구나. | 四荒之野多詭奇 |
| 북두성 비낀 하늘 보며 늙은 여우 절을 하고 | 北斗星斜拜老狐 |
| 화표주 아래 누런 살쾡이 울음을 우네. | 華表柱下啼黃貍 |
| | |
| 남산의 큰 원숭이는 고운 첩을 훔쳐다가 | 南山大玃盜媚妾 |
| 바위틈에 함께 살며 억지로 사통하고, | 與處岩穴强之私 |
| 산도깨비는 벌건 대낮에 산을 내려와 | 山魈白日下山來 |
| 인간의 부엌을 빌려 방게를 구워 먹네. | 借人竈突燒蟛蜞 |
| | |
| 울루를 야유하고 백익은 헷갈리고 | 揶揄鬱累迷伯益 |
| 늪이며 수풀에서 실컷 먹고 노는구나. | 菹澤叢林恣飽嬉 |
| 관왕으로 변상하여 신병을 거느렸는데 | 關王變相領神兵 |
| 낯은 하얗고 수염은 한 올도 없군. | 白面乃無一莖髭 |
| | |
| 검은 관 붉은 신에 누런 비단도포 | 玄冠赤舃黃羅袍 |
| 석 자 교의에 호피를 깔고 앉아서는, | 三尺胡床委皐比 |
| 왼손은 무릎까지 드리우고 바른편을 돌아보며 | 左手垂膝右顧視 |
| 울끈 화를 내되 미소 띠고 눈썹은 치켜세웠다. | 怒而微笑竪其眉 |

| | |
|---|---|
| 도검 받든 자는 칼자루를 오른손으로 잡았고 | 奉刀劍者右其柄 |
| 동자는 탄환을 지녀 몸에 찰싹 붙여 두었네. | 小童執彈親身隨 |
| 녹의 차림 늙은 관리는 흰 채찍을 손에 쥐고 | 綠衣老吏執白策 |
| 허리 굽혀 종종걸음에 힐끗힐끗 앞을 살피누나. | 鞠躬將趨頻先窺 |
| | |
| 어떤 자는 동개 메고 어떤 자는 부월 잡아 | 或佩櫜鞬或秉鉞 |
| 엄숙한 분위기, 누가 감히 희희덕거리랴. | 肅敬伊誰敢嚱嘻 |
| 봉황 부채에 학 일산 빽빽하고 | 鳳扇鶴傘立簇簇 |
| 붉은 깃발 반만 가려 바람에 펄렁펄렁. | 紅旂半遮風旖旎 |
| | |
| 부복하여 영을 듣고 구름 낚아챌 듯 떠나니 | 伏地聽令挐雲去 |
| 모두 새까만 놈 추한 녀석들. | 盡是黑漢與醜厮 |
| 푸른 놈은 얼굴에 쪽물 들인 듯 | 綠者其面如入藍 |
| 누런 놈은 다리에 치자 물 들인 듯. | 黃者其脚如塗梔 |
| | |
| 부리가 뾰족뾰족 닭 같은 놈도 있고 | 有如鷄者喙尖尖 |
| 뿔이 우뚝우뚝 외뿔소 같은 놈도 있구나. | 有如兕者角觺觺 |
| 생전에 빗질 않아 머리털은 더풀더풀 | 生不梳頭髮鬅鬙 |
| 귀신처럼 밉다는 말을 내 이제 알았도다. | 人言鬼憎吾今知 |
| | |
| 겨드랑이에 입이 달려 아! 괴이하다 | 脇上有口吁可怪 |
| 입에 수저 물듯 칼을 만났군. | 其口遇劍如含匙 |
| 귀 뚫어 구리고리 달고 팔은 튕겨 나갔으며 | 耳穿銅環臂跳脫 |
| 다리에는 털 행전 차고 신은 신지 않았네. | 脚繫毛偪不屨綦 |

| | |
|---|---|
| 어떤 자는 무기 잡지 않고 돌 움켜쥐고 | 或不執兵但執石 |
| 나무를 뽑아 가지 쳐선 거꾸로 쥐었구나. | 拔木去枝仍倒持 |
| 일만 발 쇠줄로 흉악한 용을 묶어서는 | 萬丈鐵索係毒龍 |
| 일제히 영차 소리에 늪과 언덕 뽑을 기세. | 一聲許邪拔澤陂 |
| | |
| 줄 끊기자 두 귀신 넘어져 엉치 다치고 | 索絶二鬼顚傷尻 |
| 한 귀신은 팔을 뻗어 크게 웃누나. | 一鬼張臂大笑之 |
| 흉악한 용은 머리 흔들지만 떨구질 못하고 | 龍也搖頭不能落 |
| 비늘과 수염이 줄줄이 매달린 꼴. | 纍纍縣其鱗之而 |
| | |
| 거센 물결이 시커멓다 괴이할 것 없네 | 無怪驚濤黑如此 |
| 용의 침 붙은 귀신 다리를 씻겨 내리라. | 應洗鬼脚和龍漦 |
| 뱀 잡는 놈은 뱀이 목을 감았는데 | 有捕蛇者蛇纏頸 |
| 치뜬 눈 붉은 얼굴로 턱을 흔드네. | 目聳面赤簸其頤 |
| | |
| 칼 휘둘러 다가갔단 다시 조금 물러서나니 | 揮劍直前復小卻 |
| 불꽃처럼 남실거리며 혀가 갈라져 있구나. | 實燀如炎舌有歧 |
| 주둥이 내밀고 달리는 놈은 자색 옷차림 | 喙且走者衣紫衣 |
| 꼬리가 탐스럽긴 어슬렁거리는 수여우 같군. | 尾豐似是雄綏綏 |
| | |
| 아내 하나는 화살 맞아 두 팔을 쭉 뻗었고 | 一妻箭中兩臂伸 |
| 아내 하나는 매에게 채여 오른 미간이 틀어졌네. | 一妻鷹攫右眉攲 |
| 아내 하나는 아이 안고 낭자 잡고 달아나는데 | 一妻抱兒奉髻走 |
| 아이가 여전히 젖을 빨자 그 아이를 나무란다. | 兒猶吮乳嗔其兒 |

| | |
|---|---|
| 왕 원숭이는 두드려 맞아 뼈마디 물러지고 | 猴王被打骨到軟 |
| 머리는 배꼽 아래 드리우고 사지가 늘어졌는데, | 頭垂過臍委四肢 |
| 두 계집 부축 받아 절뚝절뚝 걸어가는데 | 兩女扶腋踉蹡行 |
| 손 내젓다가 까만 두건 쳐서 떨어지네. | 手忙觸落烏接䍦 |
| 그을린 고깃덩이 육신을 보전해 주려고 | 欲全焦揚一塊肉 |
| 여종이 울면서 비단보로 감싸 주네. | 侍婢泣以錦襁詩 |
| 범의 네 발목을 얽어 나무에 꿰어 드니 | 縛虎四蹄貫以木 |
| 축 늘어진 꼴이 홰에 걸린 갖옷과도 같구나. | 離披有如裘掛椸 |
| 땅 위에 봉 세우고 붉은 띠로 칭칭 동여매고는 | 植棒地上纏赤帶 |
| 꼬리를 손에 쥐고 당기길 엿 늘이듯 한다. | 手執其尾引如飴 |
| 물소 코를 두 손가락으로 꿰어 끌고 가며 | 兩指穿挽水牛鼻 |
| 코뚜레를 못 하자 목에 줄을 얽었구나. | 索紖不得項繫縻 |
| 날아오른 사슴의 이마 뿔이 꺾였으니 | 飛上鹿定摧角下 |
| 아주 뾰족해서 갈아 장식물 만들면 십상이군. | 太尖只合磨爲觿 |
| 거북을 짊어지자 거북은 발톱으로 장딴지 후벼 파고 | 負龜龜以爪爬腿 |
| 고래를 껴안으니 고래는 코로 수염 냄새 맡누나. | 抱鯨鯨以鼻嗅髭 |
| 자라 끌고 두꺼비 손에 들고 양옆에 검을 끼고 | 曳鼈提蟾挾擁劍 |
| 멧돼지 메고 이리 손으로 쫓으며 비유를 허리에 찼네. | 肩豕揮狼佩肥遺 |
| 크고 작은 귀신이 모두 아흔하고 여덟 | 大小鬼凡九十八 |
| 귀신 왕 하나는 여기에 포함시키지 않았지. | 又一鬼王不在斯 |

| | |
|---|---|
| 털 짧은 짐승이 스물하나 | 嬴毛之醜二十一 |
| 열하고 여섯이 마귀의 여인들. | 一十有六之魔姬 |
| 용어와 별오, 뱀이 열여덟 | 龍魚鼈鼇蛇十八 |
| 개 하나 매 하나에 다시 또 거북 하나. | 犬一鷹一復一龜 |
| 묻노라 어느 사람 이 그림을 그렸는가 | 借問何人作此畫 |
| 왕적이라 기후가 만들었다네. | 王迪起侯之所爲 |
| 여러 객이 모여서 보며 다투어 찬탄하며 | 諸客聚觀爭讚歎 |
| 한구(강정) 기름 묻을까 봐 서로 경계하네. | 相戒勿汚寒具脂 |
| 나는 집에 와서도 눈앞에 삼삼하여 | 我亦歸家眼森森 |
| 밤에도 잠 못 이루고 줄곧 생각해서, | 宵不成寐念在玆 |
| 짐짓 붓을 들어 수효대로 기록하여 | 聊復捻筆記其數 |
| 때때로 펼쳐 보며 스스로 즐긴다오. | 時時披閱以自怡 |

박지원 등이 관람한 그림은 신장神將이 괴물을 퇴치하는 광경을 파노라마식으로 그린 그림이다. 관왕의 변상變相이라 하고 또 "낯은 하얗고 수염은 한 올도 없군"이라고 한 것을 보면, 그림 속의 신은 관우의 가면을 쓰고 있거나 흰 분칠을 하여 관우의 형상으로 그려져 있었던 것 같다. 이 시에서 박지원은 신, 신병神兵, 귀졸鬼卒의 위엄을 묘사하고, 그들이 요마들을 구축하는 장면을 상세히 묘사했다. 그림 속에는 귀왕鬼王이 하나, 크고 작은 귀신이 모두 98종이다. 털 짧은 추한 짐승이 21종, 마희魔姬가 16종, 용어龍魚·별오·뱀이 18종, 개 한 마리, 매 한 마리, 거북이 한 마리가 나온다고 했다.

단, 원문의 "관왕변상영신병關王變相領神兵, 백면내무일경자白面乃無一莖髭"는 『영재집』에는 "제문지노칙귀백帝聞之怒勅鬼伯, 부륵육정병일지部勒六丁兵一枝"로 되어 있다. 어쩌면 본래는 관왕 변상의 모습인지 불확실하여 귀백鬼伯이 그려져 있다고 서술했던 듯하다. 『영재집』 수록의 원문에 따르면 이 부분은 다음과 같이 해석된다.

| | |
|---|---|
| 상제가 듣고 노하여 귀백에게 칙령을 내리니 | 帝聞之怒勅鬼伯 |
| 여섯 장정이 각 부를 맡아 무기 하나씩 지녔다. | 部勒六丁兵一枝 |

아마도 박지원은 시를 다듬으면서 괴물 퇴치 그림의 신격을 관왕으로 확인했거나 확신했던 듯하다.

박지원의 「수산해도가」 시의 서술과 묘사에 사용된 여러 표현들은 고전 시문에서 빌려 온 것이 많다. 이 역시 고전번역원의 번역물에 지적되어 있다. 나운拏雲의 항목만 새로 추가한다.

① 환룡豢龍은 요순 시절 동보董父의 일족이다. 용을 잘 길렀으므로 순임금이 환룡이란 성씨를 내렸다. 『춘추좌씨전』 소공昭公 29년에 나온다.
② 복부服不는 맹수를 키우거나 조련시키는 관직이다. 『주례』 「하관夏官 사마司馬」에 나온다.
③ 울루鬱累는 악귀를 잘 다스린다는 신이다. '鬱壘'라고도 쓴다. 대문의 신이기도 하다. 『논형論衡』 「정귀訂鬼」에 나온다.
④ 백익伯益은 순임금 신하로 우禹를 도와 치수에 공을 세웠다. 『서경』 「순전」에 나온다. 『맹자』 「등문공·상」에, 백익이 불을 관장하여 산과 못을 불로 태우자 새와 짐승들이 달아나 숨었다고 한다.

⑤ 나운拏雲은 구름을 찌르는 기개를 뜻한다. 당나라 승난僧鸞의 「이찬수재에게 주다[贈李粲秀才]」에 "날래기가 송골매와 수리 같아, 구름 잡고 들판 훑으며 높은 하늘에 번득인다[駿如健鶻鶚與鵰, 拏雲獵野翻重霄]"라고 했다.

⑥ 수수綏綏는 『시경』 위풍衛風 「유호有狐」의 "여우가 어슬렁댄다[有狐綏綏]"를 연상시킨다. 주희는 '짝을 찾아 혼자 다니는 모습'이라 보았다.

⑦ 기린지이其鱗之而는 『주례』 「고공기考工記 재인梓人」에 나오는 표현으로, 해석이 분분하다. 청나라 왕인지王引之의 설에 따라 해석했다.

⑧ 비유肥遺는 메추라기같이 생긴 귀물이라고도 하고 머리 하나에 몸이 둘인 뱀이라고도 한다. 『산해경』 「서산경西山經」에 "영산英山에 새가 있어 모습이 메추라기와 같고 노란 몸에 붉은 부리를 가지고 있는데, 이름을 비유라 한다"고 했다. 또 『산해경』 「북산경」에는 "혼석산渾夕山에 머리 하나에 몸이 둘인 뱀이 있는데, 이름을 비유라 한다"고 했다.

⑨ 용어龍魚는 『산해경』 「해외서경海外西經」에 따르면 잉어와 비슷하게 생겼는데 신성한 사람이 그것을 타고 구주九州를 다닌다고 했다.

박지원은 시 전체에 하나의 운자만 사용했다. 곧, 일운도저一韻到底의 압운 방식을 택하여, 기세 좋게 이어 나갔다. 그런데 대체로 4구마다 뜻을 뭉뚱그렸으며, 몇몇 단락에서는 변화를 주었다. 본래 칠언 고시는 환운법을 잘 사용하지만 박지원은 일부러 하나의 운을 사용했다. 곧, 이 시는 대체로 상평성 제4 지支운에 속하는 운자를 일관되게 사용했다. 다음 운자들이 지支운에 해당한다.

奇 狸 私 蜞 嬉 髭 眉 隨 窺 嘻 廝(厮) 梔 鷀 知 匙 綦 持 陂 之 而

> 檕 頤 歧 綏 皷 兒 肢 羅 詩(持의 잘못) 椸 飴 麋 䲔 髭 遺 斯 姬 龜
> 爲 脂 玆 怡

단, 압운의 면에서 보면 박지원의 현전 시는 다음과 같은 결점이 있다.

첫째, 같은 운목에 속하지 않는 글자를 사용해서 낙운이 되었다. 니旎(상성 제4 지紙운), 주走(상성 제25 유有운)의 둘이다.

둘째, '자髭' 자를 제4단락과 제17단락에 두 번 사용했다. 운자는 중복해서 사용하지 말아야 하는데, 그런 원칙에서 보면 압운법을 어겼다.

셋째, 제14단락의 접리接䍦는 두건으로 보통은 백접리를 말한다. 여기서는 오사모를 말하는 듯하며, 운자를 맞추기 위해 오접리라고 쓴 듯하다. 백접리라고 하면, 진晉나라 때 산간山簡이 양양襄陽을 맡고 있으면서 습가지習家池라는 못에서 술을 마시며 놀다가 돌아갈 때면 술에 취해 모자를 삐딱하게 쓰고 돌아갔다는 고사가 유명하다. 『진서』「산도열전山濤列傳」의 '산간'에 나온다. 이백의 「양양가襄陽歌」에 "석양이 현산 서쪽으로 넘어가려 할 때, 백접리 거꾸로 쓰고 꽃 아래서 헤매누나[落日欲沒峴山西, 倒著接䍦花下迷]" 구절이 있다

넷째, 14단락의 마지막 글자 '시詩'는 '지持'의 잘못인 듯하다. 행서체가 비슷해서 문집을 활자로 간행할 때 잘못 적었을 것이다.

## 3.

박지원의 이 시를 두고, 기왕의 번역에서는 제목을 '산해도를 열람한 노래'라 하고, "연암이 보았다는 산해도는 왕적王迪이 그린 작품이라 하는

데, 왕적이 누구인지 확실치 않다"라고 했다. 산해도는 『산해경』의 내용을 소재로 삼은 그림이다. 『완씨칠략阮氏七略』에 의하면 남조 양나라 장승요張僧繇의 〈산해도〉가 기록상 최초의 작품이다. 동진 때 곽박郭璞이 「산해경도찬山海經圖讚」을 지었고, 도연명이 「독산해경讀山海經」 시를 지은 이래, 이백과 맹호연 등이 산해도를 본 시들을 남겼다.

하지만 박지원 등이 열람한 그림은 '산해도'가 아니다. '수산해도'이므로, 이 해설은 잘못이다. 박지원이 시에서 『산해경』 등장의 귀물을 언급한 것은 비유肥遺와 용어龍魚뿐이다. 그것도 두 귀물에 대한 묘사가 없다.

물론 박지원은 평소 『산해경』을 읽고 그 기문奇文을 사랑했다. 1769년에 26세의 이덕무는 『이목구심서耳目口心書』 6편을 이룬 뒤 박지원에게 그 책을 빌려주었는데, 박지원은 『산해경』 「동황경」의 보경補經을 가상으로 지어 책과 함께 돌려주었다. 이에 대해 이덕무는 주를 달아서 자신의 뜻을 전했다.[23] 박지원과 이덕무의 이 척독 교환을 보면 그들이 당시 『산해경』을 애독했음을 알 수 있다.

주희는 『산해경』이 『초사』를 기초로 환상적인 이야기를 덧붙인 것이므로 역사 기록물로 취급해서는 안 된다고 경고했다. 하지만 이미 도연명은 「산해경을 읽고[讀山海經]」 연작시 13수에서 현실 비판 의식과 활달자재의 의식을 표출했고, 주희도 그 시를 좋아했다.

『산해경』에 대해서는 3세기 이전에 곽박郭璞의 주석이 이루어지고, 이후 많은 주해본들이 나왔다.[24] 또 『산해경』 관련 도본으로 저명한 것으로

23 심경호(2003), 「박지원과 이덕무의 희문(戱文) 교환에 대하여—박지원의 『산해경』 동황경(東荒經) 보경(補經)과 이덕무의 주(注)에 나타난 지식론의 문제와 훈고학의 해학적 전용 방식, 그리고 척독 교환의 인간학적 의의」, 『한국한문학연구』 31, 한국한문학회, 89~112쪽.

24 현대 교주본으로 袁珂(1980), 『山海經校注』(上海古籍出版社)가 유포되어 있다. 우리나라에서 나온

는 다음과 같은 것들이 있다.

① 도연명이 열람했을 산해경 옛 그림(전하지 않음).

② 필원畢沅이 『산해경고금본편고山海經古今本篇考』에서 언급한 한나라 그림(전하지 않음).

③ 필원이 『산해경고금본편고』에서 언급한 양나라 장승요 등의 그림(전하지 않음).

④ (명) 광릉 장응호蔣應鎬, 『산해경도회전상山海經圖繪全像』.

⑤ (명) 호문환胡文煥, 『산해경도山海經圖』.

⑥ (청) 『증보회상산해경광주增補繪像山海經廣注』.

⑦ 2001년 중국사회과학원 문학연구소 연구원 마창의马昌仪 편, 『고본산해경도설古本山海经图说』.

『산해경』을 테마로 한 도본들은 『산해경』의 원문에 따라 기이한 생명체들을 하나하나 그림으로 그리기는 했어도 '요마를 퇴치하는' 광경을 묘사한 것이 없다. 본래 『산해경』은 산과 바다의 산물들을 열거하는 과정에서 각 지역에 존재한다고 이야기되거나 상상되는 기이한 생물들을 함께 열거하면서 그 유래를 설명한 것이다.

더구나 박지원이 열람한 그림에서는 요마를 퇴치하는 신격이 관왕 혹은 관왕변상關王變相으로 되어 있는데, 그 신격의 성립은 『산해경』 성립의

『산해경』 관련 서적으로는 다음과 같은 것들이 있다. 서경호(1996/1997), 『산해경연구』, 서울대학교출판부; 장수철 역(2006), 『산해경』, 현암사; 정재서(2006), 『이야기 동양 신화 1—동양의 마음과 상상력 읽기, 중국편』, 황금부엉이; 예태일·전발평 편저, 서경호·김영지 역(2008), 『산해경—중국 최고(最古)의 지리 의학 역술 보물 신화의 판타지』, 안티쿠스.

시기와 맞지 않는다.

## 4.

박지원 등이 감상한 〈수산해도〉는 이랑신二郎神의 요괴퇴치 전설을 모태로 설화 및 소설의 세계를 끌어들여 갖가지 형상을 그리는 〈수산도搜山圖〉 계보의 그림이었을 것이다. '수산해' 운운한 것은 『산해경』에 이끌려 잘못 적은 것일 수 있다. 혹은 〈수산도〉와 달리 〈수해도〉 계보가 있었고, 거기서 〈수산도〉와 〈수해도〉를 결합한 형태가 파생되었는지 모른다. 단, 〈수해도〉는 현재 전하는 사례가 없다.

〈수산도〉의 이랑신은 관구이랑灌口二郎이라고도 하며 중국 민간에 전하는 치수의 신이다. 그 출신에 대해서는 여러 설이 있다. 진秦나라 촉군 태수 이빙李氷의 둘째아들로 부친의 치수사업을 도와서 성도 남쪽에 흐르는 민강岷江의 교룡을 참했다고도 하고, 수나라 가주 태수 조욱趙昱이 교룡을 참하여 우환을 제거한 뒤 신령이 된 것이라고도 한다. 『서유기西遊記』와 『봉신연의封神演義』에는 옥황상제의 여동생이 하계에 내려가 양씨 성을 가진 남자에게 시집가서 낳은 양진楊戩이 여섯 괴물을 죽였는데, 도산桃山을 쪼개는 신통력을 지녔으므로 그를 관구이랑이라 했다고 한다. 혹은 불교에서는 사대천왕 가운데 하나인 북방의 다문천왕에게 속해 있던 비사문의 아들 독건獨健을 가리키며, 천병을 이끌고 당나라 명황을 구해 준 공이 있다고 한다.

『봉신연의』의 양진 형상은 이랑신과 관련이 깊다. 양진은 육신 그대로 성인이 되어 청원묘도진군淸源妙道眞君에 봉해졌다. 이 봉호는 실은 수나라 조욱의 봉호에서 차용한 것이다. 『봉신연의』 제47회에서 양진이 조공명趙公明과 싸우는 사건에서 흰 코끼리 모양의 효천견哮天犬을 풀어놓는 장면이 있다. 이 효천견이 이랑신의 한 표지이다. 『봉신연의』 제55회에서는 양진이 괴물을 추격하여 한 석혈로 들어가, 삼첨양인도三尖两刃刀를 지니고 담황선포淡黃仙袍를 걸치고 두 금모동자金毛童子를 체포하여 무리로 삼는다. 이랑신은 양羊을 희생으로 삼았는데, 양楊과 발음이 같아서 양진이 이랑신으로 간주되었다고도 한다.

참고로 『봉신연의』는 『서주연의』라는 제목으로도 알려져, 그 언해본이 이미 17세기경에 이루어졌다. 조태억趙泰億(1675~1728)의 『겸재집謙齋集』에 「언서서주연의발諺書西周演義跋」이 있다. 이에 따르면 조태억의 어머니(1647~1698)가 『서주연의』 10여 편을 얻어 베꼈다고 한다. 현재 낙선재본 한글 번역 필사본 25책이 한국학중앙연구원 장서각에 있다.

한편 〈수산도〉는 이랑신이 산을 수색해서 마물을 항복시키는 고사를 권자 형태의 그림으로 만든 것으로, 〈이랑신수산도二郎神搜山圖〉라고 한다. 명나라 화가 정중鄭重이 그린 것이 현재 뉴욕 메트로폴리탄미술관에 소장되어 있다. 그 그림에는 신병과 신장들이 산림의 각종 마괴를 수색하는 장면이 나온다. 〈수산도〉의 마괴는 모두 야수들이 변신한 것이다. 호虎, 웅熊, 시豕, 후猴, 호리狐狸, 산양山羊, 장獐, 토兔, 석척蜥蜴, 사蛇 및 수정목매樹精木魅 등은 원형대로이거나 여자로 변해 있으며, 신장들에게 쫓겨 산속 동굴로 숨어 저항하거나 신장에게 체포된다. 신장들은 손에 도창과 검극을 쥐고 있고, 매나 개를 풀어놓으면서 앞에선 담장처럼 막고 뒤에선 길을 끊고 서 있다. 정중은 안휘安徽 사람이지만 금릉金陵(지금의 남경)에 우거했다. 불상과 산수 소경을 잘 그렸다.

북송 곽약허郭若虛의 『도화견문지圖畫見聞志』에 따르면, 고익高益이란 인물이 〈수산도〉를 송나라 태종에게 헌정하고 한림대조翰林待詔가 되었다고

그림 80 정중, 〈수산도〉 '신장' 부분, 종이에 채색, 전체 27×847.1cm, 뉴욕 메트로폴리탄미술관 소장.

했다. 또 『선화화보宣和畫譜』는 황전黃筌의 〈수산천왕상搜山天王像〉과 범관范寬의 〈사성수산도四聖搜山圖〉를 거론했다. 구체적인 내용은 없다. 명나라에 이르러 『서유기』의 작가 오승은吳承恩의 문집 『석양선생존고射陽先生存稿』 권2에 「이랑수산도가二郎搜山圖歌」가 있어, 명나라 선종宣宗 때 화가 이재李在가 그린 〈수산도〉의 내용을 상세히 해설했다. 이 시는 청원공淸源公이 산을 수색하여 요괴를 항복시키고, 여러 신병과 각종 요물이 뒤엉켜 싸우는 정경을 묘사했다. 『비전주림秘殿珠林』과 『식고당서화회고式古堂書畫滙考』 등에도 관련 기록이 있다.

중국의 인터넷 정보에 의하면, 현전하는 〈수산도〉는 10여 종이다.

① 클리블랜드미술관, 송대 〈도자묵보道子墨寶〉. 관지 없음. 백묘 책자형태, 37.7×33.5cm.

그림 81 소한신, 〈귀신수산도권〉 부분, 비단에 채색, 전체 53.3×533cm, 북경 고궁박물원 소장.

② 북경 고궁박물원, 남송본. 소한신蘇漢臣 관지. 설색 견본, 잔본, 53.3×533cm.

③ 보스톤미술관, 원·명대본. 관지 없음. 설색 견본, 잔본, 61×806cm.

④ 프린스턴대학, 명대 〈관구수산도灌口搜山圖〉. 정야부丁野夫 관지. 수묵 견본, 48.2×935.9cm.

⑤ 나원각羅原覺 소장, 명대본. 관지 없음. 수묵 견본, 49×1008cm.

⑥ 버클리대학, 명대본. 관지 없음. 설색 지본, 37.5×910.5cm.

⑦ 운남성박물관, 명대본. 관지 없음. 설색 견본, 44.3×606cm.

⑧ 산동성박물관, 명대본. 설색 견본, 40.5×468cm.

⑨ 뉴욕 메트로폴리탄미술관, 명대본. 정중鄭重 관지. 설색 지본, 27×847.1cm.

⑩ 프리엘미술관, 명대본. 이숭李嵩 관지. 수묵 견본, 46.9×807.2cm.

⑪ 운남성박물관, 청대 〈의용무안왕상義勇武安王像〉. 금분 백묘 지본.

박지원이 본 그림은 명백히 〈수산도〉 계보를 이은 것이다. 다만 '수산해도'의 제목으로 되어 있는 회화는 아직 알려진 바가 없다. 박지원은 그 그림을 '왕적기후王迪起侯'이란 사람이 그렸다고 했다. 그런데 '왕적기후'는 '왕기후王起侯'라는 명나라 말 출판업자를 가리키는 듯하다. 왕기후의 사적은 분명하지 않다. 하지만 『서문장선생비평서상기徐文長先生批評西廂記』를 판각하고, 서위徐渭 평, 왕덕신王德信·관한경關漢卿 찬 『전수월산방북서상장본 이권田水月山房北西廂藏本二卷』을 교각挍刻한 인물로 왕기후가 지목된다.

박지원 등이 관람한 〈수산해도〉는 여러모로 상상력을 자극한다. 또 민중의 삶을 반영한 면도 있다. 다음 부분은 여성의 수난을 그려 보였다.

아내 하나는 화살 맞아 두 팔을 쭉 뻗었고
아내 하나는 매에게 채여 오른 미간이 틀어졌네.
아내 하나는 아이 안고 낭자 잡고 달아나는데
아이가 여전히 젖을 빨자 그 아이를 나무란다.

## 5.

중국의 원·명·청 문학은 조선 지식인이 보기에 저속한 내용이 많다. 하지만 근엄한 지식인들도 그 속류의 상상에 일정한 흥미를 느꼈던 것 같다.

왕세정王世貞은 명나라 복고문학을 집대성한 문인이다. 이성계를 이인임의 후예라고 적었기 때문에 조선 지식인의 비난을 받았지만, 『엄주산인문집弇州山人文集』과 『별집』은 조선에서 애독되었다. 그가 엮은 『완위여편宛委餘編』은 명나라의 민간 지식과 상상의 이야기들을 실어 두었는데,

그 가운데는 조선 지식인들이 황당해 했을 내용이 많다.

왕세정에 따르면 해, 달, 오성 및 해 속의 오제五帝, 달 속 오제 부인, 오악, 사해, 오성의 부인, 뇌공雷公, 전모電母, 풍백, 우사雨師, 북두칠성 및 오산장군이 모두 이름과 자를 갖고 있다. 칼·활·화살·검·쇠뇌·창도 모두 이름이 있을 뿐만 아니라 주관하는 별이 있고, 인체 중의 머리카락·뇌·눈·코·귀·혀·심장·폐·간·콩팥·지라·쓸개도 모두 이름과 자를 가지고 있다. 또 욕계 6천, 색계 18천, 무색계 4천 등 28천은 욕계 4천왕천天王天 다음의 5천과 합하여 33천인데, 이들 모두 이름을 가지고 있다. 9천과 바닷속 오악도 이름이 있으며, 중국의 오악에는 각각 좌명佐命과 좌리佐理가 있다.

이러한 사유는 조선에서는 낯선 것이었다. 그래서 정조·순조 연간의 남인 계열 학자 윤기尹愭(1741~1826)는 「협리한화峽裏閒話」에서 그 허무맹랑함에 기막혀했다. 윤기는, 『박물지博物志』나 『열선전』 등은 전혀 쓸모없는 것이 아니었는데도 군자들은 그 속의 기이하고 황당한 이야기에 눈을 주지 않았다고 했다. 그러니 『완위여편』에 기록된 허구의 경우는 더 말할 필요도 없다고 비판했다. 당시 지식인들의 사고방식을 잘 드러내는 논단이다. 그렇지만 이러한 논단을 한 것을 보면, 적어도 상당수 지식인들이 중국의 속신이나 황당한 이야기를 어느 정도 알고 있었으리라 생각된다.

박지원은 형, 사촌 아우 및 이덕무와 함께 뜰에 길게 펼쳐 둔 〈수산해도〉를 이리저리 감상하며 일상을 벗어난 신비의 세계로 몰입하여 즐거움을 누렸다. 오늘날로 말하면 한여름 더위를 식힐 겸 해서 판타지나 SF 영화를 보고 있는 모습이라고 할 수 있지 않은가! 게다가 박지원은 그림을 본 뒤 잔상이 사라지지 않아 잠을 이루지 못할 정도였다.

나는 집에 와서도 눈앞에 삼삼하여
밤에도 잠 못 이루고 줄곧 생각했다.

〈수산해도〉는 박지원의 상상력을 촉발하기에 충분했으리라. 같은 시기의 다른 지식인들도 기묘한 그림이나 기묘한 이야기에 더 많은 관심을 두었던 듯하다. 조선의 지식인들이 박지원이 그랬듯이 기묘한 이야기를 시문으로 남긴 예가 달리 없어 아쉽다.

참고
문헌


(1) 국내 자료

a. 한문(漢文)

奇彦鼎, 『懶窩集』.

閔遇洙, 『貞菴集』.

徐有英, 『錦溪筆談』(서울대학교 가람문고본).

徐有英, 『雲皐詩艸』(장서각본 필사본 1책).

尹鳳朝, 『圃巖集』.

李慶胤, 『駱坡筆戲』(경남대학교 박물관 소장본).

李瀷, 『星湖集』.

李麟祥, 『雷象觀藁』(후손가 소장본).

蔡濟恭, 『樊巖集』.

姜世晃, 한국정신문화연구원 영인(1979), 『豹菴遺稿』.

국사편찬위원회 영인(1955~1958), 『朝鮮王朝實錄』(1~48).

국사편찬위원회 편(1970), 『高宗實錄』.

徐居正 외, 민족문화추진회 영인(1999), 『(影印標點)東文選』.

서울대학교 규장각 편(2002), 『열성어제(列聖御製)』(규장각자료총서 문학편).

承政院 편, 국사편찬위원회 영인(1968~1977), 『承政院日記』.

李麟祥, 민족문화추진회 편(1999), 『凌壺集』(한국문집총간 225).

正祖, 민족문화추진회 편(2001), 『弘齋全書』(한국문집총간 262~267).

한국고전번역원 편(1988~2012), 『한국문집총간』(정집·속집).

한국정신문화연구원 편(2002), 『고문서집성 45』(鎭安程川 全州李氏西谷李正英後孫家篇 II).

b. 국문(國文)

가회민화박물관 편(2010), 『한국의 민화』.

姜世晃, 김종진·변영섭·정은진 역(2010), 『표암유고』, 지식산업사.

______, 박동욱 외 역(2008), 『표암 강세황 산문전집』, 소명출판.

姜浚欽, 민족문학사연구소 한문분과 역(2006), 『국역 삼명시화』, 소명출판.

경기도박물관 편, 이해영 역, 김학수 교열(2003), 『전주이씨(백헌상공파)기증고문서』.

경남대학교박물관 편(1998), 『경남대학교박물관 사내문고 궁중관계 자료』(한마고전총서 1).

__________________(2007), 『경남대학교박물관 소장 데라우치문고 유물 필자인명록』.

국립중앙박물관 편(1979), 『한국초상화—국립중앙박물관소장 조선시대초상화 특별전』, 통신문화사.

________________(2008), 『왕의 글이 있는 그림』.

________________(2008~2009), 『조선시대 초상화』(1~3), 그라픽네트.

________________(2011), 『초상화의 비밀』.

________________(2013), 『표암 강세황—시대를 앞서간 예술혼』, 그라픽네트.

기계유씨문중 편, 심경호 역(2014), 『國譯 杞溪文獻』, 선비.

맹인재 책임감수(1980), 『인물화』, 중앙일보사.

문화재청 편(2007), 『한국의 초상화—역사 속의 인물과 조우하다』.

문화재청·성보문화재연구원 편(2008), 『한국의 사찰벽화—경상남도 1』.

민족문화추진회 편(1998), 『국역 동문선』(고전국역총서 31, 중판 1쇄).

예술의전당 서울서예박물관·경남대학교 박물관 편(2006), 『시·서·화에 깃든 조선의 마음—경남대 박물관 소장 '데라우치 문고' 보물』.

우리마당터 편(2005), 『민속학술자료총서』(9차).

이영수(1998), 『조선시대의 민화』(2), 예원.

______(2002), 『새천년한국의 민화대전집』(2~6), 한일출판사.

李麟祥, 박희병 역(2016), 『능호집』(상·하), 돌베개.

鄭道傳, 심경호 역(2012), 『국역 삼봉집』, 한국고전번역원.

正祖, 민족문화추진회 편(1998~2000), 『국역 홍재전서』.

조선민화박물관 편(2009), 『채용신의 삼국지연의도』, 예서원.

조선민화박물관 편(2010), 『민화의 계곡』, 다할미디어.

c. 웹사이트

고려대학교 민족문화연구원 해외한국학자료센터 (https://riks.korea.ac.kr/kostma/)

국립중앙도서관 한국고전적종합목록시스템 KORCIS (http://www.nl.go.kr/korcis/)

국사편찬위원회 한국역사정보시스템 (http://www.koreanhistory.or.kr/)

남명학연구원 (http://www.nammyung.org/)

서울대학교 규장각한국학연구원 (http://kyujanggak.snu.ac.kr/)

한국고전번역원 한국고전종합DB (http://db.itkc.or.kr/)

한국국학진흥원 유교넷Yugo Net (http://www.ugyo.net/)

한국학중앙연구원 한국학자료센터 (http://www.kostma.net/)

(2) 국내 논저

간호윤(2010), 『아름다운 우리 고소설』, 김영사.

______(2013), 「고소설도 목록화와 문화접변 연구」, 『고전문학과 교육』 26, 한국고전문학교육학회.

______(2014), 『그림과 소설이 만났을 때—한국 고소설도 특강』, 새문사.

강경희(2013), 「한국과 중국의 〈귀거래도〉 비교 연구—「귀거래사」의 변용을 중심으로」, 『중국어문학논집』 78, 중국어문학연구회.

강관식(2001), 『조선후기 궁중화원 연구』(상·하), 돌베개.

강명관(1999), 『조선시대 문학 예술의 공간』, 소명출판.

______(2012), 『그림으로 읽는 조선 여성의 역사』, 휴머니스트.

강신애(2007), 「조선시대 무이구곡도의 연원과 특징」, 『미술사학연구』 254, 한국미술사학회.

고연희(2007), 「미인도의 감상코드」, 『대동문화연구』 58, 성균관대학교 대동문화연구원.

______(2007), 『조선시대 산수화, 아름다운 필묵의 정신사』, 돌베개.

______(2011), 『그림, 문학에 취하다』, 아트북스.

______(2013), 「19세기 남성문인의 미인도 감상—재덕을 겸비한 미인상 추구를 중심으로」,

『한국근현대미술사학』 26, 한국근현대미술사학회.
고연희 외(2013), 『한국학, 그림을 그리다』, 태학사.
具資訓(2011), 『朝鮮朝의 藏書印·藏書家 硏究』, 고려대학교 박사학위논문.
김경희(2012), 「동방여성문학—명대 여성작가의 미인도 제화시(題畫詩) 연구—미인도를 바라보는 또 하나의 시각」, 『중국어문학지』 39, 중국어문학회.
김귀석(2002), 「미인도 연구」, 『한국언어문학』 48, 한국언어문학회.
김기빈(1991), 「포은집 해제」, 한국고전번역원 한국문집총간DB.
김기홍(1992), 「18세기 조선 문인화의 신경향」, 『간송문화』 42, 한국민족미술연구소.
김덕현(2010), 「무이구곡과 조선시대 구곡경영」, 『안동학연구』 9, 한국학진흥원.
김민영(2011), 「능호관 이인상 산문 연구」, 서울대학교 석사학위논문.
김상엽(1995), 「김덕성의 중국소설회모본과 조선후기 회화」, 『미술사학연구』 207, 한국미술사학회.
김선경(2016), 「金弘道의 〈朱夫子詩意圖〉 硏究」, 서울대학교 석사학위논문.
김수진(2004), 「능호관 이인상의 문학과 회화에 대한 일고찰—시대인식과의 관련을 중심으로」, 『고전문학연구』 26, 한국고전문학회.
______(2012), 『능호관 이인상 문학 연구』, 서울대학교 박사학위논문.
김영재(2004), 『민화와 우리 신화』, 조선민화박물관출판부.
김윤희(2008), 「조선시대 扇面畫 연구—摺扇畫를 중심으로」, 이화여자대학교 석사학위논문.
김현권(2008), 「오원 장승업 일파의 회화」, 『간송문화』 74, 한국민족미술연구소.
______(2010), 『김정희파의 한중회화교류와 19세기 조선의 화단』, 고려대학교 박사학위논문.
______(2012), 「19세기 한중(韓中) 묵연(墨緣)의 상징, 매감도(梅龕圖)」, 『문화재』 45(1), 국립문화재연구소.
劉宰賓(2006), 「건륭 초상화, 제국 이미지의 형성—〈乾隆洗象圖〉와 〈乾隆觀畫圖〉를 중심으로」, 『중국사연구』 42, 중국사학회.
민길홍(2001), 「조선후기 唐詩意圖의 연구」, 서울대학교 석사학위논문.
______(2002), 「조선후기 唐詩意圖—산수화를 중심으로」, 『미술사학연구』 233·234, 한국미술사학회.
______(2006), 「정선의 고사인물화」, 『미술사의 정립과 확산』 1, 사회평론.

박상환 외(2008), 『제화시－인문정신의 문화적 가치』, 문화콘텐츠총서 3, 오스코월드.
박영대(2002), 『우리가 정말 알아야 할 우리 그림 백가지』, 현암사.
박은순(2009), 『공재 윤두서－조선 후기 선비 그림의 선구자』, 돌베개.
______(2011), 「조선후기 화원풍속화의 유형과 양상」, 『화원－조선화원대전』, 삼성미술관.
______(2012), 「조선 후기 산수화와 毫生館 崔北의 시의도」, 『호생관 최북』, 국립전주박물관.
박은화(1994), 「명대 후기의 詩意圖에 나타난 詩畫의 상관관계」, 『미술사학연구』 201, 한국미술사학회.
박정애(2005), 「鄭遂榮의 『之又齋山水十六景帖』 연구」, 『미술사논단』 21, 한국미술연구소.
박정혜(2000), 『조선시대 궁중기록화 연구』, 일지사.
______(2013), 「조선후기 〈王會圖〉 병풍의 제작과 의미」, 『미술사학연구』 277, 한국미술사학회.
박현규(2007), 「고려후기 성리학과 한문학의 교섭양상－고려말 성리학과 李齊賢의 수용 과정」, 『한문학보』 13, 우리한문학회.
박혜숙(2016), 「이인상의 「관매기(觀梅記)」 연구」, 『한국학연구』 42, 인하대학교.
변영섭(1988), 『豹菴 姜世晃 繪畫 硏究』, 일지사.
변혜원(2007), 「호생관 최북(1712~1786년경)의 생애와 회화세계 연구」, 고려대학교 석사학위논문.
서성(2012), 「공간의 분할과 서사의 통합」, 『중국어문논총』 52, 중국어문연구회.
서성·강현실(2012), 「〈수호전(水滸傳)〉 삽화의 유형과 계보 연구」, 『중국학논총』 35, 고려대학교 중국학연구소.
손철주(2005), 『인생이 그림같다』, 생각의 나무.
송희경(2011), 「정선이 그린 정호, 정이 고사인물화」, 『동방학』 20, 한서대학교 동양고전연구소.
______(2012), 「北宋 六賢과 조선후기의 聖賢故事帖」, 『동양고전연구』 47, 동양고전학회.
신수경(2005), 「열녀전과 열녀도의 이미지 연구」, 『미술사논단』 21, 한국미술연구소.
심경호(1999), 『조선시대 한문학과 시경론』, 일지사.
______(2003), 『김시습 평전』, 돌베개.
______(2007), 『산문기행－선비들, 산길을 가다』, 이가서.
______(2009), 『내면기행－선인들 스스로 묘비명을 쓰다』, 이가서; 심경호(2018), 『내면기행－옛사람이 스스로 쓴 58편의 묘비명 읽기』, 민음사.

______(2011), 『국왕의 선물—선물로 보는 조선왕조실록』, 책문.
______(2012), 『오늘의 고전』, 신구문화사.
______(2012), 『한문산문미학』, 고려대학교출판부.
______(2013), 「고려 말 조선 초 문인 지식층의 분운에 대하여」, 『국문학연구』 27, 국문학회.
______(2015), 「일본 오산의 산수도(서재도) 시화축의 제시문에 관한 일고찰」, 『한문학논집』 42, 근역한문학회.
______(2015), 「조선의 畫像과 贊에 관한 窺見」, 『국문학연구』 31, 국문학회.
______(2018), 『김삿갓 한시』, 서정시학.
______(2018), 『안평』, 알마.
安承俊·朴用萬(2002), 「鎭安程川 全州李氏家(正英·李象淵系)의 文書와 詩文에 대하여」, 『고문서집성』 45(鎭安程川 全州李氏西谷李正英後孫家篇 II), 한국정신문화연구원.
안휘준(1976), 「조선왕조 초기의 회화와 일본 실정시대의 수묵화」, 『한국학보』 3, 일지사.
______(1980), 『한국 회화사』, 일지사.
______(1989), 「규장각소장 회화의 내용과 성격」, 『한국문화』 10, 서울대학교 한국문화연구소.
______(2000), 『한국 회화의 이해』, 시공사.
오주석(1995), 「김홍도의 〈주부자시의도〉—어람용 회화의 성리학적 성격과 관련하여」, 『미술자료』 56, 국립중앙박물관.
______(2004), 『단원 김홍도—조선적인, 너무나 조선적인 화가』, 열화당.
______(2006), 『단원 김홍도』, 솔.
오현숙(2003), 「〈扇譜〉에 수록된 觀我齋 趙榮祏의 扇面畫의 연구」, 『온지논총』 9, 온지학회.
______(2005), 「18세기 회화수장가 閔昌衍」, 『문헌과해석』 통권 30, 문헌과해석사.
유미나(2005), 『중국시문을 주제로 한 조선후기 書畫合壁帖 연구』, 동국대학교 박사학위논문.
유순영(2006), 「明末淸初의 山水畫譜 硏究」, 『온지논총』 14, 온지학회.
______(2012), 「명대후기 화훼원예취미와 화훼도권」, 『미술사연구』 26, 미술사연구회.
______(2014), 「孫克弘의 淸玩圖—명 말기 취미와 물질의 세계」, 『미술사학보』 42, 미술사학연구회.
______(2016), 「柳慶容(1718~1753) 所藏 『張白雲選名公扇譜』와 조선후기 회화」, 『한국한문학연구』 64, 한국한문학회.

유승민(2006), 「능호관 이인상 서예와 회화의 서화사적 조망」, 고려대학교 석사학위논문.

유재빈(2016), 『정조대 궁중회화 연구』, 서울대학교 박사학위논문.

兪俊英(1978), 「奇世祿氏所藏의 扇譜考」, 『미술자료』 23, 국립중앙박물관.

유홍준(1983), 「凌壺觀 李麟祥의 生涯와 藝術」, 홍익대학교 석사학위논문.

______(2001), 『화인열전』(1, 2), 역사비평사.

유희경(1980), 『한국복식사연구』, 이화여자대학교출판부.

윤진영(1998), 「조선시대 구곡도의 수용과 전개」, 『미술사학연구』 217·218, 미술사학회.

______(2002), 「李惟侃(1550~1634)의 「蓮池會始終事實」과 南池耆老會圖의 傳承來歷」, 『장서각』 8, 한국학중앙연구원.

윤철규(2016), 『시를 담은 그림, 그림이 된 시—조선 시대 시의도』, 마로니에북스.

은미희(2005), 『조선의 천재 화가 장승업』, 이룸.

이가림(2000), 『미술과 문학의 만남』, 월간미술.

이내옥(2003), 『공재 윤두서』, 시공사.

이미림(2012), 「蕙園申潤福の美人風俗画をめぐる一考察—上方美人図との比較研究」, 『일본어문학』 56, 일본어문학회.

이민희(2007), 『조선의 베스트셀러』, 프로네시스.

이상각(2016), 『조선노비열전』, 유리창.

이상균(2015), 「조선시대 사대부의 산수유관과 구곡유람」, 『영남학』 27, 경북대학교 영남문화연구원.

이선옥(2009), 「조선시대 매화고사도와 매화도의 전개」, 『탐매(探梅), 그림으로 피어난 매화』, 국립광주박물관.

이선욱(2017), 『우봉 조희룡—19세기 묵장의 영수』, 돌베개.

이원복(2005), 『繪畫』, 솔.

이은하(2003), 「觀我齋 趙榮祏의 생애와 회화 연구」, 고려대학교 석사학위논문.

이종숙(2002), 「조선시대 귀거래도 연구」, 서울대학교 석사학위논문.

이진민·남윤자·조우현(2001), 「〈왕회도〉와 〈번객입조도〉에 묘사된 삼국사신의 복식 연구」, 『복식』 51(3), 한국복식학회.

이태호(2008), 「실경에서 그리기와 기억으로 그리기」, 『미술사학연구』 257, 미술사학회.

이택용(2012), 「조영석(趙榮祏)의 원주행선도(原州行船圖)에 제시(題詩)를 쓰다」, 이택용의 e야기(http://blog.daum.net/lee7997/1100).
이혜경(2002), 「정조시대 관판본 판화 연구」, 홍익대학교 석사학위논문.
이화한문학연구회(2007), 『우리 한문학과 일상문화』, 소명출판.
임두빈(1998), 『한국 미술사 101장면』, 가람기획.
장경희(2002), 「조선시대 부채(扇子)와 부채장인(扇子匠)」, 『유럽과 동아시아 부채』, 화정박물관·한빛문화재단.
장세현(2004), 『우리 그림 진품명품』, 현암사.
장준석(2008), 『한국 미술로 본 한국성 탐구』, 신원.
장진성(2002), 「이인상의 서얼의식—국립박물관 소장 〈검선도〉를 중심으로」, 『미술사와 시각문화』 1, 미술사와 시각문화학회.
田娟(2018), 「조선 문인의 陸游 인식에 끼친 朱熹의 영향」, 『대동문화연구』 103, 성균관대학교 대동문화연구원.
정병모(2000), 『한국의 풍속화』, 한길아트.
정은주(2011), 「건륭연간 〈萬國來朝圖〉 연구」, 『중국사연구』 72, 중국사학회.
______(2011), 「황청직공도 제작 경위와 조선 유입 연구」, 『명청사연구』 35, 명청사학회.
______(2012), 『조선시대 사행기록화—옛 그림으로 읽는 한중관계사』, 사회평론.
조규희(2006), 『조선시대 別墅圖 연구』, 서울대학교 박사학위논문.
______(2006), 「谷雲九曲圖帖의 다층적 의미」, 『미술사논단』 23, 한국미술연구소.
______(2006), 「조선유학의 '道統'의식과 九曲圖」, 『역사와 경계』 61, 부산경남사학회.
______(2007), 「1746년의 그림—'시대의 눈'으로 바라본 〈장주묘암도〉와 규장각 소장 『관동십경도첩』」, 『미술사와 시각문화』 6, 미술사와 시각문화학회.
______(2012), 「명종의 친정(親政)체제 강화와 회화」, 『미술사와 시각문화』 11, 미술사와 시각문화학회.
조선미(1994), 『한국초상화 연구』, 열화당.
______(2009), 『한국의 초상화—형(形)과 영(影)의 예술』, 돌베개.
조인규 외(1993), 『조선미술사』, 학민사.
조인수(2003), 「조선후기 『역대도상』 화첩의 성격과 역사적 의의」, 『그림으로 읽는 역사인물

사전』, 아주문물학회.
______(2010), 「정선의 〈겸재화〉 화첩 중 고사인물을 주제로 한 그림」, 『사인심취』, 용인대학교박물관.
______(2013), 「돌아본 보물, 돌아보는 성현—왜관수도원 소장 〈겸재정선화첩〉의 고사인물화」, 『왜관수도원으로 돌아온 겸재정선화첩』, 국외소재문화재재단.
조인희(2010), 「송시를 畫題로 한 조선후기 회화」, 『문화사학』 34, 한국문화사학회.
______(2013), 『조선후기 시의도 연구』, 동국대학교 박사학위논문.
진준현(1999), 『단원 김홍도 연구』, 일지사.
______(2001), 「잊혀진 문인화가 勤齋 柳賁」, 『미술사학』 15, 한국미술사교육학회.
차미애(2006), 「중국 花鳥畫譜의 유형과 계보」, 『미술사논단』 22, 한국미술연구소.
______(2010), 『恭齋 尹斗緖 一家의 繪畫 硏究』, 홍익대학교 박사학위논문.
최석원(2008), 「姜世晃 自畫像 硏究」, 서울대학교 석사학위논문.
최완수(1988), 「謙齋眞景山水畫考」, 『간송문화』 35, 한국민족미술연구소.
한명식(2011), 『예술을 읽는 9가지 시선』, 청아출판사.
허균(2006), 『허균의 우리 문화 읽기』, 북폴리오.
허영환(1991), 「唐詩畫譜硏究」, 『미술사학』 III, 학연문화사.
허용(2006), 「조선시대 도원도 연구」, 고려대학교 석사학위논문.
현영이(2001), 「관재 이도영의 생애와 인쇄미술」, 홍익대학교 석사학위논문.
홍선웅(2014), 『한국 근대 판화사』, 미술문화.
홍선표 외(2006), 『17·18세기 조선의 외국서적 수용과 독서실태』, 혜안.

### (3) 국외 자료

a. 중문(中文)

『二十四史』(中華書局標點本).
『文淵閣 四庫全書』(影印本).
『四部叢刊』.
文震亨, 『長物志』.

謝肇淛, 『五雜俎』.
沈德符, 『萬曆野獲編』.
陸紹曾, 『古今名扇錄』.

顧炎武, 黃汝成 集釋, 秦克誠 點校(1994), 『日知錄集釋』, 岳麓書社.
紀昀 等, 『四庫全書總目提要』(1~6), 臺灣商務印書館, 1968; 『欽定四庫全書總目』, 中華書局, 1981; 紀昀 等 奉勅撰, 『四庫全書總目提要』, 四庫全書總目提要編委會, 海南出版社, 1999.
余嘉錫(1974), 『四庫提要辨證』, 中華書局.
『張白雲選名公扇譜』, 臺灣 國家圖書館本; 한국 국립중앙도서관본; 文物出版社, 1982; 中國文聯出版公司, 1997; 和刻本 書畫集成 第7輯, 汲古書院, 1976.
『中國古代書畫目錄』(1~10), 文物出版社.
『中國古代人物畫風』, 重慶出版社.

b. 일문(日文)

國立歷史民俗博物館(2002), 『中世寺院の姿とくらし展圖錄』.
大東急記念文庫 編(2009), 『芥子園画伝ー大東急記念文庫蔵(復刻版)』(初集~3集), 勉誠出版; 青木正児 訳注, 入矢義高 補校訂(1975), 『芥子園画伝 初集 山水樹石』(2冊), 筑摩書房; 青木正児 著, 神田喜一郎 校訂(1975), 『青木正兒全集』(第10卷), 春秋社, 復刊 1984; 草薙奈津子 訳(1984~1985), 『現代語訳 芥子園画伝 東洋画の描き方』(上·下), 芸艸堂, 1993, 新装版 2002; 新藤武弘(1985), 『芥子園画伝 新訳』, 日貿出版社, 新装版 1994.
東京國立博物館 編(1990), 『日本國宝展圖錄』.
________________(1992), 『創立百二十年記念 日本と東洋の美』.
________________(2014), 『日本國宝展圖錄』.
東京國立博物館·京都國立博物館 編(2004), 『南禪寺展圖錄』.
東京國立博物館·九州國立博物館·日本経濟新聞社 編(2007), 『京都五山ー禪の文化展圖錄』.
毎日新聞社 編(1999), 『國宝·重要文化財大全 二』.

### (4) 국외 논저

a. 번역서

郭若虛, 박은화 역(2005), 『곽약허의 도화견문지』, 시공사·시공아트.

毛文芳, 심경호 역(2019), 『도성행락—명청문인화상제영론』, 고려대학교출판문화원.

巫鴻, 서성 역(1999), 『그림 속의 그림(The Doble Screen—Medium and Representation in Chinese Painting)』, 이산.

袁行霈, 김수연 역(2012), 『도연명을 그리다—문학과 회화의 경계』, 태학사.

張伯偉, 심경호 역(2017), 『동아시아 한문학 연구의 방법과 실천』, 고려대학교출판문화원.

고바야시 히로미쓰, 김명선 역(2002), 『중국의 전통판화』, 시공사.

나카스나 아키노리, 강길중 외 역(2009), 『우아함의 탄생—중국 강남 문화사(江南—中國文雅の源流)』, 민음사.

오오키 야스시, 노경희 역(2004), 『명말의 출판문화』, 소명출판.

이노구치 아츠, 심경호 외 역(2001), 『日本漢文學史』, 소명출판.

이노우에 스스무, 이동철 외 역(2013), 『중국 출판문화사(書物世界と知の風景)』, 민음사.

후지츠카 치카시, 후지츠카 아키나오 편, 윤철규·이충구·김규선 역(2009), 『秋史 金正喜 硏究(청조문화 동전의 연구 한글완역본)』, 과천문화원.

맥퀸, 이블린, 김서영 역(1983), 『한국의 병풍』, 보진재.

b. 중문(中文)

李俊傑(1987), 「摺扇及其扇面藝術」, 『上海博物館集刊』(第4期, 101~110), 上海古籍出版社.

王勇·上原昭一 主編(1994), 「日本折扇的起源及在中國的流播」, 『中日文化交流史大系』(7), 藝術卷), 浙江人民出版社.

周心慧(2000), 「中國古版畫通史」, 『新編中國版畫史圖錄』(第1冊), 學苑出版社.

祁慶富(2003), 「『皇淸職貢圖』的編繪與刊刻」, 『民族硏究』.

吳鵬(2008), 「晩明士人生活中的書法世界」, 南京藝術學院 博士學位論文.

佟穎(2009), 「『皇淸職貢圖』及其硏究」, 『滿語硏究』.

____(2011),「清代前期朝貢關系考辨~從『皇淸職貢圖』說起」,『滿語硏究』.

安永欣(2012),「晩明畫譜綜合硏究」, 中央美術學院 博士學位論文.

于振蘭(2012),「晩明文人畫家李流芳扇面繪畫鑒定硏究」, 中央美術學院 碩士學位論文.

賴毓芝(2012),「圖像帝國—乾隆朝『職貢圖』的製作與帝都呈現」,『中央硏究院近代史硏究所集刊』(75期), 中央硏究院近代史硏究所.

石守謙(2012),「山水隨身—十世紀日本摺扇的傳入中國與山水畫扇在十五至十七世紀的流行」,『美術史硏究集刊』(第29期, 1~66), 國立臺灣大學 藝術史硏究所.

______(2012),「物品移動與山水畫~日本摺扇西傳與山水扇畫在明代中國的流行」,『移動的桃花源—東亞世界中的山水畫』, 允晨文化.

張獻忠(2013),「明代杭州商業出版術略」,『北京聯合大學學報(人文社會科學版)』(第11卷, 第4期).

毛文芳(2008),『圖成行樂—明淸文人畫像題詠析論』, 學生書局.

______(2013),「移居—淸代文人詩/畫側寫家園的一個視景」,『中國語言文化』(第三期).

______(2013),『卷中小立亦百年—明淸女性畫像文本探論』, 台灣學生書局有限公司.

許宜蘭(2009),『道經圖像硏究』, 巴蜀書社.

c. 일문(日文)

熊谷宣夫(1932),「應永年間の詩畫軸」,『美術硏究』(4), 東京文化財硏究所.

________(1932),「芭蕉夜雨圖考」,『美術硏究』(8), 東京文化財硏究所.

星山晉也(1991),「玉畹の隱逸と墨蘭」(dspace.wul.waseda.ac.jp/dspace/.../1/88114_37.pdf).

中田勇次郎(1974),「八種畫譜の文人畫」,『文人畫粹編』(12卷, 池大雅, 129~135), 中央公論社.

島田修二郎·入谷義高 監修(1987),『禪林畫讚—中世水墨畫を読む』, 每日新聞社.

大木康(1990),「山人陳繼儒とその出版活動」,『山根幸夫教授退休記念明代史論叢』, 汲古書院.

藤本幸夫(2006),『日本現存朝鮮本硏究 集部』, 京都大學學術出版會.

荒井健 編(1994),『中華文人の生活』, 平凡社.

畑靖紀(2000),「美術に関する調査硏究の助成」, 硏究報告; 2000年度助成,『鹿島美術財団年報』(18号 別冊), 鹿島美術財団.

三浦篤 編(2003),『自畫像の美術史』, 東京大學出版會.

d. 영문(英文)

Berger, John(1972), *Ways of Seeing*, London: Penguin.

Berger, Patricia(2003), *The Empire of Emptiness: Buddhist Art and Political Authority in Qing China*, Honolulu: University of Hawai'i Press.

Cahill, James(1988), *Three Alternative Histories of Chinese Painting*, Lawrence: Spencer Museum of Art, University of Kansas.

Farquhar, David M.(1978), "Emperor as Bodhisattva in the Governance of the Ch'ing Empire," *Harvard Journal of Asiatic Studies*, Vol. 38, No. 1.

Fong, Wen C. and Murck, Alfreda(2013), eds., *Words and Images: Chinese Poetry, Calligraphy, and Painting*, New York: Metropolitan Museum of Art.

Henss, Michael(2001), "The Bodhisattva~Emperor: Tibeto~Chinese Portraits of Sacred and Secular Rule in the Qing dynasty," *Oriental Art*, Vol. 47, No. 3.

Kahn, Herold L.(1985), "A Matter of Taste: The Monumental and Exotic in the Qianlong Reign, in The Elegant Brush," *Chinese Painting Under the Qianlong Emperor, 1735~1795*, Ju-hsi Chou and Claudia Brown eds., Phoenix: Phoenix Art Museum.

Moxey, Keith(2013), *Visual Time: The Image in History*, Durham and London: Duke University Press.

Vinograd, Richard(1992), *Boundaries of the Self: Chinese Portraits 1600~1900*, Cambridge: Cambridge University Press.

Wu, Hung(1995), "Emperor's Masquerade: Costume Portraits of Yongzheng and Qianlong," *Orientations*, 26.

그림 1 신윤복, 〈미인도〉, 비단에 수묵담채, 114×45.5cm, 간송미술관 소장(보물 제1973호).

그림 2 고계, 「제사녀도시」, 행해서, 13행 115자, 25.9×43.4cm, 북경 고궁박물원 소장.

그림 3 조희룡, 〈매감도〉, 종이에 수묵담채, 130×32cm, 국립중앙박물관 소장.

그림 4 조희룡, 〈매화서옥도〉, 종이에 수묵담채, 106.1×45.6cm, 간송미술관 소장.

그림 5 전기, 〈매화서옥도〉, 삼베에 수묵담채, 88×35.5cm, 국립중앙박물관 소장.

그림 6 전기, 〈매화서옥도〉, 종이에 수묵담채, 60.5×124cm, 간송미술관 소장.

그림 7 허련, 〈매화서옥도〉, 종이에 수묵담채, 21×28cm, 소치연구회 소장.

그림 8 이한철, 〈매화서옥도〉, 종이에 수묵담채, 138.3×198.3cm, 국립중앙박물관 소장.

그림 9 조영석, 〈원주행선도〉, 종이에 수묵담채, 62.5×43.5cm, 개인 소장.

그림 10 김홍도, 〈석양귀소도〉, 종이에 수묵담채, 29.3×34.5cm, 간송미술관 소장.

그림 11 마원, 〈산경춘행도〉, 비단에 수묵담채, 27.4×43.1cm, 대만 고궁박물원 소장.

그림 12 양팽손, 〈산수도〉, 종이에 수묵담채, 88.2×46.7cm, 국립중앙박물관 소장.

그림 13 정선, 〈금강전도〉, 종이에 수묵담채, 130.7×94.1cm, 삼성미술관 리움 소장(국보 제217호).

그림 14 신위, 〈석죽도〉, 종이에 수묵, 80×51cm, 개인 소장.

그림 15 김홍도, 〈마상청앵도〉, 종이에 수묵담채, 117×52.2cm, 간송미술관 소장(보물 제1970호).

그림 16 김홍도, 〈협접도〉, 종이에 수묵담채, 29×74cm, 국립중앙박물관 소장.

그림 16-1 김홍도, 〈협접도〉, 무명씨 전문 평어 부분.

그림 17 남계우, 〈화접도〉 대련, 종이에 채색, 각 127.9×28.8cm, 국립중앙박물관 소장.

그림 18 장승업, 〈영모도〉 대련, 종이에 수묵담채, 각 135.5×55cm, 호암미술관 소장.

그림 19 김홍도, 〈송석원시사야연도〉, 종이에 수묵담채, 30.5×40cm, 한독의약박물관 소장.

그림 20 이인문, 〈송석원시사아회도〉, 종이에 수묵담채, 25.6×31.8cm, 한독의약박물관 소장.

그림 21 작자 미상, 〈산수도〉, 비단에 수묵담채, 각 23×13.5cm, 삼성미술관 리움 소장.

그림 22 이인문, 〈누각아집도〉, 종이에 수묵담채, 86×58cm, 국립중앙박물관 소장.

그림 23 김정희, 〈불이선란도〉, 종이에 수묵, 54.9×30.6cm, 손창근 구장, 국립중앙박물관 소장.

그림 24 조희룡, 〈묵란도〉, 종이에 수묵담채, 23.5×28.5cm, 간송미술관 소장.

그림 25 전傳 이경윤, 〈연자멱시도〉, 『낙파필희』, 종이에 수묵담채, 37×54cm, 경남대학교 박물관 데라우치문고 소장.

그림 26 작자 미상, 〈송시열 초상〉, 비단에 채색, 89.7×67.6cm, 국립중앙박물관 소장(국보 제239호).

그림 27 〈이제현 초상〉, 비단에 채색, 177.3×93cm, 국립중앙박물관 소장(국보 제110호).
* 화가를 진감여라고 해설하고 있다.

그림 27-1 〈이제현 초상〉, 지와 시 부분.

그림 28 김시습, 「자사진찬」, 『매월당시사유록』, 고려대학교중앙도서관 만송문고 목판본. 이의활 장서인이 있다.

그림 29 김시습 묘표, 무량사 소장.

그림 30 강세황, 〈자화상〉, 『칠분전신첩』, 비단에 채색, 국립중앙박물관 소장.

그림 31 이명기, 〈유언호 초상〉, 종이에 수묵담채, 116.7×57cm, 서울대학교 규장각한국학연구원 소장(보물 제1504호).

그림 32 작자 미상, 〈유언술 초상〉, 『계미동경소진첩』, 비단에 채색, 26.6×34.5cm, 고려대학교중앙도서관 소장(서울특별시 유형문화재 제308호).

그림 33 정수영, 〈고송산계도〉, 종이에 수묵담채, 66.6×45.3cm, 여주 이씨 정산 종택 소장.

그림 34 김홍도, 〈주상관매도〉, 종이에 수묵담채, 164×76cm, 개인 소장.

그림 35 김홍도, 〈지장기마도〉, 종이에 수묵담채, 25.8×35.9cm, 국립중앙박물관 소장.

그림 36 김홍도, 〈세마도〉, 종이에 수묵담채, 22×31.8cm, 개인 소장.

그림 37 김희겸, 〈전일상 한유도〉, 비단에 채색, 119.5×87.5cm, 개인 소장.

그림 38 김홍도, 〈송하선인취생도〉, 종이에 수묵담채, 109×55cm, 고려대학교박물관 소장.

그림 39 김홍도, 〈월하취생도〉, 종이에 수묵담채, 27.8×23.2cm, 간송미술관 소장.

그림 40 김홍도, 〈주부자시의도〉 제2~4폭 세부연결 장면, 비단에 수묵담채, 각 125×

40.5cm, 호암미술관 소장.
그림 41 김홍도, 〈주부자시의도〉 제6~8폭 세부연결 장면, 비단에 수묵담채, 각 125×40.5cm, 호암미술관 소장.
그림 42 김홍도, 〈과로도기도〉, 비단에 수묵담채, 105×63cm, 간송미술관 소장(보물 제1972호).
그림 43 김홍도, 〈서원아집도〉 6폭 병풍, 종이에 수묵담채, 각 122.7×47.9cm, 국립중앙박물관 소장.
그림 44 김홍도, 〈공원춘효도〉, 개인 소장.
그림 45 김홍도, 〈해탐노화도〉, 종이에 수묵담채, 23.1×27.5cm, 간송미술관 소장.
그림 46 정선, 〈황려호〉, 비단에 수묵담채, 102×52cm, 개인 소장.
그림 47 강세황, 〈적우망천장도〉, 비단에 수묵담채, 46.2×37.2cm, 안산시 개인 소장.
그림 48 김홍도, 〈추성부도〉, 종이에 수묵담채, 56×214cm, 호암미술관 소장(보물 제1393호).
그림 49 강세황, 〈벽오청서도〉, 종이에 수묵담채, 30.1cm×35.8cm, 개인 소장.
그림 50 심주, 〈벽오청서도〉, 종이에 수묵, 22.5×14cm, 대영미술관 소장.
그림 51 왕안절, 『개자원화전』 초집 제5책, 1880~81년 간, 전천문영당, 일본국회도서관 소장.
그림 52 장승업, 〈방황학산초추강도〉, 종이에 수묵, 22×21.4cm, 서울대학교박물관 소장.
그림 53 『해동지도』 경성부 부분, 조선 후기 채색지도, 고려대학교중앙도서관 한적실 소장. 역로와 보를 명시했다.
그림 54 『북관유적도첩』 1 〈척경입비〉, 종이에 채색, 41.2×31cm, 고려대학교박물관 소장.
그림 55 『북관유적도첩』 2 〈야연사준〉, 종이에 채색, 41.2×31cm, 고려대학교박물관 소장.
그림 56 『북관유적도첩』 3 〈야전부시〉, 종이에 채색, 41.2×31cm, 고려대학교박물관 소장.
그림 57 『북관유적도첩』 4 〈출기파적〉, 종이에 채색, 41.2×31cm, 고려대학교박물관 소장.
그림 58 『북관유적도첩』 5 〈등림영회〉, 종이에 채색, 41.2×31cm, 고려대학교박물관 소장.
그림 59 『북관유적도첩』 6 〈일전해위〉, 종이에 채색, 41.2×31cm, 고려대학교박물관 소장.
그림 60 『북관유적도첩』 7 〈수책거적〉, 종이에 채색, 41.2×31cm, 고려대학교박물관 소장.
그림 61 『북관유적도첩』 8 〈창의토왜〉, 종이에 채색, 41.2×31cm, 고려대학교박물관 소장.
그림 62 김홍도, 〈삼공불환도〉, 비단에 수묵담채, 133×418cm, 삼성미술관 리움 소장(보물 제2000호).

그림 63 김홍도, 〈기로세련계도〉, 비단에 수묵담채, 137×53.3cm, 삼성미술관 리움 소장.

그림 64 작자 미상, 〈남지기로회도〉, 비단에 채색, 115.5×71.2cm, 동아대학교 석당박물관 소장(부산광역시 유형문화재 제75호).

그림 65 이기룡, 〈남지기로회도〉, 비단에 채색, 116.6×72.4cm, 서울대학교박물관 소장(보물 제866호).

그림 66 이광사 필, 이경직, 「연지기로회첩서」, 29×100cm, 경기도박물관 소장.

그림 67 이광사 필, 박세당, 「제기로제공남지연회도」, 각 29.5×17cm, 경기도박물관 소장.

그림 68 윤두서, 〈진단타려도〉, 비단에 채색, 110.9×69.1cm, 국립중앙박물관 소장.

그림 69 이인상, 〈신선도해도〉, 종이에 수묵담채, 26.4×69.5cm, 호림박물관 소장.

그림 70 작자 미상, 〈맹호도〉, 종이에 수묵, 96×55.1cm, 국립중앙박물관 소장.

그림 71 작자 미상, 〈작호도〉, 종이에 수묵담채, 110×89cm, 국립민속박물관 소장.

그림 72 장한종, 〈조개와 새우〉, 종이에 수묵담채, 23×29.5cm, 개인 소장.

그림 73 조세걸, 〈곡운구곡도〉 제1곡 '방화계', 종이에 수묵담채, 42.5×64cm, 국립중앙박물관 소장.

그림 74 작자 미상, 〈파초야우도〉, 95.9×31cm, 도쿄국립박물관 소장.

그림 75 교쿠엔 본포, 「삼익재도서」, 세이카도 분코미술관 소장.

그림 76 김홍도, 〈단원도〉, 종이에 수묵담채, 135×78.5cm, 개인 소장.

그림 76-1 김홍도, 〈단원도〉 부분.

그림 77 장악, 〈구가도〉 '산귀' 부분, 종이에 수묵, 전체 29×523.5cm, 길림성박물관 소장.

그림 78 장악, 〈구가도〉 '국상' 부분, 종이에 수묵, 전체 29×523.5cm, 길림성박물관 소장.

그림 79 서위, 〈모란초석도〉, 종이에 수묵, 120.6×58.4cm, 상해박물관 소장.

그림 80 정중, 〈수산도〉 '신장' 부분, 종이에 채색, 전체 27×847.1cm, 뉴욕 메트로폴리탄미술관 소장.

그림 81 소한신, 〈귀신수산도권〉 부분, 비단에 채색, 전체 53.3×533cm, 북경 고궁박물원 소장.

# 찾아보기


[ㄱ]

〈가가유름도(家家有凜圖)〉 233, 242

가도(賈島) 230

가와이 고조[川合康三] 7

「가장고연명(家藏古硯銘)」 104, 402

가정맹어호(苛政猛於虎) 380

『가정사선생집(嘉定四先生集)』 251

가정 제자(嘉定諸子) 251

가쿠인 에가쓰[鄂隱惠奯] 430, 433

가토 기요마사 334

가토 신겐[河東真玄] 430

각도인(珏道人) 474

각저희(角抵戲) 380

『간송문화 회화 50 화훼영모』 396

간암(艮菴) 121

간재(簡齋) → 진여의(陳與義)

간재(艮齋) 홍의영(洪儀泳) 340, 341, 344, 346, 347, 394

갈홍(葛洪) 380

감숙성 타사마(朶思麻)(두오스마) 141

『감택요(甘澤謠)』 39

강(絳) → 고염무(顧炎武)

강감찬 381, 382

「강남춘(江南春)」 376

강남 춘의(江南春意) 376

강담졸 경운 445

강문우 334

〈강산무진도(江山無盡圖)〉 207

강세황 → 표암(豹菴) 강세황(姜世晃)

강순(康純) 325, 327, 328

『강시화보(康詩畫譜)』 223

〈강안기려도(江岸騎驢圖)〉 247

강절(康節) 368

강지(强至) 399

〈강천원의도(江天遠意圖)〉 434

강표(江標) 221

강해객(江海客) 453

강희언 → 담졸(澹拙) 강희언(姜熙彦)

강희제(康熙帝) 395

개자원 293

『개자원화보(芥子園畫譜)』 291, 299

『개자원화전(芥子園畫傳)』 223, 291, 293, 300

「거미[蜘蛛]」 65

「검문 가는 도중에 가랑비를 만나[劍門道中遇微雨]」 244, 245

게이린 민신[桂林明識] 437

게이소 겐쇼쿠[敬叟彦軾] 430, 432, 433

겐간 겐추[謙巖原冲] 427, 430, 433, 434, 437

겐추 슈가쿠[嚴中周噩] 430, 432-34

〈격양가〉 30

「견본 소상에 적다[題絹本小像]」 170

『겸재유록화첩(謙齋遺錄畫帖)』 94

겸재(謙齋) 정선(鄭敾) 50, 57, 58, 73, 74, 225, 266, 267, 274, 293, 294, 305, 394

『겸재집(謙齋集)』 490
경부(耕傅) → 이단전(李亶佃)
경양왕(頃襄王) 452, 461
경원분고(慶元焚稿) 455
경정궁주(慶貞宮主) 166
경정산 375
경직도(耕織圖) 27
경호(鏡湖) 216
『계곡만필』 365
『계미동경소진첩(癸未同庚小眞帖)』 172, 174, 175, 177, 179-81
「계미동경소진첩서(癸未同庚小眞帖序)」 173
계세(戒世) 402
「계씨(季氏)」 436, 437
계월(桂月) 8
계은(溪隱) 427
계음(溪陰) 428
〈계음소축도(溪陰小築圖)〉 427-30, 435-37
「계음소축도시화서(溪陰小築詩畫序)」 427
계적(季迪) 24
계종(繼從) 151
계회도(契會圖) 172
고(杲) 435
고가구(顧可久) 213
고개지(顧愷之) 112, 156, 161, 464
고계(高啓) 23, 26
「고공기(考工記) 재인(梓人)」 485
고과화상(苦瓜和尙) 288
『고과화상화어록』 288
고극공(高克恭) 430
『고금소총(古今笑叢)』 8, 393
고기패(高其佩) 288
고니시 유키나가[小西行長] 330
「고당부(高唐賦)」 26
고덕휘(顧德輝) 453
고람(古藍) 41, 43
『고려사』 140, 317
고려지경(高麗之境) 314, 315
고루(鼓樓) 421
고루암(鼓樓巖) 405
고린사(顧麟士) 227
「고묵행(古墨行)」 107
고문관(考文館) 243
『고문진보(古文眞寶)』 104, 279, 341, 455
고봉(高峯) 최희덕(崔希德) 152
고봉한(高鳳翰) 288
〈고사관수도(高士觀水圖)〉 209
고사립(顧嗣立) 453
고사손(高似孫) 399
고상(高翔) 288
『고서화위사고변(古書畫僞詐考辨)』 454
〈고송산계도(孤松山溪圖)〉 182
고송유수관도인(古松流水館道人) → 고송유수관 이인문(李寅文)
고송유수관 이인문(李寅文) 93, 94, 97, 207, 225
고신(高辛) 457
『고씨화보(顧氏畫譜)』 223
고연재(古硯齋) 104
고염무(顧炎武) 46, 47
「고요모」 275
고우관(古友館) 37
고운(孤雲) 최치원 408
「고음(苦吟)」 116
고익(高益) 490

「고자(告子)·하」 239
고정촌(考亭村) 236
고제이 류하[江西龍派] 435
고조(유방) 364
고회당(古懷堂) → 이유방(李流芳)
곡운 405, 413
곡운구곡(谷雲九曲) 404, 405, 417
「곡운구곡기」 420
〈곡운구곡도〉 246, 406, 407, 409, 411, 417, 419, 420, 422
「곡운구곡도가(谷雲九曲圖歌)」 411
「곡운구곡도발(谷雲九曲圖跋)」 409
「곡운구곡도후첩(谷雲九曲圖後帖)」 417
「곡운구곡시」 406, 413, 420, 422
「곡운기(谷雲記)」 406, 407
곡운서원 419, 421
곡운정사 405
『곡운집』 417
공안파(公安派) 470
『공언만록(空言漫錄)』 181
〈공원춘효도(貢院春曉圖)〉 262, 263
공재(恭齋) 358
과로 255
〈과로도기도(果老倒騎圖)〉 254, 256, 257
곽광(霍光) 162
곽박(郭璞) 487
〈곽삭구주도(郭索鉤輈圖)〉 399
「곽삭전(郭索傳)」 402
곽약허(郭若虛) 490
곽충서(郭忠恕) 399
관괘(觀卦) 49
〈관구수산도(灌口搜山圖)〉 492
관구이랑(灌口二郎) 489
「관매기(觀梅記)」 37, 38
『관무량수경(觀無量壽經)』 344
관물거사(觀物居士) → 오원(吾園)
관산별의(關山別意) 372
〈관산탁족도(觀山濯足圖)〉 227, 228
「관서유감(觀書有感)」 237
「관서의 승첩보를 듣고[聞關西捷報]」 189
『관세음보살감응영과(觀世音菩薩感應靈課)』 25
관수유술(觀水有術) 209
관아재 → 조영석(趙榮祏)
『관아재고(觀我齋稿)』 49
관왕 483
관왕변상(關王變相) 488
관우 483
관한경(關漢卿) 493
광개토대왕비 464
광지(光之) 262
교쿠엔 본포[玉畹梵芳] 427, 430, 433, 434, 436
「구가」 452-55, 457, 458, 461-64
〈구가도(九歌圖)〉 451-54, 457-60, 462, 464
〈구가도권(九歌圖圈)〉 451, 453
구경(漚竟) → 추사 김정희(金正喜)
구곡가 418
〈구곡도〉 413
구곡시 418
『구당서』 108
구로 347
구로회(九老會) 176, 346, 354
구방고(九方皐) 110, 192
「구변」 285
구십주 260

구양수(歐陽脩) 88, 106, 225, 227, 283, 284, 287, 288, 471
구영(仇英) 258, 260, 303
〈구일수각〉 225
「구일수각(九日水閣)」 225
「구장」 455
국경인 334
국상(國殤) 452, 460-63
국세필 334-36
『국조보감』 330
군방 185
군자고궁(君子固窮) 450
굴원 285, 371, 453, 455, 458, 464
굴원원상(楚屈原像) 454
「굶주림에 대하여[忍飢說]」 190
권공(權公) 67
권근(權近) 151
권별(權鼈) 320
권순백(權純百) 10
권필(權韠) 401, 402
궤은(几隱) → 이기룡
「귀거래사(歸去來辭)」 87
〈귀거래사도(歸去來辭圖)〉 438
귀백옥 266
귀암(歸菴) 274
귀운동(歸雲洞) 408, 409
「귀은(歸隱)」 361
「근서남지기로첩일통부제기하(謹書南池耆老帖一通復題其下)」 351
『근역서화징(槿域書畫徵)』 81
「글씨 익히는 것으로 즐거움을 삼다[學書爲樂]」 106
〈금강산도〉 475
〈금강산분설담도(金剛山噴雪潭圖)〉 191
〈금강산축(金剛山軸)〉 114
『금강와유첩(金剛臥遊帖)』 94
〈금강전도(金剛全圖)〉 73, 74, 76
금계동(金鷄洞)의 굴 239
금계암(金鷄巖) 405
『금릉집(金陵集)』 398, 401
〈급우도(急雨圖)〉 372
긍원(肯園) 223
〈기려방우도(騎驢訪友圖)〉 246
〈기려원유도(騎驢遠遊圖)〉 244, 245, 247-49
〈기려인물도(騎驢人物圖)〉 246
〈기려임교도(騎驢臨橋圖)〉 246
〈기려청앵도(騎驢聽鶯圖)〉 246
〈기려행려도(騎驢行旅圖)〉 226
〈기로세련계도(耆老世聯稧圖)〉 339, 340, 344, 345
기로회 354
기림사(祇林寺) 156
기마방우도(騎馬訪友圖) 246
「기몽시(紀夢詩)」 186
「기부사(棄婦詞)」 189
『기사경회첩(耆社慶會帖)』 180, 181
기쓰산 민초[吉山明兆] 427
기암(妓巖) 421
「기영의 동쪽 누대 담장에 있는 벽오동나무가 처마에 가득 드리워져서 팔을 뻗으면 잡을 수 있을 것만 같다. 한창 더운 계절에 누대에 앉아 있노라니 문득 심주 그림의 뜻이 생각났다. 극옹이 이 말을 듣고는 기뻐하면서 스스로 시를 지어 아우 욱수에게 쓰게 하고 기수에게 석전의 그림을 본떠 그리게 하여 나에게 보내 주었다[畿營東樓, 墻梧滿簷, 伸腕可把. 暑月坐樓, 輒憶沈周畫意. 展翁聞而喜之, 自爲詩, 使其弟旭秀寫, 耆秀倣石田畫以贈]」 297
기영회 353, 354
기요 호슈[岐陽方秀] 437
기우유자(騎牛游子) 278
기원(綺園) 유한지(兪漢芝) 340, 344
기원자 347
기자헌(奇自獻) 154
「기평시율(妓評詩律)」 8
길재(吉再) 135
김광수(金光遂) 213
김국광 328
김귀영 334
김금이 332
김농(金農) 288
김단원 347
김달황(金達晃) 59
김륜(金倫) 149
김명국 → 연담(蓮潭) 김명국(金明國)
김명희(金命喜) 36
김사능 → 단원(檀園) 김홍도(金弘道)
김삿갓 463
김상리(金相履) 50, 52, 55-58
김상묵(金尙默) 38
김성응(金聖應) 37
김성일(金誠一) 362, 365, 402
김수규(金壽奎) 246
김수증(金壽增) 246, 405, 406, 410, 413-15, 417, 419, 420
김수철(金秀哲) 45
김수항 406
김수홍 413
김순택 38
김시민(金時敏) 54, 55, 333
김시습(金時習) 154-57, 408, 409, 414
김식 73
김신로 51
「김신로가 섬곡(섬강 구비)의 별장으로 귀거래하면서 정원백(정선)에게 그 뱃길 여행의 그림을 그려 달라고 하고 여러 친우들에게 시를 요청하여 장식하려고 하기에 홍도진(홍중주)의 시에 화운하여 준다[金莘老大歸蟾曲別業, 倩鄭元伯畫寫其舟行, 要諸友作詩以侈之. 聊和洪道陳韻, 贈之]」 57
「김신로만(金莘老輓)」 56
김씨운림서소(金氏雲林書所) 91
김안로(金安老) 214
김양기 223
김여물 330
김영면 → 단계(丹溪) 김영면(金永冕)
〈김 영장 심하사적도(金營將深河射敵圖)〉 10
김원행 → 미호(渼湖) 김원행(金元行)
김응하(金應河) 10
김응환(金應煥) 206
김의현(金義鉉) 91, 93
김이상(金履祥) 148
김인관(金仁寬) 94, 392, 396
김정 73
김정희 → 추사 김정희(金正喜)
김정희파 37
김제겸(金濟謙) 273
김종서(金宗瑞) 313, 317, 319-21, 324, 325

김종수(金鍾秀) 167, 169, 170
김종직(金宗直) 202
김종후(金鍾厚) 450
김창국(金昌國) 414
김창업(金昌業) 132, 416
김창즙(金昌緝) 417
김창직(金昌直) 416
김창집 415
김창협(金昌協) 273, 406, 407, 409-11, 415
김창흡(金昌翕) 411, 415
김한태(金漢泰) 81
김현 385, 386
김현감호(金現感虎) 385
김홍도 → 단원(檀園) 김홍도(金弘道)
김희겸(金喜謙) 219
김희성(金喜誠) 225

[ㄴ]

나계종(羅繼從) 150-52
나공언(羅公彦) 150, 152
나대경(羅大經) 225
나빙(羅聘) 288
나업(羅鄴) 221, 222
나운(拏雲) 484
나원각(羅原覺) 492
나의 집 450
나익희(羅益禧) 150, 152
나인송(羅仁松) 151
나자강(羅自康) 152
나찬(懶瓚) 111
나하추 313
〈낙매화곡(落梅花曲)〉 44
낙빈(雒嬪) 457
낙사(洛社) 176, 346
낙서(駱西) 220
〈낙신부도(洛神賦圖)〉 464
낙양기영회(洛陽耆英會) 176, 351
낙지(樂志) 343
「낙지론(樂志論)」 340, 341
낙촌(駱村) → 이경윤(李慶胤)
낙파(駱坡) → 이경윤(李慶胤)
『낙파필희(駱坡筆戲)』 113, 114, 117
난계도륭(蘭溪道隆) 427
난곡(蘭谷) 강담(姜紞) 352
「난정기(蘭亭記)」 356
『난죽국매보(蘭竹菊梅譜)』 293
남계우 → 일호(一濠) 남계우(南啓宇)
남곤 73
남공철(南公轍) 61, 64, 97, 250, 398, 401
남곽자기(南郭子綦) 171
남나비 83
남부노인(南阜老人) 288
〈남산한담(南山閑談)〉 207
〈남산한담도〉 209
남유두(南有斗) 64
남은(南誾) 165
남이(南怡) 313, 326-28
「남지기로연도기(南池耆老宴圖記)」 351
남지기로회(南池耆老會) 348, 350
〈남지기로회도(南池耆老會圖)〉 339, 348
「남지기로회도서(南池耆老會圖序)」 350
「남지기로회첩서」 351, 352
남진화(南進和) 83
남촌(南村) 288

「남풍가」 343
남한기(南漢紀) 56-58, 372
「남호인제문(囕虎人祭文)」 382, 383
남호접(南胡蝶) 83
노년화사무중간(老年花似霧中看) 202
「노동에게 부치다[寄盧仝]」 447
노사신 328
노수(盧遂) 135
노수신(盧守愼) 114
노연양(盧延讓) 116
『노자』 294, 358
노적봉(露積峰) 242
노죽(露竹) 160, 161
녹둔도 330
『논어』 87, 436, 437
『논형(論衡)』 484
농수(籠水) 408
농수정(籠水亭) 405, 406, 412, 413
『농암집(農巖集)』 409
농옥(弄玉) 222, 223
〈누각아집도(樓閣雅集圖)〉 97
누견(婁堅) 251
「눈[雪]」 463
늙은 황공 380
능호관(凌壺觀) → 이인상(李麟祥)
니탕개(마니웅개) 329, 330, 333

**[ㄷ]**

다이가쿠 슈스[大岳周崇] 427
다이구 쇼치[大愚性智] 427, 437
다이슈 슈초[大周周奝] 427, 437
다이하쿠 신겐[太白眞玄] 427, 428, 430, 433
단계(丹溪) 김영면(金永冕) 97, 99
단구(丹邱) → 단원(檀園) 김홍도(金弘道)
단구사(丹邱寫) 278
「단궁(檀弓)·하」 381
단로(丹老) 39
단원거사 444
「단원기(檀園記)」 249, 250, 253, 254, 264
단원(檀園) 김홍도(金弘道) 12, 27-32, 59, 61-63, 79, 81, 91-93, 197, 198, 200, 201, 203-7, 209, 211, 212, 214-21, 223-27, 229, 230, 232-36, 246-50, 253, 256-58, 260-62, 264-78, 280, 288, 306, 307, 340, 342, 344, 345, 347, 392, 394, 397, 442, 444-47, 450
〈단원도(檀園圖)〉 442, 445
「단원을 작게 지어 이루어지자 큰형이 시로 낙성의 기념을 표했으므로 차운하여 회포를 말한다[小葺檀園初成伯氏以詩落之次韻言懷]」 252
『단원집(檀園集)』 251, 252
단전 66, 67
단전도인(丹篆道人) → 조희룡(趙熙龍)
담원춘(譚元春) 65
담졸(澹拙) 강희언(姜熙彦) 293, 442, 444, 445
당경(唐庚) 104, 402
당나라 태종 364, 365
당시승(唐時升) 251
『당왕우승시집(唐王右丞詩集)』 213
당인(唐寅) 303
『당인오십가소집(唐人五十家小集)』 221
「대릉 세 노인이 그림 배우는 것에 대한 노래[大陵三老學畫歌]」 9
대복고(戴復古) 87, 341
대사명(大司命) 452, 457, 458

대은병(大隱屛) 405
대장봉(大藏峰) 239
「대전(大田)」 30
「대종사(大宗師)」 22
〈대춘헌도(待春軒圖)〉 435
『대학』 233, 239
『대학장구』 240
〈대화헌도(待花軒圖)〉 435
덕보(德保) 478
덕산(德山) 188
데라우치 마사타케[寺內正毅] 112
『도가시주(權歌詩註)』 418
〈도강도(渡江圖)〉 59, 61
도남(圖南) → 진희이(陳希夷)
『도덕경』 191
도마치 409
도미오카 뎃사이[富岡鐵齋] 288
도사(都事) 이창(李敞) 136
도산(桃山) 489
도산(陶山) 408
도연명 87, 115, 410, 437, 450, 487, 488
도인 97, 207
〈도자묵보(道子墨寶)〉 491
도준(달준) 103, 108
『도화견문지(圖畫見聞志)』 490
〈도화서옥도(桃花書屋圖)〉 40
「도화원기(桃花源記)」 115
『도회보감(圖繪寶鑑)』 142
도후쿠지 436
독건(獨健) 489
『독서총설(讀書叢說)』 149
독화시문(讀畫詩文) 6
돈추(曇仲) 437
〈동경산수도(冬景山水圖)〉 45
동경첩(同庚帖) 173
『동국지리지』 316
동군(東君) 452, 457
동기창(董其昌) 40, 228, 252, 253, 271
동락회(同樂會) 257
「동면도」 375
동명왕 464
「동명왕편」 464
동보(董父) 484
동심지회(同心之會) 176
동안우(童安于) 169
동원(董源) 430
동인협공(同寅協恭) 275
동작호 376
『동주집(東州集)』 122
동파거사 소식(蘇軾) 77, 109, 187, 225, 228, 259, 260, 303
동해황공 380
「동황경」 487
동황태일(東皇太一) 452, 457
두곡(杜谷) 이권(李勸) 351-53
두과(蠹窠) 39
두목(杜牧) 161, 306, 376
두보(杜甫) 199-201, 203, 215, 216, 243, 244, 470
두심언 468, 470
두심언 전 470
두연 176
「두연전(杜衍傳)」 160
두원(杜垣) 40

『두육천선(杜陸千選)』 243
『두율분운(杜律分韻)』 243
〈등림영회(登臨詠懷)〉 312, 326
「등문공·상」 484
「딸 채씨부 집에 머물며[女蔡氏婦家留]」 241

**[ㄹ]**

라운산진 겐추[羅雲山人原沖] 430
리추 겐레이[履仲元禮] 427
리치, 마테오 447

**[ㅁ]**

마니응개 → 니탕개
〈마상청앵도(馬上聽鶯圖)〉 79
마운령 316
마원(馬遠) 69, 70
마의도사 366
마의도인(麻衣道人) 365, 366
『마의상법』 365
마힐(摩詰) 210
〈만고청산도(萬古靑山圖)〉 232, 238
만권당 139, 140
만녕향(曼寧香) 102
만다라향(曼茶羅香) 102
만월대 345
〈만월대계회도(滿月臺契會圖)〉 344
만향(曼香) → 추사 김정희(金正喜)
망고정(望考亭) 236
망단기(望斷碕) 420
망서(望舒) 457
망천(輞川) 210, 413
망천 별장 410
「망천육언(輞川六言)」 212
망천장 210, 267, 268
망화계(網花溪) 420
매각(梅閣) 35
매감(梅龕) 38
〈매감도(梅龕圖)〉 33-36, 45, 46, 48
매수(梅叟) 33
매옥(梅屋) 35
매월당(梅月堂) 156
『매월당시사유록(梅月堂詩四遊錄)』 154
매잠(梅岑) → 종원정(宗元鼎)
매잠산(梅岑山) 141
매창(梅窓) 8
매청(梅清) 287
『매촌집(梅村集)』 253
매합(梅閤) 35
〈매해파행도(賣蟹婆行圖)〉 264, 265
매화노인 474
「매화노인전(賣花老人傳)」 473
매화백영루(梅花百詠樓) 35
매화벽(梅花癖) 33
〈매화서옥도(梅花書屋圖)〉 33, 35, 38-40, 42-46, 48, 277
〈매화서옥도선면(梅花書屋圖扇面)〉 40
「매화송(梅花頌)」 38
〈매화초옥도〉 40, 41
맹양 252
『맹자』 78, 148, 209, 239, 484
맹창(孟昶) 227
〈맹호도(猛虎圖)〉 378, 380, 388
맹호연(孟浩然) 245
『명공선보』 304-6

명구 화제(名句畵題) 5
『명리정종(命理正宗)』 255
『명사(明史)』 303
명옥뢰(鳴玉瀨) 415, 416, 420
명월계(明月溪) 408, 412, 416, 421
명주(冥主) 457
『명화평(名畵評)』 399
〈모란초석도(牡丹蕉石圖)〉 465-67
〈모란초석도축(牡丹蕉石圖軸)〉 452
모방제가횡장각식(摹倣諸家橫長各式) 291
목공 192
목극등 313
목재(木齋) → 이삼환(李森煥)
목재(牧齋) 251
목재공(木齋公) → 이삼환(李森煥)
목치도인(木癡道人) → 이삼환(李森煥)
『몽계필담(夢溪筆談)』 213, 428
〈몽유도원도〉 439
묘훈(苗訓) 359
무관(懋官) 478
무량사(無量寺) 154
무릉도원 410
무명와(無名窩) 406
무몬 본쇼[無文梵章] 430, 433, 434
무소 소세키[夢窓疎石] 437
무속헌(無俗軒) 406
무이구곡(武夷九曲) 405
〈무이구곡도(武夷九曲圖)〉 225
「무이구곡시」 418
「무이도가(武夷櫂歌)」 225, 239, 405, 406, 413, 415-19, 421, 422
무이산(武夷山) 239, 405, 418
무이선생 412
〈무인편주도(無人片舟圖)〉 304, 305
무장공자(無腸公子) 396
「무장공자전(無腸公子傳)」 401
무제 162
무학조원(無學祖元) 427
〈묵란도〉 105
묵재(默齋) 이귀(李貴) 350, 352, 353
〈묵해〉 401
「묵해(墨蟹)」 399
문백인(文伯仁) 40
「문사전(文士傳)」 245
『문선』 453, 455
문언박(文彦博) 176, 351
「문예전·상」 470
문욱(文郁) → 고송유수관 이인문(李寅文)
「문원열전(文苑列傳)」 112
문의도(文意圖) 5
문징명(文徵明) 299, 303
『물질문명과 자본주의』 384
『미공십부집(眉公十部集)』 303
미로(미수) 186
미불(米芾) 99, 257-60, 467
미산 마성린(馬聖麟) 91, 93
미산옹(眉山翁) 92
미수라 186
미앙궁(未央宮) 162
미옹(眉翁) 94
미우인(米友仁) 430
미원(迷源) 274
미원장 260, 261
〈미인도〉 19, 20, 22, 23, 26

미호(渼湖) 김원행(金元行) 267, 271, 273, 274
민슈쿠 겐세이[明叔玄晴] 437
민정(閔貞) 288
민정중 338
민종현(閔鍾顯) 177

[ㅂ]
박(搏) → 진희이(陳希夷)
박규수(朴珪壽) 47, 48
박기준(朴基駿) 45
「박매화문(駁梅花文)」 38
『박물지(博物志)』 494
「박생 용운의 탄금유황리 선화에 적다[題朴生龍雲彈琴幽篁裏扇畫]」 372
박세당(朴世堂) 351, 352
박수원 → 삼종제 박수원(朴綏源)
박용운 372
박유성(朴維城) 207
박윤묵(朴允默) 93
박제가(朴齊家) 455
박지원 → 연암 박지원(朴趾源)
박지장 337
박태관(朴泰觀) 52
박팽년(朴彭年) 서(序) 439
박포(朴苞) 166
박필주(朴弼周) 478
박형(朴衡) 150, 151
박호문 325
박홍구 337
박희원(朴喜源) 477, 478
반도회(蟠桃會) 261
반수암(伴睡庵) 406
발미(跋尾) 401
〈방당인필어선도(倣唐人筆漁船圖)〉 50
방랑시인 61
방매귀(放枚鬼) 385
방심석전(仿沈石田) 290
방옹(放翁) 242, 368
방취오 207, 208
방화계(傍花溪) 414, 420
〈방황학산초추강도(倣黃鶴山樵秋江圖)〉 301, 302
방희용(方羲鏞) 225
「배도전(裵度傳)」 108
배적(裴迪) 211
백거이(白居易) 111, 176, 222, 303, 353, 430, 469
백낙천 353
백두산석마도진(白頭山石磨刀盡) 326
「백로사를 노래하여 송 소부가 삼협으로 들어가는 것을 전송하다[賦得白鷺鷥送宋少府入三峽]」 214
「백발노인을 대신하여 슬퍼함[代悲白頭翁]」 203
백사도인(白沙道人) 288
백석승사(白石僧舍) 186
백시(伯時) 77
백옥 → 오원(吾園)
백운담(白雲潭) 415, 420
백운동(白雲洞) 153
백운령 409, 412
백운산인(白雲山人) → 허겸(許謙)
『백운집』 147, 148
〈백운황엽도(白雲黃葉圖)〉 232, 239
백은배(白殷培) 247
백의산인(白衣山人) 288
백전(白戰) 262

백춘 → 미호(渼湖) 김원행(金元行)
백춘서 266
버거, 존 피터(John Peter Berger) 138
범관(范寬) 491
『범망경(梵網經)』 386
범원유(范元裕) 241
벽오청서(碧梧淸暑) 290, 293, 449
〈벽오청서도(碧梧淸暑圖)〉 290, 292, 294, 295, 298
벽의만(碧漪灣) 420
벽탄(碧灘) 421
변문유(卞文瑜) 253
변상벽 394
변수민(邊壽民) 288
변치화(卞穉和) 211
『별집』 493
〈병암진장첩〉 340
보산자(寶山子) → 이인상(李麟祥)
「보전(甫田)」 30
보타사(寶陀寺) 141
보타산(寶陁山) 140
보희(報喜) 386
복고파 212
복비(宓妃) 457
복희(伏羲) 457
『본초강목』 48
「봄날 우연히 이루다[春日偶成]」 91
『봉신연의(封神演義)』 489, 490
뵤도인[平等院] 343
〈부신초동도(負薪樵童圖)〉 230
부요자(扶搖子) → 진희이(陳希夷)
부지당(不知堂) 406
「부채의 작은 경치에 대하여 쓰다[扇面小景]」 372
「부채의 작은 그림에 제하다[題扇面小畫]」 372
부희년(傅憙年) 467
북관(北關) 311, 313
『북관기사』 313
「북관대첩비」 312, 334
『북관유적도첩(北關遺蹟圖帖)』 311, 312, 314, 315, 318, 320, 321, 324, 327, 329, 331, 333, 335, 338
『북관읍지』 313
『북관지(北關志)』 312, 313, 338
『북로기략』 313
『북여요선』 313
「북조도」 375
북촌노민 → 탕병룡(湯炳龍)
『북촌집(北村集)』 147
분운(分韻) 55, 439
분운부시(分韻賦詩) 433
「불이법문품(不二法門品)」 103
〈불이선란도〉 103, 108, 111
「불출문(不出門)」 111
『불후첩(不朽帖)』 447
브로델, 페르낭 384
비렴(飛廉) 457
비와(肥窩) → 창하(蒼霞) 원경하(元景夏)
『비전주림(秘殿珠林)』 491
비파 260
빈풍(豳風) 29
〈빈풍칠월도(豳風七月圖)〉 29

**[ㅅ]**

사가(四佳) 91

『사고전서(四庫全書)』 453
사곤(謝鯤) 156
『사기열전』 455
사녀도(仕女圖) 23
사능(士能) 220, 228, 247, 260, 261
사마광(司馬光) 176, 351
사마중달(司馬仲達) 365
사명(司命) 457
사명광객(四明狂客) 216
사비에르, 조너선(Jonathan Saville) 7
「사비추해(士悲秋解)」 285
〈사빈신춘도(泗濱新春圖)〉 232, 237
『사서총설(四書叢說)』 149
〈사성수산도(四聖搜山圖)〉 491
〈사시팔경도〉 438
사영운(謝靈運) 107
사이인 슌쇼[西胤俊承] 430, 433, 434
『사제첩(麝臍帖)』 50
「사진자찬(寫眞自贊)」 137
사탄(史呑) 405
〈사현청유도(四賢淸遊圖)〉 97
산간(山簡) 486
〈산거한담도(山居閑談圖)〉 209
〈산경춘행도(山徑春行圖)〉 69, 70
산귀(山鬼) 452, 457-59, 461
「산사(山寺)」 110
〈산수도〉 50, 72, 73, 96, 246, 305, 438
『산수수석보(山水樹石譜)』 293
『산수인물첩』 114
〈산수팔첩병풍(山水八帖屛風)〉 122
산신 457
「산에 들어가 성중의 친구에게 부치다[入山寄城中故人]」 206
「산정일장(山靜日長)」 225
〈산정일장도〉 225
산진 본포(散人梵芳) 430
『산해경』 440, 485, 487-89
『산해경고금본편고(山海經古今本篇考)』 488
『산해경도회전상(山海經圖繪全像)』 488
「산해경을 읽고[讀山海經]」 440, 487
「산행(山行)」 306
〈산행도(山行圖)〉 447
『산행일기(汕行日記)』 419, 420
산향(山響) 76
「산향기(山響記)」 374
산향재 374
살사결(撒思結) 140
삼공불환 341
〈삼공불환도(三公不換圖)〉 339-42
『삼국유사』 385
『삼국지』 396
『삼봉집』 163
『삼연집(三淵集)』 411
삼익 437
〈삼익재도(三益齋圖)〉 436, 437
「삼익재도서」 436
삼일정(三一亭) 406, 421
삼종제 박수원(朴綏源) 477, 478
삼탄(三歎) 409
상고루(尙古樓) 303
상군(湘君) 452, 457, 458
상귀(殤鬼) 457
상련회(賞蓮會) 350
상부인(湘夫人) 452, 457, 458

상산사호(商山四皓) 120
상황(上皇) 457
〈새우와 조개〉 402
〈생조거상도(生朝擧觴圖)〉 232, 240
서거정(徐居正) 372
『서경』 275
「서경부(西京賦)」 380
『서경잡기(西京雜記)』 380
서고(西皐) → 유언술(兪彦述)
서고옹(西皐翁) → 유언술(兪彦述)
「서남지기로회도후(書南池耆老會圖後)」 351
서노수(徐潞修) 250
서당(西唐) 288
「서면도」 375
「서무이구곡도(書武夷九曲圖)」 418
서묵재 → 박유성(朴維城)
서문장 470
「서문장 묵해첩 지본(徐文長墨蟹帖紙本)」 401
「서문장전(徐文長傳)」 470
서문표(西門豹) 169
서방달(徐邦達) 454, 461
서벽정(栖碧亭) 448
서성 → 약봉(藥峯) 서성(徐渻)
「서암강학기(西巖講學記)」 188
서암산(瑞巖山) 240
「서암산 들어가는 길에[入瑞巖道間]」 240
서암 선사 227
서영보(徐榮輔) 213, 295, 297
서옥도(書屋圖) 40
서왕모(西王母) 261
서원(西園) 257
〈서원아집도(西園雅集圖)〉 257, 258, 260
「서원아집도기(西園雅集圖記)」 99, 258, 260
서위(徐渭) 65, 451, 465-67, 469, 470, 472, 475, 476, 493
『서위전집』 467
서유구(徐有榘) 250
『서유기(西遊記)』 489
서재도(書齋圖) 425, 435, 436
서정보(徐鼎輔) 351
『서주연의』 490
서화상자경(書畫像自警) 131
『석거보급속편(石渠寶笈續編)』 142
석계산인(石溪山人) → 조영석(趙榮祏)
석당사(石唐寺) 405
석도(石濤) 287
석란(石蘭) 유성환(兪星煥) 139
「석름봉, 경부(장식)의 시에 차운하다[石廩峰次敬夫韻]」 242
〈석림묘옥도(石林茆屋圖)〉 305
석실 408
「석암사 술지 10운(石巖寺述志十韻)」 188
〈석양귀소도(夕陽歸巢圖)〉 61-63
『석양선생존고(射陽先生存稿)』 491
『석우망년록(石友忘年錄)』 33
석전 → 심주(沈周)
〈석죽도〉 77
석준사인(奭準私印) 105
석초(石樵) 정안복(鄭顔復) 47, 82, 247, 255
석탄(石灘) 152
석호(石湖) 홍사효(洪思斅) 348, 350, 352, 353
선기암(仙機巖) 405
선로노인(仙露老人) → 추사 김정희(金正喜)
〈선면금강산도(扇面金剛山圖)〉 373

선면화(扇面畫) 81
「선부군묘지(先府君墓誌)」 274
「선부군신도비(先府君神道碑)」 274
〈선상관매도(船上觀梅圖)〉 197, 204
〈선인기우도(仙人騎牛圖)〉 229
선장봉(仙掌峰) 405
선제(宣帝) 162
선조대(仙釣臺) 239
『선조수정실록』 330
선춘령 316
선춘현(先春峴) 316
『선화화보(宣和畫譜)』 491
「설괘전(說卦傳)」 169
설벽와(雪壁渦) 420
「설부(說符)」 110, 192
〈설산기려도(雪山騎驢圖)〉 247
설인명(偰仁命) 153
〈설중귀려도(雪中歸驢圖)〉 246
〈설중기려도(雪中騎驢圖)〉 245
〈설중방매도(雪中訪梅圖)〉 247
섬옹 → 김상리(金相履)
섭서(葉西) 67
섭향고(葉向高) 274, 275
성대중(成大中) 366, 447
『성리군서(性理群書)』 157
「성언(醒言)」 366
성인문(成三問) 기(記) 439
성해응(成海應) 67
성현(成俔) 381
『성호사설』 241
성호 이익(李瀷) 185, 187, 188, 418
「성황엽호제문(城隍獵虎祭文)」 382
〈세마도(洗馬圖)〉 217, 219, 220
「세마도시(洗馬圖詩)」 220
세외심(世外心) 415
세조 322
세종(世宗) 319-22, 365
『세종실록』 316
소당 김석준(金奭準) 105
소도원선관주인인(小桃源僊館主人印) 105
소동파 77
소림(巢林) 288
〈소림야수도(疏林野水圖)〉 225
소미(少眉) 186
소미(邵彌) 253
소미산방 186
『소미산방장(少眉山房藏)』 185
소미산인(少眉山人) → 이삼환(李森煥)
소사(簫史) 222, 223
소사명(少司命) 452, 457, 458
소식 → 동파거사 소식(蘇軾)
『소씨견문록(邵氏聞見錄)』 160
소아(小雅) 30
소옹(邵雍) 49, 368
「소완(小宛)」 291
『소요재집(逍遙齋集)』 400
소자미(蘇子美) 106
소자첨 261
소정방 11, 12
소진(蘇晉) 215
소천(小泉) 41
소철(蘇轍) 259
소치(小癡) 44
소통(蕭統) 453

소평(邵平) 473
「소한식 날 배 안에서 보며[小寒食舟中看]」 199, 200
소한신(蘇漢臣) 492
소향거사(小香居士) → 종원정(宗元鼎)
소훈(巢勳) 293
『속선전(續仙傳)』 472
『속신선전(續神仙傳)』 254
손재형(孫在馨) 105
손조공(孫肇功) 293
손창근 105
〈송계도〉 193
송계(松溪) 이인기(李麟奇) 351, 352
송기(宋祁) 455
『송사(宋史)』 160
송석원 93
〈송석원시사아회도(松石園詩社雅會圖)〉 93, 94
〈송석원시사야연도(松石園詩社夜宴圖)〉 91, 92
송설(松雪) 110
송수관(松水館) 59, 94
『송수관화첩』 59
송시열(宋時烈) 129-31, 133, 406, 413
송신용(宋申用) 393
송악산 345
송옥(宋玉) 26, 285
『송자대전』 131
「송죽재시서(松竹齋詩序)」 437
송진흠(宋晉欽) 173
송척(宋陟) 214
송풍정(松風亭) 406
〈송하선인취생도(松下仙人吹笙圖)〉 220, 223
〈송하탄기도(松下彈棋圖)〉 113, 119
〈송하한담도(松下閑談圖)〉 207, 209
송호(松湖) → 유언술(兪彦述)
『송호집(松湖集)』 173
〈쇄마도(刷馬圖)〉 220
쇼이치[聖一] 427
〈수산도(搜山圖)〉 489, 491, 493
〈수산천왕상(搜山天王像)〉 491
〈수산해도(搜山海圖)〉 477, 489
「수산해도가(搜山海圖歌)」 477-79, 484
〈수색만광도(水色巒光圖)〉 435
「수성동시(水聲洞詩)」 65
수수정(數樹亭) 37
수신 457
수심(水心) 윤동로(尹東老) 351,353
수양대군 322, 324
『수언(粹言)』 320
〈수원능행도병(水原陵幸圖屛)〉 97
수월 99
〈수책거적(守柵拒敵)〉 312, 330, 331, 338
〈수하오수도(樹下午睡圖)〉 211, 212
숙종 134, 359, 365
순숙(荀淑) 233
순욱(荀彧) 299
순조 340
〈순조순원후가례의궤도(純祖純元后嘉禮儀軌圖)〉 97, 392
순화군 보 334
「순희 갑진년 중춘에 정사에서 한가히 지내면서 장난삼아 무이도가 10수를 지어 같이 노니는 여러 사람들에게 보이고 한 번 같이 웃는다[淳熙甲辰仲春, 精舍閑居, 戲作武夷櫂歌十首, 呈諸同游, 相與一笑]」 405

「술잔을 앞에 두고 하 비서감을 추억하며[對酒憶賀監]」 216
「술회시」 177, 178
숭안현(崇安縣) 240
숭양(嵩陽) 136, 346
숭양서원(嵩陽書院) 133
슈분 → 엣게이 슈분[越溪周文]
슈쿠에이 쇼반[叔英宗播] 430, 433
습정 268, 270
승난(僧鸞) 485
승진동(升眞洞) 405
『시경』 29, 30, 485
『시관(詩觀)』 218
시령(詩令) 8
시암(是庵) 강인(姜絪) 352
『시여화보(詩餘畵譜)』 223
시의도(詩意圖) 5
「시장(諡狀)」 177
『시집전명물초(詩集傳名物鈔)』 149
『시필(試筆)』 106
시하쿠 → 준 시하쿠[純子璞]
『식고당서화회고(式古堂書畫滙考)』 491
식체공부(拭涕工夫) 111
『신간음점성리군서구해(新刊音點性理群書句解)』 157
신광수(申光洙) 246, 382, 383
신녀협(神女峽) 412, 414
신녀회(神女匯) 420
『신당서』 470
신대겸(申大謙) 313
신라산인(新羅山人) 288
신로(莘老) → 김상리(金相履)
「신로의 〈섬강귀주도〉에 장난삼아 쓰다[戱題莘老蟾江歸舟圖]」 58
신립(申砬) 313, 328-30, 333
신만(申晩) 173
신사임당 393, 396
신상절도 329
신석실 408
〈신선도〉 257
〈신선도해도(神仙渡海圖)〉 369, 370
신세준 334
신숙주(申叔舟) 313, 321-23, 372
신여철(申汝哲) 313
신오거사(愼娛居士) → 이유방(李流芳)
신우치수(神禹治水) 341
〈신우치수도(神禹治水圖)〉 341
신운파(神韻派) 213
신위(申緯) 36, 76, 77, 79, 225, 344, 390, 391, 402
신윤복 → 혜원(蕙園) 신윤복(申潤福)
신잠(申潛) 245
신재효 29
신촌시(新村市) 405
『신취미(新趣味)』 60
신통유희(神通遊戱) 110
신한평(申漢枰) 205
심(心) 337
심괄(沈括) 213, 214
심노숭(沈魯崇) 66
심덕부(沈德符) 165
심사정(沈師正) 225, 246, 293, 378, 388, 394
〈심산행려도(深山行旅圖)〉 246
심석전 290

심운홍(沈雲鴻) 304
심윤 → 오창(梧窓) 심윤(沈愉)
심전기(沈佺期) 201
심정 73
심주(沈周) 40, 290, 294, 298, 302-5
심지화(心之畫) 427
『십죽재서화보(十竹齋書畫譜)』 191
〈쌍치도(雙雉圖)〉 89, 90
〈쏘가리〉 396


## [ㅇ]

아미산(峨眉山) 140
『아송(雅誦)』 233
아시카가 요시마사[足利義政] 437
아시카가 요시모치[足利義持] 429
아황(娥皇) 119
안록산 210
안보(安輔) 151
안성자유(顔成子游) 171
안정복 189
안중관(安重觀) 52, 57
안평대군(安平大君) 138, 372
안필선(顏筆仙) 474
알바(alba) 7
압구(狎鷗) 270
애오려(愛吾廬) 450
「애오려기」 450
『야곡삼관기(冶谷三官記)』 62
야마나 도키히로[山名時熙] 430, 432-34
『야사(野史)』 151
〈야연사준(夜宴射樽)〉 311, 317, 318, 320
「야우(夜雨)」 430
〈야전부시(夜戰賦詩)〉 312, 321
약극(若極) 287
약봉(藥峯) 서성(徐渻) 351-53
양량(楊亮) 215
양만리(楊萬里) 87, 430
양문총(楊文驄) 253
양수(梁需) 429-33
「양양가(襄陽歌)」 486
양주(楊朱) 270
양주파(揚州派) 102, 467
양주팔괴(揚州八怪) 288
양진(楊戩) 489
양청표(梁清標) 466
양팽손(梁彭孫) 71-73, 438
「양학변(洋學辨)」 189
「양혜왕·상」 78
「어머니 생탄일에 장수를 빌다[壽母生朝]」 240
어몽룡(魚夢龍) 225
「어부(漁父)」 454
「어부사(漁父詞)」 398
『어수록(禦睡錄)』 393
『어수신화(禦睡新話)』 393
어우당(於于堂) 유몽인(柳夢寅) 8, 113, 115-18
『어우집』 116-18, 120, 121
어유소(魚有沼) 313, 323, 325, 327
〈어패도(魚貝圖)〉 393
〈어해도(魚蟹圖)〉 393, 394
「어해도화첩」 398
〈어해초하도(魚蟹草蝦圖)〉 265, 396, 397
억원(抑園) 288
「언서서주연의발(諺書西周演義跋)」 490
엄숭(嚴嵩) 465

『엄주산인문집(弇州山人文集)』 493
『에오스, 시에 나타난 연인의 만남과 아침이별 주제에 관한 탐구(Eos, An Enquiry into the Theme of Lover's Meetings and Partings at Dawn in Poetry)』 7
에쿄[慧嶠] 436
엔니[圓爾] 426
엣게이 슈분[越溪周文] 435
여만(如滿) 176
여몽정(呂蒙正) 368
〈여배멱구도(驢背覓句圖)〉 246
여성제(呂聖齊) 60
여수구(黎遂球) 110
여신(厲神) 457
여영(女英) 119
여왜(女媧) 457
『여유당전서』 11
여춘영(呂春永) 60
역매(亦梅) 41
연객(烟客) 허필(許佖) 10, 304, 373
연경재(研經齋) 105
연담(蓮潭) 김명국(金明國) 246, 406
『연려실기술』 114, 336
연릉 353, 354
연아체(演雅體) 393
연암 박지원(朴趾源) 220, 477, 478, 483-87, 489, 493
『연암집』 479
〈연자멱시도(撚髭覓詩圖)〉 113, 116, 117
「연지기로회첩서」 354
「연지기영회첩좌목(蓮池耆英會帖座目)」 350
연지회(蓮池會) 350
「연지회시종사실(蓮池會始終事實)」 350
연평 353
「열상화보」 220
『열선전』 494
『열성어제』 134
『열자』 110, 192, 270
열청재(閱淸齋) → 장한종(張漢宗)
열하(熱河) 395
『열하일기』 220
염복(閻復) 140
염사안(閻士安) 399
『염철론(鹽鐵論)』 341
「영곡시서(靈谷詩序)」 22
영당(影堂) 416, 417
영대 222
『영대정잡영(映帶亭雜詠)』 477, 479
〈영모도(翎毛圖)〉 89, 90
영수(穎叟) 97, 99
영숙(穎叔) 151
영왕(靈王) 222
영인(寧人) → 고염무(顧炎武)
『영재집(泠齋集)』 478, 484
영표(瘿瓢) 288
『예기(禮記)』 381
예종 327
예혼(禮魂) 452
오경(吳京) 372
오경석(吳慶錫) 41
오광운(吳光運) 276
오구자(於謳子) 156
오규일(吳圭一) 103, 109
오로회(五老會) 176
오리곡(梧里谷) 414

오봉(五峯) 이호민(李好閔) 113, 115, 118-20, 122, 350-53
오부리(五夫里) 405
오산(五山) 425, 434-38
오산십찰(五山十刹) 425
오세동자(五歲童子) 408
오세암(五歲菴) 156
오센 게이산 437
오소산(吳小山) 104, 109
오수(吳修) 454
오수산(吳壽山) 141, 142, 144
오순(吳珣) 225
오숭량(吳崇梁) 36
오승은(吳承恩) 491
오연총(吳延寵) 313-17
오예(吳叡) 451, 454, 462
오요(吳燿) 306
오원(吾園) 267, 273, 274, 276, 450
오위업(吳偉業) 251, 253
오윤적 334
「오잠승녹균헌(於潛僧綠筠軒)」 187
오재순(吳載純) 448
오주석 201, 203
오지(五之) 161
오찬(吳瓚) 37
오창(梧窓) 심윤(沈倫) 351, 352, 355
오파(吳派) 303
오형 332, 333
오횡묵(吳宖默) 30
옥계시사(玉溪詩社) 93
「옥계시사서(玉溪詩史序)」 93
『옥계청유첩(玉溪淸遊帖)』 91, 93
옥녀봉(玉女峰) 405
옥녀협 415
옥류동 448
옥산(玉山) → 장한종(張漢宗)
『온고관규(溫故管窺)』 149
와룡담(臥龍潭) 416, 419-21
『완위여편(宛委餘編)』 493, 494
완적(阮籍) 245
왓슨, 버턴(Burton Watson) 199
왕감(王鑒) 253
왕개(王概) 291
왕공 227
「왕공전(王恭傳)」 227
왕기후(王迪侯) 493
왕덕신(王德信) 493
왕몽(王蒙) 301, 429
왕사신(汪士愼) 288
왕선(王詵) 257, 259
왕세정(王世貞) 493, 494
「왕숙전(王肅傳)」 396
왕시(王蓍) 291
왕시민(王時敏) 253
왕안석(王安石) 22, 186
왕안절 300
왕얼(王臬) 291
왕염(王炎) 243
왕유(王維) 206, 207, 210, 212, 213, 267, 272, 410, 413, 428, 469
〈왕유시의도(王維詩意圖)〉 271
왕인지(王引之) 485
왕일(王逸) 452, 458
왕자교(王子喬) 222

왕자진(王子晉) 222
왕적기후(王迪起侯) 493
왕즙(王楫) 293
왕흠신(王欽臣) 259
왕희지(王羲之) 161, 356
요가 신코[與可心交] 437
『요산당외기(堯山堂外紀)』 241
요수(姚燧) 140
요엄류정(聊淹留亭) 406
요여염(姚汝恬) 454
「요현숙의 남서서원에 올린다[呈姚顯叔南嶼書院]」 87
〈용맹한 호랑이〉 378
용면거사 이공린(李公麟) 77, 257, 259-61, 453, 464
용연(龍淵) 407
『용재총화』 381
『용천담적기(龍泉談寂記)』 214
용흥각(龍興閣) 247
우계(尤溪) 237
우곡(愚谷) 이유간(李惟侃) 350, 351
『우묘집설(憂畝集說)』 181
우봉(又峰) → 조희룡(趙熙龍)
우신(雨神) 457
우옹(尤翁) 132
「우추두운(又抽杜韻), 증신로(贈莘老)」 55
운경 445
운군(雲君) 457
운기(耘岐) → 이단전(李亶佃)
운루(雲樓) → 미호(渼湖) 김원행(金元行)
운문(雲門) 409
운신(雲神) 457
운중군(雲中君) 452, 457
운포(雲浦) 60
〈운회창죽도(雲晦蒼竹圖)〉 113, 118
울지개 332
웅물헌(熊勿軒) 233
웅화 240
원경하 → 창하(蒼霞) 원경하(元景夏)
원관(圓觀) 39
원굉도(袁宏道) 65, 106, 470
원교(袁郊) 39
〈원교서옥도(圓嶠書屋圖)〉 40
원림(園林) 341
원매(袁枚) 106
원명구(元命龜) 273
원명선(元明善) 139
원몽린(元夢麟) 273
원백(元伯) 58
원성왕 386
『원시선(元詩選)』 147, 453
〈원안와설도(袁安臥雪圖)〉 213, 214, 428
「원유(遠遊)」 119
원인손(元仁孫) 134
원종도(袁宗道) 470
〈원주행선도(原州行船圖)〉 50, 51
원중도(袁中道) 470
원진 222
원통대사(圓通大師) 259, 260
〈원행을묘정리의궤도(園行乙卯整理儀軌圖)〉 392
원화벽(元化壁) 409
월곡(月谷) → 오원(吾園)
〈월만수만도(月滿水滿圖)〉 232, 239
〈월반노안도(月伴蘆雁圖)〉 113, 117

월어(月禦) 457
〈월하고문(月下鼓門)〉 230
〈월하정인도(月下情人圖)〉 7, 9
〈월하취생(月下吹笙)〉 306
〈월하취생도(月下吹笙圖)〉 223, 224
웨일리, 아서(Arthur Waley) 7
위관(魏觀) 23
위백양(魏伯陽) 361
위창(葦滄) 오세창(吳世昌) 81
위충현(魏忠賢) 252, 275
위풍(衛風) 485
유개(劉槩) 418
유경(劉涇) 259
유공보(劉貢父) 399
유금(柳琴) 456
유기원(兪綺園) 345
유득공(柳得恭) 478
유량(庾亮) 156
유마 103
『유마경』 108, 210
『유마힐경』 103
유명일(兪命一) 177
유몽인 → 어우당(於于堂) 유몽인(柳夢寅)
유백기(兪伯基) 181
유복기(兪復基) 177, 181
유복렬(劉復烈) 245
유봉휘(柳鳳輝) 177
『암유서사(岩幽棲事)』 307
유순익 → 지강(芝岡) 유순익(柳舜翼)
유씨 218
「유씨전(柳氏傳)」 218
유안(劉安) 455
유언석(兪彦奭) 181
유언섭(兪彦燮) 181
유언숙(兪彦鏽) 344
유언술(兪彦述) 172, 173, 176, 177, 180, 181
〈유언술 초상〉 174
유언저(兪彦著) 181
유언지(兪彦摯) 180, 181
유언질(兪彦質) 181
유언호(兪彦鎬) 63, 166, 167, 169-71
유우석 469
〈유음납량도(柳陰納凉圖)〉 50
유자광 328
유재건(劉在建) 393
유재소(劉在韶) 41
유죽헌(有竹軒) 93
유지당(有知堂) 406
유척기(兪拓基) 177
유추 쇼센[猷中昌宣] 430, 433, 434
유춘(有春) → 고송유수관 이인문(李寅文)
유학고(劉學古) 241
유한 347
「유호(有狐)」 485
유희삼매(遊戲三昧) 110
유희이(劉希夷) 203
『육률분운(陸律分韻)』 243
육부도인(六浮道人) → 이유방(李流芳)
육유(陸游) 242, 244, 245, 248, 303, 368
육유의 시 243
육일당주인 207, 208
윤경(潤卿) 53
윤관(尹瓘) 313-17
윤기(尹愭) 494

윤덕희(尹德熙) 220
윤동로 → 수심(水心) 윤동로(尹東老)
윤동수(尹東壽) 68
윤두서(尹斗緖) 73, 305, 358, 359, 365
윤면동 38
윤봉조(尹鳳朝) 373
윤언순 317
윤유(尹游) 276
윤정기(尹廷琦) 226
윤종원(尹鍾遠) 419
윤탁연 336
윤필병(尹弼秉) 9
윤필상 327
윤학산(尹鶴山) 345
윤형(尹泂) 396
융의연(隆義淵) 408, 412, 417, 421
「은일열전(隱逸列傳)」 303
은칠칠(殷七七) 466, 467, 472-75
「음중팔선가(飮中八僊歌)」 215, 216
〈의용무안왕상(義勇武安王像)〉 492
이가환 189
이각(李珏) 474
이경록 331, 333
이경석(李景奭) 350, 354
이경섭(李景攝) 153
이경여 369
이경윤(李慶胤) 94, 113, 114, 123, 125
이경직(李景稷) 348, 350, 352, 353
이곡(李穀) 150, 151
이공린 → 용면거사 이공린(李公麟)
이괄 337
이광사(李匡師) 351, 352, 354
이광수(李光壽) 419
이광좌(李光佐) 177
이광휴(李廣休) 187
이구(李構) 351
「이군시서(李君詩序)」 64
이권 → 두곡(杜谷) 이권(李勸)
이귀 → 묵재(默齋) 이귀(李貴)
이규보(李奎報) 160, 464
이규채(李奎采) 172
이긍익 114, 336
이기룡 348
이기수(李耆秀) 294
이단전(李亶佃) 61, 63-65, 67
「이단전전(李亶佃傳)」 64
이단하(李端夏) 312, 338
이덕무(李德懋) 60, 367, 368, 456, 477, 487
이덕유(李德柔) 399
이동양(李東陽) 305
「이랑수산도가(二郎搜山圖歌)」 491
이랑신(二郎神) 489, 490
〈이랑신수산도(二郎神搜山圖)〉 490
이마두 447
이만수(李晩秀) 294, 297
이명환(李鳴煥) 187, 188
『이목구심서(耳目口心書)』 487
이몽서(李夢瑞) 331, 333
이문원(摛文院) 243
이미중(李美仲) 373, 374
이민계 369
이민구(李敏求) 122, 123
이민식(李敏埴) 260
이방간(李芳幹) 166

이방원 166

이방응(李方膺) 288

이백 214-16, 375, 486

이백시 261

이벽(李蘗) 189

이병연(李秉淵) 50, 52, 54

이병휴(李秉休) 187, 188

이붕수(李鵬壽) 334, 335

이빙(李氷) 489

이산해(李山海) 114

이삼환(李森煥) 182, 184-90, 192, 193

이상(李常) 186

이색(李穡) 151

「이생의 선화에 쓰다. 그림은 장한종의 〈묵해〉 이다[題李生扇畫. 畫是張漢宗墨蟹也]」 398

이선(李鱓) 288, 467

이성계 162, 165, 493

이성군(利城君) 이관(李慣) 113

「이세남이 그린 가을 경치에 쓰다[書李世南所畫秋景]」 225

이세익(李世翊) 351

「이소」 455, 456, 457

「이소경」 371, 456

「이소경서(離騷經序)」 455

이쇼 도쿠간[惟肖得巖] 430, 432, 433, 437

이수광(李睟光) 114, 122

이수민(李壽民) 247

이순신 313, 330, 331, 333

이숭(李嵩) 492

이승훈 189

이시애 323, 325, 327

이시진(李時珍) 48

이식(李植) 312, 338

이씨산방 186

이양생(李陽生) 382

이어(李漁) 291

〈이어도(鯉魚圖)〉 393

이억기 333

이언세(李彦世) 373, 374

이연(李淵) 218

이영윤(李英胤) 94

이옥(李鈺) 285, 287

이용휴(李用休) 63, 474, 475

이욱수(李旭秀) 294

이원(李源) 39, 228

이원담 207, 208

「이원이 반곡으로 돌아가는 것을 전송하는 글[送李愿歸盤谷序]」 228

이위국(李緯國) 114

이유간 → 우곡(愚谷) 이유간(李惟侃)

이유방(李流芳) 205, 250-52, 293

이유원(李裕元) 62

이윤보(李允甫) 401

이윤영 38

이은상 60, 61

「이응의 은둔 거처에 적다[題李凝幽居]」 230

이의활(李宜活) 155

『이이자초(而已自艸)』 449, 450

이익 → 성호 이익(李瀷)

「이익에게 주다[贈李翼]」 218

이익진(李翼鎭) 172

이인기 → 송계(松溪) 이인기(李麟奇)

이인문 → 고송유수관 이인문(李寅文)

이인상(李麟祥) 37, 38, 305, 306, 369, 371

이인영 88
이인임 493
이잠(李潛) 187
이재(李在) 491
이재(李縡) 273
이재관(李在寬) 225
이재덕(李載德) 153
이재의(李載毅) 419
이적지(李適之) 215
이정(李禎) 94
이정귀(李廷龜) 372
이정운(李鼎運) 9
이정해(李廷楷) 61, 67, 68
이제현(李齊賢) 138-43, 145, 147, 149, 453
「이제현진찬(李齊賢眞贊)」 147
이존오(李存吾) 150, 152
이준 327
이중로(李重老) 352
이지(李贄) 470, 472
이지안(李志安) 186
이지의(李之儀) 259
이진(李璡) 215
이징(李澄) 114
이징옥 324, 325
「이찬수재에게 주다[贈李粲秀才]」 485
이창환(李昌煥) 187
이천보(李天輔) 276
이청아 332
이추 쓰조[惟忠通恕] 430, 432-34
이탁오 106
이택용 50
이 패랭이 → 이단전(李亶佃)
이 패랭이 → 이정해(李廷楷)
이평량(李平凉) → 이단전(李亶佃)
이하(李賀) 155, 216
이하응 45
이한철(李漢喆) 45, 46
이해(李瀣) 187
『이향견문록(里鄕見聞錄)』 393
〈이허주산수화(李虛舟山水畫)〉 372
이현로(李賢老) 부(賦) 439
이형록(李亨祿) 392
이호민 → 오봉(五峯) 이호민(李好閔)
이황(驪黃) 110
이황(李滉) 49
이황빈모(驪黃牝牡) 193
이희저 189
『익재난고(益齋亂藁)』 141
인곡(仁谷) 294
〈인곡유거도(仁谷幽居圖)〉 294
『인물보(人物譜)』 293
인재(因齋) → 이단전(李亶佃)
『인천안목(人天眼目)』 107, 108
일권석산방(一卷石山房) 228
『일사유사(逸士遺事)』 89, 448
일산일녕(一山一寧) 427
일수양안(一水兩岸) 305
일신(日神) 457
일어(日禦) 457
〈일전해위(一箭解圍)〉 312, 328, 329
『일지록(日知錄)』 46
일호(一濠) 남계우(南啓宇) 83, 85, 88, 393
일호노우(一濠老友) → 일호(一濠) 남계우(南啓宇)
『일호당도서기(一濠堂圖書記)』 88

임경번 332, 333
임고(臨皐) 135
임명전승비 334
임백안독고사(任伯顔禿古思)(임바얀퇴귀스) 140
〈임연여직도(林烟如織圖)〉 113, 115, 121
임운명(林雲銘) 452
〈임이공린구가도(臨李公麟九歌圖)〉 454
임전(林腆) 153
임정(任珽) 158, 276
〈임정도(林亭圖)〉 372
『임제록』 109
임하상(任夏常) 67
『임하필기(林下筆記)』 62
임해군 진 334
임희수(任希壽) 158
임희지(林熙之) 97, 99
『입옹화전(笠翁畫傳)』 293
『입촉기(入蜀記)』 243
잇카 겐푸[一華建怤] 430

**[ㅈ]**

「자사진찬」 156
자서(子西) → 당경(唐庚)
자연실(自然室) 406
자연옹(紫煙翁) → 고송유수관 이인문(李寅文)
『자저실기(自著實記)』 66
「자제화상(自題畫像)」 181
「자지(自誌)」 274
「자찬(自贊)」 159, 465
「자표(自表)」 274
자하(紫霞) → 신위(申緯)
작표도 386
〈작호도(鵲虎圖)〉 386
「잡편·우언(寓言)」 270
장경주(張敬周) 180
장과(張果) 254
장과로 257
장구령(張九齡) 44
장구집주(章句集註) 148
장기(蔣驥) 452
「장난삼아 초계도를 그리다[戲作苕溪圖]」 9
장남(張楠) 255
장다농(張茶農) 36
「장대류전(章臺柳傳)」 218
장득만(張得萬) 180, 392
장뢰(張耒) 259
장륜(張綸) 392
『장백운선명공선보(張白雲選名公扇譜)』 304
장보웨이[張伯偉] 245, 247
장사성(張士誠) 23
장승업(張承業) 89, 90, 301, 302, 450
장승요 488
장심(張深) 36
장악(張渥) 451, 453, 454, 458-61, 464
장안세(張安世) 162
장양호(張養浩) 139
장언원(張彥遠) 213
장영덕(張永德) 365
장우벽(張友璧) 448
장욱(張旭) 215
장원변(張元忭) 472
장유(張維) 348, 351, 365
장윤의(張允誼) 347
장응호(蔣應鎬) 488

장일규(蔣一葵) 241
『장자』 21, 22, 171, 200, 270, 394, 402
장준(張浚) 242
장준량(張駿良) 392
장준택 344
장지연(張志淵) 89, 448
장지완 448
장지화(張志和) 398
장택상(張澤相) 105
장학증(張學曾) 253
장한(張瀚) 52
장한종(張漢宗) 390, 392, 393, 398, 401, 402
장형 380
장혼(張混) 93, 447-49
「장혼선생전」 448
「장혼전」 448
장후은(張後殷) 347
쟁석(爭席) 270
저환(褚奐) 454, 461
적겸모(狄兼謨) 351
적선인(謫仙人) 216
「적우망천장작(積雨輞川莊作)」 267, 271
「전가고(田家苦)」 189
〈전가낙사도(田家樂事圖)〉 29
「전거(田居)」 22, 437
전겸익(錢謙益) 251
전기(田琦) 40, 42, 43
『전당시(全唐詩)』 221
「전면도」 375
전사(塡詞) 439
전선(錢選) 453
『전수월산방북서상장본이권(田水月山房北西廂藏本二卷)』 493
전약수(錢若水) 365, 366
전욱(顓頊) 457
〈전원락〉 219
「전원락(田園樂)」 212
전일상 219
〈전일상 한유도(全日祥閒遊圖)〉 219
「전자방(田子方)」 21
전준(田畯) 29
절재(節齋) → 김종서(金宗瑞)
절파(浙派) 114
점검(點檢) 365
정가수(程嘉燧) 251, 252
정가신(鄭可臣) 150, 151
정가회(鄭嘉會) 259
정경(鄭綮) 245
정관지치 365
정군방 184
「정군방의 송계도 뒤에 적는다[書鄭君房松溪圖後]」 185
「정귀(訂鬼)」 484
정기생(貞期生) 453
정내교(鄭來僑) 52, 53
정내봉(鄭來鳳) 47
정도전(鄭道傳) 139, 163, 165, 166, 319
정란 → 창해옹(滄海翁) 정란(鄭瀾)
정림(亭林) → 고염무(顧炎武)
정말수 334
정몽주 → 포은(圃隱) 정몽주(鄭夢周)
정문부(鄭文孚) 313, 334-38
「정미용이 산집으로 방문하여 시를 지어 남겨 두었으므로 그 시에 차운한다[丁美庸見訪山居有

詩留題遂次其韻」 188
정상기 191
정선 → 겸재(謙齋) 정선(鄭敾)
『정선총쇄록(旌善叢瑣錄)』 30
정섭(鄭燮) 288, 467
정세신(鄭世臣) 134
정수영(鄭遂榮) 60, 182-85, 191-94, 305, 306
정숭(鄭崇) 428
정안복 → 석초(石樵) 정안복(鄭顔復)
정야부(丁野夫) 492
정약용(丁若鏞) 9-12, 188, 404, 419-21
정언신(鄭彦信) 330, 331, 333
정우량(鄭羽良) 276
정의재(鄭義齋) 237
정인지 191
정자 412
정조 129, 167, 232, 233, 236, 239, 242, 243, 248, 285, 392
정종 166
정중(鄭重) 490, 492
정지윤(鄭芝潤) 41
정진성(鄭眞誠) 152
정찬휘(鄭纘輝) 134
정철(鄭澈) 287
정 초부(鄭樵夫) 60, 61
「정 초부의 시가」 60
『정춘루첩(靜春樓帖)』 158
정포은 → 포은(圃隱) 정몽주(鄭夢周)
정학교(丁學教) 89
정학연(丁學淵) 419
정호(程顥) 91
정홍래(鄭弘來) 180
정후교(鄭后僑) 52
「제기로제공남지상련회도(題耆老諸公南池賞蓮會圖)」 351
「제물론」 171
「제사녀도시(題仕女圖詩)」 23, 24, 26
「제생(題笙)」 221, 222
「제세검정아집도(題洗劍亭雅集圖)」 250
『제승방략』 330-33
「제죽석목우(題竹石牧牛)」 76
「제해부시권(題海夫詩卷)」 211
제화(題畫) 5
「제화이절(題畫二絶)」 305
「제화첩(題畫帖)」 113
〈조개와 새우〉 390, 401
조공명(趙公明) 489
조광윤(趙匡胤) 359, 362, 365
조광의 362
조광조 73, 438
조극선(趙克善) 62
「조대(釣臺)」 341
조대림(趙大臨) 166
조도시(造道詩) 418
조두순(趙斗淳) 139
조래산(徂來山) 428
「조룡대」 10, 11
「조룡대기(釣龍臺記)」 11
조린(趙麟) 220
조맹덕(曹孟德) 365
조맹부(趙孟頫) 110, 139, 142, 220, 228, 429, 453
조민수 165
조백심(趙伯心) 123, 125
조병구(趙秉龜) 211

조보지(晁補之) 259
조생 411, 413
『조선고금소총』 393
『조선 고적도보』 191
조선국봉례사(朝鮮国奉禮使) 430
조선국함경도임진의병대첩비 334
〈조선 독수리〉 392
조세걸(曺世杰) 246, 406, 407, 409-11, 419, 422
조수삼(趙秀三) 64
조식 107
『조야첨재』 334
조여우(趙汝愚) 455
조영석(趙榮祏) 49-51, 58, 305
조영진(趙榮鎭) 172, 173
조욱(趙昱) 489
조인영(趙寅永) 211
조자건 107
조정규(趙廷珪) 392
조조 365
조준(趙浚) 139, 162, 163, 165, 166
조지겸(趙之謙) 467
조 지사(曺知事) 345
조징(趙澂) 152
조찬한(趙纘韓) 372
조창희(趙昌禧) 180
조태구(趙泰耉) 177
조태억(趙泰億) 490
조희룡(趙熙龍) 33-36, 38, 40, 105-8, 448
종강모루(鍾崗茅樓) 370
「종남별업(終南別業)」 206
종병(宗炳) 76, 374, 409
종성(鍾惺) 65
종원정(宗元鼎) 473
종의(宗儀) 478
좌무수이종일(坐茂樹以終日) 228
주경(周卿) → 단계(丹溪) 김영면(金永冕)
『주례』 484, 485
주백기(周伯琦) 454
〈주부자시의도(朱夫子詩意圖)〉 225, 232-35, 248
〈주상관매도(舟上觀梅圖)〉 197, 198, 202, 204
『주역』 49, 218, 361
주자 421
『주자대전』 241
『주자어류(朱子語類)』 87
「주자행장(朱子行狀)」 241
주종인(周宗仁) 454
주찬의(朱讚儀) 287
주희(朱熹) 138, 225, 237, 238, 240-44, 405, 406, 412, 418, 455, 458
죽계육일(竹溪六逸) 428
「죽리관(竹裏館)」 209, 372
〈죽리탄금도(竹裏彈琴圖)〉 209
〈죽림대사출산도권(竹林大士出山圖卷)〉 142
죽서(竹西) 54
죽석(竹石) 38
〈죽석도(竹石圖)〉 225
〈죽재독서도(竹齋讀書圖)〉 435, 436, 438
죽지사(竹枝詞) 469
「죽헌김정승진찬(竹軒金政丞眞讚)」 149
『죽헌선생유집(竹軒先生遺集)』 150
준 시하쿠[純子璞] 427, 428
『중국고대서화도목(中國古代書畫圖目)』 467
『중국시의 계보』 7
『증보회상산해경광주(增補繪像山海經廣注)』 488

『중세의 에로틱 알바—의미로서의 구조(The Medieval Erotic Alba—structure as meaning)』 7
중장씨 341
중장통(仲長統) 340, 341
즉지헌(則止軒) → 유언호(兪彦鎬)
증공(曾鞏) 471
지강(芝岡) 유순익(柳舜翼) 350, 352, 355
지달원 334, 336
「지리지」 316
『지봉유설』 114
지우(地宇) 457
지우재(之又齋) → 정수영(鄭遂榮)
『지우재산수십육경첩(之又齋山水十六景帖)』 191
『지우재시고』 191
〈지장기마도(知章騎馬圖)〉 215, 216
지족당(知足堂) → 유언술(兪彦述)
지쿠운 도렌[竺雲等廉] 435, 436
〈직공도(職工圖)〉 47
〈직향사군탄(直向使君灘)〉 214
진감여(陳鑑如) 141-43
진경원(陳景元) 259
진계유(陳繼儒) 303, 307
진관(秦觀) 22, 259
진교 362, 363
「진교에서 술에 취해 눕다[陳橋醉臥]」 362, 365
진교역(陳橋驛) 359
진단 358
〈진단타려도(陳搏墮驢圖)〉 358, 359, 365
「진락선생묘지명(眞樂先生墓誌銘)」 64
진벽허 260
진보(陳普) 415-18
진사도(陳師道) 107, 259
『진서(晉書)』 112, 227
진솔회(眞率會) 176, 446
진식(陳寔) 233
「진심(盡心)·상」 148, 209
진여의(陳與義) 226, 409, 428
진찬(陳撰) 288
진초(陳樵) 141
진호(陳淏) 293
진흥왕순수비 316
진희이(陳希夷) 358, 359, 361, 362, 365-67
『질서(疾書)』 188
『집아재화보(集雅齋畫譜)』 305

**[ㅊ]**

「차천소별신로귀협 차운(槎川所別莘老歸峽次韻)」 54
착호갑사 381
『참의공사연도첩(參議公賜宴圖帖)』 351
창암(蒼巖) 421
창왕 165
〈창의토왜(倡義討倭)〉 312, 334, 335
창하거사 → 창하(蒼霞) 원경하(元景夏)
창하(蒼霞) 원경하(元景夏) 267, 271, 273-77
『창하집』 271, 274
창해 선생 → 창해옹(滄海翁) 정란(鄭瀾)
창해옹(滄海翁) 정란(鄭瀾) 442, 444, 446, 447
창협 463
채미곡(採薇谷) 409
「채여우가 동양으로 돌아가는 것을 전송하며[送蔡如愚歸東陽]」 190
채원정(蔡元定) 455
채제공(蔡濟恭) 325

채조(蔡肇) 259
채침(蔡沉) 241
채홍리(蔡弘履) 9
책가도 392
〈책가도〉 병풍 392
〈척경입비(拓境立碑)〉 311, 312, 314, 315
척준경 317
「천경[섭덕(葉德)]과 지로[대원홍지(大圓洪智)]가 그리워서 방문하다[懷天經智老因訪之]」 226
「천문」 455
천수경(千壽慶) 93, 448
천연(天淵) 155
천유봉(天游峯) 405
천지산인(天池山人) → 서위(徐渭)
『천학문답』 189
철적정(鐵笛亭) 405
『철종실록』 109
첨경봉(詹景鳳) 454
첨재 → 표암(豹菴) 강세황(姜世晃)
『첨재화보(忝齋畫譜)』 305
첩석대(疊石臺) 408, 409, 412, 417
청강(晴江) 288
「청계 석벽을 읊다[詠青溪石壁]」 409
「청금시(聽琴詩)」 65
청등도사(青藤道士) → 서위(徐渭)
〈청명상하도(清明上河圖)〉 47
청몽루(清夢樓) 406
『청비록(清脾錄)』 60, 61
청상노인(清湘老人) 288
『청성잡기』 366
청옥담(青玉潭) 420
청옥협(青玉峽) 414, 420
청원공(清源公) 491
청원묘도진군(清源妙道眞君) 489
청음 김상헌(金尙憲) 406
『청장관전서』 367
청재(清齋) 270
청천(菁川) 강희안(姜希顔) 400
청평 355
청협곡 412
〈청호녹음도(清湖綠陰圖)〉 306
초나라 회왕 337
『초사』 115, 119, 452, 453, 455, 458, 487
『초사장구(楚辭章句)』 452
『초사집주』 455
초수(焦遂) 215
초정(楚亭) 456
「초혼(招魂)」 115
초횡(焦竑) 470
〈총탕맥반도(蔥湯麥飯圖)〉 233, 241
최당(崔讜) 351
최립(崔岦) 114
최배천 335, 336
최북(崔北) 10, 11, 66, 246, 305, 474, 475
「최북의 〈설강도〉 노래[崔北雪江圖歌]」 246
최사성(崔思誠) 150, 151
최숙정(崔淑精) 400
최양운(崔良雲) 84, 86
최운헌(崔雲軒) 151
최위(崔偉) 200
최종지(崔宗之) 215
최창대 334
최칠칠(崔七七) 10, 474, 475
최홍정 316

〈추강도〉 301, 302
〈추경산수도〉 191
〈추림서옥도(秋林書屋圖)〉 40
추사 김정희(金正喜) 33, 36, 103-5, 108-10, 345
「추성부(秋聲賦)」 225, 227, 277-80, 285, 287-89
〈추성부도〉 225, 227, 277, 278, 280, 288
〈추성부도권〉 287
〈추성부의도(秋聲賦意圖)〉 288
「추수(秋水)」 394
「추야(秋夜)」 287
「추우파초(秋雨芭蕉)」 430-32
추호 엔이[仲方圓伊] 430, 431
축씨(祝氏) 240
축융(祝融) 457
〈춘강고주도(春江孤舟圖)〉 191
〈춘수부함도(春水浮艦圖)〉 232
「춘일(春日)」 237
〈춘지세마도(春池洗馬圖)〉 220
춘천 419
『춘추좌씨전』 303, 484
〈출기파적(出奇破賊)〉 312, 323, 324
충목왕 144
충선왕 139-41, 144
취성정(聚星亭) 233
「취성정화병찬(聚星亭畫屏贊)」 236
「측면도」 375
『칠분전신첩(七分傳神帖)』 159
「칠월(七月)」 29

**[ㅋ]**

큰형님 478

**[ㅌ]**

〈타작〉 12, 27-32
탁오(卓吾) 470
「탄금대」 330, 463
〈탄금유황리(彈琴幽篁裏)〉 372
탕병룡(湯炳龍) 141, 144-47, 149
탕현조(湯顯祖) 470
「태백(泰伯)」 87
태을(太乙) 457
태주학파(泰州學派) 470
토백(土伯) 457
퇴고(推敲) 230
퇴우(退憂) → 나익희(羅益禧)
퇴우재(退憂齋) 152

**[ㅍ]**

〈파교건려도(灞橋蹇驢圖)〉 247
〈파교심매도(灞橋尋梅圖)〉 246
〈파초야우도(芭蕉夜雨圖)〉 429, 431, 436
「파초우(芭蕉雨)」 430
파흥군(坡興君) 351, 353
판교(板橋) 288
팔대산인(八大山人) 주탑(朱耷) 467
『팔종화보(八種畫譜)』 305
〈패곡심매도(霸谷尋梅圖)〉 246
「편주추수(片舟秋樹)」 302
평녕군(平寧君) 166
「평생지(平生志)」 448
평호(洴號) 457
포암(泡庵) → 이유방(李流芳)
포암병부(圃巖病夫) 374
포은 사당 134

포은(圃隱) 정몽주(鄭夢周) 133-135, 165
『포은집(圃隱集)』 133, 134
〈포의풍류도(布衣風流圖)〉 306, 307
표암(豹菴) 강세황(姜世晃) 10, 12, 27, 28, 81, 82, 157, 158, 160, 161, 206, 225, 246, 247, 249, 250, 253, 255, 260-62, 264, 265, 290, 292-94, 304, 305, 374-76
『표암묵희첩(豹菴墨戱帖)』 304
『표암유고』 250
「표옹자지(豹翁自誌)」 157
〈풀과 벌레〉 393
〈풍림정거도(楓林停車圖)〉 306
풍백(風伯) 457
〈풍악도〉 475
『풍요속선(風謠續選)』 448
풍이(馮夷) 457
피서산장(避暑山莊) 395
필도인(筆道人) 474
필원(畢沅) 488
필재(疋齋) → 이단전(李亶佃)
필탁(畢卓) 399
필한(疋漢) → 이단전(李亶佃)

**[ㅎ]**

「하관(夏官) 사마(司馬)」 484
하로 216
하백(河伯) 452, 457, 458
『하사고(霞思稿)』 63
하오랑아 332
하원(夏園) 41, 43
하지장(賀知章) 215 216
하토, 아서 티(Arthur T. Hatto) 7
「하해도(蝦蟹圖)」 400
학록(鶴麓) → 이경윤(李慶胤)
학림수(鶴林守) 113
학림정(鶴林正) 113, 114, 124
「학림정(이경윤)이 그린 산수화 여덟 폭 병풍의 기문[鶴林正畫山水八帖屛風記]」 122
학포당(學圃堂) 73, 438
「한가로운 거처의 초여름 날 오후 잠에서 일어나[閒居初夏午睡起]」 87
〈한강임강유람사경도권(漢江臨江遊覽寫景圖卷)〉 191
한굉(韓翃) 217-19
『한국회화대관』 245
한기(韓琦) 225
한만유(韓晩裕) 340, 341
한백겸(韓百謙) 316
한봉련(韓奉連) 382
『한비자』 169
한서(寒棲) 417
한수(漢叟) → 신위(申緯)
한유(韓愈) 161, 228, 230, 263, 447, 471
한익모(韓翼謩) 172, 173
한종유(韓宗裕) 205
「한죽당섭필(寒竹堂涉筆)」 367
한증(韓增) 162
한찬남 337
한탁주(韓侂冑) 243
한황(韓滉) 399
함대영(咸大榮) 247
〈합하(蛤蝦)〉 390
해도(蟹圖) 399
해동기로회(海東耆老會) 351

『해동명장전』 313
『해동잡록(海東雜錄)』 320
『해동지도』 314
『해락(蟹畧)』 399
해부(海夫) → 변치화(卞穉和)
『해산첩(海山帖)』 61, 191
〈해상군선도(海上群仙圖)〉 257, 261
「해아(蟹雅)」 399
해약(海若) 457
『해외난묵(海外蘭墨)』 35
해창 도위 오태주(吳泰周) 134, 135
〈해탐노화도(蟹探蘆花圖)〉 265, 397
행락도(行樂圖) 219, 343
행려풍속병풍(行旅風俗圖屛) 27
〈행선도(行船圖)〉 50, 51
『햐쿠닌 잇슈[百人一首]』 437
향산구로회(香山九老會) 176, 351
향해(香海) → 이유방(李流芳)
허겸(許謙) 141, 147-49
허련(許鍊) 44, 45, 73, 293
허목(許穆) 186
허부길(許孚吉) 148
허요좌(許堯佐) 218
허유(許維) 293
허필 → 연객(烟客) 허필(許佖)
헌원(軒轅) 457
현기(玄錡) 43
현암(弦庵) 152
현재(玄齋) 378
「협리한화(峽裏閒話)」 494
협마영 363
〈협접도(蛺蝶圖)〉 81
형산(衡山) 242
형암(炯菴) 478
혜견(慧堅) 76
혜원(蕙園) 신윤복(申潤福) 7, 9, 19-23, 26, 450
호문환(胡文煥) 488
호복한상(濠濮閑想) 394, 395
호원사(虎願寺) 386
호장유(胡長孺) 190
호적계(胡籍溪) 238
「호적계에게 부치다[寄胡籍溪]」 238
〈호접도(胡蝶圖)〉 83
「호정문(虎穽文)」 388
호조 도키무네[北條時宗] 427
호종헌(胡宗憲) 465
〈호취도(豪鷲圖)〉 89-91
호환(虎患) 381
혼도 332
「홀로 경정산에 앉아서[獨坐敬亭山]」 375
홍경래 189
홍경손 322
홍경주 73
홍계희(洪啓禧) 340
홍공(洪公) 353, 388
홍국영(洪國榮) 167
홍대용(洪大容) 450, 477
〈홍매도(紅梅圖)〉 35
홍사효 → 석호(石湖) 홍사효(洪思斅)
홍석주(洪奭周) 211
홍세태(洪世泰) 52, 123, 125
홍양호(洪良浩) 313
홍유인(洪有人) 417
홍의영 → 간재(艮齋) 홍의영(洪儀泳)

홍주일(洪柱一) 372
홍중성(洪重聖) 52
홍현주(洪顯周) 449
화기(畫記) 6
「화기(畫記)」 263, 372
『화단(畫斷)』 399
화백 272, 273
화백시 266
「화상자찬(畫像自贊)」 178, 185
화선재 374
「화선재기(畫扇齋記)」 373
『화성정리통고』 10
〈화속서원아집도(畫續西園雅集圖)〉 61
화악산 412
화암(華嵒) 288
화여덕(華汝德) 303
화원(花園) 135
화음동(華陰洞) 404
화전(花顚) 473
〈화접도〉 85
화제(畫題) 5
『화조보(花鳥譜)』 293
화조영모화(花鳥翎毛畫) 393
화중구우(畫中九友) 251
「화중구우가(畫中九友歌)」 253
화찬(畫贊) 5
「화해(畫蟹)」 399
〈화훼영모도(花卉翎毛圖)〉 341
〈화훼잡화권(花卉雜畫卷)〉 467
환관(桓寬) 341
환이(桓伊) 44
환현(桓玄) 112
황간(黃幹) 241
황공 380
〈황려호(黃驪湖)〉 266, 271, 272, 274
〈황려호도〉 266
황보인 319
황봉지(黃鳳池) 305
황신(黃愼) 288
황자릉(黃子稜) 236
황전(黃筌) 491
황정견(黃庭堅) 76-79, 137, 225, 259, 303, 393
황정욱 334
「황제(黃帝)」 270
황찬 322
황학산초 301, 302
황혁 334
회경전(會慶殿) 345
회왕 452, 461
횡행개사(橫行介士) 397
횡행사해(橫行四海) 397
효천견(哮天犬) 490
후주 363
후통아 332
〈홍보전〉 29
흥평군(興平君) 273
희암(希庵) 43
희이(希夷) 294, 358, 359
희이선생 → 희이(希夷)
희이실(希夷室) 368
희작(喜鵲) 386
희화(羲和) 457

# 옛 그림과 시문